聊齋志異

第三册

全本 全注 全译

蒲松龄 著

岳麓書社 · 长沙

目 录

卷七

卷七

罗 祖

原文

罗祖，即墨[1]人也，少贫。总族中应出一丁戍北边，即以罗往。罗居边数年，生一子。驻防守备[2]雅厚遇之。会守备迁陕西参将[3]，欲携与俱去，罗乃托妻子于其友李某者，遂西。自此三年不得反。

适参将欲致书北塞，罗乃自陈，请以便道省妻子，参将从之。罗至家，妻子无恙，良慰。然床下有男子遗舄[4]，心疑之。既而诣李申谢。李致酒殷勤，妻又道李恩义，罗感激不胜。明日，谓妻曰："我往致主

译文

罗祖是即墨人，小时候家境贫寒。他的家族中要出一个壮丁去北部边疆戍守，就选了他去。罗祖在边关待了几年，成了家并生有一子。驻地的守备待他很好。正逢守备升为陕西参将，想要带着他一起赴任，罗祖就把妻儿托付给一位姓李的友人，然后去了陕西。从此三年没有回家。

刚好参将有书信要送到北疆，罗祖就自请前往，请求能够顺道看望妻儿，参将同意了。罗祖到家看到妻儿都平平安安的，感到很欣慰。只是床下有一双男人留下的鞋子，令他心生怀疑。于是罗祖带着妻子拜访姓李的感谢他的照顾，姓李的热情地劝他喝酒，妻子又讲姓李的多有义气，罗祖做出了不胜感激的样子。第二天，他对妻子说："我要去给参将送信，晚上不回来了，不要等我。"接着走出门跨上马

命，暮不能归，勿伺也。”出门跨马去。匿身近处，更定[5]却归。闻妻与李卧语，大怒，破扉。二人惧，膝行乞死。罗抽刃出，已复韬之[6]曰：“我始以汝为人也，今如此，杀之污吾刀耳！与汝约：妻子而受之，籍名亦而充之，马匹器械具在。我逝矣！”遂去。乡人共闻于官，官笞李，李以实告。而事无验见，莫可质凭，远近搜罗，则绝匿名迹。官疑其因奸致杀，益械[7]李及妻。逾年，并桎梏以死[8]。乃驿送其子归即墨。

就离开了。其实他藏在了附近，夜里一更后就回家了。走到屋外果然听到妻子和姓李的睡在一起说话，罗祖大怒，撞开门闯进去。那两人吓得跪在地上爬过来求饶。罗祖气得拔出刀来，想了想又把刀收回刀鞘，对姓李的说：“我起初把你当人看，现在你这样，杀你只会弄脏我的刀！我与你约定：从今以后我的妻子和孩子就归你了，我的军籍也由你来充任，我的马匹和武器都在这里，我走了！”说完就离开了。乡里人一起向官府报告了罗祖失踪的事情，官府拷问姓李的，姓李的把实情都讲了出来。但没有证人证明，没有证据依凭，远远近近都搜查了，也没发现罗祖的行迹。官府怀疑是姓李的和罗妻因为奸情而杀害了罗祖，就把他们关押了起来。一年以后，两人死在了狱中，官府就派人将罗祖的儿子送回了即墨。

注释 1即墨：今山东青岛即墨区。 2 守备：清代绿营统兵官，为五品，分领营兵军饷、军粮。 3 参将：清代绿营统兵官，正三品，掌理本营军务。 4 舄(xì)：鞋。 5 更定：一更以后。 6 韬之：收刀入鞘。韬，弓或剑的套子。 7 械：木枷和镣铐之类的刑具。 8 桎梏(zhì gù)以死：监押而致死于狱中。桎梏，刑具，手铐脚镣。

后石匣营[1]有樵人入山，见一道人坐洞中，未尝求食。众以为异，赍[2]粮供之。或有识者，盖即罗也。馈遗满洞，罗终不食，意似厌嚣[3]，以故来者渐寡。积数年，洞外蓬蒿成林。或潜窥之，则坐处不曾少移。又久之，见其出游山上，就之已杳；往瞰洞中，则衣上尘蒙如故。益奇之。更数日而往，则玉柱[4]下垂，坐化已久。土人为之建庙，每三月间，香楮[5]相属于道。其子往，人皆呼以小罗祖，香税悉归之。今其后人，犹岁一往收税金焉。

沂水刘宗玉向予言之甚详。予笑曰：“今世诸檀越[6]，不求为圣贤，但望成佛祖。请遍告之：若要立地成佛，须放下刀子去。”

后来石匣营有樵夫进山砍柴时，看见一个道人坐在山洞里，从不需要进食。大家觉得很奇怪，给他送来粮食。其中有认识他的人，他们发现原来他就是罗祖。送来的东西堆满了山洞，罗祖始终没有吃过一点，他看起来对喧闹的人群有些厌烦，因此去看他的人越来越少。过了几年，洞外的杂草长得像树一样高了。有人偷偷去窥探，发现罗祖坐的地方没有丝毫变动。又过了很久，有人看见罗祖在山间游走，等到走近，他却不见了；再去山洞窥看，他衣服上的尘土原封不动。人们更加感到惊奇。过了几天再去看，却发现罗祖已经显现出得道之象，坐化成仙了。当地人为他建造了寺庙，每年三月，带着香烛纸锭来烧香的人络绎不绝。罗祖的儿子到来，人们都叫他小罗祖，把香火钱都给了他。一直到现在，他的后人依旧会每年去寺庙里收一次香火钱。

沂水刘宗玉和我详细说过这件事。当时我笑着说：“当今世上信佛的人，不追求成为圣贤，只盼望成为佛祖。请告诉他们：想要立地成佛，还须放下手中的屠刀。”

注释 1 石匣营：明清时北部边疆的一个军事营地，今属北京市密云区。 2 赍（jī）：送东西给人。 3 厌嚣：厌恶喧嚣。 4 玉柱：指修道者死后的鼻腔分泌物。据说这是成道的征象。 5 香楮（chǔ）：祭祀鬼神或死者用的香烛和纸钱。 6 檀越：施主，梵语意译。这是佛教徒对向寺庙及僧侣施舍财物的人的称谓。

刘 姓

原文

邑刘姓，虎而冠者[1]也。后去淄[2]居沂[3]，习气[4]不除，乡人咸[5]畏恶之。有田数亩，与苗某连垄[6]。苗勤，田畔多种桃。桃初实，子往攀摘，刘怒驱之，指为己有，子啼而告诸父。父方骇怪，刘已诟骂在门，且言将讼。苗笑慰之。怒不解，忿而去。

译文

淄川有个姓刘的人，徒有人的外表，却凶狠残暴得像老虎。后来他离开淄川去了沂水，恶习也没改掉，乡里人都对他又恨又怕。刘家有几亩地，正挨着苗家的地。苗家的人很勤快，在田边种了很多桃树。桃子刚结果时，苗家的孩子爬到树上去摘桃子，姓刘的怒气冲冲地把他赶跑了，指着桃树说是自家的，苗家的孩子哭哭啼啼地把事情告诉给了自己的父亲。他的父亲正感到吃惊，姓刘的已经在他家门口破口大骂了，还说要去告官。苗家人赔着笑安抚他。姓刘的还是不解气，愤愤不平地走了。

注释 1 虎而冠者：指虽然穿衣戴帽，但凶残似虎的人。 2 淄：淄川县，今为山东省淄博市淄川区。 3 沂：沂水县，今属山东省临沂市。 4 习气：指逐渐形成的不良习惯或作风。 5 咸：全，都。 6 连垄：田地相连。

时有同邑李翠石[1]作典商于沂，刘持状入城，适与之遇。以同乡故相熟，问："作何干？"刘以告，李笑曰："子声望众所共知，我素识苗，甚平善，何敢占骗？将毋反言[2]之也！"乃碎其词纸，曳入肆，将与调停。刘恨恨不已，窃肆中笔，复造状藏怀中，期以必告。未几，苗至，细陈所以，因哀李为之解免，言："我农人，半世不见官长。但得罢讼，数株桃何敢执为己有。"李呼刘出，告以退让之意。刘又指天画地，叱骂不休，苗惟和色卑词，无敢少辨。

当时姓刘的有个同乡李翠石在沂水做典当生意，姓刘的拿着诉状进城，正碰上他。因为是同乡，两人彼此相熟，李翠石就问："你这是去干什么？"姓刘的把事情告诉了他，李翠石笑着说："你的名声是大家都知道的，我素来认识姓苗的，他为人和善，怎么敢侵占哄骗你呢？你可别说反话啊！"说罢就撕碎了诉状，把姓刘的拉进自己店里，准备给他和苗家调解。姓刘的愤愤不平，暗自拿了店里的笔，又写了一份诉状藏在怀里，想着一定要去告官。没多久，姓苗的来了，他细细地说了事情的始末，又哀求李翠石为他们调停，说："我只是个农民，活了半辈子也没见过县官。只要别告官，几株桃树我哪里敢占为己有呢？"李翠石把姓刘的叫出来，告诉他姓苗的有退让之意。姓刘的却指天画地骂个不停，姓苗的只是和颜悦色地说着好话，不敢反驳。

注释　**1** 李翠石：名永康，字翠石，淄川人。 **2** 反言：反话，与事实相反的言论。

既罢，逾四五日，见其村中人传刘已死，李为

事后，又过去了四五天，李翠石碰见村里人在传姓刘的死了，感到十分惊

惊叹。异日他适,见杖而来者俨然刘也。比至,殷殷问讯,且请顾临。李逡巡问曰:"日前忽闻凶讣,一何妄也?"刘不答,但挽入村,至其家,罗浆酒焉。乃言:"前日之传,非妄也。曩出门见二人来,捉见官府。问何事,但言不知。自思出入衙门数十年,非怯见官长者,亦不为怖。从去至公廨,见南面者有怒容曰:'汝即某耶?罪恶贯盈[1],不自悛悔[2],又以他人之物占为己有。此等横暴,合置铛鼎[3]!'一人稽簿曰:'此人有一善,合不死。'南面者阅簿,其色稍霁,便云:'暂送他去。'数十人齐声呵逐。余曰:'因何事勾我来?又因何事遣我去?还祈明示。'吏持簿下,指一条示之。上记:崇祯十三年[4],用钱三百,

讶。有一天他到外地去,看见迎面拄着拐杖走来的俨然就是姓刘的。等到他走近,姓刘的殷切地上前问候,而且请他去自己家坐坐。李翠石试探地问:"前些天忽然听说你的死讯,这些人怎么瞎传呢?"姓刘的没有答话,只是挽着他进了村子,到了家里,他还摆出酒席。姓刘的这才说:"前些天的传言不是假的。之前我出门时看见两个人走过来,要捉我去见官。我问他们为什么抓我,他们都说不知道。我心想自己在官府进进出出都几十年了,从不是怕见官的人,也就没觉得害怕。跟着他们到了衙门,见一个朝南坐的人满脸怒容地说:'你就是那个家伙?恶贯满盈,不知悔改,还把别人的东西据为己有。你这样蛮横凶暴,就该下油锅!'有个人查了查簿册,说:'这个人做过一件善事,还不该死。'面南而坐的那个人翻阅了簿册,脸色缓和了一些,便说:'暂且把他送走吧。'于是几十个人齐声呵斥要把我赶走。我问:'你们为什么抓我?又为什么把我放回去?还请你们明白地告诉我。'那小吏拿着册子走下来,指着上面的一条记录给我看。上面写的是:崇祯十三年,用三百钱,救了

救一人夫妇完聚[5]。吏曰：‘非此，则今日命当绝，宜堕畜生道。’骇极，乃从二人出。二人索贿，怒告曰：‘不知刘某出入公门二十年，专勒人财者，何得向老虎讨肉吃耶？’二人乃不复言。送至村，拱手曰：‘此役不曾啖得一掬水。’二人既去，入门遂苏，时气绝已隔日矣。”

一个人，使得夫妇团聚。小吏说：‘如果没有这件事，你今天就没命了，还会进入畜生道。’我害怕极了，赶紧跟着那两个人出去了。那两人问我要钱，我生气地说：‘你们不知道我刘某人出入官府二十年，专门勒索别人钱财，你们怎么敢向老虎讨肉吃呢？’那两人不再说话。他们把我送回村里，对着我拱手说：‘这趟差事我们连一捧水都没喝上。’那两人走后，我一进门就醒了过来，当时我已经断气两天了。”

注释 1 罪恶贯盈：作恶极多，已到末日。贯盈，满贯。 2 悛（quān）悔：悔改，悔悟。 3 铛（chēng）鼎：古代一种有足的大锅。有时用作烧杀人的刑器。 4 崇祯十三年：1640 年。 5 完聚：离散后重新团聚。

李闻而异之，因诘其善行颠末[1]。初，崇祯十三年，岁大凶，人相食。刘时在淄，为主捕隶[2]，适见男女哭甚哀，问之，答云：“夫妇聚裁[3]年余，今岁荒，不能两全，故悲耳。”少时，油肆前复见之，似有所争。近诘之，肆主马姓者便云：“伊夫

李翠石听了十分惊异，又问起了他做善事的始末。当初是崇祯十三年，正是大荒之年，还出现了人吃人的事情。姓刘的当时在淄川县衙做捕头，恰好碰见一对男女哭得很伤心，就问他们怎么了，对方答道：“我们夫妇成婚才一年多，就碰上今年的大饥荒，不能相守，所以才那么伤心。”没多久，姓刘的又在油店门前遇到他们，他们好像和店主起了争执。他上前去问话，那个姓马的店主

妇饿将死，日向我讨麻酱[4]以为活，今又欲卖妇于我。我家中已买十余口矣，此何要紧？贱则售之，否则已耳。如此可笑，生来缠人！”男子因言：“今粟贵如珠，自度非得三百数，不足供逃亡之费。本欲两生，若卖妻而不免于死，何取焉？非敢言直，但求作阴骘[5]行之耳。”刘怜之，便问马出几何。马言：“今日妇口，止直百许耳。”刘请勿短其数，且愿助以半价之资，马执不可。刘少负气，便谓男子：“彼鄙琐[6]不足道，我请如数相赠。若能逃荒，又全夫妇，不更佳耶？”遂发囊与之。夫妻泣拜而去。刘述此事，李大加奖叹。

刘自此前行顿改，今七旬犹健。去年，李诣周村，遇刘与人争，众围

就说：“他们夫妻俩快饿死了，每天靠着向我讨点麻酱过活，今天又想把这个女的卖给我。我家里已经买了十几口人了，哪还急着要人？价钱便宜的话我就买，不然就算了。他们倒是可笑，竟硬是缠着我！”那男人就说：“眼下粮食贵得像珍珠，我算下来除非卖到三百钱，不然不够逃生的费用啊。本就是想使两个人都活下来，我才准备卖掉妻子，如果我不能免于一死，何必卖妻呢？不是我敢和您讨价还价，只是想请您做做好事积阴德罢了。”姓刘的可怜他们，就问马店主出多少钱。店主说：“眼下一个女人只值一百多钱而已。”姓刘的请他别低于三百钱，还愿意帮他出一半，店主却执意不答应。姓刘的年轻气盛，就对男的说：“不要和他这个粗俗小气鬼谈了，我给你们出这些钱。如果能逃荒，又能夫妻团圆，不是更好吗？”说完就解开口袋，给了他们三百钱。那夫妻俩流着眼泪磕头拜谢后才离开。姓刘的说完这件事，李翠石对他大加赞赏。

从此姓刘的痛改前非，现在七十岁了身体还很健朗。去年李翠石到周村去，碰到姓刘的在和人争执，众人围着他劝

劝不能解，李笑呼曰："汝又欲讼桃树耶？"刘芒然[7]改容，呐呐[8]敛手而退。

也没用，李翠石笑着喊他："你又想为桃树的事告官吗？"姓刘的不知所措地变了脸色，嘴里念着什么，收手走开了。

注释 1 颠末：始末。 2 主捕隶：旧时州县官署中捕役的头目。 3 裁：通"才"。 4 麻酱：指芝麻磨榨油后剩余的残渣。 5 阴骘（zhì）：指阴德。 6 鄙琐：粗俗小气。 7 芒然：犹茫然，不知所措的样子。 8 呐呐（nè nè）：形容说话声音低沉或含混不清。

异史氏曰："李翠石兄弟皆称素封[1]。然翠石又醇谨[2]，喜为善，未尝以富自豪，抑然诚笃君子也。观其解纷劝善，其生平可知矣。古云：'为富不仁。'吾不知翠石先仁而后富者耶？抑先富而后仁者耶？"

异史氏说："李翠石兄弟都是没有官职却富有资产的人。但是李翠石淳厚谨慎，喜欢做善事，从没有因为自己富有而高傲自满，真是位诚实真挚的君子啊。看他调解纠纷，劝人向善，可以知道他平生的为人了。古语说：'为富不仁。'我不知道李翠石是先拥有仁义的品行才富裕起来的呢，还是先成为富人才行仁义之事的呢？"

注释 1 素封：无官爵封邑而富比封君的人。 2 醇谨：淳厚谨慎。

邵女

原文

柴廷宾，太平[1]人，妻金氏不育，又奇妒。柴百金买妾，金暴遇[2]之，经岁而死。柴忿出，独宿数月，不践闺闼。一日，柴初度[3]，金卑词庄礼为丈夫寿，柴不忍拒，始通言笑。金设筵内寝招柴，柴辞以醉。金华妆自诣柴所，曰："妾竭诚终日，君即醉，请一盏而别。"柴乃入，酌酒话言。妻从容曰："前日误杀婢子，今甚悔之。何便仇忌，遂无结发情耶？后请纳金钗十二[4]，妾不汝瑕疵也。"柴益喜，烛尽见跋[5]，遂止宿焉。由此敬爱如初。

译文

太平有个叫柴廷宾的人，他妻子姓金，不能生育，却又特别容易嫉妒。柴廷宾花一百两银子娶了房小妾，金氏狠狠地虐待她，结果小妾刚娶进门一年就死了。柴廷宾气得甩手离去，独自睡了好几个月，不进妻子的房门。到柴廷宾生日的那天，妻子金氏谦卑地说好话，庄重恭敬地向他行礼祝寿，柴廷宾不忍心拒绝，这才开始和她谈笑。金氏在卧室摆下酒宴，请他进去，他说自己已喝醉，推辞不去。金氏浓妆打扮，亲自来到丈夫屋里，对他说："我尽心尽力伺候了一整天，即使你醉了，也请过去喝一杯再走吧。"柴廷宾这才进入内室，两人边喝酒边聊天。金氏不紧不慢地说："前些日子，我失手打死了那个小妾，现在十分后悔。你何必这么记仇怨恨，连结发夫妻的情分都没了吗？从今往后你娶再多小妾，我也一句闲话都不说。"柴廷宾听了心里更加高兴，见蜡烛要烧尽了，就留在卧室和妻子同寝。从此之后，两人又像原来一样相敬相爱。

注释　**1** 太平：明清时府名，所辖范围在今安徽省马鞍山及芜湖等地。

2 暴遇：残暴地对待。此处指虐待。 3 初度：生日，出自《离骚》的“皇览揆余初度兮，肇锡余以嘉名”，后称生日为“初度”。 4 金钗十二：本义是形容妇女头上首饰多。后指姬妾众多。 5 跋：蜡烛燃烧完后的残余部分。

金便呼媒媪来，嘱为物色佳媵[1]，而阴使迁延勿报，已则故督促之。如是年余。柴不能待，遍嘱戚好为之购致，得林氏之养女。金一见，喜形于色，饮食共之，脂泽花钏任其所取。然林固燕产，不习女红，绣履之外须人而成。金曰：“我家素勤俭，非似王侯家，买作画图看者。”于是授美锦，使学制，若严师诲弟子。初犹呵骂，继而鞭楚。柴痛切于心，不能为地[2]。而金之怜爱林尤倍于昔，往往自为汝束，匀铅黄[3]焉。但履跟稍有折痕，则以铁杖击双弯[4]，发少乱则批

金氏便请媒婆过来，嘱咐她给丈夫物色年轻貌美的小妾，但暗中又让媒婆拖延时日，找到了好的也不让媒婆告诉丈夫，而她自己又假装不停地督促媒婆。这样过了一年多，柴廷宾等得不耐烦，遍托亲朋好友帮忙给自己买个小妾，最终买到林家的一个养女。金氏见了林女，表面上装作非常喜欢，让她和自己一起吃饭，胭脂、首饰任由林女取用。然而林女本是燕地人，没学过针线活儿，除了绣鞋之外，其他的都需要别人给做。金氏说：“我们家向来节俭，不像那些王公贵族家，买个女人当画看。”于是金氏拿来精美的花绸缎给她，让她学女红，就像严师教学生一样。刚开始，金氏还只是责骂训斥，后来就用鞭子打。柴廷宾见了心疼不已，又没办法解救。然而金氏表面上对林女的关爱超过以往几倍，常常亲自替她打扮穿戴，给她搽胭抹粉。不过林女的鞋跟稍有一点皱褶，金氏就用铁棍打她的双脚；头发稍微有点乱，金氏就扇她耳光。林女忍受不

两颊。林不堪其虐，自经死。柴悲惨心目，颇致怨怼[5]。妻怒曰：“我代汝教娘子，有何罪过？”柴始悟其奸，因复反目，永绝琴瑟之好[6]。阴于别业修房闼，思购丽人而别居之。荏苒[7]半载，未得其人。偶会友人之葬，见二八女郎，光艳溢目，停睇神驰。女怪其狂顾，秋波斜转之。询诸人，知为邵氏。邵贫士，止此女，少聪慧，教之读，过目能了。尤喜读《内经》及冰鉴书[8]。父爱溺之，有议婚者，辄令自择，而贫富皆少所可，故十七岁犹未字也。柴得其端末，知不可图，然心低徊之。又冀其家贫，或可利动。谋之数媪，无敢媒者，遂亦灰心，无所复望。

了虐待，上吊死了。柴廷宾觉得伤心惨目，对金氏很怨恨。金氏发怒说：“我替你调教小妾，有什么错吗？”直到这时，柴廷宾才看透了妻子的险恶用心，又和她翻了脸，发誓永远断绝夫妻来往。柴廷宾暗中在其他地方盖了新房，打算买个漂亮女子另过日子。眨眼半年过去了，他也没有找到合适的人。一次柴廷宾偶然参加一个朋友的葬礼，遇见一位十六七岁的姑娘，容貌光彩艳丽，惹人注目，柴廷宾目不转睛地盯着看，看得出了神。姑娘见他直勾勾盯着自己，感到非常奇怪，便斜转眼瞟了他一眼。柴廷宾向周围人打听，得知这女郎姓邵。她父亲是个穷书生，只有这一个女儿，从小就聪明伶俐，教她读书，过目不忘。邵女尤其爱读《内经》类医书和相面之书。父亲很溺爱她，凡有说媒的，都让她自己选择，但是无论富家还是穷家，都没有她看上的，因此她十七岁了还没有许配人家。柴廷宾了解到这些情况后，觉得自己没有什么希望，但心里总是念念不忘。柴廷宾又想着她家里很穷，或许多给些钱财能够打动她。他找了几个媒婆来商量，没一个敢去做媒，柴廷宾也就心灰意冷，不再抱什么希望了。

注释 1 佳媵（yìng）：漂亮的小妾。 2 不能为地：想不出办法解救。 3 铅黄：铅粉和雌黄，古代妇女的化妆用品。 4 双弯：指女子的一双小脚。古时女子裹脚，双足变得弯曲。 5 怨怼（duì）：怨恨。 6 琴瑟之好：比喻夫妻间感情和谐。 7 荏苒（rěn rǎn）：指时间渐渐过去。形容时光易逝。 8 冰鉴（jiàn）书：指相面之书。冰鉴指古代暑天盛冰保持食物新鲜的容器，后引申为相面。

忽有贾媪者，以货珠过柴，柴告所愿，赂以重金，曰："止求一通诚意，其成与否所勿责也。万一可图，千金不惜。"媪利其有，诺之。登门，故与邵妻絮语。睹女，惊赞曰："好个美姑姑！假到昭阳院[1]，赵家姊妹何足数得！"又问："婿家阿谁？"邵妻答："尚未。"媪言："若个娘子，何愁无王侯作贵客也！"邵妻叹曰："王侯家所不敢望，只要个读书种子，便是佳耳。我家小孽冤，翻复[2]遴选，十无一当，不解是何意向。"媪曰："夫人勿须

忽然有个姓贾的老婆婆因卖珍珠来找柴廷宾，柴廷宾就将自己想娶邵家姑娘的想法告诉了她，并给了她很多钱，说："我只求你把我的诚意传达给邵家，事成不成不会怪你的。万一事成有望，花费千金也在所不惜。"贾婆贪图钱财，就答应了。她到了邵家，有意和邵妻唠家常，看到邵家女儿，故作惊讶地赞叹说："真是个漂亮姑娘啊！假如选进昭阳院，那赵飞燕姊妹又算得上什么！"贾婆又问道："婆家是谁？"邵妻回答说："姑娘还没有婆家呢。"贾婆说："这么好的姑娘，何愁没有王侯做女婿啊！"邵妻叹气说："王侯贵族不敢高攀，只求找个读书人就很好了。我家这个小冤家，翻来覆去地选，十个里也看不上一个，真不知道她想嫁个什么样的。"贾婆说："夫人不必烦恼，这么漂亮的姑娘，不知前世修下多少福的男人才能娶她啊！我昨天碰到一件非

烦怨。凭个丽人，不知前身修何福泽才能消受得！昨一大笑事，柴家郎君云：于某家茔边望见颜色，愿以千金为聘。此非饿鸱作天鹅想[3]耶？早被老身呵斥去矣！”邵妻微笑不答。媪曰：“便是秀才家难与较计，若在别个，失尺而得丈，宜若可为矣。”邵妻复笑不言。媪抚掌曰：“果尔，则为老身计亦左矣。日蒙夫人爱，登堂便促膝赐浆酒；若得千金，出车马，入楼阁，老身再到门，则阍者[4]呵叱及之矣。”邵妻沉吟良久，起而去与夫语；移时唤其女；又移时三人并出。邵妻笑曰：“婢子奇特，多少良匹悉不就，闻为贱媵则就之。但恐为儒林笑也！”媪曰：“倘入门得一小哥子，

常好笑的事，一个叫柴廷宾的书生说，在某人家的坟地边上，看到姑娘的绝色天姿，愿意出千金聘礼来提亲。这不是饿昏了头的猫头鹰想吃天鹅肉吗？早被我老婆子一顿训斥不敢再提了。”邵妻听了笑笑没有说话。贾婆又说：“这也就是在咱们秀才家，此事难以核计，要是换别的人家，那就是丢一尺而得一丈的好事了，还真值得考虑考虑。”邵妻听了仍然只是笑而不言语。贾婆又拍着手说：“如果这事真的成了，我老婆子反倒不合算了啊。我现在经常受夫人厚爱，来这里您茶酒相待，促膝长谈；倘若您接受了这份厚礼，出门有车马，在家有楼阁豪宅，我老婆子要再登门拜访时，看门的人就会呵斥着赶我走呢。”邵妻听了这些话，低头沉吟了很长时间，起身到里屋和丈夫谈话去了；过一会儿，他们又叫女儿进屋；又过了一会儿，一家三口一块儿出来了。邵妻笑着对贾婆说：“这丫头真古怪，那么多好人家不愿意嫁，听说去给人做妾，反倒是愿意了。只怕要被读书人笑话啊！”贾婆说：“假如过了门之后能生个男孩，那大夫人又能怎么样呢！”贾婆说完，又说了柴廷宾和正房妻子分居，另过日子

大夫人便如何耶！”言已，告以别居之谋。邵益喜，唤女曰：“试同贾媪言之。此汝自主张，勿后悔，致怼父母。”女腆然[5]曰：“父母安享厚奉，则养女有济矣。况自顾命薄，若得嘉耦，必减寿数，少受折磨，未必非福。前见柴郎亦福相，子孙必有兴者。”媪大喜，奔告。柴喜出非望，即置千金，备舆马，娶女于别业[6]，家人无敢言者。女谓柴曰：“君之计，所谓燕巢于幕，不谋朝夕者也。塞口防舌以冀不漏，何可得乎？请不如早归，犹速发而祸小。”柴虑摧残，女曰：“天下无不可化之人。我苟无过，怒何由起？”柴曰：“不然。此非常之悍，不可情理动者。”女曰：“身为贱婢，摧折亦

的打算。邵妻听了更加高兴，把女儿叫过来说：“快向贾姥姥说明白，这门亲事是你自己愿意的，不要后悔，到时候有什么事可不要埋怨爹娘。”邵女难为情地说：“爹娘能颐养天年，安享幸福生活，养个女儿也是有依靠了。但是女儿自知命薄，若找个富贵人家，必定要折寿，在一般人家稍微受点苦，也不见得不是福气。上次见柴家公子，也是福相，子孙后代一定会有飞黄腾达的。”听她这么说，贾婆十分高兴，赶紧跑去告诉柴廷宾。柴廷宾喜出望外，马上置办千金聘礼，备好车马，把邵女娶到新宅子中，柴家上下谁也不敢告诉金氏。邵女对丈夫说：“你这个办法，就好比燕子把窝筑在布帘上，不考虑会朝不保夕呀。让别人都不说，以此希望不走漏消息，这怎么可能呢？不如让我早日搬回家去，早些把事情挑明，祸害反而会小些。”柴廷宾担心她会受金氏虐待，邵女说：“天下没有不可感化的人。如果我不犯错，她有什么理由发脾气虐待我呢？”柴廷宾说：“不是你说的这样，她那人十分凶悍，不是讲道理就能感化的。”邵女说：“我本来就是地位低下的小妾，受些折磨也是应当的。不然的话，

自分耳。不然，买日为活，何可长也？”柴以为是，终踌躇而不敢决。

像现在花钱买日子过，又怎么能够长久呢？”柴廷宾觉得她说的有道理，但是始终拿不定主意，不敢下决心回去。

注释 1 昭阳院：即昭阳殿，汉代宫殿名，汉成帝的宠妃赵飞燕、赵合德姊妹曾居住此殿。此处代指皇宫内苑。 2 翻复：即反复。 3 饿鸱（chī）作天鹅想：饥饿的猫头鹰想吃天鹅肉。比喻非分不切实际的想法。 4 阍（hūn）者：守门人。 5 腆（tiǎn）然：羞涩貌。 6 别业：别墅。

一日柴他往，女青衣[1]而出，命苍头[2]控老牝马[3]，一妪携襆[4]从之，竟诣嫡所，伏地而陈。妻始而怒，既念其自首可原，又见容饰兼卑，气亦稍平。乃命婢子出锦衣衣之，曰：“彼薄幸人播恶于众，使我横被口语。其实皆男子不义，诸婢无行，有以激之。汝试念背妻而立家室，此岂复是人矣？”女曰：“细察渠似稍悔之，但不肯下气耳。谚云：‘大者不伏小。’以礼论：妻之于

有一天，柴廷宾有事外出，邵女穿着下人的衣服出门，吩咐家丁牵匹老母马，一个老女仆带包袱跟着，径直前往金氏的住所，跪在地上把事情如实告诉了她。金氏开始非常恼怒，但转念一想，邵女主动上门认错，应该原谅，又见她穿戴朴素、态度谦卑，气也就消了些。金氏于是吩咐婢女拿出绸缎衣服给她穿上，说道：“姓柴的无情无义，到处说我坏话，让我被人指指点点，背上坏名声。其实都是那个男人不讲情义，几个小妾又德行低下，屡屡气得我发怒。你想一想，背着妻子在外面另立家室，这还算是个人吗？”邵女说：“我仔细观察，发现他好像有点后悔，只是不肯低声下气认错罢了。俗话说：‘大的不向小的低头。’按照礼法来

夫，犹子之于父，庶之于嫡也。夫人若肯假以词色[5]，则积怨可以尽捐[6]。”妻云：“彼自不来，我何与焉？”即命婢媪为之除舍。心虽不乐，亦暂安之。

柴闻女归，惊惕不已，窃意羊入虎群，狼藉已不堪矣。疾奔而至，见家中寂然，心始稳贴。女迎门而劝，令诣嫡所，柴有难色。女泣下，柴意少纳。女往见妻曰：“郎适归，自惭无以见夫人，乞夫人往一姗笑[7]之也。”妻不肯行，女曰：“妾已言：夫之于妻，犹嫡之于庶。孟光举案[8]而人不以为谄，何哉？分在则然[9]耳。”妻乃从之，见柴，曰：“汝狡兔三窟，何归为？”柴俯不对。女肘之，柴始强颜笑。妻色稍霁，将返。

说：妻子对丈夫，好比儿子对父亲、妾对正室一样。如果夫人愿意对他态度好些，那积怨便可完全消除。”金氏说道：“他自己不肯来，我又能怎么办呢？”随即吩咐丫鬟仆妇给邵女收拾房间，将她安顿下来。尽管金氏心里很不高兴，但仍暂时按捺住性子没有发火。

柴廷宾听说邵女回了家，又惊又怕，心中暗想：这真是羊掉进虎群里，估计早就被金氏折磨得不成样子了。他急忙赶回家，却见家里安安静静，这才放心。邵女出门相迎，劝他到金氏屋里去，柴廷宾面露难色。邵女眼泪就掉了下来，柴廷宾这才稍微听了劝。邵女又去见金氏说：“郎君刚回来，自己觉得不好意思见夫人。请夫人过去给他个笑脸吧。”金氏不肯去。邵女道：“我已经说过：丈夫对于妻子，就像正妻对于小妾。孟光对待丈夫举案齐眉，别人不认为是谄媚讨好，这是为什么呢？因为按照妻子的名分，就应该这样做。”金氏这才听从了，见到柴廷宾，说：“你既然狡兔三窟，还回我这里干什么？”柴廷宾低头不语。邵女用胳膊肘碰他，他才勉强笑了笑。金氏面色也和缓下来，转身回屋去了。邵女推

女推柴从之，又嘱庖人备酌。自是夫妻复和。女早起青衣往朝，盥已授帨[10]，执婢礼甚恭。柴入其室，苦辞之，十余夕始肯一纳。妻亦心贤之，然自愧弗如，积惭成忌。但女奉侍谨，无可蹈瑕[11]，或薄施呵谴[12]，女惟顺受。

着柴廷宾跟进去，又吩咐厨子准备酒菜。从此之后，他们夫妻又和好如初。邵女每日早早起来穿着婢女的衣服去给金氏请安，伺候金氏梳洗，像丫鬟那样毕恭毕敬。柴廷宾到她屋里来，她就苦苦拒绝，十几天才留他住一夜。金氏也觉得邵女十分贤惠，却又觉得自己不如邵女，渐渐由惭愧变成了嫉恨。然而邵女侍奉十分谨慎，金氏找不出毛病，偶尔训斥两句，邵女只是逆来顺受。

注释　**1** 青衣：汉以后卑贱者穿青衣。此处指穿着下人的衣服。　**2** 苍头：奴仆。　**3** 老牝（pìn）马：老母马。　**4** 襆（fú）：包袱。　**5** 词色：言语和神态，此处指好的态度。　**6** 捐：舍弃，抛弃，此处引申为消除。　**7** 姗笑：讥笑，嘲笑。　**8** 孟光举案：汉代书生梁鸿的妻子孟光，每次给丈夫送饭都把托盘举得跟眉毛一样高，这就是"举案齐眉"的来源。后指妻子对丈夫很尊敬。　**9** 分在则然：此处指夫妻名分在即应如此。　**10** 盥（guàn）已授帨（shuì）：盥，承水洗手；帨，佩巾，古代女子出嫁时母亲所授，此处指毛巾。　**11** 蹈瑕：利用过失，挑毛病。　**12** 呵（hē）谴：斥责。

一夜，夫妇少有反唇[1]，晓妆犹含盛怒。女捧镜，镜堕，破之。妻益恚[2]，握发裂眦[3]。女惧，长跪哀免。怒不解，

一天夜里，夫妻两人小吵了起来，第二天早晨起床梳妆时，金氏还余气未消。邵女捧着镜子伺候她梳头，不小心把镜子掉在地上摔碎了。金氏更加生气，攥着头发，瞪圆了眼睛。邵女很害怕，长跪地上

鞭之至数十。柴不能忍，盛气奔入，曳女出，妻呶呶逐击之。柴怒，夺鞭反扑，面肤绽裂，始退。由此夫妻若仇。柴禁女无往，女弗听，早起，膝行伺幕外。妻捶床怒骂，叱去，不听前。日夜切齿，将伺柴出而后泄愤于女。柴知之，谢绝人事，杜门不通吊庆[4]。妻无如何，惟日挞婢媪以寄其恨，下人皆不可堪。自夫妻绝好，女亦莫敢当夕[5]，柴于是孤眠。妻闻之，意亦稍安。有大婢素狡黠[6]，偶与柴语，妻疑其私，暴之尤苦。婢辄于无人处，疾首怨骂。一夕轮婢值宿，女嘱柴，禁无往，曰："婢面有杀机，叵测[7]也。"柴如其言，招之来，诈问："何作？"婢惊惧，

哀求金氏饶恕。金氏怒气难消，拿起鞭子抽了几十下。柴廷宾忍不下去，气冲冲跑进屋，拉起邵女就走。金氏骂骂咧咧地在后面追着打。柴廷宾大怒，夺过鞭子朝金氏抽去，把脸都抽破了，金氏这才退了回去。如此一来，夫妻二人又跟仇人一样。柴廷宾不准邵女再去金氏那里，邵女不听，清晨起来，跪着来到金氏帐前，等候她起床。金氏捶着床大骂，呵斥她走，不让她上前。金氏每天都对邵女恨得咬牙切齿，准备等柴廷宾不在家的时候再狠狠地收拾她来出气。柴廷宾知道金氏的想法，谢绝宾客，闭门不与外界来往。金氏无可奈何，就天天打丫鬟仆妇出气，下人叫苦不迭，难以忍受。自从夫妻反目成仇，邵女也不敢让柴廷宾住自己这里，柴廷宾只好一个人睡。金氏知道后，心里才稍微好受了些。柴廷宾家里有个年龄稍大的婢女，向来狡猾精明，偶尔与柴廷宾说了句话，金氏就怀疑她与丈夫有私情，拉过来暴打了一顿。这婢女常在没人的地方狠狠地咒骂她。这天，轮到这位婢女伺候金氏就寝，邵女嘱咐柴廷宾，不要让这位婢女到金氏房里去，说："我看那婢女面带杀机，居心叵测啊。"柴廷宾觉得邵女说得有

无所措词。柴益疑，检其衣得利刃焉。婢无言，惟伏地乞死。柴欲挞之，女止之曰："恐夫人所闻，此婢必无生理。彼罪固不赦，然不如鬻[8]之，既全其生，我亦得直焉。"柴然之。会有买妾者急货之。妻以其不谋故，罪柴，益迁怒女，诟骂益毒。柴忿，顾女曰："皆汝自取。前此杀却[9]，乌有今日？"言已而走。妻怪其言，遍诘左右并无知者，问女，女亦不言。心益闷怒，捉裾浪骂[10]。柴乃返，以实告。妻大惊，向女温语，而心转恨其言之不早。

理，把那婢女叫来，故意问她："今晚你想做什么？"婢女又惊又怕，吓得答不上来。柴廷宾更加疑惑，搜她身，果然找到一把锋利的刀子。婢女无话可说，只是跪下来求死。柴廷宾想要打她，邵女劝阻道："一打她，恐怕夫人就知道了，这样这丫头就要没命了。她固然罪不可恕，然而我看不如把她卖了，这样既可保她条命，咱们又能得些钱财。"柴廷宾同意了，正好有个人要买小妾，就赶紧把她卖了。金氏知道这件事后，怪柴廷宾不和她商量就自作主张，又更加迁怒于邵女，骂得更加恶毒。柴廷宾很生气，看看邵女说："都是你自找的。先前要是那婢女杀了她，哪会弄成今天这个样子？"说完转身就走了。金氏听说了这话感到很奇怪。问遍周围的下人，却没一个人知道是怎么回事，去问邵女，她也不说。金氏更加郁闷生气，扯着衣襟大骂。柴廷宾回来后，将事情的来龙去脉告诉了她。金氏听后大吃一惊，对邵女态度温和了一些，可是心中又怨恨邵女不早对自己说。

注释 **1** 反唇：回嘴，顶嘴。此处指发生口角。 **2** 恚（huì）：生气，发怒。 **3** 握发裂眦（zì）：握着头发，瞪圆了眼睛。 **4** 吊庆：吊唁或庆贺，此处指日常交际。 **5** 当夕：出自《礼记·内则》"妻不在，妾御莫敢当夕”，指妻妾侍寝。 **6** 狡黠（jiǎo xiá）：狡猾，诡诈。**7** 叵（pǒ）测：不可测度。多用作贬义。 **8** 鬻（yù）：卖。 **9** 杀却：杀死。 **10** 捉裾（jū）浪骂：扯着衣服大骂。裾，衣服的前襟。

柴以为嫌隙尽释，不复作防。适远出，妻乃召女而数之曰：“杀主者罪不赦，汝纵之，何心？”女造次[1]不能以词自达。妻烧赤铁烙女面，欲毁其容，婢媪皆为之不平。每号痛一声，则家人皆哭，愿代受死。妻乃不烙，以针刺胁二十余下，始挥去之。柴归，见面创，大怒，欲往寻之。女捉襟曰：“妾明知火坑而故蹈之。当嫁君时，岂以君家为天堂耶？亦自顾薄命，聊以泄造化之怒耳。安心忍受，尚有满时，若再触焉，是坎已填而复掘之也。”遂以药糁[2]患处，数日寻愈。忽揽镜喜曰：

柴廷宾以为两人尽释前嫌，不再提防。正好柴廷宾有事出远门，金氏就把邵女叫来训斥说：“杀主人罪不可赦，你却把她放走了，到底安的什么心？”邵女仓促之间不知道该怎么回答。金氏就烧红了烙铁烙邵女的脸，想把她毁容。家中丫鬟和仆妇都为邵女鸣不平。邵女每哀号一声，仆人们都痛哭不已，哀求说愿意替邵女去死。金氏这才不烙了，又用针扎邵女的肋下二十多次，才挥手让她走。柴廷宾回来后，看见邵女脸上有烙伤，大怒，要去找金氏算账。邵女拉着他的衣襟劝道：“是我明知这是火坑而故意往里跳的。我嫁给你的时候，难道认为你家是天堂吗？我自知命不好，想以此来让上天发泄怒气罢了。我安心忍受，或许还能熬出头，若是再触怒上天，就是把填平的坑又挖开啊。”邵女于是在脸上涂了烫伤药，过了几天就好了。有一天她照镜子，忽然高兴地说：“夫君今天应该向我道贺，夫人把我脸上那条晦气

"君今日宜为妾贺，彼烙断我晦纹[3]矣！"朝夕事嫡[4]，一如往日。金前见众哭，自知身同独夫，略有愧悔之萌，时时呼女共事，词色平善。月余忽病逆，害饮食。柴恨其不死，略不顾问。数日腹胀如鼓，日夜濅困[5]。女侍伺不遑[6]眠食，金益德之。女以医理自陈，金自觉畴昔过惨，疑其怨报，故谢之。金为人持家严整，婢仆悉就约束；自病后，皆散诞[7]无操作者。柴躬自经理，劬劳[8]甚苦，而家中米盐，不食自尽。由是慨然兴中馈[9]之思，聘医药之。金对人辄自言为气蛊[10]，以故医脉之，无不指为气郁者。凡易数医，卒罔效，亦濒危[11]矣。又将烹药，女进曰："此等药百裹无益，只增剧耳。"金

的命理纹给烙断了！"从此之后，邵女便一如既往地每天侍奉金氏。金氏见上次烙邵女时众人都为邵女痛哭求情，明白自己成了孤家寡人，略有些懊悔，常叫邵女跟自己一起做事，言谈举止都比较和善。过了一个多月，金氏突然患上胃气不顺的病，吃饭都受影响。柴廷宾恨不得她早点死，根本不管不顾。几天之后，金氏的肚子胀得像鼓一样，日夜难受。邵女顾不上吃饭和休息，悉心照料她，金氏对她更加感激。邵女告诉金氏医治此病的方法，金氏自知过去对邵女太残忍，怀疑邵女会趁机报复，就谢绝了她说的治疗方法。金氏治家时严厉而规矩，丫鬟仆人都顺从她的管束；自她得病后，婢仆们都变得散漫，活儿都没人干。柴廷宾亲自来管理家务，十分辛苦，然而家里的米盐，还没有吃就没有了。柴廷宾这才感到金氏管家时的不容易，请来医生给她治病。金氏常对别人说自己得了"气蛊"病，因此大夫诊脉时，也都说是气郁造成的。换了几个大夫，也不见效果，最后生命垂危快不行了。这天又煎药时，邵女对金氏说："这些药，吃一百副也不顶用，只会加重病情。"金氏不信。邵女

不信。女暗撮别剂易之。药下，食顷三遗，病若失。遂益笑女言妄，呻而呼之曰："女华陀[12]，今如何也？"女及群婢皆笑。金问故，始实告之。泣曰："妾日受子之覆载[13]而不知也！今而后，请惟家政，听子而行。"

暗中换了药，金氏服下，一顿饭工夫拉了三次肚子，病就好了。金氏更加笑话邵女妄言医理，假装呻吟着喊邵女过来说："你这个女华佗，现在怎么样啊？"邵女和丫鬟都忍不住笑了起来。金氏问笑什么，邵女才告诉了她实情。金氏流着泪说："我今天受你如此大恩大德，竟还不知道！从今以后，家里的事务，都让你打理吧。"

注释 1 造次：匆忙仓促。 2 糁（sǎn）：饭粒。引申为散粒。此处指抹上药末。 3 晦纹：晦气的命理纹。 4 嫡（dí）：封建宗法制度中指正妻，此处指金氏。 5 濅（jìn）困：疼痛，难受。 6 不遑（huáng）：顾不上。遑，闲暇。 7 散诞：放诞不羁。 8 劬（qú）劳：劳苦，劳累。 9 中馈：指妇女在家里主管的饮食等事。引申为妻室。 10 气蛊：俗称"气臌"，一种腹部肿胀的病症。 11 滨危：濒危。 12 华陀：应作"华佗"，东汉末年著名的医学家，后成为医术高明者的代称。 13 覆载：天地覆盖承载。此指如天覆地载那样的大恩。

无何，病痊，柴整设为贺。女捧壶侍侧，金自起夺壶，曳与连臂，爱异常情。更阑，女托故离席，金遣二婢曳还之，强与连榻。自此，事必商，食必偕，姊妹无其

没多久，金氏的病全好了。柴廷宾摆下酒席为她庆贺。邵女站在旁边拿着酒壶侍奉，金氏起身夺下酒壶，拉着她和自己坐在一起，感情特别好。夜深之后，邵女找个借口离开酒席，金氏派两个丫鬟把她拉回来，非要她晚上和自己一起睡。从此之后，两人有事一起商量，吃住

和也。无何，女产一男。产后多病，金亲调视，若奉老母。

后金患心痗[1]，痛起则面目皆青，但欲觅死。女急取银针数枚，比至，则气息濒尽，按穴刺之，画然[2]痛止。十余日复发，复刺；过六七日又发。虽应手奏效，不至大苦，然心常惴惴，恐其复萌。夜梦至一处，似庙宇，殿中鬼神皆动。神问："汝金氏耶？汝罪过多端，寿数合尽；念汝改悔，故仅降灾以示微谴。前杀两姬，此其宿报。至邵氏何罪，而惨毒如此？鞭打之刑，已有柴生代报，可以相准[3]。所欠一烙、二十三针，今三次止偿零数，便望病根除耶？明日又当作矣！"醒而大惧，犹冀为妖梦之诬。食后果病，其痛倍切。

都在一起，比亲姊妹还要亲密。不久，邵女生了个男孩。邵女产后经常生病，金氏亲自照顾护理，就像伺候自己母亲一样。

后来，金氏得了心口病，疼得脸色都发青，恨不得死了才好。邵女急忙取了几枚银针，等回来的时候，金氏疼得都快断气了，邵女赶紧按穴位扎上银针，疼痛立刻就停止了。过了十几天，金氏心口病又犯了，邵女又给她针灸；再过六七天还是复发。虽然邵女一针灸疼痛就没了，不至于太过痛苦，但金氏整天提心吊胆，害怕再犯病。一天夜里，金氏梦见自己来到一个很像庙宇的地方，大殿里的鬼神全都能动，神问她："你就是金氏吗？你的罪孽深重，寿命也该到头了；念你能悔过自新，所以就给你降点灾祸以示薄惩。你以前害死的那两个女人，是她们命中注定的报应。可是邵女有什么过错，竟然受你这么狠毒的虐待？你鞭打她，已由柴廷宾替她报仇，可以抵消了。你还欠她一次烙和二十三次针扎的账，现在才报了三次，只是个零数，这样你就指望病根除吗？明天又该犯病了。"金氏醒来后心中十分害怕，但又希望噩梦不会

女至刺之，随手而瘥[4]。疑曰："技止此类，病本何以不拔？请再灼之。此非烂烧不可，但恐夫人不能忍受。"金忆梦中语，以故无难色。然呻吟忍受之际，默思欠此十九针，不知作何变症，不如一朝受尽，庶免后苦。炷尽，求女再针，女笑曰："针岂可以泛常施用耶？'金曰："不必论穴，但烦十九刺。"女笑不可。金请益坚，起跪榻上，女终不忍。实以梦告，女乃约略经络刺之如数。自此平复，果不复病。弥自[5]忏悔，临下[6]亦无戾色[7]。

子名曰俊，秀惠绝伦。女每曰："此子翰苑相也。"八岁有神童之目，十五岁以进士授翰林。是时柴夫妇年四十，如夫人[8]三十有

成为现实。吃过饭后，果真又犯了病，而且疼得更加厉害了。邵女来了一针灸，立即就不痛了。邵女疑惑地说："我的本事也就这些了，怎么就除不去病根呢？请让我用火灸，把它烧烂了才能除根啊，只怕夫人受不住疼痛。"金氏回忆起梦中的话，也就面无难色了。然而在忍受着疼痛呻吟的时候，金氏心里还想着欠下的十九针如果不报，不知道还要闹出什么病来，不如一次都受了，以免将来遭罪。烧完之后，金氏求邵女再针灸，邵女笑着说："针怎么可以胡乱扎呢？"金氏说："不用管什么穴位，只求你再给我扎十九针。"邵女笑着说不行。金氏坚决请求，跪在床上哀求，邵女还是不忍心。金氏把梦中之事告诉了她，邵女这才估摸着经络上的穴位给金氏扎了十九针。从此，金氏完全康复，果然没有再犯。金氏更加悔过，对待下人再也不粗声恶气了。

邵女的儿子叫柴俊，从小英俊，聪慧远超常人。邵女常说："这孩子有当翰林的面相啊。"八岁的时候就被人称作神童，十五岁就考中进士，授翰林的职位。这时候，柴廷宾夫妇四十岁，邵女不过三十二三岁。柴俊坐着马车衣锦还乡，

二三耳。舆马归宁，乡里荣之。邵翁自鬻女后，家暴富，而士林羞与为伍，至是始有通往来者。

看望父母，乡亲们都引以为荣。邵女的父亲自从卖了闺女，虽然一夜暴富，但读书人羞于与他为伍，直到这时才有人和他往来。

注释　1 心痗（mèi）：心病。出自《诗经·卫风·伯兮》“愿言思伯，使我心痗”。原指忧伤成疾。　2 画然：表示短暂的时间，犹言一下子，突然。　3 相准：相抵消。　4 瘥（chài）：病除，病愈。此处指不痛了。　5 弥自：更加。　6 临下：对待下人。　7 戾色：凶悍的容色。此指粗声恶气。　8 如夫人：古代女子称谓，一般用来代指妾。此处指邵女。

异史氏曰：“女子狡妒[1]，其天性然也。而为妾媵[2]者，又复炫美弄机以增其怒。呜呼！祸所由来矣。若以命自安，以分自守，百折而不移其志，此岂梃刃[3]所能加乎？乃至于再拯其死，而始有悔悟之萌。呜呼！岂人也哉！如数以偿，而不增之息，亦造物之恕矣。顾以仁术作恶报，不亦慎[4]乎！每见愚夫妇抱疴终日，即招无知之巫，任其

异史氏说：“女人爱猜疑妒忌，这是她们的天性。而那当妾的又爱炫耀姿色玩弄心机，来增加正室的怒火。呜呼！灾祸就由此发生了。如果妾能各安天命，守住自己的本分，受到多少挫折也不变心，难道棒打刀砍的事还会强加身上吗？像金氏那样被妾一再救命，才有了一点悔过的念头。唉！这还算是人吗？上天只是按照她的罪过如数惩罚罢了，而没有增加利息多加责罚，已经是上天对她的宽恕了。看看那些对别人的仁爱报以恶行的人，不是太荒谬了吗？我常看到那些愚蠢的夫妇成天害病，请来装神弄鬼的巫医，任凭针刺、火

刺肌灼肤而不敢呻，心尝怪之，至此始悟。”

烧也不敢呻吟，心里觉得奇怪，现在才明白是怎么回事。”

注释 1 狡妒：猜疑妒忌。 2 媵（yìng）：指小妾。 3 梃（tǐng）刃：棍棒与刀子。 4 傎（diān）：荒唐，荒谬。

闽人有纳妾者，夕入妻房，不敢便去，伪解屦[1]作登榻状。妻曰：“去休！勿作态！”夫尚徘徊，妻正色曰：“我非似他家妒忌者，何必尔尔。”夫乃去。妻独卧，辗转不得寐，遂起，往伏门外潜听之。但闻妾声隐约，不甚了了，惟“郎罢”二字略可辨识。郎罢，闽人呼父也。妻听逾刻，痰厥而踣[2]，首触扉作声。夫惊起启户，尸倒入。呼妾火之，则其妻也。急扶灌之。目略开，即呻曰：“谁家郎罢被汝呼！”妒情可哂。

有个纳了小妾的福建人，晚上到妻子房里，不敢马上离开，假装脱鞋上床的样子。妻子说：“去吧！别在这儿做样子了！”丈夫仍然犹豫徘徊，妻子正色说道：“我不像别人家那些爱嫉妒的女人，你何必这样。”丈夫这才走了。妻子一个人在房里躺着，翻来覆去睡不着，就爬起来，趴在小妾门外偷听。只听见小妾隐约说话的声音，但听不清楚，只有“郎罢”二字勉强听到。福建人称父亲为“郎罢”。老婆听了一刻多钟，一口痰上来呛昏了过去，头碰到门上发出声响。丈夫惊慌地起来打开门，一个人像死尸一样倒进屋里。丈夫赶紧让小妾点上灯，一照，才发现原来是妻子。急忙扶起她灌了些水。妻子眼睛刚睁开，就呻吟着说：“你这是叫谁‘郎罢’呢！”嫉妒之情真是可笑啊。

注释 1 解屦（jù）：脱鞋。屦，用麻、葛等做成的鞋。 2 痰厥而踣（bó）：痰厥，中医病症名。指因痰盛气闭而引起四肢厥冷，甚至昏厥的病症。踣，向前仆倒。

巩 仙

原文

巩道人，无名字，亦不知何里[1]人。尝求见鲁王[2]，阍人[3]不为通。有中贵人[4]出，揖求之，中贵见其鄙陋，逐去之，已而覆来。中贵怒，且逐且扑。至无人处，道人笑出黄金二百两，烦逐者覆中贵："为言我亦不要见王，但闻后苑花木楼台，极人间佳胜，若能导我一游，生平足矣。"又以白金赂逐者。其人喜，反命；中贵亦喜，引道人自后宰门[5]入，诸景俱历。又从登楼上，中贵方凭窗，道人一推，但觉身堕

译文

巩道士，没有名字，也不知道他是哪里人。曾经，他去王府求见鲁王，看门人不给通报。这时有位太监出来，巩道士便向他作揖求引见。太监见他长得粗鄙浅薄，就将他赶走了，不久那道士又返回来了。太监很生气，派人连追带打给轰走了。追到一个没人的地方，道士笑着拿出二百两黄金，请追他的人转告太监："请对他说，其实我也不是要见鲁王，只是听说王宫后花园的花草树木、亭台楼阁是人世间最好的景致，如果能领我看一看，这辈子也就满足了。"又拿出些银子贿赂追他的人。那人十分高兴，回去就告诉了太监；太监也很高兴，就领巩道士从王府的后门进了花园，带他看了所有的景致。巩道士又跟着太监登上楼，太监刚走到窗前，道士一推，那太监只觉得身子摔出楼

楼外，有细葛绷腰，悬于空际。下视则高深晕目，葛隐隐作断声。惧极，大号。无何数监至，骇极。见其去地绝远，登楼共视，则葛端系棂上，欲解援之，则葛细不堪用力。遍索道人，已杳矣。束手无计，奏之鲁王。王诣视大奇之，命楼下藉茅铺絮，将因而断之。甫毕，葛崩然自绝，去地乃不咫[6]耳。相与失笑。

王命访道士所在。闻馆[7]于尚秀才家，往问之，则出游未复。既，遇于途，遂引见王。王赐宴坐，便请作剧。道士曰："臣草野之夫，无他庸能。既承优宠，敢献女乐为大王寿。"遂探袖中出美人置地上，向王稽拜[8]已。道士命扮"瑶池宴"本，祝王万年。女子

外，腰被一条细藤缠住了，身子悬挂在半空中。往下一看离地很远，太监吓得头晕目眩，细藤也隐隐发出断裂声。他吓得不得了，大声喊救命。不一会，几个太监闻声赶来，都惊恐万分。这几人见他离地很远，无从下手，赶紧上楼一看，发现细藤一头拴在窗棂上，想解下救他，又怕藤蔓太细，一用力就会断。太监们到处寻找巩道士，却不见他的踪影。众人束手无策，只好向鲁王禀报。鲁王亲自去看，也觉得非常奇怪，下令在楼下铺上茅草和棉絮，然后再将细藤割断救人。结果刚把茅草和棉絮铺好，就听细藤"嘣"的一声断开了，太监摔到地上，原来距离地面不过一尺高。大家互相看看，大笑起来。

鲁王命人去查访巩道士的住处，得知他住在尚秀才家，便派人去询问，只是他出游还没有回来。碰巧差人在回府的途中遇上了巩道士，便领他去见鲁王。鲁王摆下酒宴，请巩道士入座，并请他表演绝技。道士说："我本是不入流的草野小民，没有什么本事。但承蒙您优待恩宠，就斗胆献上一队歌女为大王祝寿吧。"说完，巩道士从袖子里拿出个美人放在地上，美人向鲁王磕头拜见。巩道

吊场[9]数语。道士又出一人，自白“王母”。少间，董双成、许飞琼，一切仙姬次第俱出。末有织女来谒，献天衣一袭，金彩绚烂，光映一室。王意其伪，索观之，道士急言：“不可！”王不听，卒观之，果无缝之衣，非人工所能制也。道士不乐曰：“臣竭诚以奉大王，暂而假诸天孙，今为浊气所染，何以还故主乎？”王又意歌者必仙姬，思欲留其一二，细视之，则皆宫中乐伎耳。转疑此曲非所夙谙[10]，问之，果茫然不自知。道士以衣置火烧之，然后纳诸袖中，再搜之，则已无矣。

士命这个美人演“瑶池宴”，来为鲁王祝寿。美人开场说了几句旁白。巩道士又从袖中拿出一女子，她自称“王母娘娘”。一会儿，董双成、许飞琼等许多仙女都先后出来登场。最后，织女出来拜见，献上一件天衣，金光灿烂耀眼，把整个屋子都照亮了。鲁王怀疑天衣是假的，要拿来看看，巩道士急忙说：“不可以！”鲁王不听，最后还是索要察看，果然是无缝天衣，不是人间手艺所能织出来的。巩道士不高兴地说：“我实心诚意奉承大王，才从诸位天孙那儿暂时借来天衣，如今却沾染了浊气，让我怎么还给主人呢？”鲁王又认为那些演唱的女子一定是真的仙女，想留下一两个，但仔细一看，原来都是自己宫中的歌妓。转念又怀疑刚才她们唱的曲子并不是原来就会的，一盘问，她们果然茫然不知。巩道士就把那件天衣放到火上烧，然后收入袖中，再看袖中，天衣已经没有了。

注释 1 何里：什么地方。 2 鲁王：明太祖朱元璋第十子朱檀被封为鲁王，封地在兖州（今属山东）。 3 阍（hūn）人：周官名，掌晨昏开关宫门，后世通称守门人为阍人。 4 中贵人：帝王所宠幸的宦官。 5 后宰门：此处指小门或后门。 6 咫（zhǐ）：咫尺。 7 馆：寓居。 8 稽（jī）拜：叩拜。 9 吊场：戏剧术语。指一出戏的结尾，其他演员都已下场，留下一二人念下场诗;或一出戏中一个场面结束,由某一演员说几句说白,转到另一个场面。 **10** 夙谙(sù ān):平时所熟练通晓的。

王于是深重[1]道士,留居府内。道士曰:"野人之性,视宫殿如藩笼,不如秀才家得自由也。"每至中夜,必还其所,时而坚留,亦遂宿止。辄于筵间,颠倒四时花木为戏。王问曰:"闻仙人亦不能忘情,果否?"对曰:"或仙人然耳,臣非仙人,故心如枯木矣。"一夜宿府中,王遣少妓往试之。入其室,数呼不应,烛之,则瞑坐榻上。摇之,目一闪即复合;再摇之,鼾声[2]作矣。推之,则遂手而倒,酣卧如雷。弹其额,逆指[3]作铁釜[4]声。返以白王。王使刺以针,针弗入。推之,重不可摇;加十余人举掷床下,若千斤石堕地者。旦而窥之,仍眠地

鲁王因此对巩道士十分器重,留他住在王府里。巩道士说:"我闲云野鹤惯了,视宫殿就像牢笼一样,没有住在秀才家里自在。"此后,每到半夜,巩道士必然会回秀才家。有时鲁王坚决挽留,他也会偶尔住下。巩道士常在宴席间变出不符合时令的花草香木助兴。鲁王问他:"听说仙人也不免男女情事,是这样吗?"巩道士回答说:"仙人或许如此吧,可我不是仙人,所以我的心就像枯木一样。"一天晚上,巩道士住在王府里,鲁王派一个年轻貌美的歌妓去试探他。歌妓进了房,连喊几声都没人答应,点上蜡烛一照,发现道士闭着眼坐在床上。歌妓上前摇晃,巩道士眼一睁又闭上了,再摇,竟然打起了呼噜。一推,随手就倒下了,躺在床上,鼾声如雷。歌妓又用手弹他的额头,发出像敲铁锅一样的声音。歌妓返回禀报鲁王。鲁王派人用针刺巩道士,却扎不进去。推他,重得摇不动;又让十几个人把他举起来扔到床下,就像千斤重石轰然落地。天亮之后再去探视,巩道士仍然睡在地上。巩道士醒后笑着

上。醒而笑曰:“一场恶睡,堕床下不觉耶!”后女子辈每于其坐卧时,按之为戏,初按犹软,再按则铁石矣。

说:“晚上睡得很不好,掉下床竟然都不知道!”此后,王府里的这些女子,常在巩道士坐着或躺下时,按着他玩儿,刚按时身体还软和,再按就硬得跟铁块、石头一样了。

注释 1 深重:此处指十分器重。 2 齁(hōu)声:犹鼾声。 3 逆指:指用手指弹敲。 4 铁釜(fǔ):铁锅。

道士舍[1]秀才家,恒中夜[2]不归。尚锁其户,及旦启扉,道士已卧室中。初,尚与曲妓惠哥善,矢志[3]嫁娶。惠雅善歌,弦索倾一时[4]。鲁王闻其名,召入供奉,遂绝情好。每系念之,苦无由通。一夕问道士:“见惠哥否?”答言:“诸姬皆见,但不知其惠哥为谁。”尚述其貌,道其年,道士乃忆之。尚求转寄一语,道士笑曰:“我世外人,不能为君塞鸿[5]。”尚哀之不已。道士展其袖曰:“必欲一见,请入

巩道士住在尚秀才家时,经常到了半夜还不回来。尚秀才锁了门,等早晨打开房门一看,巩道士已经睡在屋里了。以前,尚秀才和一个叫惠哥的歌妓互有情义,两人发誓要结为夫妻。惠哥歌唱得特别好,演奏技艺名噪一时。鲁王听说惠哥的名气,就把她召入宫内侍奉自己,从此,惠哥和尚秀才断绝了来往。虽然尚秀才经常想念她,但苦于没人传递音信。一天晚上,尚秀才问巩道士:“你见过惠哥吗?”巩道士回答说:“王府里的那些歌妓我都见过,但不知道哪位才是惠哥。”尚秀才便描述了一番惠哥的相貌,并说了她的年龄,巩道士就想起来了。尚秀才求他转达句话,道士笑着说:“我是世外之人,不能替你鸿雁传书。”尚秀才苦苦哀求。巩道士展开袖袍说:“如

此。”尚窥之，中大如屋。伏身入，则光明洞彻，宽若厅堂，几案床榻，无物不有。居其内，殊无闷苦，道士入府，与王对弈[6]。望惠哥至，阳[7]以袍袖拂尘，惠哥已纳袖中，而他人不之睹也。尚方独坐凝想时，忽有美人自檐间堕，视之惠哥也。两相惊喜，绸缪臻至[8]。尚曰：“今日奇缘，不可不志。请与卿联之[9]。”

果你一定要见惠哥，就请藏到我的袖子里吧。”尚秀才往袖子里一看，里面大得像间屋子。尚秀才便伏下身钻了进去，里面明亮无比，宽得像厅堂一样，桌椅床凳十分齐全，住在里面一点也不觉得憋闷，巩道士来到王府，与鲁王下棋。巩道士见到惠哥走来，假装用袍袖拂尘，一挥袖就将惠哥装了进去，而周围的人一点也没发觉。尚秀才正在独坐沉思，忽见一个美人从屋檐上掉下来，一看原来是惠哥。两人一见万分惊喜，亲热至极。尚秀才说：“今日奇缘相见，不能不记下来。请允许我与你和诗一首。”

注释 1 舍：住宿。 2 中夜：半夜。 3 矢志：指立下誓愿和志向，以示决心。 4 弦索倾一时：指弹奏技艺的出众。 5 塞鸿：相传汉代时苏武被拘于塞外匈奴，曾借鸿雁传书；唐代时有王仙客的苍头塞鸿传情。后常以“塞鸿”指信使。 6 对弈：下棋。 7 阳：通“佯”，装作。 8 绸缪臻至：绸缪，连绵不断，情真意切；臻至，到了极点。 9 联之：即联句作诗。一人出上句，另一人对下句成联，后者再出上句，前者再对下句成联。这样轮流相继，直至缀成一诗。

书壁上曰：“侯门似海久无踪。”惠续云：“谁识萧郎[1]今又逢。”尚曰：“袖里乾坤真个大。”惠曰：

尚秀才提笔在墙壁上写道：“侯门似海久无踪。”惠哥续写：“谁识萧郎今又逢。”尚秀才又写：“袖里乾坤真个大。”惠哥又续写：“离人思妇尽包容。”

"离人思妇尽包容。"书甫毕，忽有五人入，八角冠，淡红衣，认之都与无素[2]。默然不言，捉惠哥去。尚惊骇，不知所由。道士既归，呼之出，问其情事，隐讳不以尽言。道士微笑，解衣反袂[3]示之。尚审视，隐隐有字迹，细裁如虮[4]，盖即所题句也。

后十数日，又求一入。前后凡三入。惠哥谓尚曰："腹中震动，妾甚忧之，常以紧帛束腰际。府中耳目较多，倘一朝临蓐[5]，何处可容儿啼？烦与巩仙谋，见妾三叉腰[6]时，便一拯救。"尚诺之。归见道士，伏地不起。道士曳之曰："所言，予已了了[7]。但请勿忧。君宗祧[8]赖此一线，何敢不竭绵薄！但自此不必复入。我所以报君者，原不在情私也。"后数月，道士

两人刚题写完，忽然进来五个人，头戴着八角帽，穿着淡红色衣服，尚秀才跟他们都不认识。这些人话也不说，抓了惠哥就走。尚秀才吓得手足无措，不知道怎么回事。巩道士回到尚秀才家里，把他叫出来，问里面的事情，尚秀才隐瞒了一些事，没有全部说出来。巩道士笑着把袖袍脱下来，翻过袖口让尚秀才看。他见上面隐隐约约有些字迹，像虮子般大小，原来是他们题的诗。

过了十多天，尚秀才又请求进入袍袖和惠哥见面，先后共见了三次。惠哥对秀才说："我肚子里胎儿已经在动了，非常担心，经常用带子扎紧腰身。王府里耳目众多，倘若等到临产的时候，哪里能藏住孩子的哭啼声啊？麻烦你和巩仙人商量一下，等我腰有三叉粗的时候，请他设法救我。"尚秀才答应了。回家见到巩道士，他跪在地上行礼不起来。巩道士扶起他说："你想说的话，我已经都知道了。请你们不用担心。你尚家传宗接代就靠这个孩子了，我怎能不尽心尽力！但是从现在起你不能再进王府。我所要报答你的，原本也不是这些儿女私情。"过了几个月，巩道士从

自外入，笑曰："携得公子至矣。可速把襁褓来！"尚妻最贤，年近三十，数胎而存一子；适生女，盈月而殇[9]。闻尚言，惊喜自出。道士探袖出婴儿，酣然若寐，脐梗[10]犹未断也。尚妻接抱，始呱呱而泣。道士解衣曰："产血溅衣，道家最忌。今为君故，二十年故物，一旦弃之。"

外面回来，笑着说："我把公子带来了。快把裹孩子的被子拿来！"尚秀才的妻子非常贤惠，快三十岁了，生了几个孩子，但只活下一个儿子；最近又生了个女儿，刚满月就死了。听尚秀才说有个儿子，妻子惊喜地从屋里走出来。巩道士从袖子中取出婴儿，孩子睡得正香，脐带还没断。尚妻接过孩子抱在怀里，孩子这才"呱呱"哭起来。巩道士脱下道袍说："产血溅在衣服上，这是道家的大忌。今天为了帮你，这一件穿了二十年的道袍，只能扔掉了！"

注释 1 萧郎：女子爱恋的男子。 2 无素：指平时没有交往。 3 反袂（mèi）：将袖子翻过来。 4 虮（jǐ）：虱子的卵。 5 临蓐（rù）：临产。蓐，草垫。 6 三叉腰：腰围有三叉粗。叉，拇指与中指伸开后，两指端的距离。 7 了了：清楚。 8 宗祧（tiāo）：宗庙，宗嗣。祧，古代祭祀远祖的庙。后来也指承继为后嗣。 9 殇（shāng）：没到成年就死去。 10 脐梗：脐带。

尚为易衣[1]。道士嘱曰："旧物勿弃却，烧钱许，可疗难产，堕死胎。"尚从其言。居之又久，忽告尚曰："所藏旧衲[2]，当留少许

尚秀才为道士换了一件衣服。道士嘱咐他说："旧道袍不要扔，烧出一钱灰吃了，可以治疗难产，堕下死胎。"尚秀才听从了他的话。巩道士在尚秀才家又住了很久，有一天忽然对他说："你收藏的那件旧道袍，应当留下一些自己用，我死后你也别

自用，我死后亦勿忘也。”尚谓其言不祥。道士不言而去，入见王曰：“臣欲死！”王惊问之，曰：“此有定数，亦复何言。”王不信，强留之。手谈[3]一局，急起，王又止之。请就外舍，从之。道士趋卧，视之已死。王具棺木，以礼葬之。尚临哭尽哀，始悟曩言[4]盖先告之也。遗衲用催生，应如响，求者踵接于门。始犹以污袖与之；既而剪领衿，罔不效。及闻所嘱，疑妻必有产厄，断血布如掌，珍藏之。会鲁王有爱妃临盆，三日不下，医穷于术。或有以尚生告者，立召入，一剂而产。王大喜，赠白金、彩缎良厚，尚悉辞不受。王问所欲，曰：“臣不敢言。”

忘了！”尚秀才觉得巩道士的话很不吉利。巩道士再没说什么就走了，进了王府对鲁王说：“我就要死了！”鲁王吃惊地问怎么回事，巩道士说：“人的生死都有定数，还有什么可说的呢？”鲁王不相信，强行把他留下。两人刚下了一盘棋，巩道士急忙起身要走，鲁王又阻拦他。巩道士请求到外屋休息一下，鲁王答应了。巩道士到了外屋就躺下，鲁王去看，他已经死了。鲁王准备了棺木，按礼节把巩道士安葬了。尚秀才亲自到坟前拜祭，大哭一场，这才醒悟巩道士原先的话是预先告诉自己他要死了。他用巩道士留下的旧道袍催生，十分灵验，来尚秀才家求药的人络绎不绝。开始他只是剪粘了血的袖子给人；后来又剪衣襟和领子，都很有效。尚秀才想起巩道士嘱咐自己的话，怀疑妻子日后必定会难产，就剪下巴掌大的一块沾血的道袍珍藏起来。碰巧，鲁王有个爱妃临产，三天也没有生下来，医生用尽了各种方法也不管用。有人把尚秀才用旧道袍催生的事告诉了鲁王，鲁王立刻召他进府，那妃子只吃了一剂袍灰就生下了孩子。鲁王非常高兴，赏赐给尚秀才许多银财绸缎，他全部推辞不要。鲁王问他想要什么，尚秀才说：“臣不敢说。”鲁

再请之，顿首曰："如推天惠，但赐旧妓惠哥足矣。"王召之来，问其年，曰："妾十八入府，今十四年矣。"王以其齿加长[5]，命遍呼群妓，任尚自择，尚一无所好。王笑曰："痴哉书生！十年前订婚嫁耶？"尚以实对。乃盛备舆马，仍以所辞彩缎为惠哥作妆，送之出。惠所生子，名之秀生。秀者，袖也。是时年十一矣。日念仙人之恩，清明则上其墓。有久客川中者，逢道人于途，出书一卷曰："此府中物，来时仓猝，未暇璧返，烦寄去。"客归，闻道人已死，不敢达王，尚代奏之。王展视，果道士所借。疑之，发其冢，空棺耳。后尚子少殇，赖秀生承继，益服巩之先知云。

王一再催问，尚秀才叩头说道："如果大王一定要给我恩赏，就请把以前的歌妓惠哥赐给我，这样我就心满意足了。"鲁王把惠哥招来，问她年龄，惠哥说："妾身十八岁入府，至今已十四年了。"鲁王觉得惠哥年纪太大，便命人将府上歌妓全都叫来，任由尚秀才自己挑选。但尚秀才一个也不喜欢。鲁王笑着说："你真是个痴情的书生啊！难道你们十年前就订了婚约吗？"尚秀便把实情告诉了鲁王。鲁王隆重地为他们准备了车马，仍把尚秀才推掉不要的绸缎都给惠哥当嫁妆，送他们出了王府。惠哥生的儿子取名"秀生"，"秀"即"袖"的同音。如今，秀生已经十一岁了。尚秀才时刻不忘巩道士的大恩大德，清明时节就到坟上祭扫。有个长年旅居四川的客人，在路上遇见了巩道士。巩道士拿出一本书说："这是鲁王府的东西，我来时匆忙，没来得及归还，就麻烦你捎回去吧。"这位客人回来后，他听说巩道士已经死了，不敢将此事禀告鲁王，尚秀才听说后替他上奏了。鲁王打开书一看，果然是巩道士借去的。鲁王起了疑心，挖开巩道士的坟墓一看，只有空棺材罢了。后来，尚秀才的大儿子年龄不大就死了，幸好有秀生承继，尚秀才因此更加佩服巩道士未卜先知的本事。

注释 1 易衣：更换衣服。 2 旧衲（nà）：此处指被产血弄脏的道袍。衲，僧衣。因其常用许多碎布拼缀而成，故称。 3 手谈：下围棋的别称。因下围棋时，对弈双方均需默不作声，仅靠手运棋子而得名。 4 曩（nǎng）言：先前说的话。 5 齿加长：年龄大了。

异史氏曰："袖里乾坤，古人之寓言耳，岂真有之耶？抑何其奇也！中有天地、有日月，可以娶妻生子，而又无催科[1]之苦、人事之烦，则袖中虮虱，何殊桃源[2]鸡犬哉！设容人常住，老于是乡可耳。"

异史氏说："袖里乾坤是古人的寓言罢了，难道真有这样的事吗？然而巩道士的袖子多么神奇呀！袖子中有天地，有日月，还可以娶妻生子，而且没有催租徭役的痛苦，没有人事纠葛的烦恼，那么袖子里的虮、虱，和桃花源里的鸡犬又有什么不同！如果容许人在里面长期居住，在那里住到死也是可以的啊。"

注释 1 催科：催收租税。租税有科条法规，故称。 2 桃源：陶渊明《桃花源记》中描绘的不受世俗干扰的地方，后借"桃源"指人间仙境。

二　商

原文

莒[1]人商姓者，兄富而弟贫，邻垣而居[2]。康熙间，岁大凶，弟朝夕不自给。一日，日向午，尚

译文

莒县有一对姓商的兄弟，哥哥家富有，而弟弟家一贫如洗，他们隔着一堵墙居住。康熙年间，发生了大饥荒，弟弟一家连早晚饭都吃不上了。一天，日头升到

未举火,枵腹蹀躞[3],无以为计。妻令往告兄,商曰:“无益。脱[4]兄怜我贫也,当早有以处此矣。”妻固强之,商便使其子往。少顷空手而返,商曰:“何如哉?”妻详问阿伯云何,子曰:“伯踌躕目视伯母,伯母告我曰:‘兄弟析居[5],有饭各食,谁复能相顾也。’”夫妻无言,暂以残盎败榻[6],少易糠秕[7]而生。

中天,已是午饭时间,弟弟家还没有生火做饭,一家人饿着肚子小步徘徊,不知道该怎么办。妻子让丈夫去跟哥哥说一说情况,丈夫说:“没用的。如果哥哥可怜咱们家贫穷,早就帮咱们想办法了。”妻子坚持让他去,他只好派儿子前往。过了一会儿儿子空手回来了,他问道:“怎么样?”妻子也详细地询问哥哥都说了些什么,儿子回答说:“伯伯犹犹豫豫地看着伯母,伯母对我说:‘兄弟分家后,有饭各人吃各人的,谁还有能力互相照顾啊!’”夫妻俩听了沉默无言,只好暂时把家里的破锅坏床拿出来,稍微换回一点点糠秕来果腹。

注释 1 莒(jǔ):县名,在今山东莒县。 2 邻垣而居:隔墙而居。 3 枵(xiāo)腹蹀(dié)躞:空着肚子小步徘徊。枵,空着。蹀躞,小步徘徊。 4 脱:假如。 5 析居:分家。 6 残盎(àng)败榻:破锅坏床,泛指破烂家具。 7 糠秕(kāng bǐ):指粗劣的食物。

里中三四恶少,窥大商饶足[1],夜逾垣入[2]。夫妻惊寤[3],鸣盥器而号。邻人共嫉之,无援者。不得已疾呼二商,商闻嫂鸣欲趋救,妻止之,大声对嫂

村里有三四个游手好闲的恶霸,看到商老大家十分富有,就趁晚上翻墙溜进他家。夫妻俩被惊醒,慌忙敲打着洗脸盆大声呼救。邻居都嫉妒他们一家,没有人来救援的。没办法,只好呼喊商老二来帮忙。商老二听到嫂嫂的呼救后打算前去救援,妻子拉住他不让他去,大声对嫂嫂说:“兄

曰:“兄弟析居,有祸各受,谁复能相顾也!”俄,盗破扉,执大商及妇炮烙[4]之,呼声綦[5]惨。二商曰:“彼固无情,焉有坐视兄死而不救者!”率子越垣,大声疾呼。二商父子故武勇,人所畏惧,又恐惊致他援,盗乃去。视兄嫂两股焦灼,扶榻上,招集婢仆,乃归。

弟俩分家后,有祸各自承担,谁还能顾得上谁啊!”不一会,几个强盗就打破了房门,把商老大和妻子都抓起来,用烧红的烙铁烫他们,二人的喊叫声凄惨无比。商老二说:“他们确实绝情,可是哪里有看着哥哥死去而做弟弟的不去援救的呢?”于是他就带着儿子翻过院墙,大声疾呼。商老二父子本来就勇武有力,强盗都惧怕他们几分,又担心引来别人救援,就慌忙逃跑了。商老二一看哥哥和嫂嫂,发现他们的两腿都被烫焦了,就扶他们躺到床上,把仆人和丫环招集过来,这才回去。

注释 1 饶足:充饶富足。 2 逾垣入:翻墙而入。 3 惊寤(wù):惊醒。 4 炮(pào)烙(旧读 gé):本作“炮格”。相传是殷代所用的一种酷刑。此处指用烙铁烫。 5 綦(qí):极。

大商虽被创,而金帛无所亡失,谓妻曰:“今所遗留,悉出弟赐,宜分给之。”妻曰:“汝有好兄弟,不受此苦矣!”商乃不言。二商家绝食,谓兄必有以报,久之寂不闻。妇不能待,使子捉囊往从贷,得斗

商老大虽然受了伤,但是金银财物没有丢失,便对妻子说:“如今保存下来的财产,都是靠弟弟舍命帮忙才幸免,我们应该分一些给弟弟。”妻子说:“你要是有个好弟弟,我们也就不会受到这样的痛楚了。”商老大只好不再说什么了。商老二家又断了炊,以为哥哥一定会报答他们,可是过了很久也没听到什么消息。妻子等不及了,便让儿子拿着袋子过去借点粮

粟而返。妇怒其少，欲反之，二商止之。逾两月，贫馁[1]愈不可支。二商曰："今无术可以谋生，不如鬻宅于兄。兄恐我他去，或不受券[2]而恤焉，未可知；纵或不然，得十余金，亦可存活。"妻以为然，遣子操券诣大商。大商告之妇，且曰："弟即不仁，我手足也。彼去则我孤立，不如反其券而周之。"妻曰："不然。彼言去，挟[3]我也；果尔，则适堕其谋。世间无兄弟者，便都死却耶？我高葺墙垣，亦足自固。不如受其券，从所适，亦可以广吾宅。"计定，令二商押署券尾[4]，付直而去。二商于是徙居邻村。

食，结果只借了一斗小米回来。妻子大怒，嫌借给的太少，想让儿子返还回去，商老二劝阻住了。过了两个月，商老二一家饿得受不了了。商老二说："如今我们没有办法维持生计了，不如把宅子卖给哥哥吧。哥哥担心我会离他而去，或许会不要房契而接济一下我们也未可知；即使他不周济，我们可以卖得十多两银子，也可以活下去。"妻子觉得这个办法可以，便让儿子拿着房契去见商老大。商老大把此事告诉了妻子，并说："弟弟即使不仁义，也是我的亲手足啊。他离开了，我们就会孤立无援，不如把房契还给他，周济他一下吧。"妻子说："你这样想就错了。他说要离去，是在要挟我们；如果你相信了，就正好中了他的计。难道这世界上没有兄弟的人，便都会死去不成？我们把院墙修得高高的，也可以自卫。不如留下房契，任凭他们到别处去，我们也可以扩大宅院。"商量好后，商老大就让弟弟在房契上画了押，付了钱就让他们走了。商老二一家便搬到了邻村居住。

注释　1 贫馁(něi)：贫穷饥饿。　2 券：契约。此指卖房之契。　3 挟：要挟。　4 押署券尾：在房契下端签字画押。

乡中不逞之徒[1]，闻二商去，又攻之。复执大商，搒楚并兼[2]，梏毒[3]惨至，所有金资，悉以赎命。盗临去，开廪[4]呼村中贫者，恣所取，顷刻都尽。次日，二商始闻，及奔视，则兄已昏愦不能语，开目见弟，但以手抓床席而已。少顷遂死。二商忿诉邑宰。盗首逃窜，莫可缉获。盗粟者百余人，皆里中贫民，州守亦莫如何[5]。

村里的不法之徒，听说商老二一家搬走了，又闯进商老大家里。他们把商老大绑起来，又抽又打，用尽了各种残酷的刑罚，场面凄惨难言，家里所有的财物都给了他们用来赎命。这伙人临走之前，打开粮仓，呼喊村里贫苦的农民任意取粮，顷刻之间，粮食就被拿光了。第二天商老二才听说这件事，等到他一路奔跑赶过来看望哥哥的时候，哥哥已经神志不清，话也说不出来，他睁开眼看了看弟弟，只是用手抓住席子而已。不多久商老大便死去了。商老二一腔愤怒地到县衙告状。为首的强盗闻讯逃窜，没有办法缉拿归案。而取粮的一百多个人，都是村子里的穷人，衙门也不能拿他们怎么样。

注释 1 不逞（chěng）之徒：犯法为非之人。 2 搒（péng）楚并兼：指用各种手段拷打。 3 梏（gù）毒：用酷刑折磨。 4 开廪（lǐn）：打开粮仓。 5 莫如何：无可奈何。

大商遗幼子，才五岁，家既贫，往往自投叔所，数日不归；送之归，则啼不止。二商妇颇不加青眼[1]。二商曰："渠父不义，其子何

商老大留下的儿子才五岁，家里已经穷了，他就常常自己跑到叔叔商老二家里，好几天都不回去；要送他回家，他就啼哭不止。商老二的妻子不喜欢这个孩子。商老二说："父亲不仁义，他的儿子有什么罪呢？"说完便去买了几个蒸饼，亲自送

罪?”因市蒸饼数枚,自送之。过数日,又避妻子,阴负斗粟于嫂,使养儿。如此以为常。又数年,大商卖其田宅,母得直足自给,二商乃不复至。后岁大饥,道殣相望[2],二商食指益繁,不能他顾。侄年十五,荏弱[3]不能操业,使携篮从兄货胡饼。一夜梦兄至,颜色惨戚曰:“余惑于妇言,遂失手足之义。弟不念前嫌,增我汗羞。所卖故宅,今尚空闲,宜僦[4]居之。屋后蓬颗[5]下,藏有窖金,发之可以小阜。使丑儿相从,长舌妇余甚恨之,勿顾也。”既醒,异之。以重直啖[6]第主,始得就,果发得五百金。从此弃贱业,使兄弟设肆廛间[7]。侄颇慧,记算无讹,又诚

孩子回了家。过了几天,商老二又避开妻子偷偷背了一斗小米送给嫂嫂,让她抚养孩子。他这样做,已经成了常事。又过了几年,商老大家卖掉了房屋和田地,得到了一笔钱,足够维持母子俩的生计了,商老二才不再送东西到哥哥家去了。后来有一年闹大饥荒,道路上随处可见饿死的人,商老二家人口也增加了,顾不上照顾他人。商老二的侄子已经十五岁了,身体瘦弱,干不了营生,便让他挎着篮子跟着商老二的儿子卖胡饼。一天晚上,商老二梦到了哥哥,他脸色凄惨,说:“我被你嫂子的话迷惑,以致失去了兄弟情义。你不计前嫌,更让我感到羞愧。卖掉的老宅子现在还空着,你赶紧去租过来住进去。屋后头的草丛里,我之前埋藏过一些银两,你挖出来,可以得到一点小富贵。让我的儿子跟着你吧,那个长舌妇太让人怨恨了,你不要管她了。”商老二醒来后,感到很诧异。他出高价打动了主人,才住进了老宅子,果然在草丛中挖出了五百两银子。从此商老二不再让儿子和侄儿走街串巷卖胡饼,而让他们在街上开了一间铺子。侄儿很聪慧,记账算账都不出差错,又诚恳笃厚,凡是银钱出入,即使是一文

悫[8],凡出入一锱铢必告。二商益爱之。一日泣为母请粟,商妻欲勿与,二商念其孝,按月廪给[9]之。数年家益富。大商妇病死,二商亦老,乃析侄,家资割半与之。

钱也要告诉叔叔。商老二更加喜爱侄儿了。一天侄儿哭泣着请求借给母亲一些小米,商老二的妻子打算不借,而商老二见侄儿孝顺,就按月给嫂嫂一些钱粮。过了几年,商老二家更加富有了。后来,商老大的妻子病死了,商老二夫妇年纪也大了,于是与侄儿分开居住,把一半的家产分给了侄儿。

注释 1 不加青眼:不待见,不喜欢。 2 道殣(jìn)相望:路上饿死的人随处可见。殣,饿死。 3 荏(rěn)弱:柔弱,软弱。 4 僦(jiù):租赁。 5 蓬颗:长蓬草的土块。常指坟上长草的土块。 6 啖:引诱,利诱。 7 设肆廛(chán)间:在街上开店铺。 8 诚悫(què):诚实忠厚。 9 廪给(jǐ):俸禄,薪给。给,供给,给养。

异史氏曰:"闻大商一介不轻取与,亦狷洁[1]自好者也。然妇言是听,愦愦[2]不置一词,恝情骨肉[3],卒以吝死。呜呼!亦何怪哉!二商以贫始,以素封终。为人何所长?但不甚遵阃教[4]耳。呜呼!一行不同,而人品遂异。"

异史氏说:"听说商老大平时一文钱也不轻易收取或送人,也算是洁身自好的人了。可是他一味听妻子的话,昏聩不堪,对骨肉兄弟冷漠无情,一句话也不敢说,最终因吝啬而丢了性命。唉,这有什么奇怪的呢?商老二刚开始很贫穷,后来终于富贵了。他做人有什么长处呢?只不过是不一味听妻子的话罢了。唉!两个人的行为不同,而人品高低也就不一样了。"

注释 1 狷(juàn)洁:耿直守分,洁身自好。指数量极少。 2 愦(kuì)愦:昏聩,糊涂。 3 恝(jiá)情骨肉:对骨肉兄弟冷漠。 4 遵阃(kǔn)教:听妻子的话。阃,妇女所居的内室,借指妇人,妻子。

沂水秀才

原文

沂水[1]某秀才,课业[2]山中。夜有二美人入,含笑不言,各以长袖拂榻,相将[3]坐,衣软无声。少间,一美人起,以白绫巾展几上,上有草书三四行,亦未尝审其何词。一美人置白金一铤,可三四两许,秀才掇内[4]袖中。美人取巾,握手笑出,曰:"俗不可耐!"秀才扪金则乌有矣。丽人在坐,投以芳泽,置不顾,而金是取,是乞儿相也,尚可耐哉!狐子可儿[5],雅态可想。

友人言此,并思不可耐事,附志之:对酸俗

译文

沂水有个秀才在山里读书。晚上有两位美女来到他的房里,笑着不言语,各自用长袖拂床,相伴而坐,衣服轻软没有发出任何声响。过了一会儿,一位美女站起身,把一块白绫巾铺在桌子上,上边有三四行草书,秀才也没细看写的是什么字。另一美女在桌子上放了一锭银子,约有三四两,秀才拿起放入袖中。美女把手巾收起来,两人拉着手笑着走出去,说道:"真是俗不可耐!"秀才再一摸银子,则消失不见了。美女在座,送来美好的东西,秀才置之不理,而见到银子就收起来,是乞丐相,怎让人忍受得了呢!狐狸也是可爱的人啊,文雅之态可以想见。

朋友说到这件事,我又想起一些俗不可耐的事,附录下来:跟穷酸粗俗客。市井人作文语[6]。富贵态状。秀才装名士。旁观谄态。信口谎言不倦。揖坐苦让上下[7]。歪诗文强人观听。财奴哭穷。醉人歪缠。作满洲调。体气[8]若逼人语。市井恶谑。任憨儿登筵抓肴果。假人余威装模样。歪科甲[9]谈诗文。语次频称贵戚。

的人聊天。市井之人说些文绉绉的话。故作富贵之态。秀才假装名士。旁观别人谄媚的样子。不知疲倦地信口撒谎。为座次苦苦谦让。强迫别人观听自己的歪诗文。守财奴哭穷。醉汉东倒西歪地纠缠。学满洲腔调说话。身体有异味还靠近人讲话。市井之人开恶劣的玩笑。放任熊孩子爬到宴席上抓瓜果。狐假虎威装模作样。无才而侥幸考中科甲的人谈论诗文。谈话间频频声称自己有富贵亲戚。

注释　1 沂水:今山东临沂沂水县。　2 课业:学习,学业。　3 相将:相随,相伴。　4 掇内(duó nà):拾取放入。内,同“纳”。　5 可儿:可爱的人。　6 文语:文绉绉的话。　7 上下:座次位置。　8 体气:身体有异味。　9 歪科甲:无才而侥幸考中科甲。

梅　女

原文

封云亭,太行[1]人。偶至郡,昼卧寓屋。时年少丧偶,岑寂[2]之下,

译文

封云亭是太行人。有一次他偶然来到郡城,白天在寓所里躺着睡觉。当时封云亭年纪轻轻就丧妻,寂寞难耐,不禁情

颇有所思。凝视间，见墙上有女子影依稀如画，念必意想所致，而久之不动，亦不灭。异之，起视转真，再近之，俨然少女，容蹙[3]舌伸，索环秀领。惊顾未已，冉冉欲下。知为缢鬼，然以白昼壮胆，不大畏怯。语曰："娘子如有奇冤，小生可以极力。"影居然下，曰："萍水之人[4]，何敢遽以重务浼[5]君子。但泉下槁骸[6]，舌不得缩，索不得除，求断屋梁而焚之，恩同山岳矣。"诺之，遂灭。呼主人来，问所见状，主人言："此十年前梅氏故宅，夜有小偷入室，为梅所执，送诣典史[7]。典史受盗钱三百，诬其女与通，将拘审验，女闻自经。后梅夫妻相继卒，宅归于余。客往

思萌动。他正对着墙壁凝视发呆，看见墙上有一个年轻女子的身影，朦胧如画，以为是自己想得太多而产生了幻觉，可画影好久一动不动，也不消失。封云亭感到非常奇怪，站起身再看，女子的身影更清晰了，走近细看，俨然是一个少女，愁眉苦脸，伸着舌头，纤秀的脖颈上还挂着绳套。他正吃惊地看着，那少女好像要从墙上走下来。封云亭知道这是吊死鬼，然而因为大白天壮着胆，也不畏惧胆怯，便说："娘子如果真有奇冤，小生可以为你竭尽全力效劳。"女子的身影竟然真的从墙上下来，说道："我们萍水相逢，怎么敢用大事儿麻烦你呢？然而我九泉之下的骨骸，舌头缩不回去，绳套也解不掉，求你砍断这屋梁并把它烧掉，对我就恩重如山了。"封云亭答应了她，那女子的影子就消失了。封云亭把房主叫来，问自己见到的是怎么回事。店主说："这房子在十年前是梅家的旧宅。一天夜里有小偷溜进来行窃，被梅家人抓住，送到县衙里交给典史审理。典史收了那小偷三百文钱的贿赂，诬陷梅家的女儿与小偷通奸，要把她拘来审问，梅女听说后就上吊了。后来梅家夫妇相继离世，这座宅院就归了我。住在这里的客

往见怪异，而无术可以靖[8]之。"封以鬼言告主人。计毁舍易楹[9]，费不赀[10]，故难之，封乃协力助作。

人常说见到一些奇怪的事情，但没法消除。"封云亭把吊死鬼的请求告诉了店主。店主一盘算，拆掉房顶换大梁花费太多，有些为难，封云亭便出钱出力帮他改修房子。

注释　**1** 太行：山名，位于山西与河北之间，此处指太行山地区。　**2** 岑（cén）寂：寂静，寂寞。　**3** 容蹙（cù）：面容愁苦。蹙，皱，紧缩。　**4** 萍水之人：偶然相遇的人。　**5** 浼（měi）：央求，请求。**6** 槁骸（gǎo hái）：干枯的形骸。　**7** 典史：中国古代官名，元朝始置，明清时沿置，为知县下掌管缉捕、监狱的属官。如无县丞、主簿，则典史兼领其职。　**8** 靖：平息。　**9** 楹：堂屋前部的柱子。　**10** 费不赀（zī）：花费难以计算，指花费很多。赀，计算，估量。

既就而复居之。梅女夜至，展谢[1]已，喜气充溢，姿态嫣然[2]。封爱悦之，欲与为欢。瞒然[3]而惭曰："阴惨之气，非但不为君利，若此之为，则生前之垢，西江不可濯矣。会合有时，今日尚未。"问："何时？"但笑不言。封问："饮乎？"答曰："不饮。"封曰："坐对佳人，闷眼相

改建好之后，封云亭依旧住在这间房里。夜晚，梅女又来拜访，行大礼向封云亭道谢后，脸上喜气洋洋，姿态窈窕曼妙。封云亭很喜欢梅女，想和她同床共枕。梅女惭愧地说："我身上的阴森之气对你的身体不利，而且如果我们私下苟合，我生前蒙受的耻辱，倾尽西江之水也难以洗清了。我们结合有期，现在还不到时候。"封云亭问道："什么时候？"梅女嫣然一笑，没有回答。封云亭问："那喝杯酒怎样？"梅女说："不喝。"封云亭说："对面坐着佳人，却只是默默地对着眼儿看，

看，亦复何味？”女曰：“妾生平戏技，惟谙打马[4]。但两人寥落，夜深又苦无局。今长夜莫遣，聊与君为交线之戏[5]。”封从之，促膝戟指[6]，翻变良久，封迷乱不知所从。女辄口道而颐指[7]之，愈出愈幻，不穷于术。封笑曰：“此闺房之绝技也。”女曰：“此妾自悟，但有双线，即可成文，人自不之察耳。”更阑颇怠，强使就寝，曰：“我阴人不寐，请自休。妾少解按摩之术，愿尽技能，以侑[8]清梦。”封从其请。女叠掌为之轻按，自顶及踵皆遍，手所经，骨若醉。既而握指细擂，如以团絮相触状，体畅舒不可言：擂至腰，口目皆慵；至股，则沉沉睡去矣。

这不是讨没趣嘛！”梅女说：“在我生平玩过的游戏里，我只对‘双陆’熟悉。可是只有两人玩没有意思，深更半夜也难找棋盘。现在漫漫长夜无可消遣，我们就玩翻线的游戏吧。”封云亭依了她。两人促膝盘坐，叉开手指翻弄着玩了起来，翻了很久，翻出了很多花样，封云亭糊涂起来，不知该如何翻。梅女一边讲一边用下巴示意，愈变愈奇妙，花样不断翻新。封云亭高兴地说：“这真是闺房里的绝妙技巧啊！”梅女说：“这是我自己悟出来的。只要有两根线，就可以变出各种花样，只是人们不愿意琢磨罢了。”夜深了，两人有些疲倦，封云亭非要和梅女一起就寝。她说：“我们阴间的人不需要睡觉，请你自己歇息吧。我会一点儿按摩术，愿意尽我所能，帮你进入梦乡。”封云亭答应了梅女的请求。她叠起双手开始轻轻按摩，从头到脚都按摩了一遍，手所经过之处，舒服得好像骨头都酥了。接着梅女又轻握拳头细细捶了一遍，封云亭更觉得如同挨着棉花团一样，浑身舒畅，妙不可言。捶到腰间，封云亭已经眯起双眼，嘴也懒得张开；捶到大腿时，他就沉沉睡着了。

注释 1 展谢:致谢,陈谢。 2 嫣然:美好的样子。 3 瞒(mén)然:惭愧貌。 4 打马:古代博戏名,双陆游戏。双陆棋子又称马。 5 交线之戏:翻线游戏,一人双手架线,另一人接过翻新花样,如此往复变换。 6 促膝戟(jǐ)指:双膝挨着,叉开手指。戟,古代兵器名。这里指张开、伸出手指,形状如戟。 7 颐指:指以下巴的动向示意。颐,下巴。 8 侑(yòu):相助。

及醒,日已向午,觉骨节轻和,殊于往日。心益爱慕,绕屋而呼之,并无响应。日夕女始至,封曰:“卿居何所,使我呼欲遍?”曰:“鬼无常所,要在地下。”问:“地下有隙可容身乎?”曰:“鬼不见地,犹鱼不见水也。”封握腕曰:“使卿而活,当破产购致[1]之。”女笑曰:“无须破产。”戏至半夜,封苦逼之。女曰:“君勿缠我。有浙娼爱卿者,新寓北邻,颇极风致。明夕招与俱来,聊以自代,若何?”封允之。次夕,果与一少妇同至,年近三十已

封云亭一觉醒来,已快到第二天中午,只觉骨节轻松,神清气和,与以往感觉大不相同。他心里更加爱慕梅女,绕着屋子呼唤她的名字,没有人回应。太阳落山,梅女才来。封云亭问:“你到底住在哪里,使我到处呼喊?”梅女说:“鬼没有固定的住处,都住在地下。”封云亭问道:“地下有缝隙能容下你吗?”梅女说:“鬼看不见地,如同鱼看不见水一样。”封云亭拉着梅女的手腕说:“假如能让你活过来,我倾家荡产也要娶你!”梅女笑了笑说:“不用你倾家荡产。”两人说说笑笑直到深夜,封云亭又苦苦哀求梅女要一起睡。梅女说:“你不要缠着我了。有个浙江来的妓女,名叫爱卿,刚刚住到我的北边,长得风流标致。明天晚上,让她和我一起来,替我服侍你,怎么样?”封云亭答应了。第二天晚上,梅女果然与一个少妇一同前来,这少妇三十岁左

来，眉目流转，隐含荡意。三人狎坐，打马为戏。局终，女起曰：“嘉会方殷[2]，我且去。”封欲挽之，飘然已逝。两人登榻，于飞[3]甚乐。诘其家世，则含糊不以尽道，但曰：“郎如爱妾，当以指弹北壁，微呼曰‘壶卢子’，即至。三呼不应，可知不暇，勿更招也。”天晓，入北壁隙中而去。次日女来，封问爱卿，女曰：“被高公子招去侑酒[4]，以故不得来。”因而剪烛共话[5]。女每欲有所言，吻已启而辄止。固诘之，终不肯言，欷歔而已。封强与作戏，四漏[6]始去。自此二女频来，笑声常彻宵旦，因而城社[7]悉闻。

右，顾盼媚眼，隐含着轻佻放荡的神气。三人亲热地坐在一起玩“双陆”。一局下完，梅女便起身告辞：“良辰佳会，正在兴头上，我先走了。”封云亭想要挽留，她已经飘然而去。封云亭便和爱卿上床就寝，云雨翻飞，极尽欢爱。封云亭询问爱卿的家世，爱卿含糊支吾，不肯讲明，只是说：“郎君如果喜欢我，只要用手指弹弹北间的墙壁，小声喊‘壶卢子’，我立即就来。喊三声还没人答应，那就是我没空儿，就不用再唤我了。”天亮的时候，爱卿进入北墙的缝隙里便消失了。第二天晚上，只有梅女一个人来，封云亭向她打听爱卿，梅女说：“她被高公子招去陪酒了，因此不能来。”于是两人坐下，在烛灯下聊天。梅女总好像要说什么话，嘴巴已经张开了，又停止了。封云亭一再追问，梅女还是不肯说，只是低声不停地叹气。封云亭尽力和梅女玩游戏，到了四更天，梅女才离去。此后，梅女常与爱卿一起来封云亭的住处，三人欢声笑语通宵达旦，因而全城的人都知道了此事。

注释 1 购致：购买。此处指下聘礼迎娶。 2 嘉会方殷：欢会正盛。 3 于飞：相偕而飞。此处指男女欢爱。 4 侑酒：助酒兴。 5 剪烛共话：

在灯下聊天。 **6** 四漏：古人滴漏计时，四漏即四更天，约凌晨一点至三点。 **7** 城社：指全城。

典史某，亦浙之世族，嫡室[1]以私仆[2]被黜。继娶顾氏，深相爱好，期月夭殂[3]，心甚悼之。闻封有灵鬼，欲以问冥世之缘，遂跨马造[4]封。封初不肯承，某力求不已。封设筵与坐，诺为招鬼妓。日及曛[5]，叩壁而呼，三声未已，爱卿即入。举头见客，色变欲走，封以身横阻之。某审视，大怒，投以巨碗，溘然[6]而灭。封大惊，不解其故，方将致诘，俄暗室中一老妪出，大骂曰："贪鄙贼！坏我家钱树子[7]！三十贯索要偿也！"以杖击某，中颅。

某抱首而哀曰："此顾氏，我妻也！少年而殒，方切哀痛，不图为鬼不贞。于姥乎何与？"

有位典史，也是浙江的世家大族，妻子因与仆人通奸，被他休掉了。又续娶了顾氏，两人感情很好，不料才过一个月顾氏就死了，典史很思念她。听说封云亭家有灵鬼出没，典史便想向他打听，看看自己与顾氏能否在冥界再续姻缘，于是骑马来拜访封云亭。起初，封云亭不肯答应，但典史苦苦哀求。他便摆下酒宴请典史入座，答应晚间招来鬼妓询问。等日落黄昏，天色暗下来后，封云亭走到北墙，边敲边小声呼唤，还没喊到三声，爱卿已经进来了。她抬头一见典史，脸色大变，转身便走，封云亭连忙用身子把她拦住。典史仔细一看，大为恼怒，抓起一个大碗朝爱卿猛砸过去，爱卿一下子就消失了。封云亭大吃一惊，不知道怎么回事，正要向典史询问，这时从暗室里冒出一个老太太，破口大骂道："你这贪婪卑鄙的贼子！打坏了我家的摇钱树！你要赔我三十贯钱！"边骂边抡起拐杖朝典史打去，正好打到典史头上。

典史抱头哀叹道："这女子是顾氏，生前是我的妻子！她年纪轻轻就死了，我正

妪怒曰："汝本浙江一无赖贼，买得条乌角带[8]，鼻骨倒竖[9]矣！汝居官有何黑白？袖有三百钱便而翁也！神怒人怨，死期已迫。汝父母代哀冥司，愿以爱媳入青楼，代汝偿贪债，不知耶？"言已又击，某宛转哀鸣。方惊诧无从救解，旋见梅女自房中出，张目吐舌，颜色变异，近以长簪刺其耳。封惊极，以身障客。女愤不已，封劝曰："某即有罪，倘死于寓所，则咎在小生。请少存投鼠之忌[10]。"女乃曳妪曰："暂假余息[11]，为我顾封郎也。"某张皇鼠窜而去。至署[12]患脑痛，中夜遂毙。

为她痛心不已，没想到做了鬼却不贞洁。这与你老人家又有什么关系呢？"老太太怒气冲冲地骂道："你本不过是浙江的一个地痞无赖，花钱买个乌纱帽戴，就鼻孔朝天了！你当官分什么是非黑白？袖里有三百钱给你，就是你亲爹！搞得天怒人怨，眼看死期就要到了。你父母替你向阎王求情，情愿把他们心爱的儿媳妇送入青楼，替你偿还那些黑心债，你难道不知情吗？"说完又用拐杖打起来，典史疼得打滚哀嚎。封云亭正惊诧不已，不知道如何解救，看到梅女从屋里走了出来，瞪着双眼，吐着舌头，面色很是吓人，扑到典史面前，拔下头上长簪扎典史的耳朵。封云亭吃惊不已，赶紧用身子护住典史。梅女愤恨不已，封云亭劝她说："即使他有罪，可如果死在我的寓所，罪就是我的了。请稍微考虑一下我的难处！"梅女就拉住老太太说："暂且留他一条狗命，为了我不要连累封郎。"典史抱头鼠窜，仓皇逃走。等他回到衙门就患了头疼，半夜就死了。

注释　1 嫡室：指正妻。　2 私仆：跟仆人私通。　3 期（jī）月夭殂（cú）：满一个月就早死了。夭殂，短命，早死。　4 造：拜访。　5 曛（xūn）：黄昏，傍晚。　6 溘（kè）然：突然。　7 钱树子：摇钱树。　8 乌角带：镶有角质材料的黑色革制腰带，泛指官员服的腰带。此处代指卑微的官职。 **9** 鼻骨倒竖：指人仰面朝天，傲气十足。 **10** 投鼠之忌：即投鼠忌器。想用东西打老鼠，又怕打坏了近旁的器物。比喻做事有顾忌，不敢放手干。 **11** 暂假余息：暂且留他一命。假，宽容，宽饶；余息，残存气息，代指性命。 **12** 至署（shǔ）：到达官署。署，办理公务的地方。

次夜，女出笑曰："痛快！恶气出矣！"问："何仇怨？"女曰："曩已言之：受贿诬奸，衔恨已久。每欲浼君一为昭雪，自愧无纤毫之德，故将言而辄止。适闻纷拏[1]，窃以伺听，不意其仇人也。"封讶曰："此即诬卿者耶？"曰："彼典史于此十有八年，妾冤殁十六寒暑矣。"问："妪为谁？"曰："老娼也。"又问爱卿，曰："卧病耳。"因冁然[2]曰："妾昔谓会合有期，今真不远矣。君尝愿破家相赎，犹记否？"封曰："今日犹此心也。"女曰："实告君：妾殁日，已投生延安展孝

第二天晚上，梅女出来笑着说："真痛快啊！这口恶气总算出了！"封云亭问："你和他有什么仇？"梅女说："先前告诉过你，官府的人受贿诬陷我有奸情，我含恨已久。我常想求你替我申冤昭雪，又自愧对你没有丝毫好处，所以总是欲言又止。昨天碰巧听见你屋里的吵闹声，就暗中窥视偷听，不承想正碰到我的仇人！"封云亭十分惊讶，说："他就是诬害你的那个人啊？"梅女说："他在这个县里当典史已经十八年了，我含冤而死也有十六年了。"封云亭问："那老太太是谁？"梅女回答："是一个老娼妓。"又问爱卿怎么没来，梅女说："她生病了，在卧床休息。"梅女又嫣然一笑对封云亭说："我当初说过我们会结合的，现在真的为期不远了。你曾经说过情愿倾家荡产来娶我，你还记得吗？"封云亭说："现在我心里还是这样想的。"梅女说："实话告诉你吧，我冤死的那天就已经投生到延安的

廉家。徒以大怨未伸,故迁延于是。请以新帛作鬼囊,俾妾得附君以往,就展氏求婚,计必允谐。”封虑势分悬殊[3],恐将不遂。女曰:“但去无忧。”封从其言。女嘱曰:“途中慎勿相唤,待合卺[4]之夕,以囊挂新人首,急呼曰‘勿忘,勿忘’。”封诺之。才启囊,女跳身已入。

展孝廉家里了。只因为大仇未报,所以至今还留在这里。现在请你用新绸锦做一个装鬼魂的口袋,让我能随你前去,你到展家求婚,料想他家一定会答应的。”封云亭担心两家门第悬殊,恐怕不会成功。梅女说:“你只管去,不用担忧。”封云亭听从梅女的安排。梅女嘱咐说:“路上千万不要喊我。等到新婚之夜,将装我鬼魂的布袋挂在新娘子头上,迅速说‘莫忘,莫忘’,就可以了。”封云亭答应下来。他刚把口袋打开,梅女就跳了进去。

注释 1 纷拏(rú):纷乱。拏,同“拿”。 2 冁(chǎn)然:笑貌。 3 势分悬殊:家势和身份相差悬殊。 4 合卺(jǐn):古代婚礼中的一种仪式。剖一瓠为两瓢,新婚夫妇各执一瓢,斟酒以饮。后多以“合卺”代指成婚。

携至延安,访之,果有展孝廉,生一女,貌极端好,但病痴,又常以舌出唇外,类犬喘日[1]。年十六岁无问名者,父母忧念成痗[2]。封到门投刺[3],具通族阀。既退,托媒。展喜,赘封于家。女痴绝,不知

封云亭带着梅女的鬼魂到了延安,一打听,这里果然有个展孝廉,生有一个女儿,相貌端庄美丽,只是得了痴呆病,舌头又常伸到嘴唇外面,就像大热天狗喘气一样。虽然已经十六岁了,但还没有人愿意提亲,父母愁得都生了病。封云亭登门递上名帖,见面后介绍了自己的家世。回来后,就托媒人前去提亲。展孝廉十分高兴,便招赘封云亭为女婿。展女的痴呆病很

为礼，使两婢扶曳归室。群婢既去，女解衿露乳，对封憨笑。封覆囊呼之，女停眸审顾，似有疑思。封笑曰："卿不识小生耶？"举之囊而示之。女乃悟，急掩衿，喜共燕笑。诘旦，封入谒岳。展慰之曰："痴女无知，既承青眷[4]，君倘有意，家中慧婢不乏，仆不靳[5]相赠。"封力辩其不痴，展疑之。无何女至，举止皆佳，因大惊异。女但掩口微笑。展细诘之，女进退而惭于言，封为略述梗概。展大喜，爱悦逾于平时。使子大成与婿同学，供给丰备。

年余，大成渐厌薄之，因而郎舅不相能[6]，厮仆亦刻疵其短[7]。展惑于浸润[8]，礼稍懈。

重，成亲的时候不懂行礼，展家派两个婢女扶着她进了洞房。婢女离开后，展女竟然解开上衣露出乳房，冲着封云亭傻笑。封云亭把装着梅女鬼魂的袋子盖在展女的头上，喊着"莫忘，莫忘"，展女盯着封云亭仔细看，好像在思索什么。封云亭笑着说："你不认得我了吗？"又举着口袋让她看。展女这才清醒过来，急忙掩上衣襟，两人十分高兴，亲热地说笑起来。第二天清早，封云亭去拜见岳父。展孝廉安慰他说："我家姑娘痴呆，什么都不懂，承蒙你看得起，如果你有意，我家有很多聪明伶俐的丫鬟，你看中了哪个我会毫不吝惜地送给你。"封云亭极力辩解说展女并不痴傻，展孝廉感到很疑惑。一会儿，展女也来了，举止十分得体，展孝廉大为惊异。展女只是掩口而笑。展孝廉仔细询问这是怎么回事，展女羞涩，犹豫着不好意思开口，封云亭便把事情大概述说了一遍。展孝廉听了很高兴，比平时更加疼爱女儿。他还让儿子展大成与封云亭一起读书，一切供应都很丰盛。

过了一年多，展大成逐渐对封云亭讨厌鄙薄起来，郎舅之间越来越不和睦，仆人们也刻薄地对他说长道短。展孝廉听多了谗言，对封云亭也不如从前好了。展女觉

女觉之，谓封曰："岳家不可久居。凡久居者，尽阘茸[9]也。及今未大决裂，宜速归！"封然之，告展。展欲留女，女不可。父兄尽怒，不给舆马，女自出妆资贳[10]马归。后展招令归宁[11]，女固辞不往。后封举孝廉，始通庆好[12]。

察到后，劝封云亭说："岳父家不可长久居住。那些长住岳父家的，全是些卑微庸碌的人。趁现在裂痕还不大，咱们应该早点回家！"封云亭也觉得很有道理，就向展孝廉告辞。展孝廉想留下女儿，展女不愿意。展氏父子十分恼怒，不给他们准备车马，展女便拿出自己的嫁妆雇了马车回家。后来展孝廉还捎信让女儿回娘家看看，展女坚决不回去。后来封云亭考中了举人，两家才又有了来往。

注释 **1** 类犬喘（chuǎn）日：像狗一样，遇到太阳热得伸出舌头喘气。 **2** 成痗（mèi）：成病。痗，形容忧思成病。 **3** 投刺：递上名片。刺，名片，名帖。 **4** 青眷：指看中，喜爱，青眼眷顾。青，青眼。 **5** 不靳（jìn）：不吝惜。靳，吝惜。 **6** 不相能：不和睦。 **7** 刻疵（cī，旧读 cí）其短：刻薄地诽谤他的短处。疵，非议。 **8** 浸润：此处指日积月累的坏话，如水浸润。 **9** 阘茸（tà róng）：指地位卑微或庸碌低劣的人。 **10** 贳（shì）：租借。 **11** 归宁：指已嫁女子回娘家探望父母。 **12** 庆好：欢庆友好，指日常往来。

异史氏曰："官卑者愈贪，其常情然乎？三百诬奸，夜气之牿亡尽矣[1]。夺嘉耦，入青楼，卒用暴死。吁！可畏哉！"康熙甲子[2]，贝

异史氏说："官位越低的人就越贪婪，难道果真是人之常情吗？那个典史拿了三百钱就诬蔑别人通奸，这种人已经丧尽天良了。上天夺去了典史的美貌妻子，又让她在阴间进入青楼成了妓女，最后又让典史暴毙而亡。哎呀！这样的报应真是

丘[3]典史最贪诈，民咸怨之。忽其妻被狡者诱与偕亡。或代悬招状云："某官因自己不慎，走失夫人一名。身无余物，止有红绫七尺，包裹元宝一枚，翘边细纹，并无阙坏。"亦风流之小报也。

可怕呀！"康熙甲子年间，贝丘有个典史极其贪婪狡诈，老百姓都对他十分怨恨。忽然他的妻子被骗子诱骗，跟着骗子一起逃跑了。有个人代他贴了寻人启事，上面说："某某官员因为自己不谨慎，走失了一位夫人。她身上没带什么东西，只有一条七尺红绫，包着一枚元宝，这元宝翘边细纹，并没有缺损之处。"这风流韵事也算对这个贪官的小惩罚吧！

注释　**1** 夜气之牿（gù）亡尽矣：意指丧尽天良。夜气，指儒家所说人在夜晚静思产生的善念。牿亡，因受物欲束缚而失去善心。　**2** 康熙甲子：康熙二十三年，即1684年。　**3** 贝丘：即淄川。

郭秀才

原文

东粤[1]士人郭某，暮自友人归，入山迷路，窜榛莽[2]中。约更许，闻山头笑语，急趋之，见十余人藉地饮[3]。望见郭，哄然曰："坐中正欠一客，大佳，大佳！"郭既坐，

译文

广东有个姓郭的读书人，一天晚上从朋友家回去，在山里迷了路，走入了树丛中。大概一更时，他听见山头有谈笑的声音，急忙跑过去，看见有十几个人坐在地上喝酒。他们看到郭生，就叫嚷着："我们席上正少一个人，你来了真是太好了，太好了！"郭生坐下以后，发现这些

见诸客半儒巾[4]，便请指迷。一人笑曰："君真酸腐！舍此明月不赏，何求道路？"即飞一觥来。郭饮之，芳香射鼻，一引遂尽。又一人持壶倾注。郭故善饮，又复奔驰吻燥[5]，一举十觞。众人大赞曰："豪哉！真吾友也！"郭放达喜谑，能学禽语，无不酷肖。离坐起溲[6]，窃作燕子鸣。众疑曰："半夜何得此耶？"又效杜鹃，众益疑。郭坐，但笑不言。方纷议间，郭回首为鹦鹉鸣曰："郭秀才醉矣，送他归也！"众惊听，寂不复闻。少顷又作之。既而悟其为郭，始大笑。皆撮口从学，无一能者。

客人一半都带着儒巾，就请他们为自己指路。有个人笑道："你真酸腐啊！放着这明月不赏，还求人指什么路呢？"说完就递给他一杯酒。郭生一喝，只觉酒香扑鼻，一口就喝完了。又有一人拿着酒壶来给他倒酒。郭生本来就很喜欢喝酒，再加上赶路后口干舌燥，一下子连喝了十杯。众人都称赞他："爽快！真是我们的朋友！"郭生一向豪放不羁，喜欢开玩笑，还会学鸟叫，学起来没有不像的。他离开座位方便时，暗中学起了燕子叫。大家都很疑惑："半夜怎么会有燕子呢？"郭生又学杜鹃，大家就更疑惑了。郭生坐下后，微笑着没有说话。大家正议论纷纷，郭生扭过头学鹦鹉的声音说："郭秀才喝醉了，送他回去吧！"大家听了大吃一惊，再听却又没有声音了。不一会儿，鹦鹉的叫声又响了起来。众人这才明白过来这是郭生发出来的，一起大笑起来。大家都撮起嘴巴跟着郭生学，却没人能学得会。

注释 **1** 东粤：今广东。 **2** 榛（zhēn）莽：杂乱丛生的草木。 **3** 藉地饮：坐在地上喝酒。 **4** 儒巾：古时读书人所戴的一种头巾。明代通称方巾，为生员（即秀才）的服饰。 **5** 吻燥：口干舌燥。 **6** 溲（sōu）：小便。

一人曰:“可惜青娘子未至。”又一人曰:“中秋还集于此,郭先生不可不来。”郭敬诺。一人起曰:“客有绝技,我等亦献踏肩之戏[1],若何?”于是哗然并起。前一人挺身矗立,即有一人飞登肩上,亦矗立。累至四人,高不可登。继至者,攀肩踏臂如缘[2]梯状。十余人顷刻都尽,望之可接霄汉。方惊顾间,挺然倒地,化为修道[3]一线。郭骇立良久,遵道得归。翼日[4]腹大痛,溺绿色似铜青,着物能染,亦无溺气,三日乃已。往验故处,则肴骨狼藉,四围丛莽,并无道路。至中秋郭欲赴约,朋友谏止之。设斗胆再往一会青娘子,必更有异,惜乎其见之摇也!

有个人说:“可惜青娘子没有来。”另一个人说:“我们中秋节再来这里聚会,郭先生可不能不来啊。”郭生恭敬地答应下来。有人站起来说:“客人有学鸟叫的绝妙技艺,我们也为他献上叠罗汉的表演,怎么样?”于是众人说笑着站了起来。一个人在前面挺身站定,马上就有一个人飞身登上他的肩膀,也站直了身子。站到第四个人时,人梯已经高不可攀了。后面的人还继续攀着他们的肩膀,踩着他们的手臂像爬梯子一样登上去。片刻间十几个人都上去了,望上去好像碰到了天空。郭生正感到惊奇,人梯就直挺挺地倒下来,变成了一条长长的道路。郭生惊愕地站了半天,才沿着这条道路回到了家。第二天,郭生肚子痛得厉害,尿液绿得像铜锈一样,碰到的东西都会被染成绿色,却没有尿骚味,三天才恢复正常。郭生来到他们喝酒的地方去看,发现满地都是剩菜剩骨头,四周全是树木草丛,根本没有道路。到了中秋节,郭生想去赴宴,他的朋友都劝阻他。假如他能大着胆子再去,见一见青娘子,必定会发生更多奇异的事情,可惜他的想法动摇了啊!

注释　1 踏肩之戏:即叠罗汉。人上架人,重叠成各种样式。 2 缘:攀援,攀爬。 3 修道:长长的路。修,长。 4 翼日:亦作"翌日",明日。

死　僧

原文

某道士云游,日暮,投止[1]野寺。见僧房扃[2]闭,遂藉蒲团,趺坐[3]廊下。夜既静,闻启阖[4]声,旋见一僧来,浑身血污,目中若不见道士,道士亦若不见之。僧直入殿登佛座,抱佛头而笑,久之乃去。及明视室,门扃如故。怪之,入村道所见。众如寺发扃验之,则僧杀死在地,室中席箧[5]掀腾,知为盗劫。疑鬼笑有因,共验佛首,见脑后有微痕,刓[6]之,内藏三十余金。遂用以葬之。

译文

有个道士四处云游,一天黄昏,他来到郊外的寺庙投宿。见僧房房门紧闭,他于是找来一个蒲团,在廊下打坐。夜里一片寂静,道士突然听到了开门的声音,不一会儿,看见一个和尚走过来,浑身血污,眼里好像看不见道士,道士也装作什么也没看见。和尚径直走进大殿,登上佛像的高座,抱着佛头笑,过了很久才离开。等到天亮后,道士在庙里察看了一番,僧房的门扇依旧像原来一样紧闭着。道士觉得很奇怪,进村向别人说起这件事。众人一起来到寺庙,打开僧房的门一看,原来和尚已被杀死在地,房里的席子、箱子都被掀了起来,知道这是被强盗抢劫了。大家又怀疑和尚的鬼魂笑是有原因的,一起察看了佛像的头,发现佛头后面有浅浅的痕迹,挖开一看,里面藏着三十多两银子。于是他们用这笔钱把和尚安葬了。

注释 1 投止：投宿。 2 扃（jiōng）：门窗，门户。又指门窗箱柜上的插关。 3 趺（fū）坐：佛教徒修禅坐法，俗称盘腿打坐。 4 阖（hé）：门扇。 5 箧（qiè）：小箱子。 6 刓（wán）：剜（wān），挖去。

异史氏曰："谚有之：'财连于命。'不虚哉！夫人俭啬封殖[1]，以予所不知谁何之人，亦已痴矣；况僧并不知谁何之人而无之哉！生不肯享，死犹顾而笑之，财奴之可叹如此。佛云：'一文将不去，惟有业[2]随身。'其僧之谓夫！"

异史氏说："谚语说：'财连于命。'这话真是不假啊！人们总是节俭吝啬，聚敛财货，以留给不知道什么人，也真是太傻了；何况和尚甚至不知道那是什么人，却宁死也不给那些钱。活着时不肯享受，死了还看着那些钱笑，守财奴的可悲可叹竟到了这种地步。佛语说：'一文将不去，惟有业随身。'说的不就是这个和尚吗？"

注释 1 封殖：谓聚敛财货。殖，货殖，经商。 2 业：佛教徒称人的一切行为、言语、思想为业，分别叫身业、口业、意业，合称"三业"。业有善、不善、非善非不善三种，一般专指恶业，孽。

阿英

原文

甘玉字璧人，庐陵[1]人。父母早丧，遗弟珏，字双璧，始五岁从兄鞠养[2]。玉性友爱，抚弟如

译文

甘玉，字璧人，庐陵人。父母早亡，留下一个弟弟，名叫甘珏，字双璧，从五岁起就由哥哥甘玉抚养。甘玉生性友爱，抚养弟弟如同照顾自己的儿子一样。

子。后珏渐长，丰姿秀出[3]，又惠能文。玉益爱之，每曰："吾弟表表[4]，不可以无良匹[5]。"然简拔过刻[6]，姻卒不就。适读书匡山僧寺，夜初就枕，闻窗外有女子声。窥之，见三四女郎席地坐，数婢陈肴酒，皆殊色也。一女曰："秦娘子，阿英何不来？"下座者曰："昨自函谷来，被恶人伤右臂，不能同游，方用恨恨[7]。"一女曰："前宵一梦大恶，今犹汗悸[8]。"下座者摇手曰："莫道，莫道！今宵姊妹欢会，言之吓人不快。"女笑曰："婢子何胆怯尔尔！便有虎狼衔去耶？若要勿言，须歌一曲，为娘行[9]侑酒。"女低吟曰："闲阶桃花取次[10]开，昨日踏青小约未应乖。付嘱东邻女伴少待莫相催，着得凤头鞋子即当来。"吟罢，一座无不叹赏。

后来甘珏渐渐长大，长得一表人才，秀美出众，而且十分聪慧，文章写得很好。甘玉更加宠爱他，经常说："我弟弟人才出众，不能不给他找个好媳妇。"然而由于太过挑剔，始终没能成婚。当时，甘玉正在匡山寺庙里读书，一天晚上刚躺下睡觉，就听到窗外有女子说话的声音。他偷偷往外一看，见三四个女子席地而坐，几个婢女正摆放美酒佳肴，都是绝色佳人。一个女子问："秦娘子，阿英为什么没有来？"坐在下座的女子回答说："昨天从函谷关过来，她被恶人伤了右臂，不能前来和大家一起玩，现在正觉得遗憾呢。"另一个女子说："我昨天晚上做了个噩梦，今天想起来还吓得直冒冷汗呢。"下座的那个女子忙摇手阻止说："别说了，别说了！今宵良辰美景，姐妹们欢聚在一起，说那些吓人的话让人心里不痛快。"那个女子笑着说："你这丫头，看你那胆怯的样子！难道真的会有虎狼把你给叼走吗？你要是不让我们说，必须唱一首歌为姐妹们助助酒兴。"那女子便低声唱道："闲阶桃花取次开，昨日踏青小约未应乖。付嘱东邻女伴少待莫相催，着得凤头鞋子即当来。"唱完，在座的人无不赞赏。

注释 1 庐陵：旧县名，在今江西吉安市。 2 鞠（jū）养：抚养，养育。 3 秀出：美好特出，秀美出众。 4 表表：卓异，特出。 5 良匹：佳偶。 6 简拔过刻：挑选过于苛刻。简拔，挑选；刻，苛刻，严格。 7 方用恨恨：正因此感到十分遗憾。恨恨，非常遗憾。 8 汗悸：因害怕而出汗、心跳加速。 9 娘行（háng）：犹言"咱们"，妇女们的自称之词。 10 取次：随便，任意。

谈笑间，忽一伟丈夫岸然自外入，鹘睛荧荧[1]，其貌狞丑。众啼曰："妖至矣！"仓卒哄然，殆如鸟散。惟歌者婀娜[2]不前，被执哀啼，强与支撑[3]。丈夫吼怒，龁手断指[4]，就便嚼食。女郎踣地[5]若死。玉怜恻不可复忍，乃急抽剑拔关[6]出，挥之中股，股落，负痛逃去。扶女入室，面如尘土，血淋衿袖。验其手，则右拇断矣，裂帛代裹之。女始呻曰："拯命之德，将何以报？"玉自初窥时，心已隐为弟谋，因告以

正在说笑间，忽然一个身材高大的男人从外边闯了进来，鹰一样的眼睛闪着凶光，相貌狰狞，丑陋无比。女子们哭喊着："妖怪来了！"仓促间像鸟兽一样一哄而散。只有刚才唱歌的那个女子身体娇弱来不及逃跑，被男人抓住，痛苦哀嚎着拼命挣扎。那怪男子怒吼着，咬断了女子的手指，嚼着吃了。女子倒在地上，像死了一样。甘玉心生怜悯，心中怒不可忍，急忙抽出宝剑，开门冲出去，一剑朝那怪人砍去，正中他的大腿，把大腿砍了下来，那人忍痛逃走。甘玉扶女子进屋，见她面如尘土，鲜血染满了衣袖。甘玉察看她的手，右手拇指已经断了，便撕下一块布，替她包扎。女子这才呻吟着说："救命之恩，让我如何报答呢？"甘玉刚见到她时，心中就已经暗暗打算替弟弟撮合，所以就把自己的想法告诉了她。女子说："我成了残

意。女曰:“狼疾之人[7],不能操箕帚[8]矣。当别为贤仲[9]图之。”诘其姓氏,答言:“秦氏。”玉乃展衾,俾暂休养,自乃襆被他所。晓而视之,则床已空,意其自归。而访察近村,殊少此姓;广托戚朋,并无确耗[10]。归与弟言,悔恨若失。

疾之人,不能再操持家务了。我会为令弟物色一个更好的。”甘玉问女子姓氏,她回答说:“姓秦。”甘玉为她铺好被褥,让她暂时住下休息养伤,自己抱着被子到别处去睡。天亮之后,甘玉来看女子,发现床上已经空了,心里想她一定是自己回去了。但是访察邻近的村子,很少有姓秦的;托亲戚朋友打听,也没有得到确切的消息。甘玉回去与弟弟说起这事,悔恨懊恼,像失去了什么似的。

注释　1 鹘(hú)睛:鹰一样的眼睛。鹘,一种鹰类猛禽。荧荧:光闪烁貌。这里指眼睛炯炯有神。　2 婀娜(ē nuó):轻盈柔美貌,此处指体态娇弱。　3 支撑:抗拒。　4 龁(hé)手断指:咬断了手指。龁,咬啮。　5 踣(bó)地:跌倒在地。　6 关:门闩(shuān)。　7 狼疾之人:指残疾的人。　8 操箕帚:指操持家务。　9 贤仲:对他人兄弟的敬称。　10 确耗:确切的消息。耗,消息,音信。

珏一日偶游涂野[1],遇一二八女郎[2],姿致娟娟[3],顾之微笑,似将有言。因以秋波四顾而后问曰:“君甘家二郎否?”曰:“然。”曰:“君家尊曾与妾有婚姻之约,何今日欲背前盟,另订秦家?”珏云:“小生幼

一天,甘珏偶然到野外游玩,遇见一位十五六岁的少女,风姿柔美,看着甘珏微笑,好像有什么话要说。她向四处看了看,问甘珏道:“你是甘家的二少爷吗?”甘珏说:“是的。”少女说:“令尊曾为你和我定了亲,而如今为什么要违背婚约,另外跟秦家订婚呢?”甘珏说:“我从小就失去了父母,旧时

孤，夙好[4]都不曾闻，请言族阀，归当问兄。”女曰：“无须细道，但得一言，妾当自至。”珏以未禀兄命为辞，女笑曰：“呆郎君！遂如此怕哥子耶？妾陆氏，居东山望村。三日内当候玉音[5]。”乃别而去。珏归，述诸兄嫂。兄曰：“此大谬语！父殁时，我二十余岁，倘有是说，那得不闻？”又以其独行旷野，遂与男儿交语，愈益鄙之。因问其貌，珏红彻面颈，不出一言。嫂笑曰：“想是佳人。”玉曰：“童子何辨妍媸[6]？纵美，必不及秦。待秦氏不谐，图之未晚。”珏默而退。

的亲戚朋友也都不知道。请告诉我你的姓氏，我回去问问哥哥。”那少女说：“没必要细问了，只要你愿意，我自己就会到你家去。”甘珏以没有禀告哥哥为由推辞了，少女埋怨说：“呆郎君！你就这么怕你哥哥吗？我姓陆，住在东山望村。三日之内，等你的好消息。”女子说完就告辞走了。甘珏回到家，把此事禀告哥嫂。哥哥说：“真是一派胡言！父亲去世时，我二十多岁了，若真有此事，我怎么没听说呢？”又觉得那女子一个人在野外行走，又与男子说话，更加鄙视她。甘玉又问起那女子的相貌，甘珏脸红到脖子根，一句话也说不出。嫂子笑着说：“想必一定是位美人了。”甘玉说：“小孩子哪看得出美丑？即使美，也肯定比不上秦氏姑娘。等与秦氏的亲事不成，再考虑她也不迟。”甘珏默默地退了下去。

注释　**1** 涂野：旷野。涂，通“途”。　**2** 二八女郎：十五六岁的姑娘。二八，即十六岁。　**3** 娟娟：姿态柔美貌。　**4** 夙好：旧交，旧时的亲戚朋友。　**5** 玉音：佳音。　**6** 妍媸（yán chī）：美好和丑恶。

逾数日，玉在途，见一女子零涕前行，垂

过了几天，甘玉外出，在路上见一个女子边哭边向前走，便放下马鞭，勒住缰

鞭按辔[1]而微睨[2]之，人世殆无其匹。使仆诘焉，答曰："我旧许甘家二郎，因家贫远徙，遂绝耗问。近方归，复闻郎家二三其德[3]，背弃前盟。往问伯伯甘璧人，焉置妾也？"玉惊喜曰"甘璧人，即我是也。先人曩约，实所不知。去家不远，请即归谋。"乃下骑授辔，步御以归。女自言："小字阿英，家无昆季[4]，惟外姊秦氏同居。"始悟丽者即其人也。玉欲告诸其家，女固止之。窃喜弟得佳妇，然恐其佻达[5]招议。久之，女殊矜庄，又娇婉善言。母事嫂，嫂亦雅爱慕之。

绳微微看了一眼，见是个美丽少女，举世无双。甘玉派仆人前去询问，少女回答说："我曾经许配给甘家二少爷，后来因为家里穷，搬到了很远的地方，跟甘家断了音信。最近我才回来，听说甘家三心二意，想要背弃婚约。我想去问问大伯子甘璧人，要怎么安置我呢？"甘玉惊喜地说道："我就是甘璧人。先父以前订下的婚约，我实在是不知道。这儿离家不远，请到家商量吧。"甘玉说着就从马上下来，把缰绳交给少女，让她骑上，他赶着马一起回家。少女自我介绍说："我小名叫阿英，家里没有兄弟，只和一个表姐秦氏一起住。"甘玉这才明白弟弟遇见的那个美人就是阿英。甘玉想把婚约告诉阿英家里人，但她再三阻止。甘玉心里暗喜弟弟能得到这么漂亮的媳妇，但又担心她轻浮，招来非议。过了很长时间，发现阿英举止端庄，为人矜持，又性格温柔，很会说话。阿英对待嫂子如同侍奉母亲一样，嫂子也非常喜欢她。

注释 1 垂鞭按辔（pèi）：垂下马鞭，勒住马辔头。 2 微睨（nì）：微微看了看。睨，斜眼看。 3 二三其德：有时二，有时三，经常改变。形容人心意不专，反复无常。出自《诗经·卫风·氓》。 4 昆季：意思是兄弟。长为昆，幼为季。 5 佻（tiāo）达：轻薄，轻浮，不庄重。

值中秋，夫妻方狎宴[1]，嫂招之，珏意怅惘[2]。女遣招者先行，约以继至，而端坐笑言良久，殊无去志。珏恐嫂待久，故连促之。女但笑，卒不复去。质旦，晨妆甫竟，嫂自来抚问："夜来相对，何尔怏怏[3]？"女微哂之。珏觉有异，质对参差[4]，嫂大骇："苟非妖物，何得有分身术？"玉亦惧，隔帘而告之曰："家世积德，曾无怨仇。如其妖也，请速行，幸勿杀吾弟！"女腼然曰："妾本非人，只以阿翁夙盟，故秦家姊以此劝驾[5]。自分不能育男女，尝欲辞去，所以恋恋者，为兄嫂待我不薄耳。今既见疑，请从此诀。"转眼化为鹦鹉，翩然逝矣。

初，甘翁在时，蓄一鹦鹉，甚慧，尝自投饵。

到了中秋佳节，甘珏夫妻在一起宴饮说笑，嫂子让人请阿英过去，甘珏不想让妻子离开，心中顿生惆怅。阿英让叫她的人先回去，说自己随后就到，但仍然端坐在那里跟甘珏说笑了很长时间，也没有去的意思。甘珏怕嫂子等久了责怪，就一再催促她快去。阿英只是笑着，最后也没有去。第二天清早，阿英刚梳洗完，嫂子亲自过来关心地问："昨天夜里在一起时，你为什么闷闷不乐呢？"阿英微微笑了笑，没有回话。甘珏觉得很奇怪，再三询问，发现双方说的情况大不相同。嫂子大吃一惊，说："如果她不是妖怪，怎么会分身术呢？"甘玉也很害怕，隔着帘子对阿英说："我们家世代积德行善，从没有和人结怨。如果你真是妖怪，请马上走吧，不要伤害我弟弟！"阿英羞愧地说："我原本不是人，只是因为公公在世时订了婚约，因此秦家表姐也劝我成亲。我自知不能生儿育女，曾想离开你们。之所以恋恋不舍，是因为兄嫂待我很好。如今既然对我有了怀疑，请就此别过！"转眼变成一只鹦鹉，翩翩飞走了。

当初，甘父在世时，家里养了一只鹦鹉，非常聪明，甘父经常亲自喂食。当时

时珏四五岁，问："饲鸟何为？"父戏曰："将以为汝妇。"间鸜鹆乏食，则呼珏云："不将饵去，饿煞媳妇矣！"家人亦皆以此为戏。后断锁亡去。始悟旧约云即此也。然珏明知非人，而思之不置，嫂悬情[6]犹切，旦夕啜泣。玉悔之而无如何。

甘珏只有四五岁，问父亲说："养鸟干什么啊？"甘父开玩笑说："以后给你当媳妇啊。"有时候鸜鹆没吃的了，甘父就喊甘珏说："再不快去喂，就要饿死你的媳妇了！"家里人也都拿这话和甘珏说笑。后来锁链断了，鸜鹆不知飞到什么地方去了。甘玉这才明白女子说的婚约就是指此事。甘珏明知阿英不是人，却仍然惦记着她，而嫂子想阿英想得更厉害，整天伤心流泪。甘玉很后悔，但也无可奈何。

注释　1 狎（xiá）宴：指亲昵、不拘礼节的宴饮。　2 怅惘：惆怅迷惘，因失意而心事重重。　3 怏（yàng）怏：形容闷闷不乐的神情。　4 质对参差（cēn cī）：经过质询，发现了破绽。质对，对证，对质。参差，长短大小不一致，此处指对不上。　5 劝驾：劝人任职或做某事。　6 悬情：挂念。

后二年，为弟聘姜氏女，意终不自得。有表兄为粤司李[1]，玉往省之，久不归。适土寇为乱，近村里落，半为丘墟。珏大惧，率家人避山谷。山上男女颇杂，都不知其谁何。忽闻女

过了两年，甘玉为弟弟娶了姜家姑娘，可是甘珏始终不如意。甘氏兄弟有个表兄，在广东任司理。甘玉到广东去探望，去了很久也没有回来。这时家乡正好闹匪患，附近的村落大都一片废墟。甘珏非常害怕，带着全家人躲进山谷里。山谷里男女混杂，互相不认识。甘珏忽然听到一个女子在小声讲话，特别像阿英。

子小语，绝类英，嫂促珏近验之，果英。珏喜极，捉臂不释。女乃谓同行者曰："姊且去，我望嫂嫂来。"既至，嫂望见悲哽。女慰劝再三，又谓："此非乐土。"因劝令归。众惧寇至，女固言："不妨。"乃相将俱归。女撮土[2]拦户，嘱安居勿出。坐数语，反身欲去。嫂急握其腕，又令两婢捉左右足，女不得已，止焉。然不甚归私室；珏订之三四，始为之一往。嫂每谓新妇不能当叔意。女遂早起为姜理妆，梳竟，细匀铅黄。人视之，艳增数倍。如此三日，居然丽人。嫂奇之，因言："我又无子。欲购一妾，姑未遑暇。不知婢辈可涂泽否？"女曰："无人不可转移，但质美者易为力耳。"遂遍相诸

嫂子催促甘珏前去看看，果真是阿英。甘珏十分高兴，抓住阿英的手臂不肯松手。阿英对她的同伴说："姐姐先走吧，我去看看嫂子就来。"阿英来到嫂子跟前，嫂子看见她伤心地哭起来。阿英再三安慰，又说："这里也不是安全的地方。"于是劝他们回家。众人害怕土匪杀到村里去，阿英一再说："不用担心。"于是就和大家一起回去了。阿英堆了一些土拦在门外，嘱咐他们安心住在家中，不要出门。坐着说了几句话后，阿英转身要走。嫂子急忙拉住她的手腕，又叫两个婢女抓住她的双脚，阿英不得已就住下了。然而阿英不常到甘珏房里，甘珏约她三四次，她才去一次。嫂子经常对阿英说，新娶的媳妇姜氏不能让小叔子满意。于是阿英每天早上起来给姜氏梳洗打扮，梳好头发，又仔细地搽脂抹粉。大家一看姜氏，比往日漂亮了好几倍。这样打扮了三天之后，姜氏居然成了大美人。嫂子觉得很惊奇，就说："我没有生儿子。想为你大哥买个小妾，还没有空去买。不知道婢女中有没有能打扮漂亮点的？"阿英说："没有不可变美的人，只是长相原本就好的容易改变些罢了。"阿英于是把所有的婢女都看

婢，惟一黑丑者，有宜男[3]相。乃唤与洗濯[4]，已而以浓粉杂药末涂之，如是三日，面色渐黄，四七日，脂泽沁入肌理，居然可观。日惟闭门作笑，并不计及兵火。

了一遍，只有一个又黑又丑的婢女，有多子的面相。阿英喊她洗了洗脸，然后用浓粉混着药末给她抹在脸上，这样涂了三天之后，婢女的脸渐渐由黑变黄，又过了几天，脂粉沁入肌肤，居然变得非常好看。全家人每天关着大门说笑，也不再管外面的兵荒马乱。

注释 **1** 司李：即司理，意即掌狱讼之官。为明至清初对推官的习称。 **2** 撮（cuō）土：堆起土。 **3** 宜男：多子。 **4** 洗濯（zhuó）：洗涤，洗刷。此处指洗脸。

一夜，噪声四起，举家不知所谋。俄闻门外人马鸣动，纷纷俱去。既明，始知村中焚掠殆尽。盗纵群队穷搜，凡伏匿岩穴者，悉被杀掳。遂益德女，目之以神。女忽谓嫂曰："妾此来，徒以嫂义难忘，聊分离乱之忧。阿伯行至，妾在此，如谚所云，非李非桃[1]，可笑人也。我姑去，当乘间一相望耳。"嫂问："行人无恙乎？"曰："近

一天夜里，村里吵嚷声四起，全家人吓得手足无措。不一会儿，听到门外人喊马嘶叫，土匪纷纷离去了。天亮以后，才发现村里已经被烧光抢光。强盗们分成小队，四处搜寻，凡是躲藏在山谷里的人，搜出来不是被杀就是被抓走了。于是全家人更加感激阿英，把她当作救命神仙。阿英忽然对嫂子说："我这次来，是因为难忘嫂子的恩情，帮你们分担一些离乱的忧愁。大哥就要回来了，我在这里，就像俗话说的'非李非桃'，让人耻笑。我姑且先回去，以后有空会再来看望嫂子。"嫂子问："你大哥在路上没什么事吧？"阿英说："他最近有大难。但和

中有大难。此无与他人事，秦家姊受恩奢，意必报之，固当无妨。”嫂挽之过宿，未明已去。玉自东粤归，闻乱，兼程进。途遇寇，主仆弃马，各以金束腰间，潜身丛棘中。一秦吉了[2]飞集棘上，展翼覆之。视其足，缺一指，心异之。俄而群盗四合，绕莽殆遍，似寻之。二人气不敢息。盗既散，鸟始翔去。既归，各道所见。始知秦吉了即所救丽者也。

别人没关系，秦家姐姐受过大哥恩惠，一定会报答他的，所以不会有事。”嫂子挽留阿英又住了一宿，天还没亮她就走了。甘玉从广东回来，听说家乡闹匪乱，便日夜兼程往家里赶。他在路上遇到土匪，主仆把马都扔了，把银子缠在腰间，藏身在荆棘丛中。一只秦吉了飞落到荆棘上，展开翅膀遮盖住他们。甘玉见鸟爪子上缺一个指头，心中很奇怪。不一会儿，土匪们从四面包围过来，绕着丛棘仔细搜索，好像在找他们。两人吓得连气也不敢出。直到土匪都走了，那只秦吉了才飞走。甘玉回到家后，一家人各自述说了自己的遭遇。甘玉这才知道那只秦吉了就是他曾救过的美丽少女。

注释　1 非李非桃：不伦不类。形容处境尴尬。　2 秦吉了：又称“吉了”“了哥”，与八哥相似，可学人语。因产于秦中，故得名。

后值玉他出不归，英必暮至；计玉将归而早出。珏或会于嫂所，间邀之，则诺而不赴。一夕玉他往，珏意英必至，潜伏候之。未几，英果来，暴起，要遮[1]而归

此后，每当甘玉外出不回来时，阿英晚上一定来；估计甘玉快回来了，第二天便早早走了。甘珏有时在嫂子屋里遇到阿英，乘机请她到自己房间去，阿英只是答应却不去。一天夜里，甘玉又外出了，甘珏料到阿英一定会来，就藏起来等她。不久，阿英果然来了，甘珏突然出来，拦住

于室。女曰:“妾与君情缘已尽,强合之,恐为造物所忌。少留有余,时作一面之会,如何?”珏不听,卒与狎。天明诣嫂,嫂怪之。女笑云:“中途为强寇所劫,劳嫂悬望[2]矣。”数语趋出。

居无何,有巨狸衔鹦鹉经寝门[3]过。嫂骇绝,固疑是英。时方沐[4],辍洗急号,群起噪击,始得之。左翼沾血,奄存余息。抱置膝头,抚摩良久,始渐醒,自以喙理其翼。少选,飞绕室中,呼曰:“嫂嫂,别矣!吾怨珏也!”振翼遂去,不复来。

阿英,硬把她拉到自己房里。阿英说:“我与你的情缘已了,勉强再结合在一起,恐怕会遭到上天怪罪。如果稍微留些余地,不时还能见上一面,怎么样?”甘珏不听,最终还是和她睡了一夜。天亮后,阿英去拜见嫂子,嫂子奇怪她昨夜怎么没来。阿英笑着说:“半路上被强盗劫去,让嫂子惦念了。”说了几句话,阿英便急忙走了。

不多久,一只很大的狸猫叼着一只鹦鹉,经过嫂子卧室门前。嫂子害怕极了,料想那鹦鹉必是阿英。当时嫂子正在洗头发,连忙停下来大声呼喊,家里人一起连喊带打,才把它救下来。鹦鹉的左翅膀沾满了血,气息奄奄。嫂子把它放在膝盖上,抚摸了很久,它才逐渐苏醒过来,用嘴梳理着翅膀。一会儿,它便绕着屋子飞了起来,大声说:“嫂子,永别了!我怨恨甘珏呀!”说完鼓动着翅膀飞走了,再也没有回来。

注释　1 要遮:拦截,拦阻。　2 悬望:盼望,挂念。　3 寝门:泛指内室之门。　4 沐:洗头发。

橘 树

原文

陕西刘公为兴化[1]令,有道士来献盆树,视之,则小橘细裁如指,摈弗受[2]。刘有幼女,时六七岁,适值初度[3]。道士云:“此不足供大人清玩,聊祝女公子[4]福寿耳。”乃受之。女一见,不胜爱悦,置诸闺闼,朝夕护之唯恐伤。刘任满,橘盈把矣,是年初结实。简装将行,以橘重赘,谋弃之。女抱树娇啼。家人绐[5]之曰:“暂去,且将复来。”女信之,涕始止。又恐为大力者负之而去,立视家人移栽墀下[6],乃行。

译文

陕西的刘公在兴化做知县时,有个道士进献了一盆橘树。刘公一看,橘树细小得像手指一样,就推拒不接受。刘公有个小女儿,当时才六七岁,正好要过生日了。道士就说:“这盆橘树不足以供大人您赏玩,就用来为您女儿祝寿吧。”刘公这才接受了。小女孩一看见这盆橘树就喜欢得不得了,把它摆在闺房里,早晚悉心照料,唯恐橘树出问题。刘公任职期满时,橘树已经长到用一只手才能握起来了,这一年是橘树第一次结果。刘公一家整理行装准备上路,因橘树沉重累赘,打算把它扔掉不要了。女孩抱着橘树撒娇啼哭。家人骗她说:“我们只是暂时离开,不久就会回来的。”女孩相信了,才停止了啼哭。她又担心橘树被有力气的人扛走,就站在边上看着家人们把它移栽到台阶下,这才离开。

注释 **1** 兴化:旧县名,在今江苏兴化市。 **2** 摈弗受:拒绝不接受。 **3** 初度:原指初生的时候,后称生日为初度。 **4** 女公子:对别人的女儿的尊称。 **5** 绐(dài):欺骗。 **6** 墀(chí)下:台阶下。墀,台阶上面的空地。

女归，受庄氏聘。庄丙戌[1]登进士，释褐[2]为兴化令，夫人大喜。窃意十余年，橘不复存。及至，则橘已十围，实累累以千计。问之故役。皆云："刘公去后，橘甚茂而不实，此其初结也。"更奇之。庄任三年，繁实不懈。第四年，憔悴无少华。夫人曰："君任此不久矣。"至秋，果解任[3]。

女孩回到家乡，后来受聘于庄家。丙戌年她的丈夫中了进士，被任命为兴化县令，庄夫人非常高兴。她暗想十几年过去了，橘树肯定早就不在了。等到了兴化，她才发现橘树已经长得很粗壮了，树上果实累累，估计有几千个。庄夫人询问当年的衙役，他们都说："刘公走了以后，橘树长得很繁茂却不结果子，这还是这么多年第一次结果呢。"庄夫人更加惊奇。庄公在任的三年里，橘树年年都会结很多果子。到第四年，橘树却开始憔悴不堪，不再开花了。庄夫人对丈夫说："你在此当官的时间不会太久了。"到了秋天，庄公果然卸任了。

注释 **1** 丙戌：康熙四十五年，即 1706 年。 **2** 释褐：脱去平民衣服。比喻始任官职。 **3** 解（jiě）任：解除职务，卸任。

异史氏曰："橘其有夙缘于女与？何遇之巧也！其实也似感恩，其不华也似伤离。物犹如此，而况于人乎？"

异史氏说："难道橘树和这个女孩有夙缘吗？不然事情怎么会这么巧呢！橘树结果好像是在报答恩情，不开花好像是在感伤离别。草木尚且如此，何况是人呢？"

赤　字

原文

顺治乙未[1]冬夜，天上赤字如火。其文云："白苕代靖否复议朝冶驰。"

译文

顺治乙未年的一个冬夜，天上出现了一行火红的字，写的是："白苕代靖否复议朝冶驰。"

注释　**1** 顺治乙未：顺治十二年，即1655年。

牛成章

原文

牛成章，江西之布商也。娶郑氏，生子、女各一。牛三十三岁病死。子名忠，时方十二，女八九岁而已。母不能贞，货产入囊，改醮[1]而去，遗两孤难以存济。有牛从嫂，年已六秩[2]，贫寡无归，送与居处。数年妪死，家益替[3]。而忠渐长，思继父业而苦无资。妹适毛姓，毛富贾也。女

译文

牛成章是江西的一个布商。他娶了一个姓郑的女人，两人生有一儿一女。牛成章三十三岁时就得病死了。他的儿子牛忠当时才十二岁，女儿也只有八九岁。郑氏不能守节，把钱财据为已有，改嫁而去，留下两个孤儿没法度日。牛成章有个叔伯嫂，已经六十岁了，孤寡贫困，无依无靠，两个孩子就被送到了她家生活。几年后叔伯嫂过世，家业更加衰败了。牛忠渐渐长大，想要继承父业却苦于没有本钱。他妹妹嫁给了毛家，毛家是个富商。妹妹哀求丈夫借几十两银

哀婿假数十金付兄。兄从人适金陵,途中遇寇,资斧尽丧,飘荡不能归。

子给哥哥。牛忠带着这笔钱跟别人到了金陵,中途遭遇强盗,盘缠都被抢光了,在外漂泊,回不了家。

注释 1 改醮(jiào):改嫁。醮,结婚时以酒祭神的仪式。 2 秩(zhì):十年为一秩。 3 替:衰败,衰微。

偶趋典肆[1],见主肆者绝类其父,出而潜察[2]之,姓字皆符,骇异不谕[3]其故。惟日流连其傍,以窥意旨,而其人亦略不顾问。如此三日,觇[4]其言笑举止,真父无讹。即又不敢拜识,乃自陈于群小,求以同乡之故,进身为佣。立券已,主人视其里居、姓氏,似有所动,问所从来。忠泣诉父名,主人怅然若失,久之,问:"而母无恙乎?"忠又不敢谓父死,婉应曰:"我父六年前经商不返,母醮而去。幸有伯母抚育,不然,葬沟渎[5]久矣。"主人惨然曰:

有一天,牛忠偶然来到一家当铺,见店主与父亲长得极像,出来后他暗中打听,发现店主的姓氏名字都与父亲一样。他心中很惊讶,不明白其中的缘故。他每天在当铺附近徘徊,暗中观察店主有什么反应,但店主却对他不闻不问。这样过了三天,牛忠观察店主的言谈举止,确实是他的父亲无疑。但牛忠又不敢上门拜访,与父亲相认,于是他就去和店里的佣人介绍自己,求店主看在同乡的分上,让他在店里做佣人。订好契约后,店主看着他的家乡、姓氏,似乎有所触动,便问他是从哪里来的。牛忠哭着说了父亲的名字,店主怅然若失,过了好一会儿,又问:"你母亲好吗?"牛忠又不敢说父亲已经死了,委婉地说:"六年前我父亲出门经商,一去不回,母亲就改嫁了。幸好有伯母养育,不然的话,我早就活不下去了。"店主悲伤地说:"我就是你的

"我即是汝父也。"于是握手悲哀。又导入参其后母。后母姬,年三十余,无出,得忠喜,设宴寝门[6]。

父亲啊。"于是握住他的手非常悲伤。牛成章又带着儿子进屋拜见继母。继母姬氏年纪才三十多,还没有孩子,见了牛忠十分高兴,在内室准备了酒席招待他。

注释 1 典肆:当铺。 2 潜察:秘密打探。 3 不谕:不明白。 4 觇(chān):窥视,观察。 5 沟渎:沟洫。 6 寝门:指内室之门,此处代指内室。

牛终欷歔[1]不乐,即欲一归故里。妻虑肆中乏人,故止之。牛乃率子纪理肆务。居之三月,乃以诸籍委子,取装西归。既别,忠实以父死告母,姬乃大惊,言:"彼负贩于此,曩所与交好者留作当商,娶我已六年矣,何言死耶?"忠又细述之。相与疑念,不喻其由。逾一昼夜而牛已返,携一妇人,头如蓬葆[2],忠视之则其所生母也。牛摘耳[3]顿骂:"何弃吾儿!"妇慑伏不敢少

此后牛成章总是叹气,闷闷不乐,总想回一趟家乡。姬氏担心店里人手不够,不让他走。牛成章就带着儿子料理店中事务,三个月后,他就把各种账册交给了儿子,自己整理行装回乡了。送走了牛成章,牛忠把他父亲已死的实情告诉了继母。姬氏非常吃惊,说:"他来这里做生意,以前和他交情好的人把他留了下来经营当铺,他娶我已经有六年了,你怎么会说他已经死了呢?"牛忠又把事情详细叙述了一遍。两人都疑虑重重,不明白其中的缘由。过了一天一夜,牛成章带着一个女人回来,头发如乱草,牛忠一看,发现那个女人竟是自己的生母。牛成章揪着她的耳朵大骂:"你为什么抛弃我儿子?"郑氏吓得趴在地上不敢动。

动。牛以口龁其项，妇呼忠曰："儿救吾！儿救吾！"忠大不忍，横身蔽鬲[4]其间。牛犹忿怒，妇已不见。众大惊，相哗以鬼。旋视牛，颜色惨变，委衣于地，化为黑气，亦寻灭矣。母子骇叹，举衣冠而瘗[5]之。忠席父业，富有万金。后归家问之，则嫁母于是日死，一家皆见牛成章云。

牛成章用嘴咬她的脖子，郑氏对着牛忠大喊："儿子救我！儿子救我！"牛忠心中不忍，横着身子隔开了他们。牛成章还在愤怒，郑氏已经不见了。大家都很惊慌，叫嚷着见鬼了。再看牛成章，脸色变得很难看，衣服都掉在了地上，化成了一团黑气，不久也消失了。姬氏和牛忠又惊又叹，把牛成章的衣服收拾好埋了起来。牛忠继承了父亲的产业，坐拥万贯家财。后来他回乡问了别人有关生母的事，原来改嫁的生母正是在父亲回去的那天死的，一家人都说看见了牛成章。

注释 1 欷歔（xī xū）：叹息声，抽咽声。 2 蓬葆：蓬草和羽葆。比喻头发散乱。 3 摘耳：揪着耳朵。 4 蔽鬲：阻隔遮挡。鬲，通"隔"，阻隔。 5 瘗（yì）：掩埋，埋葬。

青 娥

原文

霍桓，字匡九，晋[1]人也。父官县尉[2]，早卒。遗生最幼，聪惠绝人，十一岁以神童入泮[3]。而

译文

霍桓，字匡九，是山西人。他的父亲做过县尉，很早就死了。留下的孩子中，霍桓是最小的，他聪明过人，十一岁以"神童"之名考中秀才。然而霍桓的

母过于爱惜，禁不令出庭户，年十三尚不能辨叔伯甥舅焉。同里有武评事[4]者，好道，入山不返。有女青娥，年十四，美异常伦。幼时窃读父书，慕何仙姑之为人。父既隐，立志不嫁，母无奈之。一日，生于门外瞥见之。童子虽无知，只觉爱之极，而不能言，直告母，使委禽[5]焉。母知其不可故难之，生郁郁不自得。母恐拂儿意，遂托往来者致意武，果不谐。

母亲对他太过宠爱，禁止他走出家门，所以他十三岁了还分不清叔伯、甥舅。同村有个姓武的评事，喜好修道之术，进山学仙一去不回。他有个女儿叫作青娥，十四岁了，非常美丽。她小时候偷看过父亲修道的书，向往何仙姑的为人。父亲进山隐居后，她也立志不嫁人，母亲也无可奈何。有一天，霍桓在家门外偶然瞥见青娥。尽管他还年幼无知，但是觉得非常喜欢青娥，只是说不出来，回家后把心思告诉了母亲，让她托媒人去提亲。霍母知道青娥立志不嫁，很是为难，霍桓心中闷闷不乐。霍母怕拂了儿子的心意，就托与武家有来往的人提亲，果然没有成功。

注释　1 晋：山西省的简称。　2 县尉：官名。秦汉时县令、县长下置县尉，掌一县治安。明时废县尉，由典史掌县尉之事。后因称典史为“县尉”。　3 以神童入泮（pàn）：以“神童”之名考中秀才。神童，明代科举童生试，霍桓十一岁考中，所以称“神童”；泮，指泮宫，古代学宫。　4 评事：官名，隶属于大理寺，主要负责案件审理。　5 委禽：纳采，下聘礼。禽，指雁，古代结婚礼仪中，纳采时男子要向女方送上雁作为贽（zhì）礼，所以称纳采为委禽。

生行思坐筹，无以为计。会有一道士在门，

霍桓时时都想着此事，最终也想不出什么办法。有一天，碰巧一个道士来到门

手握小镵[1],长裁尺许,生借阅一过,问:“将何用?”答云:“此劚药[2]之具,物虽微,坚石可入。”生未深信。道士即以斫墙上石,应手落如腐。生大异之,把玩不释于手。道士笑曰:“公子爱之,即以奉赠。”生大喜,酬之以钱,不受而去。持归,历试砖石,略无隔阂。顿念穴墙则美人可见,而不知其非法也。更定,逾垣而出,直至武第[3],凡穴两重垣[4],始达中庭。见小厢[5]中尚有灯火,伏窥之,则青娥卸晚妆矣。少顷,烛灭寂无声。穿墉[6]入,女已熟眠。轻解双履,悄然登榻,又恐女郎惊觉,必遭呵逐,遂潜伏绣褶[7]之侧,略闻香息,心愿窃慰[8]。而半夜经营,疲殆颇甚,少一合眸,不觉睡去。

前,他手中握着一把小镵,只有一尺多长。霍桓借过来看了看,问道:“这东西是做什么用的?”道士回答说:“这是挖药材的工具。别看它小,再坚硬的石头也能挖得动。”霍桓不大相信。道士就用小镵砍墙上的石头,石头像腐烂了一样应手而落。霍桓大感惊奇,把小镵拿在手中把玩,爱不释手。道士笑着说:“既然公子喜欢,我就把它送给你吧。”霍桓十分高兴,要拿钱酬谢他,道士没要就走了。霍桓带着小镵回家,在砖头、石块上试了几次,都毫不费力地铲掉了。他突然想到,如果用小镵在墙上挖个洞,就可以看到武家美人了,但他却不知道这么做是非法的。等到打完更,霍桓就翻墙出去,一直来到武家宅邸,挖通了两道墙,才到了正院。霍桓看见小厢房中亮着灯,便伏下身偷看,只见青娥正在卸晚妆。过了一会儿,灯灭了,四周寂静无声。霍桓穿过墙壁进入屋内,青娥已经睡着了。霍桓轻轻脱下鞋子,悄悄爬上床,又怕把青娥惊醒,自己定会遭辱骂而被轰走,于是他悄悄地躺在青娥的被子边上,略微闻到青娥身上的香气,就感到心满意足了。不过他挖了半夜,已经十分劳累困乏,刚一合眼,不觉就睡着了。

注释 1 镵（chán）：古代的一种铁制掘土器。装着弯曲的长柄，用以掘土，称“长镵”。 2 斸（zhú）药：挖掘药材。斸，锄，掘。 3 武第：武家宅邸。第，大的住宅，宅邸。 4 两重垣：两道墙壁。 5 厢：厢房，正房两侧的小屋。 6 墉（yōng）：指城墙，亦特指高墙。 7 绣褶：此处指被子。 8 窃慰：自己心里感到欣慰。

女醒，闻鼻气休休，开目见穴隙亮入。大骇，急起，暗中拔关轻出，敲窗唤家人妇，共爇火操杖以往。见一总角[1]书生酣眠绣榻，细审识为霍生。推之始觉，遽起，目灼灼[2]如流星，似亦不大畏惧，但腼然不作一语。众指为贼，恐呵之。始出涕曰：“我非贼，实以爱娘子故，愿以近芳泽耳。”众又疑穴数重垣，非童子所能者。生出镵以言其异，共试之，骇绝，讶为神授。将共告诸夫人，女俯首沉思，意似不以为可。众窥知女意，因曰：“此子声名门第，殊不辱玷[3]。不如纵

青娥醒后，听到身旁有呼吸声，睁眼一看，见亮光从凿开的洞中照了进来。她大吃一惊，急忙起身，暗暗地拉开门闩，悄悄走出房门，敲窗叫醒了仆妇，让他们点起灯火、手拿棍棒一起来到自己的房内。只见一个梳着两只抓髻的少年书生在绣床上酣睡，仔细一看认出是霍桓。推了推他才醒过来，霍桓急忙起身，目光像流星一样炯炯有神，似乎并不怎么害怕，只是腼腆害羞得说不出一句话。众人都骂他是贼，大声呵斥他。他这才哭着说：“我并不是贼，实在因为非常爱慕小姐，希望能够和她亲近。”大家又怀疑凿穿几道墙，并不是一个孩子能办到的。霍桓便拿出小镵，说明它的神奇用途。众人试了试，十分惊骇，认为是神仙赐给他的。众人想将此事告诉夫人，青娥低头沉思，好像不同意。大家看出了青娥的心思，于是说：“这个孩子的才名

之使去，俾复求媒焉。诘旦，假盗以告夫人，如何也？”女不答。众乃促生行。生索镵，共笑曰：“呆[4]儿童！犹不忘凶器耶？”生觑枕边，有凤钗一股，阴纳袖中。已为婢子所窥，急白之。女不言亦不怒。一媪拍颈曰：“莫道他呆若小[5]，意念乖绝[6]也。”乃曳之，仍自窦中出。

和门第，倒也不辱没了小姐。不如放他回去，让他托媒人来提亲。等明天夫人问起，就告诉她昨夜遭了盗贼，如何？”青娥默不作声。众人见状催促霍桓快走。霍桓索要自己的小镵，众人笑话他说：“傻小子！临走还不忘拿凶器啊？”霍桓瞥见枕边有一支凤钗，就偷偷装进袖子里。这事已经被一个婢女看见，她急忙告诉了青娥。青娥不说话，也没有生气。一个老仆妇拍着霍桓的脖颈说：“不要说他是傻小子，他机灵着呢。”于是她就拉着霍桓，让他仍从墙洞钻了出去。

注释　1 总角：古时儿童束发为两结，向上分开，形状如角。此处指年纪小。　2 灼灼：形容明亮的样子。　3 辱玷：使蒙受耻辱。　4 呆（旧读 ái）：呆痴。　5 若小：这小子。　6 乖绝：亦作“乖觉”，灵敏机警。

既归，不敢实告母，但嘱母复媒致之。母不忍显拒，惟遍托媒氏，急为别觅良姻。青娥知之，中情[1]皇急，阴使腹心者风示[2]媪。媪悦，托媒往。会小婢漏泄前事，武夫人辱之，不胜恚愤[3]。媒

霍桓回家后，不敢将实情告诉母亲，只是请求母亲再托媒人上门提亲。霍母不忍心明着拒绝，只是到处托媒人，赶紧为儿子另结良姻。青娥听说后，心里又担心又着急，暗中让心腹之人给霍母透漏口风。霍母非常高兴，立刻托媒人前去提亲。正在这时，有个小婢女泄漏了那天晚上发生的事，武夫人觉得太丢人

至，益触其怒，以杖画地，骂生并及其母。媒惧窜归，具述其状。生母亦怒曰："不肖儿所为，我都懵懵[4]。何遂以无礼相加？当交股[5]时，何不将荡儿淫女一并杀却？"由是见其亲属，辄便披诉[6]。女闻，愧欲死。武夫人大悔，而不能禁之使勿言也。女阴使人婉致生母，且矢之以不他，其词悲切。母感之，乃不复言，而论亲之谋，亦遂辍矣。

了，非常愤怒。媒人一来，更触动了她的怒气，气得她用手杖使劲戳地，大骂霍桓和他的母亲。媒人吓得赶快跑回去，把详情告诉了霍母。霍母也十分生气，说："这个不争气的儿子干出这种事，我竟然还一无所知。但为何要如此无礼谩骂？当他们睡在一起时，何不将这荡儿淫女一块儿都杀了呢？"从此，霍母见了武家的亲属，就宣扬此事。青娥听说后羞愧得要死。武夫人也很懊悔，但没办法堵住霍母的嘴让她不要乱说。青娥暗自派人去委婉地告诉霍母事情缘由，还发誓说自己非霍桓不嫁，言辞悲愤恳切。霍母很感动，便再也不说了，但提亲的事，也被搁置起来了。

注释 1 中情：内心的思想感情。 2 风示：暗示，用言语示意。 3 恚（huì）愤：愤怒。 4 懵（méng或měng）懵：昏昧糊涂的样子。 5 交股：指大腿相交。 6 披诉：陈诉，到处宣扬。

会秦中[1]欧公宰是邑，见生文，深器之，时召入内署，极意优宠。一日问生："婚乎？"答言："未。"细诘之，对曰："夙与故武评事女小

当时，秦中的欧公在此任县令，看到霍桓的文章，非常器重他，时常把他召进县衙，对他极其优待宠信。一天，欧公问霍桓："你成婚了吗？"霍桓回答说："没有。"欧公又仔细询问原因，霍桓答道："从前和已故武评事的女儿有过婚约，后来

有盟约，后以微嫌[2]，遂致中寝[3]。”问：“犹愿之否？”生腼然不言。公笑曰：“我当为子成之。”即委县尉、教谕[4]，纳币[5]于武。夫人喜，婚乃定。逾岁，娶女归。女入门，乃以镵掷地曰：“此寇盗物，可将去！”生笑曰：“勿忘媒妁。”珍佩之，恒不去身。女为人温良寡默，一日三朝其母，余惟闭门寂坐，不甚留心家务。母或以吊庆他往，则事事经纪[6]，罔不井井。年余，生一子孟仙。一切委之乳保[7]，似亦不甚顾惜。又四五年，忽谓生曰：“欢爱之缘，于兹八载。今离长会短，可将奈何！”生惊问之，即已默默，盛妆拜母，返身入室。追而诘之，则仰眠榻上而气绝矣。母子痛悼，购良材而葬之。

因为两家有些小误会，就中止了。”县令问：“你还愿意同她成亲吗？”霍桓害羞没有说话。县令笑着说：“我一定为你促成这门婚事。”欧公就委托县尉、教谕，到武家下聘礼。武夫人很高兴，婚事就定下了。过了一年，霍桓就把青娥娶进了门。青娥一进门，就把小镵扔到地上说：“这是贼用的东西，你拿回去吧！”霍桓笑着说：“可不能忘了这媒人啊。”于是很珍视地佩戴着它，一刻也不离身。青娥为人温厚善良，沉默寡言。一天除了三次给婆婆请安外，其余时间都闭门静坐，也不太留心家务事。有时婆婆因为红白喜事到别处去拜访，青娥便事事都料理，无不处理得井井有条。过了一年多，青娥生了个儿子，取名孟仙。青娥把一切交给乳妈照看，似乎对儿子并不是很关心。又过了四五年，青娥忽然对霍桓说：“我们美满的姻缘，至今已经八年了。现在离别的日子多而相聚的日子少，该怎么办呢？”霍桓惊讶地问她怎么回事，青娥却一句话也不说，她盛装打扮，拜见了婆婆，接着转身回到屋里。霍桓追过去询问青娥，发现她已仰卧在床气绝而亡。母子十分悲痛，购置了一副上好的棺材把她安葬了。

注释 1 秦中：古地区名。指今陕西中部平原地区，因春秋、战国时该地区属秦国而得名。也称“关中”，即关中地区。 2 嫌：嫌怨，嫌隙。 3 中寝（qǐn）：中止。 4 教谕：官名，元、明、清县学的教官，负责教育生员。 5 纳币：古代婚礼中六礼之一，纳吉之后，送聘礼至女家。 6 经纪：料理，安排。 7 乳保：乳母，保姆。

母已衰迈，每每抱子思母，如摧肺肝，由是遘病[1]，遂惫不起。逆害饮食[2]，但思鱼羹，而近地则无，百里外始可购致。时厮骑皆被差遣，生性纯孝，急不可待，怀资独往，昼夜无停趾。返至山中，日已沉冥，两足跛踦[3]，步不能咫[4]。后一叟至，问曰：“足得毋泡乎？”生唯唯。叟便曳坐路隅，敲石取火，以纸裹药末，熏生两足讫。试使行，不惟痛止，兼益矫健。感极申谢，叟问：“何事汲汲[5]？”答以母病，因历道所由。叟问：“何不另娶？”答云：“未得佳者。”叟遥指山村曰：“此处有一佳人。倘能从

霍母年老体衰，常常抱着孙子就想起了儿媳，悲伤得肝肠寸断，因此得了病，卧床不起。霍母不想吃饭，只想喝点鱼羹，但是附近没有鱼，只有到百里之外的地方才能买到。当时，家中的小厮和马匹都被差遣出去了，霍桓生性孝顺，急不可待，便带着钱一个人去买鱼，不分昼夜地连续赶路。返回时走到山中，日已西沉，他走路一瘸一拐，一步也走不了多远。后面赶上来一个老头儿，问道：“你的脚是起了水泡吧？”霍桓连连称是。老头拉着他坐到路边，敲石生火，用纸包裹上药末，给霍桓熏脚。熏完，让他试着走两步，不但脚不疼了，步伐也更加矫健。霍桓非常感激，再三道谢，老头儿问：“什么事这样着急？”霍桓回答说因为母亲生病，又说了事情的缘由。老头儿问：“为什么不再另娶一个呢？”霍桓回答说：“没遇到好的。”老头儿遥指一个山村说：“那里有一个好姑娘。假如你能跟我去，

我去，仆当为君作伐[6]。”生辞以母病待鱼，姑不遑暇。叟乃拱手，约以异日入村，但问老王，乃别而去。

我必当为你做媒。”霍桓推辞说母亲有病等着吃鱼，暂时没空过去。老头便向他拱手告辞，约他改日再去，进了村只要打听老王就行，说完就走了。

注释 **1** 遘（gòu）病：患病。遘，遭遇。 **2** 逆害饮食：不想吃饭，吃不下饭。 **3** 踱踦（bǒ jī）：步伐不稳。 **4** 咫（chǐ）：古代长度单位。此处指一步的距离。 **5** 汲汲：形容心情急切的样子，引申为急切追求。 **6** 作伐：做媒。

生归，烹鱼献母。母略进，数日寻瘳[1]。乃命仆马往寻叟，至旧处迷村所在。周章[2]逾时，夕暾渐坠[3]，山谷甚杂，又不可以极望，乃与仆分上山头，以瞻里落，而山径崎岖，苦不可复骑，跋履[4]而上，昧色笼烟矣。蹀躞[5]四望，更无村落。方将下山，而归路已迷，心中燥火如烧。荒窜间，冥堕绝壁，幸数尺下有一线荒台，坠卧其上，阔仅容身，

霍桓回到家后，把鱼烹好了端给母亲。霍母稍微吃了些，过了几天病就好了。霍桓这才让仆人备马，到先前隐约指点的村子找老头儿，来到与老头儿分手的地方，却找不到那个村子了。来回找了很长时间，夕阳也渐渐落山了，山谷地形复杂，又看不远，于是他和仆人分头上山，想看看有什么村庄，但是山路崎岖，又不能骑马，只好辛勤往上爬，这时已经暮色笼罩，什么也看不清楚。两人一边小步走着一边四下张望，也没看见有村庄。霍桓正准备下山，却又迷了路，心中急如火烧。正在荒草丛中胡乱找路时，昏暗中从悬崖上摔了下去。幸亏悬崖下方几尺处有很小的荒台，霍桓正好掉在上面，平台很窄刚能容身，往下看，

下视黑不见底。惧极不敢少动。又幸崖边皆生小树,约体如栏。移时,见足傍有小洞口,心窃喜,以背着石,螬行[6]而入。意稍稳,冀天明可以呼救。	漆黑一片,深不见底。霍桓害怕极了,一动也不敢动。又幸好悬崖边上长满小树,像栏杆一样围挡住他。过了一会儿,霍桓看见脚旁有个小洞口,心中暗喜,就背靠着石壁,像蛴螬一样挪动着滚进了山洞。这时,他心里才稍微平稳了些,盼着天亮后喊人搭救自己。

注释 1 瘳(chōu):病愈。 2 周章:周折。 3 夕暾(tūn)渐坠:夕阳渐渐落下去了。暾,日初出貌。因指代太阳。 4 跋履:谓旅途辛劳奔波。 5 蹀躞(dié xiè):小步走路,亦指行进艰难貌。 6 螬行(cáo xíng):如蛴(qí)螬用背滚行。螬,蛴螬,即金龟子的幼虫。

少顷,深处有光如星点。渐近之,约三四里许,忽睹廊舍,并无釭烛[1],而光明若昼。一丽人自房中出,视之则青娥也。见生,惊曰:"郎何能来?"生不暇陈,抱袪[2]呜恻。女劝止之,问母及儿。生悉述苦况,女亦惨然。生曰:"卿死年余,此得无冥间耶?"女曰:"非也,此乃仙府。曩时非死,所瘗[3]一竹杖	不一会儿,霍桓发现山洞深处有星星点点的亮光。他慢慢地走过去,约三四里路后,忽然看见房屋,屋内没有点灯烛,但却像白天一样明亮。一个美丽的女子从屋里出来,霍桓仔细看她,原来是青娥。青娥看见他,惊奇地问:"郎君怎么能来这里?"霍桓顾不上说什么,抓着她的衣袖伤心地哭了起来。青娥劝他止住哭泣,问起婆婆和儿子的情况。霍桓就把家里艰难困苦的情况告诉了她,青娥听了心里也十分难过。霍桓问道:"你已经死了一年多,这里大概是阴间吧?"青娥说:"不是阴间,此处是仙府。

耳。郎今来,仙缘有分也。”因导令朝父,则一修髯[4]丈夫坐堂上,生趋拜。女曰:“霍郎来。”翁惊起,握手略道平素。曰:“婿来大好,分当留此。”生辞以母望,不能久留。翁曰:“我亦知之。但迟三数日,即亦何伤。”乃饵以肴酒,即令婢设榻于西堂,施锦裀[5]焉。生既退,约女同榻寝。女却之曰:“此何处,可容狎亵?”生捉臂不舍。窗外婢子笑声嗤然,女益惭。方争拒间,翁入叱曰:“俗骨污吾洞府!宜即去!”生素负气,愧不能忍,作色曰:“儿女之情,人所不免,长者何当伺我?无难即去,但令女须便将去。”

先前我并没有死,埋的不过是一根竹杖罢了。郎君今天既然来到这里,也是有仙缘福分啊。”说完领他去拜见父亲,只见屋里正堂上坐着一个长胡子老头儿,霍桓赶紧上前拜见。青娥说:“霍郎来了!”老头儿吃惊地站起来,握住霍桓的手寒暄了几句,说:“女婿能来太好了,应当留在这里。”霍桓推辞说母亲在家盼望,不能久留。老头说:“这我也知道。但晚回去三四天,又有什么关系。”于是让人摆好酒菜招待,又叫婢女在西堂放置了床,铺上锦绣被褥。霍桓吃完饭回屋,约青娥同床共枕。青娥说:“这是什么地方,岂能容这种轻慢的行为?”霍桓抓着她的胳膊不肯放手。窗外婢女嗤嗤地笑,青娥更加羞愧难忍。两人正在拉扯时,老头进来,斥责说:“你这俗骨凡胎玷污了我的洞府!赶紧走!”霍桓一向高傲自负,如今羞愧难忍,变了脸色说:“儿女之情,谁也避免不了!你身为长辈怎么能偷窥我们?让我走也不难,但必须让你的女儿和我一起走。”

注释 1 釭(gāng,又读gōng)烛:灯烛。 2 袪(qū):袖口。 3 瘗(yì):埋葬,掩埋。 4 修髯:长长的胡子。 5 锦裀(yīn):锦缎做的褥垫、毯子之类。裀,通“茵”,褥垫、毯子之类。

翁无辞，招女随之，启后户送之，赚[1]生离门，父子阖扉去。回首峭壁巉岩[2]，无少隙缝，只影茕茕[3]，罔所归适。视天上斜月高揭，星斗已稀。怅怅良久，悲已而恨，面壁叫号，迄无应者。愤极，腰中出镵，凿石攻进，且攻且骂，瞬息洞入三四尺许。隐隐闻人语曰："孽障哉！"生奋力凿益急。忽洞底豁开二扉，推娥出曰："可去，可去！"壁即复合。女怨曰："既爱我为妇，岂有待丈人如此者？是何处老道士授汝凶器，将人缠混欲死？"生得女，意愿已慰，不复置辩，但忧路险难归。女折两枝，各跨其一即化为马，行且驶，俄顷至家。时失生已七日矣。初，生之与仆相失也，觅之不得，归而告母。母遣人穷搜山谷，

老头无辞应答，就招呼女儿过来跟他走，打开后门送他们出去，等骗霍桓出了门，父女俩把门关上就回去了。霍桓回头一看，只见悬崖峭壁，一点缝隙也没有，只有自己孤零零一人，不知该去何方。看着天空中斜月高悬，星星也寥落稀疏。霍桓惆怅了很久，由悲生恨，对着石壁大声呼喊，始终没有回应。霍桓气愤至极，从腰间拿出小镵，挖凿石壁向前走，边凿还边骂，瞬息就凿进去三四尺。隐约听见石壁里有人说："真是孽障啊！"霍桓更加奋力急凿。忽然洞底豁然打开两扇门，老头推青娥出来，说："走吧！走吧！"石壁又合上了。青娥埋怨说："你既然爱我，娶我为妻，哪有像你这样对待老丈人的？是哪里的老道士给了你这种凶器，把人缠得要死！"霍桓得到了青娥，心愿已足，不再争辩，只是担忧道路艰险难以回家。青娥折了两根树枝，各自骑上一根，树枝立即变成马匹，连走带跑，不一会儿就到了家。这时，霍桓已经失踪七天了。当初，霍桓同仆人走散，仆人找不到他，就回家告诉了霍母。霍母派人搜遍整个山谷，也没有找到霍桓的踪影。她正忧虑恐慌的时候，听说儿

并无踪绪。正忧惶所,闻子自归,欢喜承迎。举首见妇,几骇绝。生略述之,母益忻慰[4]。女以形迹诡异,虑骇物听[5],求即播迁。母从之。异郡有别业,刻期徙往,人莫之知。

偕居十八年,生一女,适同邑李氏。后母寿终。女谓生曰:“吾家茅田中有雉菢[6]八卵,其地可葬。汝父子扶榇归窆[7]。儿已成立,宜即留守庐墓,无庸复来。”生从其言,葬后自返。月余孟仙往省之,而父母俱杳。问之老奴,则云:“赴葬未还。”心知其异,浩叹而已。

子回来了,高兴地跑出来迎接。霍母抬头看见儿媳,差点被吓死。霍桓简单叙说了经过,霍母听了更加欣慰。青娥因为自己死而复生形迹诡异,担心别人议论纷纷,便请求搬家。霍母听从了她的意见。霍家在外郡有住宅,就挑选了良辰吉日搬过去,周围的人都不知道。

霍桓和青娥又一起生活了十八年,生了一个女儿,嫁给了同县李家。后来霍母去世了。青娥对霍桓说:“我们家的茅草地里,有一只野鸡下了八只蛋,那里可以埋葬母亲。你们父子俩一起扶灵回去安葬母亲吧。儿子已经长大成人,应该留在那里守墓,不需要再回来了。”霍桓听从了她的话,埋葬完母亲后独自返回。过了一个多月,儿子孟仙回来探望父母,可是父母都不在家。问老仆人,仆人却说:“去安葬老夫人还没回来。”孟仙心知事有蹊跷,但也只能感叹而已。

注释 1 赚(zuàn):哄骗,诳骗。 2 巉(chán)岩:险峻的山岩。 3 茕茕(qióng qióng):形单,孤独无依的样子。 4 忻慰:即欣慰。 5 物听:众人的言论。 6 菢(bào):孵。 7 扶榇(chèn)归窆(biǎn):扶柩归家安葬。榇,古时指内棺,后泛指棺材。窆,把死者的棺材放进墓穴,泛指埋葬。

孟仙文名甚噪，而困于场屋[1]，四旬[2]不售。后以拔贡入北闱[3]，遇同号生[4]，年可十七八，神采俊逸，爱之。视其卷，注顺天廪生[5]霍仲仙。瞪目大骇，因自道姓名。仲仙亦异之，便问乡贯，孟悉告之。仲仙喜曰："弟赴都时，父嘱文场中如逢山右[6]霍姓者，吾族也，宜与款接[7]，今果然矣。顾何以名字相同如此？"孟仙因诘高、曾，并严、慈姓讳，已而惊曰："是我父母也！"仲仙疑年齿之不类。孟仙曰："我父母皆仙人，何可以貌信其年岁乎？"因述往迹，仲仙始信。

场后不暇休息，命驾同归。才到门，家人迎告，是夜失太翁及夫人所在。两人大惊。仲仙入而询诸妇，妇言："昨夕尚共杯酒，母谓：'汝夫妇少不更

孟仙的文章出众，名气很大，但是科举却总是失利，到了四十岁还没有考中。后来他以拔贡的身份进京赶考，遇到一个同号的考生，年纪约十七八岁，神采俊逸，孟仙很喜欢他。看他的考卷上，写着顺天廪生霍仲仙。孟仙瞪大眼睛，惊讶万分，于是就告诉他自己的姓名。霍仲仙也感到很奇怪，就问孟仙的家乡，孟仙都告诉了他。仲仙高兴地说："小弟进京时，父亲嘱咐说如果在考场中遇到山西姓霍的，就是一家人，要热情相待，如今果然如此啊。可是我们的名字为什么如此类似呢？"孟仙询问仲仙的高祖、曾祖及父母的姓氏名讳，听后吃惊地说："这是我的父母啊！"仲仙怀疑年龄不符。孟仙说："我的父母都是仙人，怎么能根据相貌来判断年龄呢？"于是又讲述了以前的事，仲仙这才相信了。

考完后，两人顾不上休息，就叫仆人驾车一同回家。刚进家门，仆人就迎上来禀报说，昨天夜里老太爷和老夫人不知去哪儿了。兄弟俩大吃一惊。仲仙进屋询问妻子，妻子回答说："昨天晚上还在一块儿喝酒，母亲说：'你们夫妇

事。明日大哥来，吾无虑矣。’早旦入室，则阒[8]无人矣。”兄弟闻之，顿足悲哀。仲仙犹欲追觅，孟仙以为无益，乃止。是科仲领乡荐[9]。以晋中祖墓所在，从兄而归。犹冀父母尚在人间，随在探访，而终无踪迹矣。

俩还年轻，没经过多少世事。明天大哥来了，我就没什么顾虑了。’早晨进屋一看，已经空无一人了。”兄弟俩听了，伤心得直跺脚。仲仙还打算追着寻找，孟仙认为那样徒劳无益，才没去。这次考试，仲仙考中了举人。因为祖坟在山西，他就跟随哥哥回山西老家去了。他们希望父母仍在人世，边走边打听，然而始终毫无踪迹。

注释 1 困于场屋：困于考场，指没有考中。 2 四旬：四十岁。 3 拔贡入北闱（wéi）：以拔贡的资格参加京试。拔贡是科举制度中由地方贡入国子监的生员的一种。北闱，明清时期科举制对顺天府乡试的通称。 4 同号生：考场中同一号舍的考生。 5 廪（lǐn）生：即廪膳生员，明清两代称由公家供给膳食的生员。 6 山右：山西省的别称。因其在太行山之右，故称。 7 款接：结交，交往。又指款待。 8 阒（qù）：寂静，又指空。 9 领乡荐：乡试中举。

异史氏曰：“钻穴眠榻，其意则痴；凿壁骂翁，其行则狂。仙人之撮合之者，惟欲以长生报其孝耳。然既混迹人间，狎生子女，则居而终焉，亦何不可？乃三十年而屡弃其子，抑独何哉？异已！”

异史氏说：“霍桓钻墙入室，睡卧小姐身边，为人真是痴情；凿通墙壁，骂老丈人，行为也真是狂妄。仙人之所以要撮合他们的婚事，只想让他们长命百岁，以此嘉奖他们的孝心罢了。不过，既然已经混迹于人世，结婚生子，就算永远住在那里，又有什么不妥呢？但是在三十多年中却多次抛弃儿子，这又是为什么呢？真是太奇怪了！”

镜听

原文

益都[1]郑氏兄弟，皆文学士[2]。大郑早知名，父母尝过爱[3]之，又因子并及其妇；二郑落拓[4]，不甚为父母所欢，遂恶次妇，至不齿礼。冷暖相形，颇存芥蒂[5]。次妇每谓二郑："等男子耳，何遂不能为妻子争气？"遂摈弗与同宿。于是二郑感愤，勤心锐思[6]，亦遂知名。父母稍稍优顾之，然终杀[7]于兄。

译文

益都有一对姓郑的兄弟，都是有才华的读书人。老大很早就出名了，父母都特别偏爱他，也因此格外优待大儿媳。老二放浪不羁，父母不怎么喜欢他，就连对二儿媳都不喜欢到了轻视不屑的地步。两个儿媳因受到冷暖不同的对待，相互之间也有了嫌隙。二儿媳总对老二说："都是男人，你为什么不能为妻子争口气呢？"她赌气不与老二睡在一起。老二受到刺激，从此勤奋苦读，慢慢地也出了名。父母对老二稍微好了一点，但终究不如他哥哥。

注释 1 益都：旧县名，在今山东青州市。 2 文学士：有才华的读书人。 3 过爱：偏爱。 4 落拓（tuò）：放浪不羁。 5 芥蒂：本指细小的梗塞物，比喻积在心里的怨恨或不快。 6 勤心锐思：竭尽心思，指勤奋苦读。 7 杀（shài）：衰退，减少，降等。此指不如，差一等。

次妇望夫綦切[1]，是岁大比[2]，窃于除夜以镜听卜[3]。有二人初起，相推为戏，云："汝也凉凉

二儿媳望夫成名心切，这年正赶上乡试，除夕夜里她偷偷捧着镜子偷听路人说话以占卜。这时有两个人才起床，互相推搡调笑，说："你也凉快凉快去

去！”妇归，凶吉不可解，亦置之。闱后，兄弟皆归。时暑气犹盛，两妇在厨下炊饭饷耕[4]，其热正苦。忽有报骑登门，报大郑捷，母入厨唤大妇曰：“大男中式[5]矣！汝可凉凉去。”次妇忿恻[6]，泣且炊。俄又有报二郑捷者，次妇力掷饼杖而起，曰：“侬也凉凉去！”此时中情所激，不觉出之于口；既而思之，始知镜听之验也。

吧。”二儿媳回去以后，弄不明白这是好兆头还是坏兆头，也就放着不管了。考试结束后，兄弟俩回到了家。当时天还很热，两个儿媳在厨房里为忙农活的人做饭，正热得厉害。忽然有人骑马来报喜，说老大考中了，母亲便进厨房喊大儿媳：“老大考中了，你可以凉快凉快去了。”二儿媳愤愤不平，一边伤心流泪，一边做饭。不一会儿，又有人来报老二也考中了，二儿媳用力把饼杖一扔，站了起来，说：“我也凉快凉快去！”此时她内心情绪激动，不知不觉说出了这句话，过后一想，才知道这是用镜子占卜的事应验了。

注释 1 綦（qí）切：迫切。 2 大比：明清时期特指乡试，每三年举行一次，考中的叫举人。 3 以镜听卜：占卜法之一。指在除夕或岁首的夜里抱着镜子偷听路人的无意之言，以此来占卜吉凶祸福。 4 饷耕：为在田间劳作的人送饭。 5 中（zhòng）式：考中。 6 忿（fèn）恻：愤怒伤心。

异史氏曰：“贫穷则父母不子[1]，有以也哉！庭帏[2]之中，固非愤激之地；然二郑妇激发男儿，亦与

异史氏说：“人贫穷困厄时，父母也不把子女当子女，是有原因的啊！家庭之中，本来不是愤慨赌气的地方。但郑家的二儿媳能激励丈夫，与

怨望无赖者殊不同科。投杖而起，真千古之快事也！”

那些怨天尤人、无理取闹的人大不相同。她投杖而起，真是千古以来的痛快事啊！”

注释 1 不子：不当作子女对待。 2 庭帏（wéi）：又作“庭闱”，指父母居住处，代指家庭。

牛 癀

原文

陈华封，蒙山[1]人。以盛暑烦热，枕籍野树下。忽一人奔波而来，首着围领，疾趋树阴，据石[2]而坐，挥扇不停，汗下如流沈[3]。陈起座，笑曰：“若除围领，不扇可凉。”客曰：“脱之易，再着难也。”就与倾谈，颇极蕴藉[4]。既而曰：“此时无他想，但得冰浸良酝，一道冷芳，度下十二重楼[5]，暑气可消一半。”陈笑曰：“此愿易遂，仆当为君偿之。”因

译文

陈华封是蒙山人。某年盛夏酷热难耐，他就躺在村外大树下乘凉。忽然跑来一个人，头上戴着围巾，快步跑到树阴下，倚靠着石头坐了下来，不停地搧扇子，却依旧汗如流汁。陈华封起身笑着说：“如果你把围巾取下来，不搧扇子也就凉快了。”那个客人说：“脱下来容易，再戴上就难了。”两人谈笑起来，客人言行温文尔雅。不一会儿客人说：“我这会儿没别的想法，只想要冰水浸过的好酒，喝上一口冰镇美酒，酒液进入喉咙，暑气就可以消去一半。”陈华封笑着说：“这个愿望容易实现，我可以让你得偿所愿。”语毕他就拉起对方的手说：“我家

握手曰:"寒舍伊迩[6],请即迂步[7]。"客笑而从之。

离这里很近,还请屈驾前往。"客人笑着跟他走了。

注释　**1** 蒙山:山名,在今山东沂蒙山区腹地。 **2** 据石:倚靠着石头。 **3** 流沈(shěn):流汁,指汗流得很多。 **4** 蕴藉(jiè):宽厚而有涵养,温文尔雅。 **5** 十二重楼:喉咙。道家认为人的咽喉管有十二节。 **6** 伊迩:近,不远。 **7** 迂步:敬词。犹枉驾,屈驾。

至家,出藏酒于石洞,其凉震齿。客大悦,一举十觥。日已就暮,天忽雨,于是张灯于室,客乃解除领巾,相与磅礴[1]。语次[2],见客脑后时漏灯光,疑之。无何,客酩酊眠榻上。陈移灯窃窥之,见耳后有巨穴,盏大,数道厚膜间鬲棂;棂外软革垂蔽,中似空空。骇极,潜抽髻簪,拨膜觇之,有一物状类小牛,随手飞出,破窗而去。益骇不敢复拨。方欲转步,而客已醒。惊曰:"子窥见吾隐矣!放牛癀出,将为奈何?"陈拜诘其

到家后,陈华封从石窖里拿出他的藏酒,那酒凉得人牙齿发抖。客人非常高兴,一口气喝了十杯。这时天色已晚,天上突然下起了雨,于是点亮了屋里的灯,客人才解下围巾,两人伸开腿,一起开怀畅饮。交谈之间,陈华封注意到客人的脑后时不时透出灯光,感到疑惑不解。没过多久,客人酩酊大醉,在床榻上睡着了。陈华封拿着灯烛到客人脑后察看,发现他的耳后有一个杯口大的大洞,里面有几道厚膜,像窗棂一样在其中间隔开;外面垂着一块软皮遮掩着,中间好像是空荡荡的。陈华封惊骇之中偷偷拔下发簪,拨开厚膜窥视,里面有一个像小牛一样的东西,随着他手里的动作飞了出去,穿破窗户飞走了。陈华封更加惊骇,不敢再拨弄。正要转身走开,客人就醒了。他惊讶地说:"你发现了我的秘密!你把牛癀放

故，客曰："今已若此，尚复何讳。实相告：我六畜瘟神耳。适所纵者牛癀[3]，恐百里内牛无种矣。"陈故以养牛为业，闻之大恐，拜求术解。客曰："余且不免于罪，其何术之能解？惟苦参散最效，其广传此方，勿存私念可也。"言已谢别出门，又掬土堆壁龛中，曰："每用一合[4]亦效。"拱[5]不复见。

走了，这可怎么办啊？"陈华封赶忙施礼，问他这是怎么回事，客人说："现在已经这样了，我还有什么可隐瞒的呢。实话告诉你：我是掌管六畜的瘟神。你刚才放走的是牛癀，恐怕方圆百里之内的牛都要死绝了。"陈华封本就以养牛为业，听了这话十分惊恐，急忙下拜求他告诉自己消除灾害的办法。客人说："我也免不了要被责罚，哪里又有什么办法呢？只有苦参散最有用，你要把方子传给广大百姓，不要有私心就可以了。"说完，他道了谢走出门，不久又捧了一捧土放在壁龛中说："每次用一合这个也有效。"然后拱拱手就不见了。

注释　1 磅礴：箕坐，指两腿伸直张开坐着，其形如箕。　2 语次：交谈之间。　3 癀（huáng）：瘟疫，牛、马等家畜所患的一种急性传染病。　4 合（gě）：容量单位。十合为一升。　5 拱：拱手。两手相合以示敬意。

居无何，牛果病，瘟疫大作。陈欲专利，秘其方不肯传，惟传其弟。弟试之神验。而陈自锉啖牛，殊罔所效。有牛两百蹄躈[1]，倒毙殆尽；遗老牝牛[2]

过了没多久，附近的牛果然都病了，瘟疫开始大暴发。陈华封只想自己得利，守着苦参散的秘方不愿传出去，只告诉了自己的弟弟。他弟弟试了方子，果然很灵验。但陈华封自己磨了药粉喂给牛吃，却一点效果都没有。他养了四十头牛，几乎死光了；剩下四五头老母牛，也眼看着要

四五头，亦逡巡就死。中心懊恼，无所用力。忽忆龛中掬土，念未必效，姑妄投之，经夜牛乃尽起。始悟药之不灵，乃神罚其私也。后数年，牝牛繁育，渐复其故。

死了。陈华封心里懊恼，想不出解决办法。忽然他想起了壁龛里的那捧土，想着虽然未必有效，姑且大胆地喂给牛试试，一个晚上过去，那些牛就全都好起来了。他这才明白药之所以不灵验，原来是神仙在惩罚自己的自私自利。后来的几年里，几头母牛繁育得很好，牛群又逐渐恢复到以前的数量。

注释 1 两百蹄躈（qiào）：四十头牛。蹄躈是古代用以计算牲畜数量的单位，蹄躈五，即四蹄加肛门为一头牲畜。躈，口，一说指肛门。 2 牝（pìn）牛：母牛。

金姑夫

原文

会稽[1]有梅姑祠。神故马姓，族居东莞[2]，未嫁而夫早死，遂矢志不醮[3]，三旬[4]而卒。族人祠之，谓之梅姑。

丙申[5]，上虞[6]金生赴试经此，入庙徘徊，颇涉冥想。至夜，梦青衣[7]来，传梅姑命招之。

译文

会稽有一座梅姑祠。祠里供奉的神女原本姓马，居住在东莞，出嫁前未婚夫就死了，便立誓不再嫁人，三十岁的时候就过世了。族人为她建了祠堂，称她为梅姑。

丙申年间，上虞有个姓金的书生赶考路过这里，就进了祠堂，四下走动时有些想入非非。到了夜晚，他梦到一个婢女来传话，请他去见梅姑。金生跟着她走进祠

从去，入祠，梅姑立候檐下，笑曰："蒙君宠顾，实切依恋。不嫌陋拙，愿以身为姬侍。"金唯唯。梅姑送之曰："君且去。设座成，当相迓[8]耳。"醒而恶之。是夜，居人梦梅姑曰："上虞金生今为吾婿，宜塑其像。"诘旦，村人语梦悉同。族长恐玷其贞，以故不从，未几一家俱病。大惧，为肖像于左。既成，金生告妻子曰："梅姑迎我矣。"衣冠而死。妻痛恨，诣祠指女像秽骂，又升座批颊数四，乃去。今马氏呼为金姑夫。

堂，梅姑正站在屋檐下等着，笑着说："承蒙您的眷顾，我对您十分倾慕。如果您不嫌我拙陋，我愿意以身相许，做您的侍姬。"金生连声答应了。梅姑送别他时说道："您暂且离开吧，等您的灵座建成，我再来迎接。"金生惊醒后心里感到很厌恶。当天晚上，当地人梦到梅姑说："上虞的金生现在是我的夫婿了，你们来为他塑一尊像。"第二天清晨，村民们谈起这个梦，大家的梦竟是一样的。族长担心这样有损梅姑的贞节，因此不愿意照做，没多久，他的家人都病倒了。族长非常害怕，就在梅姑像的左边为金生塑了一尊像。塑像完成时，金生对妻子说："梅姑来迎接我了。"说完就衣冠整洁地死去了。金生的妻子痛恨至极，跑到梅姑祠指着她的塑像破口大骂，还登上神座去打梅姑的脸，打了好几次才离开。直到现在，马氏族人还把金生称为金姑夫。

注释 1 会稽：旧郡名，治所原在吴县（今江苏苏州市），后移至山阴（今浙江绍兴）。 2 东莞：古县名。一说为今广东东莞市，一说为今山东沂水县。 3 醮（jiào）：指女子嫁人。 4 三旬：三十岁。十岁为一旬。 5 丙申：顺治十三年，即 1656 年。 6 上虞：在今浙江绍兴东部。 7 青衣：指婢女。 8 相迓（yà）：相迎。迓，迎接。

异史氏曰："未嫁而守，不可谓不贞矣。为鬼数百年，而始易其操，抑何其无耻也！大抵贞魂烈魄，未必即依于土偶。其庙貌[1]有灵，惊世而骇俗者，皆鬼狐凭之耳。"

异史氏说："还没出嫁就为未婚夫守节，不能说是不贞烈。做了几百年的鬼，却忽然改变了操守，这是何其无耻呀！大概贞烈的魂魄，未必会依附在泥土制成的塑像上。这座祠堂供奉的神像好像有些神通，出了如此惊世骇俗的事，都是鬼怪狐精在作怪而已。"

注释 1 庙貌：指庙宇及神像。

梓潼令

原文

常进士大忠[1]，太原人。候选[2]在都。前一夜梦文昌[3]投刺[4]，拔签得梓潼[5]令，奇之。后丁艰归，服阕[6]候补，又梦如前。默思岂复任梓潼乎？已而果然。

译文

有个进士叫常大忠，是太原人。他在京城听候吏部选用，任命前夜梦见了文昌帝君前来拜贺，第二天抽签得到了梓潼县令的职位，他大感惊奇。后来他卸任回乡守孝，期满后等待补任官职时又做了一样的梦。常大忠心想："难道我会再次去梓潼任职吗？"后来吏部的任命下来，果然仍是梓潼县令。

注释 1 常进士大忠：即常大忠，字二河，交城（今山西交城县）人，顺治时进士。 2 候选：官制用语。清代京官自郎中以下，外官自道员以下，凡初由考试或捐纳出身，以及原官因故开缺依例起复者，皆须赴吏部报到，开具履历，呈送保结。吏部查验属实，允许登记后，听候依法选用，称候选。 **3** 文昌：主持文运的星宿。元仁宗延祐三年（1316）敕封梓潼神张亚子为辅元开化文昌司禄宏仁帝君，后文昌帝君又称梓潼帝君。 **4** 投刺：投递名帖。指通报姓名以求相见或表示祝贺。 **5** 梓潼：今四川绵阳梓潼县。 **6** 服阕（què）：古丧礼规定，父母死后服丧三年，守丧期满除服，称为“服阕”。阕，终了。

鬼津

原文

李某昼卧，见一妇人自墙中出，蓬首[1]如筐，发垂蔽面。至床前，始以手自分，露面出，肥黑绝丑。某大惧，欲奔。妇猝然登床，力抱其首，便与接唇，以舌度津[2]，冷如冰块，浸浸入喉。欲不咽而气不得息，咽之稠黏塞喉。才一呼吸，而口中又满，气急复咽之。如此良久，气闭不可复忍。

译文

有个姓李的人大白天睡觉，突然看见一个女人从墙里走出来，脑袋就像装着茅草的筐子一样乱，头发垂下来盖住了脸。她走到姓李的床前，才用手分开头发，露出脸来，脸肥胖黝黑，极其丑陋。姓李的害怕极了，想要逃走。那女人突然爬上床，用力抱着他的头，与他唇舌相接，用舌头把口水送到他嘴里，口水冷得像冰块，一点一点进入他的喉咙。如果不咽下去就无法呼吸，如果咽下去，那口水又黏稠得能堵住喉咙。他一呼吸，口中就满是那女人的口水，急着喘气又只好咽下去。像这样过了很久，他再也憋不住了。听见门外

闻门外有人行声，妇始释手去。由此腹胀喘满，数十日不食。或教以参芦汤探吐之，吐出物如卵清[3]，病乃瘥[4]。

有人走过，那女人才放开他离开了。此后，姓李的一直腹部胀痛，喘不过气，几十天都吃不下饭。有人教他喝点参芦汤，看能不能吐出来，他照做以后吐出了像鸡蛋清一样的东西，病才好了。

注释 1 蓬首：形容头发散乱如飞蓬。 2 度津：指将唾液送入口中。津，唾液。 3 卵清：鸡蛋清。 4 瘥（chài）：病愈。

仙人岛

原文

王勉字黾斋，灵山[1]人。有才思，屡冠文场[2]，心气颇高，善诮骂[3]，多所凌折[4]。偶遇一道士，视之曰："子相极贵，然被'轻薄孽'折除[5]几尽矣。以子智慧，若反身修道，尚可登仙籍。"王嗤曰："福泽诚不可知，然世上岂有仙人！"道士曰："子何见之卑？无他求，即我便

译文

王勉字黾斋，是灵山人。他才思敏捷，考试时屡考第一，但是心高气傲，喜欢讥讽人，很多人被他欺侮伤害过。一天，他偶然碰到一个道士，道士打量了他一下说："你的相貌极为尊贵，但被你的轻薄造的孽减损得差不多没有了。凭你的智慧，如果及时回头去修道，还可以成为仙人。"王勉嗤之以鼻，说："福泽诚然是无法预知的，但是世界上哪里有什么仙人！"道士说："你的见识为什么如此浅薄呢？不用到别的地方去找，我就是仙人。"王勉更加嘲笑道士荒唐骗人。道士说："我是仙

是仙耳。”王乃益笑其诬。道士曰：“我何足异。能从我去，真仙数十，可立见之。”问：“在何处？”曰：“咫尺耳。”遂以杖夹股间，即以一头授生，令如己状。嘱合眼，呵曰：“起！”觉杖粗如五斗囊，凌空翕飞[6]，潜扪之，鳞甲齿齿[7]焉。骇惧，不敢复动。移时，又呵曰：“止！”即抽杖去，落巨宅中，重楼延阁[8]，类帝王居。有台高丈余，台上殿十一楹，弘丽无比。道士曳客上，即命童子设筵招宾。殿上列数十筵，铺张炫目。道士易盛服以伺。

人有什么好奇怪的。如果你跟我走一趟，可以立马见到数十位真正的仙人。”王勉问道：“在什么地方啊？”道士说：“近在咫尺。”于是把手杖夹在自己的两腿间，然后把一头递给王勉，让他学着自己的模样骑在手杖上。道士叮嘱王勉闭上眼睛，轻喝一声：“起。”王勉发觉双腿间的手杖变粗了，仿佛装满了五斗米的大麻袋，凌空飞腾起来。王勉偷偷摸了摸，感觉是鳞甲锯齿。他惧怕至极，再也不敢随便乱动。过了一会儿，道士又轻喝一声：“止。”便抽去了手杖，两个人落在一个巨大的宅院里，只见重重楼阁绵延不断，仿佛帝王的宫殿一样。有一个台子高一丈多，台子上有十一根巨大的柱子，非常恢弘华丽。道士拉着王勉上了台子，又吩咐童子设宴款待来客。大殿上摆了数十桌宴席，山珍海味极尽奢侈，让人目眩。道士换上了华丽的衣服在一旁等候。

注释　1 灵山：旧县名，今山东青岛市境内。　2 屡冠文场：科举考试中多次获得第一名。　3 诮（qiào）骂：讥笑和谩骂。　4 凌折：欺凌。　5 折（zhé）除：减损。　6 翕（xī）飞：飞腾。　7 齿齿：排列如齿状。比喻一个接一个，连续不断。　8 延阁：绵延的阁道。

少顷，诸客自空中来，所骑或龙、或虎、或鸾凤，不一类。又各携乐器。有女子，有丈夫，有赤其两足。中独一丽者跨彩凤，宫样[1]妆束，有侍儿代抱乐具，长五尺以来，非琴非瑟，不知其名。酒既行，珍肴杂错，入口甘芳，并异常馐。王默然寂坐，惟目注丽者，然心爱其人，而又欲闻其乐，窃恐其终不一弹。酒阑，一叟倡言曰："蒙崔真人雅召，今日可云盛会，自宜尽欢。请以器之同者，共队为曲[2]。"于是各合配旅[3]。丝竹之声，响彻云汉。独有跨凤者，乐伎无偶。群声既歇，侍儿始启绣囊横陈几上。女乃舒玉腕，如搊[4]筝状，其亮数倍于琴，烈足开胸，柔可荡魄。弹半炊许[5]，合殿寂

过了一会儿，客人们都从空中飘然而至，他们的坐骑有的是龙，有的是虎，还有的是鸾凤，各不相同。他们各自又携带着乐器。客人中有女子，也有男子，还有赤着脚的。其中只有一个漂亮的女子骑着彩凤，作宫中打扮，有一个侍女帮忙抱着乐器，那乐器大约有五尺多长，不是琴，也不是瑟，不知叫什么名字。酒宴很快开始了，美味佳肴杂陈面前，入口甘甜，唇齿生香，与平常的菜肴大不相同。王勉默默地坐着，只是目不转睛地看着那个漂亮女子，心里很喜欢她，又特别想听她弹奏，心里又怕她不肯弹奏。酒喝得差不多的时候，一个老人提议说："承蒙崔真人宴请我们，今天可以说是一场盛会了，我们自然应该尽情欢乐。请拿着相同乐器的仙人一起演奏一曲吧。"于是各自组合相配，演奏起来。丝竹之声，响彻云霄。只有骑彩凤的女子，没有人的乐器和她的相配。大家演奏完毕，她身旁的侍女才解开装乐器的绣囊，把乐器横放在几案上。女子于是玉腕轻挥，如弹古筝一样，乐器发出的声音竟比琴音高出了好多倍，高亢处使人心胸开阔，缠绵柔和时又使人销魂荡魄。弹奏了半

然，无有咳者。既阕[6]，铿尔一声，如击清磬。共赞曰："云和夫人绝技哉！"大众皆起告别，鹤唳龙吟，一时并散。

顿饭的工夫，整个大殿上鸦雀无声，连咳嗽的声音都不曾听见。演奏完毕，铿锵一声，如同击磬。大家纷纷赞叹说："云和夫人真是绝技无双。"大家都起身告别，鹤唳龙吟，一会儿就都走了。

注释 1 宫样：皇宫中流行的装束、服具等的式样。 2 共队为曲：合为一队奏曲。 3 配旅：配合有次序。 4 搊（chōu）：用手指弹弦乐器。 5 半炊许：大约做半顿饭时间。 6 阕（què）：乐终。乐曲或词一首叫一阕。

道士设宝榻锦衾，备王寝处。王初睹丽人心情已动，闻乐之后涉想尤劳。念己才调[1]，自合芥拾青紫[2]，富贵后何求弗得。顷刻百绪，乱如蓬麻。道士似已知之，谓曰："子前身与我同学，后缘意念不坚，遂坠尘网。仆不自他[3]于君，实欲拔出恶浊，不料迷晦已深，梦梦不可提悟[4]。今当送君行。未必无复见之期，然作天仙须再劫矣。"遂指阶下长石，

道士铺设床榻锦被，为王勉准备休息的地方。王勉初次看见女子的芳容，已然情丝萌动，听了她的演奏后，思念之情更加强烈。王勉想到凭借自己的才能，获取富贵如同拾取草芥一样容易，富贵后什么得不到呢。一时间思绪万千，心乱如麻。道士似乎已经知晓了他的心思，就说："你前世与我同师授业，共同修仙，后来因为意念不坚定，于是坠入了尘世。我不把你当作外人，实在是想把你从污泥中拯救出来，不料你陷入迷途已深，糊里糊涂还不知道醒悟。我现在送你回去吧。我们未必就没有再见面的一天，只是你如果想做仙人，还需要经过两次劫难。"然后指着台阶下的长条石头，让他闭上眼睛坐上

令闭目坐，坚嘱无视。已，乃以鞭驱石。石飞起，风声灌耳，不知所行几许。忽念下方景界未审何似，隐将两眸微开一线，则见大海茫茫，浑无边际。大惧，即复合，而身已随石俱堕，砰然一声，汩没若鸥[5]。

去，一再嘱咐他不要睁开眼睛。说完，就用鞭子驱赶石头。石头飞了起来，王勉只听到呼呼的风声灌入耳朵，不知道已经飞行了多远。王勉忽然想知道下面的景色如何，就悄悄将眼睛睁开一条线，只见下面是苍茫大海，浩浩荡荡无边无际。王勉十分害怕，赶快合上眼睛，可是他的身子已经随着石头一起往下坠，砰的一声巨响，掉落海中，仿佛海鸥潜入大海一样。

注释 **1** 才调：才气。 **2** 芥（jiè）拾青紫：把任高官看作像捡起一棵小草那样轻松。比喻有才能，可以轻松取得高位。芥，小草。青紫，官印上青色或紫色的绶带，借指高官显位。 **3** 不自他：不自外。 **4** 提悟：醒悟。 **5** 汩（gǔ）没（mò）若鸥：像海鸥一样潜入水中。

幸夙近海，略谙泅浮[1]。闻人鼓掌曰："美哉跌乎！"危殆方急，一女子援登舟上，且曰："吉利，吉利，秀才'中湿'[2]矣！"视之，年可十六七，颜色艳丽。王出水寒栗，求火燎之。女子言："从我至家，当为处置。苟适意，勿相忘。"王曰："是何言哉！我中原才子，偶遭狼

幸亏他自小生长在海边，稍会游泳。他听到有人鼓掌大笑说："跌得真漂亮啊！"在这危急时刻，一个女子把他救上了船，还揶揄说："吉利，吉利，秀才'中湿'了！"王勉抬头一看，女子约十六七岁，长得分外艳丽。王勉出水后冷得直打寒战，便请求烤烤火。女子说："你跟随我回家，我会为你想办法的。如果满意了，你可别忘记我啊。"王勉说："你这说的是什么话！我是中原的才子，偶然遭遇这样狼狈的事，逃过

狈，过此图以身报，何但不忘！”女子以棹催艇，疾如风雨，俄已近岸。于舱中携所采莲花一握，导与俱去。

半里许入村，见朱户南开，进历数重门，女子先驰入。少间，一丈夫出，是四十许人，揖王升阶，命侍者取冠袍袜履，为王更衣。既，询邦族。王曰：“某非相欺，才名略可听闻。崔真人切切[3]眷恋，招升天阙。自分功名反掌，以故不愿栖隐。”丈夫起敬曰：“此名仙人岛，远绝人世。文若，姓桓，世居幽僻，何幸得近名流。”因而殷勤置酒。又从容而言曰：“仆有二女，长者芳云年十六矣，只今未遭良匹，欲以奉侍高人，如何？”王意必采莲人，离席称谢。桓命于邻党中，招二三齿德[4]来。顾左右，

此难后我还想以身相报呢，何止是不忘呢！”女子握着桨划船，船走如疾风，一会儿就靠近了岸边。女子从船舱中拿出一把采来的莲花，引导着王勉上岸。

走了半里多路，进入一个村子，看见一户人家朱门向南开启，进入大门，又经过了好几重内门，女子先进去了。过了一会儿，一个男人走出来，大约四十多岁，对着王勉作揖，请他走上台阶，还吩咐侍者取来衣帽鞋袜，为他换上。忙完后，男子询问王勉的家族姓氏。王勉说：“我不是欺骗你，我的才名也是人尽皆知的。崔真人对我很是眷恋，请我到仙境去。我自认为考取功名易如反掌，因此不想在天界隐居。”男子站起来，恭敬地说：“这里叫仙人岛，与尘世隔绝。我姓桓，名文若，世世代代居住在幽静偏僻之地，今天真是有幸，可以与名流结交。”因此殷勤置办酒席。男子又从从容容地说道：“我有两个女儿，大的叫芳云，年方二八，只是至今还没有找到佳偶，我打算让她侍奉您，怎么样？”王勉猜想一定是刚刚的采莲人，就起身拜谢。桓文若吩咐下人，从邻居中请来两三位德高望重的老人。又吩咐身边的人赶紧把芳云叫

立唤女郎。无何，异香浓射，美姝十余辈，拥芳云出，光艳明媚，若芙蕖[5]之映朝日。拜已即坐，群姝列侍，则采莲人亦在焉。

过来。不一会，异香浓郁扑鼻，十几个美人簇拥着芳云走出来，只见芳云光艳明媚，仿佛出水芙蓉映着朝阳。芳云向大家行礼，然后就座，一群俏丽的美女侍立在旁，那个采莲的女子也在其中。

注释 1 泅（qiú）浮：游泳。 2 中湿："中式"的谐音。 3 切切：恳挚、深切之意。 4 齿德：年高德尊之人。 5 芙蕖（qú）：荷花。

酒数行，一垂髫女自内出，仅十余龄，而姿态秀曼[1]，笑依芳云肘下，秋波[2]流动。桓曰："女子不在闺中，出作何务？"乃顾客曰："此绿云，即仆幼女。颇惠，能记典坟[3]矣。"因令对客吟诗，遂诵《竹枝词》三章，娇婉可听。便令傍姊隅坐。桓因谓："王郎天才，宿构[4]必富，可使鄙人得闻教乎？"王即慨然诵近体一作，顾盼自雄[5]，中二句云："一身剩有须眉在，小饮能令块磊消。"邻叟再三诵之。芳云低告曰："上句

酒过数巡，一个小姑娘从内屋跑出来，也就十多岁的样子，姿态秀丽，笑着靠在芳云的身边，一双眼睛如同秋波流转。桓文若说："女孩子不待在闺房中，出来做什么？"然后对客人说："这孩子叫绿云，就是我的小女儿。很聪慧，能背诵各种古书。"于是让绿云给客人吟诵诗歌，绿云就吟诵了三首《竹枝词》，声音婉转动听。吟诵完毕，又让她挨着姐姐坐下。桓文若接着对王勉说："王郎是个天才，旧作一定很多，可以让我们领教一下吗？"王勉慨然应允，朗诵了自己写的一首近体诗，朗诵完毕，左顾右盼，洋洋自得，其中有两句是："一身剩有须眉在，小饮能令块磊消。"邻居老者再三吟诵。芳

是孙行者离火云洞[6],下句是猪八戒过子母河[7]也。”一座抚掌。桓请其他,王述《水鸟》诗云:“潴头鸣格磔[8]……”忽忘下句。甫一沉吟,芳云向妹呫呫[9]耳语,遂掩口而笑。绿云告父曰:“渠为姊夫续下句矣,云:‘狗腚响弸巴[10]。’”合席粲然。王有惭色。桓顾芳云,怒之以目。

云低声告诉他说:“上句说的是孙悟空离开火云洞,下句说的是猪八戒渡过子母河。”满座抚掌大笑。桓文若又请王勉吟诵其他旧作,王勉就朗诵了《水鸟》一诗:“潴头鸣格磔……”刚念完这句,忽然忘记了下句。王勉刚一沉吟,芳云对着妹妹叽叽咕咕耳语一阵,说完就掩口而笑。绿云对父亲说:“姐姐替姐夫续了下句,是:‘狗腚响弸巴。’”满座无不哈哈大笑。王勉面有惭色。桓文若回头怒目看向芳云。

注释 1 秀曼:秀美温柔。 2 秋波:秋天的水波。比喻美女的眼神。 3 典坟:泛指古代典籍。 4 宿构:预先拟就。或指已写成的诗文。此指旧作。 5 顾盼自雄:左看右看,自以为了不起。形容得意忘形之态。 6 孙行者离火云洞:此句指《西游记》第四十一回,孙悟空在火云洞被红孩儿所烧一事,讽刺“一身剩有须眉在”一句。 7 猪八戒过子母河:此句指《西游记》第五十三回,猪八戒喝了女儿国河中的水,怀了胎,后来喝了一口落胎泉里的水才消去,讽刺“小饮能令块磊消”一句。 8 潴(zhū)头:“猪头”的谐音。此处以谐音相调谑。格磔(gē zhé):鸟鸣声。 9 呫(chè)呫:轻声小语貌。 10 狗腚(dìng)响弸(péng)巴:意为放狗屁。对应“潴(猪)头鸣格磔”。

王色稍定,桓复请其文艺[1]。王意世外人必不知八股业,乃炫其冠军之

王勉面色稍稍安定,桓文若又请教他八股文方面的旧作。王勉心想与世隔绝的人必定不知道八股文,就拿

作,题为“孝哉闵子骞[2]”二句,破云:“圣人赞大贤之孝……”绿云顾父曰:“圣人无字门人者,‘孝哉……’一句,即是人言。”王闻之,意兴索然。桓笑曰:“童子何知!不在此,只论文耳。”王乃复诵,每数句,姊妹必相耳语,似是月旦[3]之词,但嚅嗫不可辨。王诵至佳处,兼述文宗[4]评语,有云:“字字痛切。”绿云告父曰:“姊云:‘宜删“切”字。’”众都不解。桓恐其语嫚[5],不敢研诘[6]。王诵毕,又述总评,有云:“羯鼓一挝,则万花齐落。”芳云又掩口语妹,两人皆笑不可仰。绿云又告曰:“姊云:‘羯鼓当是四挝。’”众又不解。绿云启口欲言,芳云忍笑诃之曰:“婢子敢言,打煞矣!”众大疑,互有猜论。绿云不能忍,乃曰:“去‘切’字,

出自己考第一的一篇八股文来炫耀,题目是“孝哉闵子骞”两句,破题是:“圣人赞大贤之孝……”绿云望着父亲说:“圣人是不会称呼他人的字的,‘孝哉……’一句,就是别人的话。”王勉听了,兴味索然。桓文若笑着说:“小孩子知道些什么!文章的好坏不在这个,只看文章本身如何。”王勉于是又接着往下朗诵,每朗诵几句,姊妹俩必定会悄声说话,好像说的是评论之词,但是嘀嘀咕咕,听不清楚。王勉朗诵到得意处,还把考官的评语也叙述出来,有一句评语说:“字字痛切。”绿云对父亲说:“姐姐说:‘最好删去‘切’字。’”众人都不理解。桓文若担心这话有轻视王勉的意思,不敢详问。王勉朗诵完毕,又叙述了考官的总评,有一句是这样的:“羯鼓一挝,则万花齐落。”芳云又掩着嘴对妹妹嘀咕,两个人都大笑不止。绿云又对父亲说:“姐姐说:“羯鼓应该是四挝。”大家又不理解。绿云张嘴想要解释一下,芳云忍住笑呵斥说:“小妮子敢说,看我不打你!”大家都疑惑不解,互相猜测议论起来。绿云忍不住,就说道:“去掉‘切’字,说‘痛’

言‘痛’则‘不通’。鼓四挝，其声云‘不通又不通’也。”众大笑。桓怒诃之，因而自起泛卮[7]，谢过不遑。

就是‘不通’。羯鼓敲四下，声音不就是‘不通又不通’嘛。”众人听了大笑。桓文若生气地呵斥了姊妹俩，又亲自站起来敬酒，不停地赔礼道歉。

注释 **1** 文艺：指撰述和写文章方面的学问。此处指八股文。 **2** 闵子骞（qiān）：名损，字子骞。春秋时期鲁国人，孔子弟子。闵子骞以孝闻名，孔子称赞说：“孝哉，闵子骞！人不间于其父母昆弟之言。” **3** 月旦：本指旧历每月初一。这里指月旦评，又名汝南月旦评，由东汉末年汝南郡人许劭所主持。东汉末年许劭与其从兄许靖喜欢品评当代人物，常在每月的初一，发表对当时人物的品评，故称“月旦评”。 **4** 文宗：明清时称提学、学政为文宗，亦用以尊称试官。 **5** 语嫚（màn）：言辞轻慢，讲话不尊重人。嫚，轻视，侮辱。 **6** 研诘（jié）：仔细询问。 **7** 泛卮（fěng zhī）：把酒杯翻过来，即干杯。泛，翻，倾倒。

王初以才名自诩[1]，目中实无千古，至此神气沮丧，徒有汗淫[2]。桓谀而慰之曰：“适有一言，请席中属对[3]焉：‘王子身边，无有一点不似玉。’”众未措想[4]，绿云应声曰：“黾翁头上，再着半夕即成龟。”芳云失笑，呵手扭胁肉数四[5]。绿云解脱而走，回顾曰：“何预汝事！汝骂之频

王勉开始时还自诩才高名气大，不把古往今来的人放在眼里，到了这里却神情沮丧，只有汗颜的份儿。桓文若讨好地安慰他说：“正好想到一句话，请在座的诸位对对子：‘王子身边，无有一点不似玉。’”大家还没有想好，绿云应声回答说：“黾翁头上，再着半夕即成龟。”芳云失声大笑，连连呵手挠绿云的胳肢窝。绿云挣脱逃走了，回过头说：“关你什么事！你骂个没完没了就没事，怎么别人说一句就不允

颇不以为非，宁他人一句便不许耶？”桓咄之，始笑而去。邻叟辞别。

诸婢导夫妻入内寝，灯烛屏榻，陈设精备。又视洞房中，牙签[6]满架，靡书不有。略致问难，响应无穷。王至此，始觉望洋堪羞[7]。女唤“明珰”，则采莲者趋应，由是始识其名。屡受诮辱，自恐不见重于闺闼；幸芳云语言虽虐，而房帏之内，犹相爱好。王安居无事，辄复吟哦。女曰：“妾有良言，不知肯嘉纳[8]否？”问：“何言？”曰：“从此不作诗，亦藏拙之一道也。”王大惭，遂绝笔。

许了？”桓文若斥责了几句，绿云才笑着离开。邻居老者也起身告辞回去。

几个婢女引导着王勉夫妻俩进入洞房，只见灯烛、屏风、床榻，各种陈设无不精美完备。又看到洞房中书籍满架，无书不有。略微提个难题，芳云对答如流。王勉到此时，才有了望洋兴叹的羞愧。芳云呼喊“明珰”，采莲女子应声走了进来，王勉这时才知道那女子的名字。王勉屡次受到讥诮羞辱，担心芳云看不起自己，所幸芳云虽然说话刻薄，但是在闺房之中，夫妻之间还是非常恩爱。王勉安居无事，经常吟诵诗词。芳云说：“我有一句良言，不知道你肯不肯听？”王勉问：“什么话？”芳云说：“从此不要再写诗了，这也是藏拙的一种方法。”王勉羞愧不已，于是不再写诗。

注释　1 自诩（xǔ）：自夸。　2 汗淫：不停流汗。此处指汗颜。　3 属（zhǔ）对：诗文中撰成对句，也就是给上联对下联。　4 措想：思索。　5 数四：多次。　6 牙签：系在书卷上作为标识，以便翻检的牙骨等制成的签牌。　7 望洋堪羞：因自己见识浅陋而感到害羞。　8 嘉纳：赞许并采纳。

久之，与明珰渐狎[1]，告芳云曰："明珰与小生有拯命之德，愿少假以辞色[2]。"芳云乃即许之。每作房中之戏，招与共事，两情益笃，时色授而手语[3]之。芳云微觉，责词重叠，王惟喋喋[4]，强自解免。一夕对酌，王以为寂，劝招明珰，芳云不许，王曰："卿无书不读，何不记'独乐乐'数语？"芳云曰："我言君不通，今益验矣。句读尚不知耶？'独要，乃乐于人要；问乐，孰要乎？曰：不。'"一笑而罢。适芳云姊妹赴邻女之约，王得间，急引明珰，绸缪备至。当晚，觉小腹微痛，痛已而前阴尽肿。大惧，以告芳云。云笑曰："必明珰之恩报矣！"王不敢隐，实供之。芳云曰："自作之殃，实无可以方略[5]。既非痛痒，听之可矣。"

时间一长，王勉与明珰渐渐好上了，王勉对芳云说："明珰对我有救命之恩，希望你能对她好一点儿。"芳云当即就答应了。王勉与芳云每次在房内嬉戏，都把明珰叫来一起玩，这样王勉与明珰的感情更加好了，两个人不时眉目传情，手势传语。芳云略微觉察，责备了王勉几次，王勉支支吾吾，极力为自己辩解。一天晚上夫妻两人对酌，王勉认为太寂寞了，就劝芳云叫明珰一起来饮酒，芳云不答应。王勉说："你什么书都读，怎么就不记得'独乐乐'那几句话？"芳云说："我说过你不通，现在更加验证了我的话。你连断句都不知道吗？应当这样断：'独要，乃乐于人要；问乐，孰要乎？曰：不。'"说完嫣然一笑作罢。一天，恰好芳云姊妹俩应邻居女伴的邀请去玩，王勉乘机找来明珰，两人云雨一番，好不尽兴。当天晚上，王勉感觉小腹微微有些痛，痛感消失后，阴茎却肿起来了。王勉大骇，告诉了芳云。芳云笑着说："这就是报答明珰之恩的结果吧！"王勉不敢隐瞒，只好实话实说。芳云说："你这是自找的，实在是没什么办法可以治疗。既然不痛不痒，就听任它肿胀吧。"过了

数日不瘳，忧闷寡欢。芳云知其意，亦不问讯，但凝视之，秋水盈盈，朗若曙星。王曰："卿所谓'胸中正，则眸子瞭[6]焉'。"芳云笑曰："卿所谓'胸中不正，则瞭子[7]眸焉'。"盖"没有"之"没"，俗读似"眸"，故以此戏之也。王失笑，哀求方剂。曰："君不听良言，前此未必不疑妾为妒意。不知此婢，原不可近。曩实相爱，而君若东风之吹马耳，故唾弃不相怜。无已，为若治之。然医师必审患处。"乃探衣而咒曰："'黄鸟黄鸟，无止于楚！'"王不觉大笑，笑已而瘳。

几天也不见好，王勉很忧愁烦闷，郁郁寡欢。芳云知道他内心的想法，也不去询问，只是凝视着他，那眼睛如秋水般明澈，像辰星般明亮。王勉说："你这样看着我，就像书中说的'胸中正，则眸子瞭焉'。"芳云笑着说："你这个样子却是'胸中不正，则瞭子眸焉'。"原来"没有"的"没"，一般读作"眸"，她故意这样戏弄他。王勉听了不禁失声而笑，哀求芳云想办法给他治一治。芳云说："你不听我的劝，在此之前未必不怀疑是我嫉妒。你不知道这个丫头，原本就是不能接近的。我原本是出于相爱之意，而你却把我的话当作东风吹马耳，所以我才故意唾弃你，不可怜你。没办法，还是要为你治治。不过医生治病一定要观察一下患处。"说着就把手伸进王勉衣服里，口中念咒语道："'黄鸟黄鸟，无止于楚！'"王勉不觉大笑起来，笑完之后病竟然好了。

注释 1 狎：亲昵而不庄重。 2 假以辞色：给好言语、好脸色，也即另眼相看。 3 色授而手语：眉目传情，以手示意。 4 喋喋：言语烦琐，说话没完没了。 5 方略：办法。 6 瞭：明亮。 7 瞭子：山东方言，指男子生殖器。

逾数月，王以亲老子幼，每切怀忆，以意告女。女曰："归即不难，但会合无日耳。"王涕下交颐，哀与同归。女筹思再三，始许之，桓翁张筵祖饯[1]。绿云提篮入，曰："姊姊远别，莫可持赠。恐至海南，无以为家，夙夜代营宫室，勿嫌草创[2]。"芳云拜而受之。近而审谛[3]，则用细草制为楼阁，大如橼[4]，小如橘，约二十余座，每座梁栋榱题[5]历历可数，其中供帐床榻类麻粒焉。王儿戏视之，而心窃叹其工。芳云曰："实与君言：我等皆是地仙[6]。因有夙分，遂得陪从。本不欲践红尘，徒以君有老父，故不忍违。待父天年，须复还也。"王敬诺。桓乃问："陆耶？舟耶？"王以风涛

过了几个月，王勉因为家中父母年迈、孩子幼小，心中十分怀念，就把回家的意思告诉了芳云。芳云说："你回去也不难，只是我们再会就不知是何日了。"王勉听了流下眼泪，哀求芳云和自己一起回去。芳云思考再三，才答应下来，桓文若设下宴席给夫妻俩饯行。绿云提着篮子走进来，说："姐姐远别，我没有什么好赠送的。担心你们到了海南，没有住的地方，我就日夜不停地替你们营造了一座宫殿，不要嫌弃制作粗糙。"芳云拜谢接受了。王勉靠近仔细一看，发现是用细细的草茎编制成的楼阁，大的如香橼，小的像橘子，大约有二十余座，每座的大梁都伸出屋檐，历历可数，屋内的供具床榻，都像芝麻粒一样。王勉把这看作小孩子的把戏，但是心中暗暗赞叹制作得精巧。芳云说："实话对你说吧，我们都是地仙。因为前世和你有缘分，所以才陪同你一起去。我本来是不想踏入尘世的，只是因为你家中有老父，所以不忍心违背你的心意。等父亲百年之后，我们还必须回来。"王勉恭敬地答应了。桓文若问："走陆路还是水路？"王勉担心水路有风急浪高之险，希望走陆路。他们一出门就发现车马已等候在门

险，愿陆。出则车马已候于门。

谢别而迈，行踪骛驶[7]。俄至海岸，王心虑其无途。芳云出素练一匹，望南抛去，化为长堤，其阔盈丈。瞬息驰过，堤亦渐收。至一处，潮水所经，四望辽邈[8]。芳云止勿行，下车取篮中草具，偕明珰数辈，布置如法，转眼化为巨第。并入解装[9]，则与岛中居无稍差殊，洞房内几榻宛然。时已昏暮，因止宿焉。

外了。

王勉谢过桓文若之后就上路了，骏马像飞一样奔驰。一会儿就到了海边，王勉担心没有路可以通行。芳云拿出一匹白色的布，向南抛去，白布变成了长长的大堤，宽有一丈多。眨眼就跑过了大堤，而大堤也渐渐在身后消失。他们到了一个地方，潮水从这里经过，四下一望，辽阔无边。芳云让大家停下不要再往前走了，她下了车，从篮子中拿出草编的楼阁，和明珰几个人一起，按照一定的方法布置，转眼间就变成了高大的宅第。大家一起进去，解下行装，发现里面与岛上的房屋并没有什么不同，卧房内的几案床榻也和原来一样。这时天已经黑了，大家就在这里住下了。

注释 1 祖饯（jiàn）：饯行。 2 草创：开始创办或创立。此处指粗糙简略。 3 审谛（dì）：仔细考察或观察。 4 橼（yuán）：即香橼，又名枸橼，为芸香科柑橘属植物。香橼是植物香橼和药材香橼的统称。植物香橼为芸香科常绿小乔木或灌木植物。 5 榱（cuī）题：屋椽的端头。通常伸出屋檐，因通称“出檐”。 6 地仙：道教认为住在人间的仙人。 7 骛（wù）驶：疾速奔驶。 8 辽邈（miǎo）：辽远。 9 解装：卸下行装。

早旦，命王迎养[1]。王命骑趋诣故里，至则

第二天一早，芳云让王勉去家中接老父和儿子。王勉驾着马直奔家乡，到了

居宅已属他姓。问之里人,始知母及妻皆已物故[2],惟老父尚存。子善博[3],田产并尽,祖孙莫可栖止,暂僦居[4]于西村。王初归时,尚有功名之念,不恝于怀[5];及闻此况,沉痛大悲,自念富贵纵可携取,与空花何异?驱马至西村见父,衣服滓敝[6],衰老堪怜。相见,各哭失声。问不肖子,则出赌未归。王乃载父而还。芳云朝拜已毕,燂汤[7]请浴,进以锦裳,寝以香舍。又遥致故老与谈宴,享奉过于世家。

子一日寻至其处,王绝之不听入,但予以廿金,使人传语曰:"可持此买妇,以图生业。再来,则鞭打立毙矣!"子泣而去。王自归,不甚与人通礼。然故人偶

一看,老宅已经卖给他人了。向乡里人打听,才知道母亲和妻子都已经去世,只有一个老父亲还健在。儿子好赌博,把田产都赌光了,祖孙二人没有地方住,只好借住在西村。王勉刚刚到家的时候,还有考取功名的想法,萦绕在心头总是放不下,等到听说家里的状况后,他哀痛悲伤,自忖荣华富贵纵然可以获得,可是与镜中的花,又有什么两样呢?王勉骑马来到西村拜见父亲,只见老父亲衣衫褴褛,衰老得让人可怜。父子相见,一齐失声痛哭。王勉问起他那不肖的儿子,原来是出去赌博还没有回来。王勉于是载着父亲回去了。芳云拜见父亲,行礼之后,让人烧热水请父亲沐浴,给他换上锦绣衣裳,让他睡在馨香的房间里。还请来一些年高有见识的人和父亲聊天宴饮,父亲的享受超过世家大族。

一天,王勉的儿子也找到这里来了,王勉拒绝见他,也不让他进门,只是给他二十两银子,让人传话说:"拿着这些银两买个媳妇,再寻找一个养家糊口的门路。如果再来,就用鞭子打死你!"儿子大哭着离开了。王勉自从回来后,不大和人来往。但是老朋友偶尔到来,他一定会热情

至，必延接盘桓[8]，㧑抑[9]过于平日。独有黄子介，夙与同门学，亦名士之坎坷者，王留之甚久，时与秘语，赂遗甚厚。居三四年，王翁卒，王万钱卜兆[10]，营葬尽礼。时子已娶妇，妇束男子严，子赌亦少间矣；是日临丧，始得拜识姑嫜[11]。芳云一见，许其能家，赐三百金为田产之费。翼日，黄及子同往省视，则舍宇全渺，不知所在。

接待，谦虚的态度是之前从来没有过的。特别是一个叫黄子介的，之前与王勉是同学，也是有名的文人，可是遭遇坎坷。王勉留他住了很久，不时还和他密谈，还赠送给他丰厚的礼物。过了三四年，王勉的父亲去世了，他花了很多钱选了一块好坟地，按照礼节把父亲下葬了。这时王勉的儿子已经娶了媳妇，媳妇对儿子管束得很严，儿子也很少赌博了。到父亲下葬这天，儿媳妇才拜见了公公婆婆。芳云见了儿媳，赞许她能持家，赠送她三百两银子作为购置田产的费用。第二天，黄子介和王勉的儿子前来看望王勉，可是房屋全不见了，人不知到哪里去了。

注释 1 迎养：迎接尊亲同住一起，以便孝养。 2 物故：去世。 3 博：赌博。 4 僦（jiù）居：租屋而居。 5 不恝（jiá）于怀：不释于怀。恝，无动于衷。 6 滓（zǐ）敝：肮脏破旧。 7 燂（xún）汤：烧热水。燂，烧热。 8 盘桓：交往，周旋。 9 㧑（huī）抑：亦作“㧑挹”，谦让，谦逊。 10 卜兆：此处指挑选墓地。 11 姑嫜（zhāng）：婆婆和公公，嫜，丈夫的父亲。

异史氏曰：“佳丽所在，人且于地狱中求之，况享受无穷乎？地仙许携姝丽，恐帝阙[1]下虚无

异史氏说：“美人所在的地方，即便是地狱也会有人去追求，更何况还可以长寿呢？地仙如果允许携带美人而走，帝都之下恐怕就要空虚无人了。王勉

人矣。轻薄减其禄籍[2]，理固宜然，岂仙人遂不之忌哉？彼妇之口，抑何其虐[3]也！”

因为人轻薄而没有得到禄位，按理说也是应该的，难道仙人就不在乎他的轻薄吗？王勉妻子的那张嘴，是多么会嘲弄人啊！”

注释 1 帝阙：皇城之门，此处代指京城。 2 禄籍：旧时谓天上或冥府记录人福禄的簿册。 3 虐：通“谑”，开玩笑，嘲弄。

阎罗薨

原文

巡抚[1]某公父，先为南服[2]总督[3]，殂谢[4]已久。公一夜梦父来，颜色惨栗[5]，告曰：“我生平无多孽愆[6]，只有镇师一旅，不应调而误调之，途逢海寇，全军尽覆。今讼于阎君，刑狱酷毒，实可畏凛。阎罗非他，明日有经历[7]解粮至，魏姓者是也。当代哀之，勿忘！”醒而异之，意未深信。既寐，又梦父让之曰：“父罹厄难，

译文

有位巡抚的父亲先前在南方当过总督，已经过世很久了。一天晚上巡抚梦见父亲来找他，神色悲痛地说：“我平生没犯过多少错，只有镇守边疆的一支军队，不该调动却错调了，在行军途中遭遇了海盗，全军覆没。现在我被兵士们告到了阎王那里，那里刑罚残酷狠厉，实在是令人胆寒。阎王不是别人，明天有位经历押解着粮食到这里，那个姓魏的就是阎王。你帮我求一求情，千万不要忘记！”巡抚醒来后很奇怪，不是很相信这件事。睡着以后，他又梦到父亲责备他：“你父亲在遭殃，你不铭

尚弗镂心[8],犹妖梦置之耶?”公大异之。

记在心,还以为是怪梦而打算置之不理吗?”巡抚大为吃惊。

注释 1 巡抚:明清时地方军政大员之一。清代为省级地方政府长官,总揽全省军政、民政、刑狱、吏治等,职权甚重。以“巡行天下,抚军安民”而得名。 2 南服:古代王畿以外地区分为“五服”,故称南方为“南服”。 3 总督:清朝为地方最高长官,统辖一省或数省军民要政,例兼兵部尚书及都察院右都御史衔。 4 殂(cú)谢:死亡。 5 惨栗:悲痛之极。 6 孽愆(qiān):罪过。 7 经历:官名。明清都察院、通政使司、布政使司、按察使司等置经历,职掌出纳文书。 8 镂(lòu)心:铭记于心。

明日,留心审阅,果有魏经历,转运初至,即刻传入,使两人捺坐[1],而后起拜,如朝参礼。拜已,长跽涟洏[2]而告以故。魏不自任[3],公伏地不起。魏乃云:“然,其有之。但阴曹之法,非若阳世懵懵,可以上下其手,即恐不能为力。”公哀之益切,魏不得已诺之。公又求其速理,魏筹回[4]虑无静所,公请为粪除宾廨[5],

第二天,他留心批阅公文,果然有位魏经历转运粮食刚到这里,便立即把他请来,让两个人强拉他坐下,然后起身行礼,像朝见皇帝一样。行完礼后又长跪不起,涕泪横流地向他诉说原因。魏经历不承认自己是阎王,巡抚就伏在地上不起来。魏经历只好说:“好吧,大概是有这回事。但是地府的法则不像阳间那样糊里糊涂,可以玩弄手段通同作弊。恐怕我也帮不上你的忙。”巡抚更加恳切地哀求他,魏经历不得已答应了他。巡抚又请求他尽快审理案件,魏经历考虑没有清静的地方,巡抚就请求把招待宾客的官署打扫干净以供使用,魏经历同意了。巡抚这

许之。公乃起。又求一往窥听，魏不可。强之再四，嘱曰："去即勿声。且冥刑虽惨，与世不同，暂置若死，其实非死。如有所见，无庸骇怪。"

才站起来。他又请求让他跟着去偷偷听一听、看一看，魏经历不答应。巡抚再三请求，魏经历只好嘱咐道："你去了不要作声。阴间的刑罚虽然惨烈，但是与人间不同，上刑时暂时让人像死了一样，其实并没死。如果你看见了，用不着大惊小怪。"

注释 1 捺（nà）坐：强拉入座。捺，强迫。 2 涟洏（lián ér）：流泪貌。 3 不自任：自己不承认。 4 筹回：筹思，谋划，考虑。 5 粪除宾廨（xiè）：打扫清理招待宾客的官署。粪除，打扫。廨，官舍，官署。

至夜潜伏廨侧，见阶下囚人，断头折臂者纷杂无数。墀中置火铛油镬，数人炽薪[1]其下。俄见魏冠带出，升座，气象威猛，迥与曩殊。群鬼一时都伏，齐鸣冤苦。魏曰："汝等命戕于寇，冤自有主，何得妄告官长？"众鬼哗言曰："例不应调，乃被妄檄[2]前来，遂遭凶害，谁贻之冤？"魏又曲为解脱，众鬼嗥冤，其声讻动[3]。魏乃唤鬼役："可将某官赴

到了晚上，巡抚藏在官厅的旁边，看见堂下的囚犯里有没头的、断臂的，纷纷杂杂数不清。台阶下放着油锅，几个人在锅底烧火。不一会儿看到魏经历戴着官帽、束着腰带走出来，升堂入座，气势威严，和之前完全不同。一时之间群鬼都拜倒在地，齐声喊冤叫苦。魏经历说："你们命丧海盗之手，冤有头债有主，怎么会妄自告你们的长官呢？"众鬼吵吵嚷嚷地说："按照规定我们这支军队不该被调动，结果却被错误的军令调去，我们因此才惨遭祸害，是谁让我们枉死的呢？"魏经历又迂回委婉地为巡抚的父亲开脱，众鬼嚎叫着申冤，声音很嘈杂。魏经历叫来鬼差："你可以把他们的长官押进油锅里，稍

油鼎，略入一炸，于理亦当。”察其意似欲借此以泄众忿。言一出，即有牛首阿旁[4]执公父至，即以利叉刺入油鼎。公见之，中心惨怛[5]，痛不可忍，不觉失声一号，庭中寂然，万形俱灭矣。公叹咤[6]而归。及明视魏，则已死于廨中。

松江张禹定言之。以非佳名，故讳其人。

微炸一炸，按理这是应该的。”巡抚琢磨他话里的意思，好像是想借此平息一下众鬼的怨愤。命令一下，就有鬼卒押着巡抚的父亲上来，随即用锋利的叉子刺着他扔进油锅。巡抚看了心里恐惧绝望，痛苦难忍，不觉哀号了一声，庭中一下子恢复了寂静，各种景象都消失了。巡抚叹息感慨地回去了。天亮后去看，发现魏经历已经死在了官府里。

松江的张禹定向我讲述了这件事。因为这事会使人名声不好，所以就没写当事人的姓名。

注释 1 炽薪（chì）：点燃柴火。 2 妄檄（xí）：错误传发公文。檄，文体名。古代官府用以征召、晓谕、声讨的文书。 3 讻（xiōng）动：嘈杂纷扰。 4 牛首阿（ā）旁（bàng）：佛教谓地狱中的鬼卒。 5 惨怛（dá）：悲伤，悲痛。 6 叹咤（zhà）：叹息感慨。

颠道人

原文

颠道人，不知姓名，寓蒙山寺。歌哭不常，人莫之测，或见其煮石为饭者。

译文

有个疯癫的道人，不知道姓甚名谁，寄居在蒙山寺里。他时歌时哭，有些不正常，没人知道是怎么回事，有人看见他煮石头当饭吃。

会重阳，有邑贵载酒登临，舆盖[1]而往。宴毕过寺，甫及门，则道士赤足着破衲，自张黄盖，作警跸[2]声而出，意近玩弄。邑贵乃惭怒，挥仆辈逐骂之。道人笑而却走。逐急，弃盖，共毁裂之，片片化为鹰隼，四散群飞。众始骇。盖柄转成巨蟒，赤鳞耀目。众哗欲奔，有同游者止之曰："此不过翳眼之幻术[3]耳，乌能噬人！"遂操刃直前。蟒张吻怒逆，吞客咽之。众骇，拥贵人急奔，息于三里之外。使数人逡巡往探，渐入寺，则人蟒俱无。方将返报，闻老槐内喘急如驴，骇甚。初不敢前，潜踪移近之，见树朽中空有窍如盘。试一攀窥，则斗蟒者倒植其中，而孔大仅容两手，无术可

适逢重阳节，县里有位显贵携酒登高望远，坐轿张伞来到蒙山。宴饮结束后，他经过蒙山寺，刚过庙门，就见道人赤着脚、披着旧道袍，手举黄色的伞，口中念着戒严的号令走出来，看样子好像是在戏弄他。这位显贵又羞又恼，指挥仆从谩骂着赶走道人。道人笑着跑开了。仆从追得紧，他就扔掉黄伞，仆从一起把伞撕裂，碎片化为鹰隼，四散飞走。众人正觉得惊骇，伞柄又变成了一条巨蟒，火红的鳞片光耀夺目。众人惊呼着想要逃走，有个一同来游玩的人制止了他们，说："这不过是障眼法罢了，怎么可能吃人呢？"说着就提刀上前。巨蟒愤怒地张口迎向他，把他吞了下去。大家害怕极了，慌忙簇拥着显贵逃走，到了三里之外才停下。显贵派了几人回去探查，他们犹犹豫豫地进了寺庙，却发现道人和巨蟒都不见了。他们正准备回去禀报，听见老槐树里传来了驴子似的喘气声，心里很害怕。起初他们不敢上前，后来偷偷挪动脚步靠近，看到树干腐朽中空，里面有一个盘子大小的洞。他们试着爬上树窥探，发现那个与巨蟒对峙的人就倒挂在里面，但树洞只容两只手伸进去，没办法救他

以出之。急以刀劈树，比树开而人已死。逾时少苏，舁归。道士不知所之矣。

出来。他们急忙举起刀，对着树劈下去，把树劈开后发现那人已经昏死过去了。过了一会儿，他才苏醒过来，他们就把他抬了回去。没人知道道人去了哪儿。

注释 1 舆盖：坐轿张伞。 2 警跸（bì）：古代帝王出入时，于所经路途侍卫警戒，清道止行。 3 翳（yì）眼之幻术：迷惑人眼睛的幻术，即障眼法。翳，遮蔽，隐藏。

异史氏曰："张盖游山，厌气[1]浃于骨髓。仙人游戏三昧[2]，一何可笑！予乡殷生文屏，毕司农[3]之妹夫也，为人玩世不恭。章丘[4]有周生者，以寒贱起家，出必驾肩[5]而行。亦与司农有瓜葛之旧。值太夫人寿，殷料其必来，先候于道，着猪皮靴[6]，公服持手本[7]。俟周舆至，鞠躬道左，唱曰：'淄川生员，接章丘生员！'周惭，下舆，略致数语而别。少间，同聚于司农之堂，冠裳满座，视其服色，无不窃笑；殷傲睨

异史氏说："张着伞游山，令人厌恶的俗气已经浸入骨髓。仙人对这个显贵的戏弄，又是多么可笑啊！我家乡有个秀才叫殷文屏，是毕司农的妹夫，为人玩世不恭。章丘有个周秀才，出身贫寒，发迹后出行必定要坐轿子。他与毕司农也有些交情。有一次正值毕老夫人大寿，殷文屏料想周秀才一定会来，就提前在路边等着他。他脚穿猪皮靴子，身穿生员服，手持名帖。等周秀才的轿子到了，他就在道旁鞠躬，高声报出：'淄川生员迎接章丘生员！'周秀才顿感羞惭，下轿和他略微交谈了几句就离开了。不一会儿，两人又在毕司农家的大堂里见面了，堂上的客人都是高冠华服，看见殷文屏的装束，都偷偷地笑；殷文屏傲慢自若，满不在乎。后来筵席结束，众人走

自若[8]。既而筵终出门，各命舆马。殷亦大声呼：'殷老爷独龙车何在？'有二健仆，横扁杖于前，腾身跨之，致声拜谢，飞驰而去。殷亦仙人之亚也。"

出府门，各自招呼车驾。殷文屏也大声呼喊：'殷老爷的独龙车在哪里？'马上就有两个健壮的仆人把一根扁担横在他面前，殷文屏腾起身子跨了上去，行礼表示感谢后就飞驰而去。殷文屏也是接近仙人的人啊。"

注释 1 厌气：令人厌恶的俗气。 2 游戏三昧（mèi）：佛教语。本指自在无碍、排除杂念、心神平静的精神状态。此处指戏弄。 3 毕司农：即淄川人毕自严，明代万历进士，官至户部尚书。司农，户部尚书的别称。 4 章丘：今山东济南章丘区。 5 驾肩：乘轿。 6 猪皮靴：明代教坊司妓女的丈夫所穿之皮靴。 7 手本：明清时见上司、座师或贵官所用的名帖。 8 傲睨自若：形容自高自大、藐视一切的样子。

胡四娘

原文

程孝思，剑南[1]人，少惠能文。父母俱早丧，家赤贫，无衣食业，求佣为胡银台[2]司笔札。胡公试使文，大悦之，曰："此不长贫，可妻也。"银台有三子四女，皆褓中论亲于大家；止有少

译文

程孝思是剑南人，小时候就很聪慧，会写文章。他的父母很早就去世了，家里十分贫穷，没有谋生的活计，他请求做银台司胡公的文书。胡公让他写了一篇文章，看后十分赞赏，说："这个人一定不会永远贫穷，可以把女儿许配给他。"胡公有三个儿子四个女儿，都是尚在襁褓中就与世家大族定了亲，只有四女儿胡四娘是

女四娘孽出[3]，母早亡，笄年[4]未字[5]，遂赘[6]程。或非笑之，以为惛髦[7]之乱命，而公弗之顾也，除馆馆生，供备丰隆。群公子鄙不与同食，仆婢咸揶揄焉。生默默不较短长，研读甚苦。众从旁厌讥之，程读弗辍；群又以鸣钲锽[8]聒其侧，程携卷去读于闺中。

小妾生的，母亲死得早，到十五六还没有定亲，于是招程孝思为上门女婿。有人嘲笑胡公，认为他是老糊涂了才做这样的决定，而胡公对此不予理睬，收拾一间书房给程孝思读书用，还供给他丰盛的日常用品。胡公的公子都看不起他，不肯和他一起吃饭，就连丫环仆人都嘲笑他。程孝思默默不语，也不计较短长，只是十分刻苦地读书。众人在一旁冷言冷语地讥笑，程孝思读书不停；众人又敲锣打鼓干扰他，他就带着书去卧房里读。

注释　1 剑南：唐太宗贞观元年（627），改益州为剑南道，治所位于成都府。因位于剑门关以南，故名。此处所指可能为今四川绵竹。　2 银台：宋时有银台司，掌管天下奏状案牍，因司署设在银台门内，故名。明清的通政司职位和银台司相当，所以也称通政司为银台。　3 孽（niè）出：庶出。　4 笄（jī）年：指女子成年。　5 字：许配，嫁人。　6 赘（zhuì）：上门女婿。　7 惛髦（hūn máo）：老朽昏庸，老糊涂。　8 钲锽（zhēng huǎng）：钲，古代打击乐器。青铜制，形似倒置铜钟，有长柄。锽，象声词，常用以形容金属制打击乐器的洪亮声。

初，四娘之未字也，有神巫知人贵贱，遍观之，都无谀词，惟四娘至，乃曰："此真贵人也！"及赘程，诸姊妹皆呼之"贵

当初，胡四娘还没有定亲的时候，有一个神巫可以预知人的富贵贫贱，他看了一遍胡家的人，没有说一句奉承话，只有当胡四娘出来后，他才说："这是真正的贵人啊！"等到程孝思入赘后，姊妹

人”以嘲笑之，而四娘端重寡言，若罔闻之。渐至婢媪，亦率相呼。四娘有婢名桂儿，意颇不平，大言曰：“何知吾家郎君，便不作贵官耶？”二姊闻而嗤[1]之曰：“程郎如作贵官，当抉[2]我眸子去！”桂儿怒而言曰：“到尔时，恐不舍得眸子也！”二姊婢春香曰：“二娘食言，我以两睛代之。”桂儿益恚，击掌为誓曰：“管教两丁盲也！”二姊忿其语侵，立批[3]之，桂儿号哗。夫人闻知，即亦无所可否，但微哂焉。桂儿噪诉四娘，四娘方绩[4]，不怒亦不言，绩自若。

会公初度[5]，诸婿皆至，寿仪[6]充庭。大妇嘲四娘曰：“汝家祝仪何物？”二妇曰：“两肩荷一口！”四娘坦然，殊无惭怍。人见其事事类痴，愈

们都称呼胡四娘为“贵人”，以此来嘲讽她，而胡四娘端庄稳重沉默寡言，对这些嘲讽置若罔闻。后来渐渐地就连丫环婆子也都这样称呼她。胡四娘有个丫环叫桂儿，对此愤愤不平，大声说道：“你们怎么知道我家郎君就做不了大官呢？”胡四娘的二姐听了这话，嗤之以鼻地说：“程郎如果能做高官，你可以把我的眼珠子挖去！”桂儿生气地说：“到那时，就怕你舍不得眼珠子了。”二姐的丫环春香说：“要是二娘食言，我情愿用自己的一双眼珠子代替。”桂儿听了更加生气，与她击掌盟誓说：“准让你们两个变成瞎子。”二姐气桂儿用言语冒犯自己，当场给了她几个耳光，桂儿嚎啕大哭。胡夫人听说这事后，也没说什么话，只是微微笑了笑。桂儿吵吵嚷嚷地向胡四娘诉苦，当时胡四娘正在纺线，听了不生气也不说话，仍旧若无其事地纺线。

胡公生日那天，女婿们都来祝寿，献上的寿礼摆满了院子。大嫂嘲讽胡四娘说：“你们一家送的什么寿礼呢？”二嫂说：“两个肩膀架着一张嘴！”胡四娘听了坦然处之，没有一点儿羞愧的样子。大家见胡四娘对任何事都是这种

益狎之。独有公爱妾李氏，三姊所自出也，恒礼重四娘，往往相顾恤[7]。每谓三娘曰："四娘内慧外朴，聪明浑而不露，诸婢子皆在其包罗中而不自知。况程郎昼夜攻苦，夫岂久为人下者？汝勿效尤[8]，宜善之，他日好相见也。"故三娘每归宁[9]，辄加意相欢。

态度，如傻子一样，就更加戏弄她。只有胡公的爱妾李氏，是三姐的母亲，一直对胡四娘以礼相待，常常照顾体恤她。李氏对三娘说："四娘内心聪慧，外表拙朴，聪明浑然不露，每个人都在她的智慧包罗之下，她们自己还不知道。再说程郎没日没夜地苦读，怎么会是久在人下的人啊？你不要学她们，要善待四娘，他日彼此也好见面。"所以三娘每次回娘家，总是特意对四娘表示友好。

注释 1 嗤（chī）：讥笑。 2 抉（jué）：挖出。 3 批：扇耳光。 4 绩：把麻和棉搓捻成线。 5 初度：生日。 6 寿仪：祝寿的礼物。 7 顾恤：顾念怜悯。此指照顾体贴。 8 效尤：仿效坏的行为。 9 归宁：已嫁女子回娘家看望父母。

是年，程以公力得入邑庠[1]。明年，学使科试士，而公适薨，程缞哀如子[2]，未得与试。既离苫块[3]，四娘赠以金，使趋入遗才籍[4]。嘱曰："曩久居，所不被呵逐者，徒以有老父在，今万分不可矣！倘能吐气，庶回

这一年，程孝思凭借胡公的帮助进入了县学。第二年，学使举行科考，而胡公恰巧去世了，程孝思像亲生儿子一样服丧，没有参加考试。服丧期满，四娘赠给他一些银两，让他去参加录科考试，以便进入"遗才"的行列。四娘嘱咐说："之前你能在这里长久住着，没被撵出去，只是因为父亲健在，现在是完全不可能了。如果你能考中，回来时还有个家可以住。"

时尚有家耳。”临别，李氏、三娘赂遗优厚。程入闱，砥志研思[5]，以求必售。无何放榜，竟被黜。愿乖气结[6]，难于旋里[7]，幸囊资小泰，携卷入都。

时妻党多任京秩[8]，恐见诮讪[9]，乃易旧名，诡托里居，求潜身于大人之门。东海李兰台见而器之，收诸幕中，资以膏火[10]，为之纳贡[11]，使应顺天举。连战皆捷，授庶吉士[12]。自乃实言其故。李公假千金，先使纪纲[13]赴剑南，为之治第。时胡大郎以父亡空匮，货其沃墅[14]，因购焉。既成，然后贷舆马往迎四娘。

临别，李氏和三娘都赠送给程孝思很多东西。程孝思进入考场，仔细研读考题，希望可以考中。不久放榜了，他竟然没有上榜。程孝思的愿望没有实现，心中郁闷，没脸回家，幸好衣袋里还有一些钱，他就携带着书箱去了京城。

当时妻子家的亲戚很多都在京城做官，程孝思担心被他们讥诮，于是改了名字，编造了一个籍贯，托人在大官的家中找点儿事做。东海的李御史见了程孝思，对他很器重，就将他留在幕府中，资助他学习费用，还帮他捐了一个贡生，让他参加顺天府的考试。程孝思连考连中，被授予庶吉士。这时程孝思才说出自己的真实身份。李御史借给他一千两银子，先派遣仆人到剑南为他购置宅第。当时胡家的大儿子因为父亲去世后家里经济困难，出售一处良田美宅，仆人就帮程孝思买下了。田宅购置完毕，程孝思就派车马去迎接四娘。

注释 1 入邑庠：考入县学，即中秀才。 2 缞（cuī）哀如子：穿着孝服，像亲生儿子一样。缞，因粗麻布制成的丧服。 3 既离苫（shān）块：借指服丧期满。苫块，即盖草苫、枕土块。 4 遗才籍：科举考试的一种。举子因故没有参加科考，可以参加补录考试。考中可列入遗才籍。 5 砥（dǐ）志研思：专心致志，深思钻研。 6 气结：呼吸不畅。形容心情郁闷。 7 旋里：返回家乡。 8 任京秩：做京官。 9 诮讪（qiào shàn）：讥刺和诽谤。 **10** 膏火：灯油。旧时晚上读书，需掏钱打油点灯，故用膏火指读书的费用。 **11** 纳贡：明代准许纳资入监（国子监），凡由生员身份纳捐的称纳贡；没有生员身份的亦可纳捐入监，称例监。清代有例贡，性质相近。 **12** 庶吉士：亦称庶常。其名称源自《书·立政》“庶常吉士”之意，是明清两朝时翰林院内的短期职位。在考中进士的人当中选择有潜质者担任，为皇帝近臣，负责起草诏书，有为皇帝讲解经籍等责，是明代内阁辅臣的重要来源之一。 **13** 纪纲：统领仆隶之人。后泛指仆人。 **14** 沃墅（shù）：良田美宅。

先是，程擢第[1]后，有邮报者，举宅皆恶闻之；又审其名字不符，叱去之。适三郎完婚，戚眷登堂为餪[2]，姊妹诸姑咸在，惟四娘不见招于兄嫂。忽一人驰入，呈程寄四娘函信，兄弟发视，相顾失色。筵中诸眷客始请见四娘，姊妹惴惴[3]，惟恐四娘衔恨[4]不至。无何，翩然竟来。申贺者、捉坐者、寒暄者，喧杂满屋。耳有听，听四娘；目有视，视四娘；口有道，道四娘也；而四娘凝重如故。众见其靡

在这之前，程孝思考中后，有报信的人赶来报喜，胡家上下都不愿意听到这个消息，又发现喜报上的名字不符，竟然把报信人呵斥走了。那天恰逢胡三郎结婚，亲戚们都来贺喜，众姊妹都在，只有四娘没有被兄嫂邀请。突然有一个人急匆匆地进了胡家，呈上一封程孝思寄给四娘的信函，兄弟们打开一看，大惊失色。这时酒宴上的女客们才来邀请四娘，众姊妹惴惴不安，唯恐四娘怀恨在心，不肯应邀。没过一会儿，四娘竟然翩然进来。大家有的向四娘道贺，有的拉着四娘入座，有的过来和四娘寒暄，满屋子吵吵嚷嚷。大家支着耳朵听的，是四娘；张大眼睛看的，是四娘；嘴中称道的，也是四娘；而四娘凝重端庄，像以往一样。大家见四娘没有计较以往的长

所短长[5],稍就安帖[6],于是争把盏酌四娘。方宴笑间,门外啼号甚急,群致怪问。俄见春香奔入,面血沾染。共诘之,哭不能对。二娘诃之,始泣曰:"桂儿逼索眼睛,非解脱,几抉去矣!"二娘大惭,汗粉交下。四娘漠然,合坐寂无一语,各始告别。四娘盛妆,独拜李夫人及三姊,出门登车而去。众始知买墅者,即程也。

四娘初至墅,什物多阙。夫人及诸郎各以婢仆、器具相赠遗,四娘一无所受;惟李夫人赠一婢受之。居无何,程假归展墓[7],车马扈从如云。诣岳家,礼公柩,次参李夫人。诸郎衣冠既竟,已升舆矣。胡公殁,群公子日竞资财,柩之弗顾。数年,灵寝漏败,

短,这才稍稍安下心来,争着给四娘斟酒。大家正在谈笑的时候,大门外突然传来啼哭声,大家都奇怪地打听是怎么回事。一会儿就见春香跑了进来,满脸是血。大家都询问怎么了,春香却哭着回答不上来。二娘大声呵斥她,她这才哭着说:"桂儿逼着要挖我的眼珠子,若不是我挣脱了,差点就被她挖去了。"二娘听了羞愧不已,汗水混着脂粉流淌下来。而四娘若无其事,满座静悄悄地没一人说话,客人开始告别离开。四娘一身盛装,唯独拜别李夫人和三姐,出门上车走了。这时大家才知道购买田产的就是程孝思。

四娘初到新家,很多东西都缺少。胡夫人以及各兄长都送来婢女仆人、日常用具,四娘一概没有接受。只有李夫人送来的一个丫环她留了下来。过了不久,程孝思请假回来省视坟墓,车马随从如云。到了岳父家,他先去参拜胡公的灵柩,接着拜见了李夫人。胡家几个兄弟穿好礼服来见他时,程孝思已经登上车离去了。胡公死后,胡家几个儿子整日争财产,没有管父亲的灵柩。过了几年,安放灵柩的房屋破败漏雨,渐渐地变

渐将以华屋作山丘[8]矣。程睹之悲,竟不谋于诸郎,刻期营葬,事事尽礼。殡日,冠盖相属,里中咸嘉叹焉。

成掩埋尸骨的坟丘。程孝思看到这种情形,悲从心来,也不和胡家几个儿子商量,就选定了日子把棺木下葬,事事依礼而行。下葬那天,来了很多达官贵人,家乡的人对此都赞叹不已。

注释 1 擢第:科举考试及第。 2 馔(nuǎn):古代的一种礼仪,女儿嫁后三日,娘家或亲戚馈送食物或办酒祝贺。此处指设宴。 3 惴惴:形容因害怕或担忧而心神不定的样子。 4 衔恨:心中怀着怨恨或悔恨。5 靡所短长:不计较长短。 6 安帖(tiē):安定,踏实。 7 展墓:省视坟墓。 8 以华屋作山丘:借指安放灵柩的内堂破败成埋葬骸骨的荒丘。

程十余年历秩清显[1],凡遇乡党厄急[2],罔不极力。二郎适以人命被逮,直指[3]巡方者,为程同谱[4],风规[5]甚烈。大郎浼妇翁王观察函致之,殊无裁答[6],益惧。欲往求妹,而自觉无颜,乃持李夫人手书往。至都,不敢遽进。觑程入朝,而后诣之。冀四娘念手足之义,而忘睚眦之嫌[7]。阍人[8]既通,即有旧媪出,导入厅事,具酒馔,亦颇

程孝思十多年来担任清廉显贵的高官,凡是遇到乡人有困难,他无不尽力帮助。这时胡家二郎因为人命官司被逮捕了,审理这件案子的大官,是和程孝思一起考中进士的,执法特别严。胡大郎请求岳父王观察写信求情,竟然没有得到回复,胡家更加害怕。胡大郎想去求妹妹四娘帮忙,又自觉无脸面相见,就拿了李夫人的亲笔书信去了。到了京城,胡大郎不敢贸然前往。他暗中看到程孝思去上朝了,才前去求见四娘。他希望四娘能够顾念手足情谊,忘记之前的小嫌隙。守门人通报后,就有从前的一个婆子出来,引导胡大郎进入议事厅,给他备下酒菜,也

草草。食毕，四娘出，颜温霁[9]，问："大哥人事大忙，万里何暇枉顾？"大郎五体投地，泣述所来。四娘扶而笑曰："大哥好男子，此何大事，直复尔尔[10]？妹子一女流，几曾见呜呜向人？"大郎乃出李夫人书。四娘曰："诸兄家娘子都是天人，各求父兄即可了矣，何至奔波到此？"大郎无词，但顾哀之。四娘作色曰："我以为跋涉来省妹子，乃以大讼求贵人耶！"拂袖径入。大郎惭愤而出。归家详述，大小无不诟詈，李夫人亦谓其忍。逾数日二郎释放宁家，众大喜，方笑四娘之徒取怨谤也。俄而四娘遣价[11]候李夫人。唤入，仆陈金币，言："夫人为二舅事，遣发甚急，未遑字覆。聊寄微仪[12]，

不过是简陋的几样。吃完，四娘出来，面色温和地问："大哥有那么多事要忙，怎么会有时间不远万里来看我呢？"胡大郎跪趴在地，哭着叙述了自己的来意。四娘扶他起来，笑着说："大哥是个好男子，这算什么大事，值得你这样？四妹我是一介女流，什么时候看到我呜呜地哭着向别人诉苦呢？"胡大郎于是拿出李夫人的书信。四娘说："几个哥哥的夫人都是了不起的人物，各个去求她们的娘家就可以了，何必大老远跑到这里来呢？"胡大郎无话可说，只是苦苦哀求。四娘脸色一变，说："我以为你跋山涉水是来看望妹妹的，原来是为了一场官司来求'贵人'的！"说完一甩袖子就进了内室。胡大郎又羞又怒地出了程府。回到家里，胡大郎细说了事情的经过，举家大小无不骂四娘无情，连李夫人也觉得四娘的做法有些过了。过了两天，胡二郎被释放回了家，一家人都很高兴，讥讽四娘不会做人情，徒遭人埋怨。不一会儿，四娘派遣的仆人来拜见李夫人了。胡家人把仆人叫进来，仆人送上金币，说："我家夫人为了二舅爷的事情，急急忙忙派我赶来，没来得及写信。只是带来一点银钱，聊表问

以代函信。”众始知二郎之归，乃程力也。后三娘家渐贫，程施报逾于常格。又以李夫人无子，迎养若母焉。

候。”大家这才知道，胡二郎能够平安回家，是靠程孝思的努力。后来三娘家渐渐衰落了，程孝思对她的报答超过了常规。李夫人没有儿子，程孝思和四娘把她接到家中赡养，像对待自己的母亲一样。

注释 1 历秩清显：历任清要显达的官位。 2 厄急：艰难急迫。 3 直指：官名。汉武帝时，侍御史有绣衣直指，身穿绣有图案的华丽服饰，手持斧节，以示尊宠与威严。职在出讨奸猾，可以直接办理重大狱案，后不常置。此处应指巡按御史。 4 同谱：指同榜进士。 5 风规：风纪法度。 6 裁答：作书答复。 7 睚眦（yá zì）之嫌：指微小的嫌隙，极小的怨恨。 8 阍（hūn）人：门人，守门人。 9 温霁（jì）：温和。 10 直复尔尔：值得这样。 11 价（jiè）：旧称被派遣传送东西或传达事情的人。 12 微仪：薄礼。

僧 术

原文

黄生，故家[1]子，才情颇赡[2]，夙志高骞[3]。村外兰若[4]有居僧某，素与分深[5]，既而僧云游，去十余年复归。见黄，叹曰：“谓君腾达已久，今尚白纻[6]耶？想福命固薄耳。请

译文

黄生原是大户人家的儿子，才情很高，平素志向高远。村外的寺庙里住着一个和尚，素来与黄生交好，后来他出门云游，去了十几年才回来。他见到黄生，感叹说：“我还以为你早就飞黄腾达了，你现在还没考取功名吗？想来是你的福分本来就薄吧。我可以帮你贿赂地府的

为君贿冥中主者。能置十千否？”答言：“不能。”僧曰：“请勉办其半，余当代假之。三日为约。”黄诺之，竭力典质[7]如数。

主管福禄的官，你能拿得出一万钱吗？”黄生回答：“不能。”和尚说：“你还是努力凑五千钱吧，剩下的我会帮你去借。三日内准备好。”黄生答应了，竭尽全力抵押了财物凑足了钱数。

注释 1 故家：世家大族，世代仕宦之家。 2 赡：丰富，充足。 3 夙志高骞（qiān）：向来志向高远。高骞，高举，高飞。 4 兰若（rě）：佛寺，寺院。 5 分深：情分很深，指关系很好。 6 白纻：指古代人士没有获得功名时穿的衣服。 7 典质：典押。以物为抵押换钱，可在限期内赎回。

三日，僧果以五千来付黄。黄家旧有汲水井，深不竭，云通河海。僧命束置井边，戒曰：“约我到寺，即推堕井中。候半炊时[1]，有一钱泛起，当拜之。”乃去。黄不解何术，转念效否未定，而十千可惜。乃匿其九，而以一千投之。少间巨泡突起，铿然而破，即有一钱浮出，大如车轮。黄大骇。既拜，又取四千投焉。落下击

三天后，和尚果然带着五千钱交给黄生。黄家原来有一口深井，井水从不枯竭，人们说这口井与河海相通。和尚让黄生把钱串起来放在井边，还告诫他：“你估计我回到庙里，就把钱推进井里。等上半顿饭的工夫，会有一个钱浮起来，你就拜一下。”说完就离开了。黄生不明白这是什么法术，转念又想到有没有效验还不一定，把一万钱都投进去太可惜了。于是他把九千钱藏了起来，只拿出一千投进井里。不一会儿，井里突然冒出巨大的气泡，发出响亮的破裂声，马上就有一个钱浮起来，大得像车轮一样。黄生大惊。拜完，他又拿出四千钱投进

触有声，为大钱所隔不得沉。日暮僧至，谯让[2]之曰：“胡不尽投？”黄云：“已尽投矣。”僧曰：“冥中使者止将一千去，何乃妄言？”黄实告之，僧叹曰：“鄙吝[3]者必非大器。此子之命合以明经终，不然甲科[4]立致矣。”黄大悔，求再禳之，僧固辞而去。黄视井中钱犹浮，以绠钓上，大钱乃沉。是岁，黄以副榜准贡[5]，卒如僧言。

井里。钱落下后相互碰撞发出声音，被大钱挡住了，无法沉进水里。天黑了，和尚来了，责怪他说：“你为什么不全部投进去？”黄生说：“我已经全部投进去了。”和尚说：“地府的使者只拿走了一千钱，你为什么说谎？”黄生才把实情告诉了和尚，和尚叹气道：“过分吝啬的人成不了大器。你命中注定只能当个贡生，不然的话，进士也能很快考中。”黄生很后悔，求和尚再次施法，和尚坚决拒绝然后走了。黄生看到投入井里的钱还浮着，就用线把这些钱钓了上来，大钱才沉下去。这年，黄生考上了副贡生，最终像和尚说的那样止步于此了。

注释 1 半炊时：半顿饭工夫。 2 谯（qiào）让：谴责。 3 鄙吝：过分吝啬。 4 甲科：指中进士。 5 副榜准贡：即副贡。清代科举取士，在乡试中备取的列入副榜，得入太学肄业，称副贡。

异史氏曰：“岂冥中亦开捐纳[1]之科耶？十千而得一第，直亦廉矣。然一千准贡，犹昂贵耳。明经[2]不第，何值一钱！”

异史氏说：“难道阴间也有捐资纳粮换得官爵的事情吗？一万钱换一个进士及第，真是便宜啊。但是一千钱才换一个副贡生，又太贵了。贡生要是考不中进士，一文也不值啊！”

注释 1 捐纳：捐资纳粮以得官爵。 2 明经：明清时对贡生的尊称。

禄 数

原文

某显者[1]多为不道[2]，夫人每以果报劝谏之，殊不听信。适有方士[3]能知人禄数[4]，诣之。方士熟视曰:“君再食米二十石、面四十石，天禄乃终。”归语夫人。计一人终年仅食面二石，尚有二十余年天禄，岂不善所能绝耶？横如故。逾年，忽病除中[5]，食甚多而旋饥，一昼夜十余餐。未及周岁，死矣。

译文

有个显贵做了许多恶事，他的夫人总是用因果报应的道理来劝他，他却全然不信。正好有位方士能知晓别人的禄数，他就去拜访这个方士。方士仔细看了看他，说道:“再吃二十石米，四十石面，你的寿禄就终结了。”他回家把这话告诉了夫人。他按照一个人一年只吃两石面来计算，自己还有二十多年的寿禄，心想作恶哪里能让人折寿呢？因此他依旧像以前一样横行不法。过了一年，他忽然患上了除中之症，吃得很多，但很快又饿了，一天要吃十几顿饭。没满一年，他就死了。

注释　1 显者:达官显贵。　2 不道:无道，为非作歹，做坏事。　3 方士:古指从事求仙、炼丹等迷信活动的人。　4 禄数:命中注定的食禄。禄，古代官吏的俸给、禄米。　5 除中：中医学名词。即消渴。主要症状有口渴，善饥，尿多，消瘦。

柳 生

原文

周生，顺天[1]宦裔也，与柳生善。柳得异人之传，精袁许之术[2]。尝谓周曰："子功名无分，万钟之资[3]尚可以人谋。然尊阃[4]薄相，恐不能佐君成业。"未几，妇果亡。家室萧条，不可聊赖[5]。

译文

周生是顺天府官宦人家的后代，和柳生是好朋友。柳生得到过一位奇人的指点，精通相面之术。柳生曾对周生说过："你没有考取功名的福分，但发财致富还是可以想想办法。只是你的夫人是个薄命相，恐怕不能协助你成就家业。"没多久，周生的妻子果然死了。从此家中萧条冷清，没有可以依靠的人。

注释 1 顺天：明清时期设于京师（今北京）之府属建制。掌京畿之刑名钱谷，并司迎春、进春、祭先农之神，奉天子耕猎、监临乡试、供应考试用具等事。 2 袁许之术：指相人之术。袁，指袁天罡；许，指许负。这两人都是著名相术家。 3 万钟之资：指钱财极多。 4 尊阃（kǔn）：称他人妻子的敬词。阃，指妇女居住的内室，借指妻室。 5 聊赖：依赖，指生活上的凭借或精神上的寄托。

因诣柳，将以卜姻。入客舍，坐良久，柳归内不出。呼之再三，始方出，曰："我日为君物色佳偶，今始得之。适在内作小术，求月老

于是周生去找柳生，想请他为自己算算婚姻之事。到了会客的地方，他坐了很久，柳生还是待在里屋不出来。叫了他几次后，他才出来，说："我每天都在帮你物色好配偶，今天才找到。我刚刚在里面做法，请求月老为你们系上红绳。"周生

系赤绳耳。”周喜问之，答曰：“甫有一人携囊出，遇之否？”曰：“遇之。褴褛若丐。”曰：“此君岳翁，宜敬礼之。”周曰：“缘相交好，遂谋隐密，何相戏之甚也！仆即式微[1]，犹是世裔，何至下昏于市侩[2]？”柳曰：“不然。犁牛尚有子[3]，何害？”周问：“曾见其女耶？”答曰：“未也。我素与无旧，姓名亦问讯知之。”周笑曰：“尚未知犁牛，何知其子？”柳曰：“我以数信之。其人凶而贱，然当生厚福之女。但强合之必有大厄，容复禳之。”周既归，未肯以其言为信，诸方觅之，迄无一成。

高兴地问他挑中的是谁，柳生答道：“刚才有一个拎着口袋的人出去，你有没有遇到？”周生回答：“碰到了。他穿得破破烂烂，像乞丐一样。”柳生就说：“这个人就是你未来的岳父，你应该恭敬地对待他。”周生说：“因为我们关系好，我才和你商量婚姻这种隐秘的事，你为什么要这样戏弄我呢！我就算是家道衰落了，那也是世家之后，何至于自降身份娶市井小民呢？”柳生说：“不是这样的。杂毛的牛还能生出纯红毛的小牛呢，市井小民也能生出高贵的子女，这又有什么妨碍？”周生问：“你可曾见过他的女儿？”柳生回答：“没见过。我素来与他无往来，名字也是刚问过才知道的。”周生笑着说：“你都不了解杂毛牛呢，又哪里了解牛崽子？”柳生说：“我根据命数才相信的。这人凶恶又卑贱，却生了一个福泽深厚的女儿。不过强行撮合你们必有祸患，你容我再祈祷一番。”周生回家以后，不肯相信柳生的话，到处请人说媒，一直没能成功。

注释 1 式微：衰微，衰败。 2 下昏于市侩（kuài）：自降身份与市井小民结婚。昏，同“婚”。 3 犁牛尚有子：出自《论语·雍也》：“子谓仲弓，曰：‘犁牛之子骍（xīng）且角，虽欲勿用，山川其舍诸？’”古时祭祀山川神灵用的牛，必须是没有杂毛，犄角端正的。犁牛就是有杂毛，长相不美，只能犁地的牛。但即使是这样的牛，只要它的儿子“骍且角”，长着一身红通通的毛、端正的犄角，就算祭祀者因为血统的原因不用它，山川神灵也不会同意。比喻平庸的父母生出聪颖能干的子女。

一日，柳生忽至，曰：“有一客，我已代折简[1]矣。”问：“为谁？”曰：“且勿问，宜速作黍[2]。”周不喻其故，如命治具。俄客至，盖傅姓营卒也。心内不合，阳浮道与之，而柳生承应甚恭。少间，酒肴既陈，杂恶草[3]具进。柳起告客：“公子向慕已久，每托某代访，曩夕始得晤。又闻不日远征，立刻相邀，可谓仓卒主人矣。”饮间，傅忧马病不可骑，柳亦俯首为之筹思。既而客去，柳让周曰：“千金不能买此友，何乃视之漠漠？”借马骑归，因假命周，登门持赠傅。周既知，稍稍不快，已无如何。

一天，柳生忽然来到他家，对他说：“有一个客人，我已经代你邀请他来。”周生问道：“是谁？”柳生说：“暂且不要问，还是快快准备饭菜吧。”周生不明缘由，但还是按柳生的吩咐准备了。不一会儿，客人到了，原来是一位姓傅的兵卒。周生心里不快，表面上虚与应对，而柳生对这名兵卒很恭敬。过了一会儿，酒菜都上桌了，里面夹杂着一些粗劣的食物。柳生起身告诉客人：“周公子仰慕您很久了，总是托我代为访求，不久前的一个晚上我才与您相见。又听说没几天您就要出征了，所以就马上邀请了您，可以说是仓促之间做了东道主啊。”对饮的时候，姓傅的担忧自己生病的马骑不了，柳生就低着头帮他想办法。客人离开后，柳生责问周生：“千金也买不到这样一位朋友，你为什么对他那么冷漠？”柳生向周生借了一匹马骑着回家，又假托是周生的意思，到姓傅的家去把马送给了他。周生知道后，心里稍稍有些不快，但也无可奈何。

注释 1 代折简：代为邀请。折简，书信，信笺。 2 作黍：本指做黍米饭。后用作准备家常饭诚意待客之谦称。 3 恶草：粗劣的食物。

过岁将如江西，投臬司[1]幕。诣柳问卜，柳言："大吉！"周笑曰："我意无他，但薄有所猎，当购佳妇，几幸前言之不验也，能否？"柳云："并如君愿。"及至江西，值大寇叛乱，三年不得归。后稍平，选日遵路[2]，中途为土寇所掠，同难人七八位，皆劫其金资释令去，惟周被掳至巢。盗首诘其家世，因曰："我有息女，欲奉箕帚[3]，当即无辞。"周不答，盗怒，立命枭斩。周惧，思不如暂从其请，因从容而弃之，遂告曰："小生所以踟蹰者，以文弱不能从戎，恐益为丈人累耳。如使夫妇得相将俱去，恩莫厚焉。"盗曰：

年后周生准备前往江西，投到按察使衙门去做幕僚。出发前他找到柳生占卜吉凶，柳生说："大吉！"周生笑着说："我没有什么愿望，只是想有点儿收入，娶一个贤惠的妻子，希望你之前说的话不要应验，可以吗？"柳生说："都能如你所愿。"等周生到了江西，正好碰到贼寇叛乱，三年他都回不了家。后来祸乱稍稍平息，他就择日上路，途中却被贼寇抓住，一同遭难的还有七八个人，贼寇抢走了他们的财物，放走了其他人，只有周生被掳回了匪巢。强盗头子问明了他的家世，就说："我有个女儿想许配给你，你不能拒绝。"周生不说话，强盗头子大怒，立刻下令要把他斩首。周生害怕极了，心想不如暂时答应他，以后再慢慢想办法抛弃她，于是回答道："小生之所以犹豫，是因为自己只是个文弱书生，没法投身战斗，担心会给岳父大人添麻烦。如果能让我们夫妇俩一起离开这里，那您的恩情就太深厚了。"强盗头子说："我正担心女孩子会拖累人，这有什么不可

“我方忧女子累人，此何不可从也！”引入内，妆女出见，年可十八九，盖天人也。当夕合卺，深过所望。细审姓氏，乃知其父即当年荷囊人也。因述柳言，为之感叹。

以呢！”带着周生进了内室，让女儿打扮好了出来相见，那个女孩子大约十八九岁，长得像天仙一样。当晚两人就成了亲，这个女孩远远超过了周生的期望。周生仔细询问了她的姓氏，才知道她父亲就是当年那个拎着口袋的人。于是，周生又向她讲述了柳生的话，两人感叹不已。

注释 1 臬（niè）司：明清提刑按察使司的别称。主管一省司法。也借称廉访使或按察使。 2 遵路：出发。 3 奉箕帚（jī zhǒu）：从事家内洒扫之事。谓充当妻室。

过三四日，将送之行，忽大军掩[1]至，全家皆就执缚。有将官三员监视，已将妇翁斩讫，寻次及周。周自分已无生理，一员审视曰：“此非周某耶？”盖傅卒已以军功授副将军矣。谓僚曰：“此吾乡世家名士，安得为贼！”解其缚，问所从来。周诡曰：“适从江臬娶妇而归，不意途陷盗窟，幸蒙拯救，德戴二天[2]！但

过了三四天，众人正要为他们送行，忽然有官军围了上来，他们一家都被抓了起来。有三名负责监视的军官，已把周生妻子的父亲斩首，按顺序要斩周生了。周生料定已没有生路，这时一个军官仔细看了他一会儿，问道：“你不是周生吗？”原来姓傅的已经立了军功，升为副将军了。他对同僚说：“这是我家乡的名士，怎么可能是贼寇呢！”军官为他解绑，问他从哪里来的，周生骗他们说：“我做江西按察使司的幕僚时娶了亲，正要回家，没想到中途落入匪巢，幸好得到了解救，感谢您再生之恩！

室人离散，求借洪威，更赐瓦全[3]。”傅命列诸俘，令其自认，得之。饷以酒食，助以资斧，曰：“曩受解骖之惠[4]，旦夕不忘。但抢攘[5]间，不遑修礼，请以马二匹、金五十两，助君北旋。”又遣二骑持信矢[6]护送之。

只是我与妻子离散，想借您的威望让我们夫妻团聚。”姓傅的下令把所有俘虏都带过来，让周生自己辨认，他因此找到了妻子。姓傅的请他们吃饭，又资助了路费，对他说：“过去我蒙受了您赠马的恩惠，日夜不忘。只是战乱中我顾不上礼节，只能拿出两匹马、五十两银子，帮助您北上回乡。”又派了两个骑兵带着令箭护送他们。

注释　1 掩：趁人不备袭击、捕捉。　2 二天：东汉冀州刺史苏章发现老友清河太守有不法受贿之事，惩办前找他叙旧，太守以为得到庇护，说：“人皆有一天，我独有二天。”因此后人以“二天”作为对庇护者的感恩之词。　3 瓦全：鸳瓦双全。夫妇团聚的谦辞。　4 解骖（cān）之惠：解下骖马来救人的恩惠。骖，古代指驾在车辕两旁的马。据《史记》记载，越石父是位贤人，却沦为囚犯。晏子出门时在路上遇到他，便解下自己所乘车左边的马，把越石父赎了出来。后遂以解骖指以财物救人困急。　5 抢攘（chéng níng）：纷乱貌。　6 信矢：作为凭证的令箭。

途中，女告周曰：“痴父不听忠告，母氏死之。知有今日久矣，所以偷生旦暮者，以少时曾为相者所许，冀他日能收亲骨耳。某所窖藏

途中，妻子告诉周生：“父亲顽固，不听劝告，我母亲就是因此而死。我早就知道会有今天，之所以苟且偷生，是因为小时候有个相面人的说，希望我来日能为父亲收殓尸骨。我知道有个地窖藏着许多金银，可以取出来赎回父亲的尸骨，剩下

巨金，可以发赎父骨，余者携归，尚足谋生产。”嘱骑者候于路，两人至旧处，庐舍已烬，于灰火中取佩刀掘尺许，果得金，尽装入橐，乃返。以百金赂骑者，使瘗[1]翁尸，又引拜母冢，始行。至直隶界，厚赐骑者而去。周久不归，家人谓其已死，恣意侵冒[2]，粟帛器具，荡无存者。闻主人归，大惧，哄然尽逃，只有一妪、一婢、一老奴在焉。周以出死得生，不复追问。及访柳，则不知所适矣。

的我们可以带回去，还能够维持生计。”周生嘱咐护送他们的骑兵在路上等候，两人回到原来的住处，屋舍已经被烧光了，用佩刀在灰烬中往下挖了一尺多深，果然找到了金银，他们把钱全部装进口袋，然后原路返回。他们拿出一百两贿赂骑兵，叫他们帮忙掩埋了父亲的尸体，妻子还带周生到母亲的坟前叩拜，之后两人才踏上归途。到了直隶地界，他们重赏了骑兵，就让他们走了。周生很久没有回家，家里的仆人都以为他已经死了，任意侵吞他的粮食布匹、器物用具，家中已然空无一物。众人听闻主人回来了，都很害怕，全都逃走了，只有一个老婆子、一个婢女和一个老头还在。周生因为刚刚死里逃生，无心追究这些事情。去拜访柳生，柳生却不知去哪儿了。

注释 1 瘗(yì)：埋葬。 2 侵冒：非法占有公物或他人之物。

女持家逾于男子，择醇笃[1]者，授以资本而均其息。每诸商会计[2]于檐下，女垂帘听之，盘中误下一珠，辄指其讹。内外无敢欺。数年

妻子操持家事胜过男人，她选出敦厚诚笃的人，给他们一些资金去做生意，赚来的钱就和他们平分。周生每次在屋檐下和诸商人算账时，妻子总在帘后听着。算盘上一颗算珠拨错，她都能指出来。里里外外没人敢欺骗她。几年后，与他们

伙商[3]盈百，家数十巨万矣。乃遣人移亲骨厚葬之。

合伙的商人就达到了一百多个，他们的家产达到了数十万两。夫妻俩就派人为父母迁坟，厚葬了他们。

注释 1 醇笃：敦厚诚笃。 2 会计：算账，核算。 3 伙商：合伙的商人。

异史氏曰："月老可以贿嘱，无怪媒妁之同于牙侩[1]矣。乃盗也有是女耶？培嵝[2]无松柏，此鄙人之论耳。妇人女子犹失之，况以相天下士哉！"

异史氏说："月老可以用贿赂收买，难怪媒人就像集市上的牙侩一样。强盗也会有这样的女儿吗？小土堆上长不出松柏，这是没见识的人的论调。相妇人、女孩的命运犹且有失误，更何况是相天下的士人呢？"

注释 1 牙侩：旧时称买卖的居间人。泛指商人。 2 培嵝：应作"培塿（lǒu）"，小土丘。

冤　狱

原文

朱生，阳谷[1]人，少年佻达[2]，喜诙谑[3]。因丧偶往求媒媪，遇其邻人之妻，睨之美，戏谓媪曰："适睹尊邻，雅[4]少丽，若

译文

朱生是阳谷人，年少轻薄，喜欢开玩笑。因为妻子去世，他去拜托媒婆提亲，偶然遇到媒婆邻居的妻子，偷眼一看，貌美如花，因而开玩笑地对媒婆说："刚才我看到你的贵邻居，真是年轻貌美，你若

为我求凰[5],渠可也。”媪亦戏曰:“请杀其男子,我为若图之。”朱笑曰:“诺。”更月余,邻人出讨负[6]被杀于野。邑令拘邻保[7],血肤取实[8],究无端绪,惟媒媪述相谑之词,以此疑朱。捕至,百口不承。令又疑邻妇与私,搒掠之,五毒参至[9],妇不能堪,诬伏。又讯朱,朱曰:“细嫩不任苦刑,所言皆妄。既是冤死,而又加以不节之名,纵鬼神无知,予心何忍乎?我实供之可矣:欲杀夫而娶其妇皆我之为,妇实不知之也。”问:“何凭?”答言:“血衣可证。”及使人搜诸其家,竟不可得。又掠之,死而复苏者再。朱乃云:“此母不忍出证据死我耳,待自取之。”因押归告母曰:“予我衣,死也;即不予,

是为我做媒,她就可以。”媒婆也开玩笑地回应:“请你把她丈夫杀了,我就为你撮合。”朱生笑着说:“一言为定。”过了一个多月,邻家的男人出去讨债,被人杀死在荒野。县令把被害人的邻居拘捕过来,严加拷打套取证据,最终也没查出线索,只有媒婆叙述了与朱生之间的玩笑话,县令因此怀疑是朱生所为。把朱生押捕归案,朱生百般辩解不肯承认。县令又怀疑被害人的妻子与朱生私通,就拷打她,用尽了各种残酷的刑罚,她不堪忍受,只好违心招认。县令又来审讯朱生,朱生说:“妇人细皮嫩肉,忍受不了酷刑,她所招认的全是假的。既然她要被冤枉而死,又被强加上不贞的罪名,纵然是鬼神无知,我又于心何忍呢?我如实招供就是了:我想杀了她的丈夫,然后娶她为妻,这都是我一人所为,妇人并不知情。”县令问:“有何凭据?”朱生回答说:“有血衣为证。”县令派人去朱生家里搜寻,却没有找到。又拷打朱生,打得他多次昏死过去又苏醒过来。朱生才说:“这是我母亲不忍心拿出证据让我掉脑袋,你让我亲自去取证物吧。”于是朱生被押着回到家里,告诉母亲说:“给我血衣,是死;即使不给,

亦死也；均之死，故迟也不如其速也。”母泣，入室移时，取衣出付之。令审其迹确，拟斩。再驳[10]再审，无异词。经年余，决有日矣。

也是死。左右都是死，所以晚死不如早死。”母亲大哭，进入里屋好一会儿，拿出血衣交给了衙役。县令仔细辨认，确实是血衣，就判朱生斩罪。又再三复审，朱生还是那些供词。过了一年多，离行刑的日子不远了。

注释 1 阳谷：今山东聊城阳谷县。 2 佻达：轻薄放荡，轻浮。 3 诙谑：戏谑，开玩笑。 4 雅：很，甚。 5 求凰：男子求偶。此处指提亲。 6 讨负：讨债。 7 邻保：邻居。 8 血肤取实：通过严刑拷打获取证据。 9 五毒参至：指刑讯逼供极为惨烈。 10 驳：指上司驳回案件复查。

令方虑囚[1]，忽一人直上公堂，怒目视令而大骂曰：“如此愦愦[2]，何足临民[3]！”隶役数十辈，将共执之。其人振臂一挥，颓然并仆。令惧欲逃，其人大言曰：“我关帝前周将军[4]也！昏官若动，即便诛却！”令战惧悚听。其人曰：“杀人者乃宫标也，于朱某何与？”言已倒地，气若绝。少顷而醒，面无人色。

县令正在审核囚犯的罪状，忽然一个人径直走上公堂，怒气冲冲地瞪着县令大声骂道：“你如此昏庸，如何治理百姓！”数十名衙役拥上来，打算一起把来人抓住。那人振臂一挥，数十人都狼狈地倒在地上。县令十分害怕，打算逃跑。来人大声说：“我是关帝座前的大将周仓。昏官敢再动一动，我就立刻杀了你。”县令战战兢兢地听着。来人说：“凶手是宫标，与朱生有什么关系？”说完，倒在地上，好像没有了气息。过了一会儿苏醒过来，面色惨淡如土。问他是什么人，原来正是宫标，一拷打，他把一切都招

及问其人，则宫标也，搒之尽服其罪。

盖宫素不逞，知某讨负而归，意腰橐必富，及杀之竟无所得。闻朱诬服，窃自幸。是日身入公门，殊不自知。令问朱血衣所自来，朱亦不知之。唤其母鞫之，则割臂所染，验其左臂，刀痕犹未平也。令亦愕然。后以此被参揭[5]免官，罚赎羁留而死[6]。年余，邻母欲嫁其妇，妇感朱义，遂嫁之。

认了。

原来宫标平素就是个不法之徒，得知那个男子讨债回来，猜想他腰包里一定有不少钱，等杀了他之后竟连一个子也没有搜到。听说朱生屈打成招，他暗自庆幸。这天他来到公堂之上，自己也不知道是怎么回事。县令询问朱生血衣从哪里来的，朱生也不知道。等叫来朱生的母亲一审问，原来是她割伤自己手臂染成的，查验她的左臂，刀伤还没有长好呢。县令对此也感到惊异。后来县令因为这个案子被弹劾免去了官职，罚他交纳金钱赎罪，并在被羁留期间死了。过了一年多，那个妇人的母亲打算让妇人改嫁，妇人感激朱生的义气，就嫁给了他。

注释　1 虑囚：即录囚，讯察记录囚犯的罪状。　2 愦（kuì）愦：昏庸，糊涂。　3 临民：治民。　4 周将军：即周仓。周仓，正史无字，野史记载字元福，是历史小说《三国演义》中的人物，在《山西通志》中也有记载，但是在《三国志》中并无记载。其形象为身材高大、黑面虬髯的关西大汉，本是黄巾军出身，关羽千里寻兄之时，他请求跟随，自此对关羽忠心不二。在听说关羽兵败被杀后，周仓也自刎而死。在《三国演义》及此后的各种民间传说中，周仓均以关羽护卫的形象出现。在各地的关帝庙中，关羽神像的两侧也经常供奉周仓、关平（关羽之子）的神像。　5 参揭：弹劾，告发。　6 罚赎羁（jī）留而死：罚他交纳金钱赎罪，并在拘留期间死去。羁留，拘留，拘禁。

异史氏曰："讼狱乃居官之首务，培阴骘[1]，灭天理[2]，皆在于此，不可不慎也。躁急污暴[3]，固乖天和；淹滞因循[4]，亦伤民命。一人兴讼则数农违时，一案既成则十家荡产，岂故之细[5]哉！余尝谓为官者不滥受词讼，即是盛德。且非重大之情，不必羁候[6]；若无疑难之事，何用徘徊？即或邻里愚民，山村豪气，偶因鹅鸭之争[7]，致起雀角之忿[8]，此不过借官宰之一言，以为平定而已，无用全人，只须两造[9]，笞杖立加，葛藤悉断[10]。所谓神明之宰非耶？

异史氏说："审理案件是做官的首要任务，积阴德，丧天良，都在这上面，不能不慎重对待。态度急躁，贪污凶暴，固然与天理不符；拖延敷衍，态度消极，也会伤人性命。一个人告状，会让好几个农人错过农时；一件案子审判，就会牵连十家倾家荡产，难道是小事情吗？我曾经对做官的说，不胡乱受理诉讼，就是积了大德。如果不是重大案件，不必将人关押起来等待判决；如果没有疑难的事情，断案何须犹豫？即便是邻里的无知小人，或者山村里爱闹事的人，偶然因为一件小事发生争执，以致引起诉讼，也不过是要借助长官的一句话，替他们评定一下是非而已，不需要把所有人都招来，只要原告和被告到场就可以了，板子、鞭子立刻加身，他们之间纠缠不断的矛盾立刻就会解决。所谓如神明一样的长官不就是这样的吗？

注释　1 阴骘（zhì）：指暗中做的有德于人的事，即阴德。　2 天理：指自然的法则，犹言天道、天良。　3 污暴：污滥暴虐。此处指贪求贿赂滥施刑罚。　4 淹滞因循：淹滞，拖延，积压。因循，沿袭，拖延。　5 故之细：小事情。　6 羁候：拘留候审。　7 鹅鸭之争：指细小的矛盾。　8 雀角之忿：比喻打官司带来的烦恼。雀角，狱讼，争吵。 9 两造：诉讼双方，即原告和被告。 10 葛藤悉断：指诉讼纠纷全都处理明白。

“每见今之听讼者矣：一票既出，若故忘之。摄牒者[1]入手未盈，不令消见官之票；承刑者[2]润笔[3]不饱，不肯悬听审之牌。蒙蔽因循，动经岁月，不及登长吏之庭，而皮骨已将尽矣！而俨然而民上也者，偃息在床，漠若无事。宁知水火狱中有无数冤魂，伸颈延息以望拔救耶！然在奸民之凶顽，固无足惜；而在良民之株累，亦复何堪？况且无辜之干连[4]，往往奸民少而良民多；而良民之受害，且更倍于奸民。何以故？奸民难虐，而良民易欺也。皂隶之所殴骂，胥徒[5]之所需索，皆相良者而施之暴。

“我经常看到现在办案的官员，传票一发出去，就好像忘记了这回事。奉命捉拿犯人的官差得到的好处若是不丰厚，就不撤销见官的传票；刀笔吏得到的好处若是不足，就不肯悬挂听审的牌子。如此蒙蔽拖拉，动不动就经年累月，不等登堂受审，油水已经被压榨干净了！那些俨然高居民上的官员，却悠闲地躺在床上，清静无事。岂知水深火热的牢狱中有无数冤枉的人，伸着脖子苟延残喘，等待着救援呢！当然对待那些凶顽的奸民，本来就不值得怜惜；但是良民无辜受到牵连，他们怎能忍受呢？何况受到牵连的往往是奸民少而良民多，良民受到的迫害，比奸民加倍酷烈。为什么会这样呢？因为奸民难以凌虐，而良民易受欺骗。衙役之所以敢殴打辱骂，官差之所以敢伸手勒索，都是看他们是良民才对其施以暴行。

注释 1 摄牒者：奉命捉拿犯人的人。 2 承刑者：指主办案件的官吏。 3 润笔：指拿毛笔泡水的动作。使用毛笔时通常会先用水泡一泡，把笔毛泡开、泡软，这样毛笔较容易吸收墨汁，写字时会感觉比较圆润。因此，后来“润笔”泛指付给作诗文书画之人的报酬。此处指贿赂。 **4** 干连：牵连。 **5** 胥徒：古代官府中的小吏和奔走服役的人。泛指官府衙役。

“自入公门，如蹈汤火。早结一日之案，则早安一日之生。有何大事，而顾奄奄堂上若死人，似恐溪壑之不遽饱[1]，而故假之以岁时[2]也者！虽非酷暴，而其实厥罪维均[3]矣。尝见一词之中，其急要不可少者，不过三数人，其余皆无辜之赤子，妄被罗织者也。或平昔以睚眦开嫌，或当前以怀璧致罪[4]，故兴讼者以其全力谋正案，而以其余毒复小仇。带一名于纸尾，遂成附骨之疽[5]，受万罪于公门，竟属切肤之痛。人跪亦跪，状若乌集[6]；人出亦出，还同猱系[7]。而究之官问不及，吏诘不至，其实一无所用，只足以破产倾家，饱蠹役[8]之

“良民自从进入官府大门，就如同踏进了火海。早一日结案，就早一日安生。有什么大事，能看着公堂之上奄奄一息待审的人不闻不问，好像唯恐深沟一样的贪欲不能很快填满，而故意拖延时间？这种做法虽然算不上残暴，但是产生的后果与残暴是一样的。我曾看过一份案卷，其中急需审讯的要犯不过三个人，其他的都是无辜的良民，是被无故陷害的。这些人也许是因为往日的一些小事而产生仇怨，或者当前家里有点钱财招人嫉妒而获罪，所以告状的人全力谋求解决正案，顺便狠毒地报小仇。如果名字被写在了状纸的末尾，就会像患上深入骨髓的疽，在衙门里受各种各样的罪，以至于成为切肤之痛。人家下跪，他也下跪，就像一群乌鸦聚集一起；人家出来，他也出来，如同拴在一起的猿猴。然而审问官问不到他，衙役也问不到他，他对断案毫无用处，却足以让他倾家荡

贪囊；鬻子典妻，泄小人之私愤而已。深愿为官者，每投到时[9]，略一审诘，当逐逐之，不当逐芟[10]之。不过一濡毫、一动腕之间耳，便保全多少身家，培养多少元气。从政者曾不一念及于此，又何必桁杨[11]刀锯能杀人哉！”

产，让衙役中饱私囊；却足以使他典妻卖子，让小人泄泄私愤而已。我深切希望做官的人，每当案中相关人员都到公堂时，略微审问一下，该放的就放，不该放的就予以处罚。这不过是蘸蘸墨汁、动动手腕的事，便可以保全多少人的身家性命，培养多少浩然正气。从政做官的从来不曾考虑这样的问题，又哪里只有酷烈的刑具才能杀人呢？”

注释　1 溪壑之不遽（jù）饱：指欲壑难填，指贪欲不能很快满足。遽，疾速，迅速。　2 岁时：时间。　3 厥罪维均：指拖延勒索与严刑峻法没有什么两样。　4 以怀璧致罪：因遭嫉恨获罪。怀璧，比喻多财招祸或怀才遭忌。　5 附骨之疽（jū）：指侵入到内部又难于除掉的敌对势力。此处比喻难以去除。　6 乌集：像乌鸦一样成群集结。指暂时凑合的一群人。　7 猱（náo）系：像拴着猴子一样，　8 蠹（dù）役：害民的差役。蠹，蛀虫。　9 投到时：原告、被告到公堂时。　10 芟（shān）：除去。此处指结案。　11 桁（háng）杨：指加在囚犯脚或颈部的刑具。亦泛指刑具。

鬼　令

原文

教谕[1]展先生[2]，洒脱有名士风。然酒狂不持仪

译文

教谕展先生为人洒脱，有名士之风。但他一旦醉酒就顾不上礼节了，

节，每醉归，辄驰马殿阶[3]。阶上多古柏。一日纵马入，触树头裂，自言："子路[4]怒我无礼，击脑破矣！"中夜遂卒。

邑中某乙者，负贩其乡，夜宿古刹。更静人稀，忽见四五人携酒入饮，展亦在焉。酒数行，或以字为令，曰："田字不透风，十字在当中；十字推上去，古字赢一钟。"一人曰："回字不透风，口字在当中；口字推上去，吕字赢一钟。"一人曰："囹字不透风，令字在当中；令字推上去，含字赢一钟。"又一人曰："困字不透风，木字在当中；木字推上去，杏字赢一钟。"末至展，凝思不得。众笑曰："既不能令，须当受命[5]。"飞一觥来。展云："我得之矣：曰字不透风，一字在当中……"众又笑曰："推作何物？"展吸尽

每次喝醉酒回家，就会骑马在县学文庙的大殿台阶前飞驰。台阶上种着许多古柏。一天，他骑马冲进树丛，撞在树上磕破了头，自言自语道："这是子路对我的无礼发怒了，才让我的脑袋被磕破！"当天半夜他就死了。

县里有个人在展先生的家乡做小买卖，夜里住在一座古寺里。夜深人静时，忽然看到有四五个人带着酒进来畅饮，展先生也在其中。酒过数巡，有人用字行起酒令来，说："田字不透风，十字在当中；十字推上去，古字赢一钟。"有人又说："回字不透风，口字在当中；口字推上去，吕字赢一钟。"有人接着说："囹字不透风，令字在当中；令字推上去，含字赢一钟。"又有一个人说："困字不透风，木字在当中；木字推上去，杏字赢一钟。"最后轮到展先生，他想了很久也没想出来。众人笑他："既然你说不出酒令，就必须按规定受罚。"有人立刻递过来一杯酒。展先生说："我想出来了：曰字不透风，一字在当中……"众人又笑他："这可以推出什么？"展先生喝完这杯酒，说："一字推上去，一口一大钟！"

曰："一字推上去，一口一大钟！"相与大笑，未几出门去。某不知展死，窃疑其罢官归也。及归问之，则展死已久，始悟所遇者鬼耳。

大家纷纷大笑，不一会儿他们出门离去了。这人不知道展先生已经死了，还以为是他被罢官而回家乡了。等到回县里一问，才知道展先生已经死了很久了，他这才明白自己遇到的是鬼。

注释 1 教谕：官名，明清县学的教官，主管文庙祭祀，教诲生员。 2 展先生：展玠，莱阳（今山东莱阳）人，顺治四年（1647）贡生，曾任淄川教谕。 3 殿阶：指文庙大殿的台阶。 4 子路：仲由，字子路，为孔子弟子，位列十哲，文庙多有祭祀。 5 受命：按规定受罚。

甄后

原文

洛城[1]刘仲堪，少钝而淫[2]于典籍，恒杜门攻苦[3]，不与世通。一日方读，忽闻异香满室，少间，珮声甚繁。惊顾之，有美人入，簪珥[4]光采，从者皆宫妆[5]。刘惊伏地下，美人扶之曰："子何前倨而后恭[6]也？"刘益惶恐，曰："何

译文

洛城人刘仲堪，从小就很愚钝，只顾埋头典籍，总是闭门苦读，不与人来往。一天，他正在读书，忽然闻到满屋都是奇异的香气，不一会儿又听见一阵繁杂的环佩碰撞的声音。刘仲堪惊讶地看过去，有一个美人走了进来，头簪耳环光彩熠熠，身后跟着的人都是宫中女子的打扮。刘仲堪拜伏在地，美人扶起他说："为什么你从前那么倨傲，现在

处天仙,未曾拜识。前此几时有侮?”美人笑曰:“相别几何,遂尔懵懵[7]!危坐磨砖者[8]非子耶?”乃展锦荐[9],设瑶浆,捉坐对饮,与论古今事,博洽非常。刘茫茫不知所对。美人曰:“我止赴瑶池一回宴耳,子历几生,聪明顿尽矣!”遂命侍者,以汤沃水晶膏进之。刘受饮讫,忽觉心神澄彻。既而曛黑[10],从者尽去,息烛解襦,曲尽欢好。

又那么恭敬呢?”刘仲堪更加惶恐,说道:“您是哪处的天仙,我从未见过您。先前什么时候冒犯过您呢?”美人笑着说:“我们分别才多久,你就这样糊涂了!端坐磨砖的人不是你吗?”说着就命人铺好华美的席垫,摆上美酒,拉着刘仲堪对饮,谈古论今,学识非常广博。刘仲堪茫然不知如何对答。美人说:“我只是赴了一次瑶池之宴,你经历了几辈子,聪明劲儿全都没了。”她就命侍者炖了一碗水晶膏给刘仲堪喝。刘仲堪喝下去后,立刻感觉心神澄彻。不久天黑了,美人的随侍都退下了,她熄灭了烛火,解下了襦裙,两人纵情欢愉。

注释 1 洛城:古城名,在今河南洛阳市。 2 淫:浸淫、沉湎。 3 杜门攻苦:闭门苦读。 4 簪珥:发簪和耳饰。古代多为高贵妇女的首饰。 5 宫妆:宫中女子的装束。 6 前倨而后恭:指先傲慢,后恭敬。 7 懵懵(měng):糊涂。 8 危坐磨砖者:指刘桢。刘桢曾因平视甄夫人而获罪,受罚到输作部磨石。曹操见他端坐磨石而发问,刘桢以机辩之才得到赦免。 9 锦荐:以锦缘饰的席子。亦泛指华美的垫席。 10 曛黑:日暮天黑。

未曙[1],诸姬已复集。美人起,妆容如故,鬓发修整,不再理也。刘依依

天还没亮,宫女们又来了。美人起床时,妆容依旧完好,鬓发一丝不乱,不需要重新梳妆。刘仲堪依依不舍地追问

苦诘姓字，答曰："告郎不妨，恐益君疑耳。妾，甄氏[2]；君，公幹[3]后身[4]。当日以妾故罹罪，心实不忍，今日之会，亦聊以报情痴也。"问："魏文[5]安在？"曰："丕，不过贼父之庸子耳。妾偶从游嬉富贵者数载，过即不复置念。彼曩以阿瞒故，久滞幽冥，今未闻知。反是陈思[6]为帝典籍，时一见之。"旋见龙舆止于庭中，乃以玉脂合赠刘，作别登车，云推而去。

她的姓名，美人答道："告诉你也没什么，只怕加深你的怀疑罢了。我就是甄氏，你是刘公幹的转世。当日你因为我而获罪，我心中实在不忍，今日的相会就是为了报答你的痴情。"刘仲堪问道："魏文帝在哪里？"甄氏说："曹丕不过是他那个奸贼父亲的平庸儿子罢了。我只是偶然和这些富贵的人玩乐了几年，过后就不放在心上了。曹丕先前因为曹操的缘故，长期滞留阴间，我到现在也没有听说他的消息。反倒是陈思王在为天帝管理典籍，我时不时会看见他。"很快就有一辆高大的龙车停在庭院里，甄氏赠给刘仲堪一个白玉胭脂盒，然后登车辞别，腾云而去。

注释　**1** 未曙：天未亮。　**2** 甄氏：最初为袁绍次子袁熙之妻。建安九年（204），曹操率军攻下邺城，甄氏因为姿色绝伦，被曹丕所纳，甚得宠爱，生下儿子曹叡（ruì）和女儿曹氏（即东乡公主）。曹丕称帝后，山阳公刘协进献二女为曹丕妃嫔，后宫中文德郭皇后、李贵人和阴贵人都得到宠幸，甄氏愈发失意，流露出一些怨恨的话语，曹丕大怒，黄初二年（221）六月，遣使赐死甄氏，葬之于邺城。　**3** 公幹：指刘桢，字公幹。　**4** 后身：佛教谓转世之身为"后身"。　**5** 魏文：魏文帝曹丕。　**6** 陈思：指陈思王曹植。

刘自是文思大进。然追念美人，凝思若痴，历数月渐近羸殆[1]。母不知其故，忧之。家一老妪，忽谓刘曰："郎君意颇有所思否？"刘以言隐中情[2]告之，妪曰："郎试作尺一书[3]，我能邮致之。"刘惊喜曰："子有异术，向日昧于物色[4]。果能之，不敢忘也。"乃折柬为函，付妪便去。半夜而返曰："幸不误事。初至门，门者以我为妖，欲加缚縶[5]。我遂出郎君书，乃将去。少顷唤入，夫人亦欷歔，自言不能复会。便欲裁答。我言：'郎君羸惫，非一字所能瘳[6]。'夫人沉思久，乃释笔云：'烦先报刘郎，当即送一佳妇去。'濒行，又嘱：'适所言乃百年计，但无泄，便可永久矣。'"刘喜，伺之。

自此以后，刘仲堪做文章的才能大有长进。但是他思念美人，凝思苦想像傻了一样，几个月后就变得形销骨立。他母亲不知道其中的原因，十分担忧。家里有个老女仆忽然对刘仲堪说："您在思念什么人吗？"刘仲堪被她说中了心事，就把事情告诉了她，老女仆说："您可以试着写一封信，我能给你送到她那里去。"刘仲堪惊喜地说："你会法术，往日我竟然没去求你帮忙。如果你办到了，我绝对忘不了你的恩情。"于是他写了封信折叠好，老女仆接过信函就离开了。到了半夜，老女仆回来禀报："幸好没有误事。我刚到门口，守门人以为我是妖精，想把我绑起来。我就拿出了您的信，守门人呈了进去。过了一会儿，就有人叫我进去，甄夫人也不胜唏嘘，说不能再相会了，就想写信答复。我说：'刘郎羸弱不堪，不是一封信能治愈的。'甄夫人沉思了很久，才放下笔说：'劳您先去回报刘郎，我马上送一个好媳妇给他。'临行前，她又嘱咐我：'我刚才所言是为长远考虑，只要不泄露出去，就可以永远在一起。'"刘仲堪大喜过望，等着甄氏送人过来。

明日，果一老姥率女郎诣母所，容色绝世。自言陈氏，女其所出[7]，名司香，愿求作妇。母爱之，议聘；更不索资，坐待成礼而去。惟刘心知其异，阴问女："系夫人何人？"答云："妾铜雀故妓[8]也。"刘疑为鬼，女曰："非也。妾与夫人俱隶仙籍，偶以罪过谪人间。夫人已复旧位；妾谪限未满，夫人请之天曹[9]，暂使给役，去留皆在夫人，故得长侍床箦[10]耳。"

第二天，果然有个老妇人领着一个年轻女子到了刘仲堪母亲的屋里，那个女子美丽绝世。老妇人说自己姓陈，那位女子是她的女儿，名叫司香，希望能做刘家的媳妇。刘母很喜欢司香，与老妇人商量聘礼；对方却不要聘礼，等着举办完婚礼就离开了。只有刘仲堪知道其中的奥秘，他暗暗问司香："你是甄夫人的什么人？"司香答道："我本是铜雀台的歌妓。"刘仲堪疑心她是女鬼，司香说："我不是鬼，我和夫人都隶属仙籍，因偶然犯错而被贬到人间。夫人已经重新恢复了仙籍；我的期限还没满，夫人请求仙官，暂时让我服侍夫人，我的去留都由夫人决定，所以可以长期在您身边服侍您。"

注释　1 羸殆：形销骨立，濒临死亡。　2 言隐中情：所言暗合自己的心意。　3 尺一书：书信。　4 物色：访求，寻找此处指寻求帮助。　5 缚絷（zhí）：捆绑。　6 瘳（chōu）：病愈。　7 女其所出：此女为她所生。　8 铜雀故妓：铜雀台的歌妓。　9 天曹：道家所称天上的官署。指仙官。　10 箦（zé）：用竹片芦苇编成的床垫子。

一日，有瞽[1]媪牵黄犬丐食其家，拍板俚歌。女出窥，立未定，犬断索咋[2]女。女骇走，罗衿[3]

一天，有个瞎眼老太太牵着一条黄狗乞讨到刘家门口，还打着竹板，唱着市井小调。司香出门去看，还没站稳，那黄狗挣脱了绳子来咬她。司香受惊逃走，衣

断。刘急以杖击犬。犬犹怒，龁断幅，顷刻碎如麻，嚼吞之。瞽媪捉领毛，缚以去。刘入视女，惊颜未定，曰："卿仙人，何乃畏犬？"女曰："君自不知，犬乃老瞒[4]所化，盖怒妾不守分香[5]戒也。"刘欲买犬杖毙，女不可，曰："上帝所罚，何得擅诛？"

居二年，见者皆惊其艳，而审所从来，殊恍惚，于是共疑为妖。母诘刘，刘亦微道其异。母大惧，戒使绝之，刘不听。母阴觅术士来，作法于庭。方规地为坛，女惨然曰："本期白首，今老母见疑，分义绝矣。要我去亦复非难，但恐非禁咒所能遣耳！"乃束薪爇火，抛阶下。瞬息烟蔽房屋，对面相失，有声震如雷，既而烟灭，

襟被狗咬断了。刘仲堪急忙用棍棒来打狗。黄狗被激怒，就用牙啮咬那片扯下的衣襟，顷刻间就咬成了碎片，嚼了嚼，吞了下去。瞎眼老太太抓起黄狗后颈的毛，把它拴住带走了。刘仲堪进屋去看司香，她仍惊魂未定。刘仲堪问："你是仙人，怎么还怕狗呢？"司香说："你不知道，那黄狗是曹操变成的，他大概是怨我没有遵守守节的遗命吧。"刘仲堪想把狗买回来打死，司香不同意，说："天帝罚他变成狗，怎么能擅自杀死他呢？"

过了两年，见到司香的人都惊叹她的美貌，问她是从哪里来的，她都说得模棱两可，于是人们都怀疑她是妖精。刘母追问儿子，刘仲堪也微微透露了一些她的来历。刘母非常害怕，告诫儿子与司香断绝关系，刘仲堪不听。刘母暗中找来术士，在庭院里做法。刚在地上规划好神坛，司香凄惨地说："我本想与你白头到老，现在你母亲对我起疑，我们的缘分要到此为止了。想让我离开也不是难事，但恐怕不是禁咒可以赶走的！"语毕就拿起一捆柴火点燃扔到台阶下。瞬息之间浓烟遮蔽了房屋，对面的人都看不清，响起震雷一样的声音，接着浓烟消散，只见术士已经七

见术士七窍流血死矣。入室，女已渺。呼妪问之，妪亦不知所去。刘始告母："妪盖狐也。"

窍流血而死。刘仲堪进屋一看，司香已经不见了。叫来会法术的老女仆一问，她也不知道司香去了哪里。刘仲堪告诉母亲："老女仆可能是狐狸精。"

注释 1 瞽（gǔ）：目失明，眼瞎。 2 咋（zé）：咬。 3 罗衿（jīn）：罗衣的襟。 4 老瞒：指曹操。 5 分香：犹分香卖履。曹操临终时吩咐将余香分与铜雀台诸夫人，并命诸妾做鞋出卖，补贴生计。

异史氏曰："始于袁，终于曹，而后注意[1]于公幹，仙人不应若是。然平心而论：奸瞒之篡子[2]，何必有贞妇哉？犬睹故妓，应大悟分香卖履之痴，固犹然妒之耶？呜呼！奸雄不暇自哀，而后人哀之已！"

异史氏说："最初嫁进袁家，最终嫁进曹家，后来又留心于刘桢，仙人不应该这样。但是平心而论，奸贼曹操那篡位谋逆的儿子，哪里配得上有贞操的女人呢？曹操变成的黄狗看到以前的歌妓，临死嘱托分香卖履的痴情应该也醒悟了，怎么会还是那么妒忌呢？唉！奸雄没时间哀怜自己，而后人却在哀怜他。"

注释 1 注意：留意，留心。 2 奸瞒之篡（cuàn）子：指曹操的儿子曹丕篡汉称帝。

宦 娘

原文

温如春，秦之世家

译文

温如春出身于陕西的世家大族。他

也。少癖嗜[1]琴，虽逆旅[2]未尝暂舍。客晋，经由古寺，系马门外，暂憩止。入则有布衲道人，趺坐廊间，筇杖[3]倚壁，花布囊琴。温触所好，因问："亦善此也？"道人云："顾不能工，愿就善者学之耳。"遂脱囊授温，视之，纹理佳妙，略一勾拨，清越异常。喜为抚一短曲，道人微笑，似未许可。温乃竭尽所长，道人哂曰："亦佳，亦佳！但未足为贫道师也。"温以其言夸，转请之。道人接置膝上，裁拨动，觉和风自来；又顷之，百鸟群集，庭树为满。温惊极，拜请受业。道人三复之[4]，温侧耳倾心，稍稍会其节奏。道人试使弹，点正疏节[5]，曰："此尘间已无对矣。"温由是精心刻画，遂称绝技。

从小就酷爱习琴，即使是外出住在旅舍，也不忘记带琴。有一次他到山西去，途经一座古寺，便把马拴在门外，想暂且歇歇脚。他一进去就看到一个穿着布袍的道人盘腿坐在廊下，一根竹杖靠在墙上，还摆着一张用花布裹着的琴。温如春对琴的嗜好被激了起来，他上前询问："您也擅长弹琴吗？"道人答道："算不上擅长，希望能向琴技好的人学一学。"说完就揭开花布，把琴交给了温如春，他一看，琴身的纹理十分精妙，略微拨一下琴弦，发出的琴音清越非常。温如春欣喜地为道人弹了一首短曲，道人只是微微一笑，不像是赞许的样子。温如春于是竭尽所能弹奏了一曲，道人笑着说道："也不错，也不错！只是还不足以做贫道的老师呢。"温如春以为他是在夸口，就送过琴请他弹弹看。道人接过琴放在膝上，琴弦刚刚拨动，就感觉微风渐起，不一会儿，百鸟成群飞来，栖满了庭中的树木。温如春惊讶极了，拜请道人教导自己。道人把这首琴曲弹了三遍，温如春全神贯注地侧耳倾听，稍稍领会了琴曲的节奏。道人让他试着弹奏，纠正了不合节奏之处，说："现在你的琴技在世间已经没有对手了。"温如春从此精心琢磨琴艺，最终练成了绝技。

注释 1 癖嗜（pǐ shì）：癖好，特别喜爱。 2 逆旅：旅店。此处指外出旅行。 3 筇（qióng）杖：竹杖。筇，筇竹，古书上说的一种竹子。 4 三复之：重复演奏三遍。 5 点正疏节：纠正不合节奏之处。

后归程，离家数十里，日已暮，暴雨莫可投止。路傍有小村，趋之，不遑审择，见一门匆匆遽入。登其堂，阒[1]无人。俄一女郎出，年十七八，貌类神仙。举首见客，惊而走入。温时未耦，系情殊深。俄一老妪出问客，温道姓名，兼求寄宿。妪言："宿当不妨，但少床榻；不嫌屈体，便可藉藁[2]。"少旋以烛来，展草铺地，意良殷。问其姓氏，答云："赵姓。"又问："女郎何人？"曰："此宦娘，老身之犹子[3]也。"温曰："不揣[4]寒陋，欲求援系[5]，如何？"妪颦蹙[6]曰："此即不敢应命。"温诘

后来温如春返回家乡，在离家几十里的地方遇上暴雨，这时天色已晚，他找不到地方投宿。他见路旁有座小村庄，就赶快跑过去，慌忙中顾不上仔细选择，看见一扇门就匆匆进去了。他走进大厅，四下寂静无人。一会儿，有一位年轻女子走了出来，十七八岁的样子，容貌就像神仙一般。她抬头看见有位不速之客，就惊慌地走了进去。当时温如春还没有娶妻，对那女子一见倾心。没一会儿，有一位老太太出来接待他，温如春报上了自己的姓名，又请求老太太让他借宿。老太太说："让您住一晚可以，只是缺少床铺；如果您不嫌，可以为您铺上草垫睡。"过了一会儿，她就带了烛火过来，把茅草铺在地上，表现得十分殷勤。温如春问她姓氏，她回答道："姓赵。"温如春又问："那位姑娘是谁？"老妇答道："她叫宦娘，是我的侄女。"温如春说："我也不考虑自己的寒酸浅陋，想求娶您的侄女，怎么样？"老太太皱着眉说："这事我无法应允。"温如春追

其故，但云难言，怅然遂罢。妪既去，温视藉草腐湿，不堪卧处，因危坐鼓琴，以消永夜。雨既歇，冒夜遂归。

问原因，她却说不好明言，温如春怅然若失，只好作罢。老太太离开以后，他看了看地上腐烂潮湿的草垫，根本没法睡，于是端坐抚琴，想以此消磨这个漫漫长夜。雨一停，他便不顾夜深离开了。

注释 1 阒（qù）：寂静。 2 藁（gǎo）：稻麦等的杆。 3 犹子：如同儿子。此指侄子或侄女。 4 不揣：谦辞，不自量。 5 援系：犹攀附。旧谓求婚之谦词。 6 颦蹙（pín cù）：皱眉皱额。比喻忧愁不乐。

邑有林下[1]部郎[2]葛公喜文士。温偶诣之，受命弹琴。帘内隐约有眷客[3]窥听，忽风动帘开，见一及笄人[4]，丽绝一世。盖公有一女，小字良工，善词赋，有艳名。温心动，归与母言，媒通之，而葛以温势式微不许。然女自闻琴以后，心窃倾慕，每冀再聆雅奏；而温以姻事不谐，志乖意沮，绝迹于葛氏之门矣。一日，女于园中拾得旧笺一折，上书《惜余春》，词云："因恨成痴，转思作想，日日为情颠倒。海棠带醉，

县城里有位退职的部郎葛公，很喜爱和文人来往。温如春偶然去拜访他，应邀为他弹琴。当时帘后隐约有女眷在偷听，忽然有风吹开帘子，只见那是一个已经及笄的少女，容貌美丽绝世。原来葛公有个女儿，小名良工，擅作词赋，在外以美艳出名。温如春心动神驰，回家之后便告诉了母亲，请媒人来提亲。而葛公因温家家道衰落，不肯答应。然而良工自从听了温如春弹琴，心里暗暗爱上了温如春，常常盼着能够再次聆听他那美妙的琴声。温如春却因为求亲不顺利而内心沮丧，不再去拜访葛公。一天，良工在花园里捡到一叠旧纸笺，上面有一首《惜余春》词，词云："因恨成痴，转思作想，日日为情

杨柳伤春,同是一般怀抱。甚得新愁旧愁,铲尽还生,便如青草。自别离,只在奈何天里,度将昏晓。今日个蹙损春山,望穿秋水,道弃已拚弃了!芳衾妒梦,玉漏惊魂,要睡何能睡好?漫说长宵似年,侬视一年,比更犹少;过三更已是三年,更有何人不老!”女吟咏数四,心悦好之。怀归,出锦笺,庄书一通[5]置案间,逾时索之不可得,窃意为风飘去。适葛经闺门过,拾之,谓良工作,恶其词荡,火之而未忍言,欲急醮[6]之。临邑[7]刘方伯[8]之公子,适来问名[9],心善之,而犹欲一睹其人。公子盛服而至,仪容秀美。葛大悦,款延优渥。既而告别,坐下遗女舄[10]一钩。心顿恶其儇薄[11],因呼媒而告以故。公子亟辨其诬,葛弗听,卒绝之。

颠倒。海棠带醉,杨柳伤春,同是一般怀抱。甚得新愁旧愁,铲尽还生,便如青草。自别离,只在奈何天里,度将昏晓。今日个蹙损春山,望穿秋水,道弃已拚弃了!芳衾妒梦,玉漏惊魂,要睡何能睡好?漫说长宵似年,侬视一年,比更犹少:过三更已是三年,更有何人不老!”良工把这首词念了几遍,心中很喜欢。她把纸笺带了回去,拿出印花信笺,工整地誊写了一份放在书桌上,过了一段时间后再去看,却找不到了,以为被风吹走了。正巧葛公从她的闺房门口经过,捡起了信笺,还以为是良工所作,嫌恶这首词轻浮,又不忍心责骂女儿,就把它烧了,想着尽快把女儿嫁出去。适逢邻县刘方伯家的公子派人来求亲,葛公觉得这门亲事还不错,但还想亲自见见刘公子。刘公子盛装上门,仪表堂堂,丰神俊秀,葛公非常高兴,准备了丰盛的筵席款待他。等刘公子告辞离开,座位底下竟留下一只女人的鞋子。葛公顿时对他的轻佻心生厌恶,于是叫来媒人说明了原委。刘公子极力辩白自己被诬陷了,葛公不听,这门婚事就告吹了。

注释 1 林下：谓山林田野退隐之处。这里指退职。 2 部郎：中央六部中的郎官。 3 眷客：女眷。 4 笄人：指已经成年的少女。 5 一通：一份，一件。 6 醮：出嫁。 7 临邑：今山东德州临邑县。 8 方伯：明清时指布政使，有左、右布政使各一人，为一省最高行政长官。后因军事需要，增设总督、巡抚等官，权位高于布政使。清代始成为督、抚的属官，专管一省的财赋和人事，与专管刑名的按察使并称“两司”。 9 问名：旧时婚俗六礼之一。指男方具书托媒请问女子的名字和出生年月日。女方复书具告。 10 舄（xì）：鞋。 11 儇薄（xuān bó）：巧佞轻佻。儇，轻浮。

先是，葛有绿菊种，吝不传，良工以植闺中。温庭菊忽有一二株化为绿，同人闻之，辄造庐观赏，温亦宝之。凌晨趋视，于畦畔[1]得笺写《惜余春》词，反覆披读，不知其所自至。以“春”为己名，益惑之，即案头细加丹黄[2]，评语亵嫚[3]。适葛闻温菊变绿，讶之，躬诣其斋，见词便取展读。温以其评亵，夺而挼莎[4]之。葛仅读一两句，盖即闺门所拾者也。大疑，并绿菊之种，亦猜

葛家从前就有绿菊的花种，舍不得外传，良工把绿菊养在自己的闺房之中。有一天温家庭院里忽然有一两株菊花变成了绿色，朋友们听说了都登门来观赏，温如春也很珍爱这两株绿菊。凌晨，他快步走到庭院里，在花畦边捡到了一叠写着《惜余春》词的信笺，他反复阅读，不知道这是从哪里来的。又因为“春”字是他的名，他更加疑惑，把信笺放在桌上细加评点，评语有些轻浮。适逢葛公听说温家的菊花变绿了，很惊讶，亲自来到他家书斋，看见了这首词，就展开来看。温如春想到自己的评语太轻浮，急忙把信笺抢了回来搓成一团。葛公只看到一两句，原来就是自己在女儿房门口捡到的那首词。他心下疑惑，又想到

良工所赠。归告夫人，使逼诘良工。良工涕欲死，而事无验见，莫有取实。夫人恐其迹益彰，计不如以女归温。葛然之，遥致温，温喜极。是日招客为绿菊之宴，焚香弹琴，良夜[5]方罢。既归寝，斋童闻琴自作声，初以为僚仆之戏也；既知其非人，始白温。温自诣之，果不妄。其声梗涩[6]，似将效己而未能者。爇火暴入[7]，杳无所见。温携琴去，则终夜寂然。因意为狐，固知其愿拜门墙[8]也者，遂每夕为奏一曲，而设弦任操[9]若师，夜夜潜伏听之。至六七夜，居然成曲，雅足听闻。

绿菊的品种，也怀疑是良工送给温如春的。葛公回到家将此事告诉了夫人，让她去逼问良工。良工听后哭着想寻死，而事情又没人看见，谁都无法证实。夫人担心此事被外人知道，盘算着不如把女儿嫁给温如春。葛公也觉得这个主意不错，便写信告诉温如春，温如春高兴极了。当天他就以观赏绿菊的名义宴请客人，席间焚香弹琴，直到深夜才结束。温如春就寝以后，书童听到琴自己发出了声音，起初只当是仆人们在弹着玩；后来发现并无人在弹时，他才告诉了温如春。温如春亲自来听，果然不假。琴声滞涩，温如春觉得对方似乎是想效仿他却没能做到。温如春点灯冲进房内却看不见人。他就把琴带走了，整个晚上都很安静。他料想是狐妖，觉得它是想拜自己为师学琴，于是每晚都为它弹奏一曲，还像老师一样把琴留给它任意练习，夜夜藏起来偷听它弹琴。过了六七天，它弹出的曲调足以供人聆听欣赏。

注释　1 畦畔：花畦旁。畦，有土埂围着的一块块排列整齐的田地，一般是长方形。　2 丹黄：旧时点校书籍用朱笔书写，遇误字，涂以雌黄，故称点校文字的丹砂和雌黄为丹黄。　3 亵嫚（xiè màn）：轻浮，轻慢，不庄重。亵，轻慢，淫秽。嫚，亵渎，轻侮。 4 挼莎（ruó suō）：揉搓，搓摩。 5 良夜：深夜。 6 梗涩（gěng sè）：迟钝，滞涩。指琴声滞涩不流畅。 7 爇火暴入：急忙点灯闯入。 8 拜门墙：指拜师学艺。 9 设弦任操：放置好琴任其弹奏。

温既亲迎[1]，各述曩词[2]，始知缔好之由，而终不知所由来。良工闻琴鸣之异，往听之，曰："此非狐也，调凄楚，有鬼声。"温未深信。良工因言其家有古镜，可鉴魑魅[3]。翌日，遣人取至，伺琴声既作，握镜遽入。火之，果有女子在，仓皇室隅，莫能复隐。细审之，赵氏之宦娘也。大骇，穷诘之。泫然曰："代作蹇修[4]，不为无德，何相逼之甚也？"温请去镜，约勿避，诺之。乃囊镜。女遥坐曰："妾太守之女，死百年矣。少喜琴筝，筝已颇能谙之，独此技未能嫡传，重泉[5]犹以为憾。惠顾时，得聆雅奏，倾心

温如春娶了良工以后，夫妻两人都说起往事，才弄明白他们能够成婚的缘由，却始终不知道那首词是从哪里来的。良工听说了琴不弹自鸣的奇事，就过去听了听，说："这不是狐狸的琴声。这凄楚的曲调应该是鬼的琴声。"温如春不太相信。良工说自己家里有一面古镜，可以照出鬼怪。第二天，良工派人取来古镜，夜晚等琴声响起后，握着镜子快速走进屋内。用烛火一照，果然有个女子在屋里，她慌张失措地躲到屋角，再也不能隐藏。仔细一看，原来是赵家的宦娘。温如春大惊失色，继续追问。她流着眼泪说："我为你们做了媒，不能说对你们没有恩德吧，为什么要对我苦苦相逼呢？"温如春让把镜子拿开，与宦娘约好不能躲起来，宦娘答应了。于是把古镜收进袋子里。宦娘远远地坐着，说："我是太守的女儿，死了有一百年了。我从小就喜欢弹奏琴筝，已经能够很熟练地弹筝了，唯独没有掌握好弹琴这门技艺，在九泉之

向往。又恨以异物不能奉裳衣[6],阴为君腼合[7]佳偶,以报眷顾之情。刘公子之女舄,《惜余春》之俚词,皆妾为之也。酬师者不可谓不劳矣。”夫妻咸拜谢之。宦娘曰:“君之业,妾思过半矣,但未尽其神理,请为妾再鼓之。”温如其请,又曲陈[8]其法。宦娘大悦曰:“妾已尽得之矣!”乃起辞欲去。良工故善筝,闻其所长,愿以披聆[9]。宦娘不辞,其调其谱,并非尘世所能。良工击节,转请受业。女命笔[10]为绘谱十八章,又起告别。夫妻挽之良苦,宦娘凄然曰:“君琴瑟之好,自相知音,薄命人乌有此福。如有缘,再世可相聚耳。”因以一卷授温曰:“此妾小像。如不忘媒妁,当悬之卧室,快意时焚香一炷,对鼓一

下也一直觉得遗憾。从前您到我家,我有幸听到了您的琴声,心中就对您充满了仰慕。又遗憾自己只是鬼魂,不能侍奉您,因此暗中撮合您和夫人,以报答您对我的垂爱。刘公子座位下的女鞋,《惜余春》里俗艳的文辞,都是我干的。我对老师您的报答不可谓不辛苦啊。”温如春夫妻听了这番话,一齐行礼向她表示感激。宦娘说:“您的琴艺,我已经学到一半多了,只是我还未能尽得其中的神理,请您再为我弹一次琴吧。”温如春答应了她的请求,还为她讲解弹奏的方法。宦娘欣喜地说:“我已经完全学会了。”于是起身告辞要走。良工本来擅长弹筝,听说宦娘也善于弹筝,很想听她弹奏一曲。宦娘也不推辞,便弹了起来,她弹的曲调、曲谱都是人间没有的。良工打着拍子欣赏,又转而向她请教。宦娘提笔写下十八章曲谱才起身告别。夫妻俩苦苦挽留,宦娘哀伤地说:“你们夫妻感情融洽,互为知音,我福薄命苦,哪里能有这样的福气呢?如果有缘,来世总能相聚。”说着拿出一幅画卷交给温如春,说道:“这是我的小像。倘若你们能不忘记我做媒的功劳,就把它挂在卧室里,高兴

曲，则儿身受之矣。”出门遂没。

时对着它点上一炷香，弹一次琴，就如同我亲自领受了。”说完出门就消失了。

注释 1 亲迎：旧时婚俗六礼中的第六礼，指结婚时新郎到女家迎娶新娘。 2 曩词：之前的事情。 3 魑魅（chī mèi）：古代神话传说中的山林精怪，也指山林中害人的鬼怪。 4 蹇修：媒人。 5 重泉：犹黄泉，九泉之下。 6 奉裳衣：伺候梳洗。指充当妻室。 7 胹（ér）合：撮合。 8 曲陈：详尽地讲述。 9 披聆：诚心聆听。 10 命笔：使笔，用笔。指拿起笔来作诗文或书画。

阿　绣

原文

海州刘子固[1]，十五岁时，至盖[2]省[3]其舅。见杂货肆中一女子，姣丽无双，心爱好之。潜至其肆，托言买扇。女子便呼父。父出，刘意沮，故折阅[4]之而退。遥睹其父他往，又诣之。女将觅父，刘止之曰：“无须，但言其价，我不靳直[5]耳。”女

译文

海州人刘子固十五岁时，到盖县探望舅舅。他看见杂货店里有一个女子，姣美无双，心中十分爱慕。他悄悄来到店里，假装要买扇子。女子就喊她父亲出来待客。刘子固见她父亲出来，心里很沮丧，故意将价格压得很低，没买就走了。刘子固远远地看见女子的父亲到别处去了，就又回到店里。女子要去喊父亲，刘子固阻止说：“不用了，你只管开个价，我不会计较价格的。”女子听他这么说，故意抬高价格。刘子固不忍心和她讨价还价，当即

如言固昂之。刘不忍争,脱贯[6]竟去。明日复往又如之。行数武,女追呼曰:"返来!适伪言耳,价奢过当。"因以半价返之。刘益感其诚,蹈隙[7]辄往,由是日熟。女问:"郎居何所?"以实对。转诘之,自言:"姚氏。"临行,所市物,女以纸代裹完好,已而以舌舐黏之。刘怀归不敢复动,恐乱其舌痕也。积半月为仆所窥,阴与舅力要之归。意惓惓[8]不自得。以所市香帕脂粉等类,密置一箧[9],无人时,辄阖户自捡一过,触类凝思。

付了钱就走了。第二天,刘子固又来到店里,还像昨天那样付了钱就走。他刚走出店门几步,女子追出来喊道:"回来!刚才我说的是谎话,要价太高了!"便把钱退还了一半给他。刘子固被她的诚实感动,从此之后,常趁她父亲不在时到店里去,因此两人渐渐熟了。女子问刘子固:"你住在哪里?"刘子固如实相告。他又反问女子姓什么。女子说:"姓姚。"刘子固临走时,女子用纸把他买的东西都包好,然后用舌头舔了舔粘好。刘子固怀揣纸包回家后,不敢打开,唯恐弄乱了女子的舌痕。过了半个多月,刘子固的行踪被仆人发现了,仆人暗中告诉了刘子固的舅舅,舅舅就硬逼着让他回去。刘子固对那女子情意恳切,把从她那里买的香帕脂粉等东西秘密地放在一个小箱子里,四下无人时,就关起门翻看一遍,触物沉思,想念不已。

注释 1 海州:清时为直隶州,治所在今江苏连云港市区海州区。 2 盖(gě):旧县名,在今山东沂水东北岸盖邑庄。 3 省(xǐng):探望,拜访。 4 折(shé)阅:买主杀价。阅,本钱。 5 不靳(jìn)直:不计较价格。靳,吝惜。 6 脱贯:即付钱。古时用方孔钱,用绳贯穿,付钱时要解下来。 7 蹈隙:利用空隙,利用机会。此处指趁空。 8 惓惓(quán):形容恳切的样子。 9 箧(qiè):小箱子,藏物之具。

次年，复至盖，装甫解，即趋女所，至则肆宇阖焉，失望而返。犹意偶出未返，蚤又诣之，阖如故。问诸邻，始知姚原广宁[1]人，以贸易无重息[2]，故暂归去，又不审何时可复来。神志乖丧[3]。居数日怏怏而归。母为议婚，屡梗之，母怪且怒。仆私以曩事告母，母益防闲[4]之，盖之途由是绝。刘忽忽[5]遂减眠食。母忧思无计，念不如从其志。于是刻日办装使如盖，转寄语舅，媒合之。舅即承命诣姚。逾时而返，谓刘曰："事不谐矣！阿绣已字广宁人。"刘低头丧气，心灰绝望。既归，捧箧啜泣，而徘徊顾念，冀天下有似之者。

第二年，刘子固又到盖县，刚放下行李，就急匆匆地跑到店里去找那位女子，到那里一看，店门紧闭，失望而归。刘子固觉得可能是偶尔出门没有回来罢了，第二天又早早去了，结果店门依然紧关着。刘子固向邻居打听，才知道姚家原来是广宁人，因为这里的生意不好，所以暂时回去了，也不知道什么时候才会再回来。刘子固听了这些非常沮丧，失魂落魄。又住了几天，就怏怏不乐地回家了。刘母让人给他提亲，他屡屡阻止，刘母又奇怪又生气。仆人偷偷把他先前在盖县的事告诉刘母，刘母对他防备得更严了，也不让他去盖县了。刘子固心中空虚恍惚，睡不着觉，吃不下饭。刘母愁得没办法，心想不如满足儿子的愿望。于是挑选了个吉日，准备行装，让儿子到盖县转告舅舅，让他托人去提亲。舅舅按刘母的嘱托马上请人去姚家提亲。过了一些时候，媒人回来对刘子固说："办不成了！阿绣已经许配给广宁当地人了。"刘子固听后垂头丧气，心灰意冷。回家后，捧着那个装东西的小箱子垂泪哭泣，不停思念，希望天下能有一个像阿绣的姑娘。

注释 1 广宁:旧县名,在今广东广宁县。2 重息:很高的利润。3 乖丧:沮丧,颓丧。 4 防闲:防备禁阻。 5 忽忽:心中空虚恍惚。

适媒来,艳称[1]复州[2]黄氏女。刘恐不确,命驾至复。入西门,见北向一家,两扉半开,内一女郎怪似阿绣。再属目[3]之,且行且盼而入,真是无讹。刘大动,因僦[4]其东邻居,细诘知为李氏。反复疑念:天下宁有此酷肖者耶?居数日莫可夤缘[5],惟目眈眈[6]伺候其门,以冀女或复出。一日日方西,女果出,忽见刘,即返身走,以手指其后,又复掌及额,乃入。刘喜极,但不能解。凝思移时,信步诣舍后,见荒园寥廓[7],西有短垣,略可及肩。豁然顿悟,遂蹲伏露草中。

久之,有人自墙上露其首,小语曰:"来

正好有媒人前来提亲,极力夸赞复州黄家的姑娘长得漂亮。刘子固担心媒人说得不真实,自己亲自到复州去看。进了西城门,刘子固看见朝北的一户人家,两扇门半开着,院子里有个姑娘,长得很像阿绣。再凝神细看,那姑娘也边走边回头看,回屋去了,真的就是阿绣。刘子固大为动心,于是就在东边邻居家租住下来,仔细打听,知道了姑娘家姓李。刘子固翻来覆去地想,疑惑不解:难道天下真的有如此相像的人吗?住了几天,他也没找着机会接近姑娘,只好每天盯着她家大门张望,希望姑娘能出来。一天,太阳刚刚偏西,姑娘果然出来了,忽然看见刘子固,她立即返身回去,用手指指身后,又将手掌放在额头上,然后进了屋。刘子固十分高兴,但不知姑娘这些手势的意思。他沉思了很长时间,信步来到她家屋后,只见一座荒废的空阔园子,西边有一道短矮墙,约有一肩高。刘子固豁然明白了,就蹲在草丛中等待。

过了很久,有人从墙上探出头来,

乎？”刘诺而起，细视真阿绣也。因大恫，涕堕如绠[8]。女隔堵探身，以巾拭其泪，深慰之。刘曰：“百计不遂，自谓今生已矣，何期复有今夕？顾卿何以至此？”曰：“李氏，妾表叔也。”刘请逾垣。女曰：“君先归，遣从人他宿，妾当自至。”刘如言，坐伺之。少间女悄然入，妆饰不甚炫丽，袍裤犹昔。刘挽坐，备道艰苦，因问：“卿已字[9]，何未醮[10]也？”女曰：“言妾受聘者，妄也。家君以道里赊远，不愿附公子婚，此或托舅氏诡词以绝君望耳。”既就枕席，宛转万态，款接之欢[11]不可言喻。四更遽起，过墙而去。刘自是不复措意[12]黄氏矣。旅居忘返，经月不归。

小声地说：“来了吗？”刘子固边答应边站起来，仔细一看，真是阿绣。刘子固悲痛万分，眼泪连绵不断。姑娘隔着墙探过身来，用手帕给他擦眼泪，还不停地安慰他。刘子固说：“我想尽办法也不能如愿，还以为今生再也没有希望见到你了，何曾想到今日能相见啊？你是怎么到这里来的？”姑娘说：“李家是我的表叔。”刘子固请阿绣跳过墙来。阿绣说：“你先回去吧，把仆人打发到别处睡，我会去找你的。”刘子固听了她的话，回去坐着等。不一会儿，阿绣悄悄来了，打扮得不太华丽，仍旧穿着以前的袍裤。刘子固拉着她的手坐下，细说自己寻她的艰辛，接着又问道：“你已许配人家，怎么还没过门？”阿绣说：“说我已经许配给别人都是谎话。我父亲因为我们两家相隔太远，不愿和你家结亲，这或许是托你舅舅编个假话，让你打消念头罢了。”说完两人就上床就寝，情意绵绵，极尽欢愉，非言语所能形容。四更刚过，阿绣急忙起身，翻墙回去。刘子固从此不再留意黄家的姑娘。他住在这里忘了回家，过了一个月也没回去。

注释 1 艳称：谓以容色艳美著称。 2 复州：州名，治所在今湖北天门。 3 属（zhǔ）目：注目，注视。 4 僦（jiù）：租赁。 5 夤（yín）缘：攀附，喻攀附权贵。此处指亲近。 6 眈眈：注视貌。 7 寥廓：冷落，冷清。 8 涕堕如绠（gěng）：意思即眼泪像绳索一样连绵不断。绠，绳索。 9 已字：已经订婚，许配人家。字，旧时称女子许配，出嫁。 10 醮（jiào）：女子嫁人。 11 款接之欢：此处指男女欢爱。 12 措意：留意，用心。

一夜，仆起饲马，见室中灯犹明，窥之，见阿绣，大骇。顾不敢言主人，旦起访市肆，始返而诘刘曰："夜与还往者，何人也？"刘初讳之。仆曰："此第岑寂，鬼狐之薮[1]，公子宜自爱。彼姚家女郎，何为而至此？"刘始腆然曰："西邻是其表叔，有何疑沮[2]？"仆言："我已访之审：东邻止一孤媪，西家一子尚幼，别无密戚。所遇当是鬼魅。不然，焉有数年之衣尚未易者？且其面色过白，两颊少瘦，笑处无微涡[3]，不如阿绣美。"

一天夜里，仆人起来喂马，见刘子固房间还亮着灯，偷偷一看，见是阿绣，大吃一惊。他不敢跟主人说，第二天早晨起来，上街查访了一番，才回去问刘子固："夜里和您来往的是谁啊？"刘子固最初不愿告诉他。仆人说道："这宅子非常冷清，正是妖狐鬼怪聚集的地方，公子要自己保重。那姚家的姑娘怎么会到这里来呢？"刘子固这才不好意思地说："西边的邻居是她表叔，这有什么可怀疑的？"仆人说："我已打听清楚了。东边的邻居只有一个孤老太太，西边的邻居只有一个儿子还小，再没有什么亲近的亲戚。你所遇到的一定是鬼魅。不然，哪有几年前穿的衣服至今还没换过的？况且她脸色太白，两颊略微消瘦，笑起来也没有浅浅地涡，不如阿绣漂亮。"

刘子固反复细想，非常害怕，问："那

刘反复思，乃大惧，曰："然且奈何？"仆谋伺其来，操兵入共击之。至暮女至，谓刘曰："知君见疑，然妾亦无他，不过了夙分耳。"言未已，仆排闼入。女呵之曰："可弃兵！速具酒来，当与若主别。"仆便自投[4]，若或夺焉。刘益恐，强设酒馔[5]。女谈笑如常，举手向刘曰："悉君心事，方将图效绵薄，何竟伏戎？妾虽非阿绣，颇自谓不亚，君视之犹昔否耶？"刘毛发俱竖，噤不语。女听漏三下[6]，把盏一呷[7]，起立曰："我且去，待花烛后，再与新妇较优劣也。"转身遂杳。

该怎么办啊？"仆人出主意说等那姑娘再来时，就拿着武器一起打她。天黑后，姑娘来了，对刘子固说："我知道你对我产生了怀疑。但我也没别的意思，不过是想了却以前的缘分罢了。"话还没说完，仆人就推开门闯了进来。姑娘呵斥道："把手里的武器扔了！快拿酒来，我这就与你家主人告别。"仆人便扔了武器，就像有人从他手里夺过去一样。刘子固更加害怕，勉强备好酒席。姑娘像往常一样有说有笑，举手指着刘子固说："我知道你的心事，正打算尽我微薄之力为你效劳，你却为何设下伏兵害我？我虽然不是阿绣，但自以为不比她差，你再看看我真不如你过去的阿绣吗？"刘子固吓得头发倒竖，话也说不出来。姑娘听见到了三更，拿起酒杯喝了一口，站起来说："我将暂时离开，等你洞房花烛时，我再与新娘比比美丑。"说完一转身不见了。

注释 1 狐鬼之薮（sǒu）：妖狐鬼怪聚集的地方。薮，人或物聚集的地方。 2 疑沮：怀疑，疑惑。 3 涡：涡状，漩涡形。 4 自投：自动放下武器。 5 酒馔（zhuàn）：酒食，借指酒席。 6 听漏三下：听到滴漏报三更。古时用滴漏计时。 7 呷（xiā）：小口地喝。

刘信狐言，径如盖。怨舅之诳己也，不舍其家，寓近姚氏，托媒自通，啖以重赂。姚妻乃言："小郎[1]为觅婿广宁，若翁以是故去，就否未可知。须旋日方可计校。"刘闻之，彷徨无以自主，惟坚守以伺其归。逾十余日，忽闻兵警[2]，犹疑讹传，久之信益急，乃趣装行。中途遇乱，主仆相失，为侦者所掠。以刘文弱疏其防，盗马亡去。至海州界见一女子，蓬鬓垢耳，出履蹉跌[3]，不可堪。刘驰过之，女遽呼曰："马上人非刘郎乎？"刘停鞭审顾，则阿绣也。心仍讶其为狐，曰："汝真阿绣耶？"女问："何为出此言？"

刘述所遇。女曰："妾真阿绣也。父携妾自广宁归，遇兵被俘，授

刘子固相信这狐精的话，径直跑到盖县。他怨恨舅舅骗他，没有住在舅舅家，而是住到姚家的附近，自己托媒人前去提亲，给了十分丰厚的礼金。阿绣的母亲说："我家小叔子为阿绣在广宁找了女婿，阿绣的父亲为此到广宁去了，亲事能否成还不知道。须等些日子才可以商量。"刘子固听了这话，惶惶不安，没了主意，只好耐心等他们回来。过了十几天，忽然听说发生了战事，开始他还怀疑是谣传，时间久了，消息更加紧急，于是急忙收拾行装回家。途中遇到战乱，主仆走散，刘子固被军队的探子抓住了。因刘子固看起来文弱而看守得不严，他乘机偷了一匹马逃走了。逃到海州地界时，看见一个姑娘，蓬头垢面，走路一瘸一拐，已经走不动了。刘子固骑着马从她身边奔驰而过，姑娘忽然喊道："马上的人莫非是刘郎？"刘子固勒住马头仔细一看，原来是阿绣。他心中仍然担心她是狐精所化，问道："你真的是阿绣吗？"姑娘说："你怎么会说出这种话？"

刘子固把自己遇到的事叙说了一遍。女子说："我真的是阿绣。父亲带我从广宁回来，路上被士兵抓去，他们给我

马屡堕。忽一女子握腕趣遁[4]，荒窜军中，亦无诘者。女子健步若飞隼，苦不能从，百步而屦[5]屡褪焉。久之，闻号嘶渐远，乃释手曰：'别矣！前皆坦途可缓行，爱汝者将至，宜与同归。'"刘知其狐，感之。因述其留盖之故。女言其叔为择婿于方氏，未委禽[6]而乱适作。刘始知舅言非妄。携女马上，叠骑归。入门则老母无恙，大喜。系马入，具道所以。母亦喜，为之盥濯[7]，竟妆，容光焕发。母抚掌曰："无怪痴儿魂梦不置也！"遂设裀褥，使从己宿。又遣人赴盖，寓书于姚。不数日姚夫妇俱至，卜吉成礼[8]乃去。

一匹马骑，可我总是摔下来。忽然有一个姑娘，拉着我的手急速逃跑，我们在军队中东奔西窜，也没有人盘问。那姑娘跑得像飞鹰一样快，我苦于跟不上她，跑了百十步就掉了好几次鞋子。跑了很久，人喊马叫声渐渐远了，那姑娘才放开我的手说：'我们就此分别吧！前面都是平坦大道，你可以慢慢走，爱你的人就要来了，你可以同他一块回家。'"刘子固明白那姑娘就是狐精，心中非常感激。刘子固把他留在盖县的原因告诉了阿绣。阿绣说她叔为她在广宁找了一个姓方的女婿，还没下聘礼就碰到了战乱。刘子固这才知道舅舅没有说假话。他把阿绣抱到马上，两人一起骑着马回家去了。进门看到母亲安然无恙，刘子固很高兴。他拴好马进了屋，把事情的经过都告诉了母亲。刘母也非常高兴，为阿绣洗漱梳妆，妆扮好了，阿绣容光焕发。刘母拍着手说："怪不得这傻小子做梦都想着你！"刘子固于是铺好被褥让阿绣跟自己一起睡。他又派人到盖县给姚家送信。没过几天，姚家夫妇一块来了，挑选了吉日办完了婚事才离去。

注释 1 小郎：旧时妇女称丈夫的弟弟为小郎。 2 兵警：战乱的警报消息。 3 蹉跌（cuō diē）：失足跌倒，此处指步态不稳，步履蹒跚。 4 趣遁（cù dùn）：急促逃跑。趣，催促，急促。遁，逃跑。 5 屦（jù）：古代时用麻葛或皮制成的鞋。后泛指鞋。 6 委禽：纳采，下聘礼。古代结婚礼仪中，纳采时男子要向女方送上雁作为贽礼，所以称纳采为委禽。 7 盥濯（guàn zhuó）：清洗，洗涤。 8 卜吉成礼：挑选吉日举办婚礼。

刘出藏箧，封识[1]俨然。有粉一函，启之，化为赤土。刘异之。女掩口曰："数年之盗，今始发觉矣。尔日见郎任妾包裹，更不及审真伪，故以此相戏耳。"方嬉笑间，一人搴[2]帘入曰："快意如此，当谢蹇修[3]否？"刘视之，又一阿绣也，急呼母。母及家人悉集，无有能辨识者。刘回眸亦迷，注目移时，始揖而谢之。女子索镜自照，赧然[4]趋出，寻之已杳。夫妇感其义，为位[5]于室而祀之。

刘子固拿出藏东西的小箱子，纸包原封未动。有一盒脂粉，打开一看，已经变成红土。刘子固很奇怪，阿绣掩口笑着说："几年前的赃物，现在才发现。那时见你任凭我包裹，也不看真假，所以包了红土和你开个玩笑。"两人正在嬉笑时，一个人掀开门帘进来说："这样快活，应当感谢媒人吧？"刘子固一看，又一个阿绣，急忙喊母亲。刘母和全家人都来了，没有一个人能分辨出谁是真的阿绣。刘子固一转眼也迷惑了，专心看了半天，才朝假阿绣作揖感谢。假阿绣要了镜子一照，羞愧地跑了出去，去找她时已经没了踪影。刘子固夫妇感激她的恩义，在屋里设了牌位祭祀她。

注释 1 封识（zhì）：封缄（zhēn）并加标记。 2 搴（qiān）：通"褰"，撩起。 3 蹇修（jiǎn xiū）：传说为伏羲氏之臣，多传递消息。后指媒人。 4 赧（nǎn）然：惭愧脸红貌。 5 位：牌位。

一夕，刘醉归，室暗无人，方自挑灯，而阿绣至。刘挽问："何之？"笑曰："醉臭熏人，使人不耐！如此盘诘，谁作桑中逃[1]耶？"刘笑捧其颊。女曰："郎视妾与狐姊孰胜？"刘曰："卿过之。然皮相者不辨也。"已而合扉相狎。俄有叩门者，女起笑曰："君亦皮相者[2]也。"刘不解，趋启门，则阿绣入。大愕，始悟适与语者，狐也。暗中又闻笑声。夫妻望空而祷，祈求现像。狐曰："我不愿见阿绣。"问："何不另化一貌？"曰："我不能。"问："何故不能？"曰："阿绣，吾妹也，前世不幸夭殂。生时，与余从母至天宫见西王母[3]，心窃爱慕，归则刻意效之。妹子较我慧，一月神似；我学三月而

一天晚上，刘子固喝醉了酒回家，屋里漆黑没有人，他刚要点灯，阿绣就进来了。刘子固拉着她问："你去哪里了？"阿绣笑着说："看你酒气熏人，真让人受不了！你这样盘问，难道我跟别的男人幽会去了吗？"刘子固笑着捧起阿绣的脸颊。阿绣说："你看我与狐狸姐姐谁更美？"刘子固说："你比她漂亮。但只看外表也分辨不出来。"说完关上门，两人亲热起来。不一会儿有人敲门，阿绣起身笑着说："你也是个只看外表的人啊。"刘子固不懂她话中的意思，赶紧走过去开门，却是阿绣进来了。刘子固十分惊愕，这才明白刚才和他说话的是狐精。黑暗中又听到她的笑声。夫妻望着空中祷告，祈求狐精现身。狐狸说："我不愿见阿绣。"刘子固问道："为什么不能变成另外的相貌？"狐精说："我不能。"刘子固问："为什么不能？"狐狸说："阿绣是我妹妹，前世不幸夭折。活着时，我们一起随母亲到天宫去，拜见了西王母，看到她，我们心里暗暗倾慕，回家后，就用尽心思模仿她。妹妹比我聪慧，只学了一个月就非常神似了；我学了三个月才像，但始终赶不上妹妹。如今又隔了一世。

后成，然终不及妹。今已隔世。自谓过之，不意犹昔耳。我感汝两人诚意，故时复一至，今去矣。”遂不复言。

自此三五日辄一来，一切疑难悉决之。值阿绣归宁，来常数日往，家人皆惧避之。每有亡失，则华妆端坐，插玳瑁簪长数寸，朝[4]家人而庄语之：“所窃物，夜当送至某所，不然，头痛大作，悔无及！”天明，果于某所获之。三年后，绝不复来。偶失金帛，阿绣效其装吓家人，亦屡效焉。

我自以为能够超过她了，没料到还跟从前一样。我被你们二人的诚意感动，所以有时会来一趟，现在我要走了。”于是不再说话。

从此，狐精三五天就来一次，凡是遇到难办的事她都能帮着解决。每当阿绣回娘家，狐精就常来住几天，家里人都害怕得避开。每当家中丢了东西，狐精就盛装打扮，端坐着，头上插着几寸长的玳瑁簪子，召集家中仆人过来，严肃地告诫他们：“你们所偷的东西，晚上一定要送回某处，不然就会头痛难忍，到时后悔也来不及了！”天亮后，果然在某处找到了丢失的东西。三年后，狐精再也不来了。偶然丢失了金银绸锦等贵重东西，阿绣就模仿狐精的装扮，吓唬家里的仆人，也常常见效。

注释 1 作桑中逃：外出幽会。桑中之约，指男女幽会。 2 皮相者：只看外表的人。 3 西王母：中国古代神话中的女神，后为道教所信奉。 4 朝：通“召”，召集。

杨疤眼

原文

一猎人夜伏山中，见一小人，长二尺已来，踽踽[1]行涧底。少间，又一人来，高亦如之。适相值，交问[2]何之。前者曰：“我将往望杨疤眼。前见其气色晦黯，多罹不吉。”后人曰：“我亦为此，汝言不谬。”猎者知其非人，厉声大叱，二人并无有矣。夜获一狐，左目上有瘢痕[3]大如钱。

译文

有个猎人夜间埋伏在山里伺机捕猎，看见一个两尺多高的小矮人独自在山涧底行走。没多久，又走过了一个人，身高和他一样。那两人正好碰上，便互相询问对方要去哪儿。前一个答道：“我要去看看杨疤眼。之前看他灰头土脸的，多半要遭遇不吉利的事。”后一个回答：“我也是为了此事，你说的没错。”猎人知道他们不是人类，厉声大喊，那两人就消失不见了。那天晚上，猎人抓到了一只狐狸，左眼上有一块铜钱那么大的疤痕。

注释 1 踽踽（jǔ）：独行貌。 2 交问：互相询问。 3 瘢（bān）痕：创口或疮口愈合后留下的痕迹。

小　翠

原文

王太常[1]，越[2]人。总角[3]时，昼卧榻上。忽

译文

王太常是浙江人。他小时候，有一次大白天躺在床上。忽然天色阴暗下来，

阴晦，巨霆[4]暴作，一物大于猫，来伏身下，展转不离。移时[5]晴霁，物即径出。视之非猫，始怖，隔房呼兄。兄闻，喜曰："弟必大贵，此狐来避雷霆劫也。"后果少年登进士，以县令入为侍御[6]。生一子名元丰，绝痴，十六岁不能知牝牡[7]，因而乡党无与为婚。王忧之。适有妇人率少女登门，自请为妇。视其女，嫣然展笑，真仙品也。喜问姓名。自言："虞氏。女小翠，年二八矣。"与议聘金。曰："是从我糠覈[8]不得饱，一旦置身广厦，役婢仆，厌膏粱[9]，彼意适，我愿慰矣，岂卖菜也而索直乎！"夫人大悦，优厚之。妇即命女拜王及夫人，嘱曰："此尔翁姑，奉侍宜谨。我大忙，且去，三数日当复

雷电大作，有一只比猫大一点的动物，跑来趴在他身下，辗转不肯离去。过了一会儿天又放晴，那动物才走出来。他一看，原来不是猫，这才感到害怕，隔着房间喊他哥哥。哥哥听说后，高兴地说："弟弟将来一定会当大官，这是狐狸来你这里躲避雷劫啊。"后来，他果然年纪轻轻就中了进士，当了县令，又调入京城当侍御史。王太常生了一个儿子，名叫元丰，十分痴呆，十六岁了还分不清男女，因此没有人愿意和他家结亲。王太常十分发愁。恰巧碰上有个老妇人领着一个姑娘登门拜访，主动请求把姑娘嫁给王家做媳妇。看那姑娘，嫣然一笑，真像仙女一样。王太常非常高兴，问老妇人贵姓，她自称姓虞，女儿小翠，十六岁了。王太常和她商量要多少聘礼，老妇人说："这孩子跟着我吃糠都还吃不饱，一旦来到您家，住进高楼大屋，使唤丫环仆妇，吃着山珍海味，只要她称心如意，我也就如愿了，难道还要像卖菜那样讲价钱吗？"王夫人听了也非常高兴，热情地招待她们。老妇人让女儿向王太常夫妇行礼，嘱咐道："以后这就是你的公公婆婆，要好好侍奉他们。我太忙了，先回去了，过三五

来。”王命仆马送之。妇言:“里巷不远,无烦多事。”遂出门去。

天再来。”王太常吩咐仆人备马相送。老妇人说:“我家离此地不远,不必麻烦了。”说完就出门走了。

注释 1 太常:官名,掌礼乐、郊庙、祭祀事宜。 2 越:指浙江。 3 总角:古时儿童束发为两结,向上分开,形状如角,故称总角。借指童年,小时候。 4 霆:迅雷,霹雳。 5 移时:不一会儿。 6 侍御:官名,即侍御史。负责监察百官,巡按地方。 7 牝牡(pìn mǔ):雌雄。鸟兽的雌性叫牝,鸟兽的雄性叫牡。 8 糠覈(kāng hé):指粗劣的食物。糠,稻、麦、谷子等子实上脱下的皮或壳;覈,米、麦舂后的粗屑。 9 厌膏粱:饱食山珍海味。厌,饱食;膏粱,指肥美的食物。

小翠殊不悲恋,便即奁[1]中翻取花样,夫人亦爱乐之。数日妇不至。以居里问女,女亦憨然不能言其道路。遂治别院,使夫妇成礼。诸戚闻拾得贫家儿作新妇,共笑姗[2]之,见女皆惊,群议始息。女又甚慧,能窥翁姑喜怒。王公夫妇,宠惜过于常情,然惕惕[3]焉惟恐其憎子痴,而女殊欢笑不为嫌。第善

小翠一点也不悲伤留恋,就从带来的匣子中翻出绣花样子准备做女工,王夫人见了心里十分欢喜。过了几天,老妇人没有前来。问小翠家在哪里,她也痴憨地说不清楚回家的路。他们便收拾出另外一座院子,让小夫妇完婚。亲戚们听说王太常家捡了个穷人家的女儿当媳妇,都暗地嘲笑他们,等他们看到小翠,都惊叹她的美貌,从此再也没有人说闲话了。小翠又很聪明,会看公婆的脸色行事。王太常夫妇特别疼爱她,然而心中时常惴惴不安,唯恐她嫌儿子呆傻,但是小翠却每天笑容满面,一点也不嫌弃。只是小翠爱逗

以勤補拙

雜貨鋪

阿绣·叠骑归里

得佳趣
夏鼎商彝
唐詩晋字

卧游

谑[4]，刺布作圆，蹋蹴[5]为笑。着小皮靴，蹴去数十步，绐公子奔拾之，公子及婢恒流汗相属。一日王偶过，圆訇然[6]来直中面目。女与婢俱敛迹去，公子犹踊跃奔逐之。王怒，投之以石，始伏而啼。王以告夫人，夫人往责女，女俯首微笑，以手刓床[7]。既退，憨跳如故，以脂粉涂公子，作花面如鬼。夫人见之，怒甚，呼女诟骂。女倚几弄带，不惧亦不言。夫人无奈之，因杖其子。元丰大号，女始色变，屈膝乞宥。夫人怒顿解，释杖去。女笑拉公子入室，代扑衣上尘，拭眼泪，摩挲杖痕，饵以枣栗，公子乃收涕以忻。女阖庭户，复装公子作霸王，作沙漠人，己乃艳服，束细腰，婆娑作帐下

元丰玩，她用布缝了个球，踢球逗元丰笑。她穿上小皮靴，一踢就是好几十步远，哄元丰跑过去捡，元丰和丫鬟们跑来跑去累得满身大汗。一天，王太常偶然经过，球飞过来"砰"的一声正好打在他脸上。小翠和丫鬟们吓得连忙躲起来，只有元丰还傻乎乎地跑着去追那个球。王太常大怒，捡起一块石头朝儿子砸过去，元丰趴在地上哭了起来。王太常将此事告诉了王夫人，王夫人过来责备小翠，但是小翠只是低头微笑着，手指在床沿摸来摸去。王夫人走后，她又像以前那样傻闹，把胭脂粉抹在元丰的脸上，把他涂成个大花鬼脸。王夫人看到后，更加生气，叫来小翠怒骂一顿。小翠靠着桌子玩弄衣服上的带子，不害怕也不吱声。夫人无可奈何，只好拿棍子打儿子。元丰嚎啕大哭，小翠这才变了脸色，跪在地上求饶。王夫人怒气顿消，丢下棍子就走了。小翠笑着把元丰扶到卧室里，替他掸掉衣服上的灰土，擦干净脸上的泪痕，按摩被棍子打的瘀痕，拿红枣和栗子给他吃，元丰这才破涕为笑。小翠关上大门，一会儿把元丰打扮成楚霸王，一会儿打扮成沙漠人，自己则穿上艳丽的衣服，束紧腰身，在帐下起舞，装扮成

舞；或髻插雉尾，拨琵琶，丁丁缕缕[8]然，喧笑一室，日以为常。王公以子痴，不忍过责妇，即微闻焉，亦若置之。

虞姬；或在发髻上插野鸡翎，手抱琵琶，像王昭君一样，叮叮当当弹个不停，引得满屋大笑，差不多每天都是如此。王太常因为儿子痴傻，不忍心过分责备儿媳，即使偶尔听到，也不管不问。

注释 1 奁（lián）：古代盛梳妆用品的盒子或匣子。 2 笑姗：即"笑讪"，讥笑。 3 惕惕（tì）：忧劳。 4 第善谑：只是喜欢开玩笑。第，但是，只是。 5 蹋蹴（tà cù）：踢。亦作"踏蹙""蹋蹴""踏蹴"。 6 訇（hóng）然：形容声大。 7 刓（wán）床：摸床沿。刓，通"玩"，抚摸。 8 丁丁（zhēng zhēng）缕缕：丁丁，响亮的声音；缕缕，细小而连续的声音。

同巷有王给谏[1]者，相隔十余户，然素不相能。时值三年大计吏[2]，忌公握河南道篆[3]，思中伤之。公知其谋，忧虑无所为计。一夕早寝，女冠带饰冢宰[4]状，剪素丝作浓髭[5]，又以青衣饰两婢为虞候[6]，窃跨厩马而出，戏云："将谒王先生。"驰至给谏之门，即又鞭挞从人，大言曰："我谒侍御王，宁谒给谏

王太常同巷住着一位王给谏，中间虽隔着十几户人家，但两家向来不和。当时正逢朝廷三年一次的官吏考核，王给谏嫉妒王太常掌握着河南道的监察权，想找机会算计他。王太常知道了他的阴谋，心里很着急，可又想不出对策。一天晚上，王太常早早就睡了，小翠穿上朝服，装扮成宰相的模样，剪了一些白丝做成大胡子，又让两个丫鬟穿上黑衣扮成官差，偷偷地骑着马厩里的几匹马出去了，开玩笑说："我将要去拜访王大人。"到了王给谏家大门口，又用马鞭打两个随从，大声说："我是要拜访王御史，哪里要拜见什么王

王耶！”回辔而归。比至家门，门者误以为真，奔白王公。公急起承迎，方知为子妇之戏。怒甚，谓夫人曰：“人方蹈我之瑕[7]，反以闺阁之丑登门而告之，余祸不远矣！”夫人怒，奔女室，诟让[8]之。女惟憨笑，并不一置词。挞之不忍，出之则无家。夫妻懊怨，终夜不寝。时冢宰某公赫甚，其仪采服从，与女伪装无少殊别，王给谏亦误为真。屡侦公门，中夜而客未出，疑冢宰与公有阴谋。次日早期，见而问曰：“夜相公至君家耶？”公疑其相讥，惭言唯唯，不甚响答。给谏愈疑，谋遂寝，由此益交欢公。公探知其情窃喜，而阴嘱夫人劝女改行，女笑应之。

给谏啊！”调转马头就走。到了自家门口，门卫还以为真的是吏部尚书登门，赶紧跑去禀报王太常。王太常急忙起身迎接，才知道是儿媳妇闹着玩。王太常大怒，对夫人说：“人家正想利用我的瑕疵攻击我，她反而登门把家中的丑事告诉别人，我的祸事不远了！”夫人也非常生气，跑到小翠房里，大骂一顿。小翠只是傻笑，也不争辩。王夫人想打她，又不忍下手，想休掉她，又不知道她家在哪儿。夫妇二人悔恨懊恼，一晚上都没有睡好。当时，这位宰相正声势显赫，他的相貌、打扮、随从和那天小翠假装的没什么区别，王给谏也误以为是真的宰相来了，屡次派人到王太常门口打探消息，直到半夜也没见客人出来，怀疑宰相和王太常正在暗中密谋什么大事。第二天上早朝，王给谏见了王太常问：“昨晚吏部尚书到贵府拜访了吧？”王太常以为他有意讥讽自己，满面羞惭，含糊应付了两句。王给谏更加怀疑，从此打消了暗算王太常的念头，还极力和他交好。王太常打探到内情后，暗自高兴，但私下叮嘱夫人劝儿媳改一改往昔的行为，小翠笑着答应了。

注释 1 给谏：清代指六科给事中。 2 三年大计吏：明清时朝廷每三年对官员进行一次考核，对京官考核称为"京察"，对外官考核称为"大计"。 3 握河南道篆：掌握着河南道的监察大权。篆，官印。 4 冢宰（zhǒng zǎi）：周官名，为六卿之首，亦称太宰，后称宰相。 5 髭（zī）：嘴上边的胡子。 6 虞候：古官名，指官僚雇用的侍从。此处指侍卫。 7 蹈我之瑕：利用我的瑕疵，找我的茬。蹈，乘，利用。 8 诟让：责骂。

逾岁，首相免，适有以私函致公者误投给谏。给谏大喜，先托善公者往假万金，公拒之。给谏自诣公所。公觅巾袍并不可得。给谏伺候久，怒公慢，愤将行。忽见公子衮衣旒冕[1]，有女子自门内推之以出，大骇。已而笑抚之，脱其服冕而去。公急出，则客去远。闻其故，惊颜如土，大哭曰："此祸水也！指日[2]赤吾族矣！"与夫人操杖往，女已知之，阖扉任其诟厉。公怒，斧其门。女在内含笑而告之曰："翁无烦怒。有新妇在，刀锯斧

过了一年，朝中宰相被罢了官。恰好他写了一封私人信件给王太常，结果误送到王给谏那里。王给谏看后大喜，先托一位和王太常有交情的人到王太常家借一万两银子，被王太常拒绝了。王给谏又亲自登门。王太常急忙找官服，可是怎么也找不到。王给谏等了很长时间，以为王太常故意怠慢自己，气得正要离开。忽见元丰身穿龙袍，头戴皇冠，被一个女子从门里推了出来，王给谏吓了一跳。他接着假意含笑，安抚着公子把龙袍、皇冠脱下来带走了。王太常急忙出来，客人已经走远了。王太常得知刚才发生的事，吓得面如土灰，大哭道："真是祸水啊！满门抄斩为期不远了！"王太常和夫人拿着棍棒到儿子院里，小翠知道他们会来，关紧房门任凭他们大声责骂。王太常生气极了，拿斧子劈他们的房门。小翠在屋里笑着劝说道："公公

钺妇自受之，必不令贻害双亲。翁若此，是欲杀妇以灭口耶？”公乃止。给谏归，果抗疏[3]揭王不轨，衮冕作据。上惊验之，其旒冕乃粱藍心[4]所制，袍则败布黄袱也。上怒其诬，又召元丰至，见其憨状可掬，笑曰：“此可以作天子耶？”乃下之法司。给谏又讼公家有妖人，法司严诘臧获[5]，并言无他，惟颠妇痴儿日事戏笑，邻里亦无异词。案乃定，以给谏充云南军。

不要生气。有我在，刀锯斧钺我来承担，绝对不会连累二老。公公这么做，是想杀死儿媳灭口吗？”王太常这才住了手。王给谏回去后，果然上奏皇帝揭发王太常图谋不轨，有龙袍、皇冠为证。皇帝大吃一惊，查验罪证，发现皇冠是高粱秆芯做的，龙袍是破旧的黄布包袱。皇帝对王给谏的诬陷十分生气，又宣元丰进殿，见他憨憨傻傻，笑着说：“这样子能当皇帝吗？”就把王给谏交给法司处理。王给谏又告发王太常家中有妖人。法司严加审讯王家的丫鬟仆人，大家都说没有此事，只有一个疯癫的媳妇和一个痴傻的儿子，整天嬉笑玩闹，邻居也都这样讲。这件案子审定了，判王给谏充军云南。

注释 1 衮（gǔn）衣旒冕（miǎn）：衮衣，皇帝的衮龙袍；旒冕，前后带玉串的皇冠。 2 指日：为期不远。 3 抗疏：向皇帝上书直言。 4 粱藍（jiē）心：高粱秆子芯。把高粱秆的皮剥掉，把皮劈成条插在芯子，做成各种玩意。 5 臧（zāng）获：古代对奴婢的贱称。此处指家里的丫鬟仆人。

王由是奇女。又以母久不至，意其非人，使

从此以后，王太常觉得小翠不是平常女子，又因为她母亲很久没来了，怀疑

夫人探诘之，女但笑不言。再复穷问，则掩口曰：“儿玉皇女，母不知耶？”无何，公擢京卿。五十余，每患无孙。女居三年，夜夜与公子异寝，似未尝有所私。夫人舁榻去[1]，嘱公子与妇同寝。过数日，公子告母曰：“借榻去，悍不还！小翠夜夜以足股加腹上，喘气不得，又惯掐人股里。”婢妪无不粲然[2]。夫人呵拍令去。一日，女浴于室，公子见之，欲与偕，女笑止之，谕使姑待。既去，乃更泻热汤于瓮，解其袍裤，与婢扶入之。公子觉蒸闷，大呼欲出。女不听，以衾蒙之。少时无声，启视已绝。女坦笑不惊，曳置床上，拭体干洁，加复被焉。

夫人闻之，哭而入，骂曰：“狂婢何杀吾儿！”

她并非人类，让夫人前去盘问，小翠只是笑着不说话。王夫人再三追问，小翠才捂着嘴笑道：“我是玉皇大帝的女儿，婆婆难道不知道吗？”过了不久，王太常升为京官。这时他已五十多岁，经常为没有孙子而发愁。小翠嫁过来已经三年，每夜都和公子分床睡，好像两人并没有发生关系。夫人派人搬走儿子的床，嘱咐他和小翠睡一起。过了几天，元丰就对母亲说：“借走我的床，怎么还不归还！小翠每夜都把腿搁在我肚子上，压得我喘不过气，又总是掐我的大腿。”丫鬟仆妇听了都哈哈大笑，夫人连呵带拍把他轰走了。一天，小翠在房里洗澡，元丰见了要和她一起洗，她笑着阻止他，叫他等一下。小翠洗完澡后，把热水倒进大瓮里，然后脱去元丰的衣服，和丫鬟扶着他进入瓮中。公子觉得十分闷热，大声嚷着要出来。小翠不听，又用被子蒙上。过了一会儿，没了声响，打开一看，元丰已经气息全无。小翠坦然笑着，一点也不惊慌，把他拖到床上，擦干身子，又盖上两床被子。

王夫人听说了，大哭着跑了进来，骂道：“疯丫头为何要杀死我的儿子！”小

女辴然[3]曰："如此痴儿，不如勿有。"夫人益恚[4]，以首触女，婢辈争曳劝之。方纷噪间，一婢告曰："公子呻矣！"辍涕抚之，则气息休休，而大汗浸淫，沾浃[5]裀褥。食顷汗已，忽开目四顾遍视家人，似不相识，曰："我今回忆往昔，都如梦寐，何也？"夫人以其言语不痴，大异之。携参其父，屡试之果不痴，大喜，如获异宝。至晚，还榻故处，更设衾枕以觇[6]之。公子入室，尽遣婢去。早窥之，则榻虚设。自此痴颠皆不复作，而琴瑟静好如形影焉。

翠微微一笑说："这样的傻儿子，还不如没有。"王夫人听了更加生气，拿头去撞小翠，丫鬟们连忙一边劝一边拉。正在闹得不可开交的时候，一个丫鬟禀告说："公子呻吟了！"王夫人停止哭泣，抚摸着儿子，见他喘着粗气，浑身大汗淋漓，浸透了被褥。过了一顿饭的工夫，元丰不出汗了，忽然睁开两眼四下张望，把家里的人都瞅了一遍，好像谁也不认识，说道："现在回想过去的事，像做梦一样，这是怎么回事啊？"王夫人觉得他说的话不像是傻话，很是奇怪。领着他见王太常，反复试探，发现儿子果然不傻了，全家都非常高兴，如获至宝。到了晚上，把先前搬走的床放回原处，铺好被褥枕头来观察他。元丰进入卧室后，把丫鬟们都打发走。第二天早晨去看，床铺一动没动，形同虚设。从那以后，元丰和小翠的痴傻疯病全都没了，夫妻二人感情很好，形影不离。

注释　1 舁（yú）榻去：将床搬走。　2 粲（càn）然：露齿而笑的样子。　3 辴（chǎn）然：笑貌。　4 恚（huì）：愤怒，生气。　5 沾浃（jiā）：浸透。　6 觇（chān）：观察，窥视。

年余，公为给谏之党奏劾免官，小有罣误[1]。

过了一年多，王太常受到王给谏的同党弹劾，被罢了官，还稍稍受到些处

旧有广西中丞所赠玉瓶，价累千金，将出以贿当路。女爱而把玩之，失手堕碎，惭而自投[2]。公夫妇方以免官不快，闻之，怒，交口呵骂。女奋而出，谓公子曰："我在汝家，所保全者不止一瓶，何遂不少存面目？实与君言：我非人也，以母遭雷霆之劫，深受而翁庇翼[3]；又以我两人有五年夙分，故以我来报曩恩，了夙愿耳。身受唾骂，擢发不足以数，所以不即行者，五年之爱未盈。今何可以暂止乎！"盛气而出，追之已杳。公爽然自失，而悔无及矣。公子入室，睹其剩粉遗钩，恸哭欲死，寝食不甘，日就羸悴[4]。公大忧，急为胶续[5]以解之，而公子不乐。惟求良工画小翠像，日夜浇祷[6]其下，几二年。

罚。王太常家中原有广西巡抚送的一只玉瓶，价值千金，本是准备用来贿赂当权的大官的。小翠很喜欢这花瓶，常拿着把玩，有一次不小心掉在地上摔碎了，她心中十分愧疚自责。公婆正为丢官而郁闷不快，听说玉瓶摔碎了，非常生气，齐声责骂小翠。小翠气得跑出门，对元丰说："我在你家，保全的可不止一只玉瓶，怎么就不能给我留点面子？实话告诉你：我不是人类，只因为我母亲遭受雷劫时，受到你父亲庇护，又因为我们有五年的缘分，所以才来你家报恩，了却我们的夙愿。我在你家挨得骂，像头发一样多得数不清，之所以没离去，是因为我们五年缘分未满。如今我还怎么再待下去！"说罢小翠气冲冲地走了，元丰追出去，已经不见踪迹。王太常怅然若失，但后悔已来不及。元丰回到房里，看到小翠用过的脂粉和穿过的鞋子，痛哭欲死，夜不能寐，食不甘味，一天天消瘦下去。王太常很忧虑，想赶快为元丰续娶一房，以便消除他的悲痛，可是元丰不同意。元丰请来一位技艺非凡的画师，画了一张小翠的像，每天洒酒祷告，这样的生活差不多过了两年。

注释 1 罣（guà）误：因过失或牵连而受到处分。此处指受处罚。 2 自投：以头碰地。表示自责之意。 3 庇翼：庇护。 4 羸悴：身体瘦弱憔悴。 5 胶续：续弦，续娶。 6 浇祷：洒酒祭祀、祷告。

偶以故自他里归，明月已皎。村外有公家亭园，骑马墙外过，闻笑语声，停辔，使厩卒捉鞚[1]，登鞍一望，则二女郎游戏其中。云月昏蒙，不甚可辨。但闻一翠衣者曰："婢子当逐出门！"一红衣者曰："汝在吾家园亭，反逐阿谁？"翠衣人曰："婢子不羞！不能作妇，被人驱遣，犹冒认物产也？"红衣者曰："索胜老大婢无主顾者！"听其音酷类小翠，疾呼之。翠衣人去曰："姑不与若争，汝汉子来矣。"既而红衣人来，果小翠。喜极。女令登垣承接而下之，曰："二年不见，骨瘦一把矣！"公子握手泣下，具道相思。女

一天，元丰偶然从外地回来。天色已晚，皓月皎洁。村外有王家一座花园，元丰骑马从墙外经过，听到里面传来笑语声，勒住马头，叫马夫拉住马，自己站到马鞍上朝里望去，看见两个女子在园中玩耍。因为月亮被云彩遮住，朦朦胧胧，看不清楚容貌。只听见一个穿绿衣服的女子说："死丫头，应该把你赶出去！"穿红衣服的女子说："你在我家的亭园里，反而要赶谁出去？"绿衣女子说："臭丫头真不害羞，不会做媳妇，被休了赶出来，还敢冒认是你家的产业？"红女子说："那也总比你这个没有婆家的老姑娘强得多！"元丰听见说话的声音很像小翠，连忙喊她。绿衣女子边走边说："我先不跟你争了，你家汉子来了。"红衣女子走过来，果然是小翠。元丰高兴极了。小翠叫他爬上墙头，然后把他接下来，说："两年不见，你竟瘦成一把骨头了。"元丰拉着她的手，泪流不止，详述了相思之苦。小翠说："我也知道，只是没脸再

言:"妾亦知之,但无颜复见家人。今与大姊游戏,又相邂逅[2],足知前因不可逃也。"请与同归,不可;请止园中,许之。公子遣仆奔白夫人。夫人惊起,驾肩舆而往,启钥入亭,女趋下迎拜。夫人捉臂流涕,力白前过,几不自容,曰:"若不少记榛梗[3],请偕归慰我迟暮[4]。"女峻辞[5]不可。夫人虑野亭荒寂,谋以多人服役。女曰:"我诸人悉不愿见,惟前两婢朝夕相从,不能无眷注[6]耳,外惟一老仆应门,余都无所复须。"夫人悉如其言。托公子养疴园中,日供食用而已。

见家中的人。今天跟大姐在这儿玩,没想到又和你相见,可见缘分真是上天安排的,逃也逃不掉啊。"元丰请她一起回去,小翠不肯,请她在园中住下,她答应了。元丰让仆人赶紧回家禀告夫人。王夫人听后吃惊得站了起来,坐着轿子赶过去,开锁进入园中,小翠跑过来迎接,跪拜行礼。王夫人拉着小翠的胳膊,流着泪说以前都是自己的过错,实在无地自容,又说:"如果你能稍微不计前嫌,请和我一同回去,让我晚年也有个安慰。"小翠坚决不肯。夫人考虑到这个花园太荒凉,打算多派些人来服侍。小翠说:"别的人我都不愿意见,只有原先伺候我的两个丫头朝夕服侍我,我忘不了她们,另外再派一个老仆人看门,其他的一概不需要。"夫人全按小翠说的做了。对外人说元丰在园中养病,每天派人给他们送食物和日常用品而已。

注释　1 鞚(kòng):借指马。亦指控制、驾驭马匹。　2 邂逅(xiè hòu):不期而遇。　3 榛梗(zhēn gěng):原意指丛生的杂木。此处指隔阂、嫌怨。　4 迟暮:晚年。　5 峻辞:坚决推辞,严词拒绝。　6 眷注:垂爱关注。

女每劝公子别婚，公子不从。后年余，女眉目音声渐与曩异，出像质之，迥若两人。大怪之。女曰："视妾今日何如畴昔[1]美？"公子曰："今日美则美，然较昔则似不如。"女曰："意妾老矣！"公子曰："二十余岁何得速老！"女笑而焚图，救之已烬。一日，谓公子曰："昔在家时，阿翁谓妾抵死不作茧[2]。今亲老君孤，妾实不能产，恐误君宗嗣。请娶妇于家，旦晚侍奉翁姑，君往来于两间，亦无所不便。"公子然之，纳币[3]于钟太史之家。吉期将近，女为新人制衣履，赍[4]送母所。及新人入门，则言貌举止，与小翠无毫发之异。大奇之。往至园亭，则女亦不知所在。问婢，婢出红巾曰："娘子暂归宁，留此贻公

小翠常劝元丰再娶一个媳妇，元丰不同意。过了一年多，小翠的面容和声音渐渐变得跟从前不一样了，拿出原先的画像对比，简直判若两人。元丰感到非常奇怪。小翠说："你看我现在，比以前美吗？"元丰说："现在你美倒是美，但似乎不如以前好看。"小翠说："我想我是老了！"元丰说："你才二十几岁，怎么会这么快就老了！"小翠笑了笑就把画像烧了，元丰去救已经来不及。一天，小翠对元丰说："以前在家的时候，公公说我生不出孩子。现在双亲都年纪大了，又只有你一个儿子，我确实不能生育，怕耽误你家传宗接代。你还是在家另娶个媳妇，早晚也可以侍奉公婆，你在我和她那儿来回跑，也没有什么不方便的。"元丰觉得她说得有理，就向钟太史家女儿提亲。迎亲的日子临近，小翠给新媳妇做了新衣服和鞋袜，派人送到婆婆家。新娘进了门，她的容貌和言谈举止跟小翠毫无差别，元丰十分惊奇。他到园亭去找小翠，小翠却已不知去向。问丫鬟，丫鬟拿出一块红布说："娘子暂时回娘家去了，留下这个交给公子。"元丰展开红布，里面包着一块

子。”展巾，则结玉玦[5]一枚，心知其不返，遂携婢俱归。虽顷刻不忘小翠，幸而对新人如觌[6]旧好焉。始悟钟氏之姻，女预知之，故先化其貌，以慰他日之思云。

玉玦，心里明白她不再回来了，于是便带着丫鬟回家了。元丰虽然时时刻刻想念小翠，幸而看到新娘犹如看到小翠一样。元丰这才明白，和钟家结亲，小翠早就知道，因此她先使自己变得像钟氏，又让钟氏变得像自己，以此来安慰元丰，免得他日后相思。

注释 1 畴昔：往昔。 2 不作茧：指不生育。 3 纳币：古代婚礼六礼之一，男方向女方送聘礼。 4 赍(jī)：把东西送给别人。 5 玉玦：玉制装饰品，为环形形状，有一缺口。“玦”与“决”同音，故古人每用“玉玦”表示决断或决绝之意。 6 觌（dí）：见，相见。

异史氏曰：“一狐也，以无心之德，而犹思所报；而身受再造之福者，顾失声于破甑[1]，何其鄙哉！月缺重圆，从容而去，始知仙人之情亦更深于流俗[2]也！”

异史氏说：“一只狐狸，无意之中受到恩德，还想着报答；而王太常受小翠再生之福，却因她打碎一个瓶子而失声痛骂，是多么鄙俗啊！小翠与元丰分离后又重聚，找好替身之后又从容离开，由此可知仙人的恩情，比世俗之人更加深厚啊！”

注释 1 甑（zèng）：古代蒸饭的一种炊器。此处指先前打碎的玉瓶。2 流俗：世间平庸的人，世俗之人。

金和尚

原文

金和尚，诸城[1]人。父无赖，以数百钱鬻于五莲山寺。少顽钝，不能肄清业[2]，牧猪赴市若佣保[3]。后本师死，稍有遗金，卷怀离寺，作负贩去。饮羊、登垄[4]，计最工。数年暴富，买田宅于水坡里。弟子繁有徒，食指日千计。绕里膏田千百亩。里中起第数十处，皆僧无人；即有亦贫无业，携妻子，僦[5]屋佃田者也。每一门内，四缭连屋，皆此辈列而居。僧舍其中，前有厅事，梁楹节棁[6]，绘金碧，射人眼。堂上几屏，晶光可鉴。又其后为内寝，朱帘绣幕，兰麝香充溢喷人。螺钿雕檀为床，床上锦茵褥[7]，褶叠厚尺有咫。壁上美人、山水诸

译文

金和尚是诸城人。他父亲是个无赖，几百钱就把他卖到了五莲山寺。他小时候顽劣愚钝，不愿好好修行，便像雇工一样做些放猪和上街买东西的杂活。后来他的师父去世了，留下了一点儿钱，他就把钱卷走，离开寺庙去做买卖了。这人操纵市场，欺诈牟利，最有心计。几年后就发了大财，在水坡村一带买了田地宅院。金和尚还收了很多弟子，每天吃饭的人有上千个。他围绕着村子置办了上千亩肥沃的田地。村里建起来的几十处府第都是僧人的，没有普通百姓的；即使有，也是些贫苦无业之民，带着妻子儿女租房种田的人。每一道门里，四面的屋子连在一起的，就是这些人的住所。金和尚的宅子就在中间，前面有厅堂，雕梁画栋，金碧辉煌，十分耀眼。堂上的桌案屏风，洁净明亮，可以照人。后面则是寝室，穿过华丽精美的帷幕，兰麝香气扑面而来，镶嵌螺钿的雕花檀木床铺着锦缎褥子，折叠起来有一尺多厚。墙上有许多出自名家的美人图、山水画，几乎挂

名迹，悬黏几无隙处。一声长呼，门外数十人轰应如雷，细缨革靴者皆乌集鹄立[8]，受命皆掩口语，侧耳以听。客仓卒至，十余筵可咄嗟办[9]，肥醴蒸薰，纷纷狼藉如雾霈[10]。但不敢公然蓄歌妓，而狡童[11]十数辈，皆慧黠能媚人，皂纱缠头，唱艳曲，听睹亦颇不恶。

满了墙壁。金和尚招呼一声，门外就会有几十个人回应，应答之声如同雷鸣。戴着小帽、穿着皮靴的人恭敬地排队站立着，侍奉时都掩着嘴巴说话，侧着耳朵听令。有客人突然来访，十几桌酒席立刻就能准备好，用各种方式烹制的佳肴纷纷被端上桌子，热气蒸腾像起雾一样。但金和尚不敢公然蓄养歌妓，而是养了十几个漂亮的少年，个个都聪明伶俐，懂得讨好别人。他们用黑纱缠头，唱着艳曲，观赏起来也还不错。

注释 1 诸城：旧县名，在今山东潍坊下辖的诸城市。 2 清业：指和尚诵经、打坐等修行。 3 佣保：佣工。 4 饮羊、登垄：泛指欺诈牟利、独霸市场的卑劣行为。饮羊，指羊贩以水饮羊，增其重量以骗取高利。登垄，原指站在市集的高地上操纵贸易。后泛指操纵和独占市场，牟取暴利。 5 僦（jiù）：租赁。 6 梁楹节棁（zhuō）：即屋梁、楹柱、柱端斗拱、梁上短柱。梁，支撑房顶的横木。楹，厅堂的前柱。节，屋柱上端顶住横梁的方木。棁，梁上短柱。 7 茵褥：床垫。茵，衬垫，褥子。 8 鹄立：像鹄一样引颈而立。形容直立。 9 咄（duō）嗟（jiē）办：立即办好。咄嗟，迅速。 10 雾霈（pèi）：热气蒸腾貌。此指酒菜散发的热气好似云雾蒸腾。 11 狡童：姣美的少年。

金若一出，前后数十骑，腰弓矢相摩戛[1]。奴辈呼之皆以“爷”；即邑

金和尚一出门，前后必有几十个人骑马护卫，他们腰间挂的弓箭碰撞在一起叮当作响。奴仆们都称呼他为“爷”，

人之若民，或“祖”之，“伯”“叔”之，不以“师”，不以“上人”，不以禅号也。其徒出，稍稍杀于金，而风鬟云鬢，亦略于贵公子等。金又广结纳，即千里外呼吸亦可通，以此挟方面[2]短长，偶气触[3]之，辄惕自惧。而其为人，鄙不文，顶趾[4]无雅骨。生平不奉一经持一咒，迹不履寺院，室中亦未尝蓄铙鼓，此等物，门人辈弗及见，并弗及闻。凡僦屋者，妇女浮丽如京都，脂泽金粉，皆取给于僧，僧亦不之靳[5]，以故里中不田而农者以百数。时而恶佃决僧首瘗床下，亦不甚穷诘，但逐去之，其积习然也。

县里的百姓，有人称呼他为“祖”，有人称他“伯”“叔”，不称他为“师”和“上人”，也不以禅号称呼他。他的弟子出门时，阵仗稍微不如他，但也有护卫相随，和贵公子差不多。金和尚又广泛地与人结交，即使是千里之外的事情也能掌握，借此来要挟官府，若有人不小心冒犯了他，则会非常恐惧。金和尚这个人，粗俗无礼，全身上下没有一点儿文雅的地方。他一生从来没有念过一本经，念过一次咒，从不踏足寺庙，房间里也没有摆过铙鼓这些法器，这些东西，他门下的弟子更是没见过也没听过。凡是租住在这里的妇女，装束都像京城的妇女一样浮华艳丽，她们的脂粉香膏、花钿铅粉，都由僧人供给，僧人也从不吝啬，因此村里不种田的农民有上百人。有时凶残的佃农杀死僧人，把头埋在床下，金和尚也不会特别追究，只是把这人赶走，他们长久以来的习惯就是这样。

注释 1 摩戛（jiā）：扰摩擦。 2 方面：指官府。 3 气触：轻微地触犯。 4 顶趾：头顶与足踵。借指全身。 5 靳：吝惜，吝啬。

金又买异姓儿，私子之，延儒师，教帖括[1]业。儿聪慧能文，因令入邑庠，旋援例作太学生。未几赴北闱，领乡荐[2]。由是金之名以“太公”噪。向之“爷”之者“太”之，膝席[3]者皆垂手执儿孙礼。无何，太公僧薨。孝廉缞绖[4]卧苫块[5]，北面称孤[6]；诸门人释杖[7]满床榻；而灵帏后嘤嘤细泣，惟孝廉夫人一而已。士大夫妇咸华妆来，搴帏吊唁，冠盖舆马塞道路。殡日，棚阁云连，幡旛翳日。殉葬刍灵[8]，饰以金帛，舆盖仪仗数十事，马千匹，美人百袂皆如生。方弼、方相，以纸壳制巨人，皂帕金铠，空中而横以木架，纳活人内负之行。设机转动，须眉飞舞，目光铄闪，如将叱咤。观者惊怪，或小儿女遥望之，辄啼走。

金和尚又买了个异姓男孩，私下当作自己的儿子请来老师教他八股文。那个孩子聪明伶俐，文章写得很好，因此便安排他进了县学，不久又按照惯例捐纳，让他当上了监生。没多久，他就参加乡试中举了。从此，金和尚又被称为“太公”，名声大噪。过去称他为“爷”的都改称“太爷”，向他行平辈礼的都恭敬地改行儿孙礼。没多久，金和尚过世了。金举人为他披麻戴孝，睡草垫，枕土块，跪在灵前口称孤儿；众弟子的哭丧棒摆满了床榻；在灵堂的帷幕后面低声哭泣的只有金举人的妻子一个人而已。官宦人家的妇女都盛装前来，扶着帷幕吊唁，车马轿子把道路都阻塞了。出殡那天，棚屋连成一片，灵幡遮天蔽日。用来殉葬的纸人纸马都由金帛丝绸装饰而成，车马仪仗有数十件，纸马有上千匹，纸扎的美人有上百个，全都栩栩如生。用纸壳做成的巨人方弼和方相，均是黑衣金甲，内里中空，架着一根横木，活人钻进去扛着木架前行。纸人内还安装了转动机关，它们的胡须眉毛就能上下动，目光闪烁，好像要叫喊一般。围观的人都惊讶万分，有的小孩

冥宅壮丽如宫阙，楼阁房廊连亘数十亩，千门万户，入者迷不可出。祭品象物，多难指名。会葬者盖相摩，上自方面[9]，皆伛偻入，起拜如朝仪；下至贡监簿史[10]，则手据地以叩，不敢劳公子，劳诸师叔也。

远远看到，就吓得哭着跑了。金和尚的冥宅华美壮丽如同宫殿，楼阁房廊连绵数十亩地，门洞不计其数，进去的人会迷路找不到出口。祭品和冥器多得叫不出名字。来参加葬礼的人摩肩接踵，上有地方长官，都低头弯腰进来，叩头下拜好像上朝一样；下有士人小吏，以手贴地叩头前行，不敢劳烦金公子和各位师叔。

注释 1 帖括：泛指科举应试文章。明经科以帖经试士。把经文贴去若干字，令应试者对答。后考生因帖经难记，乃总括经文编成歌诀，以便记诵，称“帖括”。 2 领乡荐：指乡试中举。 3 膝席：跪在席上，直起身子。 4 缞绖（cuī dié）：丧服。缞，旧时丧服。用麻布条披于胸前。服三年之丧者用之。绖，古代丧服所用的麻带。扎在头上的称首绖，缠在腰间的称腰绖。 5 苫（shān）块：旧俗居父母之丧，孝子以草荐为席，土块为枕。苫，古代居丧时孝子睡的草垫子。 6 北面称孤：指跪于灵前，自称孤儿。 7 杖：苴（jū）杖，古代居父丧所用的竹杖，俗称哭丧棒。 8 刍灵：用茅草扎成的人马，用于殉葬。 9 方面：旧指一个地方的军政要职或其长官。 10 贡监簿史：贡监，生员中入国子监读书的人。簿、史，泛指县衙里主管文书、财赋的杂职吏员。

当是时，倾国瞻仰，男女喘汗属于道，携妇襁儿，呼兄觅妹者，声鼎沸。杂以鼓乐喧豗[1]，

当时，全城人都来瞻仰，男男女女挤在道路上喘气流汗，有的带着妻子，抱着婴孩，有的呼叫着兄弟的，寻找着姐妹，人声鼎沸。再加上轰响的鼓乐和各种戏曲

百戏鞺鞳[2]，人语都不可闻。观者自肩以下皆隐不见，惟万顶攒动而已。有孕妇痛急欲产，诸女伴张裙为幄罗守之，但闻儿啼，不暇问雌雄，断幅绷怀中，或扶之，或曳之，蹩躠[3]以去。奇观哉！葬后，以金所遗资产，瓜分而二之：子一，门人一。孝廉得半，而居第之南，之北、之西东，尽缁党；然皆兄弟叙，痛痒犹相关云。

的锣鼓声，人们的说话声完全听不见了。来看热闹的人，肩膀下面都看不见，只能看到上万颗头颅在晃动。有个孕妇突然感到肚子疼要生产，女伴们只好圈成一圈，张开裙子为她遮掩，不久就听到了婴儿啼哭，也顾不上问是男是女，从裙子上扯下一块布把孩子裹起来抱进怀里，有的扶着产妇，有的拽着，一瘸一拐地离开了。真是奇观啊！金和尚下葬以后，把他留下的遗产分成了两份，一份给他的儿子，一份给他的弟子。金举人得到了其中的一半，住在宅院的南边，而宅院的北边、西边、东边都住着和尚，全都以兄弟相称，他们之间仍然痛痒相关，互相照应。

注释　**1** 喧豗（huī）：形容轰响。　**2** 百戏鞺鞳（tāng tà）：指戏曲、杂耍表演时伴奏的锣鼓声。　**3** 蹩躠（bié xiè）：跛行貌。蹩，跛。

异史氏曰："此一派也，两宗[1]未有，六祖[2]无传，可谓独辟法门[3]者矣。抑闻之：五蕴[4]皆空，六尘[5]不染，是谓'和尚'；口中说法，座上参禅，是谓'和样'；鞋香楚地，笠重吴天，是谓'和撞'；鼓钲锽聒[6]，笙管敖曹[7]，是谓'和唱'；狗苟

异史氏说："这个流派，禅宗的南北两宗都没有，六祖也没有传给它衣钵，可以说是独创了修行入道的门径。然而我听说：六尘不染的叫作'和尚'；口中说法而座上参禅的叫作'和样'；脚踩楚地，头顶吴天，云游四方的叫作'和撞'；击鼓敲钟，笙管喧闹的叫

钻缘,蝇营淫赌,是谓‘和幛’。金也者,‘尚’耶? ‘样’耶? ‘撞’耶? ‘唱’耶? 抑地狱之‘幛’耶?”

作‘和唱’;狗苟绳营、吃喝嫖赌的叫作‘和幛’。这位金和尚,是‘尚’,‘样’,‘撞’,‘唱’,还是地狱里的‘幛’呢?”

注释 1 两宗:指禅宗的南、北两宗。 2 六祖:禅宗自达摩至慧能,衣钵共传六世,即达摩、慧可、僧璨、道信、弘忍、慧能,称禅宗六祖。 3 法门:佛教指修行者入道的门径。 4 五蕴:梵语意译。佛教语。指色蕴、受蕴、想蕴、行蕴、识蕴。色蕴为物质现象,其余四者为心理现象。 5 六尘:佛教语。指色、声、香、味、触、法六境。此六境与六根相接,就会产生嗜欲,导致烦恼。 6 鼓钲(zhēng)锽(huáng)聒:钟鼓之声聒耳。 7 敖曹:声音嘈杂貌。

龙戏蛛

原文

徐公为齐东[1]令。署中有楼,用藏肴饵,往往被物窃食,狼籍[2]于地。家人屡受谯责[3],因伏伺[4]之。见一蜘蛛大如斗,骇走白公。公以为异,日遣婢辈投饵焉。蛛益驯,饥辄出依人,饱而后去。积年余,公偶阅案

译文

徐公是齐东县的县令。他的官署里有一座楼,用来贮藏菜肴点心,总会被偷吃,弄得一地狼藉。仆人因此屡次受到责问,于是埋伏起来观察。只见一只像斗一样大的蜘蛛,仆人吓得跑去告诉了徐公。徐公觉得很惊奇,就每天让婢女去给那只蜘蛛送吃的。蜘蛛益发温驯,饿了就跑出去找人要吃的,吃饱了就离开。过了一年多,徐公偶然在批阅公文

牍，蛛忽来伏几上。疑其饥，方呼家人取饵，旋见两蛇夹蛛卧，细裁如箸，蛛爪蜷腹缩，若不胜惧。转瞬间，蛇暴长粗于卵。大骇欲走。巨霆大作，合家震毙。移时公苏，夫人及婢仆击死者七人。公病月余，寻卒。公为人廉正爱民，柩发[5]之日，民敛钱以送，哭声满野。	时，蜘蛛忽然过来趴在了桌上。徐公怀疑它是饿了，正要叫下人拿吃的过来，只见两条蛇夹着蜘蛛躺在那里，蛇身细得像筷子一样，蜘蛛蜷着爪子缩在肚子下，好像很害怕。转眼间，那两条蛇就暴长到了鸡蛋那么粗。徐公害怕正要逃走。突然间雷声大作，全家上下都被震死了。过了一段时间，徐公又醒来了，他的夫人和婢女仆共有七人被雷击死了。徐公病了一个多月，不久也死了。他为人清正廉洁，爱护百姓，下葬那天，百姓筹钱为他送葬，哭声满野。

注释　1 齐东：旧县名，在今山东邹平、博兴一带。　2 狼籍：亦作“狼藉”，纵横散乱貌。指多而散乱堆积。　3 诮（qiào）责：责问。　4 伏伺：隐伏窥伺。　5 柩发：出殡。

异史氏曰：“龙戏蛛，每意是里巷之讹言耳，乃真有之乎？闻雷霆之击，必于凶人，奈何以循良[1]之吏，罹[2]此惨毒？天公之愦愦[3]，不已多乎！”	异史氏说：“龙戏蛛，我总以为是街巷里流传的谣言，还真有这种事吗？我听说雷霆击死的一定是凶暴的人，这样奉公守法的好官怎么会遭遇这样的惨祸？老天爷犯的糊涂也太多了吧！”

注释　1 循良：谓官吏奉公守法。　2 罹（lí）：遭遇，遭受。　3 愦（kuì）愦：昏庸，糊涂。

商 妇

原文

天津商人某，将贾远方，从富人贷资数百。为偷儿所窥，及夕，预匿室中以俟其归。而商以是日良，负资竟发。偷儿伏久，但闻商人妇转侧床上，似不成眠。既而壁上一小门开，一室尽亮。门内有女子出，容齿少好[1]，手引长带一条，近榻授妇，妇以手却之。女固授之，妇乃受带，起悬梁上，引颈自缢。女遂去，壁扉亦阖。偷儿大惊，拔关遁去。既明，家人见妇死，质诸官。官拘邻人而锻炼[2]之，诬服成狱，不日就决。偷儿愤其冤，自首于堂，告以是夜所见。鞫[3]之情真，邻人遂免。问其里人，言宅之故主

译文

天津有个商人要出远门做买卖，从一个有钱人那里借了几百两银子作本钱。一个小偷盯上了他，到了晚上，小偷预先藏在他屋里等他回来。但是商人觉得那个日子很吉利，拿到钱就出发了。小偷藏了很久，只听见商人的妻子在床上辗转反侧，好像睡不着。不一会儿，墙上开了一扇小门，整间屋子都亮了。门里有个女人走出来，年轻貌美，手里拉着一条长长的带子，走近床榻把带子递给了商人的妻子，商人的妻子用手推开了。那女人执意要交给她，她才接了过来，起身把它挂在房梁上，把脖子伸进去上吊了。那女人这才离开，墙上的门也关了起来。小偷吃惊极了，推开门逃走了。天亮以后，家里仆人发现夫人上吊死了，便报了官。官府抓捕了商人的邻居，严刑拷打，邻居不堪折磨，只好认了罪，没几天就会被处决。小偷为他的冤屈愤愤不平，跑到官府自首，说了那天夜里看到的事情。官府审问了他，确认了事情属实，邻居才被赦免。官府问了县里的其他人，他们都说宅子原来的

曾有少妇经死，年齿容貌，与盗言悉符，因知是其鬼也。俗传暴死者必求代替，其然欤？

主人家里曾经吊死过一个年轻女人，年龄样貌都和小偷说的相符，这才知道那个女人是鬼。俗话说暴死的人一定会找人做替身，真的是这样吗？

注释 1 容齿少（shào）好：年轻漂亮。 2 锻炼：旧指官吏徇私枉法，严刑逼供陷人于罪。 3 鞫（jū）：审问，审讯。

阎罗宴

原文

静海[1]邵生，家贫。值母初度[2]，备牲酒祀于庭，拜已而起，则案上肴馔皆空。甚骇，以情告母。母疑其困乏不能为寿，故诡言之，邵默然无以自白。无何，学使案临[3]，苦无资斧，薄贷而往。途遇一人，伏候道左，邀请甚殷。从去，见殿阁楼台，弥亘[4]街路。既入，一王者坐殿上，邵伏拜。王者霁颜命坐，

译文

静海有个姓邵的书生，家里很贫穷。在他母亲生日那天，他备好了酒菜在院子里做寿，行了跪拜礼起来，桌上的菜肴都不见了。他大惊失色，把事情告诉给了母亲。母亲怀疑是他太穷了，买不起酒菜，故意诓骗她，邵生不知道怎么为自己辩白，只好默不作声。过了没多久，学政到当地主持考试，邵生苦于没有路费，借了些钱才上路。途中他碰到一个人恭敬地等候在路旁，殷勤地邀请他。邵生就跟着他走了，只见殿阁楼台于街道两侧绵延。进去以后，一位君王模样的人坐在堂上，邵生就跪下参拜。君王和颜悦色

即赐宴饮，因曰："前过华居，厮仆辈道路饥渴，有叨盛馔。"邵愕然不解。王者曰："我忤官王[5]也。不记尊堂设帨[6]之辰乎？"筵终，出白镪[7]一裹，曰："豚蹄之扰，聊以相报。"受之而出，则宫殿人物一时都渺，惟有大树数章[8]，萧然道侧。视所赠则真金，秤之得五两。考终，止耗其半，犹怀归以奉母焉。

地让他坐下，马上摆下筵席，对他说："先前经过贵府，仆人们路途饥渴，吃了你的酒菜，实在是打扰了。"邵生惊愕，不明白他在说什么。君王说："我是忤官王，你不记得你为母亲备酒菜祝寿的事了吗？"散席后，忤官王拿出了一包银子，说："吃了你的酒菜，就拿这些来回报你吧。"邵生接过银子走了出来，宫殿和人物一下子全都不见了，只有几棵大树稀稀落落地立在路旁。邵生看了看忤官王赠送的银子，确实是真的，称了称有五两之多。考试结束后，钱只花了一半，还能够把剩下的带回去孝顺母亲。

注释 1 静海：旧县名，在今天津市静海区西南。 2 初度：生日。 3 案临：指学政莅临查考。 4 弥亘：绵延。 5 忤官王：即"伍官王"，"十殿阎罗"之一，司掌合大地狱。 6 设帨（shuì）：指女子生辰。旧俗女子出生，挂佩巾于房门右，故称。帨，佩巾。 7 白镪（qiǎng）：银子。镪，银子或银锭。 8 章：大木材。引申为计量大树的量词。

役 鬼

原文

山西杨医，善针灸之术，又能役鬼。一出

译文

山西有个姓杨的医生擅长以针灸为人治病，还能驱使鬼怪。每次他出门，

门,则捉骡操鞭者皆鬼物也。尝夜自他归,与友人同行。途中见二人来,修伟[1]异常,友人大骇。杨便问:"何人?"答云:"长脚王、大头李,敬迓[2]主人。"杨曰:"为我前驱[3]。"二人旋踵[4]而行,蹇缓[5]则立候之,若奴隶然。

拉骡子的都是鬼怪。有天夜里,他从外地回家,路上和朋友结伴而行。途中他们遇到两个非常高大健壮的人走过来,朋友大为惊慌。杨医生便问:"你们是什么人?"对方答道:"长脚王和大头李,恭迎主人。"杨医生吩咐道:"为我在前面引路。"那两个人转身走在前面,见杨医生走得慢了,他们就停下来等候,就像奴仆一样。

注释 1 修伟:高大健壮。 2 敬迓(yà):恭敬地迎接。 3 前驱:开导,引路。 4 旋踵:转身。 5 蹇(jiǎn)缓:步履缓慢。

细 柳

原文

细柳娘,中都[1]之士人女也。或以其腰嫖袅[2]可爱,戏呼之"细柳"云。柳少慧,解文字,喜读相人书。而生平简默,未尝言人臧否;但有问名者,必求一亲窥其人。阅人甚多,俱未可,而年十九

译文

有个叫细柳的女子是中都一个读书人的女儿。有人因她腰身轻盈袅娜惹人怜爱,于是开玩笑似的叫她"细柳"。细柳从小就很聪慧,识文断字,还爱读一些相面的书。她素来端庄沉静,从不说人长短。但凡有人来说亲,细柳一定会要求亲自偷看一下男方。她看过许多人,却没有一个看中的,一直拖到了十九岁。

矣。父母怒之曰:"天下讫无良匹,汝将以丫角老[3]耶?"女曰:"我实欲以人胜天,顾久而不就,亦吾命也。今而后,请惟父母之命是听。"时有高生者,世家名士,闻细柳之名,委禽[4]焉。既醮,夫妇甚得。生前室遗孤,小字长福,时五岁,女抚养周至[5]。女或归宁,福辄号啼从之,呵遣所不能止。年余女产一子,名之长怙[6]。生问名字之义,答言:"无他,但望其长依膝下耳。"

她父母生气地对她说:"如果天底下始终没有你看得上的人,你就准备当一个老姑娘吗?"细柳说:"我实在想自己做主而不信命运,但那么久了都找不到合适的人,这也是我的命啊。从今往后,我听凭父母做主。"当时有位姓高的书生,是出身世家的名士,听说了细柳的名声后,就送了聘礼求亲。细柳出嫁以后,夫妻二人很恩爱。高生过世的前妻留下了一个儿子,小名叫长福,才五岁,细柳照顾得很周到。有时细柳要回娘家,长福就哭喊着要跟她走,即使呵斥他也阻止不了。过了一年多,细柳生下了一个儿子,取名叫长怙。高生问她取这个名字有什么用意,她回答道:"没什么用意,只是希望他能一直陪在咱们身边罢了。"

注释　1 中都:古邑名。春秋时期鲁国城邑名,在今山东汶上西。　2 嫖(piào)袅:轻盈袅娜。嫖,身体轻捷的样子。袅,柔软细长的样子。　3 丫角老:指一辈子不嫁人。丫角,丫髻。小孩子的发式。　4 委禽:下聘礼。旧时婚礼纳采用雁,故称。　5 周至:妥帖周到。　6 怙:依靠,凭恃。

女于女红疏略,常不留意,而于亩之东南,税之多寡,按籍而问,惟

细柳不擅长做针线活,也不在上面用心,但对于田产的位置,税钱的多少,她都会按照账册的登记一一过问,唯恐

恐不详。久之，谓生曰："家中事请置勿顾，待妾自为之，不知可当家否？"生如言，半载而家无废事[1]，生亦贤之。一日，生赴邻村饮酒，适有追逋赋者[2]，打门而谇[3]。遣奴慰之，弗去。乃趣[4]童召生归。隶既去，生笑曰："细柳，今始知慧女不若痴男耶？"女闻之，俯首而哭。生惊挽而劝之，女终不乐。生不忍以家政累之，仍欲自任，女又不肯。晨兴夜寐，经纪弥勤。每先一年，即储来岁之赋，以故终岁未尝见催租者一至其门。又以此法计衣食，由此用度益纾[5]。于是生乃大喜，尝戏之曰："细柳何细哉：眉细、腰细、凌波[6]细，且喜心思更细。"女对曰："高郎诚高矣：品高、志高、文字高，但愿寿数尤高。"

知道得不详细。时间长了，她就对高生说："家里的事情你不要管，让我来管吧，不知道我能不能当好这个家？"高生便把家事都交给她管，半年下来，家里的事没有任何耽误，高生也认为她贤惠能干。一天，高生去邻村喝酒，恰好有个来催讨租税的人来了，狂敲他们的家门，还破口大骂。细柳派人去好言劝慰，那人就是不肯走。她只好赶紧让僮仆把高生叫回来。催租的人走了以后，高生笑着说："细柳，你现在知道聪明的女子比不过傻男人了吧？"细柳听了竟低头哭了起来。高生吓得急忙拉着她的手劝说安慰她，可她始终闷闷不乐。高生不忍心再让她为家政操劳，仍想自己来管，细柳却又不肯。她每天早起晚睡，料理家事更加勤勉了。自此，她总是提前一年就准备好第二年的赋税，因此一年到头都不见有人上门催租。她还用这个方法计划吃穿用度，因此家里的用度更加宽裕了。高生于是非常高兴，曾和她开玩笑说："细柳哪里细：眉毛细、腰身细、凌波细，我最爱她心思细。"细柳回答道："高郎确实高：人品高、志气高、文章高，我只愿他寿数高。"

注释 1 废事:积压之事务。 2 追逋(bū)赋者:追讨拖欠赋税的人。逋,拖欠。 3 谇(suì):责骂。 4 趣(cù):通“促”。 5 益纾:愈发宽裕。纾,宽裕。 6 凌波:美女的脚。原指女子步履轻盈。

村中有货美材[1]者,女不惜重直致之。价不能足,又多方乞贷于戚里。生以其不急之物,固止之,卒弗听。蓄之年余,富室有丧者,以倍资赎诸其门。生因利而谋诸女,女不可。问其故,不语;再问之,荧荧[2]欲涕。心异之,然不忍重拂[3]焉,乃罢。又逾岁,生年二十有五,女禁不令远游,归稍晚,僮仆招请者,相属于道。于是同人咸戏谤之。一日,生如友人饮,觉体不快而归,至中途堕马,遂卒。时方溽暑[4],幸衣衾[5]皆所夙备。里中始共服细娘智。

村里有人卖一口上好的棺材,细柳不惜花大价钱去买,钱不够又想尽办法向亲戚邻里借。高生认为棺材不是急需的东西,劝她别买,她始终不听。那口棺材在家里放了一年多,有个有钱人家里死了人,愿意花比原价高一倍的价钱从她家买那口棺材。高生见有利可图,就和细柳商量卖棺材的事,细柳不同意。高生问她原因,她又不说话;再追问,她泪光闪烁要哭了。高生心里觉得奇怪,却也不忍心违背她的意愿,就没卖。又过了一年,高生二十五岁了,细柳不让他出远门,只要他稍稍晚回家,仆人就一个接一个被派出去找他。于是朋友们都取笑他。一天,高生正在和朋友喝酒,突然觉得身体不舒服,就打算回家,中途从马上摔下来,就死了。当时正值大热天,幸好衣被棺材早就备好了。邻里这才佩服细柳聪慧。

注释 1 美材:优良的木材。此指材质上好的棺材。 2 荧荧:光闪烁的样子。 3 重拂:过分违背。 4 溽(rù)暑:盛夏气候潮湿而闷热。 5 衣衾(qīn):装殓(liàn)死者的衣服和被子。

福年十岁始学为文。父既殁，娇惰不肯读，辄亡去从牧儿遨。谯诃[1]不改，继以夏楚[2]，而顽冥如故。母无奈之，因呼而谕之曰："既不愿读，亦复何能相强？但贫家无冗人，便更若衣，使与僮仆共操作。不然，鞭挞勿悔！"于是衣以败絮，使牧豕，归则自掇陶器，与诸仆啖饭粥。数日，苦之，泣跪庭下，愿仍读。母返身向壁置不闻，不得已执鞭啜泣而出。残秋向尽，桁[3]无衣，足无履，冷雨沾濡[4]，缩头如丐。里人见而怜之，纳继室者皆引细娘为戒，啧有烦言。女亦稍稍闻之，而漠不为意。福不堪其苦，弃豕逃去，女亦任之，殊不追问。积数月，乞食无所，憔悴自归，不敢遽入，哀

长福十岁的时候才开始学习写文章。父亲死后，他娇气懒惰不肯读书，就跑出去跟着牧童到处闲逛。细柳责骂呵斥他，他也不愿改正，又拿棍棒打他，他依旧顽固不听话。细柳无可奈何，把他叫到跟前告诉他："既然你不肯读书，又怎能强迫你呢？只是贫穷的人家不养闲人，你把衣服换下来，去和仆人一起干活吧。如果连这都不肯，我拿鞭子打你，你也不要后悔！"于是细柳让他穿上破旧的棉衣去放猪，回来以后就让他自己端着陶碗去和仆人一起吃饭喝粥。没过几天，长福就觉得苦不堪言，跪在院子里哭泣，说愿意继续读书。细柳却转身对着墙壁，置若罔闻，最后长福没办法，只好拿着猪鞭哭着走了。当时秋天快要过去了，长福身上没有棉衣，脚上没有鞋穿，冰冷的雨水打在身上，他冻得缩着头像个乞丐一样。邻里人见了都觉得他可怜，娶继室的人都指着细柳，说要引以为戒，还说了很多难听的话。她也略有耳闻，但没当回事。长福忍受不了辛苦，丢下猪逃走了，细柳也听之任之，不去追究。过了几个月，长福无处讨吃的，最终灰溜溜地回来了。到了门口，他不敢进去，央

求邻媪往白母。女曰："若能受百杖可来见，不然，早复去。"福闻之，骤入，痛哭愿受杖。母问："今知改悔乎？"曰："悔矣。"曰："既知悔，无须挞楚，可安分牧豕，再犯不宥！"福大哭曰："愿受百杖，请复读。"女不听。邻妪怂恿之，始纳焉。濯发授衣，令与弟怙同师。勤身锐虑，大异往昔，三年游泮[5]。中丞[6]杨公见其文而器之，月给常廪，以助灯火[7]。

求邻居老太太去告诉母亲。细柳说："如果你愿意挨一百棍子，那你就来见我，不然就早点离开。"长福一听，马上进去痛哭着说愿意挨棍子，细柳问他："你现在知道悔改了吗？"长福回答："我后悔极了。"细柳说："既然你知道悔改了，那就不必受罚了，你安分地放猪去，再犯错我不会饶你！"长福痛哭着说："我愿意挨一百棍子，请让我去读书吧。"细柳不答应。邻居家的老太太在旁劝说，她才同意。细柳让长福沐浴更衣，跟着弟弟长怙一起上学。从此长福勤勉读书，和从前大不一样，三年后就考中了秀才，进了县学。中丞杨公看过他的文章后，十分器重他，每月都给他发廪银，资助他读书。

注释 1 谯（qiào）诃：喝骂，申斥。 2 夏（jiǎ）楚：泛指用棍棒等进行体罚。多用于对未成年者。夏，亦作"榎"，用榎木荆条之类制成的刑具笞打。楚，古代的刑杖或督责生徒的小杖。 3 桁（hàng）：衣架。 4 沾濡：浸湿。 5 游泮：明清科举制度，经州县考试录取为生员者就读于县学，称"游泮"。 6 中丞：指巡抚。 7 灯火：此处指读书，学习。

怙最钝，读数年不能记姓名。母令弃卷而农。怙游闲惮于作

长怙很愚钝，读了几年书还不会写自己的名字。细柳让他放弃读书去做农活。长怙却整天游手好闲，害怕辛苦，细

苦，母怒曰："四民各有本业，既不能读，又不能耕，宁不沟瘠死[1]耶？"立杖之。由是率奴辈耕作，一朝晏起[2]，则诟骂从之，而衣服饮食，母辄以美者归兄。怙虽不敢言，而心窃不能平。农工既毕，母出资使学负贩。怙淫赌，入手丧败，诡托盗贼运数，以欺其母。母觉之，杖责濒死。福长跪哀乞，愿以身代，怒始解。自是一出门，母辄探察之。怙行稍敛，而非其心之所得已也。一日请母，将从诸贾入洛，实借远游，以快所欲，而中心惕惕，惟恐不遂所请。母闻之，殊无疑虑，即出碎金三十两为之具装，末又以铤金一枚付之，曰："此乃祖宦囊[3]之遗，不可用去，聊以压装备急可耳。且汝初学跋

柳生气地说："士、农、工、商四种人都有各自的职业，你既读不好书，又干不好活，这样下去怎么会不死在沟壑里呢？"立即打了他一顿。从那以后，她就让长怙带着仆人在地里干活，一旦他早上起迟了就责骂他，而在吃穿用度上，细柳把好的全给了哥哥长福。长怙虽然不敢说话，但心中暗暗不平。农活做完后，细柳拿出一笔钱让他去学做生意。长怙又嫖又赌，钱一到手就挥霍光了，还撒谎说自己不幸遇到了强盗，以此来欺骗母亲。细柳察觉他在说谎，拿出棍棒教训他，把他打得半死。长福跪下为弟弟求情，愿意代替弟弟接受惩罚，她的怒火才消。从此长怙出门，细柳都会让人去探查。长怙的行为稍微收敛了些，但这都不是出于本心的。一天，长怙向母亲请示，想跟着商队去洛阳，实际上是想借机出远门玩乐。他心里惶恐不安，就怕母亲不同意他的请求。细柳听了，没有丝毫怀疑，立即拿出三十两碎银给他置办行装，最后又拿出一枚银锭交给他，嘱咐他说："这是你爷爷当官时留下的，不能花出去，可以压在箱底，以备急需。况且你初次出门学做买卖，我也不指望你赚

涉，亦不敢望重息，只此三十金得无亏负足矣。”临行又嘱之。怙诺而出，欣欣意自得。至洛，谢绝客侣，宿名娼李姬之家。凡十余夕散金渐尽，自以巨金在囊，初不意空匮[4]在虑，及取而斫[5]之则伪金耳。大骇，失色。李媪见其状，冷语侵客。怙心不自安，然囊空无所向往，犹冀姬念夙好，不即绝之。俄有二人握索入，骤絷项领。惊惧不知所为，哀问其故，则姬已窃伪金去首公庭矣。至官不能置辞，梏掠[6]几死。收狱中，又无资斧，大为狱吏所虐，乞食于囚，苟延余息。

很多钱，只求这三十两银子不赔进去就行了。”临行前，她又嘱咐了一遍。长怙一口答应，就出门了，心里还洋洋得意。到了洛阳，他不与同去的商人往来，而是住进了名妓李姬的家。住了十几晚，他的散碎银子渐渐花光了，自以为还有一锭银子在行李中，起初没想过钱会不够，等到要用时凿开一看，原来是假的。长怙大惊失色。老鸨见此情形，就冷言冷语地讽刺他。长怙心里很不安，但口袋空空，实在无处可去，还盼着李姬顾念旧情，不立即赶他走。没多久就有两个人拿着绳索闯进来，迅速套住了他的脖子。长怙又惊又怕不知道这是为什么，低声下气地问对方缘由，原来是李姬偷偷拿着伪造的银锭去报官了。到了官府，长怙无法辩驳，县官对他严刑拷打，差点把他打死。他被关进监狱以后，没有银子打点，被狱卒狠狠虐待，只能靠着向其他囚犯讨吃的才勉强活下来。

注释 1 沟瘠死：因贫穷困厄死于沟壑。 2 晏起：很晚才起床。 3 宦囊：指居官所得财物。 4 空匮：穷乏，财用不足。 5 斫：用刀斧砍。 6 梏(gù)掠：用刑拷问。

初，怙之行也，母谓福曰："记取廿日[1]后，当遣汝之洛。我事烦，恐忽忘之。"福请所谓，黯然欲悲，不敢复请而退。过二十日而问之，叹曰："汝弟今日之浮荡，犹汝昔日之废学也。我不冒恶名，汝何以有今日？人皆谓我忍，但泪浮枕簟，而人不知耳！"因泣下。福侍立敬听，不敢研诘[2]。泣已，乃曰："汝弟荡心不死，故授之伪金以挫折之，今度已在缧绁[3]中矣。中丞待汝厚，汝往求焉，可以脱其死难，而生其愧悔也。"福立刻而发。比入洛，则弟被逮三日矣。即狱中而望之，怙奄然面目如鬼，见兄涕不可仰，福亦哭。时福为中丞所宠异，故遐迩皆知其名。邑宰知为怙兄，急释之。

怙至家，犹恐母怒，

当初，长怙要出门时，细柳就对长福说："二十天后我会派你去一趟洛阳。我事务繁忙，恐怕会忘记。"长福不明白母亲为什么这么说，见她黯然神伤，不敢再问就退下了。过了二十天，他去问母亲，细柳叹着气说："你弟弟现在轻浮放纵就像你当年荒废学业一样。我不顶着恶名做那些事，你怎么会有今天呢？别人都说我狠心，但我常常泪湿枕席，只是没人知道罢了。"说着就开始流泪。长福恭敬地站在一旁听母亲诉说，不敢追问。细柳擦干眼泪，才说："你弟弟浪荡之心不死，所以我才交给他一锭假银子，想让他遭受挫折，我估计他现在已经在监狱里了。杨中丞对你那么好，你去他跟前求个情，可以让长怙免于一死，让他从此悔改。"长福马上出发，等到了洛阳，长怙已经被关了三天了。他到狱中探视，长怙气息奄奄，面目如鬼，一见兄长就哭得抬不起头，长福也哭起来。当时长福深受杨中丞的宠信，所以远近都知道他的名字。县官知道他是长怙的哥哥，急忙释放了长怙。

长怙回到家，害怕母亲发怒，跪在地上挪到母亲跟前。细柳看着他说："你

膝行而前。母顾曰:“汝愿遂耶?”怙零涕不敢复作声,福亦同跪,母始叱之起。由是痛自悔,家中诸务,经理维勤,即偶惰,母亦不呵问之。凡数月,并不与言商贾,意欲自请而不敢,以意告兄。母闻而喜,并力[4]质贷而付之,半载而息倍焉。是年福秋捷,又三年登第,弟货殖累巨万矣。邑有客洛者,窥见太夫人,年四旬犹若三十许人,而衣妆朴素,类常家云。

想做的都做完了?”长怙流着泪不敢说话,长福也跪下来,母亲这才厉声叫他们起来。从此长怙痛改前非,家中的事务都勤快地做,即使偶尔犯懒,细柳也不再斥责他。接下来的几个月里,细柳也不与他谈做生意的事,他想自己开口向母亲请求又不敢,只好把自己的想法告诉了哥哥,请他转告母亲。细柳听了非常高兴,还尽力借钱给他,只用了半年,长怙就获利一倍。这一年长福中了举,三年后又考中了进士,长怙做生意也赚了很多钱。县里有到洛阳去的人,说见到了太夫人,年过四十了还像三十几岁的人,衣服妆容也很简朴,像平民百姓一样。

注释 1 廿(niàn)日:二十天。 2 研诘:仔细询问。 3 缧绁(léi xiè):原指捆绑犯人的绳索。引申为监狱。 4 并力:戮力,勉力,尽力。

异史氏曰:“《黑心符》[1]出,芦花变[2]生,古与今如一丘之貉,良可哀也!或有避其谤者,又每矫枉过正,至坐视儿女之放纵而不一置问,其视虐遇者

异史氏说:“《黑心符》这本书一出来,继母用芦花给继子做棉衣的事就流传开了,古今的继母都是一样狠心,实在是令人心痛啊!有的继母为了避免别人诽谤,又总是做出矫枉过正的事,以至于坐视子女放任而不闻不问,

几何哉？独是日挞所生，而人不以为暴；施之异腹儿，则指摘从之矣。夫细柳固非独忍于前子也；然使所出贤，亦何能出此心以自白于天下？而乃不引嫌[3]，不辞谤，卒使二子一贵一富，表表[4]于世。此无论闺闼，当亦丈夫之铮铮者[5]矣！”

这和虐待子女的继母又有多少差别呢？打骂亲生的孩子，别人都不觉得是虐待；打骂前妻生的孩子，别人就指指点点。细柳并非只对前妻的孩子狠心；然而假如她生的孩子贤能，她又怎么使自己的意图被天下人了解呢？她不避嫌疑，不怕诽谤，最终让两个儿子一个做了官，一个发了财，从世人中脱颖而出。她不只在女子中，在男人当中也是佼佼者啊！”

注释 1《黑心符》：书名。唐朝人于义方著，叙述时人娶继室之害，以戒子孙。 2 芦花变：孔子的弟子闵子骞被继母虐待，用芦花给他做棉袄，使他寒冷无措。 3 引嫌：避嫌。 4 表表：卓异，突出。 5 铮铮者：佼佼者。铮铮，比喻才华出众。

卷八

画　马

原文

临清[1]崔生，家窭贫，围垣不修。每晨起，辄见一马卧露草间，黑质白章，惟尾毛不整，似火燎断者。逐去，夜又复来，不知所自。崔有好友官于晋，欲往就之，苦无健步[2]，遂捉马施勒[3]乘去。嘱家人曰："倘有寻马者，当如以告。"既就途，马骛驶，瞬息百里。夜不甚餤刍豆[4]，意其病。次日，紧衔[5]不令驰，而马蹄嘶喷沫[6]，健怒[7]如昨。复纵[8]之，午已达晋。时骑入市廛[9]，观者无不称叹。晋王闻之，以重直[10]购之。崔恐为失者所寻，不敢售。

译文

临清有位崔生，家里很穷，院墙坏了也无力修葺。每天早上起来，就看见一匹马卧在满是露水的草丛间，马的毛色为黑底白花，只是尾部的毛不太整齐，好像被火烧断的。崔生把它赶走，它晚上又来了，不知从哪儿来的。崔生有个好朋友在山西做官，他想投奔这个朋友，又苦于没有车马，于是就抓住那匹马，套上缰绳骑走了。临行前，他嘱咐家人说："如果有人来找马，你们就到山西来告诉我。"崔生上路后，马急速奔驰，转瞬之间就跑了一百多里。夜里马不怎么吃草料，崔生以为它生病了。第二天，崔生拉紧缰绳不让马奔驰，而马却踏着蹄子嘶鸣，鼻子喷着白沫，和昨天一样强健。于是崔生又放开缰绳，中午就抵达了山西。当时崔生骑马进入集市，看到的人无不称叹。晋王听说后，愿意出高价买马。崔生担心丢马的人前来寻找，不敢卖。

注释 1 临清：清时为直隶州，在今山东临清市。 2 健步：行走快而有力。此处指供乘骑的马匹或其他牲口。 3 施勒：套上缰绳或马笼头。施，加上。勒，套在牲畜身上的笼头或缰绳。 4 刍豆：草和豆。指牛马的饲料。 5 衔：马嚼子。 6 喷沫：（马嘘气或鼓鼻时）喷出雪白的唾沫，谓马势雄猛。 7 健怒：强健。怒，气势强盛。 8 纵：放，放任。 9 市廛（chán）：市中店铺。此处指集市。 10 重直：高价。直，价值。

居半年，无耗[1]，遂以八百金货于晋邸，乃自市健骡以归。后王以急务，遣校尉[2]骑赴临清。马逸[3]，追至崔之东邻，入门不见。索诸主人，主曾姓，实莫之睹。及入室，见壁间挂子昂[4]画马一帧[5]，内一匹毛色浑似，尾处为香炷所烧，始知马画妖也。校尉难复王命，因讼曾。时崔得马资，居积[6]盈万，自愿以直贷[7]曾，付校尉去。曾甚德[8]之，不知崔即当年之售主也。

崔生住了半年，没有收到有人来找马的消息，于是就以八百两银子的价钱把马卖到了晋王府邸，自己则在集市上买了头骡子骑着回家了。后来，晋王因有急事，派遣校尉骑马赶赴临清。到了临清，马竟自己跑掉了，校尉追赶着来到崔生东边的邻居家，马进门后就不见了。校尉于是向这家主人索要马，主人姓曾，称自己没有看到马。等进屋后，校尉看到墙上挂着一幅赵孟頫画的马，其中一匹的毛色跟跑丢的马很相似，尾部被香火烧了，这才明白此马原来是画妖。校尉难以向晋王交代，就状告曾家。当时崔生得到卖马的钱后，用来做生意发了大财，积累了万贯家财，就自愿借给曾家钱，把马钱赔给了校尉，校尉才离去。曾家十分感激崔生，却不知道崔生正是当年卖马的人啊。

注释 1 耗：音信，消息。 2 校尉：武官官职。汉朝时校尉仅次于将军，隋唐以后迄清地位逐渐降低，为武散官之号。明清之际也称卫士为校尉，其地位尤低。 3 逸：奔跑，逃跑。 4 子昂：赵孟頫，字子昂。宋宗室，入元荐授刑部主事，累官至翰林学士。工书法，精绘画，开创元代新画风，被誉为“元人冠冕”。 5 帧：量词，幅，用于字画等。 6 居积：囤积。此处指以资本经营或借贷生息。 7 贷：施予。 8 德：感恩。

局 诈

原文

某御史[1]家人[2]，偶立市间，有一人衣冠华好，近与攀谈。渐问主人姓字、官阀，家人并告之。其人自言：“王姓，贵主[3]家之内使[4]也。”语渐款洽[5]，因曰：“宦途险恶，显者皆附贵戚之门，尊主人所托何人也？”答曰：“无之。”王曰：“此所谓惜小费而忘大祸者也。”家人曰：“何托而可？”王曰：“公主待人以礼，能覆翼[6]人。某侍郎[7]系

译文

某御史家的仆人偶然在街上闲站着，有一个衣冠华丽的人走到跟前和他攀谈起来。谈了一会儿，来人就问起他主人的姓名、官职，仆人全告诉了对方。这个人主动自我介绍说：“我姓王，是某公主府上的内监。”他们的谈话更加融洽，姓王的说：“官途险恶，当大官的都要依附于皇亲国戚门下，不知道你家主人依附的是什么人？”仆人回答说：“他没有依附什么人。”姓王的说：“这就是所谓的舍不得小钱而忘掉了大祸啊！”仆人问道：“那可以依附谁呢？”姓王的说：“我家公主以礼待人，可以庇护别人。某侍郎就是通过我走公主的门路才一路高升的。如果你家

仆阶进[8]。倘不惜千金贽[9]，见公主当亦不难。”家人喜，问其居止。便指其门户曰：“日同巷不知耶？”家人归告侍御。侍御喜，即张盛筵，使家人往邀王，王欣然来。筵间道公主情性及起居琐事甚悉，且言：“非同巷之谊，即赐百金赏，不肯效牛马[10]。”御史益佩戴[11]之。临别订约，王曰：“公但备物，仆乘间言之，旦晚当有报命。”

主人不吝惜拿出一千两作为见面礼，见一见公主也不是什么难事。”仆人大喜，忙问对方住在哪里。姓王的便指着自己的家门说：“天天住在同一个巷子里，你还不知道吗？”仆人回去后告诉了御史。御史也很高兴，即刻就准备了丰盛的筵席，派仆人前去邀请姓王的，姓王的欣然赴宴。酒席间这人说起公主的性情以及日常起居之类的琐事，说得很详细，还说：“要不是看在同住一个巷子的分上，即使给我一百两银子，我也不会帮这个忙。”御史更加感激此人。临别，两人约定好了，姓王的说：“你只管准备礼物来，我找机会为你进言，早晚会给你回话。”

注释 **1** 御史：官名。明清时指监察御史，别称侍御。 **2** 家人：旧时对仆人的称呼。 **3** 贵主：尊贵的公主。 **4** 内使：内监。 **5** 款洽：亲切；融洽。 **6** 覆翼：荫庇，保护。 **7** 侍郎：官名。明清时与尚书同为中央六部的长官，地位次于尚书。 **8** 阶进：指打通关系获得晋升。 **9** 贽（zhì）：古代初次拜见尊长所送的礼物。 **10** 效牛马：供别人役使。此处指帮忙。 **11** 佩戴：铭感，铭记。

越数日始至，骑骏马甚都[1]，谓侍御曰：“可速治装行。公主事大烦，投谒者[2]踵相接，自晨及

过了好几天，姓王的才过来，他骑着漂亮的高头骏马，对御史说：“快些准备好行装上路。公主的事情非常多，求见的人一个接一个，从早晨到晚上，没有间断。

夕，不得一间。今得一间，宜急往，误则相见无期矣。”侍御乃出兼金[3]重币[4]，从之去。曲折十余里，始至公主第，下骑祗候[5]。王先持贽入。久之，出，宣言：“公主召某御史。”即有数人接递传呼。侍御伛偻[6]而入，见高堂上坐丽人，姿貌如仙，服饰炳耀，侍姬皆着锦绣，罗列成行。侍御伏谒尽礼，传命赐坐檐下，金碗进茗。主略致温旨[7]，侍御肃而退。自内传赐缎靴、貂帽。既归，深德王，持刺[8]谒谢，则门阖无人，疑其侍主未归。三日三诣，终不复见。使人询诸贵主之门，则高扉扃锢[9]。访之居人，并言：“此间曾无贵主。前有数人僦[10]屋而居，今去已三日矣。”使反命[11]，主仆丧气而已。

今天有一点儿空闲，你赶紧过去，错过了今天，再想见公主一面就不知道是哪天了。”于是御史就带上大量金银，跟着姓王的去了。曲曲折折走了十多里路，才到达公主的府邸，便下了马恭候。姓王的先带着见面礼进去了。过了很久，他才出来高声说：“公主召见某某御史。”接着就有好几个人接递呼喊。御史弯着腰恭恭敬敬地走进去，只见高堂上坐着一位丽人，姿容就像仙人，服饰光鲜夺目，两旁侍立的婢女也都穿着锦绣衣裳，排列成行。御史按照礼仪跪拜，公主传命给他赐座，让他坐在檐下，并令人用金碗送上香茶。公主简略地说了几句勉励的话，御史就恭敬肃穆地退了出来。又从内堂传出公主赏赐的缎靴、貂帽。御史回来后，非常感激姓王的，就拿着名帖登门拜谢，可他家大门紧锁，无人应答，御史以为姓王的侍候公主还没有回家。他一连三天去了三次，始终见不到姓王的。他派人去公主府上询问，公主府也是大门紧锁。向附近的居民打听，他们都说：“这里并不曾有什么公主。前几天有人租了这所房子住，如今他们已经离开三天了。”仆人回来复命，主仆二人只有垂头丧气的份。

注释 1 都（dū）：漂亮。 2 投谒者：投递名帖求见的人。谒，名帖。 3 兼金：价值倍于常金的好金子。兼，加倍，把两份并在一起。也可泛指大量的金银钱财。 4 重币：厚礼，重金。币，财物。 5 祗（zhī）候：恭候。祗，恭敬。 6 伛偻：俯身恭敬貌。 7 温旨：温和恳切的诏谕。 8 刺：名帖。 9 扃（jiōng）锢：大门紧关。扃，门闩，门户。锢，关闭。 10 僦（jiù）：租赁。 11 反命：复命。

副将军某，负资入都，将图握篆[1]，苦无阶[2]。一日有裘马者谒之，自言："内兄[3]为天子近侍[4]。"茶已，请间[5]云："目下有某处将军缺，倘不吝重金，仆嘱内兄游扬[6]圣主之前，此任可致[7]，大力者[8]不能夺也。"某疑其妄。其人曰："此无须踟蹰[9]。某不过欲抽小数于内兄，于将军锱铢[10]无所望。言定如干数，署券为信。待召见后方求实给。不效则汝金尚在，谁从怀中而攫之耶？"某乃喜，诺之。

某副将军带着大量金银来到京城，想升为正职，却苦于找不到门路。一天有一个穿貂裘骑大马的人前来拜见，自称："我的内兄是皇上的近侍。"两人喝完茶，来人请他屏退众人，说："当下某地的将军位空缺，如果你不惜重金，我就嘱咐内兄在皇上面前为你说说好话，这个官职就可以到手，有权有势的人也夺不走。"副将军怀疑来人说的话有假。这个人说："你没有必要犹豫不决。我不过是想从内兄那里抽取一点小钱，在你这里我是分文不取的。咱们说定多少钱，立下文书作为凭证。等皇上召见你后，你再按数给钱。如果事情不成，钱还在你手上，谁又能从你怀里把钱抢走呢？"副将军很高兴，就答应了。

注释 1 握篆：指执掌官印的职位。因官印皆用篆文，故云。 2 无阶：没有门路。 3 内兄：妻子的哥哥。 4 近侍：指亲近帝王的侍从之人。 5 请间（jiàn）：请求屏退他人密谈，不欲对众言之。 6 游扬：宣扬，传扬。此处指说好话。 7 致：取得。 8 大力者：此处指有权势的人。 9 踟蹰（chí chú）：犹豫，迟疑。 10 锱铢：比喻微利，极少的钱。

次日复来引某去，见其内兄云："姓田。"煊赫如侯家。某参谒，殊傲睨[1]不甚为礼。其人持券向某曰："适与内兄议，率[2]非万金不可，请即署尾[3]。"某从之。田曰："人心叵测[4]，事后虑有翻覆。"其人笑曰："兄虑之过矣。既能予之，宁不能夺之耶？且朝中将相，有愿纳交[5]而不可得者。将军前程方远，应不丧心[6]至此。"某亦力矢[7]而去。其人送之，曰："三日即复公命。"

第二天这人又来了，引副将军去见他的内兄，内兄说："我姓田。"他的家里煊赫如同王侯府邸。副将军参拜的时候，姓田的态度傲慢，连礼也不回。这个人拿着文书对副将军说："刚才与内兄商议，他说没有一万两是不行的，请在文书上签字画押。"副将军答应了。姓田的说："人心叵测，我担心事成之后他会反悔。"这个人笑着说："兄长疑虑过头了。既然能够把这个官职给他，难道就不能再夺回来吗？况且朝中的将相，有愿给钱来谋求这个官职却还得不到呢。将军这个官职前程远大，按理说他不会丧失良心到这种程度。"副将军也郑重地起誓说一定讲信用，然后才离去。这个人送他出来，说："三天后就给你消息。"

注释 1 傲睨：傲慢斜视，骄傲。 2 率：大概，大略。 3 署尾：在文件末尾签署。 4 人心叵测：人心不可探测。谓人心险恶。叵，不可。 5 纳交：结交。 6 丧心：犹言丧天良。 7 矢：发誓。

逾两日，日方西，数人吼奔而入，曰："圣上坐待矣！"某惊甚，疾趋入朝。见天子坐殿上，爪牙[1]森立。某拜舞[2]已，上命赐坐，慰问殷勤，顾左右曰："闻某武烈非常，今见之，真将军才也！"因曰："某处险要地，今以委卿，勿负朕意，侯封有日耳。"某拜恩出。即有前日裘马者从至客邸，依券兑付而去。于是高枕待绶[3]，日夸荣[4]于亲友。过数日探访之，则前缺已有人矣。大怒，忿争于兵部之堂，曰："某承帝简[5]，何得授之他人？"司马[6]怪之。及述宠遇[7]，半如梦境。司马怒，执下廷尉[8]。始供其引见者之姓名，则朝中并无此人。又耗万金，始得革职而去。异

过了两天，日头西落时分，几个人一边奔跑一边叫嚷着跑进了副将军的家门，说："皇上等着召见你呢！"副将军大惊，赶紧跟着上朝。只见皇上坐在金銮宝殿上，四周侍卫林立。副将军参拜礼毕，皇上命人赐座，殷勤地勉励他，又环顾左右文武大臣说："听说这位副将军异常英勇威武，今天见了，果真是做将军的人才啊"然后又说："某地地势险要，现在就交给你去镇守，不要辜负了朕对你的信任，你的封侯之日指日可待。"副将军拜谢皇恩后就出来了。前几天穿裘衣骑大马的人跟着他来到旅店，他依照文书给了那人一万两银子。自此副将军高枕无忧，等待着朝廷的正式任命，每天都以此向亲朋好友夸耀。过了几天派人打听，前几日许给他的将军空缺已经有人补上了。副将军大怒，来到兵部的大堂上生气地据理力争，说："我已经得到皇上的任命，你们怎么可以再将职位授予他人？"兵部尚书感到非常奇怪。听副将军述说皇上对他的恩宠，就像在说梦话。兵部尚书大怒，命人将副将军抓起来交付廷尉审讯。这时副将军才供出引荐者的姓名，可是朝中并没有这个人。副将军又花费了一万两疏通关节，才

哉！武弁[9]虽骙[10]，岂朝门亦可假耶？疑其中有幻术存焉，所谓“大盗不操矛弧[11]”者也。

得到革职离京的处分。真是怪事！武夫虽然呆傻，朝廷宫殿还能造假吗？也许其中有幻术在作怪，正所谓“大盗用不着刀枪弓箭”啊。

注释 1 爪牙：喻卫士。 2 拜舞：跪拜与舞蹈。古代朝拜的礼节。 3 待绶：等待任命。绶，丝带。古代用以系佩玉、官印、帷幕等。绶带的颜色常用以标志不同的身份与等级。 4 夸荣：夸耀。 5 简：选拔。 6 司马：官名。西周始置，执掌军政，管理军赋。后用作兵部尚书的别称。 7 宠遇：帝王给予的恩遇。 8 下廷尉：下廷尉狱。廷尉，官名，秦朝中央政府的“九卿”之一，掌刑狱。明清指大理寺卿。 9 武弁：武官，武夫。 10 骙（ái）：呆，痴傻。 11 矛弧：矛和弓。泛指武器。

嘉祥[1]李生，善琴。偶适东郊，见工人掘土得古琴，遂以贱直得之。拭之有异光，安弦而操，清烈非常。喜极，若获拱璧[2]，贮以锦囊，藏之密室，虽至戚[3]不以示也。邑丞程氏新莅任，投刺谒李。李故寡交游，以其先施[4]故，报之。过数日又招饮，固请乃往。程为人风雅绝伦，议论潇洒，李悦焉。

嘉祥县的李生，善于弹琴。一日他偶然去县城东郊，看到工人挖土时挖出一架古琴，他就用很便宜的价钱买下了。回家后，他擦拭古琴，琴身放出奇异的光芒，装上琴弦弹奏，声音清冽异常。李生非常高兴，就像获得了无价之宝，用锦囊把古琴装起来，藏在密室里，即使是最亲近的亲属也不给看。本县县丞程氏刚刚上任，投递名帖来拜谒李生。李生本来不大与人交往，因为是对方先来拜访，所以就做了回访。过了几天程氏又请李生前去饮酒，再三邀请，李生才去赴宴。程氏为人风雅超群，议论潇洒，李生很喜欢他。过了一

越日折柬[5]酬之，欢笑益洽。从此月夕花晨，未尝不相共也。年余，偶于丞廨[6]中，见绣囊裹琴置几上，李便展玩[7]。程问："亦谙此否？"李曰："生平最好。"程讶曰："知交非一日，绝技胡不一闻？"拨炉爇[8]沉香，请为小奏。李敬如教。程曰："大高手！愿献薄技[9]，勿笑小巫[10]也。"遂鼓《御风曲》，其声泠泠，有绝世出尘之意。李更倾倒，愿师事之。自此二人以琴交，情分益笃。

天，李生又写信请程氏来饮酒，二人欢聚谈笑，感情更加融洽。从此不论月夜还是花晨，两人没有不在一起的时候。这样过了一年多，李生偶然在县丞官署中看到一个绣囊裹着琴放在桌子上，便拿出来赏玩。程氏问道："你也精通琴技吗？"李生回答说："弹琴是我生平最喜欢的。"程氏惊讶地说："我们相交也不是一天了，你的绝技怎么不让我听一听呢？"说着就把香炉拨旺，点上沉香，请李生小奏一曲。李生恭敬地按照程氏的要求弹奏了一曲。程氏说："真是高手啊！我也愿意献丑弹奏一曲，请你不要笑话我学艺不精。"于是弹奏了一首《御风曲》，琴声清越，有超世出尘的雅趣。李生对程氏更加倾倒，愿意拜他为师。自此两人以琴会友，感情愈加深厚。

注释 1 嘉祥：旧县名，在今山东嘉祥县。 2 拱璧：两手合抱的大块璧玉。后比喻极珍贵之物。 3 至戚：最亲近的亲属。 4 施：施礼致敬。 5 折柬：裁纸写信。 6 廨：官署，旧时官吏办公处所的通称。 7 展玩：赏玩。 8 爇（ruò）：烧。 9 薄技：谦辞。指浅薄的才能。 10 小巫：喻学业技艺低下者。

年余，尽传其技。然程每诣李，李以常琴

过了一年多，程氏把自己的琴技全都传给了李生。不过每次程氏来拜访李

供之,未肯泄所藏也。一夕薄醉[1],丞曰:“某新肄[2]一曲,无亦愿闻之乎?”为奏《湘妃》,幽怨若泣。李亟[3]赞之。丞曰:“所恨无良琴;若得良琴,音调益胜。”李欣然曰:“仆蓄一琴,颇异凡品。今遇钟期[4],何敢终密?”乃启椟负囊而出。程以袍袂拂尘,凭几再鼓,刚柔应节,工妙入神。李击节[5]不置[6]。丞曰:“区区拙技,负此良琴。若得荆人[7]一奏,当有一两声可听者。”李惊曰:“公闺中[8]亦精之耶?”丞笑曰:“适此操乃传自细君[9]者。”李曰:“恨在闺阁,小生不得闻耳。”丞曰:“我辈通家[10],原不以形迹[11]相限。明日请携琴去,当使隔帘为君奏之。”李悦。

生,李生总是拿普通的琴叫程氏弹奏,不肯把自己收藏的古琴拿出来。一天傍晚,李生喝得微醉,程氏说:“我最近新学了一首曲子,不知道李兄想不想听一听?”于是程氏为李生弹奏《湘妃》,曲调幽怨。如泣如诉。李生立刻称赞不已。程氏说:“可惜的是没有好琴;如果有好琴的话,弹奏出的曲调胜此百倍。”李生欣然说:“我收藏有一古琴,与普通琴大不一样。今天遇上了知音,我哪里还敢始终藏着它呢?”于是李生打开盒子,拿出绣囊,取出了古琴。程氏用袍子的衣袖拂去古琴上的灰尘,放在桌子前再次弹奏《湘妃》,曲调刚柔应节,技艺出神入化。李生不停地打着节拍。程氏说:“我这雕虫小技,辜负了这架好琴。如果让我内人弹奏,可能会有一两声可听的。”李生惊讶地问:“你夫人也精通琴艺吗?”程氏笑着说:“我刚才弹奏的曲子就是她教我的。”李生说:“可惜夫人在闺阁之中,我是不能听到她的弹奏了。”程氏说:“我们这样的亲朋好友,原本就不用受这些礼节的限制。明天请你带上琴,让她隔帘为你弹奏。”李生大为高兴。

注释 1 薄醉：饮酒微醉。 2 肄（yì）：学习，练习。 3 亟：急切。此处指立即。 4 钟期：钟子期。相传伯牙鼓琴，子期听之，能知伯牙意在高山或志在流水。后以钟期喻知音。 5 击节：形容十分赞赏。 6 不置：不舍，不止。 7 荆人：谦称，指自己的妻子。 8 闺中：特指女子所住的地方。此指妻子。 9 细君：古称诸侯之妻。后为妻的通称。 10 通家：世交。此处指关系极其亲密。 11 形迹：规矩，礼法，礼节。

次日抱琴而往。程即治具[1]欢饮。少间将琴入，旋出即坐。俄见帘内隐隐有丽妆，顷之，香流户外。又少时弦声细作，听之，不知何曲；但觉荡心媚骨，令人魂魄飞越。曲终便来窥帘，竟二十余绝代之姝[2]也。丞以巨白[3]劝釂[4]，内复改弦为闲情之赋，李形神益惑。倾饮过醉，离席兴辞[5]，索琴。丞曰："醉后防有蹉跌[6]。明日复临，当令闺人尽其所长。"李归。次日诣之，则廨舍寂然，惟一老隶应门[7]。问之，

第二天李生抱着琴到程家去。程氏立即摆下筵席，二人畅快痛饮。过了一会儿，程氏把古琴送进内室，很快就出来坐下了。没多久，李生隐隐看到帘子里面有一个盛装打扮的女人，顷刻间，有股香气飘到帘外。又过了一会儿，有琴声隐隐奏起，李生细听，竟辨不出是什么曲子，只是觉得曲调让人心旌摇荡，骨头酥软，有一种魂魄脱离身体的无法自持的感觉。一曲弹完，李生便偷偷窥视帘内，里面竟是一个二十多岁的绝代丽人。程氏又用大酒杯劝李生喝酒，这时帘内换了曲子，改为《闲情赋》了，李生形神更加迷乱。他喝得太多而大醉，便离开坐席打算告辞，并索要古琴。程氏说："你醉成这样，恐怕路上会跌倒摔坏了琴。你明天再来取琴吧，到时我再让内人将自己的绝技都献出来。"李生就回去了。第二天，李生又去拜访程氏，官舍却寂静无声，只有一个老隶来开门。李生奇怪地问

云："五更携眷去，不知何作，言往复可三日耳。"如期往伺之，日暮，并无音耗。吏皂[8]皆疑，白令破扃而窥其室，室尽空，惟几榻犹存耳。达[9]之上台[10]，并不测其何故。

他原因，他回答说："大人五更的时候带着家眷离开了，不知道要去做什么，只说来回大概需要三天时间。"三天后李生又去官舍等待，一直等到日落时分，也没有听到什么消息。这时衙役们也都开始怀疑起来，报告给了县令，县令让破门查看内室，发现室内空空，只有桌椅床榻还在。县令将此事报告给了上司，也弄不清楚是怎么回事。

注释 1 治具：备办酒食，设宴。 2 姝：美女。 3 巨白：大酒杯。 4 劝釂（jiào）：劝酒。釂，饮尽杯中酒。 5 兴辞：起身辞谢。又指告辞。兴，起。 6 蹉（cuō）跌：失足跌倒。 7 应门：指守候和应接叩门的人。 8 吏皂：胥吏和差役。 9 达：禀报。 10 上台：上司，上官。

李丧琴，寝食俱废。不远数千里访诸其家。程故楚产[1]，三年前，捐资[2]受嘉祥。执其姓名，询其居里，楚中并无其人。或云："有程道士者善鼓琴，又传其有点金术[3]。三年前，忽去不复见。"疑即其人。又细审其年甲[4]、容貌，吻合不谬[5]。乃知道士之纳官[6]皆为琴也。知交年余，

李生丢失古琴后，吃不下饭，睡不着觉，不远千里到程氏家乡去寻访。程氏以前提过自己是楚地人，三年前，出钱买了个官，做了嘉祥县县丞。李生按照程氏的姓名，问了他家乡的人，都说此地并没有这个人。有人说："有个程道士善于弹琴，又传说他会点金术。三年前，他突然离开，就再也没有人见过他了。"李生怀疑那个县丞就是程道士，又详细询问此人的年龄和容貌，和程氏完全吻合。李生这才明白，道士之所以买官，就是为

并不言及音律，渐而出琴，渐而献技，又渐而惑以佳丽，浸渍[7]三年，得琴而去。道士之癖，更甚于李生也。天下之骗机多端，若道士，犹骗中之风雅者也。

了那张古琴。两人相交一年多，道士并不谈及音律，渐渐地故意摆出一张琴，接着又表演自己的琴艺，又用佳人迷惑李生，用了三年时间才骗到琴离开。道士对琴的喜爱，更胜于李生啊。天下的欺骗手段多种多样，像道士这样的人，算得上是骗子中的风雅之士了。

注释 1 楚产：楚地人。楚，在今湖北、湖南等地区。 2 捐资：犹指"捐纳"，捐资纳粟换取官职、官衔。 3 点金术：道教所谓的点铁成金的法术。 4 年甲：年龄。甲，甲子，代指岁月，年龄。 5 谬：差错。此处指差别。 6 纳官：捐官。 7 浸渍：浸染，渗透。比喻渐进。

放　蝶

原文

长山[1]王进士㞯生[2]为令时，每听讼[3]，按律之轻重，罚令纳蝶自赎。堂上千百齐放，如风飘碎锦，王乃拍案大笑。一夜，梦一女子，衣裳华好，从容而入，曰："遭君虐政[4]，姊妹多物故[5]。当使君先

译文

长山县的进士王㞯生在担任县令时，每逢审理案件，就按照处罚的轻重，责罚犯人缴纳蝴蝶赎罪。大堂上千百只蝴蝶一齐放飞，如同破碎的锦缎在风中飞舞，王㞯生看了拍案大笑。一天夜里，王㞯生梦见一个女子，穿着华丽的衣服，从容走进屋来，说："由于遭受你的虐政，很多姊妹都死了。我要你先受些风流的

受风流之小谴耳。”言已化为蝶，回翔而去。明日，方独酌署中，忽报直指使[6]至，皇遽[7]而出，闺中戏以素花[8]簪冠上，忘除之。直指见之，以为不恭，大受诟骂而返。由是罚蝶令遂止。

小惩罚。”说完就化为蝴蝶，回旋着飞走了。第二天，王岫生在官署内独自喝酒，忽然衙役禀告直指使大人到了，他惊惧慌张出去迎接，官帽上还插着妻子跟他戏耍时放上去的一朵白花，忘记摘下来。直指使见了，认为县令对自己不恭敬，把他大骂了一顿，他才回来。从此，罚人交纳蝴蝶赎罪的命令就停止了。

注释 **1** 长山：旧县名，在今山东邹平市长山镇。 **2** 王进士岫（dǒu）生：王岫生，字子凉，明末进士，曾任如皋县知县。 **3** 听讼：听理诉讼，审案。 **4** 虐政：残暴的政策法令。 **5** 物故：死亡。 **6** 直指使：官名。朝廷特派巡视、处理各地政事的官员。 **7** 皇遽：惊恐慌张。皇，通“惶”。 **8** 素花：白花。

青城[1]于重寅，性放诞。为司理[2]时，元夕[3]，以火花爆竹缚驴上，首尾并满。牵登太守[4]之门，击柝[5]而请，自白：“某献火驴，幸出一览。”时太守有爱子患痘，心绪方恶，辞之。于固请之，太守不得已，使阍人[6]启钥。门甫辟[7]，于火发机，推驴入。爆震驴

青城人于重寅，生性放纵怪诞。他做司理时，在元宵节晚上，把烟花爆竹绑在驴身上，头上和尾巴上都绑满了。他牵着驴来到知府家门口，敲着梆子请求开门，并说：“我来敬献火驴，请大人出来观看。”当时知府的爱子正在出水痘，知府心情很不好，就推辞了。于重寅一再请求，知府不得已，命守门人把门打开。大门刚打开，于重寅就点燃了烟花爆竹，把驴推了进去。爆竹震响，驴受惊后拼命狂奔，飞起的火花又朝人射去，没有人

惊,踶趹[8]狂奔,又飞火射人,人莫敢近。驴穿堂入室,破瓯毁甑,火触成尘,窗纱都烬。家人大哗,痘儿惊陷,终夜而死。太守痛恨,将揭劾之。于浼[9]诸司道[10],登堂负荆,乃免。

敢靠近。驴闯进堂屋跑进卧室,坛坛罐罐被打得粉碎,屋里的东西一碰到火就燃烧起来,窗纱都烧成了灰烬。知府家乱作一团,出水痘的孩子受了惊吓,过了一晚就死了。太守痛恨于重寅,要弹劾他。于重寅就央求诸位司道官员求情,他自己又背着荆条登堂谢罪,太守才不予追究。

注释 1 青城:古县名,在今山东高青县青城镇。 2 司理:官名。明朝时用为对推事的别称。主管狱讼刑罚。 3 元夕:旧称农历正月十五日为上元节,是夜称元夕,也称元夜、元宵。 4 太守:明清时指称知府。 5 击柝(tuò):敲梆子巡夜。柝,古代巡夜人敲击以报更的木梆。 6 阍(hūn)人:守门人。 7 辟:开启。 8 踶趹(dì guì):用蹄踢。后引申指用脚踢。 9 浼(měi):央求,请求。 10 司道:清朝时是布政司、提刑按察司与分守、分巡各道官的通称。

男生子

原文

福建总兵[1]杨辅有娈童[2],腹震动。十月既满,梦神人剖其两胁[3]去之。及醒,两男夹左右啼。起视胁下,剖痕俨然[4]。儿名之天舍、地舍云。

译文

福建总兵杨辅有个娈童,一天忽然觉得腹内震动。满十个月后,梦见神人切开他的两肋后离开了。等醒来一看,发现两个男孩在左右哭泣。起身察看肋下,切开的痕迹很清楚。给两个孩子取名叫天舍、地舍。

注释 1 总兵：官名。清朝时中央在各省置提督，提督下分设总兵官及副总兵官。总兵所辖为镇，故亦称“总镇”。 2 娈童：被当作女性玩弄的美男。娈，美好。 3 胁：身躯两侧从腋下到腰上的部分。 4 俨然：真切、明显的样子。

异史氏曰：“按[1]此吴藩[2]未叛前事也。吴既叛，闽抚蔡公疑杨欲图之，而恐其为乱，以他故召之。杨妻夙智勇，疑之，沮[3]杨行，杨不听。妻涕而送之。归则传齐诸将，披坚执锐，以待消息。少间，闻夫被诛，遂反攻蔡。蔡仓皇不知所为，幸标卒[4]固守，不克乃去。去既远，蔡始戎装突出，率众大噪[5]，人传为笑焉。后数年，盗乃就抚[6]。未几，蔡暴亡。临卒，见杨操兵[7]入，左右亦皆见之。呜呼！其鬼虽雄，而头不可复续矣！生子之妖，其兆于此耶？”

异史氏说：“这是吴三桂未叛乱之前的事。吴三桂造反后，福建巡抚蔡公怀疑杨辅要害自己，怕他作乱，就找别的理由召见他。杨辅的妻子一向智勇双全，怀疑蔡公另有他意，不让丈夫前去，杨辅不听。妻子哭着送别他。回家后，她就传令把将领都召集起来，让大家穿上铠甲、拿着兵器等待消息。不久，她听说丈夫被杀，就率兵攻打蔡公。蔡公仓皇间不知该怎么办，幸而手下兵卒固守，杨妻无法攻克就撤走了。等杨妻撤走很远了，蔡公才穿上铠甲从城中冲出，率众大声叫嚷，此事被人们传为笑谈。几年之后，反叛的士兵才被招安。没多久，蔡公就突然死了。临死前，他看见杨辅拿着武器闯进来，他身边的人也都看到了。呜呼！杨辅的鬼魂虽然雄健，但他掉了的脑袋再也接不上了！娈童生孩子这样的妖异之事，大概是他遇害的征兆吧？”

注释 1 按：查验，考察。 2 吴藩：即吴三桂。崇祯时期武科举人，以父荫为都督指挥。后降清，大败李自成，获封平西王。镇守云南时，处死南明永历帝，晋封为平西王，与福建靖南王耿继茂（子耿精忠）、广东平南王尚可喜并称“三藩”。 3 沮：阻止。 4 标卒：手下的军士。标，清朝时陆军编制的名称。总督、巡抚、提督等用来称归自己管辖的军队。 5 大噪：大声喧闹。 6 就抚：接受安抚，即归降。 7 操兵：执持与使用兵器。

钟生

原文

钟庆余，辽东名士，应济南乡试。闻藩邸[1]有道士知人休咎[2]，心向往之。二场[3]后至趵突泉，适相值[4]。年六十余，须长过胸，一皤然[5]道人也。集间灾祥者如堵，道士悉以微词[6]授之。于众中见生，忻然[7]握手，曰：“君心术[8]德行，可敬也！”挽登阁上，屏人[9]语，因问：“莫欲知将来否？”曰：“然。”曰：“子福命至薄，然今科乡举可

译文

钟庆余是辽东名士，到济南府参加乡试。他听说藩王府里有一位道士，能预知人的吉凶祸福，很想去拜访。考完两场后，钟生来到趵突泉游玩，正巧遇到了这位道士。道士六十多岁，须长过胸，须发皆白。聚拢在道士四周询问凶吉的人，围得像堵墙一样，道士全都用婉转而巧妙的话作答。道士在众人中看见钟生，很高兴地上前与他握手，说道：“您的心术和德行，令人敬佩！”挽着钟生的手登上阁楼，屏退其他人，问他道：“你莫不是也想知道将来如何？”钟生回答：“是啊！”道士说：“你福命太

望[10]。但荣归后，恐不复见尊堂[11]矣。”生至孝，闻之泣下，遂欲不试而归。道士曰：“若过此已往，一榜亦不可得矣。”生云：“母死不见，且不可复为人，贵为卿相何加焉？”道士曰：“某夙世[12]与君有缘，今日必合尽力。”乃以一丸授之曰：“可遣人夙夜将去，服之可延七日。场毕[13]而行，母子犹及见也。”

薄，不过这场科考有希望中举。但是你荣归故里后，恐怕就再也见不到令堂了。”钟生非常孝顺，听到这话流下泪来，便不想继续考试而想要回家。道士说：“你如果错过这个机会，以后恐怕一榜也中不了了。”钟生说道：“母亲临死而我不能和她再见一面，将来我还怎么做人，即使贵为公卿将相，又有什么用呢？”道士说：“我前世与你有缘，今日一定竭尽全力帮助你。”于是取出一个药丸送给钟生说：“可先派人连夜送给你母亲，她服下便可延命七天。你考完再赶回去，母子还来得及相见。”

注释　1 藩邸：藩王府邸。此处当指明德王府，在今济南珍珠泉一带。　2 休咎（jiù）：吉凶，善恶。　3 二场：指明清两代乡试前两场：第一场考时文，称七艺；第二场考试论。最后还要考经史时务策。　4 相值：相遇。　5 皤（pó）然：白貌。多指须发。　6 微词：婉转而巧妙的话。　7 忻（xīn）然：喜悦貌，愉快貌。　8 心术：指思想品质，居心。　9 屏（bǐng）人：避开别人。　10 可望：有希望。　11 尊堂：对别人母亲的尊称。　12 夙世：前世。　13 场毕：考试完毕。场，科举考试。

生藏之，匆匆而出，神志丧失。因计终天有期，早归一日，则多得一

钟生将丸药藏好，急匆匆地出来，颓丧得像丢了魂一样。他心想母亲寿命既然已经注定，早归家一天，就可多侍奉

日之奉养，携仆贳[1]驴，即刻东迈[2]。驱里许，驴忽返奔，下之不驯，控之则蹶[3]。生无计，躁汗如雨。仆劝止之，生不听。又贳他驴，亦如之。日已衔山，莫知为计。仆又劝曰："明日即完场矣，何争此一朝夕乎？请即先主而行，计亦良得。"不得已，从之。次日草草竣事，立时遂发，不遑[4]啜息[5]，星驰[6]而归。则母病绵惙[7]，下丹药，渐就痊可。入视之，就榻泫泣。母摇首止之，执手喜曰："适梦之阴司[8]，见王者颜色和霁[9]。谓'稽尔生平，无大罪恶。今念汝子纯孝[10]，赐寿一纪[11]'。"生亦喜。历数日，果平健如故。

一天，于是带着仆人租了头驴子，立即东行回家。走了一里多路，驴子忽然转头往回跑，钟生从驴上下来赶，驴子不听，想拉住它，它又尥蹶子。钟生无计可施，急得汗如雨下。仆人劝他留下，他又不听。又另雇了一头驴，结果这头驴子也不肯走。太阳已经落山了，他们不知道如何是好。仆人又劝道："明天就要考完了，又何必争这一朝一夕呢？请让我先回去送药，这也是个好办法。"钟生迫不得已，只好同意。第二天，钟生草草考完，立刻就动身，顾不上喘口气休息，连夜赶回家。当时他母亲已经病重垂危，吃下道士的丹药后，渐渐好转。钟生回家见到母亲，趴在床边就哭了起来。母亲摇头让他别哭，拉着他的手高兴地说："刚才我做梦到了阴间，见到阎王和颜悦色。他说'查了你的生平，没有大的罪恶。如今念你儿子极为孝顺，再赐你十二年阳寿'。"钟生听了也十分高兴。过了几天，母亲果然康健如初。

注释　1 贳（shì）：租借。　2 东迈：向东前进。　3 蹶（juě）：蹶子。骡、马等用后腿向后踢叫尥（liào）蹶子。　4 不遑：顾不上。遑，闲暇。　5 啜（chuò）息：饮食休息。啜，饮，吃。　6 星驰：连夜奔走。 7 绵惙(mián chuò):形容病情危急,气息仅存。 8 阴司:阴间,阴曹地府。 9 和霁:和蔼。 10 纯孝:至孝。纯,笃厚。 11 一纪:十二年。岁星(木星)绕地球一周约需十二年,故称十二年为一纪。

未几闻捷,辞母如济。因赂内监[1],致意道士。道士欣然出,生便伏谒。道士曰:“君既高捷[2],太夫人又增寿数,此皆盛德所致,道人何力焉!”生又讶其先知,因而拜问终身。道士云:“君无大贵,但得耄耋[3]足矣。君前身与我为僧侣,以石投犬,误毙一蛙,今已投生为驴。论前定数[4],君当横折[5]。今孝德感神,已有解星[6]入命,固当无恙。但夫人前世为妇不贞,数应少寡。今君以德延寿,非其所耦,恐岁后瑶台倾[7]也。”生恻然良久,问继室所在。曰:“在中州[8],今十四岁矣。”临别

没过多久,钟生听到自己中举的捷报,便辞别了母亲来到济南府。他到藩王府给内监送了礼,让太监代他向道士表达谢意。道士高兴地出来见他,他便向道士下跪感谢。道士说:“你已经登科及第,太夫人又增了阳寿,这些都是你高尚德行的回报,贫道也没出什么力啊!”钟生对道士已知这些事十分惊讶,于是拜问自己终身的祸福。道士说:“你命中不会大贵,只要能活到耄耋之年也就该满足了。你前生与我同是和尚,因用石头打狗,误砸死了一只青蛙,这只青蛙已投生为驴。按照前生的命数,你应当横死。如今你的孝行感动了神明,已有解星来帮忙,应当不会有灾难了。但是你的夫人前生不贞节,命里注定该年少守寡。如今你因为德行寿命延长,她就不能和你白头偕老了,恐怕年后会有性命之忧。”钟生悲伤了好一会儿,又问将来续娶的妻子在什么地方。道士说:“在中州一带,如今已经十四岁了。”临分别时,

嘱曰:“倘遇危急,宜奔东南。”

道士嘱咐道:“倘若以后遇到危急,应当逃向东南。”

注释 1 内监:宦官,太监。 2 高捷:登科及第。 3 耄耋(mào dié):高寿。耄,八九十岁的年纪。耋,七八十岁的年纪。 4 定数:命数,命运。 5 横(hèng)折:横死。 6 解星:旧时术数家指能化凶为吉的星。 7 瑶台倾:刘禹锡悼念亡妻作《伤往赋》,中有“瑶台倾兮镜奁空”之语,后以“瑶台倾”指妻子死亡。瑶台,玉镜台。妆台的美称。 8 中州:今河南省一带。

后年余,妻病果死。钟舅令于西江,母遣往省[1],以便途过中州,将应继室之谶[2]。偶适一村。值临河优戏[3],士女甚杂。方欲整辔[4]趋过,有一失勒牡驴[5],随之而行,致骡蹄趹[6]。生回首以鞭击驴耳,驴惊大奔。时有王世子方六七岁,乳媪抱坐堤上。驴冲过,扈从[7]皆不及防,挤堕河中。众大哗,欲执之。生纵骡绝驰,顿忆道士言,极力趋东南。

过了一年多,他的妻子果然病故了。钟生的舅舅在西江做县令,母亲让他前去探望,顺便路过中州,以应道士所说继娶之妻在中州的预言。他偶然路过一个村庄,正好碰到有人在河边演戏,男男女女混在一起观看。钟生刚想驱着骡子快点过去,忽然有一匹脱了缰的公驴跟着他跑,惹得他的骡子尥蹶子踢驴。钟生回过头,用鞭子抽打驴耳,驴受了惊狂奔。这时,有一位才六七岁的王府小世子,奶妈正抱着他坐在河堤上。驴子冲过来,仆从没来得及提防,把小世子挤到了河里。众人大喊大叫,要抓钟生。他鞭打着骡子拼命跑,忽然想起道士的话,就极力向东南方奔去。

注释 1 省（xǐng）：探望，问候。 2 谶（chèn）：迷信的人指将来要应验的预言、预兆。 3 优戏：泛指演戏。 4 整辔：驾车。此处指驱着骡子赶路。 5 牡驴：公驴。牡，鸟兽的雄性。 6 蹄趹（tí guì）：牲口踢蹬。 7 扈从：指随从人员。扈，随从。

约二十余里，入一山村，有叟在门，下骑揖之。叟邀入，自言方姓，便诘所来。生叩伏在地，具以情告，叟言："不妨。请即寄居此间，当使徼者[1]去。"至晚得耗，始知为世子，叟大骇曰："他家可以为力。此真爱莫能助矣！"生哀不已。叟筹思曰："不可为也。请过一宵，听其缓急，倘可再谋。"生愁怖，终夜不枕[2]。次日侦听，则已行牒讥察[3]，收藏者[4]弃市[5]。叟有难色，无言而入。生疑惧，无以自安。中夜叟来，入坐便问："夫人年几何矣？"生以鳏[6]对。叟喜曰："吾谋济矣。"问之，

大约跑了二十多里，他来到了一个小山村，有一位老人站在门前，钟生下骡向老人行礼。老人请他到家，说自己姓方，又问他从哪里来。钟生跪地叩头，将自己的遭遇如实告诉了老人。老人说："无妨。请暂且住在这里躲避，我会想办法让追你的人离开。"到晚上，才得知落水的是位小世子。老人大惊失色，说道："要是得罪的是别的人家，我还能帮忙，现在真是爱莫能助了。"钟生哀求不已。老人寻思了半天说："目前实在没有别的办法。请先在这里等一晚，听听风声缓急，或许还可以再想想办法。"钟生又担忧又害怕，一夜没睡着。第二天，老人出去探听消息，官府已经发文追查逃犯，藏匿者也要被杀头示众。老人面露难色，一言不发地走进屋里。钟生又疑虑又恐惧，心里惶惶不安。到了半夜，老人过来，坐下就问道："你夫人多大了？"钟生说妻子已去世。老人高兴地说："我

答云："余姊夫慕道，挂锡南山[7]，姊又谢世。遗有孤女，从仆鞠养，亦颇慧。以奉箕帚[8]如何？"生喜符道士之言，而又冀亲戚密迩，可以得其周谋，曰："小生诚幸矣。但远方罪人，深恐贻累丈人。"叟曰："此为君谋也。姊夫道术颇神，但久不与人事[9]矣。合卺[10]后，自与甥女筹之，必合有计。"生喜极，赘[11]焉。

有办法了！"钟生问他什么办法，老人回答说："我的姐夫信佛，在南山出家修行，姐姐也已经去世。他们留下一个孤女，由我抚养，也颇聪慧，你娶她做继室怎么样？"钟生听了十分高兴，这正符合道士的预言，而且结为亲戚，也可以得到老人更多的帮助，于是说："小生实感荣幸，只是我这远方来的罪人，深恐连累老丈人。"老人说："我这是为你着想。我姐夫的道术颇为神奇，但他很久不问世事了。成婚后，你可与我外甥女商量，必定会有好办法。"钟生十分高兴，就入赘做了老人的外甥女婿。

注释　**1** 徼（jiào）者：巡察的人。此处指追捕钟生的人。　**2** 不枕：睡不着。　**3** 行牒讥察：发公文追查。牒，公文。讥，稽查，查问。　**4** 收藏者：此处指藏匿逃犯的人。　**5** 弃市：古代死刑的一种。即在闹市对犯人执行死刑，并将尸体暴露示众。　**6** 鳏（guān）：年老无妻或丧妻的男人。　**7** 挂锡南山：在南山出家。僧人远游持锡杖，投宿时会将其挂在僧堂钩上。故称僧人止宿或驻留为"挂锡"。　**8** 奉箕帚：从事家内洒扫之事，代指充当妻室。　**9** 不与人事：不参与俗世事务，不理会人情事理。与，参加。　**10** 合卺（jǐn）：古代婚礼中的一种仪式。剖一瓠为两瓢，新婚夫妇各执一瓢，斟酒以饮。代指成婚。　**11** 赘（zhuì）：入赘，即当上门女婿。

女十六岁，艳绝无

新娘才十六岁，容貌艳丽，举世无

双。生每对之欷歔[1]。女云:“妾即陋,何遂遽见嫌恶?”生谢曰:“娘子仙人,相偶为幸。但有祸患,恐致乖违[2]。”因以实告。女怨曰:“舅乃非人!此弥天之祸,不可为谋,乃不明言,而陷我于坎窞[3]!”生长跪曰:“是小生以死命哀舅,舅慈悲而穷于术,知卿能生死人而肉白骨也。某诚不足称好逑[4],然家门幸不辱寞。倘得再生,香花供养[5]有日耳。”女叹曰:“事已至此,夫复何辞?然父自削发招提[6],儿女之爱已绝。无已同往哀之,恐担挫辱[7]不浅也。”乃一夜不寐,以毡绵厚作蔽膝[8],各以隐着衣底,然后唤肩舆,入南山十余里。山径拗折绝险,不复可乘。下舆,女跬步[9]甚艰,生挽臂拽扶之,竭蹶[10]始得上

双。钟生常对着她唏嘘慨叹,新娘说:“我就算丑陋,也不至于这么快就招人嫌恶啊?”钟生道歉说:“娘子美若天仙,能与你结为伉俪,实属万幸。但我身遭祸患,恐怕要被迫与你分离了。”钟生把实情告诉了她。新娘埋怨说:“舅舅真不是人!这是弥天大祸,他自己想不出办法解决,又不和我说明白,而把我往火坑里推啊!”钟生长跪着说:“是我死命地哀求舅舅,舅舅心地慈悲但也没什么办法,知道你能让死人复生,让白骨长肉。我确实称不上一位好丈夫,然而我家的门第也不算辱没你。倘若我能躲过此次大难而获得再生,我必当天天把你当佛一样供着。”新娘叹气说:“事已至此,我还有什么可推脱的呢?可是,父亲自从削发出家,父女之情已经断绝了。但也没有别的办法,我们一同去哀求他,恐怕要受一番羞辱了。”于是新娘一夜未睡,用毡子和棉花做了两副厚厚的护膝,藏在衣服里面,然后叫来轿子前往,进入南山十多里,山路曲折险峻,不能再坐轿子了。下轿后,新娘走路很艰难,钟生挽着她的手臂,扶着她跌跌撞撞地往上爬。走了没多远,就看见了寺院的

达。不远，即见山门[11]，共坐少憩。女喘汗淫淫[12]，粉黛交下。生见之，情不可忍，曰："为某故，遂使卿罹此苦！"女愀然曰："恐此尚未是苦！"困少苏[13]，相将入兰若[14]，礼佛[15]而进。曲折入禅堂，见老僧趺坐[16]，目若瞑，一僮执拂侍之。方丈中，扫除光洁，而坐前悉布沙砾，密如星宿。女不敢择，入跪其上；生亦从诸其后。僧开目一瞻，即复合去。女参曰："久不定省，今女已嫁，故偕婿来。"僧久之，启视曰："妮子大累人！"即不复言。夫妻跪良久，筋力俱殆，沙石将压入骨，痛不可支。又移时，乃言曰："将骡来未？"女答曰："未。"曰："夫妻即去，可速将来。"二人拜而起，狼狈而行。

正门，两人坐下稍事休息。新娘汗水淋漓，把脸上的脂粉都冲花了。钟生看见，十分难受，说道："为了我，让你受这样的苦。"女子忧愁地说："恐怕这还算不得苦！"等疲乏稍微缓解，两人就互相搀扶着进了寺庙，向佛像施礼后，走了进去。他们沿着曲曲折折的路走进了禅房，看见一位老和尚正在盘腿打坐，双眼好像都闭着，一位侍童拿着拂尘在一旁侍立。禅室内打扫得很干净，在老和尚的座位前铺满了沙砾，密如繁星。新娘不敢挑地方，进来就跪在沙砾上，钟生也跟着跪在新娘后面。老和尚睁眼看了一下，又立即闭上了。女子参拜说："好久没来探望父亲了，现在女儿已经出嫁，所以带着女婿一起前来拜见。"老和尚沉默了很久，才睁开眼说："你这妮子太累人了！"就不再说话了。夫妻二人跪了好久，筋疲力尽，沙石都快要嵌进骨头里了，疼痛难忍。又过了一会儿，老和尚说："骡子牵来了没有？"新娘回答说："没有。"老和尚说："你们夫妻二人赶紧回去，快把骡子送来。"他们两人叩拜后起身，狼狈地回去了。

注释 1 欷歔（xī xū）：叹息声，抽咽声。 2 乖违：隔绝，离散。乖，隔绝，断绝。违，离别。 3 坎窞（dàn）：坑穴。喻险境。 4 好逑：好配偶。逑，配偶。 5 香花供养：原为佛家语，用香和花供养是一种礼敬仪式。后喻虔诚地感激供奉。 6 招提：梵语"四方"的音译，四方之僧称招提僧。此处指出家为僧。 7 挫辱：凌辱。 8 蔽膝：围于衣服前面的大巾。用以蔽护膝盖。 9 跬（guǐ）步：举步，迈步。 10 竭蹶（jué）：跌跌撞撞，行走匆忙貌。 11 山门：寺院的外门。 12 淫淫：流落不止貌。 13 苏：缓解，解除。 14 兰若：指寺院。梵语"阿兰若"的省称。意为寂静无苦恼烦乱之处。 15 礼佛：顶礼于佛，拜佛。 16 趺（fū）坐：盘腿端坐。

既归，如命，不解其意，但伏听[1]之。过数日，相传罪人已得，伏诛[2]讫。夫妻相庆。无何，山中遣僮来，以断杖付生云："代死者，此君也。"便嘱瘗葬[3]致祭，以解竹木之冤。生视之，断处有血痕焉。乃祝[4]而葬之。夫妻不敢久居，星夜归辽阳[5]。

回到家后，他们遵照父亲的吩咐把骡子送到庙里，虽然不明白其中的用意，也只是恭顺地等着消息。过了几天，听说罪犯已被抓住，已被处死了。夫妻俩庆幸躲过了灾祸。不久之后，山中派来一位小僮，把一条被砍断的竹杖交给钟生说："代替你死的，就是这位竹君。"便嘱咐钟生，将竹杖好生埋葬，还要礼拜祭奠，以解除竹木的冤气。钟生细看竹杖，被砍断的地方还有血痕。于是钟生祭拜祝祷后将竹杖埋葬。夫妻二人不敢在此久留，连夜赶回了钟生的老家辽阳。

注释 1 伏听：恭顺地听从。 2 伏诛：被处死。 3 瘗（yì）葬：埋葬。4 祝：祝祷。 5 辽阳：旧府名，治所在今辽宁辽阳市。

鬼 妻

原文

泰安[1]聂鹏云，与妻某鱼水[2]甚谐。妻遘疾[3]卒，聂坐卧悲思，忽忽[4]若失。一夕独坐，妻忽排扉入。聂惊问："何来？"笑云："妾已鬼矣。感君悼念，哀白地下主者，聊与作幽会。"聂喜，携就床寝，一切无异于常。从此星离月会，积有年余。聂亦不复言娶。伯叔兄弟惧堕宗主[5]，私谋于族，劝聂鸾续[6]。聂从之，聘于良家[7]，然恐妻不乐，秘之。未几，吉期逼迩[8]，鬼知其情，责之曰："我以君义，故冒幽冥之谴，今乃质盟[9]不卒，钟情者固如是乎？"聂述宗党[10]之意，鬼终不悦，谢绝而去。聂虽怜之，而计亦得也。

译文

泰安的聂鹏云与妻子的感情如鱼水般和谐。后来妻子得病死了，聂鹏云坐卧不宁，悲伤不已，以致精神恍惚好像失了魂一样。一天晚上，他独自在家中坐着，妻子忽然推门走进来。聂鹏云吃惊地问道："你怎么来了？"妻子笑着说："我现在已经是鬼了。因感念你对我的悼念，就哀求地府的阎王，暂时过来和你幽会。"聂鹏云很高兴，拉着她上床就寝，一切跟往常没什么不同。从此，妻子晚上前来，天不亮就走，这样过了有一年多。聂鹏云也不再说续弦的事。他的叔伯兄弟担心他绝了后，私下劝他续弦。聂鹏云答应了，聘定了一位良家的姑娘，但他担心妻子不高兴，就对她隐瞒了此事。没过多久，娶亲的日子快到了，妻子知道了实情，就责备道："我以为你对我有情义，所以才冒着被地府惩罚的危险前来和你相会，而今你却不遵守我们的盟誓，专注情感的人难道是这样的吗？"聂鹏云说这是叔伯兄弟们的意思，妻子始终不高兴，告别而去。聂鹏云虽然可怜她，但再娶的计划也算达成了。

注释 1 泰安：旧州名或府名，治所在今山东省泰安市。 2 鱼水：喻夫妻相得或男女情笃。 3 遘（gòu）疾：生病。遘，遇。 4 忽忽：失意貌。 5 堕宗主：断绝宗嗣。宗主，指宗子。一姓的继承人。 6 鸾续：指妻亡后继娶。鸾，鸾胶，传说能续弓弩已断之弦，又称续弦胶。 7 良家：汉时指医、巫、商贾、百工以外的人家，后世称清白人家为良家。 8 逼迩：逼近。 9 质盟：立誓，订盟，盟誓。 10 宗党：宗族，乡党。

迨合卺之夕，夫妇俱寝，鬼忽至，就床上挞[1]新妇，大骂：“何得占我床寝？”新妇起，方与挡拒。聂惕然[2]赤蹲，并无敢左右袒[3]。无何，鸡鸣，鬼乃去。新妇疑聂妻故并未死，谓其赚[4]己，投缳[5]欲自缢。聂为之缅述[6]，新妇始知为鬼。日夕复来，新妇惧避之。鬼亦不与聂寝，但以指掐肤肉，已，乃对烛目怒相视，默默不语。如是数夕，聂患之。近村有良于术者，削桃[7]为杙[8]，钉墓四隅，其怪始绝。

等到新婚之夜，聂鹏云夫妇都睡下后，鬼妻忽然来了，走到床前对新娘大打出手，大骂道：“你怎么能霸占我的床？”新妇起身，和鬼妻扭打成一团。聂鹏云吓得光着身子蹲在一旁，不敢袒护哪一方。没多久，鸡叫了，鬼妻这才离去。新妇怀疑聂鹏云原来的妻子并没有死，认为他在骗自己，就要上吊自杀。聂鹏云对她详细讲述了往日之事，新妇这才知道他前妻已是鬼。傍晚，鬼妻又来了，新妇吓得四处躲避。鬼妻也不再和聂鹏云睡觉，只是用手掐他的皮肉，掐完了就在烛光下怒目瞪着他，沉默不语。这样过了好几夜，聂鹏云很忧愁。邻近村子有位精通法术的人，削了几个桃木桩，钉在鬼妻的坟墓四周，鬼妻才不出现了。

注释 1 挝（zhuā）：打。 2 惕（tì）然：惶恐貌。 3 左右袒：露出左臂或右臂，以示偏袒某一方。 4 赚：哄骗，欺骗。 5 投缳（huán）：自缢。缳，绳套。 6 缅述：尽情叙说，备叙。 7 桃：桃木。旧时民间认为桃木能辟邪消灾。 8 杙（yì）：一头尖的短木，木桩。

黄将军

原文

黄靖南得功[1]微时[2]，与二孝廉[3]赴都，途遇响寇[4]。孝廉惧，长跪[5]献资。黄怒甚，手无寸铁，即以两手握骡足，举而投之。寇不及防，马倒人堕。黄拳之臂断，搜橐[6]而归孝廉。孝廉服其勇，资劝[7]从军。后屡建奇勋，遂腰蟒玉[8]。

译文

靖南侯黄得功在尚未显达的时候，曾跟两位举人一起进京，路上遇到了强盗。两位举人很害怕，跪在地上交出了钱财。黄得功十分恼怒，因手无寸铁，就用两手握住骡子的腿，举起来扔向强盗。强盗来不及防备，马被砸倒了，人也摔了下来。黄得功挥拳，把强盗的胳膊打断了，搜了强盗的袋子，把财物还给两位举人。举人很佩服他的勇力，就拿出钱劝说并资助他从军。此后黄得功屡建奇功，成为腰缠玉带、身穿蟒袍的高官。

注释 1 黄靖南得功：黄得功，明末将领，出身行伍。崇祯十七年，因镇压农民起义有功封靖南伯。后进封靖南侯，镇守庐州。平定叛乱，清缴贼寇后进爵为靖南公。与清兵交战时，中流矢而死。 2 微时：微贱而未显达的时候。 3 孝廉：明清两代对举人的称呼。 4 响寇：旧时结伙拦路抢劫的强盗。因马身系铃或抢劫时先放响箭，故称。 5 长跪：

直身而跪。 6 橐（tuó）：口袋。 7 资劝：资助并劝说。 8 蟒玉：蟒衣玉带。古代贵官的服饰。

三朝元老

原文

某中堂[1]，故明相也。曾降流寇[2]，世论非之。老归林下[3]，享堂[4]落成，数人直宿[5]其中。天明，见堂上一匾云："三朝元老。"一联云："一二三四五六七，孝弟忠信礼义廉。"不知何时所悬。怪之，不解其义。或测之云："首句隐亡八，次句隐无耻也。"

译文

某中堂是明朝的宰相。他曾投降过流寇，饱受世人非议。他告老还乡之后，建成了祭堂，并派几个人在那里值夜。天亮后，见堂上挂了一块匾，上书："三朝元老。"还有一副对联是："一二三四五六七，孝弟忠信礼义廉。"不知是何时挂上去的。人们对此感到奇怪，不明白其中的含义。有人推测说："首句隐含着亡八之意，次句隐含着无耻之意啊。"

注释 1 中堂：明清时指大学士。 2 流寇：到处转移、没有固定据点的盗匪。旧时统治阶级常用以污蔑农民起义军。此处指明末李自成、张献忠等领导的农民军。 3 林下：指山林田野退隐之处。 4 享堂：祭堂，供奉祖宗牌位或神鬼偶像的地方。享，上供，把祭品献给祖先、神明或天子。 5 直宿：值夜。

洪经略[1]南征，凯旋[2]，至金陵[3]，醮荐[4]阵亡

洪承畴南征，大胜而归，到了南京，祭奠阵亡将士。这时有位他的旧门人前

将士。有旧门人谒见，拜已，即呈文艺[5]。洪久厌文事，辞以昏眊[6]，其人云："但烦坐听，容某颂达上闻。"遂探袖出文，抗声[7]朗读，乃故明思宗[8]御制祭洪辽阳死难文[9]也。读毕，大哭而去。

来谒见，参拜之后，呈上自己写的文章。洪承畴一直厌烦文章之事，就推辞说自己老眼昏花，门人就说："请您坐着听就好，容我给您读一遍。"于是从袖子中取出文稿，高声朗读，原来是明朝崇祯皇帝听到洪承畴与清军大战于松山殉国的消息后所写的祭文。门人读完之后，大哭而去。

注释　1 洪经略：洪承畴，明万历进士，曾任兵部尚书、蓟辽总督，后降清，至各地总督军务，镇压人民抗清斗争，官至武英殿大学士、七省经略。　2 凯旋：获胜归来。凯，军队得胜回来奏的乐曲。　3 金陵：今江苏省南京市。　4 醮（jiào）荐：祭奠。醮，祭祀。荐，祭献。　5 文艺：撰述和写作方面的学问。此处泛指文章。　6 昏眊（mào）：眼睛昏花。　7 抗声：高声，大声。　8 明思宗：明崇祯帝朱由检。　9 祭洪辽阳死难文：祭奠洪承畴殉难的文章。明文秉《烈皇小识》载，崇祯十四（1641）年，洪承畴率军驰援锦州，兵败被俘后降清。朝中错以为他为国牺牲，崇祯皇帝追封其为太子太保，荫锦衣千户。

医　术

原文

张氏者，沂[1]之贫民。途中遇一道士，善风鉴[2]，相之曰："子当以术业富。"

译文

张氏是沂县的贫民。他在路上遇到一位道士，擅长相面，为张氏相了面后说："你当以技能致富。"张氏就问：

张曰:“宜何从?”又顾之,曰:“医可也。”张曰:“我仅识‘之无[3]’耳,乌能是?”道士笑曰:“迂哉!名医何必多识字乎?但行之耳。”既归,贫无业,乃摭拾[4]海上方[5],即市廛[6]中除地作肆[7],设鱼牙蜂房[8],谋升斗于口舌之间,而人亦未之奇也。

“应该做什么呢?”道士又看了看他的面相,说:“可以行医。”张氏说:“我认不了几个字,怎么能干这行呢?”道士笑着说:“真是迂腐!名医何必认识那么多字呢?你只管去做就行了。”张氏回家后,穷困无业,就收集了一些偏方,到集市上摆了个地摊,摆了些鱼牙、蜂房之类的药格子,靠一张嘴赚些小钱糊口,人们也没觉得他的医术有神奇之处。

注释 1 沂:今山东省临沂市沂水县。 2 风鉴:相面术。 3 之无:借指简单易识之字。 4 摭(zhí)拾:收集,采集。 5 海上方:原指仙方。秦始皇、汉武帝都曾遣人出海求不死仙药,故称。此处指偏方。 6 市廛(chán):集市。 7 除地作肆:指摆地摊。 8 鱼牙蜂房:喻储存药物的格子。

会青州[1]太守病嗽,牒檄[2]所属征医。沂故山僻少医工,而令惧无以塞责[3],又责里中使自报。于是共举张,令立召之。张方痰喘[4]不能自疗,闻命大惧,固辞。令弗听,卒邮送去。路经深山,渴极,咳愈甚。

恰逢青州太守得了咳嗽病,发出文告在所属地区征召医生。沂县地处偏僻山区,缺少医生,县令害怕没办法交差,就责成各乡自行上报。于是乡里共同推举张氏,县令立即召他前往。这时,张氏自己得了痰喘病,连自己的病都没治好,听闻命令十分恐慌,一再推辞。县令不允,派隶卒送他前往青州。路上经过深山,张氏口渴至极,咳嗽得更加厉害。到

入村求水，而山中水价与玉液等，遍乞之无与者。见一妇漉野菜，菜多水寡，盎[5]中浓浊如涎。张燥急难堪，便乞余沈[6]饮之。少间渴解，嗽亦顿止。阴念：殆[7]良方也。比至郡，诸邑医工已先施治，并未痊减[8]。张入，求密所，伪作药目，传示内外，复遣人于民间索诸藜藿[9]，如法淘汰[10]讫，以汁进太守。一服病良已，太守大悦，赐赉甚厚，旌[11]以金扁[12]。

村子里讨水喝，山里边的水价格跟琼浆玉液一样贵，求遍了全村人也没有人给他水喝。这时张氏看见一个妇人正在洗野菜，菜多水少，盆里的水浑浊黏稠得如同口水。张氏焦渴难耐，便乞求妇人把洗菜剩下的水给他喝。刚喝下一会儿就不渴了，咳嗽顿时也止住了。他心里想：这也许是个好药方。等他到了青州，各县的医生都已为太守治过病，但太守的病并没有好转。张氏进去后，要求住在一个秘密的地方，假装开了一个药方，传给里里外外的人看，又派人到民间收集野菜，按照山里妇人的方法淘洗完毕，把剩下的汁水送给太守喝。太守喝了一次病就好了，非常高兴，便重赏张氏，还送给他一块金字匾额。

注释 1 青州：今山东省潍坊市下辖青州市。 2 牒檄：发布公文。牒，公文。檄，古代官府用以征召、晓谕或声讨的文书。 3 塞责：尽责，补过。此处指交差。 4 痰喘：中医病症名。指由气管积痰而引起的呼吸不畅、心跳、出汗等症状。 5 盎(àng)：古代的一种盆，腹大口小。 6 沈(shěn)：汁。 7 殆：大概。 8 痊减：病势减轻。 9 藜藿（lí huò）：泛指粗劣的野菜。 10 淘汰：洗去杂质，去除杂质。 11 旌：表扬。 12 扁：即匾额。

由此名大噪，门常如市，应手[1]无不悉效。有病伤寒[2]者，言症求方。张适醉，误以疟[3]剂予之。醒而悟之，不敢以告人。三日后，有盛仪[4]造门而谢者，问之，则伤寒之人，大吐大下而愈矣。此类甚多。张由此称素封[5]，益以声价自重[6]，聘者非重资安舆[7]不至焉。

张氏由此声名大噪，门庭若市，用这个药方无不药到病除。有个病人得了伤寒病，讲明病症后求药方。这时张氏恰好喝醉酒，误把治疗疟疾的药给了他。张氏酒醒后才明白搞错了，不敢告诉别人。三日后，有人带着丰厚的礼物登门拜谢，一问，原来是那位患伤寒的病人，他服药后大吐大泻，病竟然好了。诸如此类的事情很多。张氏因此发了大财，更加凭着声望抬高自己的身价，前来聘请的人若没有准备重金、安排华车，他是不会去的。

注释　1 应手：顺手。多形容技艺高超娴熟或做事得法顺当。 2 伤寒：中医学上泛指一切热性病。又指风寒侵入人体而引起的疾病。 3 疟（nüè）：一种由疟原虫引起的寄生虫病。由疟蚊叮咬（或输血）而传染。 4 盛仪：丰厚的礼品。仪，礼物。 5 素封：无官爵封邑而资财丰厚的富人。 6 自重：抬高自己的身价或地位。 7 安舆：即安车，古代可以坐乘的小车。高官告老还乡或征召有重望的人，往往赐乘安车。

益都[1]韩翁，名医也。其未著[2]时，货药于四方。暮无所宿，投止[3]一家，则其子伤寒将死，因请施治。韩思不治则去此莫适，而治之诚无

青州的韩翁是位名医。他还没名气的时候，到各地去卖药。一天晚上，他找不到住的地方，就到一户人家借宿，这家主人的儿子得伤寒快要死了，于是就请韩翁医治。韩翁想如果不给治，离开这里就没处住宿，如果要治，又实在没有良

术。往复跮踱[4]，以手搓体，而污垢成片，捻之如丸。顿思以此绐[5]之，当亦无所害，晓而不愈，已赚得寝食安饱矣。遂付之。中夜，主人挝门甚急，意其子死，恐被侵辱，惊起，逾垣疾遁。主人追之数里，韩无所逃始止。乃知病者汗出而愈矣。挽回，款宴丰隆[6]，临行，厚赠之。

方。他踱来踱去，用手搓着身子，而他身上污垢很多，搓着就成了泥丸。他突发奇想，不如把泥丸给病人吃，应该也没什么害处，即使天亮后病情不见好，自己也已经吃饱睡好了。于是他就把泥丸交给主人。到半夜，主人突然紧急敲门，韩翁以为主人的儿子死了，害怕自己受打骂，惊慌地爬起来，翻墙急忙逃跑。主人追了好几里，韩翁无处可逃才停下来。这时他才知道病人出汗后已经痊愈了。主人把他拉回家，盛情款待，临走时又赠给他很多钱。

注释　**1** 益都：青州府治所，在今山东青州市。 **2** 著：扬名。 **3** 投止：投宿。 **4** 跮踱（chì duó）：来回走，徘徊。 **5** 绐（dài）：欺骗，欺诈。 **6** 丰隆：丰盛隆厚。

藏虱

原文

乡人某者，偶坐树下，扪[1]得一虱，片纸裹之，塞树孔中而去。后二三年，复经其处，忽忆

译文

有个乡下人，偶然坐在树下，从身上摸到一个虱子，用纸片包起来，塞到树洞里走了。过了两三年，他又经过那个地方，忽然想起了这件事，看了看树洞，发现纸

之，视孔中纸裹宛然[2]。发而验之，虱薄如麸[3]。置掌中审顾之。少顷，掌中奇痒，而虱腹渐盈矣。置之而归，痒处核起[4]，肿数日，死焉。

包还在。于是他就把纸包掏出来，打开一看，虱子薄得如同麦麸。乡人把它放在手上仔细察看。过了片刻，他感觉掌心奇痒无比，而虱子的肚子已经渐渐大起来。他把虱子扔掉就回家了，结果发痒的地方隆起一个包，肿了几天，他就死了。

注释　1 扪：按，摸。　2 宛然：真切貌，清晰貌。　3 麸（fū）：小麦磨面过箩后剩下的皮。　4 核起：指患处像坚硬的果核一样隆起。

梦　狼

原文

白翁，直隶[1]人。长子甲，筮仕[2]南服[3]，三年无耗[4]。适有瓜葛[5]丁姓造谒，翁款之。丁素走无常[6]。谈次[7]，翁辄问以冥事，丁对语涉幻，翁不深信，但微哂[8]之。别后数日，翁方卧，见丁又来，邀与同游。从之去，入一城阙，移时，丁指一门曰："此间君家甥也。"时翁

译文

白翁是直隶人。他的大儿子白甲到南方做官，三年没有音讯。一天恰逢有远亲丁某前来拜访，白翁热情地招待他。丁某素来在阴间当差。两人谈话当中，白翁问了一些地府的事，丁某的回答玄虚荒诞，白翁不大相信，只是笑了笑。分别后数日，白翁正躺在床上休息，忽然看见丁某又来了，邀请他一起出去游玩。白翁跟着他去了，进了一座城池，过了一会儿，丁某指着一扇门说："这间房子就是你外甥家。"当时白翁姐姐的

有姊子为晋令,讶曰:“乌在此?”丁曰:“倘不信,入便知之。”

儿子在山西当县令,他惊讶地问:“怎么会在这儿?”丁某说:“你要是不相信,进去看看就知道了。”

注释 1 直隶:直接隶属京师的地区,清朝直隶地区包括今天的北京、天津两市、河北省大部分和河南、山东小部分地区。 2 筮仕:将出做官,卜问吉凶。 3 南服:南方。古代王畿以外地区分为五服,故称南方为“南服”。 4 无耗:没有音讯。 5 瓜葛:比喻辗转相连的亲戚关系或社会关系。此处指远房亲戚。 6 走无常:指活人到阴间当差。 7 谈次:言谈之际。 8 哂(shěn):讥笑。

翁入,果见甥,蝉冠豸绣[1]坐堂上,戟幢[2]行列[3],无人可通[4]。丁曳之出,曰:“公子衙署,去此不远,亦愿见之否?”翁诺。少间至一第,丁曰:“入之。”窥其门,见一巨狼当道,大惧不敢进。丁又曰:“入之。”又入一门,见堂上、堂下,坐者、卧者,皆狼也。又视墀中[5],白骨如山,益惧。丁乃以身翼[6]翁而进。公子甲方自内出,见父及丁良喜。少坐,唤侍者治肴蔌[7]。忽

白翁进去,果然看到了外甥,他头戴乌纱、身着官服坐在堂上,仪仗排列于两旁,没人给他通报。丁某把他拉出来说:“你家公子的衙门离这里也不远,你也想去看看吗?”白翁同意了。过了片刻,他们又来到一座府第,丁某说:“进去吧。”白翁打门缝儿往里一瞧,看见一头巨狼挡在路上,他恐惧极了,不敢进去。丁某又说:“进去吧。”又走进一道门,只见堂上、堂下,坐着的、躺着的,都是狼。又看院子里,白骨堆积如山,白翁更加害怕。丁某就用身子掩护着白翁走了进去。这时白甲正好从里边出来,看见父亲和丁某很高兴。坐了一会儿,他就吩咐侍者准备饭菜。忽然

一巨狼，衔死人入。翁战惕[8]而起，曰："此胡为者？"甲曰："聊充庖厨。"翁急止之。心怔忡不宁，辞欲出，而群狼阻道。

一头巨狼衔着死人跑了进来。白翁恐惧地站起身问："这是要干什么呀？"白甲就说："用来做点儿菜。"白翁急忙制止。他心中惊惧不安，想告辞出去，又被群狼拦住了道路。

注释 1 蝉冠豸（zhì）绣：戴着貂尾、金蝉装饰的官帽，穿着绣有獬（xiè）豸的官服。獬豸，古代神话中的神兽，能辨是非曲直，识善恶忠奸，被视为公正的象征。 2 戟幢（jǐ chuáng）：棨戟和旌旗。泛指仪仗。 3 行列：分列成行。 4 通：通报。 5 墀（chí）中：庭院空地中。 6 翼：掩护。 7 治肴蔌（sù）：准备菜肴。肴，做熟的鱼肉等。蔌，菜肴。 8 战惕：惊悸；恐惧。

进退方无所主，忽见诸狼纷然[1]嗥避[2]，或窜床下，或伏几底。错愕不解其故，俄有两金甲猛士努目[3]入，出黑索索甲。甲扑地化为虎，牙齿巉巉[4]，一人出利剑，欲枭[5]其首。一人曰："且勿，且勿，此明年四月间事，不如姑[6]敲齿去。"乃出巨锤锤齿，齿零落堕地。虎大吼，声震山岳。翁大惧，忽醒，乃知其梦。心异之，遣人招丁，丁辞不至。

正当他进退两难时，群狼忽然嚎叫着四散逃避，有的窜到床下，有的趴在桌子底下。他很惊愕，不知什么缘故，忽见两个金甲猛士怒目圆睁走了进来，拿出黑绳把白甲捆了起来。白甲扑倒在地变成了一只老虎，牙齿锋利尖锐。一个猛士抽出利剑，要砍老虎的头。另一个猛士劝阻道："且慢，且慢，杀他是明年四月间的事，不如先敲掉它的牙齿。"于是拿出一把巨大的铁锤去敲老虎的牙齿，牙齿落在地上。老虎疼得大吼大叫，声震山岳。白翁惊恐万分，忽然醒了过来，才知是一场梦。他心里感到很奇怪，就派人把丁某叫过来，但丁某推辞不来。

注释 1 纷然：杂乱的样子。 2 嗥(háo)避：吼叫着四散避开。 3 努目：犹怒目。把眼睛张大，使眼球突出。 4 巉巉（chán chán）：锋利尖锐。 5 枭（xiāo）：砍头。 6 姑：暂且。

翁志[1]其梦，使次子诣甲，函戒[2]哀切。既至，见兄门齿尽脱，骇而问之，则醉中坠马所折。考其时则父梦之日也，益骇。出父书。甲读之变色，为间曰："此幻梦之适符耳，何足怪。"时方赂当路者[3]，得首荐[4]，故不以妖梦为意。弟居数日，见其蠹役[5]满堂，纳贿关说者[6]中夜不绝，流涕谏止之。甲曰："弟日居衡茅[7]，故不知仕途之关窍[8]耳。黜陟[9]之权，在上台[10]不在百姓。上台喜，便是好官；爱百姓，何术能令上台喜也？"弟知不可劝止，遂归告父。翁闻之大哭，无可如何，惟捐家济贫，

白翁把这个梦写在信里，让二儿子送给白甲，信中对他恳切告诫。老二到了白甲那里，见哥哥门牙全掉了，大为惊骇，询问原因，原来是喝醉酒从马上摔下来磕掉了。推算时间，正好是父亲做梦的那天。老二更觉惊恐。他拿出书信递给哥哥。白甲读后大惊失色，过了会儿说："这只不过是梦与现实恰好相合罢了，有什么大惊小怪的。"当时，他刚贿赂了当权者，获得优先举荐的资格，所以不把妖梦当回事儿。弟弟住了几天，见满堂都是残害百姓的差役，行贿走后门的人到半夜还往来不绝，就痛哭流涕地劝谏哥哥收手。白甲说："弟弟每天都居住在简陋的茅屋里，所以不明白仕途的机关诀窍啊。官吏升迁的大权，在上司而不在百姓。上司喜欢你，你就是好官；光想着爱护百姓，那有什么办法让上司喜欢你啊？"弟弟知道再怎么劝都没用，就回去把哥哥的情况禀告父亲。白翁听了嚎啕大哭，无可奈何，只好捐出家财赈济穷人，每天向神灵祷告，

日祷于神，但求逆子之报，不累[11]妻孥[12]。

但求上天对逆子的报应不要牵连老婆和孩子。

注释 1 志：记下。 2 函戒：写信告诫。 3 当路者：掌握大权的上级官员。 4 首荐：通过考核，优先向朝廷推荐的官员。 5 蠹（dù）役：残害百姓的差役。蠹：蛀虫。 6 关说者：走后门说情的人。 7 衡茅：简陋的茅屋。衡：横木为门。 8 关窍：诀窍。 9 黜陟：指官职的升降。 10 上台：上司，上官。 11 累（lěi）：牵连，连带。 12 妻孥（nú）：妻子和儿女。

次年，报甲以荐举作吏部[1]，贺者盈门，翁惟欷歔，伏枕托疾不出。未几，闻子归途遇寇，主仆殒命。翁乃起，谓人曰："鬼神之怒，止及其身，祐[2]我家者不可谓不厚也。"因焚香而报谢之。慰藉翁者，咸以为道路讹传，惟翁则深信不疑，刻日[3]为之营兆[4]。而甲固未死。先是，四月间，甲解任，甫[5]离境，即遭寇，甲倾装[6]以献之。诸寇曰："我等来，为一邑之民泄冤愤耳，宁专为此哉！"遂决[7]其首。又问家

第二年，有人来禀报说白甲被举荐到吏部当官了，前来祝贺的人挤满了门，白翁只是长吁短叹，趴在枕头上托病不出。没多长时间，就听说白甲在回家的路上遇到了强盗，主仆都死了。白翁才起床对家里人说："鬼神的愤怒只报应在他一人身上，对我家的庇佑不可谓不厚啊。"于是焚香答谢神恩。前来慰问的人都说这也许是讹传，只有白翁坚信不疑，定下日子准备营葬白甲。但白甲确实没有死。原先，在四月的时候，白甲解任赴京，刚离开县境，就遭遇了强盗，他把携带的钱财全部献了出来。众强盗说："我等前来，是为了给全县百姓伸冤出气，难道只是为了打劫吗？"于是就砍了白甲的脑袋。又问白甲的随从：

人："有司大成者谁是？"司故甲之腹心，助纣为虐[8]者。家人共指之，贼亦杀之。更有蠹役四人，甲聚敛臣[9]也，将携入都。并搜决[10]讫，始分资入囊，骛驰[11]而去。

"哪一个是司大成？"司大成是白甲的心腹，是个助纣为虐的坏人。随从们一起指着他，强盗也把他杀了。还有四个坑害百姓的差役，是替白甲搜刮的爪牙，这次要把他们都带进京去。强盗把他们都搜出来杀了后，这才把白甲献出的财物装入袋子里，骑马飞奔而去。

注释 **1** 作吏部：为吏部属官。吏部，旧官制六部之一。 **2** 祐：神灵保护、佑助。 **3** 刻日：限定日期。此处指定下日子。 **4** 营兆：营葬。兆，墓地，亦指营葬。 **5** 甫：刚刚，才。 **6** 倾装：此处指把钱财尽数拿出。 **7** 决：弄断。 **8** 助纣为虐：帮助恶人干坏事。 **9** 聚敛臣：此处指帮白甲搜刮钱财的手下。 **10** 决：处死。 **11** 骛（wù）驰：骑马飞奔。

甲魂伏道旁，见一宰官过，问："杀者何人？"前驱者[1]曰："某县白知县也。"宰官曰："此白某之子，不宜使老后[2]见此凶惨，宜续其头。"即有一人掇[3]头置腔[4]上，曰："邪人不宜使正，以肩承领可也。"遂去。移时复苏。妻子往收其尸，见有余息，载之以行。从

白甲的魂魄趴在路旁，看见有一个县官模样的人路过，问道："被杀的人是谁？"在前开路的人说："是某县的白知县。"县官就说："他是白翁的儿子，不能让老人家看到这么凶惨的样子，应当把他的头给接上。"随即就有一个人把白甲的头拾起来放到脖子上，说："坏人的头不应接正，让它歪在肩上就行了。"说完就走了。过了一会儿，白甲苏醒了过来。他的妻子前去收尸，见他还有口气儿，就把他载了回来。慢慢儿灌些水，

容[5]灌之，亦受饮。但寄旅邸，贫不能归。半年许，翁始得确耗，遣次子致之而归。甲虽复生，而目能自顾其背，不复齿人数[6]矣。翁姊子有政声[7]，是年行取[8]为御史，悉符所梦。

也能喝下去。但只能寄住在旅店，穷得回不了家。过了大半年，白翁才得到确切消息，派老二前去把老大接回家。白甲虽然死而复生，但总歪着头，眼睛都能看到自己的后背，大家都不把他当人看。白翁姐姐的儿子做官名声很好，这年被调到京城，擢升为御史，这些都和白翁之前梦到的相符。

注释 1 前驱者：古代官吏出行时排列在前的仪仗。此处指在前面开路的人。 2 老后：长辈，老人家。 3 掇（duō）：拾取。 4 腔：此处指脖子。 5 从容：宽缓，缓慢。 6 不复齿人数：不再把他当人看。齿数，计算在内，提及。 7 政声：官吏的政治声誉。 8 行取：指明清时地方官经推荐保举后调任京职。

异史氏曰："窃叹天下之官虎而吏狼者，比比[1]也。即官不为虎，而吏且将为狼，况有猛于虎者耶！夫人患不能自顾其后耳。苏[2]而使之自顾，鬼神之教微[3]矣哉！"

异史氏说："我私下感叹天下的官如虎而吏如狼的情况比比皆是啊。就算当官的不像虎，而手下人也如同狼一样凶残。况且有的官员比老虎还要凶狠啊！只怕人不考虑将来的情形啊。像白甲那样活过来能看到后背，鬼神的惩戒真是相当精妙啊！"

注释 1 比比：到处，处处。 2 苏：苏醒，复活。 3 微：精深，精妙。

邹平[1]李进士匡九，居

邹平县的进士李匡九，为官很清

官颇廉明。常有富民为人罗织[2]，门役吓之曰："官索汝二百金，宜速办，不然，败矣！"富民惧，诺备半数。役摇手不可，富民苦哀之，役曰："我无不极力，但恐不允。且待听鞫[3]时，汝自睹我为若白[4]之，其允与否，亦可明我意之无他也。"少间，公按[5]是事。役知李戒烟，近问："饮烟否？"李摇其首。役即趋下曰："适言其数，官摇首不许，汝见之耶？"富民信之，惧，许如数。役知李嗜茶，近问："饮茶否？"李颔[6]之。役托烹茶，趋下曰："谐[7]矣！适首肯[8]，汝见之耶？"既而审结，富民果获免，役即收其苞苴[9]，且索谢金。呜呼！官自以为廉，而骂其贪者载道[10]焉，此又纵狼而不自知者矣。世之如此类者更多，可为居官者备一鉴也。

正廉明。曾有一位富人被人诬陷，看门的衙役恐吓他说："县令要二百两银子，你赶快去准备，不然，官司就输定了！"富人害怕了，就答应给一半的钱。衙役摇手说不行，富人苦苦哀求，衙役说："我不是不尽力，只是担心县令不答应罢了。等审问的时候，你将亲眼看见我帮你说情，看县太爷是否答应，你就可知道我没有别的意思。"过了一会儿，李公审问此事。衙役知道县令戒了烟，便走上前问："老爷抽烟吗？"李公摇了摇头。衙役立即快步走下来说："刚才我说了你要交的数目，县令摇头不答应，你看到了吧？"富人信以为真，很害怕，就答应如数交纳。衙役知道李公喜欢喝茶，就上前问："老爷喝茶吗？"李公点了点头。衙役假托去烹茶，快步走下来说："成了！刚才县令点头，你看见了吧？"不久审判结案，富人果然无罪释放，衙役就收了富人的钱，并向他索要谢钱。呜呼！官员自以为清廉，但骂他贪婪的人满街都是，这又是纵容如狼一般的衙役而自己还不知道导致的结果啊。世上像这样的官更多，这可以当作为官者的一个借鉴。

注释 1 邹平：今山东省滨州市下辖邹平市。 2 罗织：无中生有构陷他人。 3 鞫(jū)：审讯。 4 白：陈述，辩白。此处指说情。 5 按：审查。 6 颔：点头。 7 谐：办成，办妥。 8 首肯：点头同意。 9 苞苴（jū）：贿赂。苞，同“包”，馈赠的礼物。苴，包裹。古代行贿恐为人所知，故以草苇包裹掩饰。 10 载道：满路。载，充满。

又，邑宰杨公，性刚鲠[1]，撄[2]其怒者必死；尤恶隶皂[3]，小过不宥[4]。每凛坐堂上，胥吏[5]之属无敢咳者。此属间有所白，必反而用之。适有邑人犯重罪，惧死。一吏索重赂，为之缓颊[6]。邑人不信，且曰：“若能之，我何靳[7]报焉！”乃与要盟。少顷，公鞫是事。邑人不肯服。吏在侧呵语[8]曰：“不速实供，大人械梏死矣！”公怒曰：“何知我必械梏之耶？想其赂未到耳。”遂责吏，释邑人。邑人乃以百金报吏。要知狼诈多端，少释觉察，即为所用。正不止肆[9]其爪牙[10]以食人于乡而已也，此辈败我

还有，县令杨公生性刚烈耿直，触怒他的人必死无疑；他尤其厌恶那些衙役，即使犯了小错也不饶恕。每当他严肃地坐在大堂之上，下面的胥吏没有敢咳嗽的。这类人若是有所建白，杨公必定会反着办。正好县里有人犯了重罪，害怕被处死。一个小吏向他索要大笔贿赂，愿意为他求情。这人不相信，并且说：“如果真能如此，我为何要吝惜报酬呢！”于是就跟小吏订立盟约。过了不久，杨公审理此案。县里人不肯服从判决。小吏就在一旁呵斥道：“还不速速如实招供，大人要动刑整死你了！”杨公大怒道：“你怎么知道我必定会对他用刑？想来是他给你的贿赂还没到手吧。”于是就斥责小吏，而把县里人放了。事后县里人拿一百两银子报答小吏。要知道狼狡诈多端，稍有疏忽，就会被其利用。这类人正不止是放纵他们的爪牙在乡下吃人就完了，还败坏我

阴骘[11]，甚至丧我身家。不知居官者作何心腑，偏要以赤子饲麻胡[12]也！

们的阴德，甚至害得我们家破人亡。不知道当官的人是何居心，偏要用赤子黎民去喂养这些残暴的家伙！

注释 1 刚鲠：刚强正直。鲠，直，正直。 2 撄（yīng）：触犯。 3 隶皂：衙役。隶，衙役。皂，古称贱役，后专以称衙门里的下吏或杂役。 4 宥：宽容，饶恕。 5 胥吏：官府中的小吏。 6 缓颊（jiá）：代人说情。 7 靳（jìn）：吝惜。 8 呵语：呵斥。呵，怒责。 9 肆：放纵。 10 爪牙：帮凶。 11 阴骘（zhì）：阴德。 12 麻胡：传说中的人物，以残暴著称。民间习用以恐吓小儿。此处指残暴的小吏。

夜　明

原文

有贾客[1]泛于南海。三更时，舟中大亮似晓。起视，见一巨物，半身出水上，俨若山岳，目如两日初升，光四射，大地皆明。骇问舟人，并无知者。共伏瞻[2]之，移时，渐缩入水，乃复晦[3]。后至闽中[4]，俱言某夜明而复昏[5]，相传

译文

有个商人乘船行驶于南海上。三更时，船中忽然很亮，像白天一样。商人起床察看，看见一个巨大的怪物，上半身露出水面，简直就像一座山，眼睛像两个刚升起的太阳，光芒四射，把大地都照亮了。商人惊骇地询问船上的人，并没有人知道那是什么。大家伏在船边观看，过了一会儿，怪物渐渐缩进水中，天又暗下来了。此后商人来到福建，当地人都说某天夜里突然很明亮，然后又暗下来，人们相互传

为异。计其时,则舟中见怪之夜也。

说,成了一件异闻。商人计算了一下时间,正是他在船上看到怪物的那晚。

注释 1 贾(gǔ)客:商人。 2 瞻:观看,察看。 3 晦:昏暗,不明亮。 4 闽中:今福建省一带。 5 昏:暗而无光。

夏 雪

原文

丁亥年七月初六日,苏州大雪。百姓皇骇[1],共祷诸大王[2]之庙。大王忽附人而言曰:"如今称老爷者皆增一大字,其以我神为小,消不得[3]一大字也?"众悚然[4],齐呼"大老爷",雪立止。由此观之,神亦喜谄[5],宜[6]乎治下部者之得车多[7]矣。

译文

丁亥年七月初六,苏州突然下了大雪。老百姓惊恐不安,一齐到大王庙祷告。大王忽然附在人身上说:"如今称老爷的人都加了一个大字,你们认为我是个小神,消受不起一个大字吗?"众人很惶恐,齐声呼喊"大老爷",雪立刻就停止了。由此来看,神灵也喜欢别人阿谀奉承,难怪越会谄媚的人捞到的好处越多。

注释 1 皇骇:惊慌,恐惧。 2 大王:即金龙四大王,也称大王爷。原名谢绪,南宋爱国志士,浙江钱塘(今浙江杭州市)人。宋亡后,谢绪多方奔走,联络抗元,后见大势已去,便慷慨赴水殉国。明隆庆间,被追谥为"金龙四大王",庙遂称"大王庙"。 3 消不得:受用不得,承受不起。 4 悚(sǒng)然:惶恐不安貌。 5 谄:奉承,献媚。 6 宜:

当然，无怪。表示事情本当如此。 7 治下部者之得车多：战国时期，宋国人曹商出使秦国，宋王赏赐给他数辆车。到秦国后，他百般奉承，讨得秦王欢心，又得到一百辆。庄子厌恶他小人得志的狂态，便说："听说秦王生病召医，许诺他们愿意挑破脓包痤疮的，赏车一辆；愿意舔舐痔疮的，赏车五辆。治病的部位愈下，得到的车愈多。"

异史氏曰："世风之变也，下者益谄，上者益骄。即康熙四十余年中，称谓之不古[1]，甚可笑也。举人称爷，二十年始；进士称老爷，三十年始；司[2]、院[3]称大老爷，二十五年始。昔者大令[4]谒中丞[5]，亦不过老大人而止，今则此称久废矣。即有君子，亦素谄媚行乎谄媚，莫敢有异词也。若缙绅[6]之妻呼太太，裁[7]数年耳。昔惟缙绅之母，始有此称，以妻而得此称者，惟淫史中有林、乔耳[8]，他未之见也。唐时上欲加张说[9]大学士，说辞曰：'学士从无大名，臣不敢称。'今之大，谁大之？初由于小人之谄，而因得贵倨者[10]之

异史氏说："随着世风的变化，在下者日益谄媚，在上者日益骄横。就在康熙皇帝在位的四十多年中，称谓不符合古制，甚为可笑。举人称爷，从康熙二十年开始；进士称老爷，从康熙三十年开始；司、院官员称大老爷，从康熙二十五年开始。过去县令拜见巡抚，也不过称老大人而已，如今这个称呼早就废弃了。就算有君子，也因见惯了谄媚而自己也开始谄媚，不敢有不同意见。官员的妻子被称为太太，才是几年的事。过去只有官员的母亲才有这种称呼，妻子被称为太太的，只有《金瓶梅》中的林、乔两家的夫人而已，其他没有见过。唐朝时，皇帝想加封张说为大学士，张说辞谢说：'学士从来没有加大字的，臣不敢接受此称。'如今的大，是谁加的呢？起初由于小人的谄媚，而得到达官贵人的欢心，他们便以大自居而毫无疑虑，于是

悦，居之不疑，而纷纷者遂遍天下矣。窃意数年以后，称爷者必进而老，称老者必进而大，但不知大上造何尊称。匪夷所思已！"

众人都纷纷加上大字，全天下都如此了。我私下猜测，几年后，称爷的人必定会进一步加上老字，称老的人必定会进一步加上大字，但不知道大字之上还有什么尊称。真是匪夷所思！"

注释 1 不古：不淳朴。 2 司：两司，即布政使司和按察使司，分管一省行政和刑名。 3 院：指总督和巡抚，二者分别兼有都察院右都御史和右副都御史的官衔。 4 大令：古代对县令的敬称。 5 中丞：明清对巡抚的别称。 6 缙绅：同"搢绅"，插笏于带。指旧时官宦的装束。亦作士大夫的代称。绅，古代士大夫束腰的带子。 7 裁：同"才"。 8 惟淫史中有林、乔耳：只有《金瓶梅》中王召宣的夫人林太太和乔大户家的乔五太太罢了。淫史，即《金瓶梅》。 9 张说(yuè)：唐朝政治家、文学家，河南洛阳（今属河南）人。早年参加制科考试，策论第一，历任太子校书、中书令等职，封燕国公，谥号"文贞"。 10 贵倨者：尊贵倨傲的人。此处指达官贵人。倨，傲慢。

丁亥年六月初三日，河南归德府[1]大雪尺余，禾皆冻死，惜乎其未知媚[2]大王之术也。悲夫！

丁亥年六月初三，河南归德府下了一尺多厚的大雪，庄稼都冻死了，可惜当地百姓不知道谄媚大王的方法。真是令人悲叹啊！

注释 1 归德府：清时府名，辖境相当于今河南商丘、睢县、宁陵、柘城、鹿邑、夏邑、郸城、永城等市县地。 2 媚：谄媚，逢迎。

化男

原文

苏州木渎镇，有民女夜坐庭中，忽星陨[1]中颅，仆地而死。父母老而无子，止此女，哀呼急救。移时[2]始苏，笑曰："我今为男子矣！"验之果然。其家不以为妖[3]，而窃喜其暴得丈夫也。奇已！亦丁亥间事。

译文

苏州木渎镇有个平民之女，一天晚上坐在庭院里，忽然有颗流星陨落砸在她头上，她倒在地上晕死过去。她的父母年纪很大了，没有儿子，只有这个女儿，见状，哀叫着抢救。过了一会儿，女孩才苏醒过来，笑道："我如今已经是男子了！"一查验，果然是这样。她的父母不认为此事怪异，反而暗自高兴得到了一个儿子。真是奇怪呀！这是丁亥年间的事。

注释 1 星陨：天星坠落。 2 移时：经历一段时间。 3 妖：反常怪异。

禽侠

原文

天津某寺，鹳鸟[1]巢于鸱尾[2]。殿承尘[3]上，藏大蛇如盆，每至鹳雏团翼[4]时，辄出吞食净尽。鹳悲鸣数日乃去。如是三年，人料其必不复至，

译文

天津某座寺院，有鹳鸟在大殿屋脊的鸱尾上筑巢。大殿的天花板上，藏着一条盆一样粗的大蛇，每到鹳鸟的雏鸟刚长出羽毛时，就出来将其吞食殆尽。鹳鸟悲鸣好几天才离去。这样的情况持续了三年，人们料想鹳鸟肯定不会再来

而次岁巢如故。约雏长成，即径去，三日始还，入巢哑哑，哺子如初。蛇又蜿蜒而上，甫近巢，两鹳惊，飞鸣哀急，直上青冥[5]。俄闻风声蓬蓬，一瞬间天地似晦。众骇异，共视乃一大鸟翼蔽天日，从空疾下，骤如风雨，以爪击蛇，蛇首立堕，连摧殿角数尺许，振翼而去。鹳从其后，若将送[6]之。巢既倾，两雏俱堕，一生一死。僧取生者置钟楼上。少顷鹳返，仍就哺之，翼成而去。

了，但下一年鹳仍然像之前一样前来筑巢。等雏鸟长成，它就飞走了，三天后才回来，回巢后"哑哑"鸣叫，仍旧哺育幼鸟。蛇又蜿蜒爬上来，刚一接近鸟巢，两只小鹳惊起，飞鸣哀叫，声音急促，直上青天。一会儿就听到"呜呜"的风声，一瞬间，天地似乎都暗了。人们感到惊异，只见有一只大鸟，张开翅膀遮蔽了太阳，从空中急速飞下来，快如风雨，用爪子击打蛇，蛇头立即掉下来，连带着还摧毁了几尺宽的大殿屋角，然后扇动翅膀飞走了。鹳鸟跟在它后面飞，好像是在为它送行。鹳鸟的鸟巢被打翻，两只雏鸟都掉了下来，一只活着，一只死了。僧人把活着的雏鸟放到钟楼上。过了一会儿，鹳鸟飞回来了，仍继续哺育雏鸟，等雏鸟羽翼丰满才离开。

注释　1 鹳（guàn）鸟：鸟，羽毛呈灰白色，嘴长而直，形似白鹤。鹳是候鸟，善于飞行。　2 鸱（chī）尾：古代宫殿屋脊正脊两端的装饰性构件。外形略如鸱尾，因称。　3 承尘：藻井，天花板。　4 团翼：指雏鸟羽毛初长成，未习飞之时。　5 青冥：形容青苍幽远。指青天。　6 将送：送行。

异史氏曰："次年复至，盖不料其祸之复也。三年而巢不移，则报仇之计已

异史氏说："鹳鸟第二年又飞回来，是因为没料到祸患还会再次发生啊。一连三年不移走巢穴，那就是已

决。三日不返，其去作秦庭之哭[1]，可知矣。大鸟必羽族[2]之剑仙[3]也，飘然而来，一击而去，妙手空空儿[4]何以加此？”

经谋划好了报仇的计策。离开三天不返回，是哀求援助去了。那只大鸟肯定是鸟类中的剑侠，飘然而来，一击而去，《唐传奇》中的剑客妙手空空儿又怎么能比此更高超呢？”

注释　1 秦庭之哭：指哀求援助。春秋时期，吴国攻破楚国，楚臣申包胥到秦国求援，在秦庭倚墙而哭，历七日夜哭声不绝，秦王遂出兵援楚。　2 羽族：鸟类。　3 剑仙：原指精于剑术的仙人，后亦指侠客。　4 妙手空空儿：唐传奇中的剑侠，剑术神妙，为人高傲，行刺之时若不能一击即中，便会耻于不中而遁走。

济南有营卒[1]，见鹳鸟过，射之，应弦而落[2]。喙[3]中衔鱼，将哺子也。或劝拔矢放之，卒不听。少顷，带矢飞去。后往来近郭[4]间两年余，贯矢[5]如故。一日，卒坐辕门[6]下，鹳过，矢坠地。卒拾视曰：“矢固无恙耶？”耳适痒，因以矢搔耳[7]。忽大风摧门，门骤阖，触矢贯脑而死。

济南有个士兵，见鹳鸟飞过，就用弓箭去射，鹳鸟应弦落地。它嘴里衔着一条鱼，是要去喂养雏鸟的。有人劝他拔下箭，把鹳鸟放了，士兵不听。过了一会儿，鹳鸟带着箭飞走了。此后，它往来于城里城外两年多，身上的箭一直没有掉下来。一天，士兵坐在军营门口，鹳鸟飞过，箭掉在地上。他捡起来看了看说：“箭还没损坏啊？”正巧耳朵发痒，他就用箭头去挠耳朵。忽然大风吹动了大门，门猛地合上，门碰到箭，箭穿透了士兵的脑袋，他当场就死了。

注释　1 营卒：士兵。　2 应弦而落：随着弓弦的声音而落下。　3 喙

(huì)：特指鸟兽的嘴。 4 郭：外城，城郭。 5 贯矢：被箭贯穿。贯，射中，穿透，贯通。 6 辕门：古代称领兵将帅的营门或地方高级官署的外门。

鸿

原文

天津弋人[1]得一鸿[2]，其雄者随至其家，哀鸣翱翔，抵暮[3]始去。次日，弋人早出，则鸿已至，飞号从之，既而集[4]其足下。弋人将并捉之。见其伸颈俯仰，吐出黄金半铤[5]。弋人悟其意，乃曰："是将以赎妇也。"遂释雌。两鸿徘徊，若有悲喜，遂双飞而去。弋人称金，得二两六钱强。噫！禽鸟何知，而钟情若此！悲莫悲于生别离[6]，物亦然耶？

译文

天津有位捕鸟的人抓到一只雌雁，那只雄雁也跟着来到他家，哀鸣翱翔，到傍晚才离开。第二天，捕鸟人一早出去，雄雁已经到了，飞鸣着跟随着他，然后落在他的脚下。捕鸟人想把它也抓住。只见雄雁伸长脖子上下摆动，吐出半锭黄金。捕鸟人明白了它的用意，就说："是用他来赎回你的媳妇吧。"于是就放了雌雁。两只大雁徘徊飞舞，好像悲喜交加，然后双飞而去。捕鸟人称了称金子，有二两六钱多。唉！禽鸟知道什么，却钟情到了如此程度！世上最悲伤的事情莫过于难以再见的别离，动物也是如此吗？

注释 1 弋（yì）人：捕鸟人。弋，用带绳子的箭射鸟。 2 鸿：大雁。 3 抵暮：到傍晚。抵，到，到达。 4 集：指群鸟栖止于树上。又指降落，停留。 5 铤(dìng):量词,古代所铸的各种形状的金银块,作货币流通。后用“锭”字。 6 生别离:生时与亲友的难以再见的别离。

象

原文

粤中[1]有猎兽者,挟矢如山。偶卧憩息,不觉沉睡,被象来鼻摄[2]而去。自分[3]必遭残害。未几,释置树下,顿首[4]一鸣,群象纷至,四面旋绕,若有所求。前象伏树下,仰视树而俯视人,似欲其登。猎者会意,即足踏象背,攀援而升。虽至树巅,亦不知其意向所存。

译文

广东有个猎人,携箭走入山里。他偶然躺在地上休息,不知不觉昏睡过去,被大象用鼻子提起带走了。猎人心想自己肯定会遭到大象残害。没多久,大象把他放在树下,然后朝他低头一叫,一群大象纷纷赶过来,围在他四周,好像有事求他。之前的大象伏在树下,抬头看看树,又低头看看猎人,似乎想让他爬上去。猎人领会了意思,就用脚踏着大象的背,爬到了树上。他到了树顶,但也不知道大象的目的是什么。

注释 1 粤中:今广东省一带。 2 摄:提起。 3 自分:自料,自以为。 4 顿首:磕头。

少时,有狻猊[1]来,众象皆伏。狻猊择一肥者,意将搏噬[2],象战栗,无敢逃者,惟共仰树上,

不一会儿,有一只狮子来了,大象都纷纷伏在地上。狮子挑了一只肥象,想要扑上去吃掉它,群象吓得直哆嗦,没有敢逃跑的,只是一齐抬头往树上看,似乎

似求怜拯。猎者会意，因望狻猊发一弩[3]，狻猊立殪[4]。诸象瞻空，意若拜舞。猎者乃下，象复伏，以鼻牵衣，似欲其乘，猎者随跨身其上。象乃行，至一处，以蹄穴地[5]，得脱牙无算[6]。猎人下，束治[7]置象背。象乃负送出山，始返。

在乞求猎人救命。猎人明白了它们的意思，就朝着狮子射了一箭，狮子立刻就死了。群象望着天空，好像是在跳舞拜谢。猎人从树上下来后，大象又趴下，用鼻子牵着他的衣服，好像是请他骑到自己身上，猎人随即跨到它身上。大象就走到一处，用蹄子刨地，挖出很多脱落的象牙。猎人从大象背上下来，把象牙捆好放在大象背上。大象就驮着猎人和象牙出了山，然后才返回去。

注释 1 狻猊（suān ní）：即狮子。 2 搏噬：搏击吞噬。 3 弩：一种用机械发箭的弓。 4 殪（yì）：死亡。 5 穴地：刨地。 6 无算：不计其数。极言其多。 7 束治：捆束整理。

负　尸

原文

有樵夫赴市[1]，荷杖[2]而归，忽觉杖头如有重负。回顾，见一无头人悬系其上，大惊。脱杖乱击之，遂不复见。骇奔至一村，时已昏暮，

译文

有个樵夫到集市上卖柴，卖完后就扛着扁担回家，忽然感觉扁担的一头好像有重物。他回头一看，见一个无头人悬挂在扁担上，大吃一惊。他甩脱死尸用扁担一阵乱打，尸体就消失不见了。樵夫惊骇地跑进一座村庄，当时天已昏黑，有几个

有数人爇火照地，似有所寻。近问讯，盖众适聚坐，忽空中堕一人头，须发蓬然，倏忽[3]已渺[4]。樵人亦言所见，合之适成一人，究不解其何来。后有人荷篮而行，忽见其中有人头，人讶诘[5]之，始大惊，倾诸地上，宛转而没[6]。

人点着火把照地，好像在寻找什么。樵夫走上前询问，原来这些人正聚坐在一起，忽然天上掉下一颗人头，须发乱蓬蓬的，一下子又消失不见了。樵夫也诉说了自己此前看到的，头跟身子合起来刚好是一个人，终究弄不清是从哪来的。后来有个人背着篮子走路，路人忽然看见里面有个人头，诧异地询问是怎么回事，他这才大吃一惊，把人头倒在地上，转了几下就消失了。

注释 1 赴市：上街，到市集上去。 2 荷杖：扛着扁担。杖，原指棍棒，此处指扁担。 3 倏忽：顷刻。指极短的时间。 4 渺：消失。 5 讶诘：惊讶地询问。诘，问。 6 没：消失。

紫花和尚

原文

诸城[1]丁生，野鹤公[2]之孙也。少年名士，沉病而死，隔夜复苏，曰："我悟道[3]矣。"时有僧善参玄[4]，因遣人邀至，使就榻前讲《楞严》[5]。生每听一

译文

诸城县的丁生，是野鹤公的孙子。他年少时就是位名士，得了重病死了，隔夜又复活过来，说："我参悟了佛理。"当时有个和尚擅长探究佛理，讲解佛法，丁家就派人把他请过来，让他在床前讲《楞严经》。丁生每听一节，都说讲得不对，

节，都言非是，乃曰："使吾病痊，证道何难？惟某生可愈吾疾，宜虔请之。"盖邑有某生者，精岐黄[6]而不以术行，三聘[7]始至，疏方[8]下药，病愈。

还说："如果能把我的病治好，讲经论道有什么难的？只有某生可以治好我的病，应该虔诚地把他请来。"原来县里有位书生，精于医道而不行医，丁家请了很多次他才来，开了药方抓了药，丁生的病就痊愈了。

注释 **1** 诸城：旧县名，在今山东诸城市。 **2** 野鹤公：丁耀亢，字西生，号野鹤，明末诸生，入清曾任客城教谕、惠安知县。明末清初小说家，著有《续金瓶梅》等作品。 **3** 悟道：领悟佛理。 **4** 参玄：探究深奥的佛理。参，参究。此处指讲解佛理。 **5**《楞严》：佛经名。全称《大佛顶如来密因修证了义诸菩萨万行首楞严经》，主要阐述"根尘同源、缚脱无二"之理，并解说三摩提之法与菩萨之阶位。 **6** 岐黄：岐伯和黄帝。相传为医家之祖。借指医道。 **7** 三聘：多次请。三，表示多次。 **8** 疏方：开药方。疏，分条纪录或分条陈述。

既归，一女子自外入，曰："我董尚书[1]府中侍儿[2]也。紫花和尚与妾有夙冤，今得追报[3]，君又活之耶？再往，祸将及。"言已遂没。某惧，辞丁。丁病复作，固要之，乃以实告。丁叹曰："孽[4]自前生，死吾分[5]耳。"寻卒。后寻诸人，果曾有紫花和

某生回到家后，有个女子从外进来，说："我是董尚书府的侍女。紫花和尚和我有宿仇，如今得以答复死者，你为何又把他救活呢？你再去给他治病，灾祸就要临头了。"说完就消失不见了。书生很害怕，就拒绝再为丁生治病。丁生的病复发了，一再来请他，某生就如实相告。丁生感叹道："既然是前生造的孽，那死也是命中注定的。"很快就死了。后来丁家寻找那人，果然曾经有位

尚，高僧也，青州[6]董尚书夫人尝供养家中，亦无有知其冤之所自结者。

紫花和尚，生前是位高僧，青州董尚书的夫人曾把他请到家中供养，没有人知道他和那侍女的冤债是怎么结下的。

注释 1 董尚书：董可威，字严甫，山东青州人。万历进士，授推官。历光禄寺少卿、顺天府丞，官至工部尚书。 2 侍儿：婢女。 3 追报：答复死者。 4 孽：罪孽，罪业。 5 分（fèn）：职分，本分。 6 青州：今山东省潍坊市下辖青州市。

周克昌

原文

淮上[1]贡士[2]周天仪，年五旬，止一子，名克昌，爱昵[3]之。至十三四岁，丰姿益秀，而性不喜读，辄逃塾[4]，从群儿戏，恒[5]终日不返。周亦听[6]之。一日，既暮不归，始寻之，殊竟乌有[7]。夫妻号啕，几不欲生。

译文

淮上的贡生周天仪，年届五旬，只有一个儿子，名叫克昌，周天仪对他非常疼爱。克昌到了十三四岁，越发英俊清秀，但生性不喜欢读书，总是逃学，跟其他孩子们去玩耍，常常整天不回家。周天仪也听之任之。一天，天已经黑了，克昌还没回家，周家这才开始找他，竟然毫无踪迹。周天仪夫妇嚎啕大哭，几乎痛不欲生。

注释 1 淮上：淮水之滨。 2 贡士：清代指会试考中者，即进士。 3 爱昵：疼爱。昵，亲近。 4 逃塾：逃学。塾，学塾。 5 恒：经常。 6 听：听凭，任凭。 7 乌有：没有。

年余，昌忽自至，言：“为道士迷[1]去，幸不见害。值其他出，得逃而归。”周喜极，亦不追问。及教以读，慧悟倍于畴曩[2]。逾年，文思大进，既入郡庠试[3]，遂知名。世族争婚，昌颇不愿。赵进士女有姿，周强为娶之。既入门，夫妻调笑甚欢，而昌恒独宿，若无所私。逾年，秋战[4]而捷，周益慰。然年渐暮，日望抱孙，故尝隐讽[5]昌，昌漠若不解。母不能忍，朝夕多絮语[6]。昌变色出曰：“我久欲亡去，所不遽舍者，顾复之情[7]耳。实不能探讨房帷[8]以慰所望。请仍去，彼顺志者且复来矣。”媪追曳之，已踣[9]，衣冠如蜕。大骇，疑昌已死，是必其鬼也。悲叹而已。

过了一年多，克昌忽然自己回来了，说：“我被道士骗走，幸而没遇害。我趁道士外出，才得以逃回家。”周天仪高兴至极，也不再追问。等教他读书，发现儿子比往日倍加聪慧颖悟。过了一年，他写文章的水平大有进步，就到府城去考加考试而进了学，于是有了名气。当地世家大族争着跟周家联姻，克昌很不愿意。赵进士有个女儿很有姿色，周天仪强替儿子把她娶进家。新娘过门后，夫妻有说有笑十分欢快融洽，但克昌总是一个人睡，没跟妻子同床。又过了一年，克昌考中了举人，周天仪更加欣慰。然而因年纪渐渐大了，他天天盼着抱孙子，所以曾含蓄地向克昌提及此事，克昌态度冷漠，好像不理解父亲说什么。母亲忍不下去了，早晚唠叨个不停。克昌变了脸色，走出家门说：“我早就想离开家了，之所以没立即离去，是念及父母的养育之恩。我实在不能使妻子怀上孩子以满足你们的愿望。请让我走吧，那个能顺从你们意愿的人就要回来了。”母亲追过去拉住他的衣服，克昌跌倒了，忽然消失不见了，只留下了衣服和帽子。母亲大为惊骇，怀疑克昌已经死了，这必定是他的鬼魂。老两口只有悲叹而已。

注释 1 迷:迷惑,蒙蔽。此处指欺骗,哄骗。 2 畴曩(nǎng):往日,旧时。 3 入郡庠试:参加选拔生员的考试。郡庠,府学。明清两代经本省各级考试入府、州、县学者为生员。 4 秋战:乡试。明清时每三年一次在各省省城举行乡试。中式者称“举人”。乡试一般在八月举行,故又称“秋闱”“秋战”。 5 隐讽:用暗示性的语言加以劝告。讽,用含蓄的话劝告、暗示。 6 絮语:唠叨的话。 7 顾复之情:父母的养育之恩。顾,照看。复,反复。 8 探讨房帷:过夫妻生活。 9 踣(bó):跌倒。

次日,昌忽仆马[1]而至,举家惶骇。近诘之,亦言:为恶人略卖[2]于富商之家,商无子,子焉。得昌后,忽生一子。昌思家,遂送之归。问所学,则顽钝如昔,乃知此为昌,其入泮[3]乡捷[4]者鬼之假也。然窃喜其事未泄,即使袭孝廉[5]之名。入房,妇甚狎熟[6],而昌腼然[7]有愧色[8],似新婚者。甫周年,生子矣。

第二天,克昌忽然骑着马带着仆人回到家,全家惊惶万分。走近询问,他也说:自己被坏人劫走卖到了富商家,商人没有孩子,就认他做儿子。得到克昌后,商人忽然生了一个儿子。克昌想家,商人就把他送回来了。再问他学问方面的事,跟从前一样愚钝,才知道他是真克昌,而那个考中秀才、举人的克昌是鬼假冒的。然而,周家暗自高兴此事没有泄露出去,就让克昌承袭了举人的功名。克昌走进卧房,妻子跟他十分亲热熟习,而克昌却很腼腆羞涩,好像新郎一样。刚满一年,克昌的妻子就生了个儿子。

注释 1 仆马:带着仆人,骑着马。 2 略卖:劫掠贩卖。 3 入泮(pàn):指学童入学为生员。生员俗称秀才。古代学官前有泮水,故称。 4 乡捷:乡试考中举人。 5 孝廉:明清时对举人的称呼。 6 狎熟:亲昵,熟习。狎，熟习，亲近。 7 腼（miǎn）然：羞愧脸红貌。 8 愧色：羞惭的神色。

异史氏曰："古言庸福人，必鼻口眉目间具有少庸，而后福随之；其精光陆离者，鬼所弃也。庸之所在，桂籍[1]可以不入闱[2]而通，佳丽可以不亲迎[3]而致，而况少有凭借，益之以钻窥[4]者乎！"

异史氏说："古人所说傻人有傻福，必定是鼻口眉目间稍微带点儿傻样，福气才会随之而来；那种精明透顶的人，连鬼都嫌弃。带些傻气的人，功名可以不通过考试就获得，美丽的妻子可以不用迎娶就得到，更何况那些有点儿依靠，再加上奔走钻营的人呢！"

注释 1 桂籍：科举登第人员的名籍。此处指功名。 2 入闱：指参加科举考试。闱，古代科举考试的考场。 3 亲迎：古代婚礼六礼之一。新郎亲自迎娶新娘回家的礼仪。 4 钻窥：原指男女偷情。此处指仕宦不经过正当途径取得。

嫦 娥

原文

太原宗子美，从父游学，流寓[1]广陵[2]。父与红桥下林妪有素[3]。一日父子过红桥[4]，遇之，固请过诸其家，瀹茗[5]共话。

译文

太原人宗子美，跟着父亲去游学，辗转到扬州住了下来。父亲与住在红桥下的林老太太素有交往。一天，父子俩路过红桥，正巧遇到林老太太，她再三邀请他们到家中饮茶聊天。这时有个女孩站

有女在旁，殊色[6]也。翁亟赞之，妪顾宗曰："大郎温婉如处子[7]，福相也。若不鄙弃，便奉箕帚[8]，如何？"翁笑，促子离席，使拜妪曰："一言千金矣！"先是妪独居，女忽自至，告诉孤苦。问其小字[9]，则名嫦娥。妪爱而留之，实将奇货居之[10]也。

在一旁，长得很漂亮，父亲极力夸赞她。林老太太说："你家大儿子温柔和顺得像个处女，面带福相。假如你们不嫌弃，把这个女孩许配给他怎么样？"父亲笑着催促子美快起身向林老太太拜谢，说道："这可真是一言值千金啊！"原先，林老太太独居，这女孩忽然来到她家，叙说自己孤苦无依。林老太太问她的小名，她说叫嫦娥。林老太太很喜欢她，就把她留下了，其实是把她看作奇货，打算待价而沽。

注释　1 流寓：旅居。 2 广陵：旧地名，在今江苏扬州市广陵区。 3 有素：有故交。此处指素有交往。 4 红桥：明崇祯时建，为扬州游览胜地之一。 5 瀹（yuè）茗：煮茶。 6 殊色：绝色。借指美女。 7 处子：未出嫁的女子。 8 奉箕帚：从事家内打扫之事，代指充当妻室。 9 小字：小名，乳名。 10 将奇货居之：将其看作珍奇少见的物品待价而沽。

时宗年十四，睨[1]女窃喜，意翁必媒定[2]之，而翁归若忘，心灼热，隐以白母。翁笑曰："曩[3]与贪婆子戏耳。彼不知将卖黄金几何矣，此何可易言！"逾年，翁媪并卒。子美不

当时宗子美刚十四岁，斜着眼睛偷偷看嫦娥，心里十分欢喜，心想父亲必定会找媒人前去提亲，可是回来后，父亲好像忘了这事。宗子美急得火烧火燎，暗中把此事告诉了母亲。父亲笑着说："先时不过是和那贪心的老婆子开玩笑罢了。你不知道她要将那女孩卖多少黄金呢，这事谈何容易。"过了一年，宗子美的父母都去世

磨而不磷

能忘情嫦娥，服将阕[4]，托人示意林妪。妪初不承[5]，宗忿曰：“我生平不轻折腰[6]，何媪视之不值一钱？若负前盟，须见还也！”妪乃云：“曩或与而翁戏约，容[7]有之。但无成言[8]，遂都忘却。今既云云，我岂留嫁天王[9]耶？要日日装束，实望易千金，今请半焉可乎？”宗自度难办，亦遂置之。

了。宗子美对嫦娥念念不忘，服丧期快满的时候，托人向林老太太提及她曾经许婚之事。林老太太起初不答应，宗子美愤懑地说：“我生平不轻易向别人行鞠躬礼，为什么您把我看得一钱不值呢？假若您背弃以前的婚约，就得将我当年行的大礼还我。”林老太太就说：“先时与令尊开玩笑而许下婚约，或许是有的。但没有正式定约，过后就都忘了。今天你既然这样说，难道我还想留着她嫁给天王吗？我每天都把她打扮得漂漂亮亮，就是指望能换得千金，现在我只请你出一半价钱，可以吧？”宗子美自己料想难以筹这么多钱，也就把此事搁置了。

注释 1 睨：斜着眼睛看。 2 媒定：请媒人提亲。 3 曩(nǎng)：先时，从前。 4 服将阕(què)：服丧期将满。阕，古代指服丧期满。 5 不承：不接受，不答应。承，应允。 6 折腰：弯腰行礼。借指鞠躬礼。 7 容：表或然之词。大概，或许。 8 成言：正式约定。 9 天王：指帝王，亦指诸侯。比喻至尊至贵，最有权势的人。

适有寡媪僦居[1]西邻，有女及笄[2]，小名颠当。偶窥之，雅丽不减嫦娥。向慕之，每以馈遗[3]阶进[4]，久而渐熟，

当时正有一位寡妇，在宗子美家西边租房子住。她有个女儿刚刚十五岁，小名叫颠当。宗子美偶然看到她，见她典雅丽质不输于嫦娥。宗子美十分倾慕，经常送她家些东西借机亲近，渐渐地他们熟悉起

往往送情以目，而欲语无间。一夕，逾垣乞火，宗喜挽之，遂相燕好[5]。约为嫁娶，辞以兄负贩[6]未归。由此蹈隙[7]往来，形迹周密。

来，往往眉目传情，但没什么机会说话。一天晚上，颠当爬过墙头来借火，宗子美欢喜地拉住她，于是两人就成了好事。宗子美许诺要迎娶颠当，她推辞说哥哥在外经商还未回来。自此以后，两人一有机会就偷偷约会，行动周密，不露痕迹。

注释 1 僦（jiù）居：租屋而居。僦，租赁。 2 及笄：古代女子满十五岁结发，用笄贯之。后代指女子年满十五岁。笄，发簪。 3 馈遗：馈赠礼物。遗，给予，馈赠。 4 阶进：此处指接近。 5 燕好：指男女欢合。 6 负贩：担货贩卖。此处指经商。 7 蹈隙：利用机会，利用空隙。

一日偶经红桥，见嫦娥适在门内，疾趋过之。嫦娥望见，招之以手，宗驻足，女又招之，遂入。女以背约让[1]宗，宗述其故。便入室，取黄金一铤付之，宗不受，辞曰："自分永与卿绝，遂他有所约。受金而为卿谋[2]，是负人也；受金而不为卿谋，是负卿也，诚不敢有所负。"女良久[3]曰："君所约，妾颇知之。其事必无

有一天，宗子美偶然路过红桥，见嫦娥刚好站在门里，就快步走过去。嫦娥看见了他，向他招手，宗子美停下脚步，嫦娥又招手，他才走进了她家。嫦娥指责宗子美背弃婚约，宗子美向她述说了事情的原委。嫦娥便进屋取来一锭黄金交给他，宗子美不肯接受，推辞说："我以为和你的缘分尽了，于是和别人定了婚约。如果我接受了你的黄金和你定下婚约，就辜负了别人；如果接受了你的黄金却不娶你，又辜负了你，我实在不敢辜负任何人。"嫦娥过了好久说道："你和别人有婚约的事，我也知道。这桩婚事

成;即成之,妾不怨君之负心也。其[4]速行,媪将至矣。”宗仓卒无以自主,受之而归。

肯定不会成的;即使成了,我也不怨你负心。你应当赶紧走,林老太太要回来了。”宗子美仓促之间也不知道该如何是好,就接受了黄金回到了家中。

注释 1 让:责备。 2 为卿谋:此处指与你定亲。 3 良久:很久。 4 其:表示祈使,指当,可。

隔夜告之颠当,颠当深然[1]其言,但劝宗专心嫦娥。宗不语。愿下之[2],而宗乃悦。即遣媒纳金林妪,妪无辞,以嫦娥归[3]宗。入门后,悉述颠当言,嫦娥微笑,阳[4]怂恿之。宗喜,急欲一白颠当,而颠当迹久绝。嫦娥知其为己,因暂归宁[5],故予之间[6],嘱宗窃其佩囊。已而颠当果至,与商所谋,但言勿急。及解衿[7]狎笑,胁下有紫荷囊,将便摘取。颠当变色起曰:“君与人一心,而与妾二!负心

过了一晚上,宗子美把这事告诉了颠当,颠当认为嫦娥说得很对,劝他专心迎娶嫦娥。宗子美听了沉默不语。颠当说她愿意居嫦娥之下做妾,宗子美才高兴起来。他马上派媒人带着黄金交给林老太太,她没有理由拒绝,就把嫦娥嫁给了宗子美。嫦娥过门后,宗子美对她说了颠当的话。嫦娥听了微微一笑,假意怂恿他纳颠当为妾。宗子美很高兴,急着想去告诉颠当,可颠当已经很久不见踪迹了。嫦娥知道颠当是为了避开自己,因此就暂且回到娘家,故意给他们创造机会,并嘱咐宗子美偷来颠当佩带的香囊。不久,颠当果然来了,宗子美与她商量纳她为妾的事,颠当说不着急。等她解开衣带和宗子美调笑亲热时,胁下露出一个紫色的荷包,宗子美就要摘取。颠当发觉后变了脸色,起身说道:“你与别人是一条心,而与我

郎！请从此绝。”宗屈意挽解，不听竟去。一日，过其门探察之，已另有吴客僦居其中，颠当子母迁去已久，影灭迹绝，莫可问讯。

是两条心！负心汉！请从此以后断绝来往。”宗子美百般挽留解释，颠当都不听，竟然走了。一天，宗子美路过颠当家门口，进去一看，已经另有苏州的客商在此租住，颠当母女已搬走很久了，踪影全无，打听不到去哪儿了。

注释 1 然：认为对。 2 愿下之：愿意屈居在下，即作妾。 3 归：指女子出嫁。 4 阳：通“佯”，假意。 5 归宁：已嫁女子回娘家看望父母。 6 间：间隙。此处指可乘的机会。 7 解衿（jīn）：解开衣带。

宗自娶嫦娥，家暴富[1]，连阁长廊，弥亘[2]街路。嫦娥善谐谑[3]，适见美人画卷，宗曰：“吾自谓如卿天下无两，但不曾见飞燕[4]、杨妃[5]耳。”女笑曰：“若欲见之，此亦何难。”乃执卷细审一过，便趋入室，对镜修妆，效飞燕舞风[6]，又学杨妃带醉[7]，长短肥瘦，随时变更，风情态度，对卷逼真。方作态时，有婢自外至，不复能识，惊问其僚[8]，既而审注[9]，恍然始笑。宗喜曰：

宗子美自从娶了嫦娥，家中暴富，楼阁长廊，绵延整条街巷。嫦娥善于诙谐戏谑，一次见到一幅美人画卷，宗子美对嫦娥说：“我常说像你这样美丽的人天下再不会有第二个，但是不曾见过赵飞燕、杨贵妃啊。”嫦娥笑着说：“你想见赵飞燕、杨贵妃，这又有何难。”于是，她拿起画卷仔细观看了一遍，便走进内室，对着镜子修饰打扮了一番，仿效赵飞燕轻盈起舞的风姿，又效仿杨贵妃慵懒娇媚的醉态，长短肥瘦，随时变更，风情神态，和画卷上的一模一样。嫦娥正在起舞时，有个婢女从外边进来，见了嫦娥没有认出来，惊讶地问别的婢女，继而又仔细看，才恍然大悟，笑了起来。宗子美高兴

"吾得一美人，而千古之美人，皆在床闼[10]矣！"

地说："我得到一个美人，而千古的美人也都在我房里了。"

注释 1 暴富：突然富起来。 2 弥亘（gèn）：绵延。 3 谐谑：诙谐戏谑。 4 飞燕：赵飞燕。汉成帝的皇后，体轻善舞。 5 杨妃：杨玉环。唐玄宗的贵妃，以容貌美丽著称。 6 飞燕舞风：赵飞燕迎风起舞，仿佛要被风吹起。指体态轻盈曼舞。 7 杨妃带醉：指杨贵妃慵懒娇媚的醉态。 8 僚：同僚。此处指其他婢女。 9 审注：仔细审察。 10 床闼（tà）：指内室。闼，门内。

一夜方熟寝[1]，数人撬扉而入，火光射壁。女急起，惊言："盗入！"宗初醒，即欲鸣呼。一人以白刃[2]加颈，惧不敢喘。又一人掠[3]嫦娥负背上，哄然而去。宗始号，家役毕集[4]，室中珍玩，无少亡[5]者，宗大悲，恇然[6]失图[7]，无复情地[8]。告官追捕，殊无音息。

一天夜里他们正在熟睡，忽然几个人撬门进来，火光照得四壁通亮。嫦娥急忙起来，惊慌地说："盗贼来了！"宗子美刚醒来，正要大喊，一个人拿刀架在他的脖子上，吓得他气也不敢喘。另一个人抢过嫦娥背到身上，哄然而散。这时，宗子美才大声哭喊，家中的仆役全都来了，房子中的珍宝，一件也没丢失。宗子美非常悲痛，惊慌失措没了主意，简直要活不下去。告到官府，官府下令追捕，但没有一点消息。

注释 1 熟寝：熟睡。 2 白刃：锋利的刀。 3 掠：夺取，抢夺。 4 毕集：全部聚集。毕，全部。 5 亡：失去，丢失。 6 恇（kuāng）然：惊惧状。 7 失图：失去主意。 8 无复情地：活不下去。情地，处境，置身之地。

荏苒[1]三四年，郁郁无聊，因假赴试入都。居半载，占验询察[2]，无计不施。偶过姚巷，值一女子，垢面敝衣，伛儴[3]如丐。停趾相[4]之，乃颠当也。骇曰："卿何憔悴至此？"答云："别后南迁，老母即世，为恶人掠卖旗下[5]，挞辱冻馁，所不忍言。"宗泣下，问："可赎否？"曰："难矣。耗费烦多，不能为力。"宗曰："实告卿：年来颇称小有[6]，惜客中资斧有限，倾装货马，所不敢辞。如所需过奢，当归家营办之。"女约明日出西城，相会丛柳下，嘱独往，勿以人从。宗曰："诺。"次日早往，则女先在，袿衣[7]鲜明，大非前状。惊问之，笑曰："曩试君心耳，幸绨袍之意[8]犹存。请至敝庐，宜必得当以报。"

渐渐过去了三四年，宗子美心中抑郁无聊，借着应试的机会到京城散心。他在京城居住了半年，算卦问卜，想尽办法打听嫦娥的下落。一天，宗子美偶然路过姚家巷，遇到一位女子，蓬头垢面，衣衫褴褛，惶遽不安，像是个乞丐。宗子美停下脚步细看，竟然是颠当。宗子美大惊道："你怎么憔悴成这个样子？"颠当回答说："与你分别后，我们迁到了南方，母亲去世了。我被坏人抢去卖到旗人家，挨打受辱，受冻挨饿，实在不忍多说。"宗子美听后凄然落泪，问道："可以把你赎出来吗？"颠当说："这就难了。要花费很多钱，你无能为力。"宗子美说："实话告诉你吧，这几年我家中薄有资财，可惜我是客居于此，盘缠不多，但就算把所有的衣物车马都卖了赎你，我也在所不惜。如果所需的钱太多，我就回家去筹办。"颠当约他明天出西城，在柳树丛中相会，嘱咐他独自一个人前来，不要带随从。宗子美答应说："好。"第二天，宗子美早早就去了，而颠当已经先到，衣着鲜艳明丽，与昨天大不相同。宗子美惊奇地问她，颠当笑着说："昨天只是试试你的心意罢了，幸亏你没有忘记旧

北行数武[9]，即至其家，遂出肴酒，相与谈宴。宗约与俱归，女曰：“妾多俗累[10]，不能从。嫦娥消息，固颇闻之。”宗急询其何所，女曰：“其行踪缥缈，妾亦不能深悉。西山有老尼，一目眇[11]，问之当自知。”遂止宿其家。

情。请到寒舍坐坐，我一定会好好地报答你。”两人向北走了几步路，就到了颠当家，颠当摆出美酒佳肴和宗子美边吃边谈。宗子美邀请她一起回家。颠当说：“我这里俗事繁多，不能随你回去。嫦娥的消息，我倒是听到些。”宗子美急忙问嫦娥在何处。颠当说：“她的行踪飘忽不定，我也知道得不够确切。西山有位老尼姑，瞎了一只眼，去问她就知道了。”于是当晚宗子美就住在颠当家里。

注释 1 荏苒：（时间）渐渐过去。 2 占验询察：算命。询察，寻访。 3 侄儴（kuāng ráng）：惶遽不安貌。 4 相：察看，辨认。 5 旗下：旗人。清代设八旗，凡是入籍的称为旗人，也称旗下人。 6 小有：薄有资财。 7 袿（guī）衣：古代妇女所穿的上等长袍。 8 绨（tí）袍之意：指故人的交情。战国时，范雎曾为魏中大夫须贾的门客，因事逃到秦国，做了宰相，后来须贾出使秦国，范雎就隐瞒身份，穿着破衣前去相见，须贾见他贫困便以绨袍赠之。 9 武：半步。泛指脚步。 10 俗累：世俗事务的牵累。 11 眇（miǎo）：一目失明。

天明示以径。宗至其处，有古寺周垣尽颓，丛竹内有茅屋半间，老尼缀衲[1]其中。见客至，漫不为礼。宗揖之，尼始举头致问。因告姓氏，

天亮后，颠当给他指明去西山的路。宗子美到了西山，见山上有一座古寺，四周的围墙都倒塌了，在竹林里有半间茅草屋，有位老尼姑正在里面缝补僧衣。见到有客人前来，她也不打招呼。宗子美向她作揖行礼，老尼姑这才抬起

即白所求。尼曰："八十老瞽[2]，与世暌绝[3]，何处知佳人消息？"宗固求之。乃曰："我实不知。有二三戚属，来夕相过，或小女子辈识之，未可知。汝明夕可来。"宗乃出。次日再至，则尼他出，败扉扃焉。伺之既久，更漏已催，明月高揭[4]，徘徊无计，遥见二三女郎自外入，则嫦娥在焉。宗喜极，突起，急揽其袪[5]。嫦娥曰："莽郎君！吓煞妾矣！可恨颠当饶舌[6]，乃教情欲缠人。"宗曳坐，执手款曲[7]，历诉艰难，不觉恻楚。女曰："实相告：妾实姮娥[8]被谪，浮沉俗间，其限已满，托为寇劫，所以绝君望耳。尼亦王母守府者，妾初谴时，蒙其收恤[9]，故暇时[10]常一临存[11]。君如释妾，当为代致颠当。"宗不听，垂

头来询问。宗子美报上自己的姓名，诉说了自己的请求。老尼姑说："我是个八十岁的老瞎子，与世隔绝，从哪知道嫦娥的消息啊？"宗子美苦苦哀求，老尼姑才说："我实在不知道。明天晚上有几家亲戚来看我，或许其中的小姑娘们有认识嫦娥的，也说不定。你明天晚上再来吧！"宗子美于是告辞出来。第二天再到那里，老尼姑有事去了别处，破门也紧锁着。宗子美等了很久，直到深更半夜，明月高悬，他徘徊不定，毫无办法，远远地望见几位姑娘从外边走进来，其中就有嫦娥。宗子美高兴极了，突然走过去，急忙上前拉住嫦娥的衣袖。嫦娥说："莽撞的郎君！吓死我了！可恨多嘴的颠当，又让你用儿女之情来纠缠我。"宗子美拉着她坐下，握着她的手细诉相思之情，又诉说了自己遭遇的艰辛，不觉悲伤地流下泪来。嫦娥说："实话告诉你：我其实是月宫的嫦娥，被贬谪下界，在人世间沉浮飘荡，期限已满，便假托被强盗抢走，这样做是为了断绝你的念想。那位老尼姑，是王母娘娘的看门人。我刚被贬时，承蒙她收留，所以我有空的时候就常去探望她。如果你让我走，我就

首陨涕[12]。女遥顾曰:"姊妹辈来矣。"宗方四顾,而嫦娥已杳。宗大哭失声,不欲复活,因解带自缢。恍惚觉魂已出舍[13],伥伥靡适[14]。俄见嫦娥来,捉而提之,足离于地,入寺,取树上尸推挤之,唤曰:"痴郎,痴郎!嫦娥在此。"忽若梦醒。少定,女恚[15]曰:"颠当贱婢!害妾而杀郎君,我不能恕之也!"下山赁舆而归。

想办法让颠当嫁给你。"宗子美不听,低着头流泪。嫦娥看着远处说:"姊妹们来了。"宗子美向四处张望,嫦娥已经不见了。宗子美失声痛哭,不想活了,就解下腰带上吊。他恍恍惚惚觉得灵魂已经出窍,迷茫飘荡着不知道该去哪里。不一会儿见到嫦娥来了,抓住他提起来,双脚离地而起,进入寺中,从树上取下尸体推挤着,呼唤道:"痴郎!痴郎!嫦娥在这里。"宗子美忽如从梦中醒来。等宗子美稍微安定,嫦娥愤恨地说:"颠当这个贱婢!害了我又杀郎君,我绝不能轻饶她!"宗子美带着嫦娥下山雇车回去了。

注释 1 缀衲(zhuì nà):缝补僧衣。缀,缝。衲,僧衣。 2 瞽(gǔ):盲人,瞎子。 3 与世暌(kuí)绝:与世隔绝。暌,暌隔,分隔,隔离。 4 高揭:高高张贴。此处指高悬。 5 袪(qū):袖口。 6 饶舌:唠叨,多嘴。 7 款曲:衷情,诚挚殷勤的心意。款,诚恳。此处指诉说衷情。 8 姮(héng)娥:即嫦娥。嫦娥本名姮娥,后来因避汉文帝刘恒的名讳而被改称"嫦娥"。 9 收恤:收留救济。恤,救济。 10 暇时:空闲的时间。暇,空闲。 11 临存:亲临省问,探望。存,问候。 12 陨涕:流泪。 13 出舍:出窍。 14 伥(chāng)伥靡适:无所适从貌。 15 恚(huì):怨恨,愤怒。

既命家人治装[1],乃返身出西城,诣谢颠当,

宗子美命仆人准备行装,自己返身去了西城,想当面答谢颠当。到了颠当

至则舍宇[2]全非，愕叹而返。窃幸嫦娥不知。入门，嫦娥迎笑曰："君见颠当耶？"宗愕然不能答。女曰："君背嫦娥，乌得颠当？请坐待之，当自至。"未几颠当果至，仓皇伏榻下。嫦娥叠指弹之，曰："小鬼头陷人[3]不浅！"颠当叩头，但求赊死[4]。嫦娥曰："推人坑中，而欲脱身天外耶？广寒[5]十一姑不日下嫁，须绣枕百幅、履百双，可从我去，相共操作。"颠当恭白："但求分工，按时赍送。"女不许，谓宗曰："君若缓颊，即便放却。"颠当目宗，宗笑不语，颠当目怒之。乃乞还告家人，许之，遂去。宗问其生平，乃知其西山狐也。买舆待之。

家门口发现屋舍完全变了样儿，宗子美惊愕不已，叹息而归。他暗自庆幸嫦娥未发现这件事。宗子美进门后，嫦娥笑着迎出来说："你得到颠当了吗？"宗子美很惊愕，无言以对。嫦娥说："你背着我嫦娥，怎么能见到颠当呢？请坐在这儿等吧，颠当自己会来。"不一会儿，颠当果然来了，进屋后慌忙跪在床前。嫦娥用指头弹着她的额头说："你这小鬼头害人不浅！"颠当连连叩头求饶，求嫦娥免自己一死。嫦娥说："你把别人推进火坑，自己还想脱身天外吗？广寒宫中的十一姑没几天就要下嫁了，需要绣一百对枕头、一百双鞋，你可以跟我去，我们一起做。"颠当恭恭敬敬地说："只求分给我一些，我按时做好送来。"嫦娥不答应，对宗子美说："如果你为她求情，我就放她走。"颠当看着宗子美，但他却笑而不语。颠当气愤地瞪着他，乞求回去告诉家人一声，嫦娥答应了，颠当才走了。宗子美向嫦娥问起颠当的身世，才知她是西山的狐仙。宗子美买好车马等着颠当来。

注释 1 治装：整理行装。 2 舍宇：屋舍。宇，房屋，住所。 3 陷人：

害人。 4 赊死：缓死，亦谓宽容免于一死。赊，迟缓，引申为宽大，宽容。 5 广寒：广寒宫。中国古代神话传说中嫦娥在月亮上居住的宫殿。

次日果来，遂俱归。然嫦娥重来，恒持重不轻谐笑。宗强使狎戏，惟密教颠当为之。颠当慧绝，工媚。嫦娥乐独宿，每辞不当夕。一夜漏三下[1]，犹闻颠当房中，吃吃[2]不绝。使婢窃听之，婢还，不以告，但请夫人自往。伏窗窥之，则见颠当凝妆[3]作已状，宗拥抱，呼以嫦娥。女哂而退。未几，颠当心暴痛，急披衣，曳宗诣嫦娥所，入门便伏。嫦娥曰："我岂医巫厌胜者[4]？汝自欲捧心效西子[5]耳。"颠当顿首，但言知罪。女曰："愈矣。"遂起，失笑而去。颠当私谓宗："吾能使娘子学观音[6]。"宗

第二天，颠当果然来了，他们就一起回家了。然而嫦娥这次重新回来后，变得拘谨持重，寡言欢笑。宗子美强要和嫦娥亲热，她只是偷偷让颠当代替她。颠当十分聪慧，善于媚惑男子。嫦娥喜欢独宿，经常推辞，不与宗子美同寝。一天夜里，已是三更，还听到颠当房中"吃吃"的说笑声不断。嫦娥让婢女去偷听。婢女回来，什么都不说，只是请嫦娥亲自去看。嫦娥从窗户偷偷向里一看，只见颠当妆扮成自己的样子，宗子美抱着她，口中喊着嫦娥的名字。嫦娥轻蔑地笑着退回屋里。不一会儿，颠当突然心头剧痛，急忙披上衣服，拉着宗子美到嫦娥房中，进门便跪倒在地。嫦娥说："我难道是会用法术治病的巫医吗？是你自己想效仿捧心的西施罢了。"颠当不停地叩头，一直说自己知罪了。嫦娥说："好了。"颠当这才站起来，尴尬地笑着走了。颠当私下对宗子美说："我能使娘子学观音菩萨。"宗子美不相信，于是两人就开玩

不信，因戏相赌。嫦娥每趺坐[7]，眸含若瞑。颠当悄以玉瓶插柳置几上，自乃垂发合掌，侍立其侧，樱唇半启，瓠犀[8]微露，睛不少瞬。宗笑之。嫦娥开目问之，颠当曰："我学龙女[9]侍观音耳。"嫦娥笑骂之，罚使学童子拜。颠当束发，遂四面朝参之，伏地翻转，逞[10]诸变态，左右侧折，袜能磨乎其耳。嫦娥解颐[11]，坐而蹴[12]之。颠当仰首，口衔凤钩[13]，微触以齿。嫦娥方嬉笑间，忽觉媚情一缕，自足趾而上直达心舍，意荡思淫，若不自主。乃急敛神，呵曰："狐奴当死！不择人而惑之耶？"颠当惧，释口投地。嫦娥又厉责之，众不解。嫦娥谓宗曰："颠当狐性不改，适间几为所愚。若非夙根深者，堕落何难！"自是见颠当，每

笑打赌。嫦娥每次盘腿打坐，都双眼紧闭。颠当悄悄地用玉瓶插上柳枝，放到嫦娥身边的桌子上，自己则垂散头发，双手合掌在她身边侍立，樱桃般的嘴唇半张，雪白的牙齿微露，目光一动不动。宗子美看着这情形不禁笑了。嫦娥睁开眼问怎么回事，颠当回答说："我在学龙女侍奉观音菩萨。"嫦娥笑着骂她，罚她学童子给自己施礼参拜。颠当将头发束起来扮作童子，向四面参拜，一会儿又伏在地上翻滚，展示出各种姿态，又向左右弯曲，脚尖能碰到耳朵。嫦娥也开颜欢笑，坐着用脚一踢。颠当抬起头，用口衔着嫦娥的脚尖，用牙齿轻轻地咬着。嫦娥正在嬉笑，忽然觉得一丝春情从脚趾直上心头，神迷心荡，欲火难以控制。嫦娥急忙敛气凝神，呵斥颠当说："狐奴该死！不看看是谁，就敢来媚惑吗？"颠当吓得急忙松口趴在地上。嫦娥又严厉地责骂她，众人十分不解。嫦娥对宗子美说："颠当狐性不改，刚才差点儿被她捉弄。若不是我根业深厚，堕落又有什么难的！"从此之后，每见到颠当，嫦娥就对她严加管束。颠当既羞惭又害怕，对宗子美说："我对娘

严御[14]之。颠当惭惧，告宗曰："妾于娘子一肢一体，无不亲爱，爱之极，不觉媚之甚。谓妾有异心，不惟不敢，亦不忍。"宗因以告嫦娥，嫦娥遇之如初。然以狎戏无节[15]，数戒宗，不听。因而大小婢妇，竞相狎戏。

子的一手一足，无一不觉得亲切可爱，正因为喜爱至极，不知不觉媚惑得过分。说我有二心，我不只不敢这么做，也于心不忍。"宗子美把这些话告诉了嫦娥，嫦娥对待颠当又和当初一样了。然而，颠当和宗子美亲昵嬉闹不知道节制，嫦娥屡次劝诫宗子美，但宗子美都听不进去。因而大小婢女和仆妇竞相嬉戏玩闹。

注释 1 漏三下：古代用滴漏计时，漏三下即指到了三更天。 2 吃吃：形容笑声。 3 凝妆：盛妆。 4 医巫厌胜者：靠巫术等治病的医生。医巫，借鬼神巫术治病的医生。厌（yā）胜，古代一种巫术，谓能以诅咒制胜，压服人或物。 5 捧心效西子：西施常因心口痛捧心皱眉，表现女子的娇弱美。此处指颠当装病效仿西施。 6 观音：即观世音。唐时避太宗李世民讳，省称"观音"。观世音菩萨是佛教中慈悲与智慧的象征。 7 趺（fū）坐：盘腿端坐。 8 瓠（hù）犀：瓠瓜的子。因其整齐而色泽洁白，常用来比喻美人的牙齿。 9 龙女：婆竭罗龙王之女，八岁领悟佛法，遂现成佛之象。明吴承恩《西游记》中龙女为观音侍者。 10 逞：显示，展示。 11 解颐：开颜欢笑。 12 蹴（cù）：踢。 13 凤钩：指美妙的脚。钩，本指弯曲。这里指脚小巧弯曲如月钩。 14 严御：严加管束。御，管教。 15 无节：没有法度，不加节制。

一日，二人扶一婢效作杨妃。二人以目会

一天，两个人扶着一个婢女扮杨贵妃。那两个人互使眼色，哄骗扮贵妃的

意，赚[1]婢懈骨[2]作酣态[3]，两手遽释，婢暴颠[4]堰下[5]，声如倾堵[6]。众方大哗，近抚之，而妃子已作马嵬薨[7]矣。众大惧，急白主人。嫦娥惊曰：“祸作矣！我言如何哉！”往验之，不可救。使人告其父。父某甲，素无行[8]，号奔而至，负尸入厅事，叫骂万端。宗闭户惴恐，莫知所措。嫦娥自出责之，曰：“主郎虐婢至死，律无偿法，且邂逅[9]暴殂，焉知其不再苏？”甲噪言：“四支[10]已冰，焉有生理！”嫦娥曰：“勿哗。纵不活，自有官在。”乃入厅事抚尸，而婢已苏，随手而起。嫦娥返身怒曰：“婢幸不死，贼奴何得无状[11]！可以草索絷送[12]官府！”甲无词，长跪哀免。嫦娥曰：“汝既知罪，姑免究处。但小人无赖，反

婢女软下身子装作醉态朦胧的样子，然后两人突然松手，扮贵妃的那个婢女猛然跌到台阶下面，发出很大的声音，犹如墙倒了一样。众人大声惊呼，上前一摸，那婢女已经像杨贵妃死于马嵬坡一样香消玉散了。众人十分惧怕，赶快报告了主人。嫦娥惊慌地说：“这次大祸临头啦！我说的怎么样！”过去察看了一番，那个婢女已经没法救了，派人去告诉了她的父亲。婢女的父亲某甲，素来品行不端，得知此事后哭叫着赶来，把女儿的尸体背到厅堂上，变着法子叫骂。宗子美吓得关上门，不知如何是好。嫦娥走出来责备某甲说：“即使主人虐待婢子致死，按律也不需要偿命，况且你的女儿是意外横死，怎么知道她不能复活呢？”某甲叫嚷说：“四肢都冰凉了，哪有复活的道理！”嫦娥说：“你不要乱嚷，纵然是活不了，还有官府呢。”于是进入厅堂摸了摸尸体，而婢女已经醒了过来，随即站了起来。嫦娥返身怒斥某甲道：“幸亏这婢女没死，你这贼奴才何以这么猖狂！可以拿绳子捆绑了送到官府去。”某甲无话可说，长跪着哀求宽恕。嫦娥说：“既然你已经知罪，我就暂且不追究了。但

复何常，留汝女终为祸胎，宜即将去。原价如干数[13]，当速措置[14]来。”遣人押出，俾浼二三村老，券证署尾。已，乃唤婢至前，使甲自问之：“无恙乎？”答曰：“无恙。”乃付之去。已，遂召诸婢，数责遍扑[15]。又呼颠当，为之厉禁。谓宗曰：“今而知为人上者，一笑颦[16]亦不可轻。谑端开之自妾，而流弊遂不可止。凡哀者属阴，乐者属阳，阳极阴生，此循环之定数。婢子之祸，是鬼神告之以渐[17]也。荒迷不悟，则倾覆及之矣。”宗敬听之。颠当泣求拔脱[18]。嫦娥乃掐其耳，逾刻释手。颠当怃然为间[19]，忽若梦醒，据地自投[20]，欢喜欲舞。由此闺阁清肃，无敢哗者。婢至其家，无疾暴死。甲以赎金莫偿，

你这无赖小人，反复无常，把你女儿留在这里终是祸根，你还是把她领回去吧。原来身价若干，你赶快筹措好了送来。”嫦娥派人把某甲押出去，让他请来村里的几位老人，在文书上画押作保。签完后，才把婢女叫来，让某甲亲自问她：“身上没有伤着吧？”婢女说：“没有。”然后把婢女交给了某甲。之后，嫦娥把婢女们都召唤过来，严厉斥责，挨个儿鞭打了一顿。又把颠当唤来，严禁她再玩这种游戏。嫦娥对宗子美说：“现在你应该知道身为人上之人，一颦一笑也不能轻易表现出来了吧。戏谑的事是从我这儿开始的，结果流弊屡禁不止。凡是哀伤的事属阴，欢乐的事属阳，阳极阴生，这是万物循环的定数。此次婢女的祸事，是鬼神给我们的警告。如果我们再执迷不悟，就要家破人亡了。”宗子美恭敬地听嫦娥说话。颠当哭着请求嫦娥解救她。嫦娥掐着她的耳朵，过了一刻钟才松手。颠当迷茫恍惚，过了一会儿才忽如梦醒，以手按地拜倒，高兴得要跳起舞来。从此之后，闺阁中变得清静整肃，再没人敢喧哗嬉闹。那个婢女回到家中，没生病就突然死了。某甲因为拿不出赎金，请

浼[21]村老代求怜恕，许之。又以服役之情，施以材木[22]而去。

求村中老者代他向嫦娥乞求开恩免除，嫦娥答应了。又念及婢女侍奉主人的情义，就施舍了一口棺木让他们带回去。

宗常患无子。嫦娥腹中忽闻儿啼，遂以刃破左胁出之，果男。无何，复有身[23]，又破右胁而出一女。男酷类父，女酷类母，皆论昏于世家。

宗子美经常为没有孩子而发愁。一天嫦娥忽然听到腹中有婴儿的哭声，于是就拿刀划开左胁取出婴儿，果然是个男孩。没过多久，嫦娥又怀孕了，又划开右胁取出来一个女孩。男孩长得很像父亲，女孩长得很像母亲，他们长大后，都与世家大户成了婚。

注释 1 赚：诳骗，欺哄。 2 懈骨：松缓肢体，即软下身子。 3 酣态：醉态。 4 颠：跌倒。 5 墀（chí）下：台阶下的空地。墀，台阶上的空地，亦指台阶。 6 倾堵：倒塌的墙。 7 马嵬薨（hōng）：安史之乱中，唐玄宗仓皇入蜀，经马嵬坡时禁军哗变，唐玄宗被迫赐杨贵妃自缢。此处指死。 8 无行：品行不端。 9 邂逅：意外，突然。 10 四支：四肢。 11 无状：行为失检，没有礼貌。 12 草索絷（zhí）送：用草绳捆起来送到官府。 13 如干数：若干数。表示不定数。 14 措置：筹措；筹集。 15 数责遍扑：挨个斥责鞭打。数责，斥责。遍，全。扑，打。 16 一笑颦（pín）：欢笑或皱眉，代指喜怒哀乐。 17 渐：表示慢慢变化。 18 拔脱：超度，解救。 19 怃（fǔ）然为间：怅然若失了一会儿。 20 据地自投：以手按地磕头。表示自责之意。 21 浼：夺取，侵夺。此处指请求。 22 材木：木材。此处指棺材。 23 有身：怀孕。

异史氏曰："阳极阴

异史氏说："阳极阴生是至理名

生，至言[1]哉！然室有仙人，幸能极我之乐，消我之灾，长我之生，而不我之死。是乡乐，老焉可矣，而仙人顾忧之耶？天运[2]循环之数，理固宜然，而世之长困而不亨者[3]，又何以为解哉？昔宋人有求仙不得者，每曰：'作一日仙人，而死亦无憾。'我不复能笑之也。"

言啊！然而家里有位仙人，幸而能让我享受极大的快乐，消除我的灾祸，延长我的寿命，而使我不死。这温柔乡里如此快乐，即便终老在此也行，但是仙人为什么还忧虑呢？天道循环反复的命数，道理本就应当如此，可是世上那些长处困窘而不顺利的人，又怎么解释呢？从前宋朝有个人想求仙而没成功，总是说：'能做一天的神仙，就死而无憾了。'我听到这话再也笑不出来了。"

注释 **1** 至言：极其高明的言论。 **2** 天运：天命。 **3** 不亨（hēng）者：不顺利的人。亨，通达，顺利。

鞠乐如

原文

鞠乐如，青州[1]人。妻死，弃家而去。后数年，道服荷蒲团[2]至。经宿欲去，戚族[3]强留其衣杖。鞠托[4]闲步[5]至村外，室中服具，皆冉冉[6]飞出，随之而去。

译文

鞠乐如是青州人。他的妻子死后，他就离家出走了。过了几年，他穿着道袍带着蒲团回来了。住了一晚，他又想要走，亲戚们就强行留下了他的道袍和禅杖。鞠乐如借口散步来到村外，留在家中的东西都缓缓飘出来，随他而去。

注释 1 青州：府名，在今山东青州市。 2 蒲团：用蒲草编成的圆形垫子。多为僧人坐禅和跪拜时用。 3 戚族：指亲戚。 4 托：假托。 5 闲步：漫步，散步。 6 冉冉：渐进貌。形容事物慢慢变化或移动。

褚生

原文

顺天[1]陈孝廉，十六七岁时，尝从塾师读于僧寺，徒侣[2]甚繁。内有褚生，自言山东人，攻苦讲求[3]，略不暇息，且寄宿斋中，未尝一见其归。陈与最善，因诘之，答曰："仆家贫，办束金[4]不易，即不能惜寸阴，而加以夜半，则我之二日，可当人三日。"陈感其言，欲携榻来与共寝。褚止之曰："且勿，且勿！我视先生，学非吾师也。阜城门[5]有吕先生，年虽耄[6]，可师，请与俱迁之。"盖都中设帐者[7]多以月计，月终束金

译文

顺天的陈举人，十六七岁时，曾跟随老师在寺院读书，同伴有很多。其中有一位褚生，自称是山东人，读书非常刻苦，几乎不休息，寄宿在寺庙中，都没见他回过家。陈生与褚生关系最好，于是就问他为何如此刻苦，褚生回答说："我家境贫寒，筹措学费很不容易，即使不能爱惜每一寸光阴，但若是我多读半夜书，那我的两天就相当于别人的三天。"陈生听了他的话深受感动，想把床搬过来跟褚生一起住。褚生制止他说："不要这样，不要这样！我看这位先生，学问不够当我们的老师。阜城门有位吕先生，年纪虽然很大，但可以做我们的老师，请与我一起搬到他那里去吧。"原来，京城中开私塾的先生大多按月收费，月底学费用完，任学生去留。于是，陈生和褚生一

完,任其留止。于是两生同诣吕。吕,越之宿儒[8],落魄不能归,因授童蒙[9],实非其志也。得两生甚喜,而褚又甚慧,过目辄了,故尤器重之。两人情好[10]款密[11],昼同几,夜亦同榻。

同前去拜访吕先生。吕先生是越地修养有素的儒士,因落魄潦倒不能返乡,就设馆教授蒙童,这实在不是他的志向。吕先生得到陈、褚两位学生非常高兴,而褚生又特别聪慧,读书过目不忘,所以吕先生对他格外器重。陈生和褚生两人感情很好,亲密无间,白天同在一张桌上读书,晚上同在一张榻上睡觉。

注释 1 顺天:府名,治大兴、宛平(今北京)。 2 徒侣:朋辈,同伴。 3 攻苦讲求:读书刻苦。攻苦,刻苦。讲求,修习研究。 4 束金:学费。 5 阜城门:即"阜成门"。明清时期北京九门之一,位于内城西垣南侧。 6 耄(mào):年老。 7 设帐者:设馆授徒的人,即塾师。 8 宿儒:修养有素的儒士或年高博学的读书人。宿,年齿高,岁数大。 9 童蒙:无知的儿童。 10 情好:感情,交情。 11 款密:亲密,亲切。

月既终,褚忽假归,十余日不复至。共疑之。一日,陈以故至天宁寺[1],遇褚廊下,劈苘淬硫[2],作火具焉。见陈,忸怩不安。陈问:"何遽废读?"褚握手请间[3],戚然曰:"贫无以遗先生,必半月贩[4],始能一月读。"陈感慨良久,

到月底,褚生忽然请假回家,十几天还没回来。大家都感到很奇怪。一天,陈生因事到了天宁寺,在寺中房廊下遇到褚生,见他正在劈苘麻涂硫磺,制作生火的用具。褚生见到陈生,忸怩不安。陈生问:"为何突然放弃读书了呢?"褚生握着他的手请他来到没人的地方,悲伤地说:"我穷得没法向先生交学费,必须做半月的买卖,才能读一月书。"陈生听后感慨了好一会儿,说:"你只管去读

曰："但往读，自合[5]极力。"命从人收其业，同归塾。戒陈勿泄，但托故以告先生。陈父固肆贾[6]，居物[7]致富，陈辄窃父金代褚遗师。父以亡金责陈，陈实告之。父以为痴，遂使废学。褚大惭，别师欲去。吕知其故，让之曰："子既贫，胡不早告？"乃悉以金返陈父，止褚读如故，与共饔飧[8]，若子焉。陈虽不入馆，每邀褚过酒家饮。褚固以避嫌不往，而陈要[9]之弥坚，往往泣下，褚不忍绝，遂与往来无间。

书，我自当尽力帮助你。"陈生命随从收拾好褚生的东西，两人一起返回私塾。褚生嘱咐陈生不要把他的事泄露出去，只是找了个理由告诉了吕先生。陈生的父亲本是个商人，靠囤积财物发家致富，陈生经常偷父亲的钱代褚生交学费。陈父因为丢了钱而责问陈生，陈生如实相告。陈父认为儿子太傻，就不让他读书了。褚生大感惭愧，告别老师想要离去。吕先生知道了原因，责备他说："你既然贫穷，为何不早告诉我？"于是吕先生把他交来的学费都还给了陈父，并留褚生继续在此读书，和他一起吃饭，就像对待儿子一样。陈生虽然不来学馆读书，但常邀请褚生到酒馆喝酒。褚生为避嫌一再推辞，而陈生邀请得更加频繁，往往流下泪来，褚生不忍心拒绝，就又与他往来不断。

注释 1 天宁寺：北京最古老的寺院之一，位于西城区，始建于北魏孝文帝延兴年间。 2 劈苘（qǐng）淬（cuì）硫：把苘麻劈成束缕，在末端淬上硫磺，可用于引火。淬，浸染。 3 请间：请人到无人处密谈。 4 贩：买货出卖，做小买卖。 5 自合：自当。 6 肆贾：开店经商的人，即在固定地点营业的商人。 7 居物：囤积财物。 8 共饔（yōng）飧（sūn）：共同用餐。饔，早餐。飧，晚餐。 9 要：约请，邀请。

逾二年，陈父死，复求受业。吕感其诚，纳之，而废学既久，较褚悬绝[1]矣。居半年，吕长子自越来，丐食[2]寻父。门人辈敛金助装，褚惟洒涕依恋而已。吕临别，嘱陈师事[3]褚。陈从之，馆褚于家。未几，入邑庠[4]，以“遗才[5]”应试。陈虑不能终幅[6]，褚请代之。至期，褚偕一人来，云是表兄刘天若，嘱陈暂从去。陈方出，褚忽自后曳之，身欲踣[7]，刘急挽之而去。览眺一过，相携宿于其家。家无妇女，即馆客[8]于内舍。

过了两年，陈父死了，陈生又到吕先生门下求学。吕先生被他的诚意感动，就收下了他，然而陈生学业荒废了很久，跟褚生比相差极远。过了半年，吕先生的长子从越地前来，他是靠一路乞讨寻找到父亲的。吕先生的弟子都出钱帮助吕先生准备行装，褚生只能洒泪表示依恋不舍之情而已。吕先生临别时，嘱咐陈生以师礼待褚生。陈生听从教诲，请褚生到家中设馆教他。没多久，陈生考中秀才，又以“遗才”的身份去应乡试。陈生担心自己写不好文章，褚生就自请代他去考。到了考试那天，褚生带着一个人同来，说那人是他的表兄刘天若，嘱咐陈生暂且跟着刘天若前去。陈生刚出门，褚生忽然从后边拉他，陈生差点跌倒，刘天若急忙挽着他走了。两人出门后向四周看了看，便手拉手前往刘家住宿。刘天若家中没有妇女，就招待陈生住在内室。

注释 1 悬绝：相差极远。 2 丐食：乞讨食物。 3 师事：指拜某人为师或以师礼相待。 4 入邑庠：考中秀才。邑庠，县学。读书人童试录取后准入县学读书，以备参加乡试。 5 遗才：未经过学道的科考录送，临时添补核准参加乡试的生员。 6 终幅：全篇。此处指全篇的八股文。 7 踣（bó）：跌倒。 8 馆客：招待宾客。

居数日，忽已中秋。刘曰："今日李皇亲园[1]中，游人甚夥[2]，当往一豁[3]积闷，相便送君归。"使人荷茶鼎、酒具而往。但见水肆[4]梅亭，喧啾[5]不得入。过水关，则老柳之下，横一画桡[6]，相将登舟。酒数行，苦寂。刘顾僮曰："梅花馆近有新姬[7]，不知在家否？"

住了几天，就到了中秋。刘天若说："今天李皇亲的清华园里游人很多，咱们应该去那里散散胸中积压的闷气，顺便送你回家。"刘天若让人挑着茶壶、酒具前往。但见园中水阁梅亭嘈杂喧闹，根本进不去。过了水关，见一棵老柳树下横着一只画船，二人就相携上了船。他们喝了几杯酒，感觉寂寞无聊。刘天若对僮仆说："梅花馆最近有位新来的歌妓，不知在家里没？"

注释 1 李皇亲园：指清华园。清华园又称"李园"，曾被誉为"京师第一名园"。李皇亲，指李伟，明穆宗孝定皇后李氏之父，官封武清侯。2 夥（huǒ）：多。 3 豁：消散，排遣。 4 水肆：此处指临水的阁楼。5 喧啾（jiū）：喧闹嘈杂。 6 画桡（ráo）：有画饰的船桨。此处指画船。7 姬：旧时称以歌舞为业的女子。

僮去少时，与姬俱至，盖勾栏[1]李遏云也。李，都中名妓，工诗善歌，陈曾与友人饮其家，故识之。相见，略道温凉[2]，姬戚戚有忧容。刘命之歌，为歌《蒿里》[3]。陈不悦，曰："主客即不当卿意，何至对生人歌死曲？"姬起谢，强颜欢笑，乃歌艳

僮仆离开了一会儿，跟歌妓一起来了，原来是妓院的李遏云。李遏云是京城的名妓，工诗善歌，陈生曾跟朋友在她家喝酒，所以认识她。见面后，寒暄了几句，李遏云脸上有忧愁的神色。刘生让她唱歌，她便唱了一首《蒿里》。陈生不高兴，说："我们即使不合你的心意，何至于对着活人唱死人的曲子呢？"李遏云起身致歉，

曲[4]。陈喜，捉腕曰："卿向日《浣溪纱》读之数过[5]，今并忘之。"姬吟曰："泪眼盈盈对镜台，开帘忽见小姑来，低头转侧看弓鞋。强解绿蛾[6]开笑面，频将红袖拭香腮，小心犹恐被人猜。"

强颜欢笑，唱了首艳曲。陈生听了很高兴，抓着她的手腕说："你以前写的《浣溪沙》我读过好几遍，现在都忘了。"李遏云吟诵道："泪眼盈盈对镜台，开帘忽见小姑来，低头转侧看弓鞋。强解绿蛾开笑面，频将红袖拭香腮，小心犹恐被人猜。"

注释　1 勾栏：妓院。　2 道温凉：寒暄。温凉，寒暖，借指生活情况。3《蒿里》：挽歌名。　4 艳曲：爱情歌曲。或指内容和曲调淫荡的歌曲。5 过：次，回，遍。　6 绿蛾：女子的眉毛。古代女子以黛画眉，呈青黑色，故称。

陈反复数四。已而泊舟[1]，过长廊，见壁上题咏甚多，即命笔记词其上。日已薄暮，刘曰："闱中人[2]将出矣。"遂送陈归，入门即别去。陈见室暗无人，俄延[3]间褚已入门，细审之，却非褚生。方疑，客遽近身而仆。家人曰："公子惫矣！"共扶拽之。转觉仆者非他，即己也。既起，见褚生在旁，惚惚若梦。屏人而研

陈生反复吟诵了几遍。接着船靠了岸，陈生走过长廊，见墙壁上题了很多诗，让人拿来笔把李遏云的词写在上边。当时已经傍晚，刘天若说："考场中的人快出来了。"于是把陈生送回家，见他进门后就离开了。陈生见室内黑暗无人，正迟疑间，褚生已经进门了，他仔细一瞧，却不是褚生。正怀疑时，来客突然走到陈生跟前倒在地上。家中的仆人说："公子太累了！"一起把他搀扶起来。这时，陈生觉得刚才跌倒的不是别人，正是自己。等陈生站起来后，看见褚生在一旁，陈生恍恍惚惚像做了

究[4]之。褚曰："告之勿惊：我实鬼也。久当投生，所以因循[5]于此者，高谊所不能忘，故附君体，以代捉刀。三场[6]毕，此愿了矣。"陈复求赴春闱[7]，曰："君先世福薄，悭吝[8]之骨，诰赠[9]所不堪也。"问："将何适？"曰："吕先生与仆有父子之分，系念常不能置。表兄为冥司典簿[10]，求白地府主者，或当有说。"遂别而去。陈异之，天明访李姬，将问以泛舟之事，则姬死数日矣。又至皇亲园，见题句犹存，而淡墨依稀，若将磨灭。始悟题者为魂，作者为鬼。

一场梦。陈生于是屏退家人，仔细询问褚生是怎么回事。褚生说："实话对你讲，你不要害怕：我其实是鬼。早就该投胎了，之所以在此拖延，是因为我不能忘怀你的深情厚谊，所以我才附在你身上，代你考试。如今三场考完，我的心愿已了。"陈生又求他代为参加春闱，褚生说："你上一世福薄，吝啬之人的骨相，承受不住诰封。"陈生问："你将要到哪儿去？"褚生回答说："吕先生与我有父子情分，我常常挂念他，难以忘怀。我表兄在地府掌管典册，我求他告诉地府的主管，或许有所关照。"说完就告辞走了。陈生觉得此事不同寻常，天亮后去拜访李遏云，想问问他乘船游玩的事，却得知李遏云已经死了几天了。他又到皇亲园，见墙壁上题的诗还在，只是墨色很淡，好像快要消失了。他这才明白题诗者和作诗者都是鬼魂。

注释　1 泊舟：停船靠岸。　2 闱（wéi）中人：考场上的人。闱，古代科举考试的考场。　3 俄延：延缓，耽搁。此处指迟疑。　4 研究：仔细询问。　5 因循：拖延。　6 三场：初场试经义二道，四书义一道；二场论一道；三场策一道。　7 春闱：指明清京城会试。会试在春季举行，故称。　8 悭（qiān）吝：吝啬。　9 诰赠：明清时对五品以上官员的曾祖父母、祖父母、父母及妻室之殁者，以皇帝的诰命追赠封号，叫诰赠。此处指对官员的诰封。 **10** 典簿：此处指掌管文书簿册。

至夕，褚喜而至，曰："所谋幸成，敬与君别。"遂伸两掌，命陈书褚字于上以志之。陈将置酒为饯，摇首曰："勿须。君如不忘旧好，放榜后，勿惮修阻[1]。"陈挥涕送之。见一人伺候于门，褚方依依，其人以手按其项，随手而匾[2]，掬入囊，负之而去。过数日，陈果捷，于是治装[3]如越[4]。吕妻断育几十年，五旬余忽生一子，两手握固不可开。陈至，请相见，便谓掌中当有文曰"褚"。吕不深信[5]。儿见陈，十指自开，视之果然。惊问其故，具告之，共相欢异。陈厚贻之乃返。后吕以岁贡[6]，廷试[7]入都，舍于陈，则儿十三岁入泮[8]矣。

到了晚上，褚生高兴地前来，说："我谋划的事情侥幸成功了，现在要郑重地与你道别了。"于是他伸出双手，让陈生在上面写个"褚"字做纪念。陈生想摆酒为褚生践行，褚生摇头说："不用。你如果不忘记老友，等放榜后，不要怕路途遥远，可以来看看我。"陈生挥泪送别。陈生见一个人在门口等候，褚生正依依不舍时，那人用手按住褚生的脖子，褚生的身体随手就变得扁平，被收入口袋背走了。几天后，陈生果然收到中举的捷报，于是就整理行装前往越地。吕先生的妻子已有几十年不生育了，五十几岁忽然生了个儿子，两手握得很紧，怎么也打不开。陈生到后，请求见一见这个孩子，并说孩子手中应当写着一个"褚"字。吕先生不太相信。小孩儿见到陈生，十指自动张开，一看果然有个"褚"字。吕先生惊讶地询问其中的缘故，陈生就把详情都告诉了他，大家既高兴又惊奇。陈生赠送给吕先生丰厚的礼物后就回去了。后来，吕先生以岁贡的身份到京城参加廷试，住在陈生家，此时吕先生的小儿子已十三岁，已经进入县学读书了。

注释 1 修阻：路途遥远而阻隔。 2 匾（biǎn）：同“扁”。 3 治装：整理行装。 4 越：指今浙江省。 5 深信：特别相信。 6 岁贡：明清两代，每年或两三年从府、州、县学中选送廪生升入国子监肄业，故称。 7 廷试：科举制度会试中式后，由皇帝亲自策问，在殿廷上举行的考试。通常称“殿试”。 8 入泮（pàn）：指入学为生员，也可指考中秀才。泮，古代学宫前有泮水，故称学校为泮宫。

异史氏曰：“吕老教门人，而不知自教其子。呜呼！作善于人，而降祥于己，一间[1]也哉！褚生者，未以身报师，先以魂报友，其志其行，可贯[2]日月，岂以其鬼故奇之与！”

异史氏说：“吕老先生教授弟子，而并不知正在教的是自己的儿子。呜呼！为别人做善事，而福气降临在自己身上，两者是相关联的啊！褚生还没有以身报答恩师时，先以魂魄报答了朋友，他的志向和品行，可与日月媲美，怎么能因为他是鬼就感到奇异呢！”

注释 1 一间（jiàn）：相隔极近。此处指相差无几。 2 贯：穿透，上达。此处指匹敌。

盗　户

原文

顺治间，滕[1]、峄[2]之区，十人而七盗，官不敢捕。后受抚[3]，邑宰[4]别之为“盗户”。凡值与良民

译文

顺治年间，滕、峄等地，十个人里就有七个是强盗，官差不敢逮捕。后来这些盗贼归顺官府，县令为了区别而将这些人称为“盗户”。凡是盗户与良民争

争，则曲意[5]左袒[6]之，盖恐其复叛也。后讼者辄冒称盗户，而怨家则力攻其伪。每两造[7]具陈，曲直且置不辨，而先以盗之真伪，反复相苦，烦有司[8]稽籍焉。适官署多狐，宰有女为所惑，聘术士来，符捉入瓶，将炽以火。狐在瓶内大呼曰："我盗户也！"闻者无不匿笑[9]。

执，官府总是曲意袒护盗户，这是担心他们再次叛乱。后来，凡是来打官司的常常冒称是盗户，而仇家则竭力攻击他是假的。每当打官司的两方到官府递上状子，是非曲直先放下不分辨，却先要争辩盗户的真伪，双方反复争执，还要劳烦官府稽查户籍。碰巧官府中有很多狐狸，县令的女儿被狐狸迷惑，请术士前来施法，术士用符咒把狐狸捉进了瓶里，将要用火烧。狐狸在瓶中大声呼喊："我是盗户！"听到的人无不暗暗发笑。

注释　1 滕：旧县名，清时属兖州府。在今山东滕州市。　2 峄（yì）：旧县名，因县内有葛峄山而得名。清时属兖州府。在今山东邹城市。　3 受抚：接受招抚。　4 邑宰：县令。　5 曲意：违背己意而奉承别人。　6 左袒：偏护，偏袒。　7 两造：指诉讼的双方。　8 有司：此处指官府。　9 匿笑：窃笑，暗笑。

异史氏曰："今有明火劫人[1]者，官不以为盗而以为奸；逾墙[2]行淫者，每不自认奸而自认盗。世局又一变矣。设今日官署有狐，亦必大呼曰'吾盗'无疑也。"

异史氏说："现今有人肆无忌惮地抢劫，官府不判他抢劫，却判他奸淫；有人翻墙奸淫，总不承认自己奸淫，却自认是偷盗。这是世道的又一个变化啊。假使今日官署中有狐狸，也必定会大声呼喊'我是强盗'，这是必定无疑的。"

注释 1 明火劫人：打着火把公开抢劫，指抢劫或肆无忌惮地做坏事。2 逾墙：翻过墙垣，引申为偷情。

章丘[1]漕粮[2]徭役，以及征收火耗[3]，小民尝数倍于绅衿[4]，故有田者争求托焉。虽于国课[5]无伤，而实于官橐[6]有损。邑令钟，牒请[7]厘弊[8]，得可。初使自首，既而奸民以此要上，数十年鬻去之产，皆诬托诡挂[9]，以讼售主。令悉左袒之，故良懦多丧其产。有李生为某甲所讼，同赴质审。甲呼之"秀才"，李厉声争辨，不居秀才之名，喧不已。令诘左右，共指为真秀才，令问："何故不承？"李曰："秀才且置高阁[10]，待争地后再作之不晚也。"噫！以盗之名则争冒之，秀才之名则争辞之，变异矣哉！

章丘运送漕粮的徭役，以及征收赋税的火耗，平民百姓交纳的数额通常是士绅的好几倍，所以有田产的人争着请求把田产寄托在士绅名下。这样虽然对国家的赋税收入没有影响，但对地方官的收入却有损害。县令钟某上书请求整治弊端，得到许可。起初，县令允许将土地寄托于士绅名下的百姓自首，接着有奸民以此为要挟，连几十年前卖掉的田产都谎称是挂名寄托，和原来的买家打官司。县令总是袒护奸民，因此善良怯懦的人大多丧失了田产。有位李生被某甲告到官府，两人一同上堂对质。某甲称呼李生"秀才"，李生厉声争辩，说自己不是秀才，两人吵闹不已。县令询问身边的人，大家都指认李生是真秀才，县令问："你为何不承认？"李生回答说："秀才的名号且放在一边不提，等争地的事情解决后再做秀才也不迟。"噫！盗贼之名，人们都争着冒充，而秀才之名，人们却争着推辞，世道变得真怪异啊！

注释 1 章丘：旧县名，明清时属济南府。今山东济南市章丘区。 2 漕粮：旧时由东南地区漕运京师的税粮。 3 火耗：原指铸币时金属的损耗。此处指赋税正项之外加征的税额。 4 绅衿（jīn）：士绅。泛指地方上体面的人。绅，有官职而退居在乡者；衿，生员所服，指生员。 5 国课：国赋。 6 官橐（tuó）：犹官囊。指官吏的收入。橐，口袋。 7 牒请：上书请求。牒，呈文。 8 厘弊：整治弊端。厘，整顿、治理。 9 诡挂：指把田产挂名寄托在士绅名下。 10 置高阁：把东西放置在高楼上，比喻弃置不用。此处指搁置不提。

有人投匿名状[1]云："告状人原壤[2]，为抗法吞产事：身以年老不能当差，有负郭田[3]五十亩，于隐公元年，暂挂恶衿[4]颜渊[5]名下。今功令森严，理合自首。讵[6]恶久假不归，霸为己有。身往理说，被伊师率恶党七十二人，毒杖交加，伤残胫肢[7]，又将身锁置陋巷，日给箪食瓢饮，囚饿几死，互乡[8]地证。叩乞革顶[9]严究，俾血产归主，上告。"此可以继柳跖之告夷、齐[10]矣。

有人匿名投了一张状子说："告状人原壤，因有人违反法律侵吞田产的事，向官府申诉：我由于年老而不能当差，在城郭附近有良田五十亩，在鲁隐公元年，暂时挂在可恶的读书人颜渊名下。现在法令森严，按道理应该自首。岂料可恶的颜渊长期占着我的田产不归还，还霸为己有。我前去跟他理论，被他的老师带领七十二个恶徒用棍棒毒打，把我的腿都打残了，又把我锁在陋巷之中，每天只给一碗饭、一瓢水，又被关押又挨饿，我几乎丧命，互乡的人可以作证。我叩请革去颜渊的功名，严厉追查，使我的血汗产业能物归原主，以此上告。"这张状子的状词可以说是继承了盗跖控告伯夷、叔齐的状词。

注释 1 匿名状:不署名的诉状。 2 原壤:春秋时鲁国人,孔子的故交。其母去世时,孔子助其治丧,原壤竟登上灵柩不哭而歌,后又无礼对待孔子,孔子杖击其胫,责其无行。 3 负郭田:靠近城郭的良田。 4 衿:读书人所穿的衣服,代指士人。 5 颜渊:即颜回,字子渊,春秋时鲁国人。孔子弟子,安贫乐道,好学贤德。 6 讵(jù):岂,怎。 7 胫(jìng)肢:腿。胫,小腿。 8 互乡:古邑名,春秋宋邑。在今山东省滕州市东北。 9 革顶:革除功名。顶,顶戴,清代用以区别官员等级的帽饰。 10 柳跖(zhí)之告夷、齐:明隆庆年间,海瑞为直隶巡抚,欲制裁豪门巨室,有奸诈小人趁机颠倒是非,诬良为盗。于是有人投匿名状,以盗跖的名义状告伯夷、叔齐倚仗权势霸占他的地产。柳跖,即盗跖,为人暴戾恣睢,曾经聚党数千人,横行天下。夷、齐,指伯夷、叔齐。二人品行高洁,仁义让国。武王伐纣时,此二人扣马谏阻。武王灭商后,他们耻食周粟,饿死于首阳山。

某乙

原文

邑西某乙,故梁上君子[1]也。其妻深以为惧,屡劝止之,乙遂翻然自改。居二三年,贫窭[2]不能自堪,思欲一作冯妇[3]而后已。乃托贸易,就善卜者问何往之善。术者占曰:“东南吉,利小人,不利君

译文

城西的某乙是个小偷。他妻子对此很害怕,多次劝他收手,于是他就幡然悔改。过了两三年,某乙穷困得实在不行了,想再偷一次就不干了。他以做生意为名,到善于占卜的人那里问到哪里去为好。占卜的人算了一卦说:“东南吉,利小人,不利君子。”此卦暗合某乙的心思,他暗自高兴。于是某乙向南

子。”兆[4]隐与心合，窃喜。遂南行抵苏、松间，日游村郭，凡数月。偶入一寺，见墙隅堆石子二三枚，心知其异，亦以一石投之，径趋龛[5]后卧。日既暮，寺中聚语，似有十余人。

抵达苏州、吴淞一带，每天都到村里游荡，一连去了几个月。一次，他偶然走进一座寺庙，看见墙角堆放了两三枚石子，心里知道不同寻常，也往那里投了一枚石子，然后径直走到佛龛后躺下。天黑后，寺庙里有人聚在一起谈话，似乎有十几人。

注释 **1** 梁上君子：代指窃贼。荒年有盗夜入陈寔（shí）家中，躲在房梁上。陈寔就穿好衣服，召集子孙训示，称其为“梁上君子”，小偷听了大惊，跳下来向陈寔请罪。 **2** 贫窭（jù）：穷困，贫穷。 **3** 冯妇：古男子名，春秋时晋国人，善于打虎，后来成了善士不再打虎。一次他在野外看到很多人追赶一只老虎，众人看到他就上前迎接，他便挽袖伸臂走下车去打虎。后称重操旧业者为“冯妇”。 **4** 兆：卦兆。指卜者之言。 **5** 龛（kān）：佛龛。供奉佛像、神位等的石室或阁子。

忽一人数石，讶其多，因共搜龛后得乙，问：“投石者汝耶？”乙诺。诘里居[1]、姓名，乙诡对[2]之。乃授以兵[3]，率与共去。至一巨第[4]，出软梯，争逾垣入。以乙远至，径不熟，俾[5]伏墙外，司传递、守囊橐焉。少顷，掷一裹下，又

忽然一人数了数石子，惊讶地发现多出了一枚，于是众人一起搜寻，在佛龛后找到某乙，问道：“投石子的人是你吗？”某乙说是。又问他籍贯、姓名，某乙编了个假话来回答。有人就递给他一件武器，带着他一起去。他们来到一座高宅大院，拿出软梯，争着翻墙入院。因为某乙是外地人，对道路不熟悉，就让他趴在墙外，负责传递物品、看守布袋。过了一小会儿，墙里扔下一个包裹，又过一

少顷，缒[6]一箧下。乙举箧知有物，乃破箧，以手揣取，凡沉重物，悉纳一囊，负之疾走，竟取道归。由此建楼阁、买良田，为子纳粟[7]。邑令扁其门曰“善士”。后大案发，群寇悉获，惟乙无名籍，莫可查诘，得免。事寝[8]既久，乙醉后时自述之。

会儿，用绳子放下一个箱子。某乙举了举箱子，知道里边有东西，就砸烂箱子，用手掏取，凡是沉重的，都装进一个布袋，背起来飞速跑，找到路回到了家。从此他修建楼阁、购买良田，给儿子捐了个监生。县令在他家大门上挂了一块“善士”的匾。后来这件大案被破获，群盗都被捕获了，唯独某乙没有真实的姓名和籍贯，官府无法查问，因而幸免。这件事是事情过后很久之后，某乙醉酒后自己讲出来的。

注释 1 里居：籍贯。 2 诡对：用假话对答。 3 兵：武器。 4 巨第：大宅子。 5 俾（bǐ）：使。 6 缒（zhuì）：用绳索拴住人或物从上往下放。 7 纳粟：明清两代富家子弟通过捐纳财货进国子监为监生，可直接参加省城、京都的考试，称纳粟。 8 寝：平息。

曹[1]有大寇某，得重资归，肆然[2]安寝。有二三小盗逾垣入，捉之，索金。某不与，棰[3]灼并施，罄[4]所有乃去。某向人曰：“吾不知炮烙[5]之苦如此！”遂深恨盗，投充马捕[6]，捕邑寇殆尽。获曩寇，亦以所施者施之。

曹州有个大盗，抢了很多钱回到家，无所顾忌地在家睡大觉。有两三个小偷翻墙而入，把大盗捉住，向他索要钱财。大盗不给，小偷就用棍棒打他，并用火烧他，大盗把全部钱财交出来，他们才离去。他对人说：“我不知道炮烙之刑竟有如此痛苦！”于是对盗贼恨之入骨，报名去官府当了捕快，把县里的盗贼几乎都抓完了。后来他抓住了之前抢劫自己的几个小偷，也把他们用在自己身上的刑罚用在他们身上。

注释　1 曹：府名，清时有曹州府，治所在今山东菏泽市。　2 肆然：无所顾忌，安然自得。　3 棰（chuí）：用棍子打，鞭打。　4 罄（qìng）：原指器中空，引申为尽、竭。　5 炮（páo）烙（luò，旧读 gé）：相传为商纣王所用的一种刑罚。令人在烧红的铜柱上爬行，最后堕于炭上而死。此处指用烧红的铁烙人。　6 马捕：捕快。旧时官署中担任缉捕事务的役吏。

霍　女

原文

朱大兴，彰德[1]人。家富有而吝啬已甚，非儿女婚嫁，坐无宾、厨无肉。然佻达[2]喜渔色[3]，色所在冗费不惜。每夜逾垣过村，从荡妇眠。一夜遇少妇独行，知为亡者[4]，强胁之，引与俱归。烛之，美绝。自言“霍氏”。细致研诘[5]，女不悦，曰：“既加收齿[6]，何必复盘察？如恐相累，不如早去。”朱不敢问，留与寝处。顾女不能安

译文

朱大兴是彰德人氏，家里富有，却十分吝啬，不是儿女婚嫁，家里没有客人，厨房不做肉食。但是他为人轻浮，喜欢女色，为了女色花再多的钱也不觉可惜。他每晚都要翻墙越村，和浪荡的女人睡觉。一天晚上，他遇到一个独自行走的少妇，得知她是逃出来的人，就强迫少妇跟他走，带着她一起回到家里。到家里用烛光一照，发觉少妇美艳绝伦。少妇自称霍氏。朱大兴详细盘问，霍氏不高兴了，说：“既然已经收留我了，为什么还要盘问呢？如果你担心拖累自己，不如早点让我离去。”朱大兴不敢再问，留下她与自己一起生活。霍氏不愿吃粗茶淡

粗粝，又厌见肉臛[7]，必燕窝或鸡心、鱼肚白作羹汤，始能餍饱。朱无奈，竭力奉之。又善病，日须参汤一碗。朱初不肯。女呻吟垂绝，不得已投之，病若失。遂以为常。女衣必锦绣，数日即厌其故。如是月余，计费不赀[8]，朱渐不供。女啜泣不食，求去。朱惧，又委曲承顺之。每苦闷，辄令十数日一招优伶为戏。戏时，朱设凳帘外，抱儿坐观之。女亦无喜容，数相诮骂，朱亦不甚分解[9]。居二年，家渐落，向女婉言求少减；女许之，用度皆损其半。久之，仍不给，女亦以肉糜[10]相安，又渐而不珍亦御[11]矣。朱窃喜。忽一夜，启后扉亡去。朱怊怅[12]若失，遍访之，乃知在邻村何氏家。

饭，又讨厌吃肉羹，一定要燕窝或鸡心和鱼肚做成的汤，才能吃饱。朱大兴无可奈何，只能竭尽全力供给她。霍氏又总是生病，每日必须喝一碗参汤。刚开始朱大兴不同意。霍氏呻吟不止，好像要病死了，不得已给她喝了一碗参汤，病一下子就好了。自此每日喝一碗参汤成了霍氏的惯例。霍氏穿衣一定要穿锦绣衣裳，穿几日就嫌弃衣裳旧了，要换新的。就这样过了一个多月，花销不可计数，朱大兴渐渐难以供给。霍氏哭着拒绝吃饭，请求离去。朱大兴怕她走，又想方设法满足她的要求。霍氏每当烦闷的时候，就要求隔十几天请一班优伶来唱戏。唱戏时，朱大兴在帘子外面放了凳子，抱着儿子坐着看戏。霍氏脸上也没有一点儿喜色，还多次辱骂朱大兴，朱大兴也不大辩解。过了两年，朱家渐渐衰落，朱大兴委婉地请求霍氏减少花销；霍氏答应了，吃穿用度都减少了一半。时间长了，朱大兴仍旧供给不起，霍氏吃点肉粥也行了，渐渐地没有山珍海味也可以了。朱大兴暗暗高兴。突然一天晚上，霍氏打开后门逃走了。朱大兴怅然若失，到处寻访，才知道她跑到邻村的何家去了。

注释 1 彰德：府名，治所在今河南安阳市。 2 佻（tiāo）达：轻薄放荡；轻浮。 3 渔色：猎取女色。 4 亡者：逃亡在外的人。 5 研诘：仔细询问，盘问。 6 收齿：录用，接纳。此处指收留。 7 肉臛（huò）：肉汤。臛，肉羹。 8 不赀：不可计数。 9 分解：分辩，辩解。 10 肉糜：肉粥。 11 御：用。 12 怊（chāo）怅：惆怅失意貌。

何大姓[1]，世胄[2]也，豪纵好客，灯火达旦。忽有丽人，半夜入闺闼[3]。诘之，则朱家之逃妾也。朱为人，何素藐之，又悦女美，竟纳焉。绸缪[4]数日，益惑之，穷极奢欲，供奉一如朱。朱得耗，坐[5]索之，何殊不为意。朱质于官。官以其姓名来历不明，置不理。朱货产行赇[6]，乃准拘质。女谓何曰："妾在朱家，原非采礼媒定者，胡畏之？"何喜，将与质成。座客顾生谏曰："收纳逋逃[7]，已干[8]国纪[9]；况此女入门，日费无度，即千金之家，何能

何氏是世家大族，世代为官，豪爽好客，常常通宵达旦宴饮宾客。一日，忽然有一个绝色女子半夜闯进内室。一番询问，原来是朱家的逃妾。朱大兴的为人，何氏向来是看不起的，又喜欢上了霍氏的美色，就把霍氏留下了。两人缠绵了几天，何氏更加迷恋霍氏，霍氏依旧穷奢极欲，何氏竭力供给，就如朱大兴一样。朱大兴得到霍氏消息，去向何家索要，何氏根本不理他。朱大兴向官府告状，官府却因为霍氏来历不明，置之不理。朱大兴变卖了家产贿赂官府，官府才批准拘拿被告前来对质。霍氏对何氏说："我在朱家，原本就不是明媒正娶的，有什么好畏惧的呢？"何氏大喜，打算打赢这场官司。何家的一位客人劝阻说："收纳逃亡的人，已经触犯了礼法；况且霍氏进门后，每日花费无度，即便是家有千金，又怎么能长久维持呢？"何氏恍然大悟，不

久也？”何大悟，罢讼，以女归朱。

打官司了，把霍氏送还了朱家。

注释 1 大姓：世家，大族。 2 世胄：世家子弟，贵族后裔。 3 闺闼（tà）：妇女所居内室的门户。 4 绸缪（chóu móu）：犹缠绵。谓情意深厚。 5 坐：遂，乃。 6 货产行赇（qiú）：变卖田产行贿。赇，贿赂。 7 逋（bū）逃：逃亡的人；流亡者。 8 干：触犯。 9 国纪：国家的礼制法纪。

过一二日，女又逃。有黄生者，故贫士[1]，无偶。女叩扉入，自言所来。黄见艳丽忽投，惊惧不知所为。黄素怀刑[2]，固却之，女不去。应对间，娇婉无那[3]。黄心动，留之，而虑其不能安贫。女早起，躬操家苦[4]，劬劳[5]过旧室[6]。黄为人蕴藉[7]潇洒，工于内媚[8]，因恨相得之晚，止恐风声漏泄，为欢不久。而朱自讼后，家益贫，又度女终不能安，遂置不究。女从黄数岁，亲爱甚笃。

过了一两天，霍氏又逃走了。有个黄生，是个穷书生，没有妻子。霍氏敲门而入，主动说明了自己的来历。黄生见到一个漂亮女子忽然来投奔他，又惊又怕，不知道该怎么办。黄生一向遵纪守法，因而拒绝收留，霍氏不肯离去。二人对答间，霍氏显得娇媚非常。黄生动了心，留下了霍氏，却担心她无法安于贫困的生活。霍氏日日早起，亲自操持家务，比黄生的前妻还要勤劳能干。黄生为人宽厚而有涵养，很会疼爱妻子，因此二人相见恨晚，他们只担心走漏风声，欢乐不能持久。朱大兴自从告状之后，家境愈加贫困，又考虑到霍氏不能安于贫困的生活，于是就没再寻找了。霍氏跟随黄生生活了几年，二人情感十分亲密。

注释 1 贫士:穷书生。 2 怀刑:畏刑律而遵纪守法。 3 无那(nuó):无限,非常。 4 家苦:家中劳苦之事。 5 劬(qú)劳:劳累,劳苦。劬,勤劳。 6 旧室:前妻。 7 蕴藉(jiè):宽厚而有涵养。 8 内媚:旧谓男子善于讨妻妾的欢心。此处指疼爱妻子。

一日忽欲归宁[1],要黄御送之。黄曰:"向言无家,何前后之舛[2]?"曰:"曩漫言[3]之。妾镇江人。昔从荡子[4]流落江湖,遂至于此。妾家颇裕,君竭资而往,必无相亏。"黄从其言,赁舆同去。至扬州境,泊舟江际。女适凭窗,有巨商子过,惊其艳,反舟缀[5]之,而黄不知也。女忽曰:"君家甚贫,今有一疗贫之法,不知能从否?"黄诘之,女曰:"妾相从数年,未能为君育男女,亦一不了事。妾虽陋,幸未老耄,有能以千金相赠者,便鬻妾去,此中妻室、田庐皆备焉。此计如何?"黄失色,不知何

一天,霍氏忽然打算回娘家,要黄生驾车送她。黄生说:"之前你说自己没有家,为什么前后说的不一样?"霍氏说:"从前是随便说的。我是镇江人,从前嫁了个荡子,流落江湖,就来到了这里。我家很富裕,你倾尽家产送我前往,必定不会亏待你的。"黄生听从了她的话,租了一辆车和她一起回去。到了扬州境内,把船停泊在江边,霍氏正凭窗远望,有一个大商人的儿子坐船经过,惊艳于霍氏的美貌,掉转船头,尾随在霍氏的船后,黄生对此一无所知。霍氏忽然说:"你家中十分贫穷,如今我有一个摆脱贫穷的办法,不知道你愿不愿意听从?"黄生问是什么办法,霍氏说:"我跟随你多年了,没能给你生男育女,这也是一件没有结果的事。我虽然丑陋,所幸还未年老,如果有人能出一千两银子买我,你就把我卖掉,这样妻子、田产就都有了。这个办法怎么样?"黄生大惊失色,不知道她为什么说出这样的话。霍氏笑着说:"你不

故。女笑曰："君勿急，天下固多佳人，谁肯以千金买妾者？其戏言于外，以觇[6]其有无。卖不卖，固自在君耳。"黄不肯。女自与榜人[7]妇言之，妇目黄，黄漫应焉。妇去无几，返言："邻舟有商人子，愿出八百。"黄故摇首以难之。未几复来，便言如命，即请过船交兑。黄微哂。女曰："教渠姑待，我嘱黄郎，即令去。"女谓黄曰："妾日以千金之躯事君，今始知耶？"黄问："以何词遣之？"女曰："请即往署券，去不去固自在我耳。"黄不可。女逼促之，黄不得已诣焉。立刻兑付。黄令封志[8]之，曰："遂以贫故，竟果如此，遽相割舍。倘室人[9]必不肯从，仍以原金璧赵[10]。"方运金至舟，女已从榜人妇

要着急，天下漂亮的女子多的是，谁愿意花一千两银子买我呢？我只是对外说说笑话，看看有没有人来买我。卖不卖，全凭你决定。"黄生不肯这样做。霍氏就把这些话跟船夫的妻子说了，船夫的妻子看看黄生，黄生随口敷衍着答应了。船夫的妻子离开不一会儿就回来了，说："邻船有一个商人的儿子，愿意出八百两。"黄生故意摇头来为难他。不一会儿船夫的妻子又回来了，表示那人说就按黄生说的价钱，现在就请过去取钱交人。黄生微微冷笑。霍氏说："请你告诉他稍等片刻，我嘱咐一下黄生，马上就让他过去。"霍氏对黄生说："我每天都以千金之身侍奉你，现在你知道了吧？"黄生问："用什么话来回绝他好呢？"霍氏说："请你立刻过去签署文书，去还是不去全在我自己。"黄生不去。霍氏紧紧逼迫，黄生不得已，只好前往。商人之子立刻兑付了银两。黄生让人封好银两，并做好记号，对商人之子说："因为贫穷，我竟然到了这种地步，遽然将夫妻情义割舍。假如我妻子不肯跟随你，我会把这些银子如数奉还。"黄生刚把银子运到自己的船上，霍氏已经跟着船夫的妻子从船尾

从船尾登商舟，遥顾作别，并无凄恋。黄惊魂离舍，嗌[11]不能言。俄商舟解缆，去如箭激。黄大号，欲追傍之，榜人不从，开舟南渡矣。

登上了商人之子的船，远远地招手与黄生告别，并没有一点儿凄凉留恋的意思。黄生惊慌得魂不守舍，气结喉塞，说不出话。一会儿商人之子的大船就解开缆绳，如箭一般远去。黄生嚎啕大哭，打算追赶上去，船夫不答应，开船向南驶去了。

注释 1 归宁：已嫁女子回娘家看望父母。 2 舛（chuǎn）：差异，不同。 3 漫言：随便地说。 4 荡子：指辞家远出、羁旅忘返的男子。 5 缀（zhuì）：连接。此处指尾随。 6 觇（chān）：观察，侦察。此处指试探。 7 榜（bàng）人：船夫。榜，船桨，亦代指船。 8 封志：封缄（jiān）并加标记。 9 室人：古时称妻妾。 10 璧赵：即完璧归赵。指原样归还。 11 嗌（ài）：气结喉塞。

瞬息达镇江，运资上岸，榜人急解舟去。黄守装闷坐，无所适归，望江水之滔滔，如万镝[1]之丛体。方掩泣间，忽闻妶声呼“黄郎”。愕然回顾，则女已在前途。喜极，负装从之，问：“卿何遽得来？”女笑曰：“再迟数刻，则君有疑心矣。”黄乃疑其非常，固诘其情。女笑曰：“妾生

船很快就到了镇江，把东西搬到岸上后，船夫就急忙解开缆绳开船离去了。黄生守着行装闷坐，不知道要去哪里，望着眼前的滔滔江水，如同万箭穿过自己的身体。正在掩面哭泣时，他忽然听到一个娇媚的声音呼唤“黄郎”。黄生惊愕地回头一看，霍氏已经在前面的路上了。黄生喜不自胜，背上行装就追上了她，问道：“你怎么来得这么快啊？”霍氏笑着说：“我再迟来一会儿，恐怕你就起疑心了。”黄生怀疑霍氏不是一般人，一再询问她的底细。霍氏笑着说：“我生平遇到

平于吝者则破之，于邪者则诳之也。若实与君谋，君必不肯，何处可致[2]千金者？错囊[3]充牣[4]，而合浦珠还[5]，君幸足矣，穷问[6]何为？”乃雇役荷囊，相将俱去。

吝啬的人就要让他破财，遇到心术不正的人就要骗骗他。如果我把真实打算告诉你，你一定不会去做的，从哪里能得到这一千两银子呢？如今钱袋鼓鼓的，失去的人也回来了，你多幸运啊，还追问什么呢？”于是雇了人背着行李，一起向霍家走去。

注释 **1** 万镝（dí）：万箭。镝，箭头，亦指箭。 **2** 致：取得。 **3** 错囊：彩绣的钱袋。错，镶嵌或绘绣花纹。 **4** 充牣（rèn）：充满。牣，充满。 **5** 合浦珠还：比喻人去复返或东西失而复得。汉朝时，合浦郡沿海产珠，太守采求无度，珠宝渐渐徙别处。孟尝担任太守后，革除前弊，去珠复还。 **6** 穷问：追问，究诘。

至水门内，一宅南向，径入。俄而翁媪男妇，纷出相迎，皆曰：“黄郎来也！”黄入参公姥[1]。有两少年揖坐与语，是女兄弟大郎、三郎也。筵间味无多品，玉柈[2]四枚，方几已满。鸡蟹鹅鱼，皆脔切[3]为个。少年以巨碗行酒，谈吐豪放。已而导入别院，俾夫妇同处。衾枕滑软，而床则以熟革代棕藤

到了水门内，有一座宅子坐北朝南，霍氏径直走了进去。一会儿男女老少纷纷出来迎接，都说：“黄郎来了。”黄生进入内室拜见了岳父岳母。有两个少年向黄生作揖，请黄生坐下交谈，他们是霍氏的兄弟大郎和三郎。筵席上菜肴不多，只摆了四个玉盘，方桌就摆满了。鸡蟹鹅鱼都是切开又拼成整个的。两少年用大碗喝酒，谈吐豪放。筵席结束后，他们二人被领进另外一个院子，让他们夫妇住在一起。房内被褥枕头光滑柔软，而床是用皮革代替棕藤制成的。每天都

焉。日有婢媪馈致[4]三餐，女或时竟日不出。黄独居闷苦，屡言归，女固止之。一日谓黄曰："今为君谋：请买一人，为子嗣计。然买婢媵则价奢；当伪为妾也兄者，使父与论昏，良家子不难致。"黄不可，女弗听。有张贡士之女新寡，议聘金百缗[5]，女强为娶之。新妇小名阿美，颇婉妙。女嫂呼之；黄瑟蹴[6]不自安，而女殊[7]坦坦[8]。他日，谓黄曰："妾将与大姊至南海一省阿姨，月余可返，请夫妇安居。"遂去。

有丫鬟和婆子送来三餐，霍氏有时一整天都不出去。黄生独居一个院落觉得苦闷，多次说要回去，霍氏坚决劝他别走。一天，霍氏对黄生说："现在替你着想，我想给你买一个女人，以便生个儿子传宗接代。但是买个婢妾的价钱太高，你假装是我的哥哥，让我父亲出面为你提亲，娶一个良家女子不是什么难事。"黄生不答应，霍氏却不听。有一个张贡士的女儿刚刚死了丈夫，双方商量好出一百两聘银，霍氏强迫黄生迎娶她。新娘小名叫阿美，长得很美。霍氏称呼她为嫂嫂，黄生听了局促不安，但是霍氏却泰然接受。有一天，霍氏对黄生说："我将要和大姐一起去南海看望阿姨，一个多月就可以返回，请你们夫妇安心在这里住下去。"说完霍氏就走了。

注释 1 公姥(mǔ)：指岳父岳母。 2 柈(pán)：盘子。 3 脔(luán)切：脔割，切碎。脔，切成块的肉。 4 馈致：馈赠。此处指送。 5 缗(mín)：穿钱的绳索。铜钱千文穿成一串为一缗。 6 瑟蹴(cù)：局促。 7 殊：特别，很。 8 坦坦：泰然，安定。

夫妻独居一院，按时给饮食，亦甚隆备。然自入门后，曾无一人

黄生和阿美独居一个院子，仆人按时送来饭菜，菜肴也很丰盛。然而自从阿美入门，霍家就再也没有一个人来他

复至其室。每晨，阿美入觐媪，一两言辄退。娣姒[1]在旁，惟相视一笑。既流连久坐，亦不款曲[2]。黄见翁亦如之。偶值诸郎聚语，黄至，既都寂然。黄疑闷莫可告语。阿美觉之，诘曰："君既与诸郎伯仲[3]，何以月来都如生客？"黄仓猝不能对，吃吃[4]而言曰："我十年于外，今始归耳。"美又细审翁姑阀阅[5]，及妯娌里居。黄大窘，不能复隐，底里[6]尽露。女泣曰："妾家虽贫，无作贱媵者，无怪诸宛若[7]鄙不齿数[8]矣！"黄惶怖莫知筹计，惟长跪一听女命。美收涕挽之，转请所处。黄曰："仆何敢他谋，计惟孑身[9]自去耳。"女曰："既嫁复归，于情何忍？渠虽先从，私也；妾虽后至，公也。不如

们屋里了。每天早晨，阿美去问候婆婆，说一两句话就退出来了。妯娌在旁边，也只是相视一笑而已，即便是多坐一会儿，她们也不怎么殷勤回应。黄生去问候岳父也是这种情况。偶然碰到霍氏的几个兄弟聚在一起说话，黄生一来到，他们就都闭口不再说了。黄生很疑惑苦闷，却没有人可以倾诉。阿美发觉后，询问他："你既然与他们都是兄弟，为什么这一个多月来你都像一个生客？"黄生仓促间无法应对，只好结结巴巴地说："我出门在外十年，刚刚才回来。"阿美又细细地询问公婆的家世，以及妯娌们的家乡等情况。黄生大为窘迫，知道无法再隐瞒，就将实情原原本本告诉了阿美。阿美哭着说："我家虽然贫困，但也不会做人家的贱妾，难怪妯娌们看不起我。"黄生惶恐不安，不知道该怎么办，只有长跪在地听凭阿美发落。阿美收起眼泪，把黄生拉起来，问他有什么别的打算。黄生说："我哪里还敢有什么打算，只有一个办法，你独自一人回娘家去吧。"阿美说："已经嫁给你了，再离开你，这样于情何忍？虽然是霍氏先跟了你，但那是私奔；我虽然是后来嫁给你的，却是明媒正娶。

姑俟其归,问彼既出此谋,将何以置妾也?”

不如姑且等霍氏回来,问她既然出了这么一个主意,将要怎么安排我?”

注释 1 娣姒(dì sì):妯娌。弟妻为娣,兄妻为姒。 2 款曲:殷勤应酬。 3 伯仲:兄弟的次第,亦代称兄弟。 4 吃吃:形容说话结结巴巴。 5 阀阅:原指仕宦人家门前题记功业的柱子,后指门第、家世。 6 底里:内情。 7 宛(yuān)若:原为女子名,后来借指妯娌。 8 齿数:计算在内,提及。常与“不”连用,表示轻视。此处指看不起。 9 孑(jié)身:独自一人。

居数月,女竟不返。一夜闻客舍喧饮,黄潜往窥之,见二客戎装[1]上座,一人裹豹皮巾,凛若天神;东首一人,以虎头革作兜牟[2],虎口衔额,鼻耳悉具焉。惊异而返,以告阿美,竟莫测霍父子何人。夫妻疑惧,谋欲僦寓[3]他所,又恐生其猜度[4]。黄曰:“实告卿:即南海人还,折证[5]已定,仆亦不能家此也。今欲携卿去,又恐尊大人[6]别有异言[7]。不如姑别,二年中当复至。

又过了好几个月,霍氏竟然还没回来。一天晚上,听到客厅里有客人在喧哗畅饮,黄生偷偷前去察看,见有两个客人穿着军装坐在上座,一人披着豹子皮,威风凛凛,状若天神;东边的一个人,用老虎头的毛皮做头盔,虎口衔住他的额头,而虎的鼻子、耳朵都有。黄生惊讶地返回屋内,把这些告诉了阿美,竟猜不出霍氏父子是何人。夫妻二人既疑惑又恐惧,商量着去别的地方租屋居住,又怕霍家生疑。黄生说:“实话对你说吧,就算是去南海的霍氏回来了,这些事情已经定了,我也不能在这里安家了。如今我打算带着你一起离开,又担心令尊大人反对 。不如我们暂且分别,两年之内我一定会再回来的。你能等我就等;如果想改

卿能待，待之；如欲他适[8]，亦自任也。”阿美欲告父母而从之，黄不可。阿美流涕，要以信誓，乃别而归。黄入辞翁姑。时诸郎皆他出，翁挽留以待其归，黄不听而行。

嫁，也全凭你自己做主。”阿美想告诉父母一声，然后随黄生一起，可是黄生不同意。阿美痛哭流涕，要黄生立下誓言，才告别黄生回了娘家。黄生进去与岳父岳母告别，这时霍氏的几个兄弟都出门了，岳父挽留，让黄生等他们回来再走，黄生不听，立即上了路。

注释 1 戎装：军装。 2 兜牟：头盔。 3 僦（jiù）寓：租屋寓居。 4 猜度：猜疑。 5 折证：对证，辩白。此处指霍家有些古怪的事实。 6 尊大人：对他人父母的敬称。 7 异言：指反对的意见。 8 他适：改嫁。

登舟凄然，形神丧失。至瓜州[1]，忽回首见片帆来驶如飞，渐近，则船头按剑[2]而坐者霍大郎也。遥谓曰：“君欲遄返[3]，胡再不谋？遗夫人去，二三年谁能相待也？”言次[4]，舟已逼近。阿美自舟中出，大郎挽登黄舟，跳身径去。先是，阿美既归，方向父母泣诉，忽大郎将舆[5]登门，按剑相胁，逼女风走[6]。一

黄生上船后心里凄凉悲伤，失魂落魄。船到瓜州，黄生回头忽然看到一只帆船飞一般驶过来，渐渐靠近了，发现船头按剑坐着的是霍大郎。大郎远远地对黄生说：“你打算赶快回家，为什么不和我们商量商量？你把夫人留下而去，谁能等你两三年呢？”说话间，帆船已经赶上来了。阿美从船舱中出来，大郎挽扶着她登上黄生的船，然后跳回自己的船就径直离去了。原来，阿美回到娘家，正在向父母哭诉，忽然大郎带着车马来到她家，拿剑威胁，逼迫阿美上车。阿美一家人吓得大气不敢出，没有一个人敢阻

家慑息[7]，莫敢遮问[8]。女述其状，黄不解何意，而得美良喜，开舟遂发。

拦询问。阿美述说了这些情况后，黄生也不明白是怎么回事，但是他得到了阿美，十分高兴，于是就开船出发了。

注释　1 瓜州：今江苏省扬州市瓜洲镇。与镇江隔江对望。　2 按剑：以手抚剑。预示击剑之势。　3 遄（chuán）返：急速返回。遄，快速，疾速。　4 言次：说话之间。　5 将舆：带着轿子。　6 风走：疾趋，快走。　7 慑（shè）息：因恐惧而屏住呼吸。　8 遮问：阻拦询问。

至家，出资营业[1]，颇称富有。阿美常悬念[2]父母，欲黄一往探之；又恐以霍女来，嫡庶复有参差[3]。居无何[4]，张翁访至，见屋宇修整，心颇慰，谓女曰："汝出门后，遂诣霍家探问，见门户已扃，第主亦不之知，半年竟无消息。汝母日夜零涕，谓被奸人赚[5]去，不知流离何所。今幸无恙耶。"黄实告以情，因相猜为神。

到家后，黄生拿出银两经商，家境颇为富裕。阿美常常挂念父母，想让黄生前去探望；又担心霍氏会跟来，妻妾产生名分上的争执。过了没多久，阿美的父亲寻访到了这里，见黄生家房屋整齐，心里很是欣慰，对女儿说："你离家出门后，我就到霍家去探问，见霍家大门紧锁，屋主也不知道去了哪里，半年竟没有一点儿消息。你母亲日夜以泪洗面，说你被坏人骗走了，不知道流落到了哪里。现在所幸一切都好。"黄生把实情告诉了他，大家都猜测霍氏是神人。

注释　1 营业：特指经商。　2 悬念：挂念。　3 嫡庶复有参差（cēn cī）：妻妾名分出现争执。参差，不一致，矛盾。　4 无何：不多时，不久。　5 赚：哄骗，诳骗。

后阿美生子，取名仙赐。至十余岁，母遣诣镇江，至扬州界，休于旅舍，从者皆出。有女子来，挽儿入他室，下帘，抱诸膝上，笑问何名。儿告之。问："取名何义？"答云："不知。"女曰："归问汝父当自知。"乃为挽髻，自摘髻上花代簪之，出金钏[1]束腕上。又以黄金内[2]袖，曰："将去买书读。"儿问其谁，曰："儿不知更有一母耶？归告汝父，朱大兴死无棺木，当助之，勿忘也。"老仆归舍，失少主，寻至他室，闻与人语，窥之，则故主母。帘外微嗽，将有咨白[3]。女推儿榻上，恍惚已杳[4]。问之舍主，并无知者。

数日，自镇江归，语黄，又出所赠。黄感叹不已。及询朱，则死

后来阿美生下一个儿子，取名叫仙赐。仙赐长到十多岁时，母亲派他到镇江去，来到扬州境内，在一家旅店休息，跟随他的人都出去了。这时有一个女子进来，拉着仙赐来到另一个房间，放下帘子，把仙赐抱在膝上，笑着问他叫什么名字。仙赐告诉了她。女子又问："取这个名字有什么寓意呢？"仙赐回答说："不知道。"女子说："回去后问问你父亲自然就知道了。"她给仙赐梳理好发髻，又摘下自己头上的花插在仙赐头上，拿出金手镯戴在他手腕上。又把黄金放在仙赐袖筒里，说："拿去买书读。"仙赐问她是谁，女子说："你不知道自己还有一位母亲吗？回去后告诉你父亲，朱大兴死了，没有棺木下葬，应该帮助他一下，不要忘记了。"这时老仆人回到了旅店，发现小主人不见了，就到别的房间去找，听到他与人的说话声，偷偷一看，原来是之前的主母。老仆人在帘子外轻轻咳嗽了一声，想进去说几句话。女子将仙赐往床上一推，恍惚间就消失了。老仆人向旅店主人打听，对方什么也不知道。

几天后，仙赐从镇江回来，把此事告诉了父亲，又拿出了女子赠送的东西。黄生感叹不已。黄生去打听朱大兴的消息，

裁三日，露尸未葬，厚恤[5]之。

才知道他死了三天了，尸骨暴露，还没有下葬，于是厚葬了他。

注释 1 金钏(chuàn)：金手镯。 2 内："纳"的古字，放进去。 3 咨白：禀告，陈说。 4 杳：消失，不见踪影。 5 厚恤（xù）：此处指厚葬。恤，周济，救济。

异史氏曰："女其仙耶？三易其主不为贞[1]。然为吝者破其悭[2]，为淫者速其荡[3]，女非无心者[4]也。然破之则不必其怜之矣，贪淫鄙吝之骨，沟壑何惜焉？"

异史氏说："霍氏难道是仙人吗？先后换了三个男人，不能算是贞洁的女子，但是她让吝啬的人破财，促使淫荡的人荡产，可见她并不是没有心计的人。但是既然使他们破财荡产了，就没有必要再可怜他们了，那些贪婪淫邪吝啬之人的尸骨，丢在沟壑里又有什么可惜的呢？"

注释 1 贞：贞洁。旧时指妇女从一而终，不嫁二夫。 2 悭（qiān）：小气，吝啬。 3 荡：荡产，破产，耗尽家业。 4 无心者：没有心计的人。

司文郎

原文

平阳[1]王平子，赴试北闱[2]，赁居报国寺[3]。寺中有余杭[4]生先在，王

译文

平阳人王平子，到京城参加乡试，租住在报国寺里。寺里已经住了一位余杭来的书生，王平子因两人临屋而住，就

以比屋[5]居投刺焉，生不之答；朝夕遇之多无状[6]。王怒其狂悖[7]，交往遂绝。

拿着名帖去拜访，余杭书生也不回访；早晚相遇时，他也很不礼貌。王平子对他的狂妄悖逆非常生气，于是就不再和他来往。

注释 1 平阳：府名，治所在今山西临汾市。 2 北闱：明清时期对顺天府乡试的通称。 3 报国寺：位于北京南城广安门内。清朝实行满汉分城而治，南城是汉族及其他各民族官员、文人和科考举子的聚居之地。 4 余杭：今浙江省杭州市余杭区。 5 比屋：所居屋舍相邻。比，并列，紧靠。 6 无状：行为失检，没有礼貌。 7 狂悖（bèi）：狂妄悖逆。

一日，有少年游寺中，白服裙帽，望之傀然[1]。近与接谈，言语谐妙，心爱敬之。展问[2]邦族，云："登州[3]宋姓。"因命苍头[4]设座，相对噱谈[5]。余杭生适过，共起逊坐[6]。生居然上座，更不㧑挹[7]。卒然问宋："尔亦入闱者[8]耶？"答曰："非也。驽骀[9]之才，无志腾骧[10]久矣。"又问："何省？"宋告之。生曰："竟不进取，足知高明。山左、右[11]并无一字通者。"宋曰："北人固少通者，而不

一天，有一个少年来报国寺游玩，身穿白衣，头戴白帽，看上去很魁梧。王平子走上前和他交谈，他谈吐诙谐有趣，王平子心里很敬重他。询问他的姓氏和家乡，他回答说："家住登州，姓宋。"王平子就让仆人安排坐席，两人对坐谈笑。这时余杭书生正巧经过，王、宋二人站起来给他让座。余杭书生居然坐到上位，毫不谦让。余杭书生突然问宋生："你也是来参加乡试的吗？"宋生说："不是。像我这种平庸的人，早就不想考试做官了。"余杭书生又问："你是哪省人？"宋生告诉了他。余杭书生说："你不打算进取，足见你还是有自知之明的。北方没有一个通文墨的人。"

通者未必是小生；南人固多通者，然通者亦未必是足下[12]。”言已，鼓掌，王和之，因而哄堂。生惭忿，轩眉攘腕[13]而大言[14]曰：“敢当前命题，一校文艺乎？”宋他顾而哂曰：“有何不敢！”便趋寓所，出经授王。王随手一翻，指曰：“‘阙党童子将命[15]’。”生起，求笔札。宋曳之曰：“口占[16]可也。我破[17]已成，‘于宾客往来之地，而见一无所知之人焉’。”王捧腹大笑。生怒曰：“全不能文，徒事嫚骂[18]，何以为人！”王力为排难[19]，请另命佳题。又翻曰：“‘殷有三仁焉’[20]。”宋立应曰：“三子者不同道，其趋一也。[21]夫一者何也？曰：仁也。君子亦仁而已矣，何必同？”生遂不作，起曰：“其为人也小有才。”遂去。

宋生说：“北方人通文墨的确实很少，但是不通文墨的未必就是我。南方人通文墨的固然不少，但是通文墨的人未必是你。”说完就鼓起掌来，王平子也跟着鼓掌，因此二人哄堂大笑。余杭书生又羞惭又恼怒，横眉怒目，伸长胳膊挽好袖子，高声说道：“你敢当面命题，和我比比谁的文章更好吗？”宋生眼望他处，冷笑着说：“有什么不敢的！”说着便跑回居所，取出经书递给王平子。王平子随手一翻，指着一句说：“就这句‘阙党童子将命’。”余杭书生起身，要去找纸和笔。宋生拉住他说：“咱们口头叙述就可以了。我文章的破题已经想好了，‘于宾客往来之地，而见一无所知之人焉’。”王平子听后捧腹大笑。余杭书生大怒：“你一点也不会做文章，只会辱骂别人，算什么人！”王平子竭力为他们调解，说再出一个好题。他就又翻了翻书说：“‘殷有三仁焉’。”宋生立刻应声对答：“三子者不同道，其趋一也。夫一者何也？曰：仁也。君子亦仁而已矣，何必同？”余杭书生听了，自己却不做文章，起身说：“你这个人也算有点儿小才。”说完就离开了。

注释 1 傀（guī）然：魁梧貌。 2 展问：询问。 3 登州：府名，治所在今烟台市牟平区。 4 苍头：奴仆，仆人。 5 噱（jué）谈：谈笑。噱，大笑。 6 逊坐：让座，请客人入座。 7 㧑挹（huī yì）：谦退，谦让。8 入闱者：参加科考的举人。 9 驽骀（tái）：劣马，借指平庸之人。 10 腾骧（xiāng）：飞腾。引申为地位上升，宦途得意。此处指考试做官。 11 山左、右：山东和山西，代指北方。山，太行山。 12 足下：古代下称上或同辈相称的敬辞。 13 轩眉攘腕：扬眉挽袖。形容十分恼怒。 14 大言：高声地说。 15 阙党童子将命：出自《论语·宪政》。阙党的一个少年经常奉命为人做事，孔子看他坐大人的位置，和长辈并行，认为他不求上进，只是想走捷径。党，古代地方基层组织，以五百户为一党。 16 口占：谓作诗文不起草稿，随口而成。 17 破：破题。明清时八股文的起首处，须用几句话说破题目要义，称破题。 18 嫚骂：辱骂。嫚，轻侮，侮辱。 19 排难：调解纠纷。 20 殷有三仁焉：出自《论语·微子》。纣王无道，微子明白终有一日要亡国，在劝说无效后离开了纣王，比干冒死劝谏遭到诛杀，箕子痛心于国之将亡，索性披发佯狂为奴。孔子有感于三人至诚恻怛之行，赞叹“殷有三仁”。21 三子者不同道，其趋一也：微子、比干、箕子对待纣王暴政的态度、处理方法不同，但他们的目的和价值取向是一致的。

王以此益重宋。邀入寓室，款言[1]移晷[2]，尽出所作质宋。宋流览绝疾，逾刻已尽百首，曰：“君亦沉深于此道者；然命笔[3]时，无求必得之念，而尚有

王平子因此更加敬重宋生，邀请他到自己房里，亲切交谈了很长时间，还拿出自己所有的作品请宋生指教。宋生浏览得很快，一会儿就看完了百篇，说：“你在文章方面还是刻苦钻研过的；不过你自己下笔的时候，虽然没有一定要考中的念头，但是还怀有侥幸考中的心理，就因为

冀幸[4]得之心，即此，已落下乘。”遂取阅过者一一诠说。王大悦，师事之，使庖人以蔗糖作水角[5]。宋啖而甘之，曰：“生平未解此味，烦异日更一作也。”由此相得甚欢。宋三五日辄一至，王必为之设水角焉。余杭生时一遇之，虽不甚倾谈，而傲睨之气顿减。一日以窗艺[6]示宋，宋见诸友圈赞[7]已浓，目一过，推置案头，不作一语。生疑其未阅，复请之，答已览竟。生又疑其不解，宋曰：“有何难解？但不佳耳！”生曰：“一览丹黄[8]，何知不佳？”宋便诵其文，如夙[9]读者，且诵且訾[10]。生跼蹐[11]汗流，不言而去。移时宋去，生入，坚请王作，王拒之。生强搜得，见文

如此，你的文章就已经落入了下等。”于是拿过看完的文章一篇篇详细解说。王平子大为高兴，像对待老师一样对待宋生，让厨子煮糖馅水饺给宋生吃。宋生觉得很好吃，说：“我生平没有吃过这种味道的食物，劳烦他日再为我做一次。”自此两人相处得很融洽。宋生隔三五天就会到王平子这里来一次，王平子必定会用糖馅水饺款待他。余杭书生偶尔会与宋生相遇，两人虽然说不上几句，但是他的傲慢之气还是削减不少。一天余杭书生把自己写的文章拿给宋生看，宋生见满篇都是他的朋友的圈点赞赏，只用眼睛扫了一遍，就推到了桌子边上，一句话也不说。余杭书生怀疑宋生根本没有看，就再次请他看看，宋生则回答已经看完了。余杭书生又怀疑宋生根本不理解他的文章，宋生说：“这篇文章有什么难理解的？只不过写得不好罢了。”余杭书生说：“你只是看了一下丹黄，怎么知道文章不好？”宋生便通篇背诵余杭书生的文章，好像早就读过一样，一边背诵还一边批评。余杭书生局促不安，浑身流汗，一句话不说就走了。过了一会儿，宋生也离开了，余杭书生又走了进来，坚决要看王平子的文章，王平子

多圈点，笑曰："此大似水角子！"王故朴讷[12]，觍然而已。次日宋至，王具以告。宋怒曰："我谓'南人不复反矣[13]'，伧楚[14]何敢乃尔！必当有以报之！"王力陈轻薄之戒以规之，宋深感佩。

不答应。余杭书生硬是搜出来，见到文章有不少圈点，笑着说："真像糖馅水饺啊。"王平子为人质朴，不善言辞，只觉得羞愧难堪而已。第二天宋生来了，王平子把这件事都告诉了他。宋生大怒说："我还以为他已经折服了呢，这个南蛮子竟然敢这样！我一定要报复他！"王平子极力劝诫他做人要厚道，宋生对王平子的忠厚深感敬佩。

注释 1 款言：恳切的言词。此指亲切交谈。 2 移晷（guǐ）：日影移动，指经过了一段时间。形容时间很长。晷，日影。 3 命笔：使笔，用笔。谓执笔作诗文或书画。 4 冀幸：侥幸。 5 水角：水饺。 6 窗艺：又称"窗稿"，旧称私塾中学生习作的诗文。 7 圈赞：旧时在文章好的地方画圈表示赞赏。 8 丹黄：古时点校书籍或批阅文章用朱笔，遇误字，用雌黄涂抹。 9 夙：早。 10 訾（zǐ）：诋毁、非议。此指批评。 11 跼蹐（jú jí）：局促不安。跼，屈曲不伸。蹐，后脚紧跟着前脚，用极小的步子走路。 12 朴讷（nè）：质朴而不善言词。有时用为谦词。 13 南人不复反矣：三国时期，蜀相诸葛亮南征孟获，七擒七纵，最后孟获心悦诚服，表示："公天威也！南人不复反矣。"宋生引用此句，表示他原以为已降服"南人"余杭书生。 14 伧楚：北方人对南方人的蔑称。

既而场后，以文示宋，宋颇相许[1]。偶与涉历[2]殿阁，见一瞽僧[3]坐廊

乡试结束后，王平子把考场上的文章拿给宋生看，宋生称赞不已。二人偶然在寺内散步，经过殿阁时，看到一个盲

下，设药卖医。宋讶曰："此奇人也！最能知文，不可不一请教。"因命归寓取文。遇余杭生，遂与俱来。王呼师而参之。僧疑其问医者，便诘症候。王具白请教之意，僧笑曰："是谁多口？无目何以论文？"王请以耳代目。僧曰："三作两千余言，谁耐久听！不如焚之，我视以鼻可也。"王从之。每焚一作，僧嗅而颔之曰："君初法[4]大家，虽未逼真，亦近似矣。我适受之以脾。"问："可中否？"曰："亦中得。"余杭生未深信，先以古大家文烧试之。僧再嗅曰："妙哉！此文我心受之矣，非归、胡[5]何解办此！"生大骇，始焚己作。僧曰："适领一艺，未窥全豹[6]，何忽另易一人来也？"生托言："朋

僧坐在廊檐下卖药行医。宋生惊讶地说："这是一个奇人！最懂得文章，不能不向他请教。"于是让王平子回屋取来文章。恰巧遇到了余杭书生，于是他也跟着过来了。王平子对着盲僧称大师，并向他参拜。盲僧以为他是来看医生的，便询问病症。王平子就说了请教文章的事，盲僧笑着说："这是谁多嘴？眼盲的人怎么评论文章好坏呢？"王平子请他以耳代目。盲僧说："三篇文章有两千多字，谁耐烦听这么久！不如把文章烧掉吧，我用鼻子嗅一嗅就清楚了。"王平子听从了。每焚烧一篇，盲僧就嗅一嗅，点头说："你刚开始仿效大家手笔写文章，虽然还不逼真，但是已经近似了。我正好用脾脏来接受它。"王平子问："能考中吗？"盲僧说："也能考中。"余杭书生不太相信盲僧说的话，先把古代大家的文章焚烧来试探一下。盲僧又嗅一嗅说："妙呀！这篇文章我用心来接受，不是归有光、胡友信怎么可能写出这样的文章！"余杭书生大惊，这才开始焚烧自己的文章。盲僧说："刚才只领教了一篇好文，还没有欣赏完他的全部文章，为什么突然换了另一个人的文章？"余杭书生撒谎说："刚才是朋

友之作，止彼一首，此乃小生作也。”僧嗅其余灰，咳逆数声，曰：“勿再投矣！格格[7]而不能下，强受之以鬲[8]，再焚则作恶[9]矣。”生惭而退。

友的作品，只有一篇，这才是我的文章。”盲僧嗅了嗅余杭书生的文章的灰烬，呛得咳嗽了好几声，说：“不要再烧了。呛得我不敢吸进去，强行吸进去，也只能到达横膈膜那里，再烧就要作呕了。”余杭书生面有惭色地走了。

注释 1 相许：赞许。 2 涉历：经过。 3 瞽（gǔ）僧：盲僧。 4 法：仿效。 5 归、胡：指归有光、胡友信。二人均为明朝精通八股文的大家。 6 全豹：事物的全貌，全部，全体。 7 格格：扞格，互相抵触。此处指难闻而不敢吸入。 8 鬲：即横膈膜，位于胸腔与腹腔之间。 9 作恶：作呕，恶心。形容厌恶之极。

数日榜放，生竟领荐[1]，王下第[2]。宋与王走告僧，僧叹曰：“仆虽盲于目，而不盲于鼻，帘中人[3]并鼻盲矣。”俄余杭生至，意气[4]发舒[5]，曰：“盲和尚，汝亦啖人水角耶？今竟何如？”僧曰：“我所论者文耳，不谋与君论命。君试寻诸试官之文，各取一首焚之，我便知孰为尔师[6]。”生与王并搜之，止得八九人。生曰：“如有

几天后发了榜，余杭书生竟然考中了，王平子却落榜了。宋生与王平子前去告诉盲僧，盲僧叹气说：“我虽然眼睛盲了，可是鼻子不盲，主考官是眼睛和鼻子都盲了啊。”一会儿余杭书生来了，他情绪高昂，说：“盲和尚，你也吃了人家的糖馅水饺吗？你看现在怎么样？”盲僧说：“我所评论的只是文章，不和你谈论命运。你可以试着搜集这些考官的文章，每人选一篇焚烧，我就能知道是谁录取了你。”余杭书生与王平子一起去搜集，只搜到八九个人的。余杭书生说：“如果你说错了，用什么来惩罚？”

舛错，以何为罚？”僧愤曰：“剜我盲瞳去！”生焚之，每一首，都言非是，至第六篇，忽向壁大呕，下气[7]如雷。众皆粲然[8]。僧拭目向生曰：“此真汝师也！初不知而骤嗅之，刺于鼻，棘于腹，膀胱所不能容，直自下部出矣！”生大怒，去，曰：“明日自见，勿悔！勿悔！”

盲僧生气地说：“把我的盲眼珠剜去！”余杭书生开始焚烧，每烧一篇，盲僧都说不是，烧到第六篇的时候，盲僧忽然面向墙壁大声呕吐，屁响如雷。众人都大笑起来。盲僧擦着眼泪对余杭书生说：“这个真的是你的恩师啊。刚开始我不知道而骤然去闻，先是刺鼻子，接着是刺腹部，就连膀胱也无法容纳，直接从身下出来了。”余杭书生大为生气，掉头就走，说：“明天自然见分晓，你别后悔！你别后悔！”

注释　1 领荐：乡试中举。　2 下第：落榜。　3 帘中人：借指阅卷的考官。　4 意气：精神，情绪。　5 发舒：高昂，亢奋。　6 师：此处指录取余杭书生的考官。　7 下气：气由谷道泄出，中医谓之下气，俗称放屁。　8 粲然：盛笑、大笑的样子。

越二三日，竟不至；视之已移去矣。乃知即某门生[1]也。宋慰王曰：“凡吾辈读书人，不当尤人[2]，但当克己[3]。不尤人则德益弘，能克己则学益进。当前踧落[4]，固是数[5]之不偶[6]；平心而论，文亦未便登峰，其由此

过了两三天，余杭书生竟没有来，去他房间一看，已搬走了。于是众人知道那写刺鼻子文章的真是他的恩师。宋生安慰王平子说：“我们读书人，不应当怨恨别人，而应该严格要求自己。不怨恨别人则道德会更加高尚，能严格要求自己则学业会日益精进。现在遭遇困顿，固然是自己的命数不好；但是平心而论，你的文章也没有达到登峰造极的水平，自此以后能更

砥砺，天下自有不盲之人。”王肃然起敬。又闻次年再行乡试，遂不归，止而受教。宋曰：“都中薪桂米珠[7]，勿忧资斧。舍后有窖镪，可以发用。”即示之处。王谢曰：“昔窦、范[8]贫而能廉，今某幸能自给，敢自污乎？”王一日醉眠，仆及庖人窃发之。王忽觉，闻舍后有声，窃出则金堆地上。情见事露，并相慑伏。方诃责间，见有金爵，类多镌款[9]，审视皆大父[10]字讳[11]。盖王祖曾为南部郎[12]，入都寓此，暴病而卒，金其所遗也。王乃喜，称得金八百余两。明日告宋，且示之爵，欲与瓜分，固辞乃已。以百金往赠瞽僧，僧已去。

加勤奋努力，天下自然会有赏识你的人。”王平子肃然起敬。又听说明年还会举行乡试，他于是没回家，留下来跟着宋生学习。宋生说：“京城的柴米昂贵，你不要担心没有钱用。你住的屋后埋藏着银两，可以挖出来用。”说完就告诉了他埋藏银子的地点。王平子辞谢说：“从前窦仪、范仲淹身处贫贱却能廉洁自守，如今我还可以自给，岂敢这样玷污自己呢？”一天，王平子酒后酣睡，仆人和厨子偷偷挖掘出了银两。王平子忽然醒来，听到屋后有声音，他悄悄出门一看，只见金银堆在地上。仆人和厨子见事情败露，吓得跪在地上。王平子正在责骂他们时，看到金酒杯上大都刻着字，仔细一看，刻的都是他祖父的名字。原来他的祖父曾经在南京做过官，进京时住在报国寺，暴病而亡，屋后的金银就是他留下的。王平子大喜，称了称有金银八百多两。第二天，他告诉了宋生，并且把金酒杯拿给宋生看，还打算与宋生一起平分银两，宋生坚决拒绝了。王平子又拿着一百两银子去赠送给盲僧，而盲僧早已走了。

注释 1 门生：科举考试及第者对主考官自称“门生”。 2 尤人：怨恨他人。 3 克己：克制自己，严格要求自己。 4 蹴（cù）落：困顿，失意。 5 数：命数，命运。 6 不偶：不遇，不合。引申为命运不好。 7 薪桂米珠：柴价如桂，米价如珠，借指物品昂贵，物价极高。 8 窦、范：即窦仪和范仲淹。据传窦仪年少时曾被金精戏弄，但他不为所动。范仲淹曾苦读于醴泉寺，发现埋藏钱财的地窖也不挖，后来才与寺里的僧人一起挖出金子用于修缮寺庙。 9 镌（juān）款：镌刻的款识。款，器物上刻的字。 10 大父：祖父。 11 讳：指已故尊长者的名字。 12 南部郎：明成祖迁都北京后，仍在南京保留六部官制。南部郎即南京的员外郎等部属官员。

积数月，敦习[1]益苦。及试，宋曰："此战不捷，始真是命矣！"俄以犯规被黜[2]。王尚无言，宋大哭不能止，王反慰解之。宋曰："仆为造物所忌，困顿至于终身，今又累及良友。其命也夫！其命也夫！"王曰："万事固有数在。如先生乃无志进取，非命也。"宋拭泪曰："久欲有言，恐相惊怪。某非生人，乃飘泊之游魂也。少负才名，不得志于场屋[3]。佯狂至都，冀得知我者传诸著作。甲申之

此后的几个月里，王平子学习更加勤勉刻苦。到了乡试的日子，宋生说："这次如果还考不中，那真是命中注定的了。"不久王平子因为违反考场规则被取消了考试资格。王平子还没有说什么，宋生却大哭不止，王平子反倒来安慰宋生。宋生说："我被造物主嫉恨，终身困顿不得志，如今又连累了好朋友。这真是命啊！这真是命啊！"王平子说："万事万物都有定数，像你这样的是无志于考取功名，和命运无关。"宋生擦着眼泪说："我早就有话想对你说，怕你受到惊吓。我并不是活人，而是漂泊的游魂。我年少时颇具才名，却在科举场上不得志。于是我放荡不羁，来到京城，希望遇到了解我的人，把我的生平写出来流传后世。不料甲申那年我竟然死于战乱，

年，竟罹于难，岁岁飘蓬[4]。幸相知爱，故极力为'他山[5]'之攻，生平未酬之愿，实欲借良朋一快之耳。今文字之厄若此，谁复能漠然哉！"王亦感泣，问："何淹滞？"曰："去年上帝有命，委宣圣[6]及阎罗王核查劫鬼，上者备诸曹[7]任用，余者即俾转轮[8]。贱名已录，所未投到[9]者，欲一见飞黄之快[10]耳。今请别矣！"王问："所考何职？"曰："梓潼[11]府中缺一司文郎[12]，暂令聋僮署篆[13]，文运所以颠倒。万一幸得此秩，当使圣教昌明。"

游魂年年漂泊不定。幸亏遇到你，得到你的赏识和友情，所以我极力帮助你提高学业，我一生没有完成的愿望，非常想借助你来实现，这将是我人生的快慰啊。如今你的文运如此不佳，我怎么能无动于衷呢？"王平子听了，感动地流下泪来，问道："你为什么还在世间停留呢？"宋生说："去年天帝有令，委任宣圣王孔子和阎罗王核查遭遇劫难而死的鬼魂，上等的留下被阴间的各部衙署任用，其他的则让他们转世投生。我的名字已经在阴间衙门任用的名册上了，之所以没有去报到，是想看到你科考得志的快乐。如今请让我和你道别吧。"王平子问："你报考的是什么职位？"宋生说："梓潼府中缺一名司文郎，暂时让一个耳聋的童仆代掌官印，文运因此颠倒失序。万一我有幸得到这个职位，我一定会将圣人的教诲发扬光大。"

注释　1 敦习：勤勉刻苦学习。　2 黜：罢免，罢退。此处指取消考试资格。　3 场屋：科举考试的考场。　4 飘蓬：飘飞的蓬草，喻漂泊无定。　5 他山：别处山上的石头，即"他山之石"。比喻磨砺自己，帮助自己取得成就的外力。　6 宣圣：孔子。汉平帝时孔子被谥为褒成宣尼公，且历代皆尊孔子为圣人，故诗文中多称其为"宣圣"。　7 诸曹：各部。　8 转轮：转世。　9 投到：报到。　10 飞黄之快：此处指科考得志。飞黄，传说中的神马名。 **11** 梓潼：梓潼帝君，为道教尊奉的掌管功名利禄的神。 **12** 司文郎：指地方掌管文教的官员。 **13** 署篆：官印。此处指代掌官印。

明日，忻忻[1]而至，曰："愿遂矣！宣圣命作《性道论》，视之色喜，谓可司文。阎罗稽[2]簿，欲以'口孽[3]'见弃。宣圣争之乃得就。某伏谢已，又呼近案下，嘱云：'今以怜才，拔充清要[4]；宜洗心[5]供职，勿蹈前愆。'此可知冥中重德行更甚于文学也。君必修行未至，但积善勿懈可耳。"王曰："果尔，余杭其德行何在？"曰："不知。要冥司赏罚，皆无少爽[6]。即前日瞽僧，亦一鬼也，是前朝名家。以生前抛弃字纸过多，罚作瞽。彼自欲医人疾苦，以赎前愆，故托游廛肆耳。"王命置酒，宋曰："无须。终岁之扰，

次日，宋生欣喜地来了，说："我的愿望实现了。宣圣王让我作一篇《性道论》，他看了之后面有喜色，说我可以做司文郎。阎罗王查阅案卷，想要以'说话不慎重'为由拒绝我做官。宣圣王尽力争取，我才得以任用。我跪下拜谢完毕，宣圣王又把我叫到案前，叮嘱我说：'今天是怜惜你的才能，才派你担任这个清高显要的职位，你一定要改过自新，恪尽职守，不要再重蹈以前的过失了。'由此可知，阴间看重德行更甚于文才。你一定是德行的修养还不够，只要毫不懈怠地积善行德就可以了。"王平子说："如果真是这样，余杭书生的德行在哪里呢？"宋生说："我也不知道。但是阴间的赏罚，绝不会出错。就说前些日子见到的那位盲僧，他也是个鬼，生前是前朝的文章名家。因为生前抛弃的字纸太多，被罚做盲僧。他打算通过医治别人的疾苦，来赎生前的过错，所以才借故在街市上游逛。"王平子让仆人置办酒肴，宋生说："不用了。一整年都叨扰你，现在就

尽此一刻，再为我设水角足矣。”王悲怆不食，坐令自啖。顷刻，已过三盛[7]，捧腹曰：“此餐可饱三日，吾以志君德耳。向所食都在舍后，已成菌矣。藏作药饵，可益儿慧。”王问后会，曰：“既有官责，当引嫌[8]也。”又问：“梓潼祠中，一相酹祝[9]，可能达否？”曰：“此都无益。九天甚远，但洁身力行，自有地司牒报[10]，则某必与知之。”言已，作别而没。王视舍后，果生紫菌，采而藏之。旁有新土坟起，则水角宛然在焉。

剩最后一点时间了，再为我做一次糖馅水饺就可以了。”水饺做好后，王平子悲伤地吃不下，就在一旁陪坐，让宋生独自吃。一会儿，宋生就吃完了三盘，捧着肚子说：“这一顿可以饱三天了，我借此来纪念你的友情。以前吃过的水饺都在屋后，已经变成蘑菇了。收藏起来做药饵，可以让小孩更聪明。”王平子问何时可以再会，宋生说：“既然我有官职在身，就应当避嫌。”王平子又问：“我去梓潼庙里祭祷，你能够听到吗？”宋生说：“没用的。九天之上离你很远，你只要洁身自好，一心修德，阴间自有行文通报，那样我一定会知道的。”说完，宋生告别后就不见了。王平子到屋后一看，果然生长着紫色的蘑菇，就采了收藏起来。一旁有新土堆隆起，挖开一看，刚才为宋生做的水饺都在这里。

注释　1 忻忻：欣喜得意貌。　2 稽：查考，查阅。　3 口孽：即“口业”，佛教语，指妄言、恶口、两舌和绮语。此处指言语有过失，说话不慎重。　4 清要：地位显贵、职司重要而事务不繁的官职。　5 洗心：改过自新。　6 爽：差错。　7 三盛（chéng）：三盘。　8 引嫌：避嫌。　9 酹（lèi）祝：祭祷，祭奠祝告。　10 牒报：行文通报。

王归，弥自刻厉[1]。一夜，梦宋舆盖而至，曰："君向以小忿[2]误杀一婢，削去禄籍[3]，今笃行[4]已折除[5]矣。然命薄不足任仕进[6]也。"是年捷于乡，明年春闱又捷。遂不复仕。生二子，其一绝钝，啖以菌，遂大慧。后以故诣金陵，遇余杭生于旅次[7]，极道契阔[8]，深自降抑[9]，然鬓毛斑矣。

王平子回家后，更加努力地修德学习。一天夜里，他梦到宋生坐着官轿来到，说："你以前因为一点小事生气，误杀了一个丫鬟，所以被除掉了禄籍，如今你坚持积德行善，已经被免除了罪责。但是你命薄，还是不能进入仕途。"这一年王平子乡试中举，第二年又考中了进士。他听从宋生指点，没有去做官。王平子生了两个儿子，其中一个十分愚钝，吃了紫色蘑菇后，立刻变得聪明起来。后来王平子因事前往南京，在暂住的地方遇到了余杭书生，余杭书生热情地向他问候，态度十分谦逊，而两鬓已经有了白发。

注释 1 弥自刻厉：更加刻苦自励。 2 忿（fèn）：愤怒，怨恨。 3 禄籍：为官食禄的簿籍。 4 笃行：行为淳厚，纯正踏实。此处指积德行善。 5 折（zhé）除：减损。此处指免除。 6 仕进：入仕，做官。 7 旅次：旅人暂居的地方。 8 道契阔：久别重逢，互诉离情。契阔，久别。 9 降抑：谦逊，退让。

异史氏曰："余杭生公然自诩[1]，意其为文，未必尽无可观，而骄诈[2]之意态颜色，遂使人顷刻不可复忍。天人之厌弃已久，故鬼神皆玩弄之。脱[3]能增修

异史氏说："余杭书生公然自夸，我猜测他的文章，未必没有一点可观之处，但是他那骄傲蛮横的神态表情，使人一刻也无法容忍。天人厌弃他很久了，所以鬼神也敢戏耍他。倘若他能进一步加强修养自己的德行，

厥[4]德,则帘内之‘刺鼻棘心’者,遇之正易,何所遭之仅也?”

那么他遇到那些写‘刺鼻棘心’文章的考官就太容易了,为什么只遇到一次呢?”

注释 1 自诩:自夸。诩,夸耀。 2 骄诈:骄傲诡诈。 3 脱:连词,表示假设。倘若,假使。 4 厥:代词。其。表示领属关系。

丑狐

原文

穆生,长沙人,家清贫,冬无絮衣[1]。一夕枯坐[2],有女子入,衣服炫丽而颜色[3]黑丑,笑曰:“得毋寒乎?”生惊问之,曰:“我狐仙也。怜君枯寂[4],聊与共温冷榻耳。”生惧其狐,而厌其丑,大号。女以元宝置几上,曰:“若相谐好[5],以此相赠。”生悦而从之。床无裀褥[6],女代以袍。将晓,起而嘱曰:“所赠可急市[7]软帛作卧具,余者絮衣作馔足

译文

穆生是长沙人,家中清贫,冬天连棉衣都没有。一天晚上,他在家呆坐,有个女子走了进来,穿的衣服很炫丽,面容却又黑又丑。她笑着说:“你难道不冷吗?”穆生惊讶地问她是谁,她说:“我是狐仙。可怜你孤独寂寞,愿与你一起暖暖被窝。”穆生害怕她是狐狸,又厌恶她长得丑,就大声呼号。女子把元宝放在桌子上,说:“你若和我谐好,我就把它送给你。”穆生高兴地同意了。床上没有床垫,女子就用袍子代替。天要亮时,女子起床后嘱咐:“我给你的元宝,可尽快买些软帛做被褥,剩下的买些棉衣和食物足够了。倘若你能跟我

矣。倘得永好,勿忧贫也。"遂去。

一直好下去,就不必担忧贫穷了。"说完就走了。

注释 1 絮衣:棉衣。 2 枯坐:默坐,呆坐。 3 颜色:面容。 4 枯寂:寂寞。 5 谐好:指男女结合成其好事。 6 裀(yīn)褥:床铺,床垫。裀,通"茵",垫子、毯子之类。 7 市:买。

生告妻,妻亦喜,即市帛为之缝纫。女夜至,见卧具一新,喜曰:"君家娘子劬劳[1]哉!"留金以酬之。从此至无虚夕,每去,必有所遗。年余,屋庐修洁,内外[2]皆衣文锦绣,居然素封[3]。女赂遗[4]渐少,生由此心厌之,聘术士至,画符于门。女来,啮折而弃之,入指生曰:"背德负心[5],至君已极!然此奈何我!若相厌薄[6],我自去耳。但情义既绝,受于我者须要偿也!"忿然[7]而去。

穆生把此事告诉了妻子,妻子也很高兴,就买了布帛做被褥。女子晚上到后,见床铺焕然一新,高兴地说:"你家娘子受累了!"留下一些银子作为酬谢。从此,女子每晚都来,每次离去,必定会留下些钱。过了一年多,穆生家屋宇整齐干净,家中的男男女女都穿着锦绣华服,居然成了富翁。女子赠送的钱财逐渐减少,穆生因此对她产生了厌烦之情,就聘请术士到家,在门上画了张符。女子来后,把符咬下来扔了,进屋后指着穆生说:"违背道德,背弃情谊,你已达到极点!然而你这样做能把我怎样!如果你厌恶我,我自己会走。但既然情断义绝,你从我这里得到的必须还给我!"说完愤怒地走了。

注释 1 劬(qú)劳:劳累。 2 内外:指家中的男男女女。 3 素封:无官爵封邑而资财丰厚的富人,富比封君。 4 赂遗(wèi):赠送财物。

赂，赠送财物。遗，赠送。 5 负心：背弃情谊（多指爱情转移）。 6 厌薄：厌恶鄙视。 7 忿然：愤怒。

生惧，告术士。术士作坛，陈设未已，忽颠[1]地下，血流满颊，视之，割去一耳。众大惧奔散，术士亦掩耳窜去。室中掷石如盆，门窗釜甑[2]，无复全者。生伏床下，蓄缩汗耸[3]。俄见女抱一物入，猫首猧[4]尾，置床前，嗾[5]之曰："嘻嘻！可嚼奸人足。"物即龁[6]履，齿利于刃。生大惧，将屈藏之，四肢不能动。物嚼指爽脆有声。生痛极哀祝，女曰："所有金珠，尽出勿隐。"生应之。女曰"呵呵"，物乃止。生不能起，但告以处。女自往搜括，珠钿衣服之外，止得二百余金。女少之，又曰"嘻嘻"，物复嚼。生哀鸣求恕。女限十日偿金六百，生诺之，女乃

穆生很害怕，就告诉了术士。术士设坛，东西还没摆好，忽然跌倒在地，血流满面，一看，被割去一只耳朵。众人大为恐惧，四散而逃，术士也捂着耳朵逃窜而去。屋里石头乱扔，有盆那么大，门窗锅盆都被砸坏了，没有一个完好的。穆生趴在床下，吓得汗毛耸立，缩成一团。不一会儿，见女子抱着一个动物进来，长着猫头狗尾，女子把它放到床前，使唤道："嘻嘻！去咬坏人的脚。"那动物就来咬穆生的鞋，牙齿比刀子还锋利。穆生大感惊惧，想把脚缩回来藏起，但四肢无法动弹。那动物嚼着他的脚趾，咬得清脆有声。穆生极为疼痛，就哀叫求饶，女子说："所有的金银珠宝都拿出来，不要隐藏。"穆生答应了。女子"呵呵"一声，那动物就不咬了。穆生起不来，只好把放钱的地方告诉了她。女子自己去搜寻，除了珠宝衣物之外，只找到二百多两银子。女子嫌银子太少了，又说了声"嘻嘻"，那动物又要去咬穆生。穆生哀叫着求饶。女子限他十天之内赔偿六百两，穆生答应下来，女子就抱着那动物走了。

抱物去。久之,家人渐聚,从床下曳生出,足血淋漓,丧其二指。视室中财物尽空,惟当年破被存焉,遂以覆生令卧。又惧十日复来,乃货婢鬻衣[7],以足其数。至期,女果至,急付之,无言而去。自此遂绝。

过了很久,家里人才渐渐聚拢过来,从床下把穆生拽出来,只见他脚上鲜血淋漓,少了两根脚趾。看了看屋里,财物都没了,只有当初的破被子还在,于是众人就给穆生盖上被子,让他躺下。穆生又怕女子十天后再来,于是卖掉了婢女和衣物,凑足了六百两之数。到期,女子果然来了,穆生急忙把钱给了她,她一句话也没说就走了。从此再也没来。

注释 1 颠:倾倒,颠倒。 2 釜甑(zèng):釜和甑,古代炊煮器名。甑,一种蒸饭的瓦器。 3 蓄缩汗耸:畏畏缩缩,汗毛耸立。 4 猧(wō):小狗。 5 嗾(sǒu):使唤狗时口中所发的声音。 6 龁(hé):咬。 7 货婢鬻衣:卖掉婢女和衣物。货,卖。

生足创,医药[1]半年始愈,而家清贫如初矣。狐适[2]近村于氏。于业农,家不中资[3],三年间援例[4]纳粟[5],夏屋[6]连蔓,所衣华服,半生家物。生见之,亦不敢问。偶适野,遇女于途,长跪道左[7]。女无言,但以素巾裹五六金,遥掷生,反身径去。后于氏早卒,女犹时至

穆生脚上的伤,医治了半年才好,家里又跟以前一样贫穷了。那个狐女嫁给了邻村的于氏。于家务农,家产原本不到中等人家水平,三年之间就按照成例捐了监生,家中高大的房屋一个挨着一个,所穿的华丽衣服,大半都是穆生家的。穆生见了,也不敢询问。一次,穆生偶然在郊外遇到狐女,他吓得跪在道旁。女子不说话,只是用白手绢裹了五六两银子,远远扔给他,然后转身走了。后来于氏早亡,女子还时常到于家去,她一

其家，家中金帛辄亡去。于子睹其来，拜参之，遥祝："父即去世，儿辈皆若子，纵不抚恤，何忍坐令贫也？"女去，遂不复至。

去，家中的金银布帛就会丢失。于氏的儿子见她来了，就叩拜参礼，远远地祈求说："我父亲虽然死了，我们这些儿辈也如同你的孩子，纵使你不怜惜我们，又怎么忍心坐视我们变穷呢？"女子就走了，从此再也没来。

注释 1 医药：医治，治疗。 2 适：指女子出嫁。 3 中资：中等人家的资产水平。 4 援例：按照成例，引用成例。 5 纳粟：明清两代富家子弟通过捐纳财货进国子监为监生，可直接参加省城、京都的考试，称"纳粟"。 6 夏屋：大屋。 7 道左：道旁。

异史氏曰："邪物之来，杀之亦壮[1]，而既受其德，即鬼物不可负也。既贵而杀赵孟[2]，则贤豪非之矣。夫人非其心之所好，即万钟[3]何动焉？观其见金色喜，其亦利之所在，丧身辱行而不惜者欤？伤哉贪人，卒取残败！"

异史氏说："邪物来到家里，杀了它也理直气壮，但既然受了它的恩惠，即使是鬼怪也不可辜负。富贵后杀掉恩人，比如晋灵公想杀赵盾，则会被贤人豪杰非议。如果那人不是自己心里喜欢的人，即使给万贯钱财，又怎会动心？看那穆生见到银子面有喜色，可见他也是为了利益，就算败坏道德也在所不惜的人吧？贪婪的人真是令人痛心啊，最终落得身败名裂！"

注释 1 壮：壮盛，豪壮。此处指理直气壮。 2 既贵而杀赵孟：赵盾在晋襄公时持政，襄公卒后，曾助太子即位为灵公。后灵公因赵盾多次进谏而欲暗杀他。赵孟，即赵盾，春秋时期晋国大夫。 3 万钟：原指大量粮食。引申为大量的钱财，优厚的俸禄。钟，古代量度单位。

吕无病

原文

洛阳孙公子名麒，娶蒋太守女，甚相得[1]。二十夭殂[2]，悲不自胜。离家，居山中别业[3]。适阴雨昼卧，室无人，忽见复室帘下，露妇人足，疑而问之。有女子褰帘入，年约十八九，衣服朴洁，而微黑多麻，类贫家女。意必村中僦屋[4]者，呵曰："所须宜白家人，何得轻入！"女微笑曰："妾非村中人，祖籍山东，吕姓。父文学士[5]。妾小字无病。从父客迁，早离顾复[6]。慕公子世家名士，愿为康成文婢[7]。"孙笑曰："卿意良佳。然仆辈杂居，实所不便，容旋里[8]后，当舆聘之。"女次且[9]曰："自揣陋劣，何敢遂望敌体[10]？聊备案前驱

译文

洛阳有位叫孙麒的公子，娶了蒋太守的女儿为妻，夫妻感情很融洽。但只过了二十天蒋氏就死了，孙麒悲痛得难以自抑。于是他就离开家，居住到山中的别墅里。在一个阴雨天，孙麒大白天躺在床上，屋里没有其他人，他忽然看见套屋的门帘下露出一双女人的脚，十分奇怪，就问是谁。有个女子掀开门帘进来，年纪约十八九岁，衣着朴素整洁，面色微黑，脸上长了很多麻子，好像是穷人家的女孩。孙麒心想她可能是村中租房的人，就呵斥说："有什么事应当和仆人说一声，你怎么能随便闯进来呢！"女子微笑着说："奴家不是村里的人。我祖籍山东，姓吕。我父亲是个读书人。我的小名叫无病。我跟随父亲迁到这里，但父母早早去世了。我仰慕公子是世家名士，愿意成为侍奉您读书的婢女。"孙麒笑着说："你的心意很好。但我和仆人们一起住，实在不方便，等我返回家乡后，定会派车马来迎娶你。"女子犹豫不决地说："我自知才疏学浅，相貌丑陋，怎敢奢

使，当不至倒捧册卷。”孙曰：“纳婢亦须吉日。”乃指架上，使取《通书[11]》第四卷——盖试之也。女翻检得之。先自涉览，而后进之，笑曰：“今日河魁[12]不曾在房。”孙意少动，留匿室中。女闲居无事，为之拂几整书，焚香拭鼎，满室光洁。孙悦之。

望成为您的妻子呢？只要能做个在书案前供您使唤的婢女就行，应该还不至于倒着拿书卷。”孙麒说：“收你做婢女也需要挑个好日子。”说完指着书架，让她把《通书》第四卷取来，想以此来试验一下。吕无病翻了一下就找到了，自己先浏览了一番才交给孙麒，笑着说道：“今天河魁星不在书房内。”孙麒听后有点儿心动，便把她藏在屋内。吕无病闲着没事，就替他擦桌子，整理书籍，焚香擦炉，整个房间变得干净明亮，孙麒十分高兴。

注释　1 相得：彼此投合，相处融洽。　2 夭殂：短命而死。　3 别业：别墅。　4 僦（jiù）屋：租赁房屋。　5 文学士：此处指读书人。文学，孔门四科之一。　6 早离顾复：父母早早去世。顾复，即父母的养育。　7 康成文婢：东汉郑玄博古通今，连他家中的婢女都饱读诗书，说话常引经据典。郑玄，字康成，东汉末年儒学家、经学家。此处指侍读的婢女。　8 旋里：返回家乡。　9 次且（zī jū）：犹豫不决状。　10 敌体：彼此地位相等，无上下尊卑之分。此处指妻子。　11 通书：历书。　12 河魁：月中的凶神。据星命术士的说法，阳建之月，前三辰为天罡，后三辰为河魁；阴建之月则相反，这一天诸事宜避。

至夕，遣仆他宿。女俯眉承睫[1]，殷勤臻至。命之寝，始持烛去。中夜睡醒，则床头似有

到了夜晚，孙麒命仆人到别处去住。吕无病低眉顺眼地侍奉孙麒，非常殷勤周到。孙麒叫她去睡觉，她才端着蜡烛退下。孙麒半夜醒来，觉得床头好像躺着个

卧人，以手探之知为女，捉而撼焉。女惊起，立榻下，孙曰："何不别寝，床头岂汝卧处也？"女曰："妾善惧。"孙怜之，俾施枕床内。忽闻气息之来，清如莲蕊，异之，呼与共枕，不觉心荡，渐于同衾，大悦之。念避匿非策，又恐同归招议。孙有母姨，近隔十余门，谋令遁诸其家，而后再致之。女称善，便言："阿姨，妾熟识之，无容先达，请即去。"孙送之，逾垣而去。孙母姨，寡媪也。凌晨起户，女掩入[2]。媪诘之，答云："若甥遣问阿姨。公子欲归，路赊[3]乏骑，留奴暂寄此耳。"媪信之，遂止焉。孙归，矫谓[4]姨家有婢，欲相赠，遣人舁[5]之而还，坐卧皆以从。久益嬖[6]

人，用手一摸，知道是吕无病，便抓着她把她摇醒。吕无病惊恐地起身，站在床榻下。孙麒说道："你怎么不到别处去睡？我的床头岂是你睡觉的地方？"吕无病说："我胆小害怕。"孙麒怜惜她，就放了个枕头，让她睡在床里边。忽然，他闻到吕无病呼出的气息中有莲花一般的清香，倍感惊异，便喊她共枕同眠，不知不觉心神摇荡，渐渐同她睡在一起，十分喜欢她。孙麒心想把她藏在屋里也不是办法，又害怕带她回家招人议论。孙麒有个姨母，住的离他家只隔十几个门，他就想让吕无病先偷偷住在姨母家，以后再设法娶她。吕无病称赞这个办法好，便对他说："你的姨母，我很熟悉，不用你先去告诉她，让我现在就去吧。"孙麒送她出去，她越过墙走了。孙麒的姨母是一个寡居老太太。天明刚打开门，吕无病就闪身进来，姨母问她是谁，吕无病回答说："您的外甥让我来探望姨妈。公子要回家，路途遥远又缺少车马，让我暂时借住在您这里。"姨母相信了，便让她住下。孙麒返回家后，谎称姨母家有个婢女，姨母想送给他，他便派人用轿子把吕无病抬到家。自此，孙麒起居坐卧，她都跟在身边。时间一长，孙麒更加宠爱

之，纳为妾。世家论婚皆勿许，殆有终焉之志[7]。女知之，苦劝令娶；乃娶于许，而终嬖爱无病。许甚贤，略不争夕，无病事许益恭，以此嫡庶偕好。许举[8]一子阿坚，无病爱抱如己出。儿甫三岁，辄离乳媪，从无病宿，许唤之，不去。无何，许病卒。临诀，嘱孙曰："无病最爱儿，即令子之可也，即正位[9]焉亦可也。"既葬，孙将践其言，告诸宗党，佥[10]谓不可；女亦固辞，遂止。

她，便纳为小妾。有世家大户想和他结亲，他都不答应，心中有和吕无病白头偕老的打算。吕无病知道后，苦苦劝孙麒娶妻，他这才娶了许氏为妻，但始终还是宠爱吕无病。许氏十分贤惠，从不在乎孙麒在谁的房中过夜，吕无病因此对她更加恭敬，妻妾关系十分融洽。许氏生了个儿子，取名阿坚，吕无病很喜爱他，常抱着他玩，像自己亲生的一样。儿子刚满三岁，就离开了奶妈，和吕无病一起睡，许氏喊他，他也不去。不久以后，许氏得病死了。临死前，她嘱咐孙麒说："无病最爱护我们的儿子，让阿坚当她的儿子也可以，把她扶正也可以。"孙麒把许氏安葬后，便想按许氏的遗言来办，他把这个想法告诉族人之后，大家都说不能这么做，吕无病也坚决推辞，于是这事就作罢了。

注释　1 俯眉承睫：低着眉看眼色行事。本有逢迎之意。此处形容非常恭顺。　2 掩入：出其不意，悄悄进入。此处指闪身而入。　3 路赊：路途遥远。赊，距离远。　4 矫谓：谎称。矫，假托。　5 舁（yú）：抬，扛。此指用轿子抬。　6 嬖（bì）：宠幸，宠爱。　7 终焉之志：在此安身终老的想法。此处指与吕无病白头偕老。　8 举：生育。　9 正位：谓主其位。此指扶正为妻子。　10 佥（qiān）：皆，都。

邑有王天官[1]女新

同县有位吏部王尚书，他有个女儿

寡,来求婚。孙雅不欲娶,王再请之。媒道其美,宗族仰其势,共怂恿之。孙惑[2]焉,又娶之。色果艳,而骄已甚,衣服器用多厌嫌,辄加毁弃。孙以爱敬故,不忍有所拂[3]。入门数月,擅宠[4]专房[5],而无病至前,笑啼皆罪。时怒迁夫婿,数相闹斗。孙患苦之,以故多独宿。妇又怒。孙不能堪,托故之都,逃妇难也。妇以远游咎无病。无病鞠躬屏气,承望颜色[6],而妇终不快。夜使直[7]宿床下,儿奔与俱。每唤起给使,儿辄啼。妇厌骂之。无病急呼乳媪来,抱之不去,强之益号。妇怒起,毒挞无算,始从乳媪去。儿以是病悸,不食。妇禁无病不令见之。儿终日啼,妇叱媪,使弃诸地。

刚刚守寡,便托人来向孙家求婚。孙麒非常不愿意娶她,王家再次请人提亲。媒人极力称赞王氏的美貌,孙麒的亲族也仰慕王家的势力,都怂恿他答应这门婚事。孙麒动摇了,就又娶了王氏。王氏果然美貌艳丽,但性情十分骄悍,对衣服器物非常挑剔,稍不称心就要弄坏扔掉。孙麒因为喜爱她,不忍心违背她的心意。过门后的几个月里,孙麒天天在她房中过夜,吕无病在她面前,无论做什么都不对。她还不时迁怒于丈夫,多次大吵大闹。孙麒十分苦闷,因此经常独宿。王氏则更加恼怒。孙麒不能忍受,找了个借口到京城去了,以此躲开这个悍妇的折磨。王氏又把丈夫离家出走归罪于吕无病。吕无病低声下气,看王氏脸色行事,但王氏还是不高兴。一天夜里,王氏让吕无病睡在床下侍奉,阿坚跑过来要和无病睡在一起。王氏每次叫无病来伺候时,阿坚就啼哭。王氏很厌烦地责骂他。吕无病急忙叫奶妈抱走孩子,阿坚不肯走,奶妈硬要抱,他哭得更厉害了。王氏大怒,把阿坚毒打了一顿,阿坚这才跟着奶妈走了。阿坚因此被吓出了病,不吃东西。王氏不让吕无病去照料孩子,阿坚整

儿气竭声嘶，呼而求饮，妇戒勿与。日既暮，无病窥妇不在，潜饮儿。儿见之，弃水捉衿，号啕不止。妇闻之，意气汹汹而出。儿闻声辍涕，一跃遂绝。无病大哭。妇怒曰：“贱婢丑态！岂以儿死胁我耶！无论孙家襁褓物[8]，即杀王府世子，王天官女亦能任[9]之！”无病乃抽息忍涕，请为葬具。妇不许，立命弃之。

日啼哭，王氏呵斥奶妈，让她把阿坚摔到地上。阿坚哭得声嘶力竭，哭喊着要水喝，王氏不让给。直到傍晚，吕无病趁着王氏不在，偷偷拿水给阿坚。阿坚看见吕无病，丢了水不要，拉着她的衣服号啕大哭。王氏听见后，气势汹汹地走出来。阿坚听到王氏的声音，立即停止了哭泣，身子一挺，气绝而亡。吕无病大哭。王氏怒骂道：“你个贱婢做出这样的丑态！难道想用孩子的死来威胁我吗？不要说是孙家的小孩子，就是杀了王府的世子，我王尚书的女儿也担当得起！”吕无病抽泣着忍住眼泪，请求给阿坚买口棺材，王氏不答应，命令立即把尸体扔到野外。

注释　1 天官：借指吏部尚书。　2 惑：疑惑。此处指动摇。　3 拂：违背，不顺。　4 擅宠：独受宠信或宠爱。　5 专房：专宠。　6 承望颜色：看脸色行事，小心伺候。承望，迎合。　7 直：通“值”，当值。此处指侍奉，伺候。　8 襁褓物：指婴儿。　9 任：担当。

妇去，窃抚儿，四体犹温，隐语媪曰：“可速将去，少待于野，我当继至。其死也共弃之，活也共抚[1]之。”媪曰：“诺。”无病入室，携

王氏离开后，吕无病偷偷摸了摸阿坚的身体，觉得四肢还是温热的，便悄悄对奶妈说：“你赶紧抱着孩子离开，在野外等我，我马上就到。如果阿坚死了，我们一块儿把他埋了；如果他还活着，我们就一起抚养他。”奶妈说：“好。”吕无病回到屋

簪珥[2]出，追及之。共视儿，已苏。二人喜，谋[3]趋别业，往依姨。媪虑其纤步为累，无病乃先趋以俟之，疾若飘风[4]，媪力奔始能及。约二更许，儿病危不复可前。遂斜行入村，至田叟家，倚门待晓，扣扉借室，出簪珥易资，巫医并致，病卒不瘳[5]。女掩泣曰："媪好视[6]儿，我往寻其父也。"媪方惊其谬妄[7]，而女已杳矣，骇诧不已。

里，带上玉簪耳环等首饰，跑出来追上奶妈。两人一起看阿坚，阿坚已苏醒过来。她们非常高兴，商量着到山中的别墅去，投奔姨母。奶妈担心吕无病脚小走不动，吕无病便先走等着她，走起来快得像一阵风，奶妈竭力奔跑才能赶上她。约二更时分，阿坚的病情又严重起来，无法再往前走了。她们便抄近路进了一个村庄，来到一户农家门前，倚靠着门等到天亮后，才敲开门借宿，又拿出玉簪耳环等首饰换成银子，请来巫婆和医生给阿坚治病，最终也没有治好。吕无病掩面哭泣说："请奶妈照看好孩子，我去找他父亲！"奶妈大惊，觉得她说话不合情理，吕无病却已经不见了，奶妈惊骇不已。

注释 1 抚：保护，抚养。 2 簪珥：发簪和耳饰。古代多为高贵妇女的首饰。珥，珠玉制成的耳饰。 3 谋：计划，打算。 4 飘风：旋风，暴风。 5 不瘳（chōu）：疾病不愈。此处指没有好转。 6 视：照看。 7 谬妄：荒谬背理，不合情理。

是日，孙在都，方憩息床上，女悄然入。孙惊起曰："才眠已入梦耶！"女握手哽咽顿足不能出声。久之久之，

当天，孙麒在京城里，正躺在床上休息，吕无病悄无声息地走了进来。孙麒惊讶地坐起来说："我这是刚睡下就做梦了吗？"吕无病抓住他的手，激动地跺脚，哽咽着说不出话来。过了很久，她才泣

方失声[1]而言曰："妾历千辛，与儿逃于杨……"句未终，纵声大哭，倒地而灭。孙骇绝，犹疑为梦，唤从人共视之，衣履宛然，大异不解。即刻趣装[2]，星驰[3]而归。既闻儿死妾遁，抚膺[4]大悲。语侵妇，妇反唇相稽[5]。孙忿，出白刃；婢妪遮救不得近，遥掷之。刀脊中额，额破血流，披发嗥叫而出，将以奔告其家。孙捉还，杖挞无数，衣皆若缕，伤痛不可转侧。孙命舁诸房中护养之，将待其瘥[6]而后出[7]之。妇兄弟闻之，怒，率多骑登门，孙亦集健仆械御之。两相叫骂，竟日始散。王未快意，讼之。孙捍卫入城，自诣质审，诉妇恶状。宰不能屈，送广文[8]惩戒以悦王。广文朱先生，世家

不成声地说："我历经千辛万苦，和阿坚逃到杨……"话没说完就放声大哭，倒在地上不见了。孙麒惊骇不已，还以为是在梦中，叫仆人过来一起察看，见吕无病的衣服鞋子还在地上，众人都大惑不解。孙麒立刻整好行装，连夜赶回家。孙麒到家后，听说儿子已死，吕无病已逃，不禁捶胸大哭。言语中冒犯了王氏，王氏反唇相讥。孙麒大怒，拿出了刀子，婢女仆妇急忙拉住他，孙麒无法靠近王氏，就远远地把刀子掷过去，刀背正好打中王氏的额头，王氏额头被打破，血流不止，披头散发哭嚎着跑出家门，要回去告诉娘家。孙麒将她抓了回来，拿棍棒痛打了无数下，把她的衣服都打成了碎条，她疼得不能转身。孙麒命人将她抬回房中护养，打算等她病愈就休了她。王氏的兄弟听说了，非常生气，率领众多人马上门问罪，孙麒也召集家中健壮的仆人拿着武器抵御。双方相互叫骂，闹了一整天才散去。王家觉得没能出气，就将孙麒告到官府。孙麒在仆人的护卫下进城，亲自到官府为自己申辩，控诉了王氏的各种恶行。县令不能让孙麒屈服，便把他送到县学教官那里接受教诲，以此来

子,刚正不阿。廉得情[9],怒曰:“堂上公以我为天下之龌龊教官,勒索伤天害理之钱,以吮人痈痔者[10]耶!此等乞丐相,我所不能!”竟不受命,孙公然归。王无奈之,乃示意朋好,为之调停,欲生谢过其家。孙不肯,十反不能决。妇创渐平,欲出之,又恐王氏不受,因循而安之。

讨好王家。教官朱先生是世家子弟,为人刚正不阿。他察知实情后,愤怒地说:“县令老爷还以为我是天下那种卑鄙龌龊的教官,是会勒索那些伤天害理的钱财,来舔权贵们的痈痔的小人吗?这种乞丐相,我做不出来!”他竟然不接受县令的命令,让孙麒光明正大地回家了。王家无可奈何,便示意亲朋好友,让他们出面调停,想让孙麒到王家去谢罪。孙麒不肯,调解人多次登门也没有成功。王氏的伤渐渐好了,孙麒想休了她,又担心王家不接受,只好继续像以前那样过下去。

注释 1 失声:悲痛过度而泣不成声。 2 趣(cù)装:迅速整理行装。 3 星驰:连夜奔走。 4 抚膺(yīng):抚摩或捶拍胸口,表示惋惜、哀叹、悲愤等。 5 反唇相稽:受到指责而反过来与对方计较。反唇,谓唇动,表示心中不服。又指反驳。稽,计较。 6 瘥(chài):病愈。 7 出:此处指休妻。 8 广文:泛指清苦闲散的儒学教官。 9 廉得情:察访得知实情。廉,考查,查访。 10 吮人痈痔者:吮舐别人痈痔的人,指卑劣地阿谀奉承别人的小人。

妾亡子死,夙夜伤心,思得乳媪,一问其情。因忆无病言“逃于杨”,近村有杨家疃[1],疑其在是,往问之并无知

孙麒因吕无病逃亡而孩子又死去,日夜伤心,想找奶妈问一问详情。他因而想起吕无病曾说过“逃于杨”的话,正巧附近有个叫杨家疃的村子,他怀疑她们到了那里,便去那里问寻,结果没有人知道。

者。或言五十里外有杨谷，遣骑诣讯，果得之。儿渐平复[2]，相见各喜，载与俱归。儿望见父，嗷然大啼，孙亦泪下。妇闻儿尚存，盛气[3]奔出，将致诮骂。儿方啼，开目见妇，惊投父怀，若求藏匿。抱而视之，气已绝矣。急呼之，移时始苏。孙恚[4]曰："不知如何酷虐，遂使吾儿至此！"乃立离婚书，送妇归。王果不受，又舁还孙。孙不得已，父子别居一院，不与妇通[5]。乳媪乃备述无病情状，孙始悟其为鬼。感其义，葬其衣履，题碑曰"鬼妻吕无病之墓"。无何，妇产一男，交手于项而死之。孙益忿，复出妇，王又舁还之。孙乃具状控诸上台[6]，皆以天官故置不理。后

有人说五十里外有个叫杨谷的村子，孙麒派人骑马去访查，果然找到了。原来阿坚的病渐渐痊愈了，来找的人与他们相见后非常高兴，带着他们一起回了家。阿坚看见父亲，放声大哭，孙麒也流下泪来。王氏听说阿坚还活着，怒气冲冲地跑出来，还想骂他。阿坚正哭着，张开眼睛看见王氏，吓得扑到父亲怀里，好像在求父亲把自己藏起来。孙麒抱起孩子一看，已经没气了。他急忙呼唤，过了一会儿，孩子才苏醒过来。孙麒愤恨地说："不知道她曾怎么残酷虐待孩子，才把我儿子吓成这样！"他立即写下休书，送王氏回娘家。王家果然不同意，又把王氏抬了回来。孙麒迫不得已，父子俩另外住了一个院子，不与王氏来往。奶妈向孙麒详细讲述了吕无病的一些奇异情况，孙麒才明白吕无病原来是鬼。孙麒感激她的情义，便将她的衣服和鞋子埋葬了，立了一块墓碑，上题"鬼妻吕无病之墓"。不久，王氏生下一个男孩，她竟然亲手把孩子掐死了。孙麒更加愤怒，又将王氏休了回家，王家又把她送了回来。孙麒便写状纸告到上级官府，但都因为王尚书的缘由，官府不受理此案。后来王尚书死去，孙麒又不停地

天官卒,孙控不已,乃判令大归[7]。孙由此不复娶,纳婢焉。

上告,官府才判决将王氏休回娘家。孙麒从此以后不再娶妻,只是纳了一个婢女做小妾。

注释 1 疃(tuǎn):村庄,屯。 2 平复:痊愈,复原。 3 盛气:充满怒气。 4 恚(huì):怨恨,愤怒。 5 通:来往。 6 上台:上级官府。 7 大归:指妇女被休回娘家。

妇既归,悍名噪甚,居三四年无问名[1]者。妇顿悔,而已不可复挽。有孙家旧媪,适至其家。妇优待之,对之流涕,揣其情,似念故夫。媪归告孙,孙笑置之。又年余,妇母又卒,孤无所依,诸娣姒颇厌嫉之,妇益失所,日辄涕零。一贫士丧偶,兄议厚其奁妆[2]而遣之,妇不肯。每阴托往来者致意孙,泣告以悔,孙不听。一日妇率一婢,窃驴跨之,竟奔孙。孙方自内出,迎跪阶下,泣不可止。孙欲去之,妇牵衣复跪之。孙固辞曰:"如复相聚,

王氏回娘家后,凶悍的恶名到处传播,过了三四年也没有一个人前来提亲。王氏幡然悔悟,但事已至此无法挽回。孙家有个老女仆刚好来到王家,王氏殷勤地款待她,在她面前流泪不止,老女仆揣测王氏是在怀念原来的丈夫。她回去后便把此事告诉了孙麒,孙麒一笑了之,没放心上。又过了一年多,王氏的母亲也死了,她孤独无依,兄嫂弟媳又都厌恶嫌弃她,她越发觉得孤独无依,整日以泪洗面。有个贫苦书生死了妻子,王氏的哥哥想送一份丰厚的嫁妆,把她嫁给这位书生,王氏不肯。她常悄悄托来往的人捎信给孙麒,哭着让别人转达她的悔恨之意,孙麒并不理睬。一天,王氏带着一个婢女,偷偷骑着驴子跑到孙家来。孙麒正好从家中出来,王氏迎上去跪在台阶下,哭个不停。孙

常无间[3]言则已耳；一朝有他，汝兄弟如虎狼，再求离逖[4]，岂可复得！”妇曰：“妾窃奔而来，万无还理。留则留之，否则死之！且妾自二十一岁从君，二十三岁被出，诚有十分恶，宁无一分情？”乃脱一腕钏，并两足而束之，袖覆其上，曰：“此时香火之誓[5]，君宁不忆之耶？”孙乃荧眦[6]欲泪，使人挽扶入室，而犹疑王氏诈谖[7]，欲得其兄弟一言为证据。妇曰：“妾私出，何颜复求兄弟？如不相信，妾藏有死具在此，请断指以自明。”遂于腰间出利刃，就床边伸左手一指断之，血溢如涌。孙大骇，急为束裹。妇容色痛变，而更不呻吟，笑曰：“妾今日黄粱之梦已醒[8]，特借斗室为出家计，何用相猜[9]？”孙乃使子及妾另居一所，而

麒要赶她走，王氏拉住他的衣服再次跪下。孙麒坚决拒绝说：“如果再生活在一起，平时关系亲密还好；一旦有事，你的那些兄弟如狼似虎，再想离婚，哪里还能办得到！”王氏说：“我是偷跑出来的，绝没有再回去的道理。你愿意留，我就留下，否则我就死在这里！况且我从二十一岁嫁给你，二十三岁被休回娘家，即使有十分的恶，难道就没有一分的情义吗？”说完，她摘下一只金镯，并起双脚套上金镯，把袖子盖在上面，说：“当年我们成亲时，焚香立下的誓言，难道你一点也不记得了吗？”孙麒听后热泪盈眶，让人把她扶进屋，但仍然怀疑王氏弄虚作假，便想得到她的兄弟的一句话作为凭证。王氏说：“我私自跑了出来，还有什么脸再去求我的兄弟？如果你不相信，我身上藏的自尽工具在这儿，请让我断指来表明心迹！”她于是从腰里掏出一把锋利的刀子，就在床边伸出左手砍断了一截手指，血如泉涌。孙麒大吃一惊，急忙为她包扎。王氏疼得脸色都变了，却没有呻吟，还笑着说：“今日我的黄梁梦已醒，只想在你这里借一间屋子修行，何必还猜疑呢？”孙

已朝夕往来于两间。又日求良药医指创，月余寻愈。

麒便让儿子和妾另住别院，自己天天两处来回跑。他又每天寻找良药替王氏医治指伤，过了一个多月才痊愈。

注释 1 问名：旧时婚礼中“六礼”之一。男家具书托媒请问女子的名字和出生年月。女家复书具告。 2 奁(lián)妆：女子梳妆用的镜匣等物。代指嫁妆。 3 无间：没有隔阂，关系极密。 4 离逖（tì）：疏远，远离。此处指离婚。 5 香火之誓：结婚时海誓山盟的约定。古时立誓多焚香。 6 荧眦（zì）：眼中闪着泪光。荧，形容泪光闪烁。眦，眼角。 7 诈谖（xuān）：欺诈，弄虚作假。 8 黄粱之梦：喻虚幻不实的事和欲望破灭，犹如一梦。出自唐沈既济《枕中记》。 9 猜：猜疑。

妇由此不茹[1]荤酒，闭户诵佛而已。居久，见家政废弛，谓孙曰：“妾此来，本欲置他事于不问，今见如此用度，恐子孙有饿莩[2]者矣。无已，再腆颜[3]一经纪[4]之。”乃集婢媪，按日责其绩织。家人以其自投也，慢之，窃相诮讪[5]，妇若不闻知。既而课工[6]，惰者鞭挞不贷[7]，众始惧之。又垂帘[8]课主计仆[9]，综理微密。孙乃大喜，

王氏从此不吃荤腥，不饮酒，只是闭门念佛而已。这样过了很久，王氏见家中事务废弛，便对孙麒说：“我这次来，本打算什么事都不管的，但现在见全家如此花费，恐怕将来子孙要饿死。没办法，我再厚着脸皮管管吧！”于是，她把婢女仆妇召集起来，按日让她们纺线织布。仆人们因她是自己跑回来的，对她十分轻慢，在背后讥讽诽谤她，王氏像是没听到一样。等检查了纺织的情况后，凡是懒惰没完成定量的，就鞭打一顿，毫不宽恕，众人这才害怕起来。王氏又隔着帘子亲自教管账的仆人如何管账，对账目管理得十分细致。孙麒非常高兴，让儿子和小妾每天

使儿及妾皆朝见之。阿坚已九岁，妇加意温恤，朝入塾，常留甘饵[10]以待其归，儿亦渐亲爱之。一日，儿以石投雀，妇适过，中颅而仆，逾刻不语。孙大怒，挞儿。妇苏，力止之，且喜曰："妾昔虐儿，心中每不自释[11]，今幸消一罪案矣。"孙益嬖爱之，妇每拒，使就妾宿。居数年，屡产屡殇[12]，曰："此昔日杀儿之报也。"阿坚既娶，遂以外事委儿，内事委媳。一日曰："妾某日当死。"孙不信。妇自理葬具，至日更衣入棺而卒，颜色如生，异香满室。既殓，香始渐灭[13]。

都去拜见王氏。阿坚这时已经九岁，王氏对他格外用心照顾，早上他去私塾，王氏常常留下好东西等他回来吃，儿子也渐渐地喜欢她了。一天，阿坚拿石头扔麻雀，正好王氏经过，石头打中了她的头，她倒在地上，过了很长时间还昏迷不醒。孙麒大怒，就打了儿子。王氏苏醒过来，极力劝阻，还高兴地说："我过去虐待儿子，心中总是无法原谅自己，现在正好可以抵消之前的罪过了！"孙麒因此更加喜爱她，但王氏常常拒绝他留宿，让他去小妾那里睡。过了几年，王氏生了几个孩子，都夭折了，她说："这都是我以前杀死亲生儿子的报应啊！"阿坚娶妻后，王氏便把门外的事交给他，把家中的事交给儿媳。一天，她说："我某日就要死了！"孙麒不相信。王氏自己准备好丧葬物品，到了那天，她换上寿衣躺进棺材就死了，死时面色还和活着的时候一样，满屋飘着一种奇异的香味。直到把她入殓后，香味才渐渐消散。

注释 1 茹：吃，引申为忍受。 2 饿莩（piǎo）：饿死。莩，通"殍"，饿死。 3 腆（tiǎn）颜：厚着脸皮。 4 经纪：管理照料。 5 诮讪（qiào shàn）：讥讽和诽谤。诮，讥嘲。讪，讥笑，诽谤。 6 课工：督工。此处指检查下人的工作。 7 不贷：不饶恕，不宽免。 8 垂帘：

在帘内主持家务。古代女子容貌不轻易视人，主持家务要放下帘子与异性隔开。 9 主计仆:管账的仆人。主计,主管财赋出入。 10 甘饵:好吃的食物。饵，泛指食物。 11 自释:自行宽解。释，宽解。 12 殇:未成年而死。此处指孩子夭折。 13 灭:消散，消失。

异史氏曰:“心之所好,原不在妍媸[1]也。毛嫱、西施[2],焉知非自爱之者美之乎?然不遭悍妒,其贤不彰,几令人与嗜痂者[3]并笑矣。至锦屏之人[4],其夙根[5]原厚,故豁然一悟,立证菩提[6]。若地狱道[7]中,皆富贵而不经艰难者也。”

异史氏说:“心里爱一个人,原本就不在于容貌的美丑。毛嫱和西施美,怎么知道不是爱慕她们的人才觉得她们美呢?然而像吕无病这样的人,若不遭受悍妇的嫉妒,她的贤惠就彰显不出来,差点儿被当作有怪癖的人而加以讥笑。至于王氏这样大户人家的女子,她的灵根原本就很深厚,所以能豁然悔悟,立即就走上了正道。坠入地狱道中的人,都是富贵又没有经历过艰难的人啊。”

注释 1 妍媸(chī):美丑。妍,美丽,美好。媸,丑陋,丑恶。 2 毛嫱、西施:二人均为春秋时期越国的美女。 3 嗜痂(jiā)者:指有怪癖的人。南朝刘邕特别喜欢吃疮痂，认为味道像鳆鱼那样鲜美。 4 锦屏之人:大家闺秀，大户人家的女子。 5 夙根:前生的灵根。根，根性。 6 菩提:佛教用以指豁然彻悟的境界。 7 地狱道:佛教所谓生死轮回的六道之一。六道之中以地狱道痛苦最甚。

钱卜巫

原文

夏商，河间[1]人。其父东陵，豪富侈汰[2]，每食包子，辄弃其角，狼籍满地。人以其肥重，呼之“丢角太尉”。暮年家綦贫，日不给餐，两肱[3]瘦，垂革如囊，人又呼“募庄僧[4]”，谓其挂袋也。临终谓商曰：“余生平暴殄天物[5]，上干[6]天怒，遂至冻饿以死。汝当惜福力行，以盖[7]父愆[8]。”

译文

夏商是河间人。他的父亲夏东陵是个奢侈无度的豪富，每次吃包子，只吃馅，把皮丢掉，丢得满地狼藉。人们因为他又肥又重，都叫他“丢角太尉”。到了晚年，他的家境极为贫寒，每天饭都吃不饱，两臂瘦弱，皮肤松弛如袋，人们又叫他“募庄僧”，意思是说他像挂着口袋化缘的僧人。夏东陵临死前对儿子说：“我一生暴殄天物，惹怒了老天爷，以致冻饿而死。你要珍惜上天赐予的福分，努力干活，来弥补为父的罪过。”

注释 **1** 河间：府名，治所在今河北河间市。 **2** 侈汰：奢侈无度，骄纵。 **3** 两肱（gōng）：双臂。 **4** 募庄僧：沿村子募化的僧人。 **5** 暴殄（tiǎn）天物：任意糟蹋东西。 **6** 干：触犯，干犯。 **7** 盖：遮掩，遮盖。此处指弥补。 **8** 愆（qiān）：罪过。

商恪遵[1]治命[2]，诚朴无二，躬耕自给。乡人咸爱敬之。富人某翁哀其贫，假以资使

夏商谨遵父亲生前的遗训，为人诚实质朴，亲自耕种，自给自足。乡里人都喜爱和尊敬他。有一个富人某翁可怜他贫穷，就借给他一些本钱，让他学习贩运经商，可

学负贩,辄亏其母[3]。愧无以偿,请为佣,翁不肯。商瞿然[4]不自安,尽货其田宅,往酬翁。翁诘得情,益怜之,强为赎还旧业;又益贷以重金,俾作贾。商辞曰:"十数金尚不能偿,奈何结来世驴马债[5]耶?"翁乃他贾与偕。数月而返,仅能不亏。翁不收其息,使复之。年余贷资盈辇,归至江,遭飓[6],舟几覆,物半丧失。归计所有,略可偿主,遂语贾曰:"天之所贫,谁能救之?此皆我累君也!"乃稽簿付贾,奉身而退[7]。翁再强之,必不可,躬耕如故。每自叹曰:"人生世上,皆有数年之享,何遂落魄如此?"

是他却把本钱都赔进去了。夏商无力偿还本金,内心羞愧,就请求在富翁家做佣工,某翁不答应。夏商惊骇不安,就悉数卖掉了田产,前去偿还某翁。某翁询问后知道详情,更加可怜他,强行帮他赎回了田产,又借给他更多的本钱,让他学习经商。夏商推辞说:"十几两银子我尚且偿还不了,怎么能背上来世当牛做马才能偿还的债务呢?"某翁就请了一个商人和他一起去经商。几个月后归来,夏商仅仅没有亏本而已。某翁不收取利息,让他拿着本钱再去经商。过了一年多,夏商赚回了满车的钱财和货物,回去的途中在江上遇到了飓风,船差点儿沉没,货物损失了一半。回来后清点剩余的钱财和货物,大体可以偿还本钱,于是夏商对同行的商人说:"这是老天让我贫穷,谁能拯救我呢?这都是我连累了你。"于是清点账本交给了商人,自己恭敬地退了出来。某翁再次诚恳地请夏商经商,他坚决不肯,仍旧像以往一样耕田度日。他经常感叹:"人活在世上,都有好几年的清福可享,我为什么落魄到这种地步呢?"

注释 1 恪遵:恭谨遵守。 2 治命:原指人死前神志清醒时的遗嘱。

后泛指生前遗言。 3 母：本钱。 4 瞿（jù）然：惊骇貌，惊慌害怕的样子。 5 驴马债：迷信说法，谓今生还不了债，来世变作驴马还债。 6 飓：飓风。 7 奉身而退：恭敬地退下。

会有外来巫，以钱卜，悉知人运数。敬诣之。巫，老妪也。寓室精洁，中设神座，香气常熏。商入朝拜讫[1]，便索资。商授百钱，巫尽内木筒中，执跪座下，摇响如祈祷状。已而起，倾钱入手，而后于案上次第摆之。其法以字[2]为否[3]，幕[4]为亨[5]。数至五十八皆字，以后则尽幕矣。遂问："庚甲[6]几何？"答："二十八岁。"巫摇首曰："早矣！官人现行者先人运，非本身运。五十八岁方交本身运，始无盘错[7]也。"问："何谓先人运？"曰："先人有善，其福未尽，则后人享之；先人有不善，其祸未尽，则后人亦受之。"商屈指曰："再三十年，齿

这时恰好从外地来了一位会巫术的人，他可以用钱币占卜，能预先知道一个人的命数。夏商恭敬地前去拜访。这个会巫术的人是个老太太。她住的地方清洁雅致，房屋中间摆着神位，香气缭绕。夏商进去跪拜完后，巫婆就向他索要占卜费。夏商给了她一百文钱，巫婆将它们全部放入木筒中，然后拿着木筒跪在神位前，用手摇着木筒，如同在求签一样。过了一会儿，她站起来，把钱全倒进手心，然后按一定顺序把钱摆在桌上。占卜的方法是钱币有字的一面为凶，背面为吉。巫婆摆了五十八枚钱都是正面，之后的全都是背面了。巫婆于是问道："你今年多大岁数了？"夏商回答："二十八岁。"巫婆摇着头说："还早呢。官人现在行的是先人运，不是自己本身的运。五十八岁后才交本身运，才不会命途坎坷了。"夏商问道："什么叫先人运？"巫婆说："先人有善行，他的福没有享完，后人可以继续享受；先人有恶行，他的罪没有受尽，后人也会遭罪。"夏商

已老耄，行就木[8]矣。”巫曰：“五十八以前，便有五年回润[9]，略可营谋；然仅免寒饿耳。五十八之年，当有巨金自来，不须力求。官人生无过行，再世享之不尽也。”别巫而返，疑信半焉。

屈指一算说：“再过三十年，我都老了，就快进棺材了。”巫婆说：“五十八岁以前，便有五年回还的余地，可约略做点儿事，不过仅仅能避免饥寒罢了。五十八那年，会有大笔财富自动送上门，不需要费力去寻找。官人的一生没有过失，福分下辈子也享受不尽。”夏商告别巫婆回家了，对巫婆的话半信半疑。

注释 **1** 讫：完。 **2** 字：古时钱币正面铸字，背面铸图形。代指钱币的正面。 **3** 否（pǐ）：恶，坏。此处指凶。 **4** 幕：指钱币的背面。 **5** 亨：顺利，通达。此处指吉利。 **6** 庚甲：借指年岁。 **7** 盘错：树木根枝盘曲交错。比喻事情艰难复杂。此处指命途坎坷。 **8** 就木：死。就，接近。木，指棺椁。 **9** 回润：返回的好处。

然安贫自守，不敢妄求。后至五十三岁，留意验之。时方东作[1]，病痁[2]不能耕。既痊，天大旱，早禾尽枯。近秋方雨，家无别种，田数亩悉以种谷。既而又旱，荞菽[3]半死，惟谷无恙，后得雨勃发，其丰倍焉。来春大饥，得以无

夏商依旧安于贫穷，不敢有非分之想。后来到了五十三岁，他留心验证巫婆的预言。当时正赶上春种，他得了疟疾，无法耕种。等他身体痊愈后，天又大旱，播种的早禾全部枯死了。快到秋天才开始降雨，家里除了稻谷没有别的种子，于是他把所有的田地都种上了稻谷。紧接着又是干旱，荞麦豆类一大半都枯死了，只有稻谷安然无恙，后来稻谷得到雨水的滋润，蓬勃生长，产量比往年多一倍。第二年春天闹饥荒，夏商得以免于饥饿。夏商

馁。商以此信巫，从翁贷资，小权子母[4]，辄小获。或劝作大贾，商不肯。迨五十七岁，偶葺墙垣，掘地得铁釜；揭之，白气如絮，惧不敢发。移时气尽，白镪满瓮。夫妻共运之，秤计一千三百二十五两。窃议巫术小舛[5]。邻人妻入商家，窥见之，归告夫。夫忌焉，潜告邑宰。宰最贪，拘商索金。妻欲隐其半，商曰："非所宜得，留之贾祸[6]。"尽献之。宰得金，恐其漏匿，又追贮器，以金实之，满焉，乃释商。居无何，宰迁南昌同知[7]。逾岁，商以懋迁[8]至南昌，则宰已死。妻子将归，货其粗重；有桐油[9]如干篓，商以直贱，买之以归。既抵家，器有渗漏，泻注他器，则

因此相信了巫婆的话，向某翁借了点钱，做点小本生意，结果有了一点收获。有的人劝他做大买卖，他不肯。到了五十七岁，夏商偶然修理院墙，挖地挖出一个铁锅，揭开盖后，有缕缕白气飘出，他害怕得不敢伸手进去。过了一会儿，白气散尽，他看到满锅都是白花花的银子。夏商夫妻俩一起把银子取出来，一称，共有一千三百二十五两。两人私下议论说巫婆的占卜也有小差错。邻居的妻子来夏商家串门，看到了银子，回去后告诉了自己的丈夫。她的丈夫非常嫉妒夏商，偷偷向县官告发此事。县官生性贪婪，就把夏商抓起来，索要银子。夏商的妻子打算隐藏一半，夏商说："不是我们该得的东西，留下来只会招致祸端。"于是妻子把银两全都交了上去。县官得到银子，怀疑夏商家还隐藏了一部分，又追要藏银子的锅，把银子放进去，刚好填满，这才释放了夏商。过了不久，县官升任南昌同知。过了一年，夏商因为做生意来到了南昌，这时县官已死。县官的妻子将要回老家，卖掉了一些笨重的东西，其中有几篓桐油，夏商看到价钱便宜，就买下运回了家。回到家后，有一个油篓漏油，就把油倒进其他器皿中，这才

内有白金二铤，遍探皆然。兑[10]之，适得前掘镪之数。

发现油篓中有两锭银子，再看其他油篓，每个油篓中都有银子。用秤一称，正好和之前挖到的银子数目一样。

注释 1 东作：春耕。 2 病痁（shān）：患疟疾。 3 荞菽（shū）：荞麦豆类。荞，荞麦。菽，豆的总称。 4 小权子母：做小本买卖。 5 小舛（chuǎn）：小差错。 6 贾（gǔ）祸：招致灾祸。贾，招致。 7 同知：官名。府之主官称知府，府之佐官为同知。 8 懋（mào）迁：贸易。 9 桐油：油桐果实榨出的油。有毒。可制造油漆、油墨，又可作防水防腐之用。 10 兑：用秤称金银。

商由此暴富，益赡[1]贫穷，慷慨不吝。妻劝积遗子孙，商曰："此即所以遗子孙也。"邻人赤贫[2]至为丐，欲有所求，而心自愧。商闻而告之曰："昔日事，乃我时数未至，故鬼神假子手以败之，于汝何尤[3]？"遂周给[4]之，邻人感泣。后商寿八十，子孙承继，数世不衰。

夏商家由此暴富，更加愿意周济贫穷之人，对人慷慨，毫不吝啬。妻子劝他给子孙留些遗产，夏商说："这就是为子孙留遗产啊。"曾经告发过他的邻居如今贫困潦倒，沦为乞丐，打算求夏商接济一下，但是心里惭愧而不好意思开口。夏商听说后对他说："以前的事，是我运数不到，所以鬼神借你的手把钱拿走，你又有什么过错呢？"于是慷慨地给予周济，邻居感动得热泪盈眶。后来夏商活到了八十岁，子孙继承了他的遗产，好几代都兴盛不衰。

注释 1 赡（shàn）：供给，供养。此处指周济。 2 赤贫：谓贫穷得一无所有。赤，空无所有。 3 尤：过错。 4 周给：周济，接济。

异史氏曰："汰侈已甚，王侯不免，况庶人[1]乎！生暴天物，死无饭含[2]，可哀矣哉！幸而鸟死鸣哀，子能干蛊[3]，穷败七十年，卒以中兴；不然，父孽累子，子复累孙，不至乞丐相传不止矣。何物老巫，遂宣天之秘？呜呼！怪哉！"

异史氏说："过分奢侈，就连王侯也不免遭殃，更何况平民百姓呢？活着时暴殄天物，死后会穷得口里没有饭含，多可悲啊！幸亏临死给儿子留下惜福力行的遗言，儿子能听从父亲的遗言，勤俭持家，使贫困破败了七十年的家业得以中兴。不然，父亲的罪孽连累儿子，儿子又连累孙子，不成为乞丐，则世代相传不会停止。什么样的老巫婆，竟然泄露了天机？哎呀，真奇怪啊！"

注释 1 庶人：平民、百姓。 2 饭含：古代丧葬仪式之一。人死后，根据死者的地位把珠、玉、贝、米等物放在其口中。 3 干蛊（gǔ）：即"干父之蛊"，谓儿子能继承父业，完成父亲未竟之业。

姚 安

原文

姚安，临洮[1]人，美丰标[2]。同里宫姓，有女子字绿娥，艳而知书，择偶不嫁。母语人曰："门族风采，必如姚某始字[3]之。"姚闻，绐妻窥井，挤[4]

译文

姚安是临洮人，长得英俊潇洒，风度翩翩。同村有个姓宫的人，家中有个女儿叫绿娥，容貌艳丽并能识文断字，家里一直在给她挑选女婿，还没有出嫁。绿娥的母亲对人说："男方的门第和风采，必定要像姚安那样，我才会把女儿嫁给他。"姚安听到这话，就谎称井中有东西，让妻子看，趁机把

随之，遂娶绿娥。雅甚亲爱，然以其美也，故疑之。闭户相守，步辄缀焉[5]；女欲归宁，则以两肘支袍，覆翼以出，入舆封志，而后驰随其后，越宿促与俱归。女心不能善，忿曰："若有桑中约[6]，岂琐琐[7]所能止耶！"

妻子推进井里淹死了，于是他就娶了绿娥。婚后两人十分相爱，但因为绿娥太漂亮，姚安心里很不放心。他把门关上守着绿娥，寸步不离；绿娥想回娘家，他就用两只胳膊支撑着袍子，盖在绿娥身上出门，等上了轿子，又拉上轿帘做上标记，然后骑马跟在轿子后面，在娘家只住了一晚，就催着绿娥跟他回去。绿娥心里不太高兴，生气地说："如果我跟别的男人约会，你这些小动作岂能阻止我！"

注释 1 临洮（táo）：府名，治所在今甘肃临洮县。 2 丰标：风度，仪态。 3 字：女子出嫁。 4 挤：推。 5 步辄缀焉：寸步不离。缀，连接。 6 桑中约：泛指男女幽会。《诗·鄘风·桑中》写了一位男子借口去沫地采萝而与一个在桑中等他的女子约会。 7 琐琐：形容事情细小，不重要。此处指小动作。

姚以故他往，则扃[1]女室中。女益厌之，俟其去，故以他钥置门外以疑之。姚见大怒，问所自来。女愤言："不知！"姚愈疑，伺察[2]弥严。一日自外至，潜听[3]久之，乃开锁启扉，惟恐其响。悄然掩入，见一男子貂

一次，姚生有事到别处去，就把绿娥锁在屋里。绿娥愈发厌恶他，等他走后，故意找把钥匙放在门外，让丈夫起疑。姚安看见钥匙勃然大怒，问她钥匙从哪儿来的。绿娥气愤地说："不知道！"姚安更加怀疑，看管得更严了。一天，他从外边回来，在门外偷听了很长时间，才打开锁推开屋门，唯恐发出声响。他悄悄走进屋，见一个男子戴着貂皮帽躺在床

冠卧床上，忿怒，取刀奔入，力斩之。近视，则女昼眠畏寒，以貂覆面上。大骇，顿足[4]自悔。

上，姚安怒不可遏，拿了把刀跑到床前，用力把他砍死了。走近一瞧，原来是绿娥白天睡觉怕冷，把貂皮盖在脸上。姚安大惊失色，跺着脚后悔万分。

注释 1 扃：门闩，门户。此处用作动词，指锁门。 2 伺察：侦视，观察。此处指监视。 3 潜听：偷听。 4 顿足：跺脚。多形容情绪激昂或极其悲伤、着急。

宫翁忿质官。官收[1]姚，褫衿[2]苦械。姚破产[3]，以具金赂上下，得不死。由此精神迷惘，若有所失。适独坐，见女与髯丈夫[4]狎亵榻上，恶之，操刃而往，则没矣，反坐又见之。怒甚，以刀击榻，席褥断裂。愤然执刃，近榻以伺之，见女立面前，视之而笑。遽砍之，立断其首。既坐，女不移处，而笑如故。夜间灭烛，则闻淫溺[5]之声，亵不可言。日日如是，不复可忍，于是鬻其田宅，将卜居[6]他所。至夜

宫老先生一怒之下把姚安告到官府。官府逮捕了姚安，剥去了他的衣冠，对他施以重刑。姚安倾尽家产，花费重金贿赂官府上下官吏，这才保住性命。从此，姚安精神恍惚，好像丢了魂似的。一天，他正一个人坐着，看见绿娥和一个大胡子男人在床上亲热，他心里很厌恶，就拿着刀走过去，床上的两个人就消失不见了，等他回来坐下，又看见了他们。姚安恼怒极了，用刀砍床，席子和被褥都被砍断了。他愤然拿着刀，靠近床等候，见绿娥站在面前看着他笑。他猛砍一刀，立刻把女子的头砍了下来。等他坐下后，绿娥还在原地，依然看着他笑。晚上熄灭蜡烛后，他听见男女淫乱的声音，污秽得难以形容。天天如此，他实在忍受不了，就卖掉了田宅，准备另外找个地方居

偷儿穴壁[7]入,劫金而去。自此贫无立锥,忿恚而死。里人藁葬[8]之。

住。这天晚上,小偷凿墙而入,把他家的钱都偷走了。从此姚安贫困得没有立锥之地,气愤而死。村里人把他草草埋了。

注释 1 收:逮捕,拘押。 2 褫(chǐ)衿:剥去衣冠,革除功名。旧时生员等犯罪,必先由学官褫夺衣冠,革除功名之后,才能动刑拷问。褫,剥去衣服。 3 破产:丧失全部财产。此处指倾尽家财。 4 髯(rán)丈夫:长着大胡子的男人。 5 淫溺:迷恋沉溺。多指酒色。此处指男女淫乱。 6 卜居:择地居住。 7 穴壁:凿墙洞。 8 藁(gǎo)葬:草草埋葬。

异史氏曰:"爱新而杀其旧,忍[1]乎哉!人止知新鬼为厉[2],而不知故鬼之夺其魄也。呜呼!截指而适其屦[3],不亡何待!"

异史氏说:"喜爱新人而杀掉旧人,真是太残忍了!人们只知道新鬼在作祟,而不知道是旧鬼夺去了他的魂魄啊。呜呼!削短脚趾来适应鞋子的尺寸,不死还等什么呢?

注释 1 忍:忍心,残忍。 2 厉:恶鬼,厉鬼。此处指厉鬼作祟。 3 屦(jù):用麻、葛、皮等制成的一种单底鞋。

采薇翁

原文

明鼎革[1],干戈[2]蜂起。於陵[3]刘芝生,聚众

译文

明朝灭亡时,战乱四起。於陵的刘芝生,聚集了几万人,将要南渡投靠南明

数万，将南渡。忽一肥男子诣栅门[4]，敞衣露腹，请见兵主[5]。刘延入与语，大悦之。问其姓字，自号采薇翁。刘留参帷幄[6]，赠以刀。翁言："我自有利兵，无须矛戟。"问："兵所在？"翁乃捋衣露腹，脐大可容鸡子，忍气鼓之，忽脐中塞肤，嗤然突出剑跗[7]，握而抽之，白刃如霜。刘大惊，问："止此乎？"笑指腹曰："此武库也，何所不有？"命取弓矢，又如前状，出雕弓一；略一闭息，则一矢飞堕，其出不穷。已而剑插脐中，既都不见。刘神之，与同寝处，敬礼甚备。

的福王。忽然，有个肥胖的男子来到军营的栅栏门外，敞着衣服露出肚皮，请求拜见主帅。刘芝生请他进来与他谈话，大为高兴。问他姓名，男子自称采薇翁。刘芝生便留下他做军师，送给他一把刀。采薇翁说："我自己有利器，不需要戈戟。"刘芝生问："你的兵器在哪儿呢？"采薇翁就捋起衣服露出肚子，肚脐眼大得能装下鸡蛋，他憋住气鼓起肚子，忽然肚脐鼓了起来，"噗嗤"一声冒出一把剑柄，握住一抽，白刃如霜。刘芝生大感惊讶，问："只有这个吗？"采薇翁笑笑，指着肚子说："这是兵器库啊，要什么没有？"刘芝生命他取弓箭，他就像刚才那样，取出一把雕弓，略微一屏气，又飞出一把箭掉在地上，接着箭矢不停地飞出。然后，他把剑插进肚脐，所有的兵器都不见了。刘芝生觉得采薇翁很神奇，就和他同吃同住，对他非常尊敬，招待得十分周到。

注释　1 鼎革：鼎新革故，指朝政变革或改朝换代。　2 干戈：指战争。　3 於（wū）陵：今山东省滨州市下辖邹平市一带。　4 栅门：栅栏的门。此处指军营的门。　5 兵主：军队的主帅。　6 参帷幄：参谋军事。帷幄，将帅的幕府、军帐。此处指做军师。　7 剑跗（fū）：剑柄。

时营中号令虽严，而乌合之群，时出剽掠[1]。翁曰："兵贵纪律。今统数万之众，而不能镇慑人心，此败亡之道也。"刘喜之，于是纠察卒伍，有掠取妇女财物者，枭[2]以示众。军中稍肃，而终不能绝。翁不时乘马出，遨游[3]部伍[4]之间，而军中悍将骄卒[5]，辄首自堕地，不知其何因。因共疑翁。前进严饬[6]之策，兵士已畏恶之，至此益相憾怨[7]。

当时军营号令虽然严厉，但士兵都是乌合之众，不时外出抢劫掠夺。采薇翁说："军队贵在纪律严明。如今你统帅几万人，却不能震慑人心，这是自取灭亡之道。"刘芝生听后很高兴，于是着手纠察队伍，有劫掠妇女或财物的，就枭首示众。这样军队的纪律稍稍好了一些，可是劫掠之事还是不能断绝。采薇翁不时骑马外出，到军队中巡视，军队中那些蛮横粗暴而不听指挥的将领和兵卒的脑袋竟自动掉在地上，也不知道是什么原因。于是大家都怀疑是采薇翁干的。此前采薇翁所提严整军纪的建议，士兵们对他已经是又怕又恨，到如今，大家对他更加怨恨了。

注释 1 剽（piāo）掠：抢劫掠夺。剽，抢劫。 2 枭：枭首示众。古代刑罚，把头割下来悬挂起来。 3 遨游：奔走周旋。此处指巡视。 4 部伍：军队的编制单位，泛指军队。 5 骄卒：骄横不听指挥的士卒。 6 严饬：严加整治。 7 憾怨：怨恨。

诸部领谮[1]于刘曰："采薇翁，妖术也。自古名将，止闻以智，不闻以术。浮云、白雀之徒[2]，终致灭亡。今无

于是，各部将领在刘芝生面前诋毁采薇翁道："采薇翁用的都是妖术。自古以来的名将，只听说以智谋取胜的，没听说用妖术取胜的。浮云、白雀一类的仙侠，最终都灭亡了。如今无辜的将士，往往莫

辜将士，往往自失其首，人情汹惧[3]。将军与处，亦危道也，不如图之。”刘从其言，谋俟其寝诛之。使觇[4]翁，翁坦腹方卧，息如雷。众大喜，以兵绕[5]舍，两人持刀入断其头；及举刀，头已复合，息如故，大惊。又斫其腹，腹裂无血，其中戈矛森聚，尽露其颖[6]。众益骇，不敢近，遥拨以矟[7]，而铁弩大发，射中数人。众惊散，白刘。刘急诣之，已杳矣。

名其妙丢了脑袋，人心惶恐。将军和他待在一起，也是很危险的，不如把他除掉。”刘芝生听从了他们的建议，计划等采薇翁睡着后杀了他。刘芝生派人偷偷察看采薇翁的情况，只见他正露着肚子躺在床上，鼾声如雷。众人大为高兴，包围了他的住处，派两人拿刀进去砍掉了他的头；等把刀举起来，采薇翁的头又跟脖子合上了，仍旧鼾声如故，两人大惊。他们又砍采薇翁的肚子，肚子裂开但没有血，肚中武器密密麻麻，锋利的尖端都露了出来。众人更加害怕，不敢靠近，在远处用长矛拨弄他肚中的武器，突然他肚子里的铁弩连连发射，射中好几个人。众人惊慌逃散，将情况告诉刘芝生。刘芝生急忙前往，采薇翁已经不见了。

注释 1 谮(zèn)：诋毁，诬陷。 2 浮云、白雀之徒：指剑侠及神仙。唐《传奇》载，剑侠妙手空空儿能隐身浮云。《酉阳杂俎》载，渔阳人张坚曾得一白雀，后借其力登天。 3 汹惧：惶恐不安。 4 觇(chān)：窥视，暗中观察。 5 绕：围绕，环绕。此处指包围。 6 颖：物之尖端。 7 矟(shuò)：古代兵器。长矛。

崔 猛

原文

崔猛，字勿猛，建昌[1]世家子。性刚毅，幼在塾中，诸童稍有所犯，辄奋拳[2]殴击，师屡戒不悛[3]，名、字皆先生所赐也。至十六七，强武绝伦，又能持长竿跃登夏屋。喜雪不平[4]，以是乡人共服之，求诉禀白者盈阶满室。崔抑强扶弱，不避怨嫌，稍逆之，石杖交加，支体为残。每盛怒，无敢劝者。惟事母孝，母至则解。母谴责备至，崔唯唯听命，出门辄忘。比邻有悍妇，日虐其姑[5]。姑饿濒死，子窃啖之，妇知，诟厉万端[6]，声闻四院。崔怒，逾垣而过，鼻耳唇舌尽割之，立毙。母闻大骇，呼邻子

译文

崔猛，字勿猛，是建昌府的世家子弟。他性情刚毅，小时候在私塾读书时，别的小孩儿稍微触犯他，他就挥拳殴打，老师屡次惩戒，他依旧不改。他的名和字都是老师给起的。崔猛长到十六七岁，勇猛无比，武艺超群，还能撑着长杆飞跃上屋顶。他爱打抱不平，因此乡里人都很佩服他，找他告状诉冤的人挤满了屋子。崔猛锄强扶弱，不怕和人结下仇怨，稍有顶撞他的，他就拿石头砸，用棍子打，把人揍得肢体伤残。每当他盛怒时，没有人敢于劝阻。但他对母亲十分孝敬，母亲一到，就能将他劝阻。母亲对他痛加斥责，他唯唯诺诺听从母命，但一出家门就忘得一干二净。崔猛的邻居家有个悍妇，整日虐待她婆婆。婆婆快要饿死了，儿子偷着给她弄了些饭吃，悍妇知道后，百般怒斥辱骂，声音传到四邻。崔猛听到后大怒，翻墙过去，将悍妇的鼻子、耳朵、嘴唇、舌头都割了下来，悍妇很快就死了。崔母听说后大吃一惊，急忙叫来邻居的儿子，极力劝慰，又把自家的一个年轻婢女许配给他，事情才算

极意温恤，配以少婢，事乃寝[7]。母愤泣不食。崔惧，跪请受杖，且告以悔，母泣不顾。崔妻周，亦与并跪。母乃杖子，而又针刺其臂，作十字纹，朱涂之，俾勿灭。崔并受之，母乃食。

了结。崔母气得痛哭流涕，不肯吃饭。崔猛害怕了，跪在地上请母亲杖责自己，并说自己已经很后悔了，崔母仍哭着不理睬他。崔猛的妻子周氏，也和丈夫一起跪在地上。崔母这才用拐杖打了他一顿，又用针在他胳膊上刺了十字花纹，涂上红色，不让它磨灭。崔猛甘心接受惩罚，崔母于是才开始吃饭。

注释 1 建昌：府名，治所在今江西省抚州市南城县一带。 2 奋拳：挥拳。 3 不悛（quān）：不悔改。 4 雪不平：打抱不平。雪，洗刷，洗除。 5 姑：婆婆。 6 诟厉万端：百般怒斥辱骂。诟，辱骂。 7 事乃寝：事情才结束。寝，停止，平息。此指结束，终结。

母喜饭僧道[1]，往往餍饱[2]之。适一道士在门，崔过之。道士目之曰："郎君多凶横之气，恐难保其令终[3]。积善之家，不宜有此。"崔新受母戒，闻之，起敬曰："某亦自知，但一见不平，苦不自禁。力改之，或可免否？"道士笑曰："姑勿问可免不可免，请先自问能改不能改。但当痛自抑，如有万

崔母喜欢对和尚、道士布施，往往让他们尽情地吃饱吃好。正巧有个道士来到他家，崔猛从他身边走过。道士看了看他说："你身上都是凶横杀气，恐怕难以善终。积德行善的人家，不应当如此。"崔猛刚刚受了母亲的训诫，听了道士的话，就恭敬地说："我自己也知道这样不好，但是一见到不平之事，就不由得想发怒。我努力改正，也许能避免灾祸吧？"道士笑着说："先不要问能不能免灾，请先问问自己能不能改吧。你只要下定决心克制自己，万一惹下大祸，我

分之一，我告君以解死之术。”崔生平不信厌禳[4]，笑而不言。道士曰：“我固知君不信。但我所言，不类巫觋[5]，行之亦盛德，即或不效，亦无妨碍。”崔请教，乃曰：“适门外一后生，宜厚结之，即犯死罪，彼亦能活之也。”呼崔出，指示其人。盖赵氏儿，名僧哥。赵，南昌人，以岁祲饥[6]，侨寓建昌。崔由是深相结，请赵馆于其家，供给优厚。僧哥年十二，登堂拜母，约为弟昆[7]。逾岁东作[8]，赵携家去，音问遂绝。

会告诉你救命的方法！”崔猛平生不相信巫术，笑了笑没说话。道士说：“我本来就知道你不相信。但我所说的不同于那些巫师巫婆。你只需照我说的去做，也是积善行德，即使没有灵验，也不会有什么妨碍。”崔猛向道士请教该如何做，道士说：“你家门外有个年轻后生，应当和他结为至交。即使你犯了死罪，他也能救你一命！”说完就叫崔猛到门外，把那个年轻后生指给他看。原来是赵某的孩子，名叫僧哥。赵某本是南昌人，因为家乡闹灾荒，就搬到了建昌。崔猛从此经常和赵家来往，还请赵某到自己家设馆教书，待遇十分优厚。僧哥当时年仅十二岁，崔猛让他拜见了母亲，并和他结为兄弟。到第二年春耕之时，赵某就带着家眷回乡去了，音讯从此断绝了。

注释 1 饭僧道：向和尚、道士施饭。这是古人修善祈福的行为。 2 餍（yàn）饱：吃饱。 3 令终：谓尽天年而寿终，善终。令，善，美好。 4 厌禳（yā ráng）：以巫术祈祷鬼神除灾降福。禳，祈祷消除灾殃。 5 巫觋（xí）：古代称女巫为“巫”，男巫为“觋”。后亦泛指以装神弄鬼替人祈祷为职业的巫师。 6 祲（jīn，又读 jìn）饥：饥荒。 7 弟昆：兄弟。昆，兄。 8 东作：春耕。

崔母自邻妇死，戒子益切，有赴诉者，辄摈斥[1]之。一日，崔母弟卒，从母往吊。途遇数人絷[2]一男子，呵骂促步，加以捶扑[3]。观者塞途，舆不得进。崔问之，识崔者竞相拥告。先是，有巨绅子某甲者豪横一乡，窥李申妻有色欲夺之，道无由。因命家人诱与博赌，贷以资而重其息，要使署妻于券，资尽复给。终夜负债数千，积半年，计子母三十余千。申不能偿，强以多人篡取其妻。申哭诸其门，某怒，拉系树上，榜笞刺刭[4]，逼立"无悔状"。崔闻之，气涌如山，鞭马前向，意将用武。母搴[5]帘而呼曰："唶[6]！又欲尔耶！"崔乃止。既吊[7]而归，不语亦不食，兀坐[8]直视，若有所嗔[9]。妻诘之，不答。至夜，

自从邻家的悍妇死后，崔母对儿子的训诫更严了，再有上门诉冤喊屈的，一律拒之门外。一天，崔母的弟弟死了，崔猛跟随母亲去吊丧。路上遇到几个人捆着个男人，呵斥着他快走，还不停地打他。围观的人堵住了路，崔家的车马过不去。崔猛问是怎么回事，认得他的人竞相围上来向他讲述事情原委。原来，一个大豪绅的儿子某甲横行乡里，看见李申的妻子很有姿色，就想夺过来，只是没有找到借口。他因此让仆人引诱李申去赌博，借给他赌资，但要很高的利息，让他拿妻子作抵押，钱输完了再借钱给他。李申赌了一夜，就输了几千钱，累积半年，连本带息就欠了某甲三万多钱。李申还不上，某甲便派了很多人强行将他妻子抢走。李申到某甲家门口哭诉，某甲大怒，将李申绑到树上严刑拷打，逼他立下"无悔状"。崔猛听了这些，怒气上涌如山，策马冲上前去，想要动武。崔母揭起轿帘喝道："唶！你又想做什么？"崔猛这才停下来。吊完丧回家后，崔猛不说话也不吃饭，独自端坐着，两眼发呆，像是在生谁的气。他妻子问他，他也不回话。到了夜晚，他穿着衣服躺在床

和衣卧榻上，辗转达旦，次夜复然。忽启户出，辄又还卧。如此三四，妻不敢诘，惟慑息以听之。既而迟久乃反，掩扉熟寝矣。

上，翻来覆去难以入睡，直到天明，第二天夜里还是这样。忽然他打开门走出去了，一会儿又回来躺下，像这样一连三四次，妻子也不敢询问，只是屏住呼吸听他的动静。后来他出去很长时间才回来，关上门就熟睡了。

注释 1 摈斥：排斥，摈弃。此处指拒绝，拒之门外。 2 絷（zhí）：拴缚，捆扎。 3 捶扑：杖击，鞭打。 4 榜笞刺剟（duō）：严刑拷打。榜笞，鞭打拷问。刺剟，古代的一种酷刑，以铁器刺人身体。 5 搴（qiān）：通“褰”，揭起，撩起。 6 啧（zé）：大声呼叫。 7 吊：吊丧，祭奠死者。 8 兀坐：独自端坐。 9 嗔（chēn）：发怒，生气。

是夜，有人杀某甲于床上，刳腹流肠[1]，申妻亦裸尸床下。官疑申，捕治之，横被残梏，踝骨皆见，卒无词。积年余不堪刑，诬服[2]，论辟[3]。会崔母死，既殡，告妻曰：“杀甲者实我也。徒以有老母故不敢泄。今大事已了，奈何以一身之罪殃他人？我将赴有司死耳！”妻惊挽之，绝裾[4]而去，自

就在这天夜晚，有人把某甲杀死在床上，剖开了他的肚子，肠子都流了出来，李申的妻子也赤身裸体死在床下。官府怀疑是李申干的，将他抓了起来，对他严刑拷打，打得脚踝骨都露了出来，他也没有招认。过了一年多，李申忍受不住酷刑，含冤认罪，按律当判处死刑。这时，正好崔母去世了，崔猛安葬了母亲后，告诉妻子：“杀死某甲的人其实是我。以前只因老母亲在，我不敢泄漏。现在大事已了，怎么能因为我犯的罪而殃及他人呢？我要去官府自首领死！”妻子惊慌地拉住他，崔猛挣断衣襟离去，到官府投案自首。县官大吃一

首于庭。官愕然，械送狱，释申。申不可，坚以自承。官不能决，两收之。戚属皆诮让申，申曰："公子所为，是我欲为而不能者也。彼代我为之，而忍坐视其死乎？今日即谓公子未出也可。"执不异词，固与崔争。久之，衙门皆知其故，强出之，以崔抵罪，濒就决矣。会恤刑官[5]赵部郎，案临[6]阅囚，至崔名，屏人而唤之。崔入，仰视堂上，僧哥也，悲喜实诉。赵徘徊良久，仍令下狱，嘱狱卒善视之。寻以自首减等[7]，充云南军，申为服役而去，未期年援赦而归。皆赵力也。

惊，给他戴上刑具押入监狱，释放了李申。李申不走，坚决说某甲是自己杀的。官府没法判明到底谁是凶手，就将两个人都收监了。李申的亲戚都责备李申犯傻，他说："崔公子做的事，正是我想做但没有做到的。他替我做了，我怎能忍心看他去送死呢？今天就算崔公子没有自首好了！"他一口咬定某甲是自己杀的，和崔猛争着抵罪。时间久了，县衙的人都知道了事情的真相，强行让李申出狱，让崔猛抵罪，很快就要处决。正好恤刑官赵部郎到建昌巡视，在查阅案宗时，看到了崔猛的名字，便屏退手下的人，唤崔猛过来。崔猛进来后，抬头往大堂上一看，原来赵部郎正是僧哥，不禁悲喜交加，如实禀告了事情的经过。赵部郎犹豫了很久，仍下令让崔猛先回狱中，嘱咐狱卒好好照顾他。不久，因为崔猛是自首的，依律应从轻发落，于是他被判充军云南。李申为了照顾他，也跟着去了云南，不到一年，崔猛就得到赦免返回家。这都是赵部郎出力的结果。

注释　1 刳（kū）腹流肠：剖开肚子，流出肠子。　2 诬服：无辜而服罪。　3 论辟（pì）：判处死刑。论，定罪。辟，大辟，即死刑。　4 绝裾（jū）：挣断衣襟，指去意坚决。　5 恤刑官：明代及清初由中央派往各地审录刑因、清理冤滞的官员。 6 案临：莅临查考。此处指查阅案宗。 7 减等：减轻已判罪的等级，从轻发落。

既归，申终从不去，代为纪理[1]生业[2]。予之资，不受。缘橦[3]技击[4]之术，颇以关怀[5]。崔厚遇之，买妇授田焉。崔由此力改前行，每抚臂上刺痕，泫然流涕，以故乡邻有事，申辄矫命[6]排解，不相禀白。

回来后，李申便一直跟着崔猛，替他管理家业。崔猛给他钱，他不要。他对飞檐走壁、搏斗武艺之类的很感兴趣。崔猛待他非常好，为他买了媳妇，置办了田产。崔猛从此痛改前非，每当抚摸胳膊上的刺青，就泪流不止。因此，遇到乡邻有不平之事，李申总是假托崔猛的名义为他们解决，从来不告诉崔猛。

注释 1 纪理：管理，经纪。 2 生业：产业，家业。 3 缘橦(chuáng)：杂技的一种，即缘竿、爬竿。此处指飞檐走壁之类的技能。 4 技击：搏斗的武艺。 5 关怀：在意。此指感兴趣。 6 矫命：假托受命以行事。

有王监生者家豪富，四方无赖不仁之辈，出入其门。邑中殷实者，多被劫掠；或迕[1]之，辄遣盗杀诸途。子亦淫暴。王有寡婶，父子俱烝[2]之。妻仇氏屡沮[3]王，王缢杀之。仇兄弟质诸官，王赇嘱[4]，以告者坐诬。兄弟冤

有一个王监生，家里十分富有，四面八方来的无赖不义之徒，经常在他家进进出出。县中一些殷实的人家，大多被他们抢劫过；有谁冒犯了他，他就派强盗将此人杀死在路上。王监生的儿子也残暴荒淫。王监生有个守寡的婶母，他们父子两人都和她有奸情。王监生的妻子仇氏多次劝阻他们不要为非作歹，王监生将她勒死了。仇氏的兄弟告到官府，王监生贿赂官府，官府反将仇氏的兄弟判了诬告罪。仇氏兄弟有

愤莫伸，诣崔求诉。申绝之使去。过数日，客至，适无仆，使申瀹茗。申默然出，告人曰：“我与崔猛朋友耳，从徙万里，不可谓不至矣。曾无廪给[5]，而役同厮养，所不甘也！”遂忿而去。或以告崔，崔讶其改节，而亦未之奇也。申忽讼于官，谓崔三年不给佣值[6]。崔大异之，亲与对状，申忿相争。官不直之，责逐而去。又数日，申忽夜入王家，将其父子婶妇并杀之，黏纸于壁，自书姓名，及追捕之，则亡命无迹。王家疑崔主使，官不信。崔始悟前此之讼，盖恐杀人之累己也。关行[7]附近州邑，追捕甚急。会闯贼[8]犯顺[9]，其事遂寝。及明鼎革，申携家归，仍与崔善如初。

冤无处申，便到崔猛家请求帮助。李申拒绝了他们并打发他们走了。过了几天，家里来了客人。正好仆人不在身边，崔猛便让李申为客人备茶。李申默默地走了出去，对人说：“我与崔猛只是朋友而已，我跟着他不远万里充军云南，对他照顾得不可谓不周到。可他从不给我报酬，还把我当仆人一样使唤，真是于心不甘！”于是便气愤地离开了崔家。有人将李申的这些话告诉了崔猛，崔猛对李申忽然改变态度感到很惊讶，但也没放在心上。李申突然又向官府告状，说崔猛三年没付给他工钱。崔猛感觉非常奇怪，亲自和李申对质，李申愤怒地和他争执。官府认为李申是无理取闹，斥责了他一顿，将他赶了出去。又过了几天，李申忽然夜间闯进王监生家，将王监生父子、婶母、妻子都杀了，还在墙上贴了纸条，写下自己的名字。等官府来追捕他时，他早已逃得无影无踪。王家怀疑李申是崔猛指使的，但官府不相信。崔猛此时才明白了李申此前告自己，原来是怕他杀人后连累自己。官府发文通知邻近州县，紧急追捕李申。正赶上闯王李自成起兵反叛，这件案子就被搁置起来。等明朝灭亡后，李申携带家眷返回家乡，和崔猛仍旧像以前那样亲密。

注释 1 迕:冒犯,触犯。 2 烝(zhēng):古代指与母辈有奸情。 3 沮:阻止。 4 赇(qiú)嘱:贿赂请托。赇,贿赂。 5 廪给(jǐ):俸禄,薪给。此处指报酬。 6 佣值:受雇的工钱。 7 关行(xíng):发公文通知。 8 闯贼:即李自成。陕西米脂人,明崇祯三年,聚众起事,投高迎祥。迎祥号“闯王”,后李自成继其名号。屡次战败屡次复起,崇祯十六年在襄阳建立政权,称“新顺王”,后攻克北京,推翻明朝。清兵入关后战败,退走湖北九宫山时遇害。 9 犯顺:叛乱。

时土寇啸聚[1],王有从子[2]得仁,集叔所招无赖,据山为盗,焚掠村疃[3]。一夜,倾巢而至,以报仇为名。崔适他出,申破扉始觉,越墙伏暗中。贼搜崔、李不得,据崔妻,括财物而去。申归,止有一仆,忿极,乃断绳数十段,以短者付仆,长者自怀之。嘱仆越贼巢,登半山,以火爇[4]绳,散挂荆棘,即反[5]勿顾,仆应而去。申窥贼皆腰束红带,帽系红绢,遂效其装。有老牝马[6]初生驹,贼弃诸门外。申乃

当时,土匪结伙为盗。王监生有个侄子叫王得仁,纠集叔父生前招揽的流氓无赖,占山为盗,常到附近村庄烧杀抢掠。有一天夜晚,王得仁一伙倾巢而出,以报仇为名杀到崔猛家。崔猛正好有事外出,强盗打破崔家大门后,李申才发觉,急忙翻墙出去,趴在暗处躲着。强盗找不到崔猛、李申,就掳走了崔猛的妻子,掠夺了财物而去。李申回去后,家里只剩下一个仆人,他十分愤怒,便将一根绳子砍成几十段,把短的交给仆人,长的自己揣在怀里。他嘱咐仆人越过强盗窝,爬上半山腰,用火点燃绳子,散挂在荆棘上,然后立即返回,不要回头看,仆人答应去办了。李申看见这些强盗腰里都扎着红带,帽子上系着红绸,于是也打扮成这副模样。家里有匹老母马,刚生了小马驹,强盗把它们丢弃在门外。李申便把小马驹拴好,自己

缚驹跨马,衔枚[7]而出,直至贼穴。贼据一大村,申絷马村外,逾垣入。见贼众纷纭,操戈未释。申窃问诸贼,知崔妻在王某所。俄闻传令,俾各休息,轰然嗷应[8]。忽一人报东山有火,众贼共望之,初犹一二点,既而多类星宿。申坌息[9]急呼东山有警。王大惊,束装率众而出。申乘间漏出其右,反身入内。见两贼守帐,绐[10]之曰:"王将军遗佩刀。"两贼竞觅。申自后斫之,一贼踣;其一回顾,申又斩之。竟负崔妻越垣而出。解马授辔,曰:"娘子不知途,纵马可也。"马恋驹奔驶,申从之。出一隘口[11],申灼火于绳,遍悬之,乃归。

骑上老母马,让马口里衔着一根木棍,直奔强盗的巢穴而去。强盗占据了一个大村子,李申将马拴在村子外,翻墙进了村。李申见强盗乱作一团,手里的兵器都还没放下。李申偷偷地向强盗打听,知道崔猛的妻子在王得仁处。一会儿听见传令,让强盗们各自休息,群盗高声喊叫着回应。忽然有人报告说东山上有火,强盗们一齐往东望去,开始火只有一两点,后来多得像天上的星星。李申喘着粗气大喊东山上有敌情。王得仁大吃一惊,穿戴好率众强盗出去了。李申乘机从王德仁的身后溜回去,反身进入他屋里。只见有两个强盗守在床边,李申骗他们说:"王将军忘了带佩刀。"两个强盗争着去找,李申从他们背后砍去,一个被砍翻在地,另一个回头看,也被李申砍死了。李申急忙背着崔猛的妻子翻墙逃出。他解开拴在村口的那匹母马,把缰绳递给她说:"娘子不识得回家的路,放开缰绳让它跑就行了!"母马惦记着小马驹,飞快地往家里跑,李申在后面紧跟着。跑出一个隘口时,李申就把带着的绳子掏出来点着,都挂了起来,然后才回到家。

注释 1 啸聚：指结伙为盗。 2 从子：侄子。 3 村疃（tuǎn）：村庄，乡村。 4 爇（ruò）：烧，焚烧。 5 反：同“返”，返回。 6 牝（pìn）马：母马。牝，鸟兽的雌性。 7 衔枚：横衔枚于口中，以防喧哗。枚，形如筷子，两端有带，可系于颈上。 8 噭（jiào）应：高声急应。噭，号呼。又指声音响亮，激越。 9 坌（bèn）息：喘粗气。 10 绐（dài）：欺骗。 11 隘口：险要的关隘。又指狭窄的山口。

次日崔还，以为大辱，形神跳躁，欲单骑往平贼，申谏止之。集村人共谋，众恇怯[1]莫敢应。解谕[2]再四，得敢往二十余人，又苦无兵。适于得仁族姓家获奸细二，崔欲杀之，申不可，命二十人各持白梃[3]，具列于前，乃割其耳而纵之。众怨曰：“此等兵旅，方惧贼知，而反示之。脱[4]其倾队而来，阖村[5]不保矣！”申曰：“吾正欲其来也。”执匿盗者诛之。遣人四出，各假弓矢火铳[6]，又诣邑借巨炮二。日暮，率壮士至隘口，置炮当其冲[7]；使二人

第二天，崔猛回家后得知此事，认为是奇耻大辱，气得暴跳如雷，想单枪匹马去踏平贼窝，李申劝阻了他。李申召集村里人一起商议，众人都胆小怯懦，不敢响应。李申反复给他们讲道理，才有二十多个人敢去，却又苦于没武器。这时，正好从王得仁的同族家里抓到两个奸细，崔猛想杀掉他们，李申不同意，令那二十多人手持大木棍，在奸细前面排队站好，当众割去了奸细的耳朵，然后放他们走了。众人埋怨道：“咱们这点人马，本来就怕强盗知道底细，现在反而给他们露了底。倘若他们倾巢出动，那全村都保不住啊！”李申说：“我正想让他们来呢！”接着把窝藏强盗的那家人全部杀了。李申又派人四处去借弓箭和火铳，还去县里借了两门大炮。天黑后，李申率众壮士来到隘口，把火炮安放在要道上，派两个人藏着火种埋伏好，嘱咐他

匿火而伏，嘱见贼乃发。又至谷东口，伐树置崖上。已而与崔各率十余人，分岸伏之。一更向尽，遥闻马嘶，贼果大至，襁属[8]不绝。俟尽入谷，乃推堕树木，断其归路。俄而炮发，喧腾号叫之声震动山谷。贼骤退，自相践踏。至东口，不得出，集无隙地。两岸铳矢夹攻，势如风雨，断头折足者枕藉沟中。遗二十余人，长跪乞命。乃遣人縶送以归。乘胜直抵其巢。守巢者闻风奔窜，搜其辎重[9]而还。崔大喜，问其设火之谋。曰："设火于东，恐其西追也；短，欲其速尽，恐侦知其无人也；既而设于谷口，口甚隘，一夫可以断之，彼即追来，见火必惧。皆一时犯险之下策也。"取贼鞫[10]之，果追

们看见强盗来了就点火放炮。他又带人来到山谷东口，砍了树，堆在山崖顶上。接着，李申和崔猛各率十几人，分别埋伏在山谷两旁。一更就要过去时，远远就听见马的嘶鸣声，强盗果然大举进犯，人马连绵不绝。等强盗都进了山谷，他们就将砍下的树木推下去，截断了强盗的退路。接着火炮轰鸣，喊杀声震动山谷。强盗急忙往后退，自相践踏。退到山谷东口，出不去，密密麻麻挤在一起没有空隙。山谷两边火铳、弓箭齐发，势如暴风骤雨，被打得断头断脚的强盗们横七竖八地躺在谷底。剩下的二十几人，跪在地上求饶。李申派人将他们绑起来押回去。他们乘胜直捣强盗的老巢。守巢的强盗闻风逃窜，李申他们就将缴获的辎重物资带了回来。崔猛十分高兴，询问李申摆火绳阵的计谋。李申说："在东山点火绳，是恐怕他们往西边追赶；火绳短，是想让它赶紧烧完，怕强盗侦察到山上没人；在谷口点长火绳，是因为谷口狭窄，一个人就可以守住，即使强盗追来，看见火光也必然害怕。这都是一时冒险而想出的下策。"把俘虏的强盗押来审问，果然他们说追进山谷后，看到谷口有火光就吓

入谷，见火惊退。二十余贼，尽劓刖[11]而放之。由此威声大震，远近避乱者从之如市，得土团[12]三百余人。各处强寇无敢犯，一方赖之以安。

得撤退了。后来二十多个强盗都被割掉鼻子放走了。从此以后，李申、崔猛威名大震。远近避乱逃难的人像赶集一样都来投奔他们，他们于是组成了一个三百多人的民团武装。各处的强盗没有敢来侵犯的，这一带因此得以安宁。

注释 1 恇（kuāng）怯：懦弱，胆怯。 2 解谕：亦作“解喻”，解释晓喻。此处指讲道理。 3 白梃（tǐng）：大木棍。梃，棍棒。 4 脱：连词，表示假设，假使，倘若。 5 阖村：全村。阖，全部，整个。 6 火铳（chòng）：古代用火药发射铁弹丸的管形火器。 7 冲：交通要道。 8 繦属（qiǎng zhǔ）：连续不绝，接连不断。 9 辎重：随军运载的军用器械、粮草等。 10 鞫（jū）：审讯。 11 劓刖（yì yuè）：割鼻断足。此处当指割掉鼻子。 12 土团：由当地人组成的武装集团，民团武装。

异史氏曰：“快牛必能破车[1]，崔之谓哉！志意慷慨，盖鲜俪[2]矣。然欲天下无不平之事，宁非意过其通者[3]与？李申，一介细民[4]，遂能济美[5]。缘橦飞入，剪[6]禽兽于深闺；断路夹攻，荡[7]幺魔于隘谷。使得假五丈之旗[8]，为国效命，乌在不南面而王哉！”

异史氏说：“快牛必然会拉坏车，说的就是崔猛啊！他意志慷慨，大概很少有人能与之相提并论。然而他希望让天下没有不平的事，难道不是比那些通情达理的人的信念更坚定吗？李申本是一个平民百姓，最后却成就了美名。他攀援进入强盗的巢穴，在深闺中除掉禽兽之人；切断后路，两面夹击，在山谷中荡平强盗。假如他能参军而手持五丈旗，为国效命，谁说他不能南面称王呢！”

注释 1 快牛必能破车：快牛会把车拉坏。比喻刚猛豪迈之人，容易好心办坏事招致祸患。 2 俪：并列。此指相提并论。 3 通者：指通情达理的人。 4 细民：平民。 5 济美：在前人的基础上使美好的东西发扬光大。此处指成就美名。 6 剪：除掉，除灭。 7 荡：清除，荡平。 8 五丈之旗：杆高五丈的旗。借指主帅的大旗。

诗谳

原文

青州居民范小山，贩笔为业，行贾[1]未归。四月间，妻贺氏独居，夜为盗所杀。是夜微雨，泥中遗诗扇一柄，乃王晟之赠吴蜚卿者。晟，不知何人；吴，益都[2]之素封[3]，与范同里，平日颇有佻达[4]之行，故里党共信之。郡县拘质，坚不伏，惨被械梏[5]，诬以成案。驳解往复[6]，历十余官，更无异议。吴亦自分必死，嘱其妻罄竭所有，以济茕独[7]。有向其门诵佛千者，给以

译文

青州居民范小山以贩卖毛笔为业，在外经商没回家。四月间，他的妻子贺氏独自在家，晚上被强盗杀了。当晚下着小雨，在泥水中遗留了一柄题着诗的扇子，是王晟赠给吴蜚卿的。王晟，不知道是谁；吴蜚卿，是青州的富户，跟范小山同村，平日为人颇为轻薄放荡，因此村里人都相信是他杀的人。郡县拘捕吴蜚卿审讯，他坚决不承认，被官府严刑拷打，屈打成招定了案。此案被反复审理，有十几位官员经手，再也没有异议。吴蜚卿自认为必死无疑，就嘱咐妻子散尽家财，用来救济孤苦无依的人。有人到他家念一千遍“阿弥陀佛”的，就送给他一条棉裤；念一万遍的，就送给他一

絮裤;至万者絮袄。于是乞丐如市,佛号声闻十余里。因而家骤贫,惟日货田产以给资斧。阴赂监者使市鸩[8],夜梦神人告之曰:"子勿死,曩日'外边凶',目下'里边吉'矣。"再睡又言,以是不果死。

件棉袄。于是他家门前乞丐成群,念佛之声十几里外都能听到。因此,吴家很快就变穷了,只有靠每天出卖田产维持生计。吴蜚卿偷偷贿赂看守,让他买些毒酒准备自杀。晚上,他梦见神人告诉他:"你不要自杀,以前是'外边凶',目前是'里边吉'啊。"他再次睡下,又梦到神人和自己说同样的话,于是他就没自杀。

注释　1 行贾:经商。 2 益都:青州府的治所,在今山东青州市。 3 素封:无官爵封邑而富比封君的人。 4 佻达:轻薄放荡。 5 械梏:用刑具拷打。 6 驳解往复:此处指反复审理。驳,驳回原判,重行审勘。解,重要罪犯由地方解送上级逐层审勘。 7 茕独:指孤苦无依的人。茕,孤独无依。 8 鸩(zhèn):传说中的一种毒鸟。以羽浸酒,饮之立死。后泛指毒酒。

无何,周元亮[1]先生分守是道,录囚[2]至吴,若有所思。因问:"吴某杀人,有何确据?"范以扇对。先生熟视扇,便问:"王晟何人?"并云不知。又将爰书[3]细阅一过,立命脱其死械,自监移之仓。范力争之,怒曰:"尔欲妄杀一

没多久,周元亮先生出任青州海防道,审阅囚犯案卷,审到吴蜚卿的案子时,若有所思。因而问道:"吴某杀人,有什么确凿证据?"范小山说有扇子为证。周先生仔细看了扇子,便问:"王晟是谁?"都说不知道。周先生又把供词仔细看了一遍,立即命人脱去吴蜚卿的死囚枷锁,把他从死囚牢转移到普通牢房。范小山极力争辩,周先生

人便了却耶？抑将得仇人而甘心耶？”众疑先生私吴，俱莫敢言。先生标朱签[4]，立拘南郭某肆主人。主人惧，莫知所以。至则问曰：“肆壁有东莞[5]李秀诗，何时题耶？”答云：“旧岁提学[6]按临[7]，有日照二三秀才，饮醉留题，不知所居何里。”遂遣役至日照，坐拘[8]李秀。

怒斥道：“你想胡乱杀一人便了结此事呢，还是抓到真凶才甘心呢？”众人怀疑周先生在偏袒吴蜚卿，都不敢说话。周先生发了朱签，令人立即拘捕城南某店的店主。店主很害怕，不知道是怎么回事。到了衙门，周先生问他：“你店内墙壁上有东莞李秀的诗，是什么时候题的？”店主回答说：“去年提学大人来视察，有几位日照来的秀才喝醉酒题的，不知道他们住在何处。”于是周先生派遣衙役到日照，去拘捕李秀。

注释 1 周元亮：周亮工，字元亮。崇祯十三年进士，官至浙江道监察御史。入清后历任布政使、左副都御史、户部右侍郎等职。 2 录（lǜ）囚：亦作“虑囚”，指古代皇帝和上级官吏定期或不定期巡视监狱，对在押犯的情况进行审录，以防止冤狱和淹狱，监督监狱管理的制度。 3 爰（yuán）书：古代记录人犯供词的文书。 4 朱签：红色竹签。旧时官府交付差役拘捕犯人的凭证。 5 东莞：县名，在今山东省临沂市沂水县一带。 6 提学：古代学官名。明代两京和十三布政司皆设提学官，其任务是巡视所属府、州、县学，检查教学质量，选拔进入国子监学习和参加乡试的生员。 7 按临：巡视，视察。 8 坐拘：立即拘捕。

数日秀至，怒曰：“既作秀才，奈何谋杀人？”秀顿首[1]错愕曰：“无之！”

过了几天，李秀被带到，周先生怒斥道：“既然身为秀才，为何要杀人？”李秀磕着头惊愕地说：“我没杀人！”周先

先生掷扇下，令其自视，曰："明系尔作，何诡托王晟？"秀审视，曰："诗真某作，字实非某书。"曰："既知汝诗，当即汝友。谁书者？"秀曰："迹[2]似沂州[3]王佐。"乃遣役关拘[4]王佐。佐至，呵[5]之如秀状。佐供："此益都铁商张成索[6]某书者，云晟其表兄也。"先生曰："盗在此矣。"执成至，一讯遂伏。

生把扇子扔到李秀面前，让他自己看，并说："明明是你写的，为何假托王晟？"李秀仔细看了看，回答说："诗确实是我作的，但字真的不是我写的。"周先生就追问："既然知道你的诗，应当是你的朋友。你看是谁写的？"李秀说："看字迹好像是沂州王佐写的。"周先生于是派衙役发公文捉拿王佐。王佐带到后，周先生像责问李秀那样问他。王佐供认说："这是青州铁商张成找我写的，说王晟是他表兄。"周先生说："真凶就在这里了。"于是命衙役把张成抓来，一审问他就招认了。

注释 1 顿首：古时一种跪拜礼。叩头，头叩地而拜。 2 迹：字迹。 3 沂州：清时为直隶州或府，治所在今山东临沂市。 4 关拘：发公文拘捕。 5 呵：责问，盘问。 6 索：寻求，寻找。

先是，成窥贺美，欲挑之恐不谐[1]。念托于吴，必人所共信，故伪为吴扇，执而往。谐则自认，不谐则嫁名[2]于吴，而实不期[3]至于杀也。逾垣入，逼妇，妇因独居，常以刃自卫。既觉，

此前，张成见贺氏美貌，想挑逗她，又担心事情不能成功。他想到若假装自己是吴蜚卿，人们必定都会相信，因此就伪造了吴蜚卿的扇子，拿着前往范家。如果事情能成，就说出自己的真实身份，不成就嫁祸给吴蜚卿，但实在没想到要杀人。他翻墙进了范家，想逼迫贺氏顺从，贺氏因为独居，常带着刀防卫。她发觉有人进

捉成衣，操刀而起。成惧夺其刀。妇力挽，令不得脱，且号。成益窘，遂杀之，委[4]扇而去。三年冤狱[5]，一朝而雪[6]，无不诵神明[7]者。吴始悟“里边吉”乃“周”字也。然终莫解其故。

来，就捉住张成的衣服，拿着刀起身反抗。张成害怕了，就上前夺刀。妇人用力抓住张成，不让他逃跑，并且大声呼喊。张成愈发窘迫，就把她杀了，扔下扇子逃走了。三年的冤狱，一朝得到昭雪，百姓无不称颂周先生明智如神。吴蜚卿这时才明白梦中神人所言“里边吉”乃是“周”字。然而他终究搞不清周先生是如何破案的。

注释 1 不谐：不成。 2 嫁名：假借名义。此处指嫁祸。 3 不期：不料，没想到。 4 委：抛下，舍弃。 5 冤狱：冤案，案件。 6 雪：洗去，除去。 7 神明：明智如神。

后邑绅乘间[1]请之，笑曰：“此最易知。细阅爰书，贺被杀在四月上旬。是夜阴雨，天气犹寒，扇乃不急之物[2]，岂有忙迫之时，反携此以增累者？其嫁祸可知。向避雨南郭，见题壁诗与箑头[3]之作，口角[4]相类，故妄度李生，果因是而得真盗。”闻者叹服[5]。

后来，县里有位士绅找了个机会向周先生请教，周先生笑着说：“此事极容易。我仔细看过案件文书，贺氏是四月上旬被杀的。当晚阴雨，天气仍比较寒冷，还用不着扇子，怎么会有人匆忙急迫之间，反而带着它给自己添麻烦呢？可见这是用来嫁祸他人的。之前我在城南避雨，见墙壁上的题诗和扇子上的诗口吻相似，所以就大胆猜测是李生干的，果然借此而追查到真凶。”听的人都称赞佩服。

注释 1 乘间：找机会，利用机会。 2 不急之物：不急需的东西。

3 箑（shà）头：扇子上。箑，扇子。 4 口角：口吻，口气。 5 叹服：称赞佩服。

异史氏曰："入之深者[1]，当其无，有有之用。词赋文章，华国[2]之具也，而先生以相[3]天下士，称孙阳[4]焉。岂非入其中深乎？而不谓相士之道，移于折狱[5]。《易》曰：'知幾其神[6]。'先生有之矣。"

异史氏说："深入钻研事物的人，看似无用的东西，也会发掘出它的用处。词赋文章，是用来光耀国家的工具，而周先生却用来考察天下的读书人，可谓是读书人的伯乐啊。难道不是深入钻研的缘故吗？没想到周先生能把考察读书人的方法用于断案。《易经》讲：'人若能预知事情萌发的细微迹象，就能与神道相合。'周先生就是这种人啊。"

注释 1 入之深者：深明事理的人。 2 华国：光耀国家，为国家增光添彩。 3 相（xiàng）：考察，判断。 4 孙阳：即伯乐。善相马。 5 折狱：断案，判决诉讼案件。折，判决。 6 知幾（jī）其神：能预知事情萌发的细微迹象，就能与神道相合。幾，隐微，细微的迹象。

鹿衔草

原文

关外山中多鹿。土人[1]戴鹿首伏草中，卷叶作声，鹿即群至。然牡[2]少而牝[3]多。牡交

译文

关外的山里有很多鹿。当地人戴着鹿头套趴在草丛里，卷起树叶吹出声，鹿就成群赶来。然而鹿群中公鹿少而母鹿多。公鹿跟成群的母鹿交配，即使有千百

群牝，千百必遍，既遍遂死。众牝嗅之，知其死，分走谷中，衔异草置吻[4]旁以熏之，顷刻复苏。急鸣金[5]施铳[6]，群鹿惊走，因取其草，可以回生。

只母鹿，公鹿也要交配个遍，这样公鹿就会累死。众母鹿闻闻公鹿，知道它死了，就分头跑进山谷中，衔回一种奇异的药草放在公鹿嘴边熏它，很快公鹿就复活了。这时当地人急忙敲锣鸣枪，群鹿受惊而逃，他们趁机取回这种药草，它可以使人起死回生。

注释 1 土人：当地人。 2 牡：鸟兽的雄性。 3 牝（pìn）：鸟兽的雌性。 4 吻：口，嘴。 5 鸣金：敲击钲、铙等金属乐器。后多指敲锣。古代多用以表示军士进退的信号。 6 施铳（chòng）：鸣枪。铳，旧时指枪一类的火器。

小 棺

原文

天津有舟人[1]某，夜梦一人教之曰："明日有载竹笥[2]赁舟者，索之千金；不然，勿渡也。"某醒不信。既寐[3]复梦，且书"顛、贔、贕"三字于壁，嘱云："倘渠[4]吝价，当即书此示之。"某异之，但不识其字，亦不解何意。

译文

天津有个船夫，晚上梦见一人对他说："明天有个带着竹筐的人前来租船，你向他要一千两银子，不然就不渡他过河。"船夫醒来后不相信梦里的事。他重新睡下又做了同样的梦，还梦见这人在墙上写了"顛、贔、贕"三个字，嘱咐道："如果他吝啬不愿出一千两银子，你就把这三个字写给他看。"船夫感到很奇怪，但又不认识这三个字，也不知道是什么意思。

注释 1 舟人：船夫。 2 竹笥（sì）：竹筐。笥，用以盛放衣物书籍等的方形竹器。 3 寐：睡。 4 渠：他。

次日，留心行旅[1]。日向西，果有一人驱骡载笥来，问舟。某如梦索价，其人笑之。反复良久，某牵其手，以指书前字。其人大愕，即刻而灭。搜其装载，则小棺数万余，每具仅长指许，各贮滴血而已。某以三字传示遐迩[2]，并无知者。未几，吴逆[3]叛谋既露，党羽尽诛，陈尸几如棺数焉。徐白山说。

第二天，船夫留意来往的旅客。太阳偏西时，果然有一个人驱赶骡子载着竹筐前来，问租船过河多少钱。船夫就按照梦中人叮嘱的话要一千两，那人嘲笑他。两人讨价还价了好久，船夫就拉住他的手，用手指写了那三个字。那人大为惊愕，瞬间消失不见了。船夫搜查竹筐里装的东西，里面有几万个小棺材，每个仅有一指长，里面都装有一滴血而已。船夫把那三个字给远近的人看，没有人认识。没多久，吴三桂叛变的阴谋败露，党羽全被诛杀，陈列的尸体数目几乎和小棺材的数目相同。这事是徐白山讲的。

注释 1 行旅：旅客。 2 遐迩：远近。此处指远近的人。 3 吴逆：吴三桂。曾为清兵先驱，引清兵入关，镇压多地农民起义军，俘杀南明永历帝。入清后镇守云南，拥兵割据。康熙帝下令撤除藩王，他发动叛乱，后病死军中。

邢子仪

原文

滕[1]有杨某，从白莲教[2]党，得左道之术[3]。徐鸿儒[4]诛后，杨幸漏脱，遂挟术以遨。家中田园楼阁，颇称富有。至泗上[5]某绅家，幻法为戏，妇女出窥。杨睨其女美，归谋摄取之。其继室朱氏亦风韵，饰以华妆，伪作仙姬，又授木鸟，教之作用，乃自楼头推堕之。朱觉身轻如叶，飘飘然凌云而行。无何，至一处，云止不前，知已至矣。

译文

滕县的杨某加入了白莲教，学了些旁门左道的法术。白莲教首领徐鸿儒被杀后，杨某侥幸逃脱，靠着这些法术四处游荡。他家里建起田园楼阁，颇为富有。一次，杨某到泗上某位士绅家表演幻法，这家的妇女们也出来观看。杨某看到士绅的女儿很漂亮，回去后就想用法术把她弄来。杨某的继室朱氏也很有风韵，杨某就让她穿上华丽的服装，假扮成仙女，又给她一只木鸟，并教她使用方法，然后就把她从楼顶推了下去。朱氏感觉身体轻得像一片树叶，飘飘然驾着云彩飞行。不一会儿，她来到一个地方，云彩停下不走了，她知道自己已经到了该去的地方。

注释 1 滕：县名，清时属兖州府。在今山东滕州市。 2 白莲教：亦称“白莲社”。混合有佛教、明教、弥勒教等内容的秘密宗教组织。始创于南宋，入元后传播日广。宣扬“明王出世”“弥勒佛下生”，这些教义往往被贫苦农民赋予革命内容，遂成为元、明、清三代农民起义者组织群众的工具。 3 左道之术：邪门旁道。多指非正统的巫蛊、方术等。 4 徐鸿儒：巨野（今属山东）人，明代山东农民起义领袖。

万历间在山东传播白莲教。天启二年五月，聚众起事，后在滕县被俘，磔于市。 5 泗上：泗水北岸。

是夜，月明清洁，俯视甚了。取木鸟投之，鸟振翼飞去，直达女室。女见彩禽翔入，唤婢扑之，鸟已冲帘出。女追之，鸟堕地作鼓翼[1]声；近逼之，扑入裙底；展转间，负女飞腾，直冲霄汉。婢大号。朱在云中言曰："下界人勿须惊怖，我月府姮娥也。渠是王母第九女，偶谪[2]尘世。王母日切怀念，暂招去一相会聚，即送还耳。"遂与结襟[3]而行。方及泗水[4]之界，适有放飞爆者，斜触鸟翼；鸟惊堕，牵朱亦堕，落一秀才家。

当晚，月色明亮皎洁，她向下看，什么都看得清清楚楚。朱氏拿出木鸟往下一投，木鸟扇动翅膀飞走了，径直飞到士绅女儿的闺房。那位小姐看到有只彩色的鸟飞进来，便呼唤婢女捉住它，木鸟却已冲开窗帘飞走了。小姐在后追赶，木鸟掉落在地上扇动着翅膀；小姐走上前察看，木鸟扑腾着钻入她的裙底；辗转间，木鸟就背着小姐飞起来，直冲霄汉。婢女大声呼喊。朱氏在云中说道："下界凡人不要害怕，我是月宫的嫦娥。你家小姐是王母娘娘的第九个女儿，偶然被贬到尘世，王母娘娘每天都很想念她，现在暂时招她回去见一面，很快就送回来。"于是就和小姐并肩飞行。刚到泗水地界时，正好碰上有人燃放爆竹，爆竹从斜下方冲上来碰到了鸟的翅膀，鸟受惊坠落，朱氏也被牵连着掉了下来，落到了一位秀才家。

注释 1 鼓翼：犹振翅，扇动翅膀。 2 谪：贬谪。 3 结襟：并肩。 4 泗水：今山东省济宁市泗水县。

秀才邢子仪，家赤贫而性方鲠[1]。曾有邻妇夜奔，拒不纳。妇衔愤去，谮[2]诸其夫，诬以挑引。夫固无赖，晨夕登门诟辱之。邢因货产[3]僦居[4]别村。有相者[5]顾某善决[6]人福寿，邢踵门[7]叩[8]之。顾望见笑曰："君富足千钟，何着败絮[9]见人？岂谓某无瞳耶？"邢嗤妄之。顾细审曰："是矣。固虽萧索，然金穴不远矣。"邢又妄之。顾曰："不惟暴富，且得丽人。"邢终不以为信。顾推之出，曰："且去且去，验后方索谢耳。"

那位秀才名叫邢子仪，家中非常贫穷，但为人方正耿直。曾经有邻妇晚上跑到他家，邢子仪拒不接纳。妇人怀恨离去，在丈夫面前说邢子仪的坏话，诬陷他挑逗自己。妇人的丈夫本是个无赖，就早晚到邢子仪家辱骂。邢子仪只好卖掉家产搬到别的村子租房居住。有位姓顾的算命先生善于判断人的福寿，邢子仪就去登门拜访他。顾某见到他，笑着说："你家财万贯，为什么穿破棉袄见人呢？难道是认为我有眼无珠吗？"邢子仪讥笑他胡说八道。顾某仔细看了他一番说："是啊。你虽然现在还很穷，但离金库不远了。"邢子仪又认为他胡说。顾某说："你不仅会暴富，你还会得到美人。"邢子仪始终不相信。顾某把他推出去，说："你先回去，你先回去，等应验后再跟你要谢钱。"

注释　1 方鲠：方正耿直。　2 谮（zèn）：谗毁，诬陷，中伤。　3 货产：典卖财产。　4 僦居：租屋而居。　5 相者：算命先生。　6 决：分辨，判断。　7 踵门：登门。　8 叩：探问，拜访。　9 败絮：破旧的棉絮。此指破棉袄。

是夜，独坐月下，忽二女自天降，视之皆丽

当晚，邢子仪在月下独坐，忽然天上掉下来两个女子，一瞧，都长得很漂

姝[1]。诧为妖，诘问之，初不肯言。邢将号召[2]乡里，朱惧，始以实告，且嘱勿泄，愿终从焉。邢思世家女不与妖人[3]妇等，遂遣人告其家。其父母自女飞升，零涕惶惑，忽得报书，惊喜过望，立刻命舆马星驰[4]而去。报邢百金，携女归。邢得艳妻，方忧四壁[5]，得金甚慰。往谢顾，顾又审曰："尚未尚未。泰运[6]已交，百金何足言！"遂不受谢。

亮。他很惊讶，怀疑女子是妖怪，就盘问她们，起初她们还不肯说。邢子仪想把全村的人都叫来，朱氏害怕了，才把实情告诉了他，并且叮嘱他不要外泄，自己愿意跟他过。邢子仪想，那位世家小姐和会妖术的人的妻子不同，于是就派人告诉了小姐家。小姐的父母自从女儿飞走后，惶恐疑惑，整日以泪洗面，忽然得到消息，惊喜万分，立刻命仆人驾车连夜赶过去。士绅家酬谢了邢子仪一百两银子，带着女儿回去了。邢子仪刚得到美妻，正为家贫发愁，得到银子后很欣慰。他前去答谢顾某，顾某又看了看他说："还没到时候，还没到时候。已经交上了好运，百两银子何足挂齿！"就没接受谢金。

注释 1 丽姝：美女。 2 号召：召唤，招聚。 3 妖人：会法术的人。4 星驰：连夜奔走。 5 四壁：家徒四壁。形容家境贫寒，一无所有。6 泰运：好运。

先是绅归，请于上官[1]捕杨。杨预遁不知所之，遂籍其家[2]，发牒追朱。朱惧，牵邢饮泣[3]。邢亦计窘，姑赂承牒者，赁车骑携朱诣

此前，士绅回到家后就报请官府逮捕杨某。杨某早已逃跑，不知所踪，于是官府就抄了他的家，发出通牒追捕朱氏。朱氏很害怕，就拉着邢子仪哭泣。邢子仪也没什么办法，就姑且贿赂拿着通牒的差役，租了马车带着朱氏前去拜见那位士

绅，哀求解脱[4]。绅感其义，为竭力营谋，得赎免。留夫妻于别馆，欢如戚好[5]。

绅，哀求他帮朱氏脱罪。士绅被他的情义感动，就尽力奔走谋划，朱氏最终得以交钱赎罪。士绅留邢子仪夫妇俩住在别馆，两家如亲戚般友好。

注释 1 上官：指官府。 2 籍其家：抄没其家产。籍，登记家财，予以没收。 3 饮泣：泪流满面，进入口中。形容极度悲痛。 4 解脱：开脱。此处指脱罪。 5 戚好：亲戚友好。

绅女幼受刘聘[1]。刘，显秩[2]也，闻女寄邢家信宿[3]，以为辱，反婚书与女绝姻。绅将议姻他族，女告父母誓从邢。邢闻之喜，朱亦喜，自愿下[4]之。绅忧邢无家[5]，时杨居宅从官货，因代购之。夫妻遂归，出囊金，粗治器具，蓄婢仆，旬日耗费已尽。但冀女来，当复得其资助。一夕，朱谓邢曰："孽夫杨某，曾以千金埋楼下，惟妾知之。适视其处，砖石依然，或窖藏无恙。"往共发

士绅的女儿打小就与刘家订下了婚约。刘某是位高官，听说士绅的女儿曾在邢子仪家住了两夜，以为耻辱，就退回婚书，与小姐断绝了婚姻关系。士绅要跟其他人家议婚，小姐告诉父母，发誓要嫁给邢子仪。邢子仪听了很高兴，朱氏也很欢喜，自愿当妾。士绅担忧邢子仪没有房舍，当时杨某的房子正由官府售卖，士绅就为他买了下来。邢子仪和朱氏就回到新买的家，拿出以前得到的银子，粗略买了些用具，又买了丫环仆人，十天就把钱花完了。邢子仪只是盼望小姐来时，能再得到她家的资助。一晚，朱氏对邢子仪说："我那作孽的前夫杨某，曾在楼下埋了上千两银子，只有我知道在哪儿。刚才我去看那个埋银子的地方，砖石没有动过，或许埋的银子还在。"邢子仪跟她一起去挖，果然

之，果得金。因信顾术之神，厚报之。后女于归[6]，妆资丰盛，不数年，富甲一郡矣。

挖到了银子。他这才相信顾某的预测，觉得很神奇，给了他丰厚的谢金。后来，士绅的女儿嫁了过来，带了很多嫁妆，没过几年，邢子仪就成了城中的首富。

注释 1 聘：女子订婚或出嫁。 2 显秩：显赫的官位。秩，官职级别。此处指高官。 3 信宿：连宿两夜。 4 下：此处指做妾。 5 无家：没有房舍。 6 于归：出嫁。

异史氏曰："白莲歼灭而杨独不死，又附益[1]之，几疑恢恢[2]者疏而且漏矣。孰知天留之，盖为邢也。不然，邢即否极而泰[3]，亦恶[4]能仓卒[5]起楼阁、累巨金哉？不爱一色，而天报之以两。呜呼！造物无言，而意可知矣。"

异史氏说："白莲教被歼灭而唯独杨某不死，又继续做坏事，几乎让人怀疑天网恢恢疏而有漏了。谁知上天留下他是为了邢子仪啊。不然，邢子仪就算是否极泰来，又怎么能在短时间内建起高楼，积累大量钱财呢？他拒绝了一个女人，而上天报答他两个。呜呼！造物主虽然不说话，但它的意思是可以知道的。"

注释 1 附益：增加。此处指继续做坏事。 2 恢恢：宽阔广大貌。3 否（pǐ）极而泰：厄运终而好运至。否、泰均为卦名，否是坏卦，泰是好卦。 4 恶（wū）：疑问代词，怎么。 5 仓卒：匆忙急迫。此处指短时间内。

李 生

原文

商河[1]李生，好道。村外里余有兰若[2]，筑精舍[3]三楹[4]，趺坐[5]其中。游食[6]缁黄[7]，往来寄宿，辄与倾谈[8]，供给不厌。一日，大雪严寒，有老僧担囊借榻[9]，其词玄妙。信宿[10]将行，固挽之，留数日。适生以他故归，僧嘱早至，意将别生。

译文

商河的李生喜好佛教。村外一里多远有座寺庙，李生在那里建了三间精舍，在里面打坐。四处游食的和尚、道士，常来借宿，李生总跟他们倾心交谈，供养他们饮食从不厌烦。一天，大雪纷飞，天气严寒，有个老和尚挑着行囊前来借宿，言词十分玄妙。住了两晚要走，李生苦苦挽留，他又待了几天。正赶上李生有事要回家，老和尚嘱咐他早些回来，意思是想跟李生道别。

注释　**1** 商河：县名，在今今山东商河县。　**2** 兰若：指寺院。梵语“阿兰若”的省称。意为寂静无苦恼烦乱之处。　**3** 精舍：道士、僧人修炼居住之所。　**4** 楹：量词，古代房屋计量单位。屋一列或一间为一楹。　**5** 趺坐：盘腿端坐，打坐。　**6** 游食：居无定处、四处谋食的人。　**7** 缁黄：僧人和道士。僧人缁服，道士黄冠，故称。　**8** 倾谈：倾心交谈。　**9** 借榻：借人床榻睡觉。犹借宿。　**10** 信宿：连住两夜。

鸡鸣而往，叩关不应。逾垣入，见室中灯火荧荧[1]，疑其有作。潜窥之，僧趣装矣，一瘦驴絷灯檠[2]上，细审不类真

鸡鸣时李生赶回寺庙，敲门没人答应。他就翻墙而入，见房中灯火闪烁，怀疑老和尚在作法。他偷偷观看，见老和尚在快速地收拾行装，灯架上拴了一头瘦驴，仔细看不像真驴，很像殉葬的物品，但

驴，颇似殉葬物，然耳尾时动，气咻咻然。俄而装成，启户牵出。生潜尾[3]之。门外原有大池，僧系驴池树，裸入水中，遍体掬[4]濯[5]已，着衣牵驴入，亦濯之。既而加装超乘[6]，行绝驶[7]。生始呼之。僧但遥拱致谢，语不及闻，去已远矣。

驴的耳朵和尾巴还不时在动，气喘吁吁的。过了一会儿，老和尚收拾好了，便打开门牵着驴出来。李生在后悄悄跟着。门外原来有个大水池，老和尚把驴系在池塘边的树上，光着身子走进水中，双手捧水把全身洗了个遍，然后穿上衣服又把驴牵进水里，也洗了个遍。接着老和尚就给驴驮上行装，他跳上驴背，飞奔而去。李生这才呼喊他。老和尚只是远远地拱手致谢，听不清说了些什么，便走远了。

注释 1 荧荧：光闪烁的样子。 2 灯檠（qíng）：灯架。檠，灯台，烛台。 3 尾：尾随，跟踪。 4 掬：两手相合捧物。此指两手捧水。 5 濯：洗。 6 超乘：跳跃上车。此处指跳上驴背。 7 绝驶：飞奔。

王梅屋言，李其友人。曾至其家，见堂上额书“待死堂”，亦达士[1]也。

王梅屋说，李生是他的朋友。他曾到过李生家，见堂上的匾额上写着“待死堂”三个字，可见李生也是位旷达之士啊。

注释 1 达士：旷达之士。

陆押官

原文

赵公，湖广[1]武陵[2]人，官宫詹[3]，致仕[4]归。有少年伺门下，求司笔札[5]。公召入，见其人秀雅，诘其姓名，自言陆押官，不索佣值[6]。公留之，慧过凡仆。往来笺奏，任意裁答[7]，无不工妙。主人与客弈，陆睨之，指点辄胜。赵益优宠之。

译文

赵公是湖广武陵人，官至太子詹事，后来辞官还乡。有位少年在门外等候，请求为他管理往来书信。赵公召他进来，见他长得清秀文雅，问他姓名，少年自称陆押官，不要工钱。赵公留下了他，陆押官比一般的仆人都要聪明。往来的书信奏章，他随意写来回复，无不精致巧妙。赵公与客人下棋，陆押官扫一眼，指点一下赵公就能获胜。于是赵公对他更加优待和宠爱。

注释 1 湖广：明清时指湖北、湖南两地。 2 武陵：旧县名，今湖南省常德市。 3 宫詹：即太子詹事。属东宫詹事府。 4 致仕：辞去官职。 5 司笔札：负责文牍的职务。 6 佣值：受雇的工钱。 7 裁答：作书答复。

诸僚仆见其得主人青目[1]，戏索作筵。押官许之，问："僚属几何？"会别业[2]主计者[3]皆至，约三十余人，众悉告之数以难之。押官曰："此大易。

赵公的其他仆人见他如此受主人青睐，开玩笑让他请客。陆押官答应了，问："有多少人？"当时正赶上赵公别墅管事的人都来了，大约有三十几人，众人把所有人都算进去，想借此为难他。陆押官说："这事很容易。只是客人太多，

但客多,仓卒不能遽办,肆中可也。"遂遍邀诸侣,赴临街店。皆坐,酒甫行,有按壶起者曰:"诸君姑勿酌,请问今日谁作东道主?宜先出资为质,始可放情饮啖。不然,一举数千,哄然都散,向何取偿也?"众目押官。押官笑曰:"得无[4]谓我无钱耶?我固有钱。"乃起,向盆中捻湿面如拳,碎掐置几上,随掷遂化为鼠,窜动满案。押官任捉一头裂之,啾然腹破,得小金,再捉,亦如之。顷刻鼠尽,碎金满前,乃告众曰:"是不足供饮耶?"众异之,乃共恣饮。既毕,会直三两余,众秤金,适符其数。

短时间内不能很快办好,不如去饭店好了。"于是,他就邀请了所有的仆人一起前往临街的饭店。大家都坐下后,开始行酒,有人按着酒壶起身说:"诸位先不要喝,请问今天谁做东道主?应先把钱拿出来放在桌上,我们才可尽情吃喝。不然,一下子花了几千文钱,大家吃完一哄而散,向谁要钱呢?"大家都看着陆押官。陆押官笑着说:"诸位该不会以为我没钱吧?我是有钱的。"于是他站起来,从盆子里拿出拳头大的一块面团,掐碎后扔在桌子上,随手一扔就变成了老鼠,满桌乱跑。陆押官随意捉了一只,用手一撕,老鼠"吱"一声肚子开裂,得到一小块银子,再捉一只,也跟之前一样取到了银子。很快,老鼠被捉尽,满桌都是碎银子,陆押官就对大家说:"这些还不够喝酒吗?"大家感到很奇异,就一起开怀畅饮。等吃完饭,总共要三两多银子,众人称了称桌上的碎银子,刚好是这个数。

注释 1 青目:青眼,青睐。魏晋名士阮籍行事不拘礼俗,对他认为庸俗的人,就用白眼看;对他喜欢的人,就用青眼看。 2 别业:别墅。 3 主计者:仆役中管事的人。 4 得无:莫不是,该不会,表示反问或推测。

众索一枚怀归，白其异于主人。主人命取金，搜之已亡。反质肆主，则偿资悉化蒺藜[1]。仆白赵，赵诘之。押官曰："朋辈逼索酒食，囊空无资。少年学作小剧[2]，故试之耳。"众复责偿。押官曰："我非赚酒食者[3]，某村麦穰[4]中，再一簸扬[5]，可得麦二石，足偿酒价有余也。"因浼[6]一人同去。某村主计者将归，遂与偕往。至则净麦数斛[7]，已堆场中矣。众以此益奇押官。

众人向店主要了一枚碎银子带回了家，向赵公报告这件奇事。赵公让把银子拿出来，一搜已经不见了。仆人返回质问店主，发现刚才的碎银子都变成了蒺藜。仆人回去告诉赵公，赵公就问陆押官是怎么回事。陆押官回答说："朋友们逼我请客，可我钱袋空空。小时候我曾学过戏法，所以就试了试。"众人又责成他还店家的酒钱。陆押官说："我不是骗吃骗喝的人，某村的麦秸秆中，再簸扬一次，能得到两石麦子，足够偿还酒钱，还会有余。"于是他便央求一人和他同去。某村的主管也要回去，就和他们一起前往。到了那里之后，已有簸干净的几斛麦子堆在场中。众人因此愈发觉得陆押官不同寻常。

注释　1 蒺藜（jí lí）：植物名。小叶长椭圆形，开黄色小花，果实有尖刺。2 小剧：戏法。　3 赚酒食者：骗吃骗喝的人。　4 麦穰（ráng）：麦秆，秸秆。　5 簸扬：将谷物等扬起，利用风吹掉其中的谷壳、灰尘等。6 浼（měi）：恳托，央求。　7 斛（hú）：古代容量单位，一斛本为十斗，后来改为五斗。

一日，赵赴友筵，堂中有盆兰甚茂，爱之，归犹赞叹之。押官曰："诚

一天，赵公到朋友家赴宴，见朋友家的厅堂中有盆兰花很茂盛，心里很喜爱，回家后仍赞叹不已。陆押官说："您

爱此兰，无难致[1]者。”赵犹未信。凌晨至斋，忽闻异香蓬勃，则有兰花一盆，箭[2]叶多寡，宛如所见。因疑其窃，审之。押官曰：“臣家所蓄，不下千百，何须窃焉？”赵不信。适某友至，见兰惊曰：“何酷肖[3]寒家[4]物！”赵曰：“余适购之，亦不识所自来。但君出门时，见兰花尚在否？”某曰：“我实不曾至斋，有无固不可知。然何以至此？”赵视押官，押官曰：“此无难辨。公家盆破有补缀[5]处，此盆无也。”验之始信。

若真的喜爱这盆兰花，得到它并不难。”赵公并不相信。凌晨到了书房，赵公忽然闻到浓郁的香气，一看，竟有一盆兰花，花和叶子的数目，宛如在朋友家见到的那盆。赵公怀疑是陆押官偷来的，就审问他。陆押官说：“我家养的兰花，不下千百盆，何必去偷呢？”赵公不相信。刚好赵公的朋友到了，他看见兰花，吃惊地说：“怎么这么像我家的那盆！”赵公说：“这是我刚买的，也不知道它从哪儿来的。但是你刚才出门的时候，看见兰花还在吗？”朋友说：“我实在没有到厅堂去过，花在不在我不知道。可是，它怎么会到这里来了呢？”赵公看了看陆押官，陆押官说：“这不难辨认，您家的花盆有修补的地方，这盆没有。”一检查，赵公才相信它不是偷来的。

注释 **1** 致：获得，得到。 **2** 箭：量词，兰花一茎称一箭。 **3** 酷肖（xiào）：很像，非常相似。肖，相似，像。 **4** 寒家：谦称自己的家庭。 **5** 补缀：指缝补衣服。泛指修补。

夜告主人曰：“向言某家花卉颇多，今屈玉趾[1]，乘月往观。但诸人皆不可从，惟阿鸭无害。”

晚上，陆押官对赵公说：“之前我说自己家有很多花，现在劳您大驾，乘月去观赏一下。只是其他人都不能跟随，只有阿鸭没问题。”阿鸭是赵公担任太

鸭，宫詹僮也。遂如所请。公出，已有四人荷肩舆[2]，伏候道左。赵乘之，疾于奔马。俄顷入山，但闻奇香沁骨。至一洞府，见舍宇华耀，迥异人间，随处皆设花石，精盆佳卉，流光散馥[3]。即兰一种约有数十余盆，无不茂盛。观已，如前命驾归。

押官从赵十余年，后赵无疾卒，遂与阿鸭俱出，不知所往。

子詹事时的僮仆。赵公于是就应邀前往。出门后，已经有四个人抬着轿子在路旁恭候。赵公上轿后，轿夫走起路来比马跑得还快。很快就进了山，只闻到奇异的香气沁入骨髓。来到一座洞府，见房屋华丽闪耀，跟人间大不相同，到处都摆放着花石，精致的盆景和珍贵的花卉流光溢彩，香气袭人。只兰花一种就大约有几十盆，无不茂盛。赵公赏完花，和来时一样，坐轿回去了。

陆押官跟从赵公十几年，后来赵公无疾而终，他就和阿鸭一起离开，不知去哪儿了。

注释 1 玉趾：对别人脚步的敬称。 2 肩舆：轿子。 3 馥（fù）：香气。亦指香气浓郁。

蒋太史

原文

蒋太史超[1]，记前世为峨嵋僧，数梦到故居庵前潭边濯足。为人笃嗜内典[2]，一意台宗[3]，虽早登禁林[4]，

译文

翰林蒋超记得自己前生是峨眉山的僧人，多次梦见回到以前寺庵前的水潭洗脚。他很喜欢读佛经，一心信奉天台宗，虽然早就进入翰林院，

尝有出世[5]之想。假归江南，抵秦邮[6]，不欲归。子哭挽之弗听。遂入蜀，居成都金沙寺。久之，又之峨嵋，居伏虎寺，示疾怛化[7]。自书偈[8]云：

倏然[9]猿鹤自来亲，老衲[10]无端堕业尘。

妄向镬汤[11]求避热，那从大海[12]去翻身[13]。

功名傀儡场中物，妻子骷髅队里人。

只有君亲无报答，生生常自祝能仁[14]。

但经常有出家之念。有一次他请假回江南，到了秦邮，不想回家了。儿子哭着挽留他，他也不听。于是，蒋翰林进入四川，居住在成都金沙寺。过了很久，他又前往峨眉山，住在伏虎寺，在那里病逝了。他曾写过一首佛偈：

倏然猿鹤自来亲，老衲无端堕业尘。

妄向镬汤求避热，那从大海去翻身。

功名傀儡场中物，妻子骷髅队里人。

只有君亲无报答，生生常自祝能仁。

注释 **1** 蒋太史超：蒋超，字虎臣，镇江金坛（今常州市金坛区）人。顺治四年（1647）探花，授翰林院编修，历任直隶学政、翰林修撰，后托病告退，隐居于峨眉山伏虎寺。太史，明清时修史之职归于翰林院，故俗称翰林为“太史”。 **2** 内典：佛教徒称佛经为内典。 **3** 台宗：即天台宗。该宗由陈隋之际的大师智𫖮所创，以《法华经》为教义根据，又称法华宗。 **4** 禁林：翰林院的别称。 **5** 出世：出家。 **6** 秦邮：今江苏省扬州市下辖高邮市。 **7** 示疾怛（dá）化：病逝。示疾，佛教语。谓佛菩萨及高僧得病。怛化，死亡。 **8** 偈（jì）：佛经中的唱颂词。多用三言、四言、五言、六言、七言为句，四句合为一偈。 **9** 倏（xiāo）然：无拘无束貌，超脱貌。 **10** 老衲（nà）：年老的僧人。亦为老僧自称。**11** 镬汤：装着开水的锅。喻水深火热的处境。镬，古时用以烹人的刑器。

汤，开水。 **12** 大海：此处指苦海。 **13** 翻身：转身。喻从困苦或受压迫的情况下解脱出来。 **14** 能仁：梵语“释迦牟尼”的意译。

邵士梅

原文

邵进士名士梅[1]，济宁人。初授登州[2]教授[3]，有二老秀才投刺，睹其名，似甚熟识，凝思良久，忽悟前身。便问斋夫[4]：“某生居某村否？”又言其丰范，一一吻合。俄两生入，执手倾语[5]，欢若平生[6]。谈次，问高东海况。二生曰：“狱死二十余年矣，今一子尚存。此乡中细民，何以见知？”邵笑云：“我旧戚也。”

译文

进士邵士梅是济宁人。他最初被任命为登州教授时，有两位老秀才前来投递名帖，邵士梅看到他们的名字，似乎很熟悉，凝思了很久，忽然醒悟他们是自己前生的朋友。于是他问仆役：“某生是住在某村吗？”又讲了某生的风度仪容，和某生的情况一一吻合。过了一会儿，两个秀才进来拜访，邵士梅拉着他们的手尽情交谈，像老朋友那样欢乐。谈话间，他询问了高东海的情况。两位老秀才回答说：“他死在监狱里已经二十多年了，如今还有一个儿子活着。他只是个乡里小民，您怎么认识他？”邵士梅笑着说：“他是我以前的亲戚。”

注释 **1** 邵进士名士梅：邵士梅，字峄晖，山东济宁人。顺治十五年进士，历任登州教授、栖霞教谕、吴江县令、震泽县令，后以病归。 **2** 登州：今山东省烟台市蓬莱区一带。 **3** 教授：明清府学学官，掌管教导诸生。 4 斋夫:旧时学舍中的仆役。 5 倾语:尽情交谈。 6 平生:旧交，老交情。

先是,高东海素无赖,然性豪爽,轻财好义。有负租而鬻女者,倾囊代赎之。私一媪[1],媪坐[2]隐盗,官捕甚急,逃匿高家。官知之,收高,备极搒掠[3],终不服,寻死狱中。其死之日,即邵生辰。后邵至某村,恤[4]其妻子,远近皆知其异。

早先,高东海原本是个无赖,但性情豪爽,轻财好义。有人因欠了租税而卖女儿还债,高东海倾尽所有替那人赎回。他和一个妇人有私情,妇人因窝藏强盗被官府紧急追捕,她逃到高东海家藏起来。官府知道后,就收押了高东海,对他百般拷打,他始终不承认,不久便死在狱中。高东海死的那天,就是邵士梅出生的那天。后来,邵士梅来到某村,接济高东海的妻儿,远近的人都知道这件奇事。

此高少宰[5]言之,即高公子冀良[6]同年[7]也。

这是高少宰讲的,邵士梅是高少宰的公子高冀良的同年。

注释 1 媪(ǎo):用以称已婚妇女。 2 坐:介词，因为，由于。 3 搒(péng)掠:笞击，拷打。 4 恤:接济。 5 高少宰:高珩(héng),字葱佩，山东淄川(今山东淄博市淄川区)人。崇祯十六年进士，入清后为秘书院检讨，历任礼部右侍郎、吏部左右侍郎、刑部侍郎等职。少宰，明清时对吏部侍郎的别称。 6 高公子冀良:高之騊(táo),字冀良,高珩长子。顺治十八年进士,曾任贵州平越县知县。 7 同年:科举考试同科中式者之互称。文中记叙可能有误，高冀良与邵士梅并非同年。

顾生

原文

江南顾生客稷下[1],眼暴肿,昼夜呻吟,罔所医药。十余日,痛少减。乃[2]合眼时,辄睹巨宅,凡四五进[3],门皆洞辟[4],最深处有人往来,但遥睹不可细认。

译文

江南的顾生客居在稷下,眼睛突然暴肿,日夜呻吟,用什么药都不见好。十几天后,疼痛稍稍减轻。他才合上眼,就看到一座大宅子,共有四五进院子,门都大开着,最深处的院子里有人走来走去,但远远地看不清楚。

注释 1 稷下:指战国齐都城临淄稷门附近地区。在今山东淄博市临淄区。 2 乃:副词,才。 3 进:量词。老式房子一宅之内分前后几排的,一排称为一进。 4 洞辟:大开。

一日,方凝神注之,忽觉身入宅中,三历[1]门户,绝无人迹。有南北厅事[2],内以红毡贴地。略窥之,见满屋婴儿,坐者、卧者、膝行[3]者,不可数计。愕疑间,一人自舍后出,见之曰:"小王子谓有远客在门,果然。"便邀之。顾不敢入,强之乃入。问:"此何所?"曰:"九王世子[4]居。

一天,顾生正在凝神注视时,忽然觉得自己进入了宅院中,经过三道门,都没有人。有一间南北向的大厅,里面铺着红毡。略微一看,见满屋都是婴儿,有坐着的、躺着的、爬着的,多得数不过来。顾生正在惊愕间,有一人从屋后出来,看到他说:"小王子说有远道而来的客人在门口,果然没错。"便邀请顾生进屋。顾生不敢进去,那人一再要他进,他才进去。顾生问:"这是什么地方?"那人说:"这是九王世子的住处。世子

世子疟疾新瘥[5],今日亲宾作贺,先生有缘也。”言未已,有奔至者督促速行。

得了疟疾刚好,今天亲朋好友前来祝贺,先生有缘啊。”话还没说完,有人跑过来催促他们快走。

注释 1 历:经过。 2 厅事:私人住宅的堂屋,大厅。 3 膝行:跪着行走,多表示敬畏。此处指(婴儿)爬行。 4 世子:古代诸侯嗣子之称谓,在明清两代为亲王嗣子之称谓。 5 新瘥(chài):病刚好。瘥,病愈。

俄至一处,雕榭[1]朱栏,一殿北向,凡九楹[2]。历阶而升,则客已满座。见一少年北面坐,知是王子,便伏堂下。满堂尽起。王子曳顾东向坐。酒既行,鼓乐暴作,诸妓升堂,演《华封祝》[3]。才过三折[4],逆旅[5]主人及仆唤进午餐,就床头频呼之。耳闻甚真,心恐王子知,遂托更衣[6]而出。仰视日中夕,则见仆立床前,始悟未离旅邸。

过了一会儿,他们来到一个地方,有雕刻精美的亭台和红色的栏杆,一座北向的宫殿,共有九根柱子。顾生登台阶走上去,宫殿里已经坐满了宾客。只见一位少年在北面坐着,他知道这就是王子,便跪伏在堂下。满屋的人都站起来。王子拉着顾生的手让他面向东坐下。饮酒时,鼓乐大作,歌妓们都走上大堂,表演《华封祝》。才演了三折,旅馆主人和仆人来叫顾生吃午饭,在他的床边不停地喊他。顾生听得很真切,担心王子知道,就假托更衣出来了。抬头一看太阳,正是中午,而仆人就站在床前,他这才明白自己并没有离开旅馆。

注释 1 榭:园林建筑中临水而建的观景平台。 2 楹:堂屋前部的柱子。 3《华封祝》:华封三祝是华州人对尧的三个美好祝愿,即长寿、富有、多子。后成为通用吉祥语。此处指庆寿贺典的戏剧。 4 折：元杂剧结构的一个段落称折，杂剧一本多为四折，每折用同一宫调的若干曲子联成一个整套。后也指明清传奇剧中的一出。 5 逆旅：旅馆。 6 更衣：更换衣服。古时也是大小便的婉辞。

心欲急反，因遣仆阖扉去。甫交睫[1]，见宫舍依然，急循故道而入。路经前婴儿处并无婴儿，有数十媪蓬首驼背，坐卧其中。望见顾，出恶声曰："谁家无赖子，来此窥伺！"顾惊惧，不敢置辨[2]，疾趋后庭，升殿[3]即坐。见王子颔下添髭[4]尺余矣。见顾，笑问："何往？剧本过七折矣。"因以巨觥[5]示罚。

顾生心里想要赶快返回宫殿，于是让仆人把门关上出去。刚闭上眼睛，就看见宫殿仍在那儿，他急忙沿着之前的路进去。经过之前看到有很多婴儿的大厅，里边没有了婴儿，只有几十个蓬头驼背的妇人，有的坐着，有的躺着。她们看见顾生，凶恶地说："谁家的无赖小子，来这儿偷看！"顾生又惊又怕，不敢申辩，赶快走到后庭，登上台阶坐到原来的位子。只见王子下巴上长出了一尺多长的胡子。王子见到顾生，笑着问："你去哪儿了？剧本都演到第七折了。"于是拿出大酒杯罚他喝酒。

注释 1 交睫：闭上眼睛。 2 置辨：申辩。辨，通"辩"。 3 升殿：登殿。 4 髭（zī）：胡子。 5 巨觥（gōng）：大的角质酒器。亦泛指大酒杯。

移时曲终，又呈出目[1]。顾点《彭祖[2]娶妇》。妓即以椰瓢行酒，可容五

过了一会儿，这出戏演完了，侍从又呈上戏目。顾生点了《彭祖娶妇》。歌妓就用椰壳做的瓢斟酒，里面能装五

斗许。顾离席辞曰:“臣目疾,不敢过醉。”王子曰:“君患目,有太医在此,便合诊视。”东座一客,即离坐来,两指启双眦,以玉簪点白膏如脂,嘱合目少睡。王子命侍儿导入复室[3],令卧,卧片时[4],觉床帐香软,因而熟眠。居无何,忽闻鸣钲锽聒[5],即复惊醒。疑是优戏[6]未毕,开目视之,则旅舍中狗舐油铛[7]也。然目疾若失。再闭眼,一无所睹矣。

斗左右。顾生离席推辞说:“臣有眼疾,不敢喝太醉。”王子说:“你得了眼病,有太医在这儿,正好给你看一看。”这时东边座位上的一位客人就离座走过来,用两指分开顾生的眼皮,又用玉簪给他点了一种像油脂一样的白色药膏,嘱咐他闭上眼稍微睡一会儿。王子命侍儿领他进套房躺下休息,他躺了片刻,感觉床帐香软,于是就熟睡过去。没过多久,忽然听到各种打击乐器发出的巨大的声响,他马上被惊醒。他以为歌妓还没演完戏,睁眼一看,原来是旅店的狗舔油锅发出的声音。然而,他的眼病好像好了。再闭上眼,什么景象都看不见了。

注释 1 出目:戏目,戏单。 2 彭祖:传说中的人物,相传尧时举用,封于彭城,故称彭祖。彭祖善养生,有导引之术,活到八百高龄。 3 复室:套房。 4 片时:片刻。 5 鸣钲(zhēng)锽(huáng)聒:打击乐器发出震耳欲聋的声响。钲,古代的一种乐器,用铜做的,形似钟而狭长,有长柄可执,以物击之而鸣。锽,形容金属制打击乐器的洪亮声。 6 优戏:泛指演戏。 7 油铛(chēng):油锅。

陈锡九

原文

陈锡九，邳[1]人。父子言，邑名士。富室周某，仰其声望，订为婚姻。陈累举不第，家业萧条，游学于秦[2]，数年无信。周阴有悔心。以少女适王孝廉[3]为继室，王聘仪丰盛，仆马甚都[4]。以此愈憎锡九贫，坚意绝昏[5]。问女，女不从。怒，以恶服饰遣归锡九。日不举火[6]，周全不顾恤。

译文

陈锡九是邳州人。他的父亲陈子言是县里的名士。富户周某敬仰陈子言的声望，和他家结成了儿女亲家。陈子言多次考试都没考中，家业逐渐萧条，他便到陕西去游学，几年都没有音信。周某心里有悔婚的打算。他把小女儿嫁给王举人做继室，王举人给的聘礼十分丰厚，迎亲的仆人车马规模盛大。因此，周某愈发嫌弃陈锡九贫穷，下定决心要悔婚。他问女儿的想法，女儿不愿意悔婚。周某大为恼火，给女儿穿上粗劣的衣服嫁给了陈锡九。陈锡九家吃了上顿没下顿，周某一点也不周恤。

注释　1 邳（pī）：州名，治所在今江苏邳州市。　2 秦：指今陕西省。　3 孝廉：明清时对举人的称谓。　4 都：美盛，盛大。　5 绝昏：此处指悔婚。　6 日不举火：吃了上顿没下顿。举火，生火做饭。

一日，使佣媪以榼[1]饷[2]女，入门向母曰："主人使某视小姑姑饿死否。"女恐母惭，强笑以

一天，周某让老女仆提着饭盒给女儿送些吃的，老女仆进门对陈锡九的母亲说："我家主人让我来看看小姑姑饿死没有。"周某的女儿恐怕陈母听了惭愧，

乱其词,因出榼中肴饵,列母前。媪止之曰:“无须尔!自小姑入人家,何曾交换出一杯温凉水?吾家物,料姥姥亦无颜啖得。”母大恚,声色俱变。媪不服,恶语相侵。纷纭[3]间,锡九自外入,讯知大怒,撮毛批颊[4],挞逐出门而去。次日,周来逆[5]女,女不肯归;明日又来,增其人数,众口呶呶[6],如将寻斗。母强劝女去。女潸然拜母,登车而去。

强颜欢笑把话岔开,接着拿出饭盒里的菜肴摆在陈母的面前。老女仆制止道:“不用这样!自从小姑嫁到你们家,何曾跟我们家交换过一杯温凉水?我们家的东西,料想姥姥也没脸吃。”陈母很生气,脸色声音都变了。老女仆还不甘心,恶言恶语说个没完。正吵作一团时,陈锡九从外边进来了,问明情况后勃然大怒,揪着老女仆的头发扇了她几个耳光,拿棍子把她赶出门去。第二天,周某来接女儿回去,女儿不肯;第三天,周某又来接,带了很多人,众人嚷嚷个不停,好像要寻衅打架。陈母就苦劝周女回去。周女潸然泪下,拜别陈母后上车走了。

注释 1 榼(kē):泛指盒类的容器。 2 饷:馈食于人。 3 纷纭:纷乱貌。此处指吵作一团。 4 批颊(jiá):打耳光。批,用手击。 5 逆:迎接。 6 呶呶(náo):喧闹声。

过数日,又使人来逼索离婚书,母强锡九与之。惟望子言归,以图别处。周家有人自西安来。知子言已死,陈母哀愤成疾而卒。锡九哀迫[1]中,尚望妻归,久

过了几天,周家又派人前来逼迫陈锡九写离婚书,陈母只得强迫儿子写好交给周家。她一心盼望丈夫陈子言能回来,到时再想其他办法。周家有人从西安回来,带来了陈子言的消息。得知陈子言已死,陈母又悲哀又愤懑,生病死了。陈锡九在悲痛困迫中,还盼望妻子能归来,

而渺然，悲愤益切。薄田[2]数亩，鬻[3]治葬具，葬毕，乞食赴秦，以求父骨。至西安遍访居人，或言数年前有书生死于逆旅，葬之东郊，今冢已没。锡九无策，惟朝丐[4]市廛[5]，暮宿野寺[6]，冀有知者。

等了很久，希望渺茫，他更加悲愤。家中有几亩薄田，陈锡九把田卖掉为母亲买了棺材，安葬完毕后，他一路行乞前往陕西，希望能找到父亲的骸骨。到西安后，陈锡九遍访当地居民，有人说几年前有个书生死在客栈，埋在东郊，如今坟堆已经没了。陈锡九没办法，只得白天在集市乞讨，晚上在野外的破庙住宿，希望能找到知道父亲坟墓在哪儿的人。

注释 1 哀迫：悲痛困迫。 2 薄田：贫瘠的田。 3 鬻（yù）：卖。 4 丐：乞讨。 5 市廛（chán）：集市。 6 野寺：野外庙宇。

会晚经丛葬处[1]，有数人遮道[2]，逼索饭价。锡九曰："我异乡人，乞食城郭，何处少人饭价？"共怒，捽[3]之仆地，以埋儿败絮塞其口。力尽声嘶，渐就危殆[4]。忽共惊曰："何处官府至矣？"释手寂然。俄有车马至，便问："卧者何人？"即有数人扶至车下。车中人曰："是吾儿也。孽鬼何敢尔！可悉缚来，勿致漏脱。"

一天夜里，陈锡九经过乱坟岗，有几个人拦路向他索要饭钱。陈锡九说："我是外地人，在城里城外要饭，在哪儿欠过人饭钱？"那几个人恼羞成怒，揪着他把他按到地上，用埋死孩子的破棉絮堵住他的嘴。陈锡九声嘶力竭，渐渐快要断气了。那些人忽然惊讶地说："这是哪处官府的人来了？"放开手不见了踪影。一会儿，有车马来到，车上的人问："躺在那里的是什么人？"随即有几个人把陈锡九扶到车下。车里的人说："是我儿子啊。孽鬼怎敢如此猖狂！把他们都绑来，一个都别漏掉。"陈锡九感觉有

锡九觉有人去其塞，少定细认，真其父也。大哭曰："儿为父骨良苦。今固尚在人间耶。"父曰："我非人，太行总管[5]也。此来亦为吾儿。"锡九哭益哀。父慰谕[6]之。锡九泣述岳家离昏，父曰："无忧，今新妇亦在母所。母念儿甚，可暂一往。"遂与同车，驰如风雨。

人把他嘴里塞的棉花拿掉了，他定了定神，仔细一看，果真是自己的父亲。他大哭道："孩儿历尽千辛万苦寻找父亲的骸骨。如今您还活在世上啊。"陈父说："我不是人，现在是太行总管。这次前来也是为了你啊。"陈锡九越哭越伤心。父亲再三宽慰他。陈锡九哭着诉说岳父家逼迫离婚的事，父亲说："不用担心，如今你的媳妇也在你母亲那里。你母亲很想你，你可以去看看她。"于是陈锡九跟父亲同坐一辆车，如风雨般飞驰而去。

注释　1 丛葬处：乱坟岗。　2 遮道：拦路。　3 捽(zuó)：抓，揪。　4 危殆：危险。此处指快要断气。　5 太行总管：阴间的官吏名。　6 慰谕：亦作"慰喻"，抚慰，宽慰晓谕。

移时，至一官署，下车入重门，则母在焉。锡九痛欲绝，父止之。锡九啜泣听命。见妻在母侧，问母曰："儿妇在此，得毋[1]亦泉下[2]耶？"母曰："非也，是汝父接来，待汝归家，当便送去。"锡九曰："儿侍父母，不愿归矣。"母曰："辛苦跋涉而来，为

过了一会儿，来到一座官署，他们下车后走过几道门，就看见母亲在那里。陈锡九悲痛欲绝，父亲劝止了他。陈锡九抽噎着听从了。他见妻子在母亲身旁，就问母亲："我的媳妇在这儿，莫不是她也已经死了？"母亲说："不是，是你父亲把她接来的，等你回家后，便送她回去。"陈锡九说："孩儿想留在这里侍奉父母，不愿回去。"母亲说："你辛苦跋涉到这里，是为了找父亲的骸骨。

父骨耳。汝不归，初志为何也？况汝孝行已达天帝，赐汝金万斤，夫妻享受正远，何言不归？”锡九垂泣。父数数[3]促行，锡九哭失声。父怒曰：“汝不行耶！”锡九惧，收声[4]，始询葬所。

你不回去，那当初立志是为了什么呢？况且你的孝行已经上达天帝，他赐给你万斤黄金，你们夫妻二人可享受的好日子正长呢，怎么能说不回去呢？”陈锡九只是低头哭泣。父亲多次催他走，他失声痛哭起来。父亲生气地说：“你还不走吗？”陈锡九害怕了，不再哭泣，才询问父亲葬在何地。

注释 1 得毋：岂不是，莫非。 2 泉下：黄泉之下。迷信指阴间。此处指死亡。 3 数数：屡次，常常。 4 收声：销声。此处指停止哭泣。

父挽之曰：“子行，我告之，去丛葬处百余步，有子母[1]白榆是也。”挽之甚急，竟不遑[2]别母。门外有健仆，捉马[3]待之。既超乘[4]，父嘱曰：“日所宿处，有少资斧，可速办装归，向岳索妇，不得妇，勿休也。”锡九诺而行。马绝驶，鸡鸣[5]至西安。仆扶下，方将拜致父母，而人马已杳。寻至旧宿处，倚壁假寐[6]，以待天明。坐处有拳石碍股，

父亲拉着他的手说：“你走，我告诉你，离乱坟岗百余步，有一大一小两棵白榆树的地方就是埋葬我之地。”父亲拉着陈锡九走得很急，他竟来不及向母亲道别。门外有个健壮的仆人正牵着马等候。等他骑上马，父亲叮嘱说：“你今天住的地方，有少量盘缠，你快速整理行装回家，回去向你岳父索要媳妇，要不到媳妇，切莫罢休。”陈锡九答应后出发了。马跑得极快，鸡鸣时到了西安。仆人扶陈锡九下马，他刚想让仆人替自己向父母致意，仆人和马却已消失不见了。陈锡九找到之前住的地方，靠着墙打盹，等待天亮。他坐的地方有块石头

晓而视之，白金也。市棺赁舆，寻双榆下，得父骨而归。

路腿，等天亮一瞧，原来是银子。他便买了口棺材，来到两棵榆树下，挖出父亲的骸骨运回了家。

注释 1 子母：指大小、主从关系。 2 不遑：来不及，没有闲暇。 3 捉马：牵马。 4 超乘：跳跃上车。此处指骑上马。 5 鸡鸣：鸡叫。常指天明之前。 6 假寐：和衣打盹。

合厝[1]既毕，家徒四壁。幸里中怜其孝，共饭之。将往索妇，自度不能用武，与族兄十九往。及门，门者绝之。十九素无赖，出语秽亵。周使人劝锡九归，愿即送女去，锡九乃还。初，女之归也，周对之骂婿及母，女不语，但向壁零涕。陈母死，亦不使闻。得离书，掷向女曰："陈家出[2]汝矣！"女曰："我不曾悍逆[3]，何为出我？"欲归质其故，又禁闭之。后锡九如西安，遂造凶讣[4]以绝女志。此信一播，遂有杜中翰[5]来议

陈锡九把父母合葬完，钱都花光了，家徒四壁。幸好村里人可怜他是孝子，都送饭给他吃。陈锡九打算去周家要媳妇，自己揣度不能动手，就跟族兄陈十九一同前往。到了周家门口，看门的不让他们进去。陈十九本是无赖，就污言秽语骂起来。周某让人劝陈锡九回去，表示愿意立即把女儿送还，陈锡九于是回家了。起初，周女回到娘家后，周某当着她的面骂陈锡九和他母亲，周女不言语，只是对着墙哭泣。陈母去世的事，周某也不告诉她。得到离婚书后，周某扔给女儿说："陈家把你休了！"周女说："我在陈家不曾凶悍忤逆，为何要休我？"她想回去问明原因，又被周某关了起来。此后陈锡九到西安去，周某就伪造陈锡九的死讯，想以此断绝女儿的念想。陈锡九的死讯传开后，就有杜中翰前来提亲，周某竟然答应了。

姻,竟许之。亲迎[6]有日,女始知,遂泣不食,以被韬面[7],气如游丝。

迎亲的日子已经定下来了,周女才知道消息,于是痛哭流涕不吃东西,用被子蒙住头,气若游丝。

注释 1 合厝(cuò):合葬。厝,停柩,把棺材停放待葬,或浅埋以待改葬。 2 出:休妻。 3 悍逆:凶悍忤逆。 4 凶讣(fù):死讯。讣,告丧,告丧文书。 5 中翰:明清时内阁中书的别称。清朝内阁设中书若干人,掌撰拟、翻译等事。 6 亲迎:古代婚礼“六礼”之一。新郎亲自迎娶新娘回家,行交拜合卺之礼。 7 韬(tāo)面:蒙住脸。韬,掩藏。

周正无法,忽闻锡九至,发语不逊,意料女必死,遂舁归锡九,意将待女死以泄其愤。锡九归,而送女者已至;犹恐锡九见其病而不内,甫入门,委[1]之而去。邻里代忧,共谋舁还。锡九不听,扶置榻上,而气已绝,始大恐。正遑迫[2]间,周子率数人持械入,门窗尽毁。锡九逃匿,苦搜之。乡人尽为不平,十九纠十余人锐身[3]急难[4],周子兄弟皆被夷伤[5],始鼠

周某正无计可施时,忽然听说陈锡九来了,还出言不逊,他料想女儿肯定会死,就让人抬回陈锡九家,想等女儿死后再到陈家泄愤。陈锡九回家后,送周女的人已经到了,担心陈锡九见人病了而不接纳,刚进门就把人丢下走了。邻里都替陈锡九担忧,大家商量再把周女抬回娘家去。陈锡九不同意,把妻子扶到床上,可妻子已经断气了,他这才大为恐慌。正惶恐着急时,周某的儿子领着几个人拿着棍棒闯进来,把门窗都打烂了。陈锡九逃走藏了起来,这帮人苦苦搜寻。村里人都为陈锡九抱不平,陈十九纠集十余人挺身前来救助,周某的儿子们都被打伤了,才抱头鼠窜而去。周某更加

窜而去。周益怒,讼于官,捕锡九、十九等。锡九将行,以女尸嘱邻媪,忽闻榻上若息,近视之,秋波[6]微动矣,少时,已能转侧[7]。大喜,诣官自陈。宰怒周讼诬,周惧,啖[8]以重赂始得免。锡九归,夫妻相见,悲喜交并。

生气,告到了官府,要求逮捕陈锡九、陈十九等人。陈锡九临走时,把妻子的尸体嘱托给邻家婆婆照看,忽然听到床上有呼吸声,走近一看,妻子的眼睛在微微转动,过了一会儿,已经可以翻身了。陈锡九大喜,到官府讲明情况。县令对周某诬告陈锡九感到很生气,周某很害怕,花了很多钱行贿才免于被追究。陈锡九回家后,夫妻相见,悲喜交加。

注释 1 委:抛下,丢弃。 2 惶迫:惶恐着急。 3 锐身:犹挺身。谓勇于承担风险。 4 急难:解救危难。 5 夷伤:打伤。夷,同"痍",创伤。 6 秋波:秋天的水波。比喻美人的眼睛清澈明亮。此处指眼睛。 7 转侧:翻身。 8 啖:拿利益引诱人。

先是,女绝食奄[1]卧,自矢[2]必死。忽有人捉起曰:"我陈家人也,速从我去,夫妻可以相见,不然无及矣!"不觉身已出门,两人扶登肩舆,顷刻至官廨[3],见公姑俱在,问:"此何所?"母曰:"不必问,容当[4]送汝归。"一日,见锡九至,甚喜。一见遽别,心颇疑怪。公不知何事,

此前,周女绝食,躺在床上奄奄一息,下定决心寻死。忽然有人把她拉起来说:"我是陈家人,赶快跟我走,你们夫妻可以相见,不然就来不及了!"周女不知不觉已经出了门,两人扶着她登上轿子,顷刻间就到了一个官署中,见公婆都在,便问:"这是什么地方?"婆婆说:"不必问是哪里,过些天就送你回去。"一天,周女见陈锡九来了,特别高兴。可见面不久又匆匆分别了,她心里觉得很奇怪。公公不知道为什么事,经

恒数日不归。昨夕忽归，曰：“我在武夷[5]，迟归二日，难为保儿[6]矣。可速送儿归去。”遂以舆马送女。忽见家门，遂如梦醒。女与锡九共述曩事，相与惊喜。由此夫妻相聚，但朝夕无以自给。锡九于村中设童蒙帐，兼自攻苦[7]，每私语曰：“父言天赐黄金，今四堵空空，岂训读[8]所能发迹耶？”

常好几天不回来。昨晚公公忽然回到家，说：“我在武夷山，晚回来了两天，难为马夫了。可速速送儿媳回去。”于是就派马车送周女回去。周女忽然看见了陈家的大门，就像做了一场梦一般醒了过来。周女和陈锡九共同讲述了之前的事，都感到又惊又喜。从此他们夫妻团聚了，但每日的生计都难以维持。陈锡九在村子里设馆教授孩童，自己又刻苦攻读，常常自言自语说：“父亲说上天会赐我黄金，而今四壁空空，靠教书岂会发达？”

注释　1 奄：形容气息微弱。　2 自矢：犹自誓。立志不移。　3 官廨（xiè）：官署，官吏办公的房舍。　4 容当：表敬之辞。多用于向对方表示自己该怎么做。　5 武夷：武夷山，在今江西、福建两省边境。　6 保儿：指马夫。“马保儿”的简称。　7 攻苦：刻苦攻读。　8 训读：训蒙教读，即教书。

一日，自塾中归，遇二人，问之曰：“君陈某耶？”锡九曰：“然。”二人即出铁索絷之，锡九不解其故。少间，村人毕集，共诘之，始知郡盗所牵[1]。众怜其冤，醵钱[2]赂役，途

一天，陈锡九从私塾回家，路上遇到两个人，问他道：“你是陈锡九吗？”陈锡九说：“是的。”两人随即掏出铁链把他绑起来，陈锡九不知是为什么。不一会儿，村里人都来了，都问是怎么回事，才知道他是受郡城盗贼的牵连。大家可怜陈锡九被冤枉，凑了些钱贿赂差役，陈锡九因

中得无苦。至郡见太守，历述家世。太守愕然曰：“此名士之子，温文尔雅，乌能作贼！”命脱缧绁[3]，取盗严梏之，始供为周某贿嘱。锡九又诉翁婿反面[4]之由，太守更怒，立刻拘提[5]。即延锡九至署，与论世好。盖太守旧邳宰韩公之子，即子言受业门人也。赠灯火之费[6]以百金，又以二骡代步，使不时趋郡，以课文艺[7]。转于各上官游扬[8]其孝，自总制[9]而下皆有馈遗。锡九乘骡而归，夫妻慰甚。

此一路上没受什么苦。到郡中见到太守，他讲述了自己的家世。太守惊愕地说：“这是名士的儿子，温文尔雅，怎么可能做贼？”命人给他解除绳索，提来盗贼严刑拷问，盗贼才供出是拿了周某的贿赂才诬陷陈锡九的。陈锡九又叙述了他与岳父不和的原因，太守更加恼怒，立刻出拘票传讯周某。随即他把陈锡九请进官署，谈起两家的交情。原来太守是原邳州长官韩公的儿子，是父亲陈子言的学生。太守送给陈锡九一百两灯火费，又送给他两头骡子，以便他不时骑着到郡城来，能指导他写八股文。太守又向各级上司传扬陈锡九的孝行，因此，自总督以下的官员们都对他有馈赠。陈锡九骑着骡子回了家，夫妻俩感到很欣慰。

注释　1 牵：牵连，带累。　2 醵（jù）钱：凑钱，集资。　3 缧绁（léi xiè）：捆绑犯人的绳索。　4 反面：犹反目，泛指翻脸，不和。　5 拘提：出拘票传讯。　6 灯火之费：读书、学习费用的委婉说法。　7 课文艺：考察功课。文艺，指八股文。　8 游扬：宣扬，传扬。　9 总制：即总督。清代时总督为地方最高长官。

一日，妻母哭至，见女伏地不起。女骇问之，始知周已被械在狱矣。

一天，周女的母亲哭着前来，一见到女儿就趴在地上不起来。周女吃惊地询问出了什么事，这才知道周某已经被

女哀哭自咎[1],但欲觅死。锡九不得已,诣郡为之缓颊[2]。太守释令自赎[3],罚谷一百石,批赐孝子陈锡九。放归出仓粟,杂糠秕[4]而辇运之。锡九谓女曰:"尔翁以小人之心度君子矣。乌知我必受之,而琐琐[5]杂糠核[6]耶?"因笑却之。

关进监狱了。周女痛哭自责,一心要寻短见。陈锡九不得已,到郡城为周某求情。太守让周某赎其罪,罚他捐一百石谷子,并批文把这些谷子赐给孝子陈锡九。周某被释放后,从粮仓搬出储存的谷子,又混杂了谷皮和瘪谷,用车运到陈锡九家。陈锡九对妻子说:"你父亲以小人之心度君子之腹。怎么知道我一定会接受这些粮食,还卑劣地在里面掺杂糠核?"于是笑着拒绝接受这些谷子。

注释 1 自咎:自责。 2 缓颊(jiá):婉言劝解或代人求情。 3 自赎:以资财入官赎罪。泛指自赎其罪。 4 糠秕(kāng bǐ):谷皮和瘪谷。 5 琐琐:形容人品卑微、平庸、渺小。此处指行为卑劣。 6 糠核:粗劣的食物。

锡九家虽小有[1],而垣墙陋敝。一夜,群盗入,仆觉大号,止窃两骡而去。后半年余,锡九夜读,闻挝门[2]声,问之寂然。呼仆起视,则门一启,两骡跃入,乃向所亡[3]也。直奔枥[4]下,咻咻汗喘。烛之,各负革囊,解视则白镪[5]满中。大

陈锡九家虽然小有积蓄,但院墙残破不堪。一天晚上,一群强盗闯进来,仆人发觉后大声呼喊,强盗只偷了两头骡子就逃走了。过了半年多,一次陈锡九正在夜读,听到有敲门声,询问是谁而没人答应。他喊仆人起来看看,刚打开门,两头骡子跃门而入,正是之前被偷走的那两头。骡子径直跑到食槽下,喘着粗气。拿灯一照,每头骡子背上驮了一个皮袋子,打开一看,里面都是白银。陈锡九大感惊异,不

异,不知其所自来。后闻是夜大盗劫周,盈装出,适防兵[6]追急,委其捆载而去。骡认故主,径奔至家。

知道银子从哪儿来的。后来,他听说当晚强盗抢劫了周家,刚把财物装到袋子里,捆到骡背上走出门,恰巧遇到巡防的官兵紧追过来,就丢下财物逃跑了。骡子认得原来的主人家,驮着财物直奔回来。

注释　1 小有:薄有资财,小有积蓄。　2 挝(zhuā)门:敲门。挝,打,敲打。　3 亡:失去,丢失。此处指被盗。　4 枥:马槽。　5 白镪(qiǎng):白银。　6 防兵:防汛兵。明清时驻防在地方上的军队。

周自狱中归,刑创犹剧[1],又遭盗劫,大病而死。女夜梦父囚系而至,曰:"吾生平所为,悔已无及。今受冥谴,非若翁莫能解脱,为我代求婿,致一函焉。"醒而呜泣。诘之,具以告。锡九久欲一诣太行,即日遂发。既至,备牲物[2]酹祝[3]之,即露宿其处,冀有所见,终夜无异,遂归。周死,母子逾贫,仰给[4]于次婿。王孝廉考补县

周某从监狱回家后,受刑的创伤仍很严重,又遭遇盗贼抢劫,气得得了一场大病就死了。周女晚上梦见父亲戴着枷锁前来,对她说:"我对自己生平的所作所为,现在后悔已经来不及了。我如今遭受阴间的惩罚,非你公公帮助不能解脱,请你替我求求女婿,给你公公写封信。"周女醒后伤心地哭泣。陈锡九问她怎么回事,周女把梦中之事告诉了他。陈锡九早就想去一趟太行山,当天就出发了。到了以后,他准备好牺牲等祭品,把酒洒在地上祭奠祝告,然后就露宿在父母坟边,希望能见到父亲,但整夜也没有奇异的事情发生,他只好回去了。周某死后,他的老婆和孩子更加贫困,生活都依靠王举人接济。王

尹[5],以墨[6]败[7],举家徙沈阳。益无所归,锡九时顾恤之。

举人通过考试补授为知县,因为贪污被罢了官,全家迁到了沈阳。周家母子更加无依无靠,陈锡九时常周济他们。

注释 1 剧:猛烈,严重。 2 牲物:祭祀的供品。包括牺牲和酒等。牲,古代指供祭祀、盟誓和食用的牛、羊、猪等家畜。 3 酹(lèi)祝:祭奠祝告。酹,把酒洒在地上表示祭奠或起誓。 4 仰给:依赖。 5 县尹:县令,知县。 6 墨:贪污。 7 败:废弃,废黜。此处指被罢官。

异史氏曰:"善莫大于孝,鬼神通之,理固宜然。使为尚德之达人也者,即终贫,犹将取之,乌论后此之必昌哉?或以膝下之娇女,付诸颁白之叟[1],而扬扬[2]曰:'某贵官,吾东床[3]也。'呜呼!宛宛婴婴者[4]如故,而金龟婿[5]以谕葬[6]归,其惨已甚矣,而况以少妇从军[7]乎?"

异史氏说:"善行中没有比孝更大的了,孝行能够感通鬼神,是理所当然的。那些道德高尚的通达之人,即使终生贫困,也会终生尽孝,哪里会考虑子孙后代会不会兴旺发达呢?有的人把自己宠爱的女儿送给须发花白的老头儿,还得意洋洋地说:'某位高官,是我的女婿啊。'呜呼!柔弱娇美的女子依然年轻,而身居高官的女婿早已被安葬,这种情景实在太惨了,何况有的少妇还要和犯了罪的丈夫被发配充军呢?

注释 1 颁白之叟:须发花白的老人。颁白,花白。 2 扬扬:得意貌。 3 东床:女婿。 4 宛宛婴婴者:柔弱娇美的少女。宛宛,细弱貌。 5 金龟婿:谓身任高官的女婿。金龟,黄金铸的龟纽官印。后泛指高官之印。 6 谕葬:奉皇帝谕旨安葬。指规格很高的葬仪。 7 从军:充军。

卷九

邵临淄

原文

临淄某翁[1]之女，太学[2]李生妻也。未嫁时，有术士推其造[3]，决其必受官刑。翁怒之，既而笑曰："妄言一至于此！无论世家女必不至公庭，岂一监生不能庇一妇乎？"既嫁，悍甚，指骂夫婿以为常。李不堪其虐，忿鸣于官。邑宰邵公[4]准其词，签役立勾[5]。翁闻之大骇，率子弟登堂，哀求寝息[6]，弗许。李亦自悔，求罢。公怒曰："公门内岂作辍[7]尽由尔耶？必拘审！"既到，略诘一二言，便曰："真悍妇！"杖责三十，臀肉尽脱。

译文

临淄某位老先生的女儿，是太学生李生的妻子。她没出嫁时，有个算命先生推算她的生辰八字，断定她必定会遭受官府的刑罚。老先生听了勃然大怒，转而又笑着说："竟然如此胡说八道！不要说世家大族的女儿不会上公堂，难道一个监生还不能庇护自己的媳妇吗？"老先生的女儿出嫁后，凶悍无比，指着丈夫叫骂习以为常。李生受不了她的虐待，愤而告到了官府。县令邵公批准了他的状词，签派官差去捉拿她。老先生听了大为惊骇，带领家人来到大堂，哀求县令息事宁人，县令不同意。李生也有些后悔，请求撤诉。邵公生气地说："公门之内，怎能由你们想告就告，想撤就撤呢？一定要拘拿审讯！"她被带到后，邵公略微问了一两句，便说："真是个悍妇！"命人打了三十大板，屁股上的肉全都打烂了。

注释 1 翁：对年长者的尊称。亦泛指年老的男子。 2 太学：我国古代设于京城的国立最高学府。太学之名始于西周。汉代始，太学成为中央在京师所设学校的正式名称。魏晋到明清，或设太学或设国子监（国子学），或两者同时设立，名称不一，制度亦有变化，但均为传授儒学经典的最高学府。 3 推其造：推算其生辰八字。人的生辰年月日时，干支相配共得8个字，星命术士称之为造，据以推断其人命运好坏。 4 邑宰邵公：邵嗣尧，字子昆，山西临猗人，康熙九年进士，曾任临淄知县。 5 签役立勾：派发签牌给衙役，立即拒捕到案。签，签牌，竹制，官府拘捕犯人的凭证。 6 寝息：原指睡卧休息。后也指搁置、停息。 7 作辍：此处指报官和撤诉。辍，中止。

异史氏曰："公岂有伤心于闺阃耶？何怒之暴也？然邑有贤宰，里无悍妇矣。志之，以补《循吏传》[1]之所不及者。"

异史氏说："邵公难道在女人方面受过伤害吗？为何如此暴怒呢？然而县里有贤明的县令，乡里就没有悍妇了。我记下这件事，以补充《循吏传》所遗漏的。"

注释 1《循吏传》：指奉公守法的官员的传记。《史记》中有《循吏列传》。循吏，守法循理的官吏。

于去恶

原文

北平[1]陶圣俞，名下士[2]。顺治间赴乡试，寓居

译文

北平的陶圣俞是个有名的读书人。顺治年间，他去参加乡试，寓居在城郊。

郊郭。偶出户，见一人负笈恇儴[3]，似卜居[4]未就者。略诘之，遂释负于道，相与倾语，言论有名士风。陶大说[5]之，请与同居。客喜，携囊入，遂同栖止。客自言："顺天人，姓于，字去恶。"以陶差长[6]，兄之。

有一次他偶然出门，看见一个人背着书箱，神情慌乱，好像在找住的地方还没找到。陶生略微问了几句，那人就把箱子放在地上，和他聊了起来，谈吐很有名士风范。陶生大喜，邀请他和自己一起住。客人也很高兴，拿着行囊进了屋，于是两人就住在了一起。客人自己介绍说："我是顺天人，姓于，字去恶。"因为陶生年纪略大，于去恶就以兄长之礼待他。

注释 **1** 北平：北京市的旧称。 **2** 名下士：享有盛名之士。 **3** 负笈恇儴（kuāng ráng）：背着书箱而神情慌乱，惶急不安。 **4** 卜居：寻找住处。 **5** 说：同"悦"。 **6** 差（chā）长：略为年长。差，比较，略微。

于性不喜游瞩[1]，常独坐一室，而案头无书卷。陶不与谈，则默卧而已。陶疑之，搜其囊箧，笔研之外更无长物。怪而问之，笑曰："吾辈读书，岂临渴始掘井[2]耶？"一日就陶借书去，闭户抄甚疾，终日五十余纸，亦不见其折叠成卷。窃窥之，则每一稿脱，则烧

于去恶生性不喜欢游玩，经常独自一人坐在屋子里，可是桌子上却没有书卷。陶生不跟他谈话时，他就一声不吭地躺在床上。陶生对此心生疑虑，就查看他的行囊和箱子，除了笔砚之外，没有什么其他东西。陶生觉得很奇怪，就问他，他笑着说："我们读书人，难道要等到口渴了才开始挖井吗？"一天，于去恶跟陶生借了本书，关上房门疾速抄写，一天抄了五十多张纸，也不见他折叠成卷册。陶生偷偷观察，发现他每抄好一篇

灰吞之。愈益怪焉，诘其故，曰："我以此代读耳。"便诵所抄书，顷刻数篇，一字无讹。陶悦，欲传其术，于以为不可。陶疑其吝，词涉诮让[3]，于曰："兄诚不谅我之深矣。欲不言，则此心无以自剖，骤言之，又恐惊为异怪。奈何？"陶固谓："不妨。"于曰："我非人，实鬼耳。今冥中以科目[4]授官，七月十四日奉诏考帘官[5]，十五日士子入闱，月尽榜放矣。"陶问："考帘官为何？"曰："此上帝慎重之意，无论乌吏鳖官，皆考之。能文者以内帘用，不通者不得与焉。盖阴之有诸神，犹阳之有守令也。得志诸公，目不睹坟典[6]，不过少年持敲门砖，猎取功名，门既开则弃去。再司簿书[7]十余年，即文学士，胸中尚有

稿子，就烧成灰吞掉。他越发觉得奇怪，就问他怎么回事，于去恶说："我是用这个办法代替读书罢了。"于是背诵所抄的书，一会儿就背了好几篇，一字不错。陶生很高兴，想让于去恶把这个法术传给自己，于去恶却不同意。陶生怀疑他吝惜，说话中流露出责备的意思，于去恶道："兄长真是太不体谅我了。如果我不说，心意就无法表明，而突然讲出来，又担心你受惊，认为我很怪异。该怎么办呢？"陶生坚持说："贤弟但说无妨。"于去恶说："我并不是人，其实是鬼。现今地府要以科考授官，七月十四日奉诏考选帘官，十五日士子进场，月底发榜公布结果。"陶生问："为什么要考帘官呢？"回答说："这体现了上帝慎重对待科考之意，无论乌吏鳖官，都要考试。能写文章的就任用为内帘官，文墨不通的不得当帘官。阴曹地府有各种神，就像人世有郡守、县令一样。现今世上那些考中做了官的人，根本不再看书了，书卷不过是他们少年时手里的敲门砖，靠它猎取功名，做官的大门既然打开了，它也就被扔掉了。如果再管理十几年的公文簿册，即使原来是文学名士，胸中还会有文墨

字耶？阳世所以陋劣幸进，而英雄失志者，惟少此一考耳。”陶深然之，由是益加敬畏。

吗？人世之所以会有浅陋粗劣的人侥幸升迁，而有真才实学的人不得志，就是因为少了这一道考试啊。”陶生对此十分赞同，于是更加敬畏于去恶。

注释 **1** 游瞩：游览，游玩。 **2** 临渴始掘井：临到渴时方才凿井。比喻平时无备，事到临头才想办法。 **3** 诮(qiào)让：责问。 **4** 科目：唐代以来分科选拔官吏的名目。 **5** 帘官：明、清科举制度，乡试、会试时有内帘官、外帘官之别，统称帘官。主考（或总裁）及同考官居内帘，主要职务为阅卷。外帘各官管理考场事务。内外帘官不相往来，有公事在内帘门口接洽。 **6** 坟典：指三坟、五典的并称，泛指古书。 **7** 司簿书：管理、批改文书簿册。

一日自外来，有忧色，叹曰：“仆生而贫贱，自谓死后可免，不谓迍邅[1]先生相从地下。”陶请其故，曰：“文昌[2]奉命都罗国封王，帘官之考遂罢。数十年游神耗鬼[3]，杂入衡文[4]，吾辈宁有望耶？”陶问：“此辈皆谁何人？”曰：“即言之，君亦不识。略举一二人，大概可知，乐正师旷、司库和峤[5]是也。仆自念命不

一天，于去恶从外边回来，面带忧愁，感叹道：“我活着的时候贫穷低贱，自认为死后就能免除不幸了，不料不幸竟跟着我来到了地下。”陶生问他怎么回事，他回答说：“文昌帝君奉命到都罗国册封藩王，帘官考试就取消了。这样，那些几十年来游手闲荡、不学无术的试官就会混杂于其中主持科举考试，我们这些人怎么有考中的希望啊？”陶生问：“你说的这些考官都有什么人？”于去恶说：“就算给你说了，你也不认识。我略举一两个，你大概就知道情况了，有乐正师旷、司库和峤。我自认为命运不可依

可凭，文不可恃，不如休[6]耳。”言已怏怏[7]，遂将治任[8]。陶挽而慰之，乃止。	凭，文章也不可依恃，不如弃考算了。”说完闷闷不乐，就打算收拾行李离开。陶生拉住他一再劝慰，他才留了下来。

注释 1 迍邅（zhūn zhān）：难行貌。指处境不利，困顿。 2 文昌：道教神名，又称梓潼帝君。掌管人间功名禄位之神。 3 游神耗（mào）鬼：游手闲荡、不学无术的试官。耗，昏乱不明。 4 衡文：品评文章，特指主持科举考试。 5 乐正师旷、司库和峤：乐正，官名，周时乐官之长。师旷，春秋时晋国的乐师，他辨音能力很强，但生而目盲。司库，主管钱库之官。和峤，晋人，家极富而性至吝，杜预说他有钱癖。这两个人，一个瞎眼，一个爱钱。由他们做试官，必然是盲目评文或贪财受贿。 6 休：罢休，算了。 7 怏怏（yàng yàng）：指不服气或闷闷不乐的神情。 8 治任：整理行装，表示要离去。

至中元[1]之夕，谓陶曰：“我将入闱。烦于昧爽[2]时，持香炷于东野，三呼去恶，我便至。”乃出门去。陶沽酒烹鲜以待之。东方既白，敬如所嘱。无何，于偕一少年来。问其姓字，于曰：“此方子晋，是我良友，适于场中相邂逅。闻兄盛名，深欲拜识。”同至寓，秉烛为礼。少年亭亭似玉[3]，意度[4]谦	等到中元节之夜，于去恶对陶生说：“我要进考场了。麻烦你在黎明时，在东郊荒野拿一炷香，连喊三遍‘去恶’，我就会来。”说完就出门走了。陶生准备了酒菜等着。天快亮时，他便恭敬地照于去恶之前的嘱咐做了。没多久，于去恶带着一位少年来了。问他叫什么，于去恶说：“此人叫方子晋，是我的好朋友，刚才恰好在考场遇上了。他听说兄长的大名，就特别想来拜访你。”三人一同回到寓所，点上蜡烛互相行了礼。少年秀雅挺拔，态度谦和柔婉。陶

婉。陶甚爱之，便问："子晋佳作，当大快意。"于曰："言之可笑！闱中七则[5]，作过半矣，细审主司姓名，裹具[6]径出。奇人也！"

生很喜欢他，便问："子晋的佳作，一定是大快人意吧。"于去恶说："说来也可笑！七道试题他已经写了一半了，但仔细看了主考官的姓名，竟收拾笔墨离场了。真是个奇人！"

注释 **1** 中元：中元节，即农历七月十五。"中元"是汉族传统节日"三元"之一，与上元、下元合称"三元"。上元为正月十五（元宵节），中元为七月十五（中元节），下元为十月十五。 **2** 昧爽：黎明，拂晓。 **3** 亭亭似玉：形容修美挺拔。亭亭，高耸貌，直立貌。 **4** 意度：意态风度。 **5** 闱中七则：清顺治三年颁科场条例，规定乡试第一场，试时文七篇。其中"四书"三题，"五经"各四题，考生可自选一经，故合称"七艺"或"七则"。闱，古代科举的试场。 **6** 裹具：收拾起笔墨。裹，包裹。

陶扇炉进酒，因问："闱中何题？去恶魁解否[1]？"于曰："书艺、经论[2]各一，夫人而能之。策问[3]：'自古邪僻固多，而世风至今日，奸情丑态，愈不可名[4]，不惟十八狱所不得尽，抑非十八狱所能容。是果何术而可？或谓宜量加一二狱，然殊失上帝好生之心。其宜增

陶生扇着炉火递上一杯热酒，接着问道："考场中出了什么题目？去恶你能高中吗？"于去恶回答说："书艺、经论各一道，是大家都会的。策问是：'自古乖谬不端的事很多，而社会风气败坏到今日，奸邪丑恶的事多得甚至叫不出名目来，不仅十八层地狱中涵盖不尽这些坏事，而且也不是十八层地狱所能容得下的。这个问题用什么方法解决呢？有人说应酌情增加一两层地狱，然而这样做太违背上帝好生之德。到底是应

与，否与，或别有道以清其源[5]，尔多士[6]其悉言勿隐。’弟策虽不佳，颇为痛快。表[7]：‘拟天魔[8]殄灭，赐群臣龙马[9]天衣[10]有差[11]。’次则‘瑶台应制诗’‘西池桃花赋’。此三种，自谓场中无两矣！”言已鼓掌。方笑曰：“此时快心，放兄独步矣。数辰后，不痛哭始为男子也。”

该增加呢，还是不增加呢，或者另有他法能从根本上解决，各位士子都来讲一讲，不要有所保留。’小弟的策问虽然写得不好，但说得很痛快。表的题目是：‘拟一道天魔殄灭，按等次赏赐群臣龙马天衣的贺表。’然后是写‘瑶台应制诗’‘西池桃花赋’。这三道题，我自认为全场没人能比得上。”说完，于去恶乐得直鼓掌。方子晋笑道：“这时候心里痛快，任你独步超群。几个时辰后，不痛哭流涕才算男子汉。”

注释　1 魁解(jiè)否：犹言是否高中。魁解，指乡试中式的第一名。魁，经魁，明代科举以“五经”取士，每经各取一名为首叫“经魁”。因此取在前五名的称“五经魁”或“五魁”。解，唐制，进士由乡而贡曰解。明清乡试本称“解试”，因称乡试中了举人第一名为“解元”。　2 书艺、经论：根据《四书》和“五经”所出的八股文试题。从《四书》里出的题叫书艺，从“五经”里出的题叫经论或经义。　3 策问：科举考试项目之一，以简策发问的形式，提出有关史事或时政等问题征求对答。　4 名：名目，称呼。　5 清其源：从根本上杜绝邪僻。源，本源。　6 多士：故指众多的贤士，也指百官。此指应考的众生员。　7 表：是臣下对皇帝有所陈述、请求、建议时用的一种文体。　8 拟：拟稿。天魔：佛教语。天子魔之略称，为欲界第六主。常为修道设置障碍。泛指魔鬼。　9 龙马：指骏马。　10 天衣：天子所着之衣。此指皇帝所赐的冠带朝服。　11 差（cī）：等级，差别。

天明，方欲辞去。陶留与同寓，方不可，但期[1]暮至。三日竟不复来，陶使于往寻之。于曰："无须。子晋拳拳[2]，非无意者。"日既西，方果来。出一卷授陶，曰："三日失约，敬录旧艺百余作，求一品题[3]。"陶捧读大喜，一句一赞，略尽一二首，遂藏诸笥[4]。谈至更深，方遂留，与于共榻寝。自此为常，方无夕不至，陶亦无方不欢也。

天亮后，方子晋想告辞回去，陶生挽留他一起住下，他不肯，只是约定晚上再来。过了三天，方生竟然没有再来，陶生让于去恶过去找他。于去恶说："无须寻找。子晋为人诚恳，不是言而无信之人。"太阳偏西时，方生果然来了。他拿出一卷文稿交给陶生，说："失约三天，是因为我在抄录之前写的上百篇旧作，请你一一点评。"陶生高兴地拿起来就读，读一句夸一句，大概读了一两篇后，就收进箱子里。三人谈论到深夜，方子晋就留下来与于去恶同床而睡。从此以后经常如此，方子晋没有一晚不来的，陶生也是不见方子晋就不愉快。

注释 1 期：约定。 2 拳拳：诚挚貌。 3 品题：对诗文书画等的评论、点评。 4 笥（sì）：盛衣物或饭食的方形竹器。

一夕，仓皇而入，向陶曰："地榜已揭，于五兄落第矣！"于方卧，闻言惊起，泫然流涕。二人极意慰藉，涕始止。然相对默默，殊不可堪。方曰："适闻大巡环[1]张桓侯[2]将至，恐失志者之造言也。

一天晚上，方子晋慌慌张张地走进来，对陶生说："地府已经发榜了，于五兄落第了！"于去恶正在床上躺着，听到此话吃惊地坐起来，眼泪刷一下就流下来了。两人极力安慰，他才不哭了。然而，三个人默默地互相看着，都很难过。方子晋说："刚才我听说大巡环张桓侯就要到了，恐怕这是落第的人编出来的。

不然，文场尚有翻覆。”于闻之色喜。陶询其故，曰：“桓侯翼德，三十年一巡阴曹，三十五年一巡阳世，两间之不平，待此老而一消也。”乃起，拉方俱去。两夜始返，方喜谓陶曰：“君不贺五兄耶？桓侯前夕至，裂碎地榜，榜上名字，止存三之一。遍阅遗卷[3]，得五兄甚喜，荐作交南[4]巡海使，旦晚舆马可到。”陶大喜，置酒称贺。酒数行，于问陶曰：“君家有闲舍否？”问：“将何为？”曰：“子晋孤无乡土，又不忍恝然[5]于兄。弟意欲假馆相依。”陶喜曰：“如此，为幸多矣。即无多屋宇，同榻何碍。但有严君，须先关白[6]。”于曰：“审知尊大人慈厚可依。兄场闱有日，子晋如不能待，先归何如？”陶留伴逆旅，以待同归。

如果是真的话，考试结果可能还会有变动。”于去恶听了面露笑容。陶生问他这是怎么回事，他说：“桓侯翼德，三十年巡查一次阴曹地府，三十五年巡查一次人世，两界有不平的事，都等着他来解决。”于去恶就站起身，拉着方子晋一起走了。过了两晚才回来，方子晋高兴地对陶生说：“你不向五哥祝贺吗？桓侯前天晚上到了考场，一把扯碎了地府的考榜，榜上的名字只保存了三分之一。他把落榜考生的卷子都看了一遍，看到五哥的卷子甚为高兴，推荐五哥做交南巡海使，很快车马就要到了。”陶生大为欣喜，赶紧摆酒庆贺。酒过数巡，于去恶问陶生说：“你家有空房子吗？”陶生问：“你要干什么用？”他回答说：“子晋孤零零的无家可归，又不忍心跟陶兄恝然分别。小弟想借一间屋子，让子晋住下，也好和你相互依靠。”陶生高兴地说：“如果能这样，我真是倍感荣幸。即使没有多余的房屋，我跟子晋睡一张床又有什么关系呢？只是家中父母尚在，要先禀告他们。”于去恶说：“我知道你父母慈爱忠厚，可以依靠。陶兄距开考还有些时日，子晋如果不能等，先回去如何？”陶生把方子晋留下作伴，等考完一起回去。

注释 1 大巡环：虚拟的官名，取巡回视察之意。 2 张桓侯：三国时蜀汉名将张飞，字翼德，死后谥号桓侯。 3 遗卷：此处指没有被录取者的试卷。 4 交南：交州南部地区。今广东、广西属于古之交州。 5 恝（jiá）然：漠不关心貌，冷漠貌。 6 关白：禀告，通知。

次日方暮，有车马至门，接于莅任。于起，握手曰："从此别矣。一言欲告，又恐阻锐进之志。"问："何言？"曰："君命淹蹇[1]，生非其时。此科之分十之一，后科桓侯临世，公道初彰，十之三，三科始可望也。"陶闻欲中止。于曰："不然，此皆天数。即明知不可，而注定之艰苦，亦要历尽耳。"又顾方曰："勿淹滞[2]，今朝年、月、日、时皆良，即以舆盖[3]送君归。仆驰马自去。"方忻然[4]拜别。陶中心迷乱，不知所嘱，但挥涕送之。见舆马分途，顷刻都散，始悔子晋北旋，未致一字，而已无及矣。

第二天刚到傍晚，就有车马来到门前，接于去恶去上任。于去恶起身握着陶生的手说："我们从此就分别了。有句话想对你讲，又怕阻碍你的上进心。"陶生问："什么话？"于生说："你的命运十分坎坷，生不逢时。这次考试，你只有十分之一的希望，下一次桓侯来人世巡查，公道开始伸张，你有十分之三的希望，直到第三次，你才有希望考中。"陶生听了就不想参加考试了。于去恶劝道："不能这样，这都是天意。即使明知不可，但命中注定的艰苦，也是要全部经历的。"又转过头对方子晋说："你不要再滞留此处了，今天的年、月、日、时都很好，用迎我的马车立即把你送回去吧。我自己骑马去赴任。"方子晋欣然和他们告别。陶生内心迷乱，不知说什么好，只是挥泪送他们离去。他看着车马各走各的路，顷刻间就散了，他这才后悔让方子晋回家，他还没给家里捎封信，而此时已经来不及了。

注释 1 淹蹇（jiǎn）：谓艰难窘迫，坎坷不顺。 2 淹滞：淹留，久留。 3 舆盖：指车舆与车盖。此处代指车。 4 忻然：喜悦貌，愉快貌。

三场毕[1]，不甚满志，奔波而归。入门问子晋，家中并无知者。因为父述之，父喜曰："若然，则客至久矣。"先是陶翁昼卧，梦舆盖止于其门，一美少年自车中出，登堂展拜。讶问所来，答云："大哥许假一舍，以入闱不得偕来，我先至矣。"言已，请入拜母。翁方谦却，适家媪入曰："夫人产公子矣。"恍然而醒，大奇之。是日陶言，适与梦符，乃知儿即子晋后身也。

三场考完后，陶生不太满意，就匆忙赶回家去。一进家门，他就询问子晋在不在，家里没有人知道此人。于是陶生向父亲讲述了此事，父亲听了高兴地说："如果是这样的话，那么客人已经到家很久了。"之前，陶生的父亲白天躺在床上睡觉，梦见一辆马车停在家门口，一位美少年从车里出来，走进大堂来拜见陶父。陶父惊讶地问他从哪儿来，他回答说："大哥许诺借我一间房子住，因为他要参加考试而不能跟我一起回来，我就先到了。"说完就请求进屋拜见陶生的母亲。陶父正在谦让婉拒时，家里的老女仆进来通报说："夫人生了一位公子。"陶父恍然梦醒，大感奇怪。现在陶生所说的和梦境恰好相符，陶夫才知道这孩子是子晋投生的。

注释 1 三场毕：此指乡试完毕。明清时，乡试共分三场，于八月举行，以初九日为第一场正场，十二日为第二场正场，十五日为第三场正场。每场三天。

父子各喜，名之小晋。儿初生，善夜啼，母苦之。陶曰："倘是子晋，我见之，啼当止。"俗忌客忤[1]，故不令陶见。母患啼不可耐，乃呼陶入。陶呜[2]之曰："子晋勿尔！我来矣！"儿啼正急，闻声辍止，停睇不瞬，如审顾状。陶摩顶[3]而去。自是竟不复啼。

父子二人都很高兴，就给这孩子取名"小晋"。这个孩子刚出生时，喜欢夜里啼哭，陶母为此很是苦恼。陶生就说："倘若真是子晋，我去见见他，他应当不会再哭了。"当地的风俗忌讳刚出生的婴儿见生人，怕受冲犯，所以不让陶生见他。可陶母实在受不了小儿的哭闹，就喊陶生进去。陶生哄他说："子晋不要哭了！我来啦！"当时孩子正哭得厉害，听到陶生的声音立即不哭了，目不转睛地盯着陶生，好像在仔细看他。陶生摸了摸小儿的头顶就出去了。从此孩子竟然不再啼哭了。

注释 1 俗忌客忤：旧时习俗，禁忌生人进入产妇卧室，以免冲犯。2 呜：口中发声以抚慰孩子。 3 摩顶：以手抚其头顶。

数月后，陶不敢见之，一见则折膝索抱，走去则啼不可止。陶亦狎爱之。四岁离母，辄就兄眠。兄他出，则假寐以俟其归。兄于枕上教《毛诗》[1]，诵声呢喃，夜尽四十余行。以子晋遗文授之，欣然乐读，过口

数月后，陶生已经不敢再见弟弟了，一见，小晋就要他弯腰来抱，陶生一走开，他就哭个不停。陶生也非常宠爱他。小晋四岁时离开母亲，和哥哥睡在一起。哥哥如果出门了，他就假装睡觉等着他回来。哥哥在床上教他《毛诗》，小晋也能"咿咿呀呀"地读诵，一晚上就能读四十多行。陶生把子晋留下的文章拿给弟弟，他很高兴地读了起来，念一遍就会

成诵，试之他文不能也。八九岁眉目朗彻，宛然一子晋矣。陶两入闱，皆不第。丁酉，文场事发[2]，帘官多遭诛遣，贡举之途一肃，乃张巡环力也。陶下科中副车[3]，寻贡[4]。遂灰志前途，隐居教弟。尝语人曰："吾有此乐，翰苑不易[5]也。"

背诵，试别的文章就背不出来。八九岁时，小晋已经长得眉清目秀，宛然是又一个子晋了。陶生两次参加乡试都没考中。丁酉年，科场弊案事发，帘官大多被诛杀或流放，科考之路得以肃清，这都是张巡环的功劳。陶生第三次考中了副榜，不久成了贡生。此时他对科考不再有兴趣，隐居在家教弟弟读书。他曾对人说："我有这样的乐趣，哪怕给我个翰林，我也不换。"

注释　1《毛诗》：相传为西汉时鲁国毛亨和赵国毛苌所传，就是现在流行于世的《诗经》。　2 丁酉，文场事发：丁酉，指顺治十四年（1657）。这一年，江南、顺天、山东、山西、河南等地都发生了乡试科场案。顺天府乡试房官张我朴、李振邺以及江南乡试主考及分考官，都遭杀戮；举人田耜等因贿买举人，也被杀。凡南北闱中式举人，都传至京城复试于太和门。　3 副车：清代乡试有正、副两榜。正榜取中的称举人，又称"公车"。副榜取中的，犹如备取生，称副车。　4 寻贡：不久举为贡生。科举时代，取得副车资格的生员，可以贡入国子监读书。　5 翰苑不易：做个翰林也比不上。翰苑，翰林院，此指考中的进士在翰林院为官。

异史氏曰："余每至张夫子[1]庙堂，瞻其须眉，凛凛有生气。又其生平喑哑[2]如霹雳声，矛马所至，无不

异史氏说："我每次到张夫子的庙堂，看见他的须眉，雄风凛凛而生气十足。他一生叱咤风云如同霹雳，枪马所到之处，无不大快人心，出人意料。

大快，出人意表。世以将军好武，遂置与绛、灌伍[3]，宁知文昌事繁，须侯固多哉！呜呼！三十五年，来何暮[4]也！”

世人因将军好武，就把他跟周勃、灌婴等人并列，哪里知道文昌帝君事务繁忙，需要桓侯帮助的地方有很多啊！呜呼！三十五年才来一次，来得实在是太晚了！”

注释 **1** 张夫子：张飞。夫子，古代对男子的敬称。 **2** 喑哑（yīn yǎ）：发怒喝叫。此处指叱咤风云。 **3** 遂置与绛、灌伍：把他同周勃、灌婴放在同等地位。绛，指汉初名将周勃，曾被封为绛侯。灌，灌婴，也是汉初名将。这两个人都勇武无文。 **4** 暮：晚，迟。

狂 生

原文

刘学师[1]言：济宁[2]有狂生某，善饮，家无儋石[3]，而得钱辄沽[4]，殊不以穷厄为意。值新刺史[5]莅任，善饮无对。闻生名，招与饮而悦之，时共谈宴。生恃其狎[6]，凡有小讼求直[7]者，辄受薄贿为之缓颊[8]。刺史每可[9]其请。生习为常，刺史心厌之。

译文

刘学师曾讲过一件事：济宁有个狂放的书生，很喜欢喝酒，即使家里很穷，只要有钱就拿去买酒，一点也不把穷困放在心上。当时恰好有新刺史上任，他也喜欢喝酒，却找不到人陪他喝。刺史听说狂生很能喝，就把他叫来一起饮酒，很喜欢他，于是两人经常在一起聊天畅饮。狂生仗着跟刺史关系好，凡是有小诉讼想求得胜诉的，他就收点儿小贿赂替人向刺史求情。刺史每次都答应他的请求。狂生逐渐习以为常，可刺史心里却有些讨厌他。

注释 1 刘学师：刘支裔，山东济宁（今山东济宁市）人。康熙二十二年（1683）任淄川县儒学教谕，三十五年（1696）卒于官。见乾隆《淄川县志》。学师，府、州、县学学官。 2 济宁：位于山东省西南部，属兖州府。今属山东省辖地级市。 3 家无儋石（dàn shí）：形容家里没有存粮，比喻家境困难，生活贫穷。 4 沽：买。多指买酒。 5 刺史：清时为知州的代称。 6 狎（xiá）：亲近。 7 求直：胜诉，有利于己的判断。 8 缓颊（jiá）：代人求情。 9 可：答应。

一日早衙，持刺[1]登堂，刺史览之微笑，生厉声曰："公如所请，可之；不如所请，否之。何笑也？闻之，士可杀而不可辱。他固不能相报，岂一笑不能报耶？"言已大笑，声震堂壁。刺史怒曰："何敢无礼！宁不闻灭门令尹[2]耶？"生掉臂[3]竟下，大声曰："生员无门之可灭！"刺史益怒，执之。访其家居，则并无田宅，惟携妻在城堞[4]上住。刺史闻而释之，但逐不令居城垣。朋友怜其狂，为买数尺地，购斗室[5]焉。入而居之，叹曰："今而后畏令尹矣！"

一天早上升堂，狂生拿着求情的名帖走上公堂，刺史看过后微微一笑，狂生见状厉声说："大人如果答应我的请求，就答应；不答应，即可拒绝。为何发笑呢？我听说，士可杀不可辱。别的事情固然不能报复，但一笑难道还不能报复吗？"说完就哈哈大笑，声震四壁。刺史大怒道："你胆敢无礼！难道没听说过有灭门的令尹吗？"狂生无所顾忌地走下堂去，大声说："我无门可灭！"刺史越发恼怒，就把他抓了起来。查探狂生住的地方，发现他并没有田地房屋，只是带着妻子住在城墙上。刺史听说这些情况后就把狂生放了，但下令不准他在城墙上居住。朋友们可怜他狂放，就给他买了一小块地和一小间屋子。狂生搬进去住下，感叹道："从今而后，我是害怕令尹了！"

注释 1 刺：名帖，名片。 2 灭门令尹：指府县行政长官可以随意置百姓于死地。令尹，原为古代楚国的宰相一级的高官，后泛指府、县等地方行政长官。 3 掉臂：甩动胳膊走开。表示不顾而去。 4 城堞（dié）：城上的矮墙。泛指城墙。 5 斗室：指小得像斗一样的房子。形容屋子很小。

异史氏曰："士君子[1]奉法守礼，不敢劫人于市，南面者[2]奈我何哉！然仇之犹得而加者，徒以有门在耳。夫至无门可灭，则怒者更无以加之矣。噫嘻！此所谓'贫贱骄人[3]'者耶！独是君子虽贫，不轻干[4]人，乃以口腹之累[5]，喋喋公堂，品斯下矣。虽然，其狂不可及[6]。"

异史氏说："读书人尊奉国法，谨守礼节，不敢在集市上公然抢劫，官员们又能把他怎样！然而，跟他有仇的人还能对他加以报复，只因为他还有家门在罢了。到了无门可灭的地步，那么恼怒他的人更没有什么手段实行报复了。噫嘻！这就是所谓的'贫贱骄人'吧！只是君子虽然贫穷，但不轻易求人，此人却为了温饱问题，在公堂上大吵大闹，人品真是低下。虽然这样，他的狂放一般人也难以企及。"

注释 1 士君子：旧时指有学问而品德高尚的读书人。泛指读书人。 2 南面者：泛指南向而治的官员。 3 贫贱骄人：指对富贵权势持轻蔑鄙视的态度。 4 干：请求。 5 口腹之累：指为生活所迫。 6 狂不可及：狂放任性，非常人所能及。亦指狂放无比。

澂　俗

原文

澂人[1]多化物类，出院求食。有客寓旅邸时，见群鼠入米盎，驱之即遁。客伺其入，骤覆之，瓢水[2]灌注其中，顷之尽毙。主人全家暴卒，惟一子在。讼官，官原而宥之[3]。

译文

云南澂江人大多能变成动物，外出找食物。有位客商住在旅店时，看见一群老鼠钻进米缸，一赶就跑了。这位客人等它们再进去时，突然把缸口盖上，用水瓢往里灌水，顷刻间老鼠都淹死了。结果，店主人全家暴死，只有一个儿子活了下来。儿子告到官府，官员因为这位客商不了解当地习俗，就宽赦了他。

注释　**1** 澂（chéng）：澂江，旧地名。在今云南省。　**2** 瓢（piáo）水：用瓢舀水。　**3** 原：宽恕，原谅。宥：宽恕，赦免。

凤　仙

原文

刘赤水，平乐[1]人，少颖秀，十五入郡庠[2]。父母早亡，遂以游荡自废。家不中资，而性好修饰，衾榻皆精美。一夕被人招饮，忘灭烛而

译文

刘赤水是平乐县人，从小聪明俊秀，十五岁考入府学读书。因为父母早早去世，他便开始游荡，荒废了学业。他家里的资产并不丰厚，但生性爱修饰，连家里的被褥床榻都十分精美华丽。一天晚上，刘赤水被人邀去喝酒，忘记熄灭蜡烛就

去。酒数行始忆之，急返。闻室中小语，伏窥之，见少年拥丽者眠榻上。宅临贵家废第，恒多怪异，心知其狐，亦不恐，入而叱曰："卧榻岂容鼾睡[3]！"二人惶遽[4]，抱衣赤身遁去。遗紫绔裤一，带上系针囊。大悦，恐其窃去，藏衾中而抱之。俄一蓬头婢自门罅[5]入，向刘索取。刘笑要偿[6]。婢请遗以酒，不应；赠以金，又不应。婢笑而去。旋返曰："大姑言，如赐还，当以佳偶为报。"刘问："伊谁？"曰："吾家皮姓，大姑小字八仙，共卧者胡郎也；二姑水仙，适富川[7]丁官人；三姑凤仙，较两姑尤美，自无不当意者。"刘恐失信，请坐待好音。婢去复返曰："大姑寄语官

出去了。酒过几巡后，他才想起来，急忙返回家。到家后，刘赤水听到屋内有人在小声说话，俯身偷偷一瞧，只见一个年轻人抱着一个漂亮姑娘躺在床上。刘赤水家靠近权贵荒废的宅邸，常发生奇怪的事，他心里知道他们是狐狸，也不觉得害怕，进屋呵斥道："我的床上岂能让别人睡觉！"那两人惊慌失措，抱起衣服光着身子逃走了。但丢下一条紫色的裤子，裤带上还系着一个针线囊。刘赤水非常高兴，担心他们偷回去，就藏在被子中抱着。不一会儿，一个蓬头散发的婢女从门缝进来，向他讨要丢在这里的东西。刘赤水笑着索要报酬，婢女答应送给他酒，刘赤水不答应；又说送给他金子，他也不答应。婢女笑着就走了，一会儿又返回来说："我家大姑娘说，如果你赐还，一定送你一个漂亮的妻子作为报答。"刘赤水问道："你家大姑娘是谁？"婢女回答道："我家姓皮，大姑娘小名叫八仙，和她睡在一起的叫胡郎；二姑娘水仙嫁给了富川县的丁官人；三姑娘凤仙，比这两位姑娘更漂亮，从来没有人看见她而不中意的。"刘赤水恐怕她不守信用，就要求坐等好消息。婢女去了又回来说："大姑娘叫我告诉官人：好事

人：好事岂能猝合？适与之言，反遭诟厉。但缓时日以待之，吾家非轻诺寡信者。”刘付之。

哪能一下子就成呢？刚才跟三姑娘说了这件事，反而遭到她一顿责骂。请暂缓几天，我们不是那种轻易许诺而不守信的人家。”刘赤水就把东西还给了她。

注释 1 平乐：明清时为广西平乐府治所。今隶属于广西壮族自治区桂林市，位于广西东北部，桂林市东南部。 2 入郡庠：考中秀才。科举时代称府学为郡庠。 3 卧榻岂容鼾睡：比喻不容许别人觊觎或侵占自己的利益。出自宋太祖赵匡胤拒绝南唐后主乞求缓兵之事。 4 遑遽（huáng jù）：惊惧不安。 5 罅（xià）：缝隙，裂缝。 6 要偿：索要回报。 7 富川：县名。今为富川瑶族自治县，隶属于广西壮族自治区贺州市，位于广西东北部。

过数日渺无信息。薄暮自外归，闭门甫[1]坐，忽双扉自启，两人以被承女郎，手捉四角而入，曰：“送新人至矣！”笑置榻上而去。近视之，酣睡未醒，酒气犹芳，赪颜[2]醉态，倾绝人寰。喜极，为之捉足解袜，抱体缓裳。而女已微醒，开目见刘，四肢不能自主，但恨曰：“八仙淫婢卖我矣！”刘狎抱之。女嫌

过了好几天，皮家却杳无音讯。一天天刚黑，刘赤水从外面回来，关上门刚刚坐下，忽然两扇门自动打开了，两个人用被子抬着一位姑娘，手拉着被子的四角走进来，说道：“我们送新娘来了！”笑着把被子放到床上就走了。刘赤水走近一看，凤仙酣睡未醒，身上还散发着芳香的酒气，红红的脸蛋儿上带着醉态，容颜绝世。刘赤水非常高兴，捉着她的脚替她脱掉袜子，又抱着她轻轻替她脱去衣裳。这时凤仙已经稍微清醒，睁开眼看着刘赤水，四肢仍不听使唤，只能恨恨地说：“八仙这个浪丫头把我卖了！”刘赤

肤冰，微笑曰："今夕何夕，见此凉人[3]！"刘曰："子兮子兮，如此凉人何！"遂相欢爱。既而曰："婢子无耻，玷人床寝，而以妾换裤耶！必小报之！"

水抱着她亲热。凤仙嫌他身子冰凉，笑着说："今晚是什么日子啊，遇到这么个凉人！"刘赤水说："你啊你啊，又能把我这凉人怎么样呢！"于是互相欢爱起来。随后凤仙说："八仙这个丫头真无耻，玷污了别人的床褥，却拿我来换她的裤子！我一定要稍微报复她一下！"

注释 1 甫（fǔ）：刚刚。 2 赪颜（chēng yán）：因羞愧或酒醉而脸红。 3 今夕何夕，见此凉人：《诗经·唐风·绸缪》：子兮子兮，如此良人何！此处"良"谐音为"凉"。

从此无夕不至，绸缪[1]甚殷。袖中出金钏一枚，曰："此八仙物也。"又数日，怀绣履一双来，珠嵌金绣，工巧殊绝，且嘱刘暴扬[2]之。刘出夸示亲宾，求观者皆以资酒为贽，由此奇货居之。女夜来，作别语。怪问之，答云："姊以履故恨妾，欲携家远去，隔绝我好。"刘惧，愿还之。女云："不必，彼方以此挟妾，如还之，中其

从此以后，凤仙没有一晚不来的，两人缠绵悱恻，十分亲密。一天，凤仙从袖子里拿出一枚金钏，说道："这是八仙的东西。"又过了几天，凤仙怀揣着一双绣鞋来了，鞋上嵌着珍珠，金线描花，做工十分精巧，她嘱咐刘赤水公开传扬。刘赤水于是拿着绣鞋向朋友、亲戚炫耀，想要观看的人都要拿钱、酒当礼物，自此他把绣鞋视为奇货珍藏起来。一天晚上，凤仙来了，说了些告别的话。刘赤水很奇怪，问她是怎么回事，凤仙回答说："姐姐因为绣鞋的事怨恨我，想带着全家去远方，以此隔断我们相好。"刘赤水听后很害怕，愿意把鞋子还给八仙。凤仙说："不必还给她，她

机矣。”刘问:“何不独留?”曰:“父母远去,一家十余口,俱托胡郎经纪,若不从去,恐长舌妇造黑白也。”从此不复至。

逾二年,思念綦切[3]。偶在途中,遇女郎骑款段马[4],老仆鞚[5]之,摩肩过,反启障纱相窥,丰姿艳绝。顷,一少年后至,曰:“女子何人?似颇佳丽。”刘亟赞之。少年拱手笑曰:“太过奖矣!此即山荆[6]也。”刘惶愧谢过。少年曰:“何妨。但南阳三葛,君得其龙[7],区区者又何足道!”刘疑其言。少年曰:“君不认窃眠卧榻者耶?”刘始悟为胡。叙僚婿[8]之谊,嘲谑甚欢。少年曰:“岳新归,将以省觐[9],可同行否?”刘喜,从入萦山。

正要用这个方法要挟我,如果还给她,正中了她的计。”刘赤水问:“你为什么不单独留下来?”凤仙说:“父母远去,一家十几口人都托付给胡郎照顾,如果我不跟过去,恐怕八仙这个长舌妇会造谣生事。”从此凤仙不再来了。

过了两年,刘赤水十分想念凤仙。一天,他偶然在路上遇到一个姑娘骑着行动迟缓的劣马向前走着,一个老仆人牵着马缰绳,和他擦肩而过。姑娘回头掀开面纱偷偷看他,她的丰姿绝伦。不一会儿,一个年轻人从后边走过来,刘赤水问:“这位姑娘是什么人?好像十分漂亮。”刘赤水极力称赞这姑娘。少年向他拱手致礼,笑着说:“您太过奖了,她正是我的妻子。”刘赤水惭愧地向他道歉。年轻人说:“没有关系。不过南阳诸葛氏三兄弟中,您已经得到了其中的龙,其余的哪里还值得称道!”刘赤水不明白他的话,年轻人说:“您不认识偷着睡在您床上的人了吗?”刘赤水这才明白他就是胡郎。于是他们相互认了连襟,互相调笑,言谈甚欢。胡郎说:“岳父岳母刚刚回来,我们将要去探望他们,您可以一起去吗?”刘赤水很高兴,便跟着他们一起进入萦山。

注释 1 绸缪：此词出自《诗经·风·绸缪》。它为先秦时晋地汉族民歌。因诗中用了戏谑的口吻，曾疑为贺新婚时闹新房唱的歌，多用于借指洞房花烛夜的欢愉之情。 2 暴扬：暴露传扬，公开传播。 3 綦（qí）切：极迫切，很急切。綦，极，很。 4 款段马：行动迟缓的劣马。5 鞚（kòng）：马笼头。借指马。此指控制、驾驭马匹。 6 山荆：山野村妇。旧时对人谦称自己的妻子。 7 南阳三葛，君得其龙：此处指皮氏三姐妹，你得到的是最漂亮的。南阳三葛指诸葛亮与哥哥诸葛瑾、堂弟诸葛诞，三人都是很有才能的人。后代指才华出众的人。 8 僚婿：姐妹的丈夫的互称或合称，俗称连襟。 9 省觐：探望父母或其他尊长。

山上故有邑人避乱之宅，女下马入。少间，数人出望，曰："刘官人亦来矣。"入门谒见翁媪。又一少年先在，靴袍炫美。翁曰："此富川丁婿。"并揖就坐。少时，酒炙纷纶，谈笑颇洽。翁曰："今日三婿并临。可称佳集。又无他人，可唤儿辈来。作一团圞[1]之会。"俄，姊妹俱出，翁命设坐，各傍其婿。八仙见刘，惟掩口而笑；凤仙辄与嘲弄；水仙貌少亚，

山上有本地人以前躲避战乱时留下的宅第，八仙下马走了进去。不一会儿，好几个人出来看，说道："刘官人也来了。"刘赤水进门拜见了岳父岳母。还有一位年轻人已经先在那儿了，他的靴子和袍子十分华美。岳父说："这是富川县的丁女婿。"他们互相施礼后入座。一会儿，酒菜纷纷端了上来，大家谈笑着，非常融洽。岳父说："今天三位女婿都来了，可以说是难得的聚会，又没有外人，可以把女儿们都叫出来，大家一起团聚。"不一会儿，姊妹们都出来了。岳父吩咐人摆上座位，让她们各自挨着自己的夫婿坐下。八仙见到刘赤水，只是掩着嘴笑；凤仙则和他互相调笑；水仙容

而沉重温克[2]，满座倾谈，惟把酒含笑而已。于是履舄交错[3]，兰麝熏人，饮酒乐甚。刘视床头乐具毕备，遂取玉笛，请为翁寿。翁喜，命善者各执一艺，因而合座争取，惟丁与凤仙不取。八仙曰："丁郎不谙可也，汝宁指屈不伸者？"因以拍板掷凤仙怀中，便串繁响[4]。翁悦曰："家人之乐极矣！儿辈俱能歌舞，何不各尽所长？"八仙起，捉水仙曰："凤仙从来金玉其音[5]，不敢相劳，我二人可歌《洛妃》[6]一曲。"

貌相对稍逊，但是态度温和恭敬，满屋子的人都在谈笑，只有她端着酒微笑不语。于是靴鞋交错，宾客纷乱，屋里香气袭人，大家喝得非常尽兴。刘赤水看见床头上有各种乐器，于是拿起一支玉笛，请求吹奏一曲为岳父祝寿。岳父非常高兴，吩咐擅长乐器的人各选一件，于是在座的都争抢着去拿乐器，只有丁婿和凤仙没有拿。八仙说："丁郎不熟悉音律可以不拿，难道你手也伸不开了吗？"于是就把拍板扔到凤仙怀中，于是大家都演奏起来。岳父高兴地说："家人之间的快乐就是这样啊！你们都能歌善舞，何不各尽所长呢？"八仙站起身拉着水仙说："凤仙向来珍惜嗓子如同珍惜金玉一样，不敢劳人家大驾，我们两个可以合唱一曲《洛妃》。"

注释　1 团圞（luán）：团聚。　2 温克：形容人持有温和恭敬的态度。　3 履舄（xì）交错：鞋子放在一起，形容宾客很多。古人席地而坐，脱鞋入席。舄，古代一种带有木底的鞋。　4 串繁响：指多种乐器一起演奏，响声繁密。串，演奏。繁响，繁密的响声。诸般乐器齐奏，响声繁杂。　5 金玉其音：把自己的声音看得像金玉一样，不轻易歌唱。　6《洛妃》：歌舞名。明代汪道昆作杂剧《洛神记》。洛妃即传说中的洛水女神宓（fú）妃，通称洛神。

二人歌舞方已，适婢以金盘进果，都不知其何名。翁曰："此自真腊[1]携来，所谓'田婆罗[2]'也。"因掬数枚送丁前。凤仙不悦曰："婿岂以贫富为爱憎耶？"翁微哂不言。八仙曰："阿爹以丁郎异县，故是客耳。若论长幼，岂独凤妹妹有拳大酸婿耶？"凤仙终不快，解华妆，以鼓拍授婢，唱《破窑》[3]一折，声泪俱下。既阕[4]，拂袖径去，一座为之不欢。八仙曰："婢子乔性[5]犹昔。"乃追之，不知所往。刘无颜，亦辞而归。至半途见凤仙坐路旁，呼与并坐，曰："君一丈夫，不能为床头人吐气耶？黄金屋自在书中[6]，愿好为之。"举足云："出门匆遽，棘刺破复履矣。所赠物，在身边否？"刘出之，女取而易之。刘乞其敝

两人刚歌舞完毕，正好有个婢女用金盘端着水果送来，大家都不知道这种水果叫什么名字。岳父说："这是从真腊国带来的，名字叫作'田婆罗'。"说着双手捧了几枚送到丁婿面前。凤仙不高兴地说："难道对女婿的爱憎也要以贫富来定吗？"岳父笑了笑没说话。八仙说道："爹爹因为丁郎是外乡人，是客人。如果按照长幼，难道只有凤妹妹有个拳头大的穷酸夫婿吗？"凤仙始终不高兴，脱下华丽的衣饰，把鼓拍扔给婢女，唱了一折《破窑》，唱得声泪俱下。唱完以后，凤仙拂袖而去，满屋的人都不高兴。八仙说："这个丫头还是和以前一样任性。"就去追凤仙，但不知道她跑到哪里去了。刘赤水感到脸上无光，也告辞回去。他走到半路，看见凤仙坐在路旁，凤仙喊他一起坐下，说道："你也是个男子汉，就不能替床头人争口气吗？书中自有黄金屋，希望你好自为之！"凤仙又抬起脚说："出门太着急了，荆棘扎破了我的鞋子。我给你的东西带在身上吗？"刘赤水拿出绣鞋，凤仙接过来换上。刘赤水想要她那双旧鞋，凤仙笑着说："你真是个大

者，冁然[7]曰：“君亦大无赖矣！几见[8]自己衾枕之物，亦要怀藏者？如相见爱，一物可以相赠。”旋出一镜付之曰：“欲见妾，当于书卷中觅之，不然，相见无期矣。”言已不见。怊怅而归[9]，视镜，则凤仙背立其中，如望去[10]人于百步之外者。因念所嘱，谢客[11]下帷[12]。

无赖！哪里见过自己的被子枕头等东西还要藏在怀里的？如果你真心爱我，有一件东西可以送给你。”说完便拿出一面镜子交给他，说道：“你如果想见我，应当从书卷中寻找，不然，再见面恐怕遥遥无期了。”说完，凤仙就不见了。刘赤水惆怅地回了家，他拿镜子一看，见凤仙正背着身子站在镜子中，看上去她好像在百步之外。刘赤水因为想起了凤仙的嘱咐，就谢绝宾客，闭门安心读书。

注释 1 真腊：又名占腊，为中南半岛古国，其境在今柬埔寨境内。 2 田婆罗：水果名。 3《破窑》：戏曲名，全名《吕蒙正风雪破窑记》，又称《破窑记》。 4 阕：曲终，乐终。 5 乔性：任性。任性易怒。 6 黄金屋自在书中：化用宋真宗赵恒《劝学诗》：“安居不用架高堂，书中自有黄金屋。” 7 冁（chǎn）然：笑貌。 8 几见：何曾见，少见。 9 怊（chāo）怅：惆怅。 10 去：距离，离开。 11 谢客：谢绝客人。 12 下帷：放下室内悬挂的帷幕。引申为闭门读书。

一日见镜中人忽现正面，盈盈欲笑，益重爱之。无人时，辄以共对。月余锐志渐衰，游恒忘返。归见镜影，惨然若涕；隔日再视，

有一天，刘赤水看到镜子中的凤仙忽然现出正面，姿态盈盈想要笑，于是更加珍爱这镜子。没有人的时候，他就和镜中的凤仙对望。过了一个多月，刘赤水发愤读书的志向逐渐消退，经常在外游玩忘了回家。回到家看见，镜中的凤仙愁容满面

则背立如初矣。始悟为己之废学也。乃闭户研读，昼夜不辍，月余则影复向外。自此验之：每有事荒废，则其容戚；数日攻苦，则其容笑。于是朝夕悬之，如对师保[1]。如此二年，一举而捷。喜曰："今可以对我凤仙矣！"揽镜视之，见画黛[2]弯长，瓠犀[3]微露，喜容可掬，宛在目前。爱极，停睇不已。忽镜中人笑曰："'影里情郎，画中爱宠[4]'，今之谓矣。"惊喜四顾，则凤仙已在座右。握手问翁媪起居，曰："妾别后不曾归家，伏处岩穴，聊与君分苦耳。"刘赴宴郡中，女请与俱；共乘而往，人对面不相窥。既而将归，阴与刘谋，伪为娶于郡也者。女既归，

好像要哭一样；隔天再看，又像以前那样背对着他站着。他这才醒悟凤仙这样都是因为自己荒废学业。于是他开始闭门研修苦读，昼夜不停。过了一个多月，凤仙身影又面向外了。从此刘赤水就用镜子来检验学业：每当有事荒废学业，镜中的人就面容悲伤；连续攻读几天，镜中的人就笑容满面。于是他早晚都把镜子悬挂在面前，好像对待老师一样。这样苦读了两年，刘赤水一举考中了举人。他欣喜地说："如今可以面对我的凤仙了！"他拿过镜子来看，只见凤仙乌黑的眉毛又弯又长，微微露出雪白整齐的牙齿，笑容可掬，好像就在自己面前。刘赤水心里喜爱极了，目不转睛地看着她。忽然镜子中的凤仙笑着说："'影子里的情郎，画卷中的爱宠'，就是说的今天的情景吧。"刘赤水惊喜地四下张望，原来凤仙已经站在他座位右边了。他握住凤仙的手，询问岳父岳母的情况，她说："和你分别之后，我一直没有回家，住在附近的山洞里，以此来和你分担清苦。"刘赤水到府城去赴宴，凤仙请求同去，两人同坐一辆车前往，别人在对面也看不见她。宴会结束后将要回家，凤仙私下与他商议，假装她是刘赤水在城里

始出见客,经理家政。人皆惊其美,而不知其狐也。

娶的妻子。凤仙回家后,才开始出面接待客人,管理家务。人们都惊叹于她的美貌,但不知道她是狐仙。

注释 1 师保:古时辅弼帝王和教导王室子弟的官,有师有保,统称“师保”。泛指老师。 2 画黛:指女子的眉毛。 3 瓠犀(hù xī):指瓠瓜的子,因其排列整齐,色泽洁白,常用来比喻美人的牙齿。 4 爱宠:指宠爱的人。

刘属富川令门人,往谒之,遇丁,殷殷邀至其家,款礼优渥[1],言:“岳父母近又他徙。内人归宁,将复。当寄信往,并诣申贺。”刘初疑丁亦狐,及细审邦族[2],始知富川大贾子也。初,丁自别业[3]暮归,遇水仙独步,见其美,微睨之。女请附骥[4]以行。丁喜,载至斋,与同寝处。棂隙[5]可入,始知为狐。女言:“郎勿见疑。妾以君诚笃,故愿托之。”丁嬖[6]之。竟不复娶。

刘赤水是富川县令的门生,他要去拜见老师时,路上遇见了丁郎,丁郎热情邀请他到家里做客,招待十分优厚,说:“岳父岳母最近又迁居到别处了。我妻子回娘家探亲,也快回来了。我一定寄信告诉他们你高中举人了,让他们一起来为你祝贺。”刘赤水最初怀疑丁郎也是狐仙,后来仔细询问他的家世,才知道他是富川县大商人的儿子。当初,有一次丁郎晚上从别墅回家,遇见水仙独自一人在路上,见她长得貌美,就偷偷斜眼看她。水仙请求跟在他后面一起走。丁郎非常高兴,便把她带回书房,与她同居了。水仙能从窗棂中出入,丁郎才知道她是狐仙。水仙说:“郎君不必怀疑我,我是因为你诚实忠厚,所以才愿意把自己托付给你。”丁生非常宠爱她,竟不再娶妻。

注释 1 优渥(wò):优厚。指待遇好。 2 邦族:籍贯姓氏。 3 别业:别墅。 4 附骥:蚊蝇附在马的尾巴上，可以远行千里。比喻依附先辈或名人之后而成名。一般用作谦词。此处指跟随。 5 棂(líng)隙:房屋的窗棂的缝隙。 6 嬖(bì):宠爱。

刘归,假贵家广宅,备客燕寝[1],洒扫光洁,而苦无供帐[2],隔夜视之,则陈设焕然矣。过数日,果有三十余人,赍旗[3]采酒礼而至,舆马缤纷,填溢阶巷。刘揖翁及丁、胡入客舍,凤仙逆妪及两姨入内寝。八仙曰:“婢子今贵,不怨冰人[4]矣。钏履犹存否?”女搜付之,曰:“履则犹是也,而被千人看破矣。”八仙以履击背,曰:“挞汝寄于刘郎。”乃投诸火,祝曰:“新时如花开,旧时如花谢;珍重不曾着,姮娥来相借。”水仙亦代祝曰:“曾经笼玉笋[5],着出万人称;若使姮娥见,应怜太瘦生。”凤仙拨火曰:“夜夜上青天,一朝去所欢;留

刘赤水回家后,借了隔壁权贵家荒废的大宅院为前来祝贺的客人准备住宿,他把房子打扫得很干净,只是苦于缺少帷帐等物。隔夜再去看,屋里的陈设已经焕然一新。过了几天,果然有三十多人,带着彩旗和酒礼来了,车马络绎不绝,挤满了街巷。刘赤水向岳父及丁郎、胡郎作揖,把他们迎进客房,凤仙迎接母亲及两位姐姐到了内室。八仙说:“你这丫头现在富贵了,不埋怨我这个媒人吧?我的金钏和绣鞋还在吗?”凤仙找出来还给了八仙,说道:“绣鞋还是那一双,不过已被上千人看破了。”八仙拿起绣鞋打凤仙的背,说:“打你,把这账记在刘郎身上。”于是把绣鞋扔到火里,祝祷说:“新时如花开,旧时如花谢;珍重不曾着,姮娥来相借。”水仙也代刘赤水祝祷说:“曾经笼玉笋,着出万人称;若使姮娥见,应怜太瘦生。”凤仙拨着火说:“夜夜上青天,一朝去所欢;留得纤纤影,遍与世人看。”

得纤纤影，遍与世人看。”遂以灰捻柈[6]中，堆作十余分，望见刘来，托以赠之。但见绣履满柈，悉如故款。八仙急出，推柈堕地；地上犹有一二只存者，又伏吹之，其迹始灭。次日，丁以道远，夫妇先归。八仙贪与妹戏，翁及胡屡督促之，亭午[7]始出，与众俱去。

于是就把烧剩的灰捏到盘子中，堆成十几份，看到刘赤水来了，就托着盘子递给他。只见满盘子都是绣鞋，和原来那双一模一样。八仙急忙赶过去，把盘子推到地上，地上还剩一两只绣鞋，八仙又趴在地上去吹，绣鞋才没有了。第二天，因为丁郎家路途遥远，夫妻二人便先行告辞。八仙贪图和妹妹戏耍，父亲及胡郎三番五次催促她，直到中午她才从屋里出来，跟大家一起回去了。

注释 1 燕寝(qǐn)：休息，居住，睡觉。 2 供帐：陈设供宴会用的帷帐、用具、饮食等物。 3 赍(jī)旗：带着旗帜。赍，带着。 4 冰人：媒人。 5 玉笋：比喻女子的小脚。 6 柈(pán)：盘子。 7 亭午：正午，中午。

初来，仪从过盛，观者如市，有两寇窥见丽人，魂魄丧失，因谋劫诸途。侦其离村，尾之而去。相隔不盈一矢[1]，马极奔不能及。至一处，两崖夹道，舆行稍缓，追及之，持刀吼咤，人众都奔。下马启帘，则老妪坐焉。方疑误掠其母，才他顾，而兵伤右臂，顷

这些客人最初来的时候，仪仗排场很大，来观看的人像赶集时一样多。有两个强盗看到如此漂亮的女人，魂都丢了，于是计划在途中绑架她们。两人侦察到他们离开了村庄，就在后边尾随。相距不到一箭射程远，强盗们打马极力追赶，却怎么也追不上。到了一个地方，两边悬崖夹道，车马走得稍慢，一个强盗追上了他们，拿着大刀叫喊着，众人都被吓跑了。这个强盗下马，掀开车帘一看，里面坐着一个老太太。他正怀疑是错劫了女郎的母亲，

已被缚。凝视之，崖并非崖，乃平乐城门也；舆中则李进士母，自乡中归耳。一寇后至，亦被断马足而絷之。门丁执送太守，一讯而伏。时有大盗未获，诘之，即其人也。明春，刘及第[2]。凤仙以招祸，故悉辞内戚之贺。刘亦更不他娶。及为郎官[3]，纳妾，生二子。

刚四下张望时，就被兵刃砍伤了右臂，顷刻间就被捆起来。强盗仔细一看，悬崖并不是悬崖，而是平乐县的城门，车里的老太太是李进士的母亲，刚从乡下回来。另一个强盗随后赶到，也被砍断了马腿，绑了起来。守城门的士兵绑着他们去见太守，一审讯他们便招供了。当时正好有一个大盗未能抓捕归案，一审问，正是其中的一个。第二年春天，刘赤水考中了进士。凤仙怕招惹祸端，推辞了全部亲戚朋友的祝贺。刘赤水也不再另娶。等到了他当上郎官，纳了个妾，生下两个儿子。

注释　**1** 盈：满。　**2** 及第：古代科举考试应试考中。因榜上题名有甲乙次第，故名。　**3** 郎官：指六部中的郎中、员外郎之类的官。

异史氏曰："嗟乎！冷暖之态，仙凡固无殊哉！'少不努力，老大徒伤[1]。'惜无好胜佳人，作镜影悲笑耳。吾愿恒河沙数[2]仙人，并遣娇女昏嫁人间，则贫穷海中，少苦众生矣。"

异史氏说："哎呀！人情冷暖，仙人和凡人本就没什么差别啊！'少壮不努力，老大徒伤悲。'可惜没有争强好胜的美人，在镜中做出悲欢的姿态来鞭策罢了。我希望有像恒河沙那么多的仙人，都能把他们可爱的女儿下嫁到人间，那么贫穷的苦海中，就会少很多受苦的人。"

注释　**1** 少不努力，老大徒伤：化用汉乐府《长歌行》："少壮不努力，老大徒伤悲。” 2 恒河沙数：佛教用语，像恒河的沙子那样多。形容数量多至无法计算。

佟 客

原文

董生，徐州[1]人，好击剑，每慷慨自负。偶于途中遇一客，跨蹇[2]同行。与之语，谈吐豪迈，诘其姓字，云：“辽阳[3]佟姓。”问：“何往？”曰：“余出门二十年，适自海外归耳。”董曰：“君遨游四海，阅人綦[4]多，曾见异人否？”佟曰：“异人何等？”董乃自述所好，恨不得异人之传。佟曰：“异人何地无之？要必忠臣孝子，始得传其术也。”董又毅然自许，即出佩剑，弹之而歌[5]，又斩路侧小树以矜[6]其利。佟掀髯微笑，因便借观，董授之。展玩一过，曰：“此甲

译文

董生是徐州人，他喜好击剑，常常认为自己很了不起。一次，他在路上偶然遇到一位客人，骑着跛驴和他同行。他与客人聊天，觉得他谈吐豪迈，董生就问他姓名，他回答说：“我是辽阳人，姓佟。”董生又问：“要去哪儿？”佟客回答说：“我出门二十年了，刚从海外回来。”董生就说：“你遨游四海，阅人众多，曾见过异人吗？”佟客问：“不知是什么样的异人？”董生就把自己的爱好告诉了他，只恨没有异人传授剑术。佟客说：“异人哪里没有呢？只是必须是忠臣孝子，才能获其传授。”董生又坚称自己就是忠臣孝子，随即拔出佩剑，弹剑作歌，又挥剑斩断路旁的小树以炫耀宝剑的锋利。佟客捋着胡子微微一笑，想借剑一看，董生把剑递给他。佟客看了一下，说：“这是用铠甲的铁片铸成

铁[7]所铸，为汗臭所蒸，最为下品。仆虽未闻剑术，然有一剑颇可用。”遂于衣底出短刃尺许，以削董剑，毳[8]如瓜瓠，应手斜断如马蹄。董骇极，亦请过手[9]，再三拂拭而后返之。邀佟至家，坚留信宿[10]。叩以剑法，谢不知。董按膝雄谈[11]，惟敬听而已。

的，被汗臭熏蒸，是最下品。我虽然不懂剑术，却有一把剑颇为好用。”于是就从衣襟底下拿出把一尺多长的短剑，用它削董生的剑，脆得如同切瓠瓜，顺手斜削，如同削马蹄一样。董生大为惊骇，也请借剑一看，他再三拂拭后才把剑还给佟客。他邀请佟客到自己家做客，坚持留他住了两晚。董生向佟客请教剑术，佟客推辞说不懂。董生扶着膝高谈阔论，佟客只是恭敬地听着而已。

注释 1 徐州：清雍正时为府，治所在铜山县，即今江苏徐州市铜山区。 2 蹇（jiǎn）：劣马或跛驴。 3 辽阳：古称襄平、辽东城，是辽宁省下辖的地级市。 4 綦（qí）：极，很。 5 弹之而歌：弹剑作歌。表示有志未伸，壮志难酬。据《战国策·齐策四》载，齐人冯谖投到齐国公子孟尝君门下，但是不被重视。冯谖多次弹铗作歌表示不满。孟尝君满足了冯谖的要求，冯谖于是为孟尝君出谋划策，排忧解难，表现出超人的胆识。 6 矜：自夸，自恃。 7 甲铁：铠甲的铁片。此指废旧铠甲之铁。 8 毳：通“脆”。 9 过手：经手，交手。此指拿到手里观赏。 10 信宿：住两宿。 11 雄谈：高谈阔论。

更既深，忽闻隔院纷拏[1]。隔院为生父居，心惊疑。近壁凝听，但闻人作怒声曰：“教汝子速出即刑，便赦汝！”少

已经很晚了，忽然听到邻家院子里吵吵嚷嚷。隔院是董生父亲住的地方，董生心中惊疑。他靠近墙壁凝神细听，只听有人怒气冲冲地叫喊：“快叫你儿子出来受刑，就饶了你！”过了片刻，好像

顷，似加搒掠，呻吟不绝者，真其父也。生提戈[2]欲往，佟止之曰："此去恐无生理[3]，宜审万全。"生皇然请教，佟曰："盗坐名相索，必将甘心[4]焉。君无他骨肉，宜嘱后事于妻子，我启户为君警厮仆。"生诺，入告其妻。妻牵衣泣。生壮念顿消，遂共登楼上，寻弓觅矢，以备盗攻。仓皇未已，闻佟在楼檐上笑曰："贼幸去矣。"烛之已杳。逡巡出，则见翁赴邻饮，笼烛方归，惟庭前多编菅[5]遗灰焉。乃知佟异人也。

又在打人，不停呻吟的人听声音像是他的父亲。董生拿起长矛想要过去，佟客制止他说："你这样去了恐怕就活不成了，应该想个万全之策。"董生惶恐地向他求教，佟客说："盗贼点名找你，必定是抓到你才甘心。你没有其他至亲骨肉，应该跟妻子嘱咐好后事，我把门打开，为你防备他们。"董生答应了，进去把事情告诉妻子。妻子拉着他的衣服哭哭啼啼。董生的豪情壮志一下子就消失了，于是和佟客登上楼，寻找弓箭，以防备强盗进攻。仓皇之间还没找到，就听佟客在楼檐上笑道："幸好贼人都走了。"用火一照，佟客已经跑远了。董生犹犹豫豫地走出门，看见父亲到邻居家喝酒，正打着灯笼赶回来，只是在院子里有很多茅草灰。他这才知道佟客就是异人。

注释 1 纷拏（rú）：纷乱。拏，同"拿"。 2 戈：中国古代一种主要用于横击、勾援的兵器。 3 生理：生存的希望。亦指性命。 4 甘心：称心、快意。 5 编菅（jiān）：盖屋的茅苫。

异史氏曰："忠孝，人之血性。古来臣子而不能死君父[1]者，其初岂遂无提

异史氏说："忠孝是人的血性。古往今来，臣子不能为国君尽忠死节的，起初，难道他们就没有提着长矛

戈壮往时哉？要皆一转念误之耳。昔解缙与方孝孺[2]相约以死，而卒食其言。安知矢约[3]归后，不听床头人呜泣哉？”

慷慨赴死的时候吗？只是都因一转念而耽误了啊。当初解缙和方孝孺相约以死报君，而解缙最后食言。怎么能知道他发完誓回家后，不是听了妻子的哭泣声呢？”

注释 **1** 死君父：为君父而死。君父，国君，天子。 **2** 解缙与方孝孺：解缙和方孝孺都是明惠帝（朱允炆）的臣子。惠帝的叔叔燕王（朱棣）起兵夺取了政权，自立为帝。最初解缙本和方孝孺约定一同殉难，后来方孝孺不肯为成祖（朱棣庙号）起草诏书，当庭痛骂，被成祖杀死，解缙却投降了，而且做了高官。 **3** 矢约：折箭为誓，盟誓。

邑有快役[1]某，每数日不归，妻遂与里中无赖通。一日归，值少年自房中出，大疑，苦诘妻。妻不服，既于床头得少年遗物，妻窘无词，惟长跪哀乞。某怒甚，掷以绳，逼令自缢。妻请妆服[2]而死，许之。妻乃入室理妆，某自酌以待之，呵叱频催。俄妻炫服出，含涕拜曰：“君果忍令奴死耶？”某盛气咄之。妻返走入房，方将结带，某掷盏呼

县里有个捕快，经常几天都不回家，妻子便跟乡里的无赖私通。一天，他回到家，正好碰见一个年轻人从房里走出来，他疑心大起，苦苦逼问妻子。妻子拒不承认，捕快从床头找到了年轻人落下的东西，妻子窘迫得无言以对，只是长跪在地苦苦乞求他原谅。捕快怒不可遏，扔给她一条绳子，逼她上吊。妻子请求化妆打扮后再死，捕快答应了。妻子就进屋梳妆打扮，捕快在门外自斟自饮等着，不停地叫骂催促。不一会儿，妻子穿着华丽的衣服走了出来，含着泪行礼，说：“你真的忍心让我死啊？”捕快怒气冲冲地呵斥她去死。妻子转身走进屋

曰："哈[3]，返矣！一顶绿头巾[4]，或不能压人死耳。"遂为夫妇如初。此亦大绅者类也，一笑。

里，正要给绳子打结，捕快把酒杯一扔，喊道："哈，回来吧！一顶绿头巾，或许压不死人。"于是夫妇二人重归于好。这也是解缙一类的人啊，可为之一笑。

注释 1 快役：又称"快手""捕快"。旧时衙署中专管缉捕的差役。 2 妆服：修饰打扮。 3 哈（hāi）：叹词。表示惊异、感叹等。 4 绿头巾：元、明时娼妓及乐人家中男子都规定戴绿头巾。后因指妻子有外遇，丈夫为戴绿头巾者。

辽阳军

原文

沂水[1]某，明季充辽阳军。会辽城陷[2]，为乱兵所杀，头虽断犹不甚死。至夜，一人执簿来，按点诸鬼。至某，谓其不宜死，使左右续其头而送之。遂共取头按项上，群扶之，风声簌簌，行移时，置之而去。视其地则故里也。沂令闻之，疑其窃

译文

沂水有个人，明末时充军辽阳。正逢辽阳城被攻陷，他被乱兵砍杀，头虽然断了，却还没死。等到晚上，有一人拿着生死簿，按名字挨个清点鬼魂。点到此人时，说他还不应该死，就让左右的随从给他接上头送走。于是鬼卒一起拿着他的头安在脖子上，一起扶着他走，只听见风声簌簌，走了一会儿，便把他放下离开了。那人一看，原来是到了自己的家乡。沂水县令听说了这件事，怀疑他是私自逃回来的。于是县令派人把他抓起来审讯，听他

逃。拘讯而得其情,颇不信,又审其颈无少断痕,将刑之。某曰:"言无可凭信,但请寄狱[3]中。断头可假,陷城不可假。设辽城无恙,然后受刑未晚也。"令从之。数日辽信至,时日一如所言,遂释之。

讲述了事情的经过,县令毫不相信,再看他的脖子,并没有一点断痕,就准备把他处死。那人说:"我说的话虽然没有凭据,但请大人先把我关在大牢里。断头的事可能是假的,但辽阳城陷落不可能是假的。如果辽阳城没出事,然后再把我处死也不晚。"县令听了他的话。几天后,辽阳城陷落的消息传来,时间日期跟他说的一模一样,于是县令就把他放了。

注释 1 沂水:县名,今隶属于山东省临沂市。 2 辽城陷:据《明史·熹宗本纪》记载,天启元年(1621)三月,辽阳被清兵攻占,明辽东经略使袁应泰等死难。 3 寄狱:暂押在狱。

张贡士

原文

安丘张贡士[1],寝疾[2],仰卧床头。忽见心头有小人出,长仅半尺,儒冠儒服,作俳优[3]状。唱昆山曲[4],音调清彻,说白[5]自道名贯,一与己同,所唱节末[6],皆其生平所遭。四

译文

安丘张贡士,卧病在床,仰卧在床上。他忽然看见胸口钻出一个小人,只有半尺高,戴着儒生的帽子,穿着儒生的衣服,做出唱戏的动作。他唱的是昆山腔,音调清澈,说白自道姓名籍贯,和自己一模一样。所唱的内容,都是自己生平的遭遇。四折戏唱完后,小人念了

折[7]既毕，吟诗而没[8]。张犹记其梗概，为人述之。

一首诗就消失了。张贡生还能记住所唱戏文的梗概，讲了给别人听。

注释 1 安丘张贡士：安丘，县名，明清时属青州府。今为山东省辖县级市，位于山东半岛中部。张贡士指张贞。张贞与蒲松龄有交往，《蒲松龄集》有《朱主政席中得晤张杞园先生》《题张杞园〈远游图〉》《邹平张贞母》等诗文。贡士，清制，会试中式者称贡士。 2 寝疾：卧病在床。 3 俳优：古代以乐舞谐戏为业的艺人。后来泛指戏曲、曲艺、杂技演员。 4 昆山曲：即昆曲。本为元末明初流行于昆山一带的戏曲。明代中叶，昆山艺人魏良辅融合弋阳、海盐故调及民间曲调，用以演唱传奇剧本，逐渐传播各地，盛行于明末清初。 5 说白：戏剧中人物的对话和独白。 6 节末：情节本末。 7 四折：每剧四折是元杂剧的基本特点。明代和清初用南曲或南北合套演出的短剧，称"南杂剧"，也有一至四、五折不等。 8 吟诗而没：指杂剧中人物在剧末时吟四句诗（下场诗）然后下场。

爱　奴

原文

河间[1]徐生，设教于恩[2]。腊初归，途遇一叟，审视曰："徐先生撤帐[3]矣。明岁授教何所？"答曰："仍旧。"叟曰："敬业姓施。有舍甥延求明师，适托某至东疃[4]聘吕

译文

河间有位徐生在恩县教书。腊月初放假回家的路上，他偶遇了一位老头。那个老头仔细地打量他说："徐先生已经停课了吧。明年要去哪里教书啊？"徐生答道："还在老地方。"老头说："我叫施敬业。家里有个外甥要聘请一位贤师，我正受托到东疃去请吕子廉，但他已经被稷

子廉，渠已受贽稷门[5]。君如苟就，束仪[6]请倍于恩。”徐以成约为辞。叟曰：“信行[7]君子也。然去新岁尚远，敬以黄金一两为贽，暂留教之，明岁另议何如？”徐可之。叟下骑呈礼函[8]，且曰：“敝里不遥矣。宅綦[9]隘，饲畜为艰，请即遣仆马去，散步亦佳。”徐从之，以行李寄叟马上。

门的某人聘请了。您如果肯屈就，酬金可以比恩县多一倍。”徐生以已和恩县的东家约定好了为由推辞了。施老又说：“您真是守信的君子。但现在离新年还有很久，我愿意用一两黄金作为酬劳，暂且请您留下教他，明年再另行商议怎么样？”徐生同意了。施老下马送上酬金和聘书，又说：“我们村离这里不远。只是家里院子狭窄，蓄养牲口比较困难，请让仆人带着马匹和行装先回家，我和您慢慢走回去也好。”徐生听从了他的话，把行李放到了施老的马上。

注释 1 河间：府名，治所在今河北河间市。 2 设教于恩：在恩县教书。设教，实施教化，也指办馆授课或坐馆执教。恩，旧县名。清属东昌府，故治在山东平原恩城。 3 撤帐：指塾师停止授课。东汉马融设帐授徒，后称教书为“设帐”，年终散馆为“撤帐”。 4 疃（tuǎn）：村庄，屯（多用于地名）。 5 渠已受贽稷门：渠，人称代词，他。贽，古代初次见人时所送的礼物。稷门，战国时齐国都城临淄北门，这里代指临淄。 6 束仪：学生奉赠老师的礼物、酬金。束，束脩。仪，礼物。 7 信行：行事遵守信义。 8 礼函：致送聘金的函封，类似于今之聘书。礼，礼物。 9 綦：极，很。

行三四里许，日既暮，始抵其宅，沤钉兽环[1]，宛然世家。呼甥出

他们走了大约三四里路，天已经黑了，才到达施老的家，只见大门上镶着门钉兽环，完全是世家大族的样子。施老叫

拜，十三四岁童子也。叟曰："妹夫蒋南川，旧为指挥使[2]。止遗此儿，颇不钝，但娇惯耳。得先生一月善诱，当胜十年。"未几设筵，备极丰美，而行酒下食[3]，皆以婢媪。一婢执壶侍立，年约十五六，风致韵绝，心窃动之。席既终，叟命安置床寝，始辞而去。

外甥出来拜见先生，那是个十三四岁的孩子。施老说："我妹夫蒋南川原来是指挥使。他只留下这个儿子，不是很愚钝，只是娇生惯养罢了。能够得到先生一个月的教导，一定胜过过去十年。"没多久，施老设好酒宴款待徐生，席间饭菜十分丰盛美味，斟酒备菜都由婢女仆妇来做。有个婢女拿着酒壶站在一边伺候，年纪大约十五六岁，风韵卓绝，徐生暗暗心动。酒宴结束后，施老派人为徐生安置好床铺才告辞离开。

注释 1 沤（ōu）钉兽环：沤钉，即浮沤钉，门上装饰的突起的钉状物，因形似水上浮沤得名。兽环，兽形门环。清朝统治者对门环和门钉的形制、材质有明确的等级规定。 2 指挥使：明朝的军职，为卫最高军事长官，秩正三品。下辖指挥同知、指挥佥事等属员。 3 下食：准备食物。

天未明，儿出就学。徐方起，即有婢来捧巾侍盥[1]，即执壶人也。日给三餐悉此婢，至夕又来扫榻。徐问："何无僮仆？"婢笑不言，布衾径去。次夕复至。入以游语[2]，婢笑不拒，遂与狎。因告曰："吾家并无男子，

第二天天还没亮，公子就出来上课。徐生刚起床，就有一个婢女捧着毛巾来侍候他梳洗，竟是那个拿酒壶的女子。他的一日三餐都是这个婢女送来，到了晚上，又是她来打扫床榻。徐生问她："为何这里没有男仆呢？"她笑笑不说话，铺好床就径自离开了。第二天晚上，婢女又来了。徐生走进来和她调笑，见她笑着不拒绝，就与她亲热起来。她

外事则托施舅。妾名爱奴。夫人雅敬先生,恐诸婢不洁,故以妾来。今日但须缄密,恐发觉,两无颜也。”一夜共寝忘晓,为公子所遭,徐惭怍不自安。至夕婢来曰:“幸夫人重君,不然败矣!公子入告,夫人急掩其口,若恐君闻。但戒妾勿得久留斋馆而已。”言已遂去。徐甚德之。

告诉徐生:“我们家并没有男子,外面的事都委托给施舅舅。我叫爱奴,夫人很敬重先生,担心其他婢女不干净,所以让我来服侍。今天的事一定要保密,恐怕被人发现了,我们俩都没有面子。”有一晚,他们一起睡觉睡过了头,被公子撞见了,徐生惭愧不安。到了晚上,爱奴过来说:“好在夫人敬重先生,不然就完了!公子去告状时,夫人急忙掩住了他的嘴,好像怕您听见一样,只是告诫我不能在书房久留而已。”说完就走了。徐生对夫人感激万分。

注释 1 盥(guàn):洗手,以手承水冲洗,泛指洗漱。 2 游语:指轻浮、戏谑、挑逗的言语。游,虚浮不实。

然公子不善读,诃责之,则夫人辄为缓颊[1]。初犹遣婢传言,渐亲出,隔户与先生语,往往零涕。顾每晚必问公子日课[2]。徐颇不耐,作色[3]曰:“既从儿懒,又责[4]儿工[5],此等师我不惯作!请辞。”夫人遣婢谢过,徐乃止。

然而公子不用心读书,徐生斥责他,夫人总会为公子求情。最初她还只是派人来传话,慢慢地她就亲自过来,隔着门和徐生说话,常常说着说着就流起泪来。她每晚必问公子的日课。徐生忍不下去,生气地说:“您既然惯着孩子偷懒,却还想要他学业有成,这种老师我做不来!请让我走吧。”夫人派爱奴来道歉,徐生才没走。自从来到这里教书,徐

自入馆以来，每欲一出登眺，辄锢闭之。一日醉中怏闷，呼婢问故。婢言："无他，恐废学耳。如必欲出，但请以夜。"徐怒曰："受人数金，便当淹禁[6]死耶！教我夜窜何之乎？久以素食[7]为耻，贽固犹在囊耳。"遂出金置几上，治装[8]欲行。夫人出，脉脉不语，惟掩袂哽咽，使婢返金，启钥送之。徐觉门户逼侧[9]，走数步，日光射入，则身自陷冢中出，四望荒凉，一古墓也。大骇。然心感其义，乃卖所赐金，封堆植树[10]而去。

生每次想去登高远望，都发现大门紧锁，无法出去。一天，徐生喝醉了酒，心中郁闷，他叫来爱奴询问原因。爱奴说："没什么，只是怕公子荒废学业罢了。如果您一定要出去，只能晚上出去。"徐生怒道："我接受了人家的一点儿钱，就要被拘禁在这里憋死吗？让我夜里跑到哪里去？我一向以尸位素餐、不劳而获为耻，我的酬金还在口袋里。"于是拿出酬金放在桌上，整理行装想要走。夫人走出来，看着他不说话，只是掩袖哭泣，让爱奴把酬金还给徐生，打开门送他离开。徐生只觉院门狭窄，走了几步，日光直射进来，才发现自己竟是从一个坟墓中出来的，向四周望去，一片荒凉，原来这是一座古墓。徐生大惊，但感念夫人的情谊，就卖掉了她赠送的黄金，修整好了古墓，在附近种了树，然后才离开。

注释　1 缓颊：婉言劝解或代人讲情。　2 日课：每天的功课，即每天按照规定所学的课业。　3 作色：脸上变色。指神情变严肃或发怒。　4 责：要求。　5 工：精，巧。此指精于所学。　6 淹禁：监禁、关押。　7 素食：素餐。不劳而食，即不做事白吃饭。　8 治装：备办行装，整理行装。　9 逼侧：狭窄。　10 封堆植树：填土加封，植树为记。即整修坟墓。

过岁复经其处，展拜[1]而行。遥见施叟，笑致温凉，邀之殷切。心知其鬼，而欲一问夫人起居，遂相将入村，沽酒共酌。不觉日暮，叟起偿酒价，便言："寒舍不远，舍妹亦适归宁，望移玉趾，为老夫袚除不祥[2]。"出村数武[3]，又一里落，叩扉入，秉烛向客。俄，蒋夫人自内出，始审视之，盖四十许丽人也。拜谢曰："式微之族，门户零落，先生泽及枯骨，真无计可以偿之。"言已泣下。既而呼爱奴，向徐曰："此婢，妾所怜爱，今以相赠，聊慰客中寂寞。凡有所须，渠亦略能解意。"徐唯唯。少间兄妹俱去，婢留侍寝。鸡初鸣，叟即来促装送行。夫人亦出，嘱婢善事先生，又谓

过了年，徐生再次经过这里，祭拜了一下才走。远远看见施老温和地笑着，热情地邀请他。徐生心里明白他是鬼，但很想问问夫人的近况，于是就和他一起进了村，买了酒一起喝。不知不觉到了黄昏，施老起身付了酒钱，说："我家就在不远处，我妹妹正好回娘家来了，希望您能光临，为我们驱除不祥之气。"他们出村走了几步，又到了另一个村落，施老叩门而入，拿着烛火为徐生照明。不久，蒋夫人从里面走出来，徐生这才仔细看清了夫人的样子，原来是位四十岁左右的美妇。夫人拜谢徐生，说道："我家是衰落的家族，人口凋零，先生的恩泽惠及逝者，我真是无法报答。"说完眼泪就流下来了。随后又叫来爱奴，对徐生说："这个婢女是我很喜爱的，现在把她送给您，姑且让她给您些慰藉，解除您寄居在外的寂寞。但凡您有什么需要，她也大致能理解。"徐生连连答应。过了一会儿，施家兄妹一起离开了，留下爱奴侍候徐生就寝。第二天，公鸡刚刚打鸣，施老就来催他们整理行装，为他们送行。夫人也出来了，嘱咐爱奴用心侍候徐生，又对徐生说："从此以后您行事要更加谨慎保

徐曰:“从此尤宜谨秘,彼此遭逢诡异,恐好事者造言也。”徐诺而别,与婢共骑。至馆独处一室,与同栖止。或客至,婢不避,人亦不之见也。偶有所欲,意一萌而婢已致之。又善巫,一挼挲[4]而疴[5]立愈。清明归,至墓所,婢辞而下。徐嘱代谢夫人,曰:“诺。”遂没。数日反,方拟[6]展墓,见婢华妆坐树下,因与俱发。终岁往还,如此为常。欲携同归,执不可。岁杪[7]辞馆归,相订后期。婢送至前坐处,指石堆曰:“此妾墓也。夫人未出阁时,便从服役,夭殂瘗此[8]。如再过以炷香相吊,当得复会。”

密,我们的际遇会使常人觉得怪异,就怕好事者造谣。”徐生向她许诺并告辞,和爱奴同骑一匹马上路了。到了教书之地,两人单独住一间屋子,一起生活。有客人来的时候,爱奴也不回避,别人也看不见她。徐生偶尔有什么念头,刚刚有想法,爱奴就帮他办好了。爱奴还擅长巫术,一搓摩,生病的人就能痊愈。清明时徐生回家,经过墓地所在之处,爱奴告辞要回到地下,徐生嘱托她代为感谢夫人,爱奴说:“好的。”就消失了。几天后徐生返程,到了墓地,正打算祭拜,看见爱奴打扮得光彩照人坐在树下,于是两人一起上路。一年里每次往返都是这样,习以为常。徐生想要带爱奴一起回家,她却执意不肯。年终,徐生辞了课馆回家,与爱奴约好以后再会。爱奴送他到之前坐过的地方,指着一个石堆说:“这就是我的坟墓。夫人还没出嫁时,我就跟在她身边服侍她,死后就葬在此处。如果你再经过这里,烧香悼念我,我们就能再次相会。”

注释 1 展拜:拜谒,行跪拜之礼。 2 祓(fú)除不祥:古时除灾求福的一种祭仪,一般于岁首行之。这里是邀请客人拜访的客气话。 3 武:

半步，泛指脚步。 4 挼挲（ruó suō）:揉搓，搓摩。 5 疴:疾病。 6 拟:打算，准备。 7 杪（miǎo）:原指树枝的细梢，引申为年月或四季的末尾。 8 夭殂（cú）瘗（yì）此:死后葬在此地。殂，死亡。瘗，埋葬。

别归，怀思颇苦，敬往祝之，殊无影响。乃市榇[1]发冢，意将载骨归葬，以寄恋慕。穴开自入，则见颜色如生。肤虽未朽，而衣败若灰，头上玉饰金钏[2]都如新制。又视腰间，裹黄金数铤[3]，卷怀之。始解袍覆尸，抱入材内，赁舆载归，停诸别第，饰以绣裳，独宿其旁，冀有灵应。忽爱奴自外入，笑曰:"劫坟贼在此耶！"徐惊喜慰问。婢曰:"向从夫人往东昌[4]，三日既归，则舍宇[5]已空。频蒙相邀，所以不肯相从者，以少受夫人重恩，不忍离逖[6]耳。今既劫我来，即速瘗葬，便见厚德。"徐问:"古人有百年[7]复生者，今芳体

辞别爱奴回家后，徐生非常思念她，便恭敬地前往墓地悼念她，结果毫无反应。于是徐生买来棺材，挖开坟墓，想要把爱奴的尸骨带回去安葬，以此寄托自己的思慕之情。墓穴打开后，徐生进去，竟发现爱奴的面容看起来像活着一样。她的肌肤虽然没有腐烂，衣服却已经化成灰了，头上的玉饰，腕间的金镯都仿佛是新打造的。又看她腰间，裹着几锭黄金，于是卷起来放入怀中。他这才解下外袍盖在尸体上，将她抱进棺材里，租车将棺材运回了家，停放在别的屋子里，给她穿上绣花的衣裳，自己睡在旁边，希望能有灵验。忽然，爱奴从外面走进来，笑着说:"盗墓贼在这里呀！"徐生惊喜地问候她。爱奴说:"我前些日子跟着夫人去了东昌，三天后回来，发现屋子已经空了。以前您频繁地邀请我，我却不肯跟您回来，是因为我自小蒙受夫人的重恩，不忍心远离她。现在既然您把我的尸骨强行带回来了，就请快快安葬吧，这就可见您对我的恩德了。"徐生问:"古人有能

如故，何不效之？”叹曰：“此有定数。世传灵迹，半涉幻妄。要欲复起动履[8]，亦复何难？但不能类生人，故不必也。”乃启棺入，尸即自起，亭亭可爱。探其怀，则冷若冰雪。遂将入棺复卧，徐强止之。婢曰：“妾过蒙夫人宠，主人自异域来，得黄金数万，妾窃取之，亦不甚追问。后濒危，又无戚属，遂藏以自殉。夫人痛妾夭谢，又以宝饰入殓。身所以不朽者，不过得金宝之余气耳。若在人世，岂能久乎？必欲如此，切勿强以饮食；若使灵气一散，则游魂亦消矣。”徐乃构精舍，与共寝处。笑语一如常人，但不食不息，不见生人。年余徐饮薄醉，执残沥[9]强灌之，立刻倒地，口中血水

死而复生的，现在你的身体还像生前一样，为什么不效仿别人再生呢？”爱奴叹道：“这是有命数的，世间流传的灵迹，多半是人妄想出来的。想要再起来走动，又有什么难呢？只是不能像活人一样，所以没这个必要罢了。”于是她打开棺材进去，身体就自己站起来了，亭亭玉立，非常可爱。徐生把手伸向她的怀里，却是一片冰冷。爱奴准备躺回棺材，徐生却强行阻止。她说：“我过去承蒙夫人的恩宠，主人从西域回来，带回来数万两黄金，我偷拿了一些，夫人也不怎么追究。后来我临死时，又没有什么亲人，就把金子藏在身上作为随葬品。夫人为我的早逝感到悲痛，又拿了些珠宝饰品陪葬。我的尸身之所以不腐烂，不过是得到了黄金珠宝的余气罢了。如果是在人世之中，岂能长久保持呢？您一定要留下我，就千万不要强迫我吃饭喝水；如果让灵气散失，我的游魂也会随之消失。”徐生于是修建了一座精致的房子，与爱奴一同生活。爱奴谈笑说话完全和常人一样，只是不吃饭不休息，也不见生人。一年多后，徐生喝酒略微有些醉意，执意把残酒灌给爱奴，她一下子就倒在地上，口中

流溢，终日而尸已变。哀悔无及，厚葬之。

流出血水，一天下来尸体就腐烂了。徐生悲哀懊悔不已，厚葬了爱奴。

注释 1 市榇(chèn)：买棺材。市，买。榇，古时指内棺。后泛指棺材。 2 钏：手镯。 3 铤：量词。常用以计块状物。 4 东昌：府名，治所在今山东聊城市。 5 舍宇：宅舍。此处指墓穴。 6 离逖(tì)：远离。逖，远。 7 百年：古人寿命少有超过百岁的，故以百年为死的讳称。 8 动履：起来行动。此处指行动像活人一样。 9 残沥：杯中剩酒。沥，清酒。

异史氏曰："夫人教子，无异人世，而所以待师者何厚也！不亦贤乎！余谓艳尸不如雅鬼，乃以措大[1]之俗莽，致灵物不享其年，惜哉！"

异史氏说："蒋夫人教育儿子和世人没有差别，但她对待老师是多么优厚啊！她不是也很贤明吗？要我说，美艳的尸身比不上风雅的鬼魂，就因为一个穷酸书生的庸俗莽撞，致使灵物不能安享她的天年，可惜啊！"

注释 1 措大：旧时对贫寒失意的读书人的轻慢称呼。

章丘朱生，素刚鲠[1]，设帐于某贡士家。每谴弟子，内[2]辄遣婢为乞免，不听。一日亲诣窗外，与朱关说[3]。朱怒，执界方[4]，大骂而出。妇惧而奔，朱追之，自后横

章丘的朱生素来刚直，在某位贡士家里教书。他每次责备弟子的时候，家中女眷就会让婢女来求情，朱生不听。一天，那位夫人亲自到窗下来与朱生交谈，为孩子说情。朱生很生气，拿着界方，大骂着走出去。妇人害怕而奔逃，朱生追着她从后面猛地打向屁股和大

击臀股，锵然作皮肉声。一何可笑！

腿，发出很响的击打皮肉的声音。可笑极了！

注释 1 刚鲠（gěng）：刚强正直。 2 内：内眷，女眷。 3 关说：代人陈说，从中给人说好话。 4 界方：即戒方。旧时塾师对学生施行体罚时所用的小木板。

长山[1]某，每延师，必以一年束金[2]合终岁之虚盈[3]，计每日得如干数，又以师离斋、归斋之日，详记为籍，岁终，则公同按日而乘除[4]之。马生馆其家，初见操珠盘来，得故甚骇。既而暗生一术，反嗔为喜，听其复算不少校。翁大悦，坚订来岁之约。马辞以故。遂荐一生乖谬者自代。及就馆，动辄诟骂，翁无奈，悉含忍之。岁杪携珠盘至，生勃然忿极，姑听其算。翁又以途中日尽归于西[5]，生不受，拨珠归东[6]。两争不决，操戈相向，两人破头烂额而赴公庭焉。

长山有个某人，每次聘请教书先生，一定要根据一年的学费和整年中实际上课的多少，算出每天应得多少钱，还会把先生离开书斋、回到书斋的日子详细地记在册子上，年末时就和先生共同按照日子计算酬劳。马生在他家教书，一开始看他拿着算盘过来并不奇怪，知道了缘故后十分惊骇。后来马生暗自想出一计，转怒为喜，任凭他反复核算也毫不计较。某人很高兴，坚持要和马生订第二年的契约。马生找了个理由推脱了，另外推荐了一个乖僻的读书人来代替自己。到了开课的时候，那位先生动不动就骂人，某人没有办法只好忍着。年末，某人带着算盘过来，先生勃然大怒，姑且听他计算。某人又把他路途上花费的时间都算给先生，先生不接受，把算珠拨回去算给某人。两人互相争执不决，动手打了起来，打得头破脸肿，只好去官府解决。

注释　1 长山：旧县名，明清时属济南府。今属于山东邹平市。 2 束金：即束脩。旧时称给教师的酬金。 3 终岁之虚盈：指全年的实际天数。虚盈，空和满。 4 乘除：计算。 5 西：西席，西宾（古代主位在东，宾位在西）。下文的“东”指主人，东家。 6 拨珠归东：拨动算盘珠，算在主人的账上。东，东家，旧时塾师对主人的称呼。

单父宰

原文

青州[1]民某五旬余，继娶少妇。二子恐其复育，乘父醉，潜割睾丸而药糁之[2]。父觉，托病不言，久之创渐平。忽入室[3]，刀缝绽裂，血溢不止，寻毙。妻知其故，讼于官。官械其子，果伏。骇曰：“余今为‘单父宰[4]’矣！”并诛之。

译文

青州有个平民五十多岁了，续娶了一个少妇。他的两个儿子担心后妈再怀孕，就趁父亲喝醉时，偷偷割掉了他的睾丸，又敷上药。父亲酒醒后发觉了，就假托生了病，不提此事，过了很久，创口才渐渐愈合了。一次，他猛地跟妻子行房，刀口绽裂，血流不止，很快就死了。妻子知道了其中的缘故，就告到了官府。官府捉拿他的两个儿子审讯，他们果然认罪伏法了。县令惊骇地说：“我今天做了‘单父宰’了！”把平民的两个儿子都处死了。

注释　1 青州：青州市，山东省辖县级市。 2 药糁（sǎn）之：在创口敷上药粉。糁，碎粒，粉末。 3 入室：此处指发生性行为。 4 单（shàn）父宰：单父，春秋鲁邑名，明清为单县地，属山东兖州府。孔子弟子宓不齐（字子贱）尝为单父宰，弹琴，身不下堂，而单父治。见《史记·仲尼弟子列传》。又，单父谐音为“骟父”（儿子阉割父亲），此官自嘲为“单父宰”，是慨叹自己成了骟父之民的官宰。

邑有王生者，娶月余而出[1]其妻。妻父讼之。时淄宰辛公[2]，问王何故出妻。答云：“不可说。”固诘之，曰：“以其不能产育耳。”公曰：“妄哉！月余新妇，何知不产？”忸怩久之，告曰：“其阴甚偏。”公笑曰：“是则偏之为害，而家之所以不齐也。”此可与“单父宰”并传一笑。

淄川县有个王生，结婚一个多月就把妻子休了。妻子的父亲告到官府。当时的淄川县令是辛公，他审问王生为何休妻。王生回答说：“不能说。”辛公一再询问，王生才说：“因为她不能生育。”辛公说：“荒唐！过门才一个多月的新媳妇，怎么就知道不能生育？”王生扭捏了半天，才禀告说：“她的阴户太偏了。”辛公笑道：“这就是偏之为害，而家之所以不齐啊。”这个故事可以与“单父宰”并传，闻者可付之一笑。

注释　**1** 出：休弃。　**2** 淄宰辛公：辛民，字先民，直隶大兴（在今北京市大兴区）举人，顺治元年任淄川知县，三年升西安府同知。挂冠后，放迹山水，改名霜翊，字严公，著诗文以自娱。

孙必振

原文

孙必振[1]渡江，值大风雷，舟船荡摇，同舟大恐。忽见金甲神[2]立云中，

译文

孙必振渡江时，遇到大风雷，船摇晃不定，同船的人大为恐慌。忽然看见金甲天神站在云中，手里拿着金字牌给

手持金字牌下示。诸人共仰视之,上书"孙必振"三字,甚真。众谓孙:"必汝有犯天谴,请自为一舟,勿相累。"孙尚无言,众不待其肯可,视旁有小舟,共推置其上。孙既登舟,回首,则前舟覆矣。

下面的人看。船上的人都抬头去看,只见上面写着"孙必振"三个字,甚为真切。众人对孙必振说:"肯定是你犯了罪遭受了天谴,请你自己坐一条船,不要连累了我们。"孙必振没说话,众人不等他答应,看见旁边有条小船,就一起把他推上去。孙必振上了小船,回头一看,刚才坐的那条船已经翻了。

注释 **1** 孙必振:字孟起,号卧云,山东诸城(今山东诸城市)人。顺治十六年(1659)进士。康熙三年(1664)授淮庆府推官,康熙八年(1669)任山西陵川知县,康熙十六年(1677)为河南道御史。后以病归,卒于家。 **2** 金甲神:传说中佛教的护法神,一般民俗中认为是韦驮,并置其像于佛寺中,着武将服,执金刚杵,立于天王殿弥勒佛之后,正对释迦牟尼佛。

邑 人

原文

邑有乡人,素无赖。一日晨起,有二人摄之去。至市头,见屠人以半猪悬架上,二人便极力推挤之,遂觉身与肉

译文

淄川县有个乡下人,一贯就是个无赖。一天,他早上起来,有两个人把他提走了。走到集市前,见屠夫把半扇猪悬挂在肉架上,那两人就极力推挤他,无赖感觉自己的身体跟猪肉合在了一起,那

合，二人亦径去。少间，屠人卖肉，操刀断割，遂觉一刀一痛，彻于骨髓。后有邻翁来市肉，苦争低昂[1]，添脂搭肉，片片碎割，其苦更惨。肉尽，乃寻途归，归时，日已向辰[2]。家人谓其晏起[3]，乃细述所遭。呼邻问之，则市肉方归，言其片数、斤数，毫发不爽。崇朝[4]之间，已受凌迟[5]一度，不亦奇哉！

两人就径直离开了。过了一会儿，屠夫开始卖肉，拿着刀割肉，无赖就感觉每切一刀就疼一下，痛彻骨髓。后来有个邻家老头过来买肉，跟屠夫苦苦讲价，屠夫一会儿添些肥油，一会儿切点碎肉，每一片都切得很碎，无赖感觉苦痛更加惨烈。等肉卖完了，他才找到了回家的路，等回到家，已经快早上七八点了。家人认为他起晚了，无赖就详细讲述了自己的遭遇。把邻居喊来询问，老头刚买肉回来，说到菜肉的片数、斤两，与无赖所言分毫不差。仅仅一个早上，就已经受了一次凌迟的惩罚，这不也太离奇了吗？

注释　**1** 低昂：指重量或价格的高低，此处指讨价还价。　**2** 向辰：接近辰时。辰时相当于早上的七点至九点。　**3** 晏起：起床晚。晏，晚。　**4** 崇朝（zhāo）：从天亮到早饭时。有时喻时间短暂，犹言一个早晨。亦指整天。崇，通“终”。　**5** 凌迟：古代的一种残酷的死刑，又称“剐刑”，即民间所说的“千刀万剐”。始于五代，元、明、清俱列入正条，清末始废。

元　宝

原文

广东临江山崖巉岩[1]，常有元宝嵌石上。崖下

译文

在广东临江山崖陡峭的山岩上，经常有元宝嵌在石头上。山崖下波涛

波涌，舟不可泊[2]。或荡桨近摘之，则牢不可动。若其人数[3]应得此，则一摘即落，回首已复生矣。

汹涌，船无法停泊。有人划船靠近摘元宝，然而元宝牢不可动。如果有人命中该得到此元宝，则一摘就落，回头再看，原来的地方又生出一个元宝。

注释　1 巉岩：意指高而险的山岩。形容险峻陡峭、山石高耸的样子。　2 泊：停泊。　3 数：命运。

研　石

原文

王仲超言：洞庭君山[1]间有石洞，高可容舟，深暗不测，湖水出入其中。尝秉烛泛舟而入，见两壁皆黑石，其色如漆，按之而软，出刀割之，如切硬腐[2]，随意制为研[3]。既出，见风则坚凝过于他石。试之墨，大佳。估舟[4]游楫[5]，往来甚众，中有佳石，不知取用，亦赖好奇者之品题[6]也。

译文

王仲超说：洞庭君山里有个石洞，洞高能容下一只船，洞内又深又暗，深不可测，湖水从这里流进流出。我曾点着蜡烛坐船进去，见两壁都是黑色的石头，颜色如漆，按上去很软，拿出刀去割，像是切豆腐干。可以随意做成砚台。出了洞后，遇风一吹，石头就凝固得比其他石头还硬。试着用它来研墨，效果非常好。来往于这里的船只很多，洞里有好砚石却不知开采利用，看来也要靠好奇而喜欢探幽的人欣赏品评才能为人所知啊。

注释 1 洞庭君山：君山位于岳阳市西南洞庭湖中，古称洞庭山、湘山、有缘山，是八百里洞庭湖中的一个小岛，与千古名楼岳阳楼遥遥相对，由大小72座山峰组成，山上古迹甚多。 2 硬腐：豆腐干。 3 研（yàn）：同“砚”，砚台。 4 估舟：商贾载货的船。 5 游楫：游船。 6 品题：观赏，玩赏。亦指品评，评论。

武 夷

原文

武夷山[1]有削壁千仞，人每于下拾沉香[2]、玉块焉。太守闻之，督数百人作云梯[3]，将造顶以觇[4]其异，三年始成。太守登之，将及巅，见大足伸下，一拇指粗于捣衣杵，大声曰：“不下，将堕矣！”大惊，疾下。才至地，则架木朽折，崩坠无遗。

译文

武夷山下有千仞峭壁，人们时常在底下捡到沉香、玉块。太守听说了，就命数百人制作云梯，准备爬上山顶，看看有什么奇异的事，用了三年，云梯才制成。太守爬上去，将要登顶时，看见一只大脚伸下来，脚上的拇指比捣衣服的木棒还要粗，听到上面有人大声说：“再不下去，就要掉下去了！”太守大惊，赶快爬下去。刚到地面，架云梯的木头就像腐朽了一般折断了，云梯全部崩塌落了下来。

注释 1 武夷山：位于江西省铅山县、福建省武夷山市境内。相传汉有武夷君居此山，故名。 2 沉香：亚热带常绿乔木名。树干高大，木质坚硬，有香味，可作细工用材及熏香料。 3 云梯：攀援登高工具的一种，安置在底架上，可以移动。古代常用作登高攀城之具。 4 觇（chān）：窥视，观看。

大 鼠

原文

万历间，宫中有鼠，大与猫等，为害甚剧。遍求民间佳猫捕制之，辄被啖食。适异国来贡狮猫，毛白如雪。抱投鼠屋，阖其扉，潜窥之。猫蹲良久，鼠逡巡[1]自穴中出，见猫怒奔之。猫避登几上，鼠亦登，猫则跃下。如此往复，不啻[2]百次。

译文

明朝万历年间，皇宫里有只老鼠长得跟猫一样大，祸害得十分严重。宫中遍求民间的好猫捕捉它，却反被它吃了。恰逢外国进贡来一只狮子猫，毛色雪白。宫人抱着它放进有老鼠的屋子，关上门，在外边偷偷观察。猫在地上蹲了很久，老鼠才小心翼翼地从洞里爬出来，看到猫就怒奔过去。猫跳到椅子上躲避，老鼠也跳了上去，猫又跳了下来，如此反反复复，跳了不下百次。

注释 1 逡（qūn）巡：迟疑，犹豫。亦指小心谨慎。 2 不啻（chì）：不止，不仅。

众咸谓猫怯，以为是无能为[1]者。既而鼠跳掷渐迟，硕腹似喘，蹲地上少休。猫即疾下，爪掬顶毛，口龁首领，辗转争持，猫声呜呜，鼠声啾啾。启扉急视，则鼠首已嚼碎矣。

众人都觉得这只狮子猫胆怯，认为它没什么能力。过了一会儿，老鼠跳跃逐渐缓慢，大肚子一动一动的似乎喘着气，趴在地上稍事休息。猫就迅速跳下来，用爪子抓住老鼠头顶的毛，张口咬住老鼠的脖子，它们在地上翻滚着争斗，猫“呜呜”叫着，老鼠“啾啾”叫着。宫人赶紧把门打开一瞧，老鼠的脑袋已经被猫咬碎了。众

然后知猫之避非怯也，待其惰也。彼出则归，彼归则复，用此智耳。噫！匹夫按剑[2]何异鼠乎！

人这才知道猫躲开老鼠并不是因为胆怯，而是要等老鼠疲惫。敌人出击我就退去，敌人退去我就出击，猫用的是这种计策啊。唉！匹夫有勇无谋，跟老鼠有什么区别呢？

注释 1 无能为：无本领，无所作为。 2 匹夫按剑：有勇无谋的逞能，匹夫之勇。

张不量

原文

贾人[1]某至直隶[2]界，忽大雨雹，伏禾中。闻空中云："此张不量田，勿伤其稼。"贾私意张氏既云"不良"，何反佑护？雹止，入村，访问其人，且问取名之义。盖张素封[3]，积粟甚富。每春间贫民就贷，偿时多寡不校[4]，悉内之，未尝执概取盈[5]，故名"不量"，非"不良"也。众趋田中，见稞穗[6]摧折如麻，独张氏诸田无恙。

译文

有个商人来到直隶地界时，忽然下起了冰雹，他就趴在田地里躲避。听到空中有人说："这是张不量的田地，不要损毁庄稼。"商人心里想，既然说张氏"不良"，为何反而要保佑他呢？冰雹停止后，他进村寻访到了张某，并问他取这个名字的含义。原来张家很富有，储存的粮食非常多。每年春天贫民向他借粮，等还的时候，张某不计较还回多少，一概认收，从来没有拿工具称量，所以人们都叫他"不量"，并非"不良"。众人跑到田里察看，见田地里的庄稼被冰雹打得如同乱麻，唯独张家的田地丝毫无损。

注释 1 贾人：商人。 2 直隶：直隶省，明代指直隶于京师的地区。自永乐初建都北京（今北京市）后，称直隶北京的地区为北直隶，简称北直，相当今北京、天津两市、河北省大部和河南、山东的小部地区。直隶南京的地区为南直隶，简称南直，相当于今江苏、安徽、上海两省一市。清初以南直隶为江南省，北直隶为直隶省，辖境依旧。 3 素封：无官爵封邑而富比封君的人。 4 不校：不计较。校，计较。 5 执概取盈：拿着量器计较多寡。概，量取谷物时刮平斗斛的尺状工具，俗称“斗趟子”。 6 稞穗：犹“棵穗”。指禾秆及禾穗。

牧 竖

原文

两牧竖[1]入山至狼穴，穴有小狼二，谋分捉之。各登一树，相去数十步。少顷，大狼至，入穴失子，意甚仓皇。竖于树上扭小狼蹄耳故令嗥。大狼闻声仰视，怒奔树下，号且爬抓，其一竖又在彼树致小狼鸣急。狼辍声四顾，始望见之，乃舍此趋彼，跑号如前状。前

译文

有两个牧童进了山，来到了一个狼穴，见洞里有两只小狼，他们就商量着一人捉一只。两人各爬到一棵树上，相距数十步远。没多久，大狼返回洞里，发现小狼不见了，立即显出很急迫的样子。这时，一个牧童在树上扭动小狼的爪子、耳朵，故意让它嚎叫。大狼听到叫声抬头朝树上看，恼怒地跑到树下，边嚎叫边用爪子抓树想爬上去，另一个牧童又在对面的树上弄得小狼急叫。大狼停止嚎叫，四下观望，才发现了另一只小狼，于是就离开这棵树跑向那棵去，像刚才一样奔跑嚎叫。

树又鸣,又转奔之。口无停声,足无停趾,数十往复,奔渐迟,声渐弱,既而奄奄[2]僵卧,久之不动。竖下视之,气已绝矣。

这时先前那棵树上又传来叫声,大狼又转身跑回去。它嘴里不停地嚎叫,脚下不停地奔跑,来回跑了几十趟,奔跑速度逐渐慢下来,叫声也逐渐变弱,然后奄奄一息地僵卧在地上,过了很久也不动弹。牧童从树上爬下来一看,狼已经气绝身亡了。

注释 1 牧竖:牧童。竖,小孩。 2 奄奄:气息微弱的样子。

今有豪强子[1],怒目按剑,若将搏噬[2]。为所怒者,乃阖扇[3]去。豪力尽声嘶,更无敌者,岂不畅然自雄[4]?不知此禽兽之威,人故弄之[5]以为戏耳。

如今有横行霸道的男子,瞪圆双眼,按着利剑,好像要与人搏斗,把人吞噬。触怒他的人,却关上门走了。此人就声嘶力竭地怒骂,好像再也没有敌手,岂不心中得意而自命为英雄?却不知道这只是禽兽的威风,别人故意作弄他,为了好玩而已。

注释 1 豪强子:横行霸道的人。 2 搏噬:搏击吞噬。 3 阖扇:关门。扇,指门扇、门扉。 4 畅然自雄:得意地自命为英雄。 5 弄之:捉弄他。弄,耍弄,玩弄。

富翁

原文

富翁某,商贾多

译文

有个富翁,很多商人向他借钱。一

贷[1]其资。一日出，有少年从马后，问之，亦假本[2]者。翁诺之。至家，适[3]几上有钱数十，少年即以手叠钱，高下堆垒之[4]。翁谢去[5]，竟不与资。或问故，翁曰："此人必善博[6]，非端人[7]也。所熟之技，不觉形于手足矣。"访之果然。

天他外出，有个年轻人跟在他的马后边，他问那人有什么事，原来也是来借钱的。富翁答应了。到了富翁家，刚好桌子上有几十枚铜钱，年轻人就用手把钱叠起来，高高低低堆了好几摞。富翁见状谢绝了年轻人的请求，竟没有借给他钱。有人问其中的缘故，富翁说："这个人必定擅长赌博，不是正经人。他所熟悉的赌技，不自觉就从手脚上显露出来了。"查访这个年轻人，果然是个赌徒。

注释 1 贷：借。 2 假本：借贷（经商的）本钱。 3 适：正好，恰好。 4 高下堆垒之：摞成高低不等的几叠。垒，堆砌。 5 谢去：拒绝。 6 善博：好赌博。 7 端人：正派的人，正直的人。

王司马

原文

新城王大司马霁宇[1]，镇北边[2]时，常使匠人铸一大杆刀[3]，阔盈尺，重百钧。每按边[4]，辄使四人扛之。卤簿[5]所止，则置地上，故令北人捉之，力撼不可少

译文

新城的王霁宇大司马镇守北方边境时，曾让工匠铸造了一口长柄大刀，有一尺多宽，三百斤重。王司马每次巡视边境，就让四个人扛着这把大刀。仪仗队伍停下时，就把刀放地上，故意让北方人来拿，他们用尽力气也难以移动

动。司马阴以桐木依样为刀，宽狭大小无异，贴以银薄[6]，时于马上舞动。诸部落望见，无不震悚。

分毫。王司马又暗地里命人用桐木照着大刀的样子做了一把，宽窄大小一模一样，刀上贴了银箔，时常在马上挥舞。北方诸部落望见，没有不震惊恐慌的。

注释 1 新城：县名，明清时属济南府，在今山东桓台。王大司马霁宇：王象乾，字子廓，号霁宇，新城人。 2 镇北边：从明代万历二十年至天启、崇祯间，王象乾四度总督宣大、蓟辽军务，力主款抚，边境以安。史称“居边镇二十年，始终以抚西部成功名”。 3 大杆刀：长柄大刀。 4 按边：巡视边防。按，巡行，巡视。 5 卤簿：扈从仪仗。汉以前只有帝王出行时用卤簿。自汉以后亦用于后妃、太子、王公大臣。唐制四品以上官员皆给卤簿。卤，护卫所用大盾。簿，谓扈从先后有序，皆载之簿籍。 6 银薄：银片。薄，通“箔”，金属制成的薄片。

又于边外埋苇薄[1]为界，横斜十余里，状若藩篱，扬言曰：“此吾长城也。”北兵至，悉拔而火之。司马又置之。既而三火，乃以炮石[2]伏机其下，北兵焚薄，药石尽发，死伤甚众，既遁去。司马设薄如前，北兵遥望皆却走，以故帖服若神。

王司马又在边防线埋上芦苇席当作界线，横斜绵延十几里，样子很像篱笆墙，他扬言说：“这是我的长城。”北方兵到后，把芦苇席全拔了烧掉。王司马又重新埋上。如此烧了三次，他就命人在芦苇席下埋上火药炮石，北方兵再来烧芦苇席，火药炮石立即爆炸，四处飞溅，北方兵死伤惨重，就逃走了。王司马又像之前那样埋置芦苇席，北方兵遥望见了就撤退了，因此北方兵对王司马十分折服，犹如对待神明一般。

注释 1 苇薄：芦苇席，以绳编芦苇为之。薄，通“箔”，帘子，竹席。2 炮石：古代炮车用机括发石。指在炮石下埋以机括和火药，燃发后杀伤敌人，相当于今世之地雷。

后司马乞骸归，塞上复警，召再起。司马时年八十有三，力疾陛辞。上慰之曰：“但烦卿卧治[1]耳。”于是司马复至边。每止处，辄卧幛中。北人闻司马至，皆不信，因假议和，将验真伪。启帘，见司马坦卧[2]，皆望榻伏拜，挢舌[3]而退。

后来王司马告老还乡，边塞又出现了敌人入犯的警报，朝廷再次征召起用他。当时王司马已经八十三岁了，他在皇帝面前极力推辞。皇帝安慰他说：“只是劳烦你躺着治理一下而已。”于是王司马又回到边境。每到一处军营，他就躺在帷帐中。北方兵听说王司马来了，都不相信，于是谎称议和，前来验证真假。北方兵打开军帐的帘子，见王司马悠闲地躺在床上，于是都望着卧榻跪拜，害怕地退兵了。

注释 1 卧治：意谓借助威望，安卧而治。后指政事清简，无为而治。2 坦卧：坦然高卧，安卧。 3 挢（jiǎo）舌：翘起舌头不能出声。形容惊讶或畏惧。

岳 神

原文

扬州提同知[1]，夜梦岳神[2]召之，词色愤怒。

译文

扬州有位姓提的同知，晚上梦到东岳天子召见他，言辞神色都很愤怒。他

仰见一人侍神侧,少为缓颊。醒而恶之。早诣岳庙,默作祈禳。既出,见药肆一人,绝肖所见,问之知为医生。既归暴病,特遣人聘之。至则出方为剂,暮服之,中夜而卒。或言:阎罗王与东岳天子,日遣侍者[3]男女十万八千众,分布天下作巫医[4],名“勾魂使者[5]”。用药者不可不察也!

抬头看见一个人站在东岳天子的旁边,稍稍为他说了几句话。醒来后他很厌恶这个梦。他一大早就前往东岳庙,默默祈祷以求消除灾祸。出了庙后,他见药店有一人,跟梦里见到的侍者十分相似,问了才知道他是医生。提公回家后就生了重病,特地派人去请那个医生。医生到后就开方子抓药,他傍晚吃了药,半夜就死了。有人说:阎罗王和东岳天子,每天派遣男女侍者十万八千人,分布天下各地做医生,名为“勾魂使者”。用药的人,不可不考察一下啊!

注释 **1** 同知:官名。清代唯府州及盐运使置同知,为知府、知州的副职。 **2** 岳神:即下文”东岳天子”,指泰山神“东岳天齐仁圣大帝”。传说它主宰人之生死,为百鬼之主帅。 **3** 侍者:指供神役使的鬼卒。 **4** 巫医:巫师和医师。古代巫与医相通,故常因类连称。 **5** 勾魂使者:民俗中的黑白无常,他们是阎罗的魔卒,有夺魂、夺精、缚魄三鬼,专事勾摄生魂。

小 梅

原文

蒙阴[1]王慕贞,世家子也。偶游江浙,见

译文

蒙阴县的王慕贞,是位世家子弟。他偶然前往江浙一带游历,遇到一个老妇人

媪哭于途，诘之。言："先夫止遗一子，今犯死刑，谁有能出之者？"王素慷慨，志其姓名，出橐[2]中金为之斡旋[3]，竟释其罪。其人出，闻王之救己也，茫然不解其故；访诣旅邸，感泣谢问。王曰："无他，怜汝母老耳。"其人大骇曰："母故已久，"王亦异之。抵暮媪来申谢，王咎其谬诬，媪曰："实相告：我东山老狐也。二十年前，曾与儿父有一夕之好，故不忍其鬼之馁[4]也。"王悚然起敬，再欲诘之，已杳。

在路边哭泣，于是上前询问怎么回事，老妇人回答说："先夫只留下一个儿子，现如今他犯了死罪，有谁能把他救出来呢？"王慕贞向来慷慨助人，就记下了老妇人之子的名字，拿出口袋里的钱四处活动，最终使老妇人之子免除了罪责。那人出狱后，听说王慕贞救了他的命，茫然不解其中的缘由，就去旅馆拜访王慕贞，感激涕零地表示谢意，并询问原因。王慕贞说："不因为别的，只是可怜你母亲年老罢了。"那人一听大为惊骇，说："我母亲已经故去多年！"王慕贞也觉得很奇怪。到了晚上，老妇人来向他道谢，王慕贞责备她说谎。老妇人说："实不相瞒，我是东山的老狐。二十年前曾和这孩子的父亲有过一夜之情，因此不忍心看着他父亲绝后，在阴间做鬼挨饿。"王慕贞听后对老妇人肃然起敬，再想问她，却已经无影无踪了。

注释 **1** 蒙阴：县名，明清属青州府，今为山东省临沂市下辖县，位于山东省中南部。 **2** 橐（tuó）：口袋，盛物的袋子。 **3** 斡（wò）旋：扭转，调解。 **4** 馁（něi）：饿。

先是，王妻贤而好佛，不茹荤酒，治洁室，

先前，王慕贞的妻子非常贤惠，又信佛，不吃荤腥、不饮酒，把一间屋子收拾得

悬观音像，以无子，日日焚祷其中。而神又最灵，辄示梦，教人趋避[1]，以故家中事皆取决焉。后有疾綦笃[2]，移榻其中；又别设锦裀[3]于内室而扃[4]其户，若有所伺。王以为惑，而以其疾势昏瞀[5]，不忍伤之。卧病二年，恶嚣[6]，常屏人独寝。潜听之似与人语，启门视之又寂然。病中他无所虑，有女十四岁，惟日催治装遣嫁。既醮[7]，呼王至榻前，执手曰："今诀矣！初病时，菩萨告我，命当速死，念不了者，幼女未嫁，因赐少药，俾延息以待。去岁，菩萨将回南海，留案前侍女小梅，为妾服役。今将死，薄命人又无所出[8]。保儿，妾所怜爱，恐娶悍怒之妇，令其子母失所。小梅姿容秀美，

干干净净，里面挂着观音菩萨的画像，因为没有儿子，所以她天天在屋子里烧香拜佛，祷告能生个儿子。那个观音菩萨也十分灵验，每每托梦给她，教她如何趋利避害，因此家中大小事务都由她来决定。后来王妻生了重病，就让人把床搬到佛堂，又另外准备了锦缎被褥铺在内室，整日关着门，好像在等待什么人。王慕贞感到很疑惑，但又因为她病得有些糊涂，不忍违背她的心意使她伤心。王妻卧病有两年多，厌恶嘈杂之声，常常将人都赶出去独自休息。王慕贞偷偷去听，似乎有人和她说话，打开门一看，却又没有了声音。王妻在病中没有别的心事，有个女儿十四岁了还没有出嫁，她就天天催着准备嫁妆把女儿嫁出去。女儿出嫁后，王妻把王慕贞叫到床前，握着他的手说："今天我们要永别了。我刚得病的时候，菩萨告诉我说我命中注定快死了，但放不下的是幼女还未出嫁，所以菩萨赐给我一些药，让我延些时日等女儿出嫁。去年菩萨要回南海，留下她案前侍女小梅照顾我。如今我要死了，我这薄命的人没能为你生个儿子。保儿是我非常疼爱的孩子，我担心你将来娶个凶悍易怒的女人，让他们母子没有归

又温淑，即以为继室可也。”盖王有妾生一子，名保儿。王以其言荒唐，曰：“卿素敬者神，今出此言，不已亵乎[9]？”答云：“小梅事我年余，相忘形骸[10]，我已婉求之矣。”问：“小梅何处？”曰：“室中非耶？”方欲再诘，闭目已逝。

所。小梅姿容秀美，又性情温柔，你可以娶她为继室。”原来王慕贞有个妾，生了个男孩，名叫保儿。王慕贞觉得妻子说的话荒诞不经，就说：“你向来敬重菩萨，现在说这样的话，不是在亵渎菩萨吗？”王妻说：“小梅侍奉我一年多了，我们亲密无间，这件事我已委婉地求过她了。”王慕贞问道：“小梅在哪里？”王妻说：“内室里的不是吗？”王慕贞刚想再问，妻子已经闭眼死了。

注释 1 趋避：趋利避害。 2 綦笃（qí dǔ）：病得十分严重。綦，极，很。笃，形容病势沉重。 3 锦裀（yīn）：锦做的被褥。 4 扃（jiōng）：上闩，关门。 5 昏瞀（mào）：愚昧无知。 6 恶嚣：厌恶喧闹。 7 醮（jiào）：指女子嫁人。 8 无所出：没有生育孩子。此指没有生出男孩。 9 不已亵乎：岂不太亵渎神明吗。已，太，过分。 10 相忘形骸：谓彼此不拘形迹，无所顾忌。形骸，人的躯体。

王夜守灵帏[1]，闻室中隐隐啜泣，大骇，疑为鬼。唤诸婢妾启钥视之，则二八丽者缞服[2]在室。众以为神，共罗拜之，女敛涕扶掖[3]。王凝注之，俯首而已。王曰：“如果亡室之言非妄，请即上堂，

王慕贞夜里为妻子守灵，听到内室隐隐约约有哭声，十分惊讶，怀疑是鬼。叫来丫鬟侍妾打开门察看，只见一个十六岁的漂亮女子，穿着孝服在屋里。大家以为她是神，都围着她叩拜，小梅停止哭泣搀扶大家起身。王慕贞凝神盯着看她，她只是低着头而已。王慕贞说：“如果亡妻说的是真的，就请你立即走上厅

受儿女朝谒；如其不可，仆亦不敢妄想，以取罪过。”女靦然[4]出，竟登北堂[5]，王使婢为设坐南向，王先拜，女亦答拜；下而长幼卑贱，以次伏叩，女庄容坐受，惟妾至则挽之。自夫人卧病，婢惰奴偷[6]，家久替[7]。众参[8]已，肃肃[9]列侍。女曰：“我感夫人盛意，羁留人间，又以大事相委，汝辈宜各洗心[10]，为主效力，从前愆尤[11]，悉不计较。不然，莫谓室无人也！”共视座上，真如悬观音图像，时被微风吹动。闻言悚惕[12]，哄然并诺。女乃排拨[13]丧务，一切井井，由是大小无敢懈者。女终日经纪[14]内外，王将有作，亦禀白而行。然虽一夕数见，并不交一私语。

堂，接受儿女的叩拜；如果不是，我也不敢痴心妄想，给自己招来罪过。”小梅害羞地走出来，登上北面厅堂。王慕贞让婢女朝南放了把椅子让她坐下，王慕贞先拜，小梅也回拜；接下来按照长幼卑贱的顺序依次伏身叩拜，小梅端庄从容地受拜，只有小妾拜见时，小梅才起身扶起她。自从王妻生病以后，家里的婢女、仆人们变得又懒惰又爱偷东西，家里事务废弛已久。众人参拜完毕后，都恭敬地站在两旁。小梅说：“我感激夫人的盛意，决定留在人间，夫人又把家中大事托给我，你们应该洗心革面，为主人效力，从前的过错一概不再计较。不然的话，不要以为家里没有人管事！”大家都抬起头看着座上的小梅，真的像挂着的观音图像，不时被微风吹动。众人听了她的训话都非常害怕，便齐声答应。小梅于是开始安排丧事，一切都办理得井井有条，从此家里大小奴仆没有一个敢偷懒的。小梅整日忙着管理家里内外的事，王慕贞要干什么也先询问她，然后才去做。虽然他们俩一天能见好几次面，但并没有说过一句私房话。

注释 1 灵帏：灵帐。遮隔灵床的帐幕。 2 缞（cuī）服：旧时丧服。用麻布条披于胸前。服三年之丧（臣为君、子为父、妻为夫）者用之。 3 扶掖：搀扶。 4 觍（tiǎn）然：害羞、羞愧的样子。 5 北堂：北屋。北屋为正房，在此举行仪式以示庄重。 6 婢惰奴偷：奴婢们懈怠苟且。偷，苟且，偷懒。 7 替：衰败，废弃。 8 参：参拜。 9 肃肃：恭敬貌。 10 洗心：洗涤邪恶之心，犹言改过自新。 11 愆（qiān）尤：罪过，错误。 12 悚惕：恐惧，惶恐。 13 排拨：调拨，调遣，安排。 14 经纪：管理照料。

既殡，王欲申前约，不敢径告，嘱妾微示意。女曰："妾受夫人谆嘱，义不容辞，但匹配大礼，不得草草。年伯[1]黄先生位尊德重，求使主秦晋之盟[2]，则惟命是听。"时沂水黄太仆[3]致仕闲居，于王为父执[4]，往来最善。王即亲诣，以实告。黄奇之，即与同来。女闻，即出展拜。黄一见，惊为天人，逊谢[5]不敢当礼，既而助妆[6]优厚，成礼乃去。女馈遗枕履，若奉舅姑[7]，由此交益亲。

王妻出殡后，王慕贞想申明以前的婚约，却又不敢直说，就嘱咐小妾稍去示意一下。小梅说："我受夫人嘱托，义不容辞，但婚姻大事，不能草率行事。年伯黄先生地位尊贵、德高望重，若能请他来主持婚礼，我一定唯命是从。"当时，沂水的黄太仆辞官赋闲在家，他是王慕贞父亲的好朋友，两家交往十分密切。王慕贞立即亲自去拜见黄太仆，把实情告诉了他。黄太仆觉得很奇怪，便与王慕贞一同来到王家。小梅听说黄太仆来了，急忙出来拜见。黄太仆一见小梅，惊为天人，谦逊地不敢答应为他们主持婚礼之事，不久就送来丰厚的贺礼，婚礼完成后才回家。小梅送给他枕头、鞋子，像孝敬公婆一样，从此两家交往更加亲密。

注释 1 年伯：科举时代对与父亲同年登科者的尊称，后用以泛指父辈。 2 秦晋之盟：春秋时期，秦晋两国经常通婚，后泛指两家联姻。 3 太仆：官名。明清时掌管畜牧、马政。 4 父执：父亲的朋友。 5 逊谢：谦逊推辞，谦让辞谢。 6 助妆：赠助妆奁之费，赠送婚礼贺仪。 7 舅姑：公婆。

合卺[1]后，王终以神故，亵中带肃，时研诘[2]菩萨起居。女笑曰："君亦太愚，焉有正直之神[3]，而下婚尘世者？"王力审所自。女曰："不必研穷[4]，既以为神，朝夕供养，自无殃咎[5]。"女御下[6]常宽，非笑不语，然婢贱戏狎时，遥见之，则默默无声。女笑谕曰："岂尔辈尚以我为神耶？我何神哉！实为夫人姨妹，少相交好，姊病见思，阴使南村王媪招我来。第[7]以日近姊夫，有男女之嫌，故托为神道[8]，闭内室中，其实何神！"众犹不信。而日侍边傍，见其举动，不少异于常人，浮言渐息。然

成婚以后，王慕贞始终因为小梅是仙女，即使亲热时也很拘束，并经常问菩萨的起居。小梅笑着说："你也太愚笨了，哪有真正的神人下嫁给世间凡人的？"王慕贞一再追问小梅的身世。小梅说："不必刨根问底了，既然你当我是神仙，就早晚把我供养着，自然会没有灾祸。"小梅管理仆人非常宽厚，说话总是笑呵呵的，但是婢女下人们打闹时，远远看见她就不吱声了。小梅笑着说："难道你们还把我当神仙吗？我哪里是什么神仙！我其实是夫人的姨表妹，我们从小相好，姐姐病后思念我，偷偷让南庄的王姥姥把我接来。只是因为天天接近姐夫，男女之间要避嫌，所以才假托是神仙，关在屋子里，其实哪里是神仙啊！"众人还是不敢相信，但天天侍奉在她身旁，发现她的举动和平常人并没有什么不同，谣言才渐渐平息了。然而那些顽劣的奴才和懒惰的婢女，王

即顽奴钝婢，王素挞楚所不能化者，女一言无不乐于奉命。皆云："并不自知。实非畏之，但睹其貌，则心自柔，故不忍拂其意耳。"以此百废具举。数年中，田地连阡[9]，仓廪[10]万石矣。

慕贞此前用鞭子打都不曾有丝毫悔改，现在小梅说句话，他们没有不乐于听从吩咐的。他们都说："我们也不知道为什么，并不是怕她，但一看见她的样子，心就自然软了，所以不忍心违背她的意思。"此后，家中各项事务都重新兴办起来。几年间，家里的田地连成片，仓库里存了上万石粮食。

注释 1 合卺（jǐn）：古代婚礼仪式之一，新郎、新娘结婚当天在新房内共饮交杯酒。后多以"合卺"代指成婚。 2 研诘：仔细询问，盘问。 3 正直之神：此处指观音菩萨的侍女。 4 研穷：仔细询问，犹言追根究底。 5 殃咎：灾祸。 6 御下：对待下人、下属。御，控制，约束以为用。此指对待。 7 第：但是，表转折。 8 神道：神祇，神灵。此指神仙。 9 连阡：阡陌相连。指田地增多，连成一片。阡，南北走向的田埂。借此田地。 10 仓廪（lǐn）：贮藏米谷的仓库。

又数年，妾产一女，女生一子。子生，左臂有朱点，因字小红。弥月[1]，女使王盛筵招黄。黄贺仪丰渥，但辞以耄[2]，不能远涉。女遣两媪强邀之，黄始至。抱儿出，袒其左臂，以示命名之意。又再

又过了几年，小妾生了一个女儿，小梅生了一个儿子。儿子生下来时，左胳膊上有一点红痣，因此小名就叫小红。满月那天，小梅让王慕贞准备盛筵邀请黄太仆前来。黄太仆派人送来丰厚的贺礼，但推辞说自己年纪大了，出不了远门。小梅打发两个老仆妇强去邀请，黄太仆才来了。小梅抱着孩子出来，露出孩子左臂上的红痣给黄太仆看，并告诉他孩子小名的由来，

三问其吉凶。黄笑曰："此喜红也，可增一字，名喜红。"女大悦，更出展叩[3]。是日，鼓乐充庭，贵戚如市。黄留三日始去。

并再三问孩子以后的吉凶祸福。黄太仆笑着说："这红痣是喜红，可以加一个字，名字叫喜红吧。"小梅很高兴，再次出来拜谢。这一天，鼓乐连天，欢快的气氛充满了庭院，亲戚贵友络绎不绝，像集市一样热闹。黄太仆住了三天才回去。

注释 1 弥月：指婴儿出生满一个月。 2 耄（mào）：年高。《礼记·曲礼上》："八十、九十曰耄。" 3 展叩：大礼的一种，全身跪拜。

忽门外有舆马来，逆[1]女归宁。向十余年，并无瓜葛，共议之，而女若不闻。理妆竟，抱子于怀，要王相送，王从之。至二三十里许，寂无行人，女停舆，呼王下骑，屏人与语，曰："王郎！王郎！会短离长，谓可悲否？"王惊问故，女曰："君谓妾何人也？"答曰："不知。"女曰："江南拯一死罪，有之乎？"曰："有。"曰："哭于路者吾母也，感义而思所报。乃因夫人好佛，附为神道，

一天，门外忽然来了一队车马，接小梅回娘家。过去十几年来，王家与小梅娘家并没有交往，大家议论纷纷，而小梅好像什么都没听到似的。她梳洗打扮完后，把孩子抱在怀里，让王慕贞送她回家，他答应了。走了二三十里，路上寂静无人，小梅停下车，叫王慕贞下马，避开他人对王慕贞说："王郎！王郎！我们相聚的时间短，离别的时间长，你说可悲不可悲？"王慕贞吃惊地问怎么回事，小梅说道："你知道我是什么人吗？"王慕贞说："不知道。"小梅说："你在江南曾救过一个死刑犯人，有这回事吗？"王慕贞说："有。"小梅说："在路上哭的那个人就是我母亲，为了感谢你的义气，一心想报答你。因为夫人好佛，于是就假托是

实将以妾报君也。今幸生此襁褓物[2],此愿已慰。妾视君晦运将来,此儿在家,恐不能育,故借归宁,解儿厄难。君记取家有死口时,当于晨鸡初唱,诣西河柳堤上,见有挑葵花灯来者,遮道苦求,可免灾难。”王曰:“诺。”因讯归期,女云:“不可预定。要当[3]牢记吾言,后会亦不远也。”临别,执手怆然交涕。俄登舆,疾若风。王望之不见,始返。

神仙,其实是用我来报答你。现在幸好生了这个孩子,心愿已了。我看你的晦运要来了,这孩子留在家里,恐怕不能养活,所以借口回娘家,以解救孩子远离祸难。你回去一定切记,家里有人死时,在早上鸡叫第一遍就到西河柳堤上,看见挑着葵花灯来的人,就挡住道苦苦哀求,便可免除灾祸。”王答应说:“好。”又问小梅什么时候回来,她说:“归期不能确定。你应当牢记我刚才说的话,再会的时候不会太远。”临别时,两人握着手伤心地落泪。小梅随即就上车走了,车子快得像疾风一样。王慕贞远远看着,直到看不到人影才回了家。

注释 1 逆:迎接。 2 襁褓物:指婴儿。 3 要当:自当,应当。

经六七年,绝无音问。忽四乡瘟疫流行,死者甚众,一婢病三日死,王念曩嘱[1],颇以关心。是日与客饮,大醉而睡。既醒闻鸡鸣,急起至堤头,见灯光闪烁,适已过去。急追之,止隔百步许,愈追愈远,渐

过了六七年,小梅一直杳无音信。忽然乡里流行起瘟疫,死了很多人,王慕贞家的一个婢女病了三天就死了。王慕贞想起小梅以前的嘱咐,十分关心此事。当日他与客人饮酒,喝到大醉就睡着了。一觉醒来听见鸡叫,急忙起身到西河柳堤上,看见灯光闪烁,那个挑花灯的人恰好已经过去了。他急忙追赶,相距也就百步左右,却越追越远,渐渐就看不到了,

不可见，懊恨而返。数日暴病，寻卒。

只得懊悔地返回家。几天后，王慕贞突然得了病，很快就死去了。

注释 1 曩（nǎng）嘱：以前的嘱咐。曩，以往，从前。

王族多无赖，共凭陵[1]其孤寡，田禾树木，公然伐取，家日[2]陵替。逾岁，保儿又殇[3]，一家更无所主。族人益横，割裂田产，厩中牛马俱空。又欲瓜分第宅，以妾居故，遂将数人来，强夺鬻[4]之。妾恋幼女，母子环泣，惨动邻里。方危难间，俄闻门外有肩舆[5]入，共觇[6]，则女引小郎自车中出。四顾人纷如市，问："此何人？"妾哭诉其由。女颜色惨变，便唤从来仆役，关门下钥。众欲抗拒，而手足若痿[7]。女令一一收缚，系诸廊柱，日与薄粥三瓯[8]。即遣老仆奔告黄公，然后入室哀泣。泣

王氏家族里有不少无赖，便一起欺负王家的孤儿寡母，公然去砍伐抢取王家的庄稼、树木，王家日渐衰落。又过了一年，保儿也死了，一家更没有人主持。族人更加横行霸道，瓜分了王家的田地，把马厩里的牛马抢劫一空。他们还想瓜分王家的宅院，因为王慕贞的小妾还住在院里，他们便纠集几个人要强行把她卖掉。妾眷恋自己的小女儿不舍得走，母女抱头痛哭，凄惨的情形惊动四邻。正在危难的时候，忽然听到门外有轿子进来，众人一看，原来是小梅领着儿子从轿子里出来。小梅四面一看，见家里人多得像闹市一样，就问道："这些都是什么人？"妾哭着告诉她事情的缘由。小梅一听脸色惨变，命令跟从的仆人关门上锁。众人想要抗拒，可四肢发软无力。小梅叫人把他们一个个都绑起来，拴在走廊的柱子上，一天只给三碗稀粥。小梅随即打发老仆人去告诉黄太仆，然后到屋里哀伤痛哭 。哭完，小梅对小妾说：

已,谓妾曰:"此天数也。已期前月来,适以母病耽延,遂至于今。不谓转盼间已成邱墟!"问旧时婢媪,则皆被族人掠去,又益欷歔[9]。

"这都是天数!我本来打算上个月回来,正好母亲生病耽误了,到现在才赶来。不想转眼之间家里已经成了废墟!"小梅又问以前的婢女仆妇们都去哪里了,小妾告诉她都被族人抢去了,小梅听了更加哀叹不已!

注释 1 凭陵:侵犯,欺侮。 2 日:一天天地,渐渐地。 3 殇:未成年而死的人。 4 鬻(yù):卖。 5 肩舆:轿子。 6 觇(chān):窥视,观看。 7 痿(wěi):身体某部分萎缩或失去机能的病。此谓瘫软无力。 8 瓯(ōu):杯、碗之类的饮具。 9 欷歔(xī xū):也作唏嘘,叹气、抽咽声。

越日,婢仆闻女至,皆自遁归,相见无不流涕。所絷[1]族人,共噪儿非慕贞体胤[2],女亦不置辩,既而黄公至,女引儿出迎。黄握儿臂,便捋左袂,见朱记宛然,因袒示众人以证其确。乃细审失物,登簿记名,亲诣邑令。令拘无赖辈,各笞四十,械禁[3]严迫。不数日,田地马牛悉归故主。黄将归,女引儿

第二天,婢女仆妇们听说小梅回家了,都逃了回来,相见之后无不痛哭流涕。被绑在柱子上的族人都说小梅的儿子不是王慕贞的亲生骨肉,小梅也不分辩。不久黄太仆来了,小梅领着儿子出来迎接。黄太仆拉着孩子的臂膀,捋起左袖,见身上的红痣清清楚楚,便露出来让大家看,证明他确实是王慕贞的儿子。黄太仆命人详细检查丢失的东西,登记造册,并拿着册子亲自去拜见县令。县令命人逮捕众无赖,各打四十大板,戴上枷锁监禁起来,严刑逼迫他们交出侵吞的财物。不出几日,田地牛马等都物归原主。这时,黄

泣拜曰："妾非世间人，叔父所知也。今以此子委叔父矣。"黄曰："老夫一息尚在，无不为区处[4]。"黄去，女盘查就绪，托儿于妾，乃具馔[5]为夫祭扫[6]，半日不返。视之，则杯馔犹陈，而人杳矣。

太仆要回家，小梅领儿子哭着跪拜说："我并不是世间的人，叔父您是知道的。现在我就把这孩子委托给叔父您了。"黄太仆说："只要老夫还有一口气，就不会不管他的。"黄太仆走后，小梅把家里事情安排完毕，把孩子托付给小妾照看，便准备了祭品去为丈夫王慕贞扫墓。过了半天还没有回来。进去一看，只见祭品都摆在那里，而小梅却已踪迹全无了。

注释 1 絷(zhí)：拴缚，捆住。 2 体胤(yìn)：亲生的后代。 3 械禁：戴上枷锁监禁起来。 4 区处：安排，料理。 5 具馔：备办食物。馔，食物，菜肴。这里是祭品之意。 6 祭扫：祭奠扫墓。

异史氏曰："不绝人嗣者，人亦不绝其嗣，此人也而实天也。至座有良朋，车裘可共[1]，迨宿莽既滋[2]，妻子陵夷[3]，则车中人[4]望望然去之[5]矣。死友[6]而不忍忘，感恩而思所报，独何人哉！狐乎，倘尔多财，吾为尔宰。"

异史氏说："不让人绝后的人，人家也不会断绝了他的后嗣，这是人事，实际上也是天意啊。至于座中就有好友，共用车马皮衣，等到坟头长了野草，妻子遭人羞辱，昔日同车的好友看了看就远远躲开了。不忍忘却死去的朋友，知恩而图报的，难道只有人吗？狐仙啊，假如你有钱财，我愿意给你当管家。"

注释 1 车裘可共：车和皮衣服都可以（与好朋友）共用。车裘在古代都是贵重品。即子路所谓"愿车马衣轻裘与朋友共，敝之而无憾"。

2 迨（dài）宿莽既滋：等到坟头长满了野草。迨，等到。宿莽，特指墓前野草。 3 陵夷：衰落，衰败。此处指遭受厄运，受人欺辱。 4 车中人：乘高车的人，指有地位的朋友。 5 望望然去之：看了看就离开。 6 死友：交情笃厚，至死不相负的朋友。此处指死去的朋友。

药 僧

原文

济宁某，偶于野寺[1]外，见一游僧向阳扪虱[2]，杖挂葫芦，似卖药者。因戏曰："和尚亦卖房中丹[3]否？"僧曰："有。弱者可强，微者可巨，立刻见效，不俟经宿。"某喜求之。僧解衲[4]角，出药一丸如黍[5]大，令吞之。约半炊时，下部暴长，逾刻自扪，增于旧者三之一。心犹未足，窥僧起遗[6]，窃解衲，拈二三丸并吞之。俄觉肤若裂，筋若抽，项缩腰橐[7]，而阴长不已。大惧，无法。

译文

济宁有个人，偶然在荒野的寺庙外，看见一个游方僧人对着太阳捉虱子，手杖上挂着一只葫芦，好像是卖药的。于是他开玩笑说："和尚也卖房中的春药吗？"僧人说："有。体弱的吃了会变强壮，细小的吃了会变粗大，立刻见效，不用等一晚上。"那人听了很高兴，向僧人买此药。僧人解开僧衣的一角，拿出一粒米大的药丸，令他吞下。大约过了半顿饭时间，那人下部暴长，一刻钟后用手摸了摸，增大了三分之一。他心里还不满足，窥见僧人去排便，偷偷解开僧衣，拿了两三丸一起吞了。不一会儿，他觉得皮肤好像在裂开，筋好像在抽搐，脖子缩了，腰也弯了，而阴茎还在不停地长。他大为恐慌，但也没有办法。僧人返回

僧返见其状，惊曰："子必窃吾药矣！"急与一丸，始觉休止。解衣自视，则几与两股鼎足而三矣。缩颈蹒跚[8]而归，父母皆不能识。从此为废物，日卧街上，多见之者。

后看见他的样子，惊问道："你肯定是偷吃了我的药啊！"急忙给他一粒药，他吞下去才觉得下部不再长了。解开衣服一看，阴茎几乎已经和两条腿呈三足鼎立之势了。他缩着脖子摇摇晃晃地回到家，连父母都认不出来他了。从此，他成了无用之人，每天卧在街上，很多人都见过他。

注释 1 野寺：野外的寺庙、庙宇。 2 向阳扪（mén）虱：在向阳处捉虱子。 3 房中丹：指增进性功能的一类丹药。 4 衲：僧衣。 5 黍（shǔ）：黏米，俗称"黄米子"。煮熟后有黏性，可以酿酒、做糕等。 6 遗：谓排泄大小便。 7 橐（tuó）：骆驼。这里谓腰背弯曲如驼峰。 8 蹒跚（pán shān）：行步缓慢，摇摆貌。

于中丞

原文

于中丞成龙[1]，按部[2]至高邮[3]。适巨绅家将嫁女，妆奁甚富，夜被穿窬[4]席卷而去。刺史无术。公令诸门尽闭，止留一门放行人出入，吏目[5]守之，严

译文

一次，于成龙中丞巡视地方到了高邮。恰逢当地有个大户人家将要嫁女儿，嫁妆很丰厚，夜里却被盗贼洗劫一空。高邮知州对此束手无策。于公命人把城门都关上，只留一个门放行人出入，派吏目把守，严密搜查进出之

搜装载。又出示谕阖城户口,各归第宅,候次日查点搜掘,务得赃物所在。乃阴嘱吏目:设有城门中出入至再者捉之。过午得二人,一身之外,并无行装。公曰:“此真盗也。”二人诡辨不已。公令解衣搜之,见袍服内着女衣二袭[6],皆奁中物也。盖恐次日大搜,急于移置,而物多难携,故密着而屡出之也。

人所带的东西。他又派人出告示晓谕全城百姓,让他们都回家,等候明日查点搜寻,一定要把赃物找到。于公又悄悄叮嘱吏目:如果城门中有人多次出入,就抓起来。过了中午,抓到两人,除了一身衣服,并没有带其他行李。于公说:“这是真正的盗贼。”两人不停地诡辩。于公令人解开他们的衣服,发现他们的衣服内还穿着两身女装,都是嫁妆里的东西。原来,盗贼担心第二天大搜查,急于转移赃物,而东西太多难以一次带出,就偷偷穿在身上而频繁出入城门。

注释 1 于中丞成龙:于成龙,字北溟,山西永宁州人。在二十多年的仕途生涯中,他以卓越的政绩和清廉的作风深受百姓爱戴。中丞,明清两代常以副都御史或佥都御史出任巡抚,清代各省巡抚亦例兼右都御史衔,因此明清巡抚也称“中丞”。 2 按部:谓巡视属下州县。 3 高邮:明清时州名,属扬州府,州治即今江苏省高邮市。 4 穿窬(yú):穿壁逾墙。指偷窃行为。又指盗贼、小偷。 5 吏目:官名。清代各州置吏目,职掌缉捕、刑狱及文书等事。 6 二袭:两身。衣裳一套叫一袭。

又公为宰[1]时,至邻邑。早旦经郭外,见二人以床舁[2]病人,覆大被,枕

还有一次,于公做县令时,到邻县去。早上经过城外,见两人用床抬着病人,上面盖着大被子,枕头上露出头

上露发，发上簪凤钗[3]一股，侧眠床上。有三四健男夹随之，时更番[4]以手拥[5]被，令压身底，似恐风入。少顷，息肩路侧，又使二人更相为荷。于公过，遣隶回问之，云是妹子垂危，将送归夫家。公行二三里，又遣隶回，视其所入何村。隶尾之，至一村舍，两男子迎之而入，还以白公。公谓其邑宰：“城中得无有劫寇[6]否？”宰曰：“无之。”时功令[7]严，上下讳盗，故即被盗贼劫杀，亦隐忍[8]而不敢言。

发，头上插着一根凤钗，有人侧卧在床上。有三四个壮汉在左右跟着，不时轮番用手去推被子，让被子压在病人身下，似乎害怕风吹进去。过了一会儿，他们把床放在路边休息，又换两人来抬。于公走过后，派差役回去询问，他们说是妹妹病危，要送回妹夫家。于公走了两三里，又派差役回去，看他们走进了哪个村子。差役尾随着这伙人来到一个村舍，见有两个男子把他们迎进去了，于是就返回报告于公。于公对县令说：“城中有没有人被强盗抢劫？”县令说：“没有。”当时官吏考核严厉，官员和百姓都忌讳提及盗贼，因此，即使有人被盗贼抢劫杀害，也隐忍着不敢报官。

注释 1 宰：知县。本段记述于成龙初任广西罗城县知县时事。他在罗城七年，政绩显著，被举“卓异”。 2 舁（yú）：抬。 3 凤钗：钗的一种。妇女的首饰，因钗头作凤形，故名。 4 更番：轮换。 5 拥：围裹，推送。 6 劫寇：被劫失盗之事。 7 功令：朝廷考核官员的有关条例。 8 隐忍：克制忍耐。

公就馆舍[1]，嘱家人细访之，果有富室被强寇入家，炮烙[2]而死。公唤其子

于公住到驿馆后，嘱咐仆人仔细寻访，果然有一家富户被强盗闯进家中，用炮烙折磨死了。于公就把死者的

来诘其状，子固不承。公曰："我已代捕大盗在此，非有他也。"子乃顿首哀泣，求为死者雪恨。公叩关往见邑宰，差健役四鼓[3]出城，直至村舍，捕得八人，一鞫而伏。诘其病妇何人，盗供："是夜同在勾栏[4]，故与妓女合谋，置金床上，令抱卧至窝处[5]始瓜分耳。"共服于公之神[6]。或问所以能知之故，公曰："此甚易解，但人不关心耳。岂有少妇在床，而容入手衾底者？且易肩[7]而行，其势甚重，交手护之，则知其中必有物矣。若病妇昏愦[8]而至，必有妇人倚门而迎，止见男子，并不惊问一言，是以确知其为盗也。"

儿子叫来询问情况，死者的儿子坚决不承认有此事。于公便说："我已经替你抓住了强盗，并没有别的意思。"死者的儿子这才磕头痛哭，恳求于公为亡父报仇雪恨。于公就去见县令，县令派出强健的差役在四更时出城，径直前往那个村舍，捕获八个人，一审讯就都认罪了。问那个病妇是什么人，盗贼招供说："当晚我们在妓院，所以与妓女合谋，把银子放在床上，令她躺在床上抱到老窝再瓜分。"众人都佩服于公的神明。有人问他是怎么知道他们是强盗的，于公说："这很容易，只是人们都不留心罢了。怎么会有少妇躺在床上而允许别人把手伸进被底的呢？况且轮换着抬床，应该是十分沉重，又在两边护卫着，就知道其中必定有贵重的东西。如果是病妇昏迷而回了家，肯定有妇人在门口迎接，而今却只见到男子，并且他并不吃惊，也不问一声，因此我断定他们是强盗。"

注释　1 馆舍：驿馆。　2 炮烙：用烧红的铁烙人的刑罚。此指强盗逼财所施烧灼之刑。　3 四鼓：四更天。谓天未明。　4 勾栏：指妓院。　5 窝处：窝藏赃物之所。　6 神：神明。　7 易肩：指换人扛抬。　8 昏愦：神志不清，昏迷不醒。谓病重。

皂 隶

原文

万历间，历城[1]令梦城隍索人服役，即以皂隶[2]八人书姓名于牒，焚庙中，至夜八人皆死。庙东有酒肆，肆主故与一隶有素[3]。会夜来沽酒，问："款何客？"答云："僚友[4]甚多，沽一尊[5]少叙姓名[6]耳。"质明，见他役，始知其人已死。入庙启扉，则瓶在焉，贮酒如故。归视所与钱皆纸灰也。令[7]肖八像于庙。诸役得差，皆先酬[8]之乃行，不然，必遭笞谴。

译文

万历年间，历城县令梦到城隍要人前去服役，就将八个衙役的名字写在文书上，在庙里烧掉，到了晚上，这八个人都死了。庙东边有家酒店，店主原先与其中一位衙役有交情。正好那晚那衙役来买酒，店主问："招待什么客人呢？"那衙役说："同僚朋友很多，买瓶酒大家认识认识。"等天亮后，店主遇见其他衙役，才知道那衙役已经死了。打开城隍庙的门一看，瓶子还在，里面装的酒和买来时一样多。店主回去看了昨晚他付的钱，都成了纸灰。县令让人在庙里塑了那八个人的像。此后其他衙役被差遣办事时，都要先来祭奠他们才行，否则必定会受到县令的责罚。

注释 1 历城：县名。因地处历山（千佛山）脚下而得名。明清时为山东济南府附郭之县，今为济南管辖。 2 皂隶：专指旧时衙门里的差役。 3 有素：有交情。 4 僚友：指同署供职的朋友。 5 尊：盛酒器。 6 少叙姓名：指见面互相通报姓名寒暄。 7 令：指历城知县。 8 酬：酹祭，祭奠。

绩　女

原文

绍兴[1]有寡媪夜绩[2]，忽一少女推扉入，笑曰："老姥[3]无乃劳乎？"视之年十八九，仪容秀美，袍服炫丽。媪惊问："何来？"女曰："怜媪独居，故来相伴。"媪疑为侯门亡人[4]，苦相诘，女曰："媪勿惧，妾之孤亦犹媪也。我爱媪洁，故相就，两免岑寂[5]，固不佳耶？"媪又疑为狐，默然犹豫。女竟升床代绩，曰："媪无忧，此等生活，妾优为[6]之，定不以口腹相累。"媪见其温婉可爱，遂安之。

译文

绍兴有个孤寡老太太，晚上在家纺线，忽然一个年轻女子推门进来，笑着说："老妈妈不累吗？"老太太见她有十八九岁，容貌秀美，衣着华丽，惊问道："你从哪儿来的？"女子说："我可怜你一个人孤单，来陪伴你。"老太太怀疑她是从大户人家逃出来的，苦苦追问她的来历，女子说："你不要害怕，我跟你一样也是孤身一人。我喜欢你家整洁，所以才过来，这样我们就都不会寂寞了，这难道不好吗？"老太太又怀疑她是狐狸，犹豫着不言语。女子竟然自己上床替老太太纺起线来，说道："你不要害怕，纺线这种活，我很擅长，肯定不会在生活上拖累您的。"老太太见她温柔可爱，就放下心来。

注释　1 绍兴：县名。明清时为绍兴府治，即今浙江绍兴。　2 绩：纺线。　3 姥（mǔ）：老妇人的通称。　4 侯门亡人：谓显贵人家出逃的姬妾之类。　5 岑寂：孤寂，寂寞。　6 优为：任事绰有余力，犹擅长。

夜深，谓媪曰："携来衾枕，尚在门外，出溲[1]

深夜，女子对老太太说："我带来的被子、枕头还在门外，你上厕所时烦请

时烦代捉[2]人。”媪出，果得衣一裹。女解陈榻上，不知是何等锦绣，香滑无比。媪亦设布被，与女同榻。罗衿[3]甫解，异香满室。既寝，媪私念遇此佳人，可惜身非男子。女子枕边笑曰：“姥七旬犹妄想耶？”媪曰：“无之。”女曰：“既不妄想，奈何欲作男子？”媪愈知为狐，大惧。女又笑曰：“愿作男子，何心而又惧我耶？”媪益恐，股战摇床。女曰：“嗟乎！胆如此大，还欲作男子！实相告：我真仙人，然非祸汝者。但须谨言，衣食自足。”媪早起拜于床下，女出臂挽之，臂腻如脂，热香喷溢，肌一着人，觉皮肤松快[4]。媪心动，复涉遐想。女哂曰：“婆子战栗才止，心又何处去矣？使作丈夫，当为情死。”媪曰：“使是丈

帮我拿进来。”老太太出去后，果然找到一个包袱。女子解开来把被子铺到床上，不知道是什么锦绣做的，十分芳香光滑。老太太也铺上了自己的布被褥，和她同床睡。女子刚解开衣服，满屋充满了奇异的香气。睡下后，老太太心里想，遇到这么漂亮的美女，可惜自己不是男人。女子在枕边笑着说：“老妈妈七十多了，还胡思乱想什么呢？”老太太说：“没想什么。”女子说：“既然没乱想，那为何想做男人呢？”老太太更觉得她是狐狸了，大为惊恐。女子又笑着说：“既然愿意做男人，为何心里又害怕我呢？”老太太愈发害怕，双腿抖得使床都晃动起来。女子说：“哎呀！就这么大的胆子还想做男人！实话告诉你，我是真仙，但并不是来祸害你的。你只要不胡乱讲，保你衣食丰足。”早上起来后，老太太跪倒在床下，女子伸出胳膊搀扶她，手臂细嫩光滑好像白脂，热乎乎的香气四溢，肌肤一碰到人，就感觉身上轻松爽快。老太太不觉心动，又开始浮想联翩。女子嘲笑道：“老婆子才止住了战栗，心思又跑到哪儿去了？如果你是个男人，一定会为情而死。”老太太说道：“要真是男人，今晚哪

夫,今夜那得不死!”由是两心浃洽[5],日同操作。视所绩匀细生光,织为布晶莹如锦,价较常三倍。媪出则扃[6]其户,有访媪者,辄于他室应之。居半载,无知者。

能不死呢!”从此,两人相处十分融洽,每天在一起纺线织布。老太太见女子纺的线均匀细腻而有光泽,织成的布光亮透明如同锦绣,价钱比普通的布贵三倍。老太太出去时就把门锁上,有人来拜访她,她就在其他房间接待。就这样住了半年,没人知道女子的存在。

注释 1 出溲:小解。溲,小便。 2 捉:拿,提。 3 罗衿:罗衣的衣襟。 4 松快:轻松爽快。 5 浃(jiā)洽:融洽。 6 扃(jiōng):关门,上闩。

后媪渐泄于所亲,里中姊妹行皆托媪以求见。女让[1]曰:“汝言不慎,我将不能久居矣。”媪悔失言,深自责,而求见者日益众,至有以势迫媪者。媪涕泣自陈。女曰:“若诸女伴,见亦无妨。恐有轻薄儿,将见狎侮。”媪复哀恳,始许之。越日,老媪少女,香烟相属于道。女厌其烦,无贵贱,悉不交语,惟默然端坐,以听朝参[2]

后来,老太太渐渐把此事透露给亲友,同村的姐妹们都托老太太引见。女子责怪她说:“你说话不谨慎,我将不能长住这里了。”老太太后悔自己失言,深深自责,但想要见女子的人日益增多,甚至还有用权势逼迫她的。老太太哭着向女子说明情况。女子说:“如果只是诸位女伴,见见也无妨。只怕遇到轻薄的男子,难免会受到侮辱。”老太太又苦苦哀求,女子才答应见客。第二天,村里的老太太、小姑娘都点着香前来拜见,一路上络绎不绝。女子厌恶人多事烦,不论贵贱,都不跟她们说话,只是默默地坐着,听任她们参拜而已。乡里的年轻人听说了女子的

而已。乡中少年闻其美，神魂倾动，媪悉绝之。

美貌，神魂为之颠倒，老太太一律拒绝了他们见见女子的请求。

注释 1 让：责备。 2 朝参：本指臣下朝见皇帝。此指参见、拜见绩女。

有费生者，邑之名士，倾其产以重金啖[1]媪，媪诺为之请。女已知之，责曰："汝卖我耶！"媪伏地自投。女曰："汝贪其赂，我感其痴，可以一见。然而缘分尽矣。"媪又伏叩。女约以明日。生闻之，喜，具香烛而往，入门长揖。女帘内与语，问："君破产相见，将何以教妾也？"生曰："实不敢他有所干[2]，只以王嫱、西子[3]，徒得传闻，如不以冥顽[4]见弃，俾得一阔眼界，下愿已足。若休咎[5]自有定数，非所乐闻。"忽见布幕之中，容光射露，翠黛朱樱[6]，无不毕现，似无帘幌之隔者。

有位姓费的书生，是县里的名士，倾尽家财以重金买通了老太太，老太太答应代他向女子请求接见。女子知道情况后，责备道："你把我卖了！"老太太趴在地上述说了经过。女子说："你贪恋他的钱财，我被他的痴情感动，可以见他一面。然而我们的缘分也就尽了。"老太太又趴在地上磕头。女子约定明天相会。费生听了很高兴，带着香烛前往，进门后长揖行礼。女子在帘内跟他说话，问道："你倾家荡产要跟我相见，请问有什么话要对我说？"费生说："我实在不敢有其他什么请求，只是像王嫱、西施这些美女都只是听说过，如果您不嫌弃我愚钝，使我能开阔一下眼界，看看您的芳容，我的心愿就满足了。如果吉凶自有定数，那我并不想听闻。"忽然，只见布帘之中，女子的面庞光彩四射，青翠的眉毛，朱红的嘴唇，无不清清楚楚，似乎中间没有帘子相隔一样。

生意眩神驰，不觉倾拜。拜已而起，则厚幕沉沉，闻声不见矣。

费生神魂动荡，不觉倒身而拜。拜完后站起来，只见帘子厚厚沉沉的，只能听到声音，见不到人了。

注释　1 啖：拿利益引诱人。　2 干：求，请求。　3 王嫱、西子：王昭君和西施。二人都是古代著名的美女。　4 冥顽：谦词。愚钝。　5 休咎：善恶，吉凶。休，吉。咎，凶。　6 翠黛朱樱：翠眉朱唇。

悒怅间，窃恨未睹下体，俄见帘下绣履双翘[1]，瘦不盈指，生又拜。帘中语曰："君归休！妾体惰矣！"媪延生别室，烹茶为供。生题《南乡子》[2]一调于壁云："隐约画帘前，三寸凌波玉笋[3]尖。点地分明，莲瓣[4]落纤纤，再着重台[5]更可怜[6]。花衬凤头[7]弯，入握应知软似绵；但愿化为蝴蝶去裙边，一嗅余香死亦甜。"题毕而去。女览题不悦，谓媪曰："我言缘分已尽，今不妄矣。"媪伏地请罪。女曰："罪不尽在汝。我偶堕情障[8]以色身[9]示人，遂被淫词污亵，此皆自取，于汝何

费生怅恨不已，暗自抱怨没能看到女子的下半身，忽然看到帘子底下翘起一双穿着绣花鞋的小脚，纤瘦得不足巴掌大，费生再次下拜。帘中传来声音说："你回去吧！我有些疲倦了！"老太太把费生请到别的房间，烹茶招待他。费生在墙上题写了一首《南乡子》，词曰："隐约画帘前，三寸凌波玉笋尖。点地分明，莲瓣落纤纤，再着重台更可怜。花衬凤头弯，入握应知软似绵；但愿化为蝴蝶去裙边，一嗅余香死亦甜。"写完他就走了。女子看了费生的题词很不高兴，对老太太说："我早说我们缘分已尽，如今看来确实不假。"老太太趴在地上请罪。女子说："罪过不都在你。我一时堕入情障让人看到了容貌，才会被淫词玷污，这都是我咎由自取，你有什么错

尤[10]？若不速迁，恐陷身情窟，转劫[11]难出矣。”遂襆被[12]出。媪追挽之，转瞬已失。

呢？如果不赶快离去，恐怕会身陷情窟，难以转世了。”于是就把衣被打包好走了。老太太追出去想挽留她，她转眼就消失了。

注释 1 绣履双翘：旧时指女子的绣花鞋翘起的鞋尖。 2《南乡子》：词牌名。以咏南中风物为题，故名。 3 凌波玉笋：指旧时女子的小脚。 4 莲瓣：指女子足或绣鞋。 5 重台：谓重台履，古代妇女穿的高底鞋。 6 可怜：可爱。 7 凤头：古代女子的绣花小鞋或小足。 8 情障：情欲的魔障。犹言情网。 9 色身：佛教语，即肉身。 10 尤：怨恨，归咎。 11 转劫：转世。 12 襆（fú）被：用包袱裹束衣被。意为整理行装。

红毛毡

原文

红毛国[1]，旧许与中国相贸易。边帅见其众，不许登岸。红毛人固请：“赐一毡地足矣。”帅思一毡所容无几，许之。其人置毡岸上仅容二人，拉之容四五人，且拉且登，顷刻毡大亩许，已数百人矣。短刃并

译文

红毛国，朝廷曾经允许从那里来的人和中国做贸易。驻扎海疆的将帅见红毛人人多，就不准他们上岸。红毛人一再请求说：“赐给我们一块毯子大小的地方就够了。”边帅想一块毯子容不下几个人，就答应了。红毛人把毯子放到岸上，只能容下两个人，拉开则能容下四五个人，边拉边登岸，顷刻间毯子就有一亩多大，已经能容下好几百人了。他们抽出

发,出于不意,被掠数里而去。

短刀一齐进攻,由于出其不意,他们劫掠了好几里地才离去。

注释　1 红毛国:指荷兰或英国,亦泛称欧洲诸国。

抽　肠

原文

莱阳[1]民某昼卧,见一男子与妇人握手入。妇黄肿,腰粗欲仰,意象愁苦。男子促之曰:"来,来!"某意其苟合者,因假睡以窥所为。既入,似不见榻上有人。又促曰:"速之!"妇便自坦胸怀,露其腹,腹大如鼓。男子出屠刀一把,用力刺入,从心下直剖至脐,蚩蚩[2]有声。

译文

莱阳有个平民,白天躺在床上睡觉,看见一个男人和一个女人手拉手走进来。女人浑身黄肿,腰粗得快要仰过去了,看上去满面愁苦。男子催促她说:"快来,快来!"那人就猜测他们有私情,于是就假装睡觉,偷偷看他们要做什么。进来后,他们好像没看到床上有人。男子又催促道:"快点!"妇人就自己坦开胸怀,露出肚子,肚子大得好像一面鼓。男子拿出一把屠刀,用力刺入妇人的肚子,从心脏以下一直剖到肚脐,发出"蚩蚩"的声音。

注释　1 莱阳:县名。明清时属山东登州府。在今山东莱阳市。 2 蚩蚩:象声词。

某大惧，不敢喘息。而妇人攒眉忍受，未尝少呻。男子口衔刀，入手于腹，捉肠挂肘际，且挂且抽，顷刻满臂。乃以刀断之，举置几上，还复抽之。几既满，悬椅上，椅又满，乃肘数十盘，如渔人举网状，望某首边一掷。觉一阵热腥，面目喉鬲[1]覆压无缝。某不能复忍，以手推肠，大号起奔。肠堕榻前，两足被絷[2]，冥然[3]而倒。家人趋视，但见身绕猪脏，既入审顾，则初无所有。众各自谓目眩，未尝骇异。及某述所见，始共奇之。而室中并无痕迹，惟数日血腥不散。

那人吓得不得了，不敢喘气。而那个妇人皱着眉头忍受着，不吭一声。男子用嘴衔着刀，把手伸进她肚子里，抓出肠子挂在胳膊肘上，一边挂一边抽，顷刻就把胳膊挂满了。于是用刀把肠子切断，举起来放在桌子上，然后又继续抽肠子。桌子上放满了就放椅子上，椅子上放满了就在胳膊肘上缠了几十圈，如同渔夫举网一样，朝着那人脑袋旁边用力扔过去。那人感觉一阵热腥气，面部、双眼、脖子、胸前，都被压得严严实实。他实在受不了了，就用手把肠子推开，大声呼喊着往外跑。肠子掉在床前，他的两只脚被绊住了，他昏昏沉沉地倒在地上。家人跑过来看，见他身上缠绕着猪内脏，等进屋仔细一看，刚才的东西都不见了。大家都说是自己眼花了，并不觉得奇怪。等这个平民讲述了他所看到的事，大家这才感到惊诧。但屋里并没有任何痕迹，只是血腥味好几天都散不去。

注释 1 喉鬲：喉咙和胸腹。2 絷（zhí）：绊住。3 冥然：昏迷，昏沉。

张鸿渐

原文

张鸿渐，永平[1]人，年十八为郡名士。时卢龙令赵某贪暴，人民共苦之。有范生被杖毙，同学忿其冤，将鸣部院[2]，求张为刀笔之词[3]，约其共事，张许之。妻方氏美而贤，闻其谋，谏曰："大凡秀才作事，可以共胜，而不可以共败。胜则人人贪天功[4]，一败则纷然瓦解，不能成聚。今势力[5]世界，曲直难以理定；君又孤，脱[6]有翻覆，急难者谁也！"张服其言，悔之，乃婉谢诸生，但为创词[7]而去。

译文

张鸿渐是永平郡人，十八岁时已经是郡里颇有名气的书生了。当时，卢龙县令赵某贪婪残暴，百姓深受其害。有个姓范的书生被他杖毙了，范生的同学都为他含冤而死忿恨不平，要到巡抚衙门伸冤，求张鸿渐写诉状，并邀请他一起去告状，张鸿渐答应了。张鸿渐的妻子方氏美丽而贤惠，听说他们的打算后，就劝说道："大凡秀才们做事，可以一起成功，但不可以一起失败。成功了则人人贪功，失败了就四散而逃，不能团结起来。如今是个势利的世界，是非曲直没什么公理可言。家里又只有你一个儿子，万一有个闪失，危难的时候谁来救你啊！"张鸿渐对她说的话很信服，对自己之前的决定感到后悔，就婉言谢绝了诸生，只为他们起草好状纸就走了。

注释 **1** 永平：府名。府治在今河北卢龙，今隶属河北秦皇岛。 **2** 鸣部院：去部院鸣冤。部院，指巡抚衙门。 **3** 为刀笔之词：撰写诉状。古代称掌文案的官吏为刀笔吏，后特指讼师，谓其文笔犀利，用笔如刀。**4** 贪天功：天功，天的功绩，天时的作用。此指将别人和集体的功绩说成是自己之功劳。 **5** 势力：犹势利。权势和财利。 **6** 脱：表示假设，假如，倘若。 **7** 创词：起草诉状。

质审一过，无所可否。赵以巨金纳大僚，诸生坐结党被收，又追捉刀人[1]。张惧亡去，至凤翔[2]界，资斧[3]断绝。日既暮，踟躇旷野，无所归宿。欻睹[4]小村，趋之。老媪方出阖扉，见生，问所欲为，张以实告。妪曰："饮食床榻，此都细事，但家无男子，不便留客。"张曰："仆亦不敢过望，但容寄宿门内，得避虎狼足矣。"妪乃令入，闭门，授以草荐[5]，嘱曰："我怜客无归，私容止宿，未明宜早去，恐吾家小娘子闻知，将便怪罪。"

巡抚衙门审理一遍后，不能判断出谁是谁非。赵县令拿出巨资贿赂上司，结果给这些书生判了结党的罪名，把他们抓了起来，又追查写诉状的人。张鸿渐害怕了，逃了出来，一直逃到陕西凤翔地界，钱都花光了。天已经黑了，他还在旷野中徘徊，不知道去哪里才好。忽然他看见前面有个小村庄，就赶紧跑过去。一个老妇人正出来关门，见到张鸿渐，问他想干什么，张鸿渐把实情告诉了她。老妇人说："吃饭住宿都是小事，只是家里没有男人，不便留客。"张鸿渐说："我也不敢奢望，只要能容我在门里借住一晚，能躲避虎狼就足够了。"老妇人这才让他进来，关上了门，给了他一个草垫子，嘱咐他说："我可怜你没有去处，才私下留你过夜。天亮前你就得走，怕我家小姐知道了要怪罪我。"

注释 1 捉刀人：顶替人做事或作文的人。此处指写诉状的人。 **2** 凤翔：府名。地处关中平原，治所在今陕西宝鸡凤翔区。 **3** 资斧：旅费、盘缠。 **4** 欻（xū）睹：忽然看到。欻，忽然。 **5** 草荐：草垫子，草席。

妪去，张倚壁假寐。忽有笼灯晃耀，见妪导一女郎出。张急避暗处，微窥之，二十许丽人也。及门见草荐，诘妪，妪实告之，女怒曰："一门细弱[1]，何得容纳匪人[2]！"即问："其人焉往？"张惧出伏阶下。女审诘邦族，色稍霁[3]，曰："幸是风雅士，不妨相留。然老奴竟不关白[4]，此等草草，岂所以待君子！"命妪引客入舍。俄顷罗酒浆，品物精洁，既而设锦裀于榻。张甚德之。因私询其姓氏。妪曰："吾家施氏，太翁、夫人俱谢世，止遗三女。适所见长姑舜华也。"妪去。张视几上有《南华经注》[5]，因取就枕上伏榻翻阅，忽舜华推扉入。张释卷，搜觅冠履。女即榻捺坐曰："无须，无须！"因近榻坐，腆然曰："妾以

老妇人说完就走了，张鸿渐倚着墙打盹。突然灯笼光闪耀，见老妇人引着一位姑娘来了。张鸿渐急忙躲到暗处，偷偷看去，那姑娘是个二十岁左右的美人。姑娘来到大门口，看见了草垫子，就问怎么回事。老妇人如实相告。姑娘听后生气地说："咱们一家都是弱女子，怎能收留来路不明的男人！"随即问道："那人去哪里了？"张鸿渐很害怕，跪在台阶下。姑娘详细问明了他的籍贯姓名，脸色稍微缓和了一下，说道："幸好是位风雅儒士，留下也没什么关系。但这老奴竟然不禀报，如此简陋，怎么能用来招待君子呢！"于是吩咐老妇人领他进屋。不一会儿，摆上好酒，准备了精美菜肴，饭后又拿来锦缎被褥铺好床。张鸿渐非常感激这位姑娘，就偷偷打听她的姓氏。老妇人说："我家姓施，老爷和夫人都过世了，只留下三位姑娘。刚才你见到的就是大姑娘舜华。"老妇人说完走了。张鸿渐看见桌上有本《南华经注》，便拿过来放在床头，趴在床上翻阅。忽然，舜华推开门进来。张鸿渐放下书，找自己的鞋帽以便迎接。舜华走到床前按他坐下，说道："不用起身！不用起身！"说着就

君风流才士，欲以门户相托，遂犯瓜李之嫌[6]。得不相遐弃[7]否？”张皇然不知所对，但云：“不相诳，小生家中固有妻耳。”女笑曰：“此亦见君诚笃，顾亦不妨。既不嫌憎，明日当烦媒妁。”言已欲去，张探身挽之，女亦遂留。未曙即起，以金赠张曰：“君持作临眺之资[8]。向暮宜晚来，恐傍人所窥。”张如其言，早出晏归[9]，半年以为常。

靠近床边坐下，腼腆地说：“我看你是个风流才子，想把这个家托付给你，所以不避嫌和你说此事。你该不会嫌弃我吧？”张鸿渐张皇失措不知道如何回答，只是说：“不敢相瞒，我家中已有妻子了。”舜华笑着说：“这也能看出你的诚实，不过这也无妨。既然你不嫌弃，明天我就去请媒人提亲。”说完，姑娘就要走，张鸿渐探起身拉住她，她就留下来了。次日天没亮，舜华就起床了，送给张鸿渐一些银子，说：“你拿着这些钱当游玩的费用吧。天黑的时候，晚一些来，恐怕被别人看见。”张鸿渐按她说的去做，每天早出晚归，这样过了半年，渐渐习以为常。

注释　1 细弱：细小柔弱。此指柔弱女子。　2 匪人：不是亲近的人。　3 霁（jì）：风霜雨雪停止，天气晴好。比喻收敛威怒之貌而呈和悦之色。　4 关白：通知，禀告。　5《南华经注》：即《庄子注》。　6 瓜李之嫌：指容易引起嫌疑的事情。源自古乐府《君子行》：“瓜田不纳履，李下不整冠。”　7 遐（xiá）弃：远相抛撇，远相离弃。　8 临眺之资：游玩的费用。临眺，登高远望，此处泛指游玩。　9 早出晏归：早出晚归。晏，迟，晚。

一日归颇早，至其处，村舍全无，不胜惊怪。方徘徊间，闻媪云：“来何

有一天，张鸿渐回来得很早，到了住处，发现房舍全都没了，非常惊讶。正在徘徊时，听见老妇人说：“今天怎么回

早也！”一转盼间，则院落如故，身固已在室中矣，益异之。舜华自内出，笑曰：“君疑妾耶？实对君言，妾，狐仙也，与君固有夙缘。如必见怪，请即别。”张恋其美，亦安之。夜谓女曰：“卿既仙人，当千里一息[1]耳。小生离家三年，念妻孥不去心，能携我一归乎？”女似不悦，曰：“琴瑟之情[2]，妾自分[3]于君为笃，君守此念彼，是相对绸缪[4]者皆妄也！”张谢曰：“卿何出此言！谚云：‘一日夫妻，百日恩义。’后日归念卿时，亦犹今日之念彼也。设得新忘故，卿何取焉？”女乃笑曰：“妾有褊心[5]，于妾愿君之不忘，于人愿君之忘之也。然欲暂归，此复何难？君家咫尺耳！”遂把袂[6]出门，见道路昏暗，张逡巡不

来得这么早！”转眼间，院落又和之前一样，他已经在屋里了，他因此更加惊奇。舜华从里屋出来，笑着说：“你怀疑我了吗？实话对你说，我是狐仙，与你有前世的姻缘。假如一定要见怪，请马上走吧。”张鸿渐贪恋她的美貌，就安心留了下来。晚上，张鸿渐对舜华说：“既然你是仙人，千里的路程也能一口气走到吧。我离家三年了，心里挂念妻子和孩子，你能带我回一趟家吗？”舜华听了好像有些不高兴，说道：“在夫妻感情上，我自信对你情深意笃，可你守着我，心里却想着别人，可见你对我的恩爱之情，都是虚情假意啊！”张鸿渐道歉说：“你怎么这么说呢！俗话说：‘一日夫妻，百日恩义。’以后我回了家，想念你的时候，也会像今天想念她一样。如果我喜新厌旧，你还喜欢我什么呢？”舜华这才笑着说：“是我心胸狭窄，对我，希望你永远不要忘记；对别人，希望你把她忘了。不过你想暂时回家一趟，又有什么难的？你的家就近在咫尺啊！”舜华于是拉着他就出了门，只见道路昏黑，张鸿渐畏畏缩缩不敢前行。舜华拉着他往前走，不一会儿，说：“你家到了。你

前。女曳之走，无几时，曰：“至矣。君归，妾且去。”张停足细认，果见家门。逾堍垣[7]入，见室中灯火犹荧。近以两指弹扉，内问为谁，张具道所来。内秉烛启关，真方氏也。两相惊喜，握手入帷。见儿卧床上，慨然曰：“我去时儿才及膝，今身长如许矣！”夫妇依倚，恍如梦寐。张历述所遭。问及讼狱，始知诸生有瘐死[8]者，有远徙者，益服妻之远见。方纵体入怀，曰：“君有佳耦，想不复念孤衾中有零涕人矣！”张曰：“不念，胡以来也？我与彼虽云情好，终非同类，独其恩义难忘耳。”方曰：“君以我何人也！”张审视竟非方氏，乃舜华也。以手探儿，一竹夫人[9]耳。大惭无语。女曰：“君心可知矣！分当[10]自此绝

回家去吧，我走了。”张鸿渐停住脚步仔细辨认，果然看见了自己家的门。他从坍塌的围墙跳进院子，看见屋里仍亮着灯。他走近后用两个手指敲了敲窗户，屋里的人问是谁，张鸿渐说自己回来了。屋里人拿着蜡烛打开门，果然是妻子方氏。两人相见，异常惊喜，握着手走进帏帐。张鸿渐看见儿子睡在床上，感慨地说：“我离家的时候，儿子才有我的膝盖那么高，如今已经长这么大了。”夫妇二人互相依偎着，恍如在梦中。张鸿渐对妻子历述了自己出逃在外的遭遇。问到那场官司，才知道那些书生有的死在了监狱，有的被流放远方，他因此更加佩服妻子的远见。方氏扑入他的怀里，说道：“你有了漂亮的新欢，想必不会再想我这独守空房流泪的人了吧！”张鸿渐说：“如果不想念，我怎么还回来呢？虽然我和她感情很好，但终究不是同类，只是不能忘记她的恩情罢了。”方氏说：“你以为我是谁？”张鸿渐仔细一看，眼前的人不是方氏，竟是舜华！他用手去摸儿子，原来不过是个竹夫人。张鸿渐非常惭愧，说不出话来。舜华说：“我知道你的心意了！我们的缘分本该

矣，犹幸未忘恩义，差足[11]自赎。

就此断绝，还好你未忘我的恩情，勉强还能赎你的罪。”

注释 1 千里一息：瞬间可行千里。息，气息，呼吸。形容时间短暂。 2 琴瑟之情：夫妻之情。 3 自分：自料，自以为。 4 绸缪：情深意切。形容缠绵不解的男女恋情。 5 褊（biǎn）心：心胸狭窄。 6 把袂：拉着衣袖。 7 垝垣（guǐ yuán）：坏墙。此指倒塌的围墙。 8 瘐（yǔ）死：囚犯在狱中病死。 9 竹夫人：又叫青奴，古代消暑用具。 10 分当：自应，本应该。 11 差足：勉强。

过二三日，忽曰：“妾思痴情恋人，终无意味。君日怨我不相送，今适欲至都，便道可以同去。”乃向床头取竹夫人共跨之，令闭两眸，觉离地不远，风声飕飕。移时寻落，女曰：“从此别矣。”方将订嘱，女去已渺。怅立少时，闻村犬鸣吠，苍茫中见树木屋庐，皆故里景物，循途而归。逾垣叩户，宛若前状。方氏惊起，不信夫归，诘证确实，始挑灯呜咽而出。既相见，涕

过了两三天，舜华忽然说：“我想这样痴情爱恋你终归没什么意思。你整天抱怨我不送你回家，今天我正好要去京城，顺道可以一起去。”于是从床上拿起“竹夫人”，两人都跨上去，舜华叫张鸿渐闭上两眼。张鸿渐觉得离地不远，耳边响起飕飕的风声。不多时，他们便落到地上，舜华说：“咱们从此分别吧。”张鸿渐刚想和她约定再会的日期，舜华早已走远了。张鸿渐失落地站了一会儿，就听见村里的狗叫声，模模糊糊看见周围的树木房屋，都是家乡的景致，就顺着道路往家走。他跳墙进去敲门，还像上次一样。方氏听到后惊讶地起身，不敢相信自己的丈夫回来了，隔着门再三确认，才挑着灯呜咽着出来。两人相见，方氏

不可仰[1]。张犹疑舜华之幻弄也；又见床卧一儿如昨夕，因笑曰："竹夫人又携入耶？"方氏不解，变色曰："妾望君如岁[2]，枕上啼痕固在也。甫能相见，全无悲恋之情，何以为心矣！"张察其情真，始执臂欷歔，具言其详。问讼案所结，并如舜华言。方相感慨，闻门外有履声，问之不应。

哭得头也抬不起来。张鸿渐还在怀疑是舜华耍弄他，又看见床上睡着个孩子，和那天一样，就笑着说："你又把竹夫人带来了吗？"方氏听了大惑不解，变了脸色说："我像盼望丰收年一样盼你回来，枕头上的泪痕还没干。现在刚刚相见，你竟然没有一点悲伤之情，你这是长了一副什么心肠！"张鸿渐看出她是真的方氏，才上前抓住她的胳膊流泪不已，详细讲述了自己的遭遇。问到官司的结果，与上次舜华说的一样。夫妻正在感慨时，忽然听到门外有脚步声，问是谁，却没人回应。

注释 1 涕不可仰：哭泣得不能仰视。 2 望君如岁：像盼望丰收年一样思念你。岁，年景，一年的农业收成。出自《左传》："国人望君，如望岁焉。"

盖里中有恶少，久窥方艳，是夜自别村归，遥见一人逾垣去，谓必赴淫约者，尾之入。甲故不甚识张，但伏听之。及方氏亟问[1]，乃曰："室中何人也？"方讳言："无之。"甲言："窃听已久，敬将以执

原来村里有个恶少，一直觊觎方氏的美貌，这天晚上他从别的村里回来，远远地看见一个人跳墙进了院子，以为必定是和方氏偷情私会的人，便尾随着进来了。恶少某甲本来就不太认识张鸿渐，只是趴在门外偷听。等到方氏一再询问，他才说道："屋里有什么人？"方氏骗他说："没有人。"某甲说："我已

奸也。”方不得已以实告。甲曰:“张鸿渐大案未消,即使归家,亦当缚送官府。”方苦哀之,甲词益狎逼。张忿火中烧,把刀直出,剁甲中颅。甲踣[2]犹号,又连剁之,遂死。方曰:“事已至此,罪益加重。君速逃,妾请任其辜[3]。”张曰:“丈夫死则死耳,焉肯辱妻累子以求活耶!卿无顾虑,但令此子勿断书香[4],目即瞑矣。”

经偷听半天了,正要捉奸呢。”方氏不得已,只好说了实情。某甲说:“张鸿渐犯的事儿还没销案呢,即使他回来了,也应该绑起来送官府。”方氏苦苦哀求,某甲却越说越下流。张鸿渐怒火中烧,拿刀冲出去,一刀砍中某甲的头。某甲向前仆倒在地,还在嚎叫,张鸿渐又连砍数刀,杀死了他。方氏说:“事情到这个地步,你的罪更重了。你赶快逃命去吧,我来替你顶罪。”张鸿渐说:“大丈夫死就死了,岂能为了活命而连累妻子、孩子!你不要管我,只要能让孩子读书成才,我就死也瞑目了。”

注释 1亟问:急切地询问。 2踣(bó):向前仆倒。 3辜:罪。 4勿断书香:不要断了世代读书的习尚。书香,指读书风气。

天明,赴县自首。赵以钦案中人,姑薄惩之。寻由郡解都,械禁颇苦。途中遇女子跨马过,一老妪捉鞚,盖舜华也。张呼妪欲语,泪随声堕。女返辔,手启障纱[1],讶曰:“表兄也,何至此?”张略述之。女

天明以后,张鸿渐去县衙自首。赵县令因为他是朝廷钦犯,所以只是稍微用了些刑。不久张鸿渐就由县府押往京城,一路枷锁加身,受尽折磨。他们在路上遇见一位姑娘骑马而过,有个老妇人牵着马,原来是舜华。张鸿渐叫住老妇人想说句话,刚一开口眼泪就流了下来。舜华掉转马头,掀开面纱,惊讶地说:“表哥,你怎么到这里了?”张鸿渐把事情经过大略说了

曰:“依兄平昔,便当掉头不顾,然予不忍也。寒舍不远,即邀公役同临,亦可少助资斧。”从去二三里,见一山村,楼阁高整。女下马入,令妪启舍延客。既而酒炙丰美,似所夙备[2]。又使妪出曰:“家中适无男子,张官人即向公役多劝数觞,前途倚赖多矣。遣人措办数十金为官人作费,兼酬两客,尚未至也。”二役窃喜,纵饮,不复言行。日渐暮,二役径醉矣。女出以手指械,械立脱。曳张共跨一马,驶如龙。少时促下,曰:“君止此。妾与妹有青海之约,又为君逗留一晌,久劳盼注矣。”张问:“后会何时?”女不答,再问之,推堕马下而去。

一下。舜华说:“如果按照表兄以往的行为,我就应该掉头不管,但是我又于心不忍。寒舍离这里不远,请二位官差也一起光临,我也可以稍微资助些盘缠。”他们于是跟着走了二三里,看见一座山村,里面楼阁高大整齐。舜华下了马进去,吩咐老妇人开门迎接客人。不一会儿,就摆上丰盛的酒菜,好像早已准备好了一样。舜华又令老妇人出来说:“家里正好没有男主人,请张官人就多劝官差喝几杯,以后路上还要仰仗二位多多关照。已经派人筹措几十两银子给张官人做路费,一并酬谢两位官差,不过到现在还没回来。”两个官差听了心中暗喜,就开怀畅饮,不再说赶路的事。天渐渐黑了,两个官差全都喝醉了。舜华走出来,用手指一指张鸿渐身上的枷锁,枷锁立刻就开了。她拉着张鸿渐共骑一匹马,像龙一样飞驰而去。不一会儿,舜华催他下马,说道:“你就在这儿下吧。我和妹妹相约去青海,因为你耽误了半天,恐怕她已经等了好久了。”张鸿渐问道:“我们何时能再见面?”舜华没有回答,再问她,她就把张鸿渐推下马,扬长而去。

注释 1 障纱:女子的面纱。 2 夙备:提前准备好。

既晓问其地，太原[1]也。遂至郡[2]，赁屋授徒焉。托名宫子迁。居十年，访知捕亡寝怠[3]，乃复逡巡东向。既近里门，不敢遽入，俟夜深而后入。及门，则墙垣高固，不复可越，只得以鞭挝门[4]。

久之妻始出问，张低语之。喜极纳入，作呵叱声，曰："都中少用度，即当早归，何得遣汝半夜来？"入室，各道情事，始知二役逃亡未返。言次，帘外一少妇频来，张问伊谁，曰："儿妇耳。"问："儿安在？"曰："赴郡大比[5]未归。"张涕下曰："流离数年，儿已成立，不谓能继书香，卿心血殆尽矣！"话未已，子妇已温酒炊饭，罗列满儿。张喜慰过望。居数日，

天亮以后，张鸿渐向人打听这里是哪儿，原来是太原。他于是到了郡城，租了间房屋教授学生。他改叫宫子迁。张鸿渐在太原住了十年，打听到官府对追捕他的事已有所懈怠，就慢慢向家所在的东边走去。走到村门口，他不敢立即进去，等到夜深之后才进去。到了自家门口，只见院墙又高又坚实，不能再像从前那样爬进去，他只好用鞭子敲门。

过了很久，妻子才出来问是谁，张鸿渐小声告诉了她。方氏一听非常高兴，连忙开门叫他进来，假装呵斥道："在城里钱不够用，就应该早点儿回来，为什么会让你半夜回来？"进了屋，两人各自说了分别后的情况，才知道那两个官差也一直逃亡在外，没有回来。他俩说话的时候，有个少妇在帘子外走来走去，张鸿渐问她是谁，方氏说："是儿媳。"他问："儿子在哪里呢？"方氏说："到省城赶考还没有回来。"张鸿渐流着泪说："我颠沛流离这么多年，儿子已经长大成人了，没想到他接续了我们家的书香，你真是耗费尽了心血！"话没有说完，儿媳已经烫好了酒，做好了饭，满满摆了一桌子。张鸿渐喜出望外。他在家住了几天，总是藏在屋里躲在床上，

隐匿房榻，惟恐人知。一夜方卧，忽闻人语腾沸，捶门甚厉。大惧，并起。闻人言曰："有后门否？"益惧，急以门扇代梯，送张夜度垣而出，然后诣门问故，乃报新贵者[6]也。方大喜，深悔张遁，不可追挽。

唯恐让别人知道。一天夜晚，夫妻二人刚躺下睡觉，忽然听到外面人声鼎沸，捶门的声音很响。他们吓坏了，一同起床。听到外面有人说："他家有后门吗？"他们更加害怕了，急忙用门板代替梯子，送张鸿渐跳墙出去，方氏然后才到大门口问是什么事，原来是为儿子科举高中来报喜的。方氏大喜，非常后悔让张鸿渐逃走了，但是已经无法追回来了。

注释　1 太原：县名。明清时的太原县在今太原西南古城营。　2 郡：指太原府治阳曲县。　3 寝怠：懈怠，松懈。　4 以鞭挞门：用鞭子敲门。　5 大比：明清时期，乡试每三年举行一次，称为"大比"。　6 报新贵者：科举高中报喜。新贵，科举新登科的人。

张是夜越莽穿榛[1]，急不择途，及明，困殆已极。初念本欲向西，问之途人，则去京都通衢[2]不远矣。遂入乡村，意将质衣而食。见一高门，有报条黏壁上，近视知为许姓，新孝廉[3]也。顷之，一翁自内出，张迎揖而告以情。翁见仪貌都雅，知

当晚，张鸿渐在野草树丛中奔逃，急得顾不上分辨道路，天亮时，已是困乏到了极点。刚开始他本打算往西走，一问路人，才知道竟然离去京城的大路不远了。于是他进了一个村子，想拿衣服换口饭吃。他看到一座高大的宅门，墙上贴着报喜的条子，走过去看了看，知道这家姓许，是新中的举人。不一会儿，有位老翁从里面出来，张鸿渐迎上去行礼，并告诉老人家来意。老翁见他仪表堂堂，知道他不是那种骗吃骗喝的人，便请他进去款待他。

非赚食者，延入相款。因诘所往，张托言：“设帐都门，归途遇寇。”翁留诲其少子。张略问官阀，乃京堂林下者[4]，孝廉其犹子也。月余，孝廉偕一同榜归，云是永平张姓，十八九少年也。张以乡谱俱同，暗中疑是其子，然邑中此姓良多，姑默之。至晚解装，出“齿录[5]”，急借披读，真子也。不觉泪下。共惊问之，乃指名曰：“张鸿渐，即我是也。”备言其由。张孝廉抱父大哭。许叔侄慰劝，始收悲以喜。许即以金帛函字[6]，致告宪台[7]，父子乃同归。

老翁又问他要到哪里去，张鸿渐假称：“在京城开馆教书，回家的路上遭遇了强盗。”老翁就留下他教自己的小儿子。张鸿渐略微问了一下老翁的官阶门第，原来他是告老还乡的京官，新举人是他的侄子。过了一个多月，许举人和一位同榜的举人一同来家，说他是永平人，姓张，是个十八九岁的年轻人。张鸿渐因他的姓氏都和自己一样，心里怀疑他可能是自己的儿子，然而县里姓张的人很多，他就姑且保持沉默。到了晚上，许举人打开行李，拿出记载同榜举人的“齿录”，张鸿渐急忙借来翻阅，发现张举人果真是自己的儿子，不由得流下泪来。大家都很奇怪，询问他怎么回事，他才指着上面的名字说：“张鸿渐，就是我啊。”张鸿渐便详尽讲述了自己的遭遇。张举人抱着父亲大哭起来。许家叔侄上前劝慰，父子两人才转悲为喜。许老翁准备了礼物和信札，派人送往知府那里，张鸿渐父子才得以一同回家。

注释　1 榛（zhēn）：落叶灌木。此处指丛林。　2 通衢（qú）：四通八达的道路。　3 孝廉：汉武帝时设立的察举考试科目，明清时变为对举人的雅称。　4 京堂林下者：退休的京官。　5 齿录：科举时代，汇刻同榜者姓名、年龄、籍贯、三代等信息的册籍，也称同年录。　6 金帛函字：代指礼物。　7 宪台：上司。宪台为御史官职的通称，后亦用为地方官吏对知府以上长官的尊称。

方自闻报，日以张在亡为悲；忽白孝廉归，感伤益痛。少时父子并入，骇如天降，询知其故，始共悲喜。甲父见其子贵，祸心不敢复萌。张益厚遇之，又历述当年情状，甲父感愧，遂相交好。

方氏自从得到儿子中举的喜报后，整日为张鸿渐逃亡在外而悲伤，忽然有人说张举人回来了，她心里更加悲痛。不一会儿，却见父子二人一起进了家，方氏大惊，好像丈夫从天而降一般，她询问清楚事情的经过后，才同其他人一样悲喜交加。某甲的父亲见张鸿渐的儿子中举显贵了，也不敢再萌生报复之心。张鸿渐格外厚待他，又历述当年的情形，某甲的父亲听后很惭愧，于是两家互相交好。

太医

原文

万历间，孙评事[1]少孤，母十九岁守节[2]。孙举进士，而母已死。尝语人曰："我必博[3]诰命[4]以光泉壤，始不负萱堂[5]苦节。"忽得暴病，綦笃。素与太医善，使人招之，使者出门，而疾益剧。张目曰："生不能扬名显亲，何以见老母地下乎？"遂卒，目不瞑。

译文

明朝万历年间，孙评事从小就失去了父亲，母亲十九岁开始守节。等孙评事中进士时，母亲已经去世了。他曾对人说："我一定要为母亲取得诰命，让她在九泉之下也感到荣光，如此才不辜负母亲一生辛苦守节。"孙评事忽然得了重病，他素来跟太医关系很好，就派人请太医前来，派出的人出门后，他病得更厉害了。孙评事睁着眼睛说："活着不能扬名，显扬亲人的声名，死后有何面目见地下的老母呢？"说完就死了，双眼没有闭上。

注释 1 评事：大理寺属员，掌决断疑狱。 2 守节：指寡妇不再嫁或未婚夫死后终身不结婚。 3 博：获得，取得。 4 诰命：皇帝的封赠诏令。 5 萱堂：指母亲的居室，借指母亲。

无何，太医至，闻哭声，即入临吊。见其状异之，家人告以故。太医曰："欲得诰赠，即亦不难。今皇后旦晚临盆[1]矣，但活十余日，诰命可得。"立命取艾[2]灸尸一十八处。炷将尽，床上已呻，急灌以药，居然复生。嘱曰："切记勿食熊虎肉。"共志之，然以此物不常有，颇不关意。既而三日平复，仍从朝贺。过六七日果生太子，召赐群臣宴。中使[3]出异品，遍赐文武，白片朱丝，甘美无比。孙啖之，不知何物。次日，访诸同僚，曰："熊膰[4]也。"大惊失色，即刻而病，至家遂卒。

没多久，太医到了，听见哭声，就进门吊唁。他见死者样子很奇怪，家人就把原因告诉了他。太医说："想要得到诰封，也不难。现今皇后快要生孩子了，只要多活十几天，诰命就可得到。"于是太医立即命人拿来艾炷，灼烧尸体上的十八处穴位。艾炷快要烧完时，床上的孙评事已经有了呻吟声，又急忙给他喂药，居然又活了过来。太医叮嘱说："切记不要吃熊肉和虎肉。"大家都记下来，但觉得这些肉都不常有，所以也并不是很上心。三天后，孙评事的身体康复了，仍跟着同僚进宫朝觐恭贺。过了六七天，皇后果然生了太子，皇帝召见群臣赐宴。席间，太监端出一盘奇异的东西，挨个赐给文武百官，只见此物白片红丝，甘美无比。孙评事尝了尝，不知道是什么东西。第二天，他去拜访各同僚，有人告诉他："昨天吃的是熊掌。"孙评事大惊失色，立刻就病了，等回到家就死了。

注释 1 临盆：分娩，生孩子。 2 艾：艾炷。用艾绒制成上尖下平的圆锥体物，可用于灸疗。 3 中使：宫中派出的使者。多指太监。 4 熊膰（fán）：熊掌，即熊的脚掌。

牛飞

原文

邑人某，购一牛，颇健。夜梦牛生两翼飞去，以为不祥，疑有丧失，牵入市损价[1]售之，以巾裹金缠臂上。归至半途，见有鹰食残兔，近之甚驯。遂以巾头[2]絷[3]股，臂之。鹰屡摆扑，把捉稍懈，带巾腾去。此虽定数，然不疑梦，不贪拾遗[4]，则走者[5]何遽能飞哉？

译文

县里有个人，买了一头牛，很健壮。夜里，他梦见牛长了两个翅膀飞走了，他认为此梦不吉利，怀疑牛可能会丢，就把牛牵到集市上降价卖了，用头巾包裹着卖牛的钱缠在胳膊上。他走到半路时，看见有鹰在吃兔子，走上前，鹰也不飞走，好像很温驯。于是，他就用头巾的一角绑住鹰的腿，把它架在胳膊上。鹰屡屡扇动翅膀想挣脱，他抓得稍微松了一下，鹰就带着头巾飞走了。这虽然是定数，但他如果不因梦而起疑心，不贪便宜去捡鹰，那么牛怎么可能一下子飞走呢？

注释 1 损价：低价，降价。 2 头：这里指头巾的角。 3 絷（zhí）：拴缚，捆绑。 4 拾遗：拾取他人失物。这里指鹰。 5 走者：走兽。这里指牛。

王子安

原文

王子安，东昌[1]名士，困于场屋[2]。入闱[3]后期望甚切。近放榜时，痛饮大醉，归卧内室。忽有人白："报马[4]来。"王踉跄起曰："赏钱十千！"家人因其醉，诳而安之曰："但请睡，已赏矣。"王乃眠。俄又有入者曰："汝中进士矣！"王自言："尚未赴都[5]，何得及第？"其人曰："汝忘之耶？三场[6]毕矣。"王大喜，起而呼曰："赏钱十千！"家人又诳之如前。又移时，一人急入曰："汝殿试[7]翰林，长班[8]在此。"果见二人拜床下，衣冠修洁。王呼赐酒食，家人又绐[9]之，暗笑其醉而已。

译文

王子安是东昌府的名士，在科举考试中却很不得志。这一次参加科考后，他抱着很大的期望。临近放榜时，他尽情饮酒，喝得大醉，回家后就躺在卧室里。忽然有人说："报喜的人来了。"王子安踉跄着起来说："赏钱十千！"家人看他喝醉了，就哄骗他以安慰他说："你尽管睡吧，已经赏过了。"王子安于是睡下了。不一会儿，又有人进来说："你中进士了！"王子安自言自语道："我还没有进京考试，怎么会中进士？"那人说："你忘了吗？三场考试都已经结束了。"王子安大喜，起来大喊："赏钱十千！"家人又像之前一样哄骗他。又过了会儿，一个人急急忙忙地进来对他说："你殿试后授职翰林院，随从们在此恭候。"果然看见有两个人在床前拜见他，穿戴都很整洁华美。他叫人赏赐他们酒水食物，家人又骗他赏过了，偷偷笑他的醉态。

注释 1 东昌：府名，治所在今山东聊城。 2 场屋：举行科举考试的地方，引申为科举考试。 3 闱：科举考试。 4 报马：也称“报子”，为科举中试者报喜的人，因骑马快报故称“报马”。 5 都：京城。 6 三场：清制乡试、会试均分为三场。第一场试四书题文和五言八韵排律诗，第二场试五经题文，第三场试策论。 7 殿试：举人进京参加会试录取后，参加殿试，考中的称进士。殿试由皇帝主持，在殿廷上举行。 8 长班：又称“长随”，明清时官员的随身公役。 9 绐（dài）：欺骗，欺诈。

久之，王自念不可不出耀乡里，大呼长班，凡数十呼无应者。家人笑曰：“暂卧候，寻他去。”又久之，长班果复来。王捶床顿足，大骂：“钝奴焉往！”长班怒曰：“措大[1]无赖！向与尔戏耳，而真骂耶？”王怒，骤起扑之，落其帽。王亦倾跌。

过了许久，王子安心想不能不出去在乡里炫耀一番。他大声呼叫随从，叫了几十声却没有人应答。家人笑着说：“你先躺着，我去找他们。”又过了很长时间，随从果然又来了。王子安捶床跺脚，大骂：“蠢奴才们去哪了？”一个随从怒道：“你这个穷酸无赖，刚刚只是和你开玩笑罢了，你还真骂人？”王子安大怒，突然起身扑向他，打掉了他的帽子。他自己也跌倒了。

注释 1 措大：旧时对贫寒读书人的轻慢称呼。

妻入，扶之曰：“何醉至此！”王曰：“长班可恶，我故惩之，何醉也？”妻笑曰：“家中止有一媪，昼为汝炊，夜为汝温足

妻子走进来，扶起他道：“你怎么醉成这样！”王子安说：“这随从太可恶了，所以我惩罚了他，哪里是醉了？”妻子笑着说：“家里只有一个老婆子，白天给你做饭，晚上给你暖脚。哪里有什么随

耳。何处长班，伺汝穷骨？”子女皆笑。王醉亦稍解，忽如梦醒，始知前此之妄，然犹记长班帽落。寻至门后，得一缨帽[1]如盏大，共疑之。自笑曰：“昔人为鬼揶揄[2]，吾今为狐奚落[3]矣。”

从来侍候你这个穷骨头？”孩子们都笑他。王子安的醉意也稍微缓解，忽感如梦初醒，才明白之前的事都是假的，却还记得随从的帽子被打落在地上。他寻到门后，发现了一个和杯子一样大的红缨帽，大家都感到很奇怪。王子安自嘲道：“从前有人被鬼戏弄，我今天却被狐狸奚落了。”

注释 1 缨帽：即红缨帽。清代官吏所戴的帽子，帽顶披红缨，故名。2 昔人为鬼揶揄：指晋代罗友仕途失意，被鬼揶揄。3 奚落：讥诮。

异史氏曰：“秀才入闱，有七似焉：初入时，白足提篮[1]似丐。唱名[2]时，官呵隶骂似囚。其归号舍[3]也，孔孔伸头，房房露脚，似秋末之冷蜂。其出场也，神情惝怳[4]，天地异色，似出笼之病鸟。迨望报也，草木皆惊，梦想亦幻。时作一得志想，则顷刻而楼阁俱成；作一失志想，则瞬息而骸骨已朽。此际行坐难安，则似被絷[5]之猱[6]。忽然而飞骑传人，报条无

异史氏说：“秀才参加科举考试时有七种样子：刚入场时，光着脚、提着篮子像乞丐。点名时，官员呵斥、差役辱骂像囚犯。等到他们进入号房，每个洞口都露出一个头，每间房子都露出一双脚，就像秋后冷风中的蜂子。走出考场，一个个神色恍惚，只觉得天地都变了色，就像出笼的病鸟。接着是等着盼着报信人的到来，任何细微的动静都能引起惊慌，不停地做梦幻想。一想到考中得志，则片刻之间亭台楼阁都在眼前；一想到考试失利，则瞬息之中身躯骨头都已腐朽。此时他们坐立难安，就像被拴住的猿猴。突

我，此时神色猝变，嗒然[7]若死，则似饵[8]毒之蝇，弄之亦不觉也。初失志心灰意败，大骂司衡[9]无目，笔墨无灵[10]，势必举案头物而尽炬之；炬之不已，而碎踏之；踏之不已，而投之浊流。从此披发入山，面向石壁[11]，再有以'且夫'、'尝谓'之文进我者，定当操戈逐之。无何日渐远，气渐平，技又渐痒，遂似破卵之鸠，只得衔木营巢，从新另抱[12]矣。如此情况，当局者痛哭欲死，而自旁观者视之，其可笑孰甚焉。王子安方寸[13]之中，顷刻万绪，想鬼狐窃笑已久，故乘其醉而玩弄之。床头人醒，宁不哑然失笑哉？顾得志之况味，不过须臾，词林[14]诸公，不过经两三须臾耳，子安一朝而尽尝之，则狐之恩与荐师等。"

然有人骑着快马来报信，名单上却没有自己，马上神情大变，沮丧怅惘如死了一样，就像吃了毒药的苍蝇，拨弄他也没有感觉。刚刚落榜时心灰意冷，大骂考官没长眼睛，自己的笔墨没有灵气，势必要拿起案上的东西全部烧了，烧不了的就踩碎，踩不碎的就扔进脏水沟中。从此要遁入深山出家修道，再有人拿写着'且夫''尝谓'的八股文给他看，他一定要拿起棍子赶走那人。不久，随着时间渐渐推移，怨气渐渐平复，想做文章的心渐渐发痒，就好像破壳的鸠鸟，只好衔树枝造新巢抱窝，从头开始了。这样的情形，当事人痛苦欲死，然而旁观者看来却极其可笑。王子安的内心顷刻间思绪万千，想来鬼狐已经偷笑了很久了，所以趁着他喝醉来戏弄他。床头的妻子很清醒，又怎么会不哑然失笑呢？想来得志的滋味不过在片刻间，翰林院的诸公也不过只经历了两三个片刻而已，子安一下子全都尝到了，可见，狐狸给他的恩惠可以说和推荐他的考官是一样的。"

樂

詩雜仙心

智欲圆行欲方

注释 1 白足提篮：清初规定，考生参加科考，入场时要携带格眼竹柳考篮，只准带笔墨、食具等物。穿拆缝衣服，单层鞋袜。入场时，诸生解衣等候，左手执笔砚，右手执布袜，赤脚站立，等候点名、搜检。 2 唱名：即点名入场。 3 号舍：又称“号子”，科举考场中生员答卷和食宿之所。人各一小间，每间有编号。清代乡试规定生员领取考卷后，依照号码入闱。由于没有门，仅搭木板于墙供书写之用。所以有如蜂房，“孔孔伸头，房房露脚”。 4 惝恍（chǎng huǎng）：恍惚，失意。 5 絷（zhí）：拴缚。 6 猱（náo）：兽名。猿类。身体便捷，善攀援。 7 嗒（tà）然：形容沮丧怅惘的神情。 8 饵：吃。 9 司衡：负责评阅试卷的人，考官。 10 笔墨无灵：传说王珣梦见有人将如椽大笔与之，后文采斐然；江淹夜梦郭璞索还五色笔，尔后为诗遂无佳句；李白少时梦笔生花，后诗文赡逸。此处应是指落榜考生埋怨自己的笔墨没有灵气。 11 披发入山，面向石壁：指遁入深山，出家修道。面壁，佛教用语，面对石壁默坐静修的意思。 12 抱：禽鸟孵卵，俗称“抱窝”。 13 方寸：指心，脑海。亦指心绪，心思。 14 词林：翰林院的别称。

刁 姓

原文

有刁姓者，家无生产，每出卖许负之术[1]，实无术也。数月一归，则金帛盈橐[2]，共异之。会里人有客于外者，遥见高门内一人，冠华阳巾[3]，言语啁嗻[4]，众

译文

有个姓刁的人，家里没什么生计，就经常出去给人看相，其实他并不懂相术。他几个月回一次家，钱袋子装得满满的，大家都对此感到很奇怪。一次，村里有人到外地去，远远看见一座高门内站着一个人，头戴华阳巾，正

妇丛绕之。近视则刁也，因微窥所为。见有问者曰：“吾等众人中有一夫人在，能辨之乎？”盖有一贵妇微服[5]其中，将以验其术也。

啰哩啰嗦说着什么，一群妇女围在四周。走近一瞧，原来是刁某，于是就悄悄看他在干什么。只见有一个人问道：“我们这些人里，有一位夫人，你能认出来吗？”大概是一位贵妇微服混在里边，想要检验一下他的法术。

注释 1 许负之术：指相面之术。 2 橐（tuó）：盛物的袋子。 3 华阳巾：道士所戴的头巾。其式上下皆平。 4 啁嗻（zhāo zhè）：啰嗦多言，声音细碎刺耳。 5 微服：为隐蔽身份而改换常服。古代多指帝王将相或其他有身份的人而言。

里人代为刁窘[1]。刁从容望空横指曰：“此何难辨！试观贵人顶上，自有云气环绕。”众目不觉集视一人，觇其云气。刁乃指其人曰：“此真贵人！”众惊以为神。里人归述其诈慧[2]，乃知虽小道[3]，亦必有过人之才，不然，乌能欺耳目、赚金钱，无本而殖[4]哉！

同村的人听了不禁替刁某发窘。只见刁某从容看着天空，横手一指说：“这有什么难辨别的！真贵人的头顶上，自然有云气环绕。”众人不知不觉都去看其中的一人，观察是否有云气。刁某就指着那人说：“这位是真的贵人！”众人们都惊叹他是神仙。那人回去后向人讲述了刁某的小聪明，方知即使是使用小道的人，也必定得有过人之处，否则，又怎能欺骗人、赚取金钱，干这种无本的买卖呢？

注释 1 窘：窘迫、困迫。 2 诈慧：狡诈的智慧，鬼聪明。 3 小道：礼乐政教以外的学说、技艺。 4 无本而殖：无本生意。即不续资本而孳生财利。殖，孳生，繁殖。

农 妇

原文

邑西磁窑坞[1]有农人妇,勇健如男子,辄为乡中排难解纷[2]。与夫异县而居,夫家高苑[3],距淄百余里,偶一来,信宿便去。妇自赴颜山[4],贩陶器为业,有赢余,则施丐者。一夕,与邻妇语,忽起曰:“腹少微痛,想孽障[5]欲离身也。”遂去。天明往探之,则见其肩荷酿酒巨瓮二,方将入门。随至其室,则有婴儿绷[6]卧。骇问之,盖娩后已负重百里矣。故与北庵尼善,订为姊妹。后闻尼有秽行[7],忿然操杖,将往挞楚,众苦劝乃止。一日,遇尼于途,遽[8]批[9]之。问:“何罪?”亦不答。拳石交施,至不能号,乃释而去。

译文

县城西边的磁窑坞有个农妇,勇敢健壮,就像男人一样,经常给乡里排除危难,调解纠纷。她跟丈夫分住在两个县,夫家在高苑,距离淄川县有一百多里,她丈夫偶尔来一次,住上两晚就离去了。农妇自己以到颜山贩卖陶器为生,有多余的钱,就施舍给乞丐。一天晚上,她跟邻妇聊天,忽然站起身说:“我肚子稍微有些疼,想必是这孽障要离开我的身体了。”于是她就走了。天亮后邻妇去探望,见她肩上挑着两个酿酒用的大缸,正要进门。邻妇就跟着她走到屋里,看见有个婴儿被包裹着放在床上。邻妇吃惊地问是怎么回事,原来农妇生过孩子后已经负重走了上百里路了。农妇原先跟北庵的尼姑很要好,两人结为姐妹。之后她听说尼姑有污秽的行径,就愤然操起棍子,要去打尼姑,众人苦苦哀劝她才作罢。一天,农妇在路上遇到尼姑,就上前扇她耳光。尼姑说:“我有什么罪?”农妇也不回答,挥拳猛打,还用石头砸她,打得尼姑喊不出声,才放开她走了。

注释 1 磁窑坞：亦作“磁窑务”，集镇名，以制瓷而闻名。在淄川西南。 2 排难解纷：为人排除危难或调解纠纷。 3 高苑：旧县名。明清属青州府，在淄川东北部，治今山东邹平东北苑城镇。 4 颜山：又名“颜神山”，因北齐孝妇颜文妻居此而得名。在今山东益都县。 5 孽障：犹言孽根。此指对子女或腹中胎儿的昵称。 6 绷：指用布裹束婴儿。 7 秽行：丑恶、放荡的行为。指男女关系混乱。 8 遽(jù)：遂，就。 9 批：用手打。

异史氏曰：“世言女中丈夫，犹自知非丈夫也，妇并忘其为巾帼[1]矣。其豪爽自快，与古剑仙[2]无殊，毋亦其夫亦磨镜者[3]流耶？”

异史氏说：“世人说女汉子的时候，是知道自己不是汉子，这个妇人竟然忘了自己是个女人。她的豪爽快意，与古代的剑仙没有什么区别，莫不是她的老公也类似女剑客聂隐娘的丈夫吧？”

注释 1 巾帼：妇女的头巾或发饰。后因以为妇女的代称。 2 剑仙：传说中精于剑术的仙人。 3 磨镜者：指唐裴铏《传奇·聂隐娘》中女剑客聂隐娘的丈夫。

金陵乙

原文

金陵[1]卖酒人某乙，每酿成，投水而置毒[2]焉，即善饮者，不过数盏，便

译文

金陵有个卖酒人某乙，每次酿好酒，都会在酒里兑水，并放一些迷药，这样，就算是很能喝酒的人，不过几杯，也会烂

醉如泥。以此得"中山[3]"之名,富致巨金。

醉如泥。因此他酿的酒享有"中山"之名,他因而发了财,家产有千金之多。

注释 1 金陵:今南京市的别称。 2 毒:毒物。此指迷药。 3 中山:又名"千日酒",是一种产于中山的美酒。后因以"中山"为美酒的代称。

早起,见一狐醉卧槽边,缚其四肢。方将觅刃,狐已醒,哀曰:"忽见害,请如所求。"遂释之,辗转已化为人。时巷中孙氏,其长妇患狐为祟,因问之,答云:"是即我也。"乙窥妇娣[1]尤美,求狐携往。狐难之,乙固求之。狐邀乙去,入一洞中,取褐衣授之,曰:"此先兄所遗,着之当可去。"既服而归,家人皆不之见,袭[2]衣裳而出,始见之。大喜,与狐同诣孙氏家。见墙上贴巨符,画蜿蜒如龙,狐惧曰:"和尚大恶[3],我不往矣!"遂去。乙逡巡[4]近

有一天,他早上起来,看见一只狐狸醉卧在酒槽边,就绑住它的四条腿。正要找刀时,狐狸已经醒了,哀求道:"请不要杀我,你有什么要求我都答应。"于是他就把狐狸放了,狐狸一转身就变成了人。当时,巷子里有个姓孙的人家,家里年长的媳妇被狐狸缠住了,某乙就问狐狸那是怎么回事,狐狸回答说:"那就是我。"某乙偷窥孙氏年幼的妾,见她姿色娇美,就要求狐狸带他一起去,狐狸很为难,某乙就一再强求。于是狐狸就邀他一同前往,走到一个洞里,拿了一件褐色的衣服递给他,说:"这是我亡故的哥哥留下的,你穿上它就可以去孙家了。"某乙把衣服穿上回到家,家里人都看不见他,等他换上自己的衣服走出来,家里人才看到了他。某乙大为高兴,就跟着狐狸一起到孙氏家去。他们看见墙上贴着巨大的符咒,符咒上的图案蜿蜒着像一条龙,狐狸害怕地说:"和尚太凶险了,我不去了!"说完就跑了。某

之，则真龙盘壁上，昂首欲飞，大惧亦出。盖孙觅一异域僧，为之厌胜[5]，授符先归，僧犹未至也。

乙小心地凑近一看，真有龙盘在墙壁上，昂着头好像要飞起，他也惊惧地跑了出去。原来是孙氏找了一位外地的僧人，为他家驱魔禳灾，僧人先给他画了一张符，让他先回家，僧人自己还没到。

注释 1 妇娣（dì）：年纪较幼的妾。古代同夫诸妾互称，长为姒，幼为娣。 2 袭：泛指穿衣，穿戴。 3 恶：凶暴，凶险。 4 逡巡：小心谨慎。 5 厌（yā）胜：古代的一种巫术，谓能以诅咒制胜，压服人或物。厌，以迷信的方法，镇服或驱避可能出现的灾祸。

次日僧来，设坛[1]作法。邻人共观之，乙亦杂处其中。忽变色急奔，状如被捉。至门外踣[2]地，化为狐，四体犹着人衣。将杀之，妻子叩请，僧命牵去。日给饮食，数月寻毙。

第二天，僧人来了，设坛作法。邻里围过来一起观看，某乙也夹杂于其中。忽然，某乙神色大变，急忙往外跑，好像被捉住的样子。他跑到门外仆倒在地，变成了一只狐狸，身上还穿着人的衣服。僧人要杀了它，某乙的妻子叩头乞求饶了它，僧人就让她把狐狸牵走了。妻子每天喂它一些吃的，它过了几个月就死了。

注释 1 坛：此指用土石建成的举行祈祷法事的场所。 2 踣（bó）：向前仆倒。

郭　安

原文

孙五粒[1]，有僮仆独宿一室，恍惚被人摄[2]去。至一宫殿，见阎罗在上，视之曰："误矣，此非是。"因遣送还。既归大惧，移宿他所。遂有僚仆[3]郭安者，见榻空闲，因就寝焉。又一仆李禄，与僮有夙怨，久将甘心[4]，是夜操刀入，扪之以为僮也，竟杀之。郭父鸣于官。时陈其善[5]为邑宰，殊不苦之[6]。郭哀号，言："半生止此子，今将何以聊生！"陈即以李禄为之子。郭含冤而退。此不奇于僮之见鬼，而奇于陈之折狱[7]也。

译文

孙五粒有个僮仆，晚上独自在房间休息，恍惚之间被人捉走了。他被带到一处宫殿，看见阎罗王坐在上边，看了看他说："错了，不是他。"于是就送他回来了。僮仆回来后非常害怕，就搬到其他房间去住了。孙家的另一个仆人郭安，见床空着，就搬过去睡。还有一个叫李禄的仆人，与之前的僮仆向来有仇，一直想报复以求快意，当晚就拿着刀闯进去，在床上摸了摸，以为是原来的僮仆，就把他杀了。郭安的父亲告到官府。当时陈其善是县令，并未对李禄进行严厉地责罚。郭安的父亲痛苦呼号着说："我半辈子就这一个儿子，如今要让我怎么活呀！"陈公就判李禄做郭父的儿子。郭父含冤退了下去。此事中僮仆遇鬼不算奇特，而陈公的判决才真是奇特。

注释　**1** 孙五粒：即孙秠，后更名为珀龄，字五粒。他是孙之獬的儿子，孙琰龄的兄长，山东淄川（今山东淄博市淄川区）人。乾隆《淄川县志·选举志》附有他的小传。　**2** 摄：捉拿，拘捕。　**3** 僚仆：同在一个主人家做事的仆人。　**4** 甘心：快意。　**5** 陈其善：辽东人，贡士，顺

治四年至九年任淄川县知县。见乾隆《淄川县志·秩官》。 6 殊不苦之：此指对李禄不加以严厉地责罚。 7 折狱：判决狱讼。

济之西邑[1]有杀人者，其妇讼之。令怒，立拘凶犯至，拍案骂曰："人家好好夫妇，直[2]令寡耶！即以汝配之，亦令汝妻寡守。"遂判合[3]之。此等明决皆是甲榜[4]所为，他途不能也。而陈亦尔尔[5]，何途无才？

济南西部的某个县有人杀了人，被害人的妻子告到官府。县令大怒，立即派人把凶犯抓到公堂，拍着桌子大骂道："人家好好的夫妻，被你害得做了寡妇！那就罚你娶她做老婆，也让你妻子守寡。"于是就判凶犯和被害人的妻子结为夫妇。这种英明的判决都是进士所为，其他出身的人是做不到的。没想到贡生出身的陈公也是如此，什么途径没有有才能的人呢？

注释 1 济之西邑：指济南府西边的某个县。 2 直：副词，竟然，居然。 3 合：匹配，配偶。此指结为夫妇。 4 甲榜：考中进士的人。亦代指进士。 5 尔尔：如此。

折 狱

原文

邑之西崖庄，有贾某被人杀于途，隔夜，其妻亦自经[1]死。贾弟鸣于官。时浙江费公祎祉[2]

译文

淄川县的西崖庄，有个商人被人在路上杀了，隔了一晚，商人的妻子也上吊死了。商人的弟弟告到官府。当时浙江费祎祉先生任淄川县令，亲自到案发现

令淄，亲诣验之，见布袱裹银五钱余，尚在腰中，知非为财也者。拘两村邻保[3]审质一过，殊少端绪[4]，并未搒掠[5]，释散归农。但命地约[6]细察，十日一关白而已。逾半年，事渐懈。贾弟怨公仁柔，上堂屡聒[7]。公怒曰："汝既不能指名，欲我以桎梏[8]加良民耶！"呵逐而出。贾弟无所伸诉，愤葬兄嫂。

场查验，发现死者腰里裹着个包袱，里边还有五钱多银子，认为不是劫财杀人。于是费公就派人拘捕了死者家的两个邻居，审讯一番，也没什么头绪，费公并没有拷打他们，就把他们放回去务农了。但是，他又命地保仔细探察，十天报告一次。过了半年，官府对案情的追查渐渐松懈下来。商人的弟弟就抱怨费公心慈手软，多次到公堂吵嚷。费公大怒道："你既然不能指认凶手的姓名，难道要让我把枷锁加到良民身上吗？"把他呵斥了一顿赶了出去。商人的弟弟无处申诉，只好悲愤地埋葬了哥哥和嫂嫂。

注释　1 自经：上吊自杀。　2 费公祎祉：即费祎祉，字支峤，浙江鄞县（今宁波鄞州区）人。顺治十五年（1658）为淄川县令，两年后因诖误离职。　3 邻保：邻居。　4 端绪：头绪。　5 搒（péng）掠：笞击，拷打。　6 地约：指乡约、地保之类的乡中小吏。　7 聒：吵闹。　8 桎梏：古代的一种刑具，即手铐脚镣。

一日，以逋赋[1]故逮数人至，内一人周成惧责，上言钱粮措办已足，即于腰中出银袱，禀公验视。公验已，便问："汝家何里？"答云："某村。"又问："去西崖

一天，官府因拖欠赋税逮捕了好几个人，其中一个叫周成的害怕责罚，上前说钱粮已经筹措够了，随即从腰间解下钱袋，上呈县令查验。费公检查完毕后，便问："你家是哪儿的？"周成回答说："某村。"费公又问："距离

几里？”答：“五六里。”“去年被杀贾某，系汝何人？”答云：“不识其人。”公勃然曰：“汝杀之，尚云不识耶！”周力辨[2]不听，严梏[3]之，果伏其罪。

西崖庄几里？”周成回答说：“有五六里。”“去年被杀的商人某，是你的什么人？”回答说：“小人不认识他。”费公勃然大怒道：“是你杀的人，还说不认识！”周成极力辩解，费公不听，下令对他严刑拷打，他果然认罪了。

注释　1 逋赋：拖欠赋税。　2 辨：通“辩”，辩解。　3 梏：械系，拘禁。此指用刑，拷打。

先是，贾妻王氏，将诣[1]姻家[2]，惭无钗饰，聒夫使假于邻。夫不肯，妻自假之，颇甚珍重。归途卸而裹诸袱，内袖中，既至家，探之已亡[3]。不敢告夫，又无力偿邻，懊恼欲死。是日周适拾之，知为贾妻所遗，窥贾他出，半夜逾垣，将执以求合。时溽暑[4]，王氏卧庭中，周潜就淫之。王氏觉大号。周急止之，留袱纳钗[5]。事已，妇嘱曰：“后勿来，吾家男子恶，犯

原先，商人的妻子王氏打算去亲戚家，觉得没有发钗等首饰很没面子，就唠唠叨叨让丈夫去邻居家借一些。丈夫不肯去，妻子就自己过去借了来，特别爱惜它。在回来的路上，妻子把首饰摘下来裹在钱袋里，藏在袖筒中，回到家后，用手一摸，包袱已经丢了。她不敢告诉丈夫，又无力赔偿邻居，懊恼得要死。当天，恰巧周成捡到了那个包袱，他知道是商人妻子丢失的，就趁商人外出时，半夜翻墙进入他家，准备拿首饰逼迫商人的妻子与他交合。当时天气闷热，王氏正躺在庭院里睡觉，周成就悄悄进去强奸了她。王氏醒来后大声呼叫，周成急忙制止，把钱袋留下，并将首饰还给了她。完事后，王氏嘱咐周成道：“以后你可别再来了，我家男

恐俱死！”周怒曰：“我挟勾栏数宿之资，宁一度可偿耶？”妇慰之曰：“我非不愿相交，渠常善病，不如从容以待其死。”周乃去，于是杀贾，夜诣妇曰：“今某已被人杀，请如所约。”妇闻大哭，周惧而逃，天明则妇死矣。

人很凶，被他知道了，我们恐怕都活不成了！”周成听了大怒道：“我拿的东西够在窑子玩几夜，怎么玩一次就能偿还呢？”妇人就劝慰说：“我并不是不愿意和你交好，我男人经常生病，不如慢慢等他死了再说。”周成听了就走了，于是在路上杀了商人，当晚来找王氏说：“如今你男人已经被人杀了，请你遵守约定。”王氏听后放声大哭，周成害怕逃走了，天亮后，王氏也死了。

注释 1 诣：到，前往。 2 姻家：联姻的家族或其成员。即亲戚家。 3 亡：丢失。 4 溽暑：指盛夏气候潮湿闷热。 5 留袱（fú）纳钗：留下包袱，把首饰归还王氏。纳，归还。

公廉[1]得情，以周抵罪。共服其神，而不知所以能察之故。公曰：“事无难办，要在随处留心耳。初验尸时，见银袱刺万字文[2]，周袱亦然，是出一手也。及诘之，又云无旧[3]，词貌诡变，是以确知其真凶也。”

费公查明了案件的经过后，就判周成抵罪。大家都佩服费公的神明，却不知道他是如何查清的。费公说：“事情并不难办，关键在于随处留心罢了。当初验尸时，我发现钱袋上绣着万字纹，周成的钱袋也是一样，是出自同一人之手。等我审讯周成时，周成又说不认识死者，我看他脸色忽变，言辞诡诈，于是断定他就是真凶。”

注释 1 廉：考察，查访。 2 万字文：万字花纹。文，花纹，纹饰。 3 无旧：没有旧交情。旧，旧交，旧谊。

异史氏曰:“世之折狱者,非悠悠置之[1],则缧系[2]数十人而狼籍[3]之耳。堂上肉鼓吹[4],喧阗旁午[5],遂颦蹙[6]曰:‘我劳心民事也。’云板三敲[7],则声色并进,难决之词[8],不复置念,专待升堂时,祸桑树以烹老龟[9]耳。呜呼!民情何由得哉!余每曰:‘智者不必仁,而仁者则必智。盖用心苦则机关[10]出也。’‘随在留心’之言,可以教天下之宰民社者[11]矣。”

异史氏说:“世上断案的人,不是把案件丢在一边漠然不管,就是一下子逮捕几十人严刑拷问。在大堂上拷打声不绝,喧闹纷杂,然后皱着眉头说:‘我对百姓的事可谓劳心尽力了。’退堂之后,则花天酒地,声色犬马,难办的案子,不再放心上,专等着升堂时胡乱判决,让无辜的百姓受牵连。呜呼!如此办案,怎么能知晓民情呢?我常说:‘智者不一定仁爱,而仁者必定智慧,这是因为苦思冥想就一定能找出解决问题的办法。’‘随处留心’这句话,可以用来教导天下所有治理百姓的官员。”

注释 1 悠悠置之:指长期搁置,不予处理。悠悠,久长,久远。 2 缧(léi)系:囚禁。 3 狼籍:折磨,拷打。 4 肉鼓吹:比喻拷打犯人的声响。鼓吹,鼓吹声,乐曲声。 5 喧阗旁午:喧闹纷杂。喧阗,喧哗,热闹。旁午,交错,纷繁。 6 蹙:皱眉。 7 云板三敲:指敲击云板三下,以示退堂。 8 难决之词:难以判决的官司。词,词讼,诉讼。 9 祸桑树以烹老龟:比喻胡乱判决案件,使众多无辜者被牵累受害。 10 机关:计谋或计策。指解决问题的线索或办法。 11 宰民社者:指地方长官。宰,主宰,治理。民社,人民与社稷。亦指州、县等地方。

邑人胡成,与冯安同里,世有隙。胡父子

县里有个人叫胡成,与冯安是同一个村的,两家世代有矛盾。胡成父子强

强，冯屈意交欢，胡终猜之。一日，共饮薄醉，颇倾肝胆[1]。胡大言："勿忧贫，百金之产不难致也。"冯以其家不丰，故嗤[2]之。胡正色曰："实相告，昨途遇大商，载厚装[3]来，我颠越[4]于南山眢井[5]中矣。"冯又笑之。时胡有妹夫郑伦，托为说合田产，寄数百金于胡家，遂尽出以炫冯。冯信之。既散，阴以状报邑，公拘胡对勘[6]，胡言其实，问郑及产主皆不讹。乃共验诸眢井，一役缒下，则果有无首之尸在焉。胡大骇，莫可置辩，但称冤苦。公怒，击喙[7]数十，曰："确有证据，尚叫屈耶！"以死囚具禁制之。尸戒勿出，惟晓示诸村，使尸主投状。

势，冯安便屈意和胡成交好，然而胡成始终对他不信任。一天，两人在一起喝酒，稍微有些醉意时，互相说了很多心里话。胡成吹牛说："不用怕没钱，百两银子的家产不难弄到手。"冯安知道胡家不富裕，就故意嘲笑他。胡成一脸严肃地说："实话告诉你，我昨天在路上遇到一个大商人，带了很多行李，我把他推入南山的枯井里了。"冯安又笑他乱说话。当时，胡成的妹夫郑伦，托他说合购买田产，在他家寄放了几百两银子，于是胡成就都拿出来向冯安炫耀。冯安果然信以为真。散席之后，冯安就偷偷写了状子告到官府，费公就逮捕了胡成去对证，胡成说了实话，再问郑伦和卖田产的人，讲的都和胡成一样。费公就带着人一起到南山的枯井旁，让一个差役绑着绳索下井去查看，果然发现一具无头尸体。胡成大为惊骇，百口莫辩，只是连呼冤枉。费公大怒，打了胡成几十个嘴巴，说："证据确凿，还喊什么冤枉！"于是就给他戴上死囚犯的枷锁。费公又下令不要把尸体弄出来，只是发告示通知各个村子，让死者家属前来认领。

注释 1 倾肝胆：坦然相待，倾肝沥胆。 2 嗤：讥笑，嘲笑。 3 厚装：丰厚的行装。此指行李很多。 4 颠越：坠落。亦指死亡。 5 眢（yuān）井：枯井，废井。 6 对勘：对质，对证。 7 喙（huì）：鸟兽等的嘴。此处指人嘴。

逾日，有妇人抱状[1]，自言为亡者妻，言："夫何甲，揭数百金出作贸易，被胡杀死。"公曰："井有死人，恐未必即是汝夫。"妇执言甚坚，公乃命出尸于井，视之果不妄。妇不敢近，却立[2]而号。公曰："真犯已得，但骸躯未全。汝暂归，待得死者首，即招报令其抵偿。"遂自狱中唤胡出，呵曰："明日不将头至，当械折股！"押去终日而返，诘之，但有号泣。乃以梏具置前作刑势[3]，却又不刑，曰："想汝当夜扛尸忙迫，不知坠落何处，奈何不细寻之？"胡哀祈容急觅。公乃问妇："子女几何？"答曰："无。"问："甲有何戚

过了一天，有个妇人拿着状纸前来告状，自称是死者的妻子，说："我丈夫叫何甲，带了几百两银子外出做生意，被胡成杀了。"费公说："井里是有死人，只是恐怕未必就是你丈夫。"妇人坚持说是，费公就命人把尸体从井里捞上来，一看，果然没错。妇人不敢靠近，就站在一旁哀号。费公说："真凶已经抓到了，只是尸体不全。你暂且回去，等找到死者的头就马上告诉你，让凶手偿命。"于是就在监狱中传唤胡成出来，呵斥道："明天你不把死者的头拿出来，就打断你的腿！"派人押着他去寻找，过了一整天才返回，询问他人头何在，胡成只是哭号。于是费公就把刑具摆在他面前，装作要动大刑的样子，却又不行刑，说："想必你当晚扛着尸体过于仓皇急迫，不知道把头掉在什么地方了，为何不仔细寻找呢？"胡成就哀求宽限些时日再好好找找。费公就问妇人："你有几个孩子？"回答说："没有孩子。"又问：

属？”“但有堂叔一人。”慨然曰：“少年丧夫，伶仃如此，其何以为生矣！”妇乃哭，叩求怜悯。公曰：“杀人之罪已定，但得全尸，此案即结；结案后速醮[4]可也。汝少妇勿复出入公门。”妇感泣，叩头而下。

“何甲有什么亲属？”“只有一个堂叔。”费公听后感叹道：“年纪轻轻就死了丈夫，如此孤苦伶仃，可怎么生活啊！”妇人也难过得哭起来，叩头请求怜悯。费公说：“凶犯杀人之罪已经定了，只要得到全尸，此案就可了结；结案后，你赶快改嫁就行了。你一个少妇，以后不要在公堂里进进出出。”妇人听了感动得流下眼泪，磕头谢恩后就退下了。

注释 1 状：状纸，诉状。 2 却立：后退站立。 3 刑势：行刑的样子。 4 醮（jiào）：多指改嫁。

公即票示[1]里人，代觅其首。经宿，即有同村王五，报称已获。问验既明，赏以千钱。唤甲叔至，曰：“大案已成，然人命重大，非积岁不能成结。侄既无出，少妇亦难存活，早令适人。此后亦无他务，但有上台[2]检驳[3]，止须汝应声耳。”甲叔不肯，飞两签[4]下，再辩，又一签下。甲叔惧，应之而出。妇闻，

费公当即签发公告，传示乡里，让乡里人代为寻找死者的头。过了一晚，就有与死者同村的王五，报告称已经找到了。费公询问、查验清楚后，就赏了他千钱。又把何甲的堂叔传来，说：“现在这个大案已经查清了，然而人命关天，不经过几年是不能结案的。你侄儿既然没有儿子，你侄媳妇也难以维持生计，可以早早让她嫁人。之后也没其他事了，如果有上级长官来复查，你出来应答就是了。”何甲的叔叔不肯答应，费公就扔下两支刑签，他还要再辩解，费公又扔下一支。何甲的叔叔害怕了，答应照办后退了出去。妇人听说

诣谢公恩。公极意慰[5]谕之，又谕："有买妇者，当堂关白。"既下，即有投婚状者，盖即报人头之王五也。	后，就前来向费公谢恩。费公极力劝慰开导她，又下令说："有人愿意买这个妇人做妻子的，可以当堂讲明。"谕令刚传下去，就有人投递婚状想要娶那妇人，原来就是报告找到人头的王五。

注释 1 票示：公示，公告。票，用作凭证的票帖文书。 2 上台：上司，上级。 3 检驳：检查辨正。 4 签：签牌。旧时官府交给差役拘捕犯人的凭证或用刑的片状刑具，多用竹制成。 5 慰：劝慰。

公唤妇上，曰："杀人之真犯，汝知之乎？"答曰："胡成。"公曰："非也。汝与王五乃真犯耳。"二人大骇，力辩冤枉。公曰："我久知其情，所以迟迟而发者，恐有万一之屈耳。尸未出井，何以确信为汝夫？盖先知其死矣。且甲死犹衣败絮[1]，数百金何所自来？"又谓王五曰："头之所在，汝何知之熟也！所以如此其急者，意在速合耳。"两人惊颜如土，不能强置一词。并械[2]之，果吐其实。盖王	费公就传唤妇人上堂，对她说："杀人的真凶，你知道是谁吗？"妇人回答说："胡成。"费公说："不对。你和王五才是真正的凶犯。"两人听了惊恐万分，极力辩称冤枉。费公说："我早就知道实情了，之所以这么晚才揭发，是担心万一冤枉了好人而已。尸体还没从井里捞出来，你怎么就确信是你丈夫？肯定是事先就知道他死了。况且何甲死的时候还穿得破破烂烂，几百两银子又从哪儿来的？"又对王五说："人头在什么地方，你怎么那么熟悉！你之所以这么着急找出来，就是想赶快跟妇人结合。"两人听了吓得面如土色，不能强辩一句。费公对他们俩一起用刑，果然都说出了真相。原来王五和妇人私通很

五与妇私已久，谋杀其夫，而适值胡成之戏也。乃释胡，冯以诬告重笞，徒[3]三年。事结，并未妄刑一人。

久了，就合谋杀了何甲，正巧碰上胡成跟冯安开玩笑。于是费公就释放了胡成，冯安因诬告被痛打了一顿板子，判了三年徒刑。案件了结了，并没有对任何人胡乱用刑。

注释 1 败絮：破旧的棉絮。借指衣服破旧。 2 械：本指刑具。这里用作动词，指用刑。 3 徒：古代五刑之一。即徒刑。

异史氏曰："我夫子[1]有仁爱名，即此一事，亦以见仁人之用心苦矣。方宰淄时，松[2]裁弱冠[3]，过蒙器许[4]，而驽钝不才，竟以不舞之鹤为羊公辱[5]。是我夫子生平有不哲[6]之一事，则松实贻[7]之也。悲夫！"

异史氏说："我的先生向来有仁爱之名，只此一件事，就可以看出他这位仁人的用心良苦了。当他在淄川当县令时，我才刚刚成人，格外受先生夸赞器重，而我却愚钝不才，竟辜负了先生的一片厚爱。如果我的先生生平做过一件不明智的事，那就是我造成的啊。真是可悲啊！"

注释 1 我夫子：指费祎祉。夫子，对老师的称呼。 2 松：蒲松龄的自称。 3 弱冠：古时男子二十岁成人，初加冠，因体犹未壮，故称弱冠。后遂称男子二十岁或二十几岁的年龄为弱冠。 4 器许：器重而赞许。 5 竟以不舞之鹤为羊公辱：意谓自己才能平庸低下，辜负了赏识自己的人的厚望。 6 不哲：不明智。 7 贻：给予，致使。这里引申为造成。

义 犬

原文

周村[1]有贾某贸易芜湖[2]，获重资。赁舟将归，见堤上有屠人缚犬，倍价[3]赎之，养豢舟上。舟人固积寇[4]也，窥客装，荡舟入莽[5]，操刀欲杀。贾哀赐以全尸，盗乃以毡裹置江中。犬见之，哀嗥投水，口衔裹具，与共浮沉。流荡不知几里，达浅搁乃止。犬泅[6]出，至有人处，狺狺[7]哀吠。或以为异，从之而往，见毡束水中，引出断其绳。客固未死，始言其情。复哀舟人载还芜湖，将以伺盗船之归。登舟失犬，心甚悼焉。

译文

周村有个商人到芜湖做生意，赚了很多钱。他租了条船准备回家，看见江堤上有屠夫正在绑狗，就出双倍价钱把狗买下来，养在船上。船家本来是个惯匪，暗中看见客人的行李很重，就把船划到芦苇丛中，拿刀要杀商人。商人苦苦哀求给自己留个全尸，盗贼就用毛毡把他裹起来扔入江里。狗见状哀号着跳进水中，用嘴衔着毛毡，和商人一起在水中浮沉。不知漂流了多少里，直到搁浅才停下来。狗浮出水面后，跑到有人的地方，狺狺哀叫。有人觉得很奇怪，就跟着狗前往，看见水中有捆绑着的毛毡，就拉出来割断了上面绑着的绳子。商人还没有死，就把自己的遭遇告诉了大家，又哀求一个船家把他送回芜湖，将在那里等着强盗的船回去。他上船后没看到狗，心里很伤感。

注释 1 周村：集镇名。明清时属山东长山县管辖，今属淄博市。 2 芜湖：县名。明清时属太平府。今为安徽芜湖市。 3 倍价：加倍的价格，高价。 4 积寇：惯匪。 5 莽：草丛。此指蒹葭、芦苇丛生的地方。 6 泅：游泳，泅水。 7 狺狺（yín）：犬吠声。

抵关三四日，估楫[1]如林，而盗船不见。适有同乡估客将携俱归，忽犬自来，望客大嗥，唤之却走[2]。客下舟趁[3]之，犬奔上一舟，啮人胫股[4]，挞之不解。客近呵之，则所啮即前盗也。衣服与舟皆易，故不得而认之矣。缚而搜之，则裹金犹在。呜呼！一犬也，而报恩如是。世无心肝者，其亦愧此犬也夫！

他到了芜湖，等了三四天，来往的船只多如密林，却看不见强盗的船。正好有个同乡的生意人，打算带他一起返回，忽然狗自己跑了回来，看见商人就大声号叫，一喊它，它就跑开了。商人就下船跟着，见狗跑上一条船，咬住船夫的小腿，打它也不松口。商人走上前呵斥它，发现它咬住的人正是此前的强盗。这个强盗把衣服和船都换了，所以他没能认出来。他把强盗绑起来搜查，发现包袱里的钱还在。呜呼！只不过是一只狗，竟然能如此报答恩人。世上那些没有心肝的人，他们在这只狗面前应感到羞愧啊！

注释　1 估楫：商船。估，商人，行商。楫，船。　2 却走：退避，退走。　3 趁：追逐，追赶。　4 胫股：腿。胫，小腿。股，大腿。

杨大洪

原文

大洪杨先生涟[1]，微时[2]为楚[3]名儒，自命不凡。科试后，闻报优等者，时方食，含哺[4]出问："有杨

译文

杨涟先生，号大洪，在他还没有发迹的时候已经是湖北的名儒，因而有些自命不凡。科举考试结束后，杨公听到有人通报考取者名单，当时他正在吃

某否？”答云：“无。”不觉嗒然自丧[5]，咽食入鬲[6]，遂成病块[7]，噎阻甚苦。众劝令录遗才[8]，公患无资，众醵[9]十金送之行，乃强就道。

饭，嘴里含着饭走出来问：“有我杨某人吗？”回答说：“没有。”杨公听了很沮丧，吞咽口里的饭时噎了一下，于是就成了病块，噎得他很难受。大家都劝他参加录遗考试，杨公发愁没有路费，大家就凑了十两银子送给他，他这才勉强上路。

注释 1 大洪杨先生涟：杨涟，字文孺，号大洪，湖北应山人（今湖北广水）人。明万历时进士。著有《杨大洪集》，《明史》有传。 2 微时：卑贱而未显达的时候。 3 楚：指中国的湖北省和湖南省，这里特指湖北省。 4 含哺（bǔ）：口中含着食物。 5 嗒（tà）然自丧：自己感到沮丧怅惘。嗒，形容沮丧怅惘的神情。 6 鬲：通“膈”，胸腹间的横膈膜。 7 病块：中医病名，因积食不化所致胸腹胀闷结块之症。 8 遗才：秀才参加乡试，先要经过学道的科考录送，临时添补核准的，称为“遗才”。 9 醵（jù）：凑钱聚饮。此指凑钱。

夜梦人告之云：“前途有人能愈君疾，宜苦求之。”临去赠以诗，有“江边柳下三弄[1]笛，抛向江心莫叹息”之句。明日途次，果见道士坐柳下，因便叩请。道士笑曰：“子误矣，我何能疗病？请为三弄可也。”因出笛吹之。公触所

一天晚上，他梦到有人告诉他说：“前面路上有人能治好你的病，你应当苦苦求他。”临别时，那人赠给他一首诗，其中有一句是“江边柳下三弄笛，抛向江心莫叹息”。第二天在路上，杨公果然看见有个道士坐在柳树下，于是就向前诚恳地请求道士给他治病。道士笑着说：“你搞错了，我怎么会治病啊？让我给你吹几首曲子倒是可以。”于是道士就拿出笛子吹奏起来。杨公想起梦中情景，就更加恳切

梦,拜求益切,且倾囊献之。道士接金掷诸江流。公以所来不易,哑然[2]惊惜。道士曰:"君未能恝然[3]耶?金在江边,请自取之。"公诣视果然。又益奇之,呼为仙。道士漫指曰:"我非仙,彼处仙人来矣。"赚公回顾,力拍其项曰:"俗哉!"公受拍,张吻作声,喉中呕出一物,堕地堛然[4],俯而破之,赤丝中裹饭犹存,病若失。回视道士已杳。

地请求道士给他治病,并把所有的钱都拿出来给了道士。道士接过银子扔到江里去了。杨公因为这些钱来之不易,惊讶地说不出话。道士说:"你为此不能无动于衷吧?银子在江边,请你自己去取吧。"杨公过去一瞧,果然在那儿。于是他愈发觉得道士不同寻常,就叫道士神仙。道士随便指着他处说:"我不是神仙,那边神仙过来了。"骗得杨公回头张望,道士用力拍打他的脖子,说:"太俗了!"杨公挨了一巴掌,张嘴出声,喉咙里吐出一个东西,"呼"一声掉在地上,他弯腰把它戳破,只见鲜红的血丝中还包裹着没消化的饭粒,病好像消失了。他回头一看,道士已经杳无踪迹了。

注释 1 弄:乐曲一阕或演奏一遍称一弄。 2 哑然:惊异难言貌。 3 恝(jiá)然:无动于衷、冷淡的样子。 4 堛(bì)然:形容物体着地之声。

异史氏曰:"公生为河岳,没为日星[1],何必长生乃为不死哉!或以未能免俗,不作天仙,因而为公悼惜。余谓天上多一仙人,不如世上多一圣贤。解者必不议予说之傎[2]也。"

异史氏说:"杨公生如长河高山,死如日月星辰,何必要长生不死呢?有人认为他没能免俗,为他做不成天仙而感到惋惜。我觉得,天上多一个神仙,不如世上多一位圣贤。理解我的人,必定不会认为我的这种观点不合事理。"

注释 1 生为河岳，没为日星：指杨涟生前死后，其浩然正气如长河高山、日月星辰，受人敬仰。 2 傎：意为颠倒错乱，不合事理。

查牙山洞

原文

章丘[1]查牙山[2]，有石窟如井，深数尺许。北壁有洞门，伏而引领[3]望见之。会近村数辈，九日登临[4]饮其处，共谋入探之。三人受灯，缒而下。洞高敞与夏屋[5]等，入数武稍狭，即忽见底。底际一窦[6]，蛇行[7]可入。烛之，漆漆然暗深不测。

译文

章丘的查牙山中，有个石洞像深井一样，有好几尺深。北边墙壁上有个洞门，人趴在地上伸着脖子就能看到。恰好附近村庄有几个人，在九月九日那天登上此山，在山洞旁饮酒，一起商量下去探寻一番。三个人拿着灯火，身上绑着绳子下到洞里。山洞的高矮宽窄如同一间大房子，走进去几步，稍稍有些窄，忽然看到了洞底。洞底还有一个洞，可以爬进去。用灯火一照，漆黑一片，不好估测深浅。

注释 1 章丘：县名。明清时属济南府，即今山东济南市章丘区。 2 查牙山：乾隆《章丘县志》作“杈枒山”，在县东界。 3 引领：伸颈远望。 4 九日登临：即重九登高。 5 夏屋：大房子。 6 窦：洞。 7 蛇行：匍匐爬行。

两人馁而却退，一人夺火而嗤之，锐身[1]塞而进。幸隘处仅厚于

其中的两个人害怕了就退了出去，另一人就夺过灯火讥笑他们，壮起胆把身子塞了进去。幸好狭窄的地方只比墙厚

堵[2],即又顿高顿阔,乃立,乃行。顶上石参差危耸,将坠不坠。两壁嶙嶙峋峋[3]然,类寺庙中塑,都成鸟兽人鬼形。鸟若飞,兽若走,人若坐若立,鬼罔两[4],示现忿怒。奇奇怪怪,类多丑少妍[5]。心凛然作怖畏。喜径夷[6],无少陂。逡巡几百步,西壁开石室,门左一怪石鬼,面人而立,目努[7]口箕[8]张,齿舌狞恶,左手作拳触腰际,右手叉五指欲扑人。心大恐,毛森森以立。遥望门中有爇灰,知有人曾至者,胆乃稍壮,强入之。见地上列碗盏,泥垢其中,然皆近今物,非古窑[9]也。旁置锡壶四,心利之,解带缚项[10]系腰间。即又旁瞩,一尸卧西隅,两肱[11]及股四布以横。骇极。渐审之,

一些,挤过去后顿时又高大宽阔起来,他就站起来继续前行。只见山洞顶端的岩石参差不齐,高高耸立,摇摇欲坠。两边石壁上的岩石层叠突兀,好像寺庙里的雕塑,都呈现出鸟兽人鬼的形状。鸟好像在飞,野兽似乎在奔跑,人仿佛有的坐着而有的站着,各种鬼魅精怪显出一副愤怒的样子。奇奇怪怪的,大多长得很丑,好看的很少。此人心里有些惊恐,感到很害怕。可喜的是,路比较平顺,没有什么陡坡。他小心翼翼地走了几百步,见西边的石壁上有一个敞开的石室,门的左边有一个怪石鬼,面对着人站在那里,怒目圆睁,张着簸箕般的大嘴,牙齿和舌头都凶恶可怕,左手握成拳放在腰间,右手叉开五指像是要扑人。此人非常恐惧,寒毛都竖了起来。他远远地看到门里边有灰,知道曾有人到过这里,胆子才又稍稍大了些,勉强走了进去。他看到地上摆着碗和杯子,里面有泥垢,但看上去都是现代的物件,不是古代的瓷器。一旁摆着四个锡壶,他想拿走,于是解开带子绑住壶颈,系在腰间。然后他又朝旁边看了看,发现一具尸体躺在西边角落里,双臂双腿叉开横卧着。他害怕极了。慢慢细看,见尸体的脚上穿着

足蹑锐履[12]，梅花刻底犹存，知是少妇。

尖鞋，鞋底刻着的梅花还在，知道死者是个少妇。

注释 1 锐身：挺身。比喻勇于承担。 2 堵：墙。 3 嶙嶙峋峋：怪石重叠高耸的样子。 4 罔两：鬼怪。 5 妍：美丽的样子。 6 径夷：道路平坦。 7 努：意为突起，突出。 8 箕：簸箕。扬米去糠的器具。此指像簸箕一样。 9 古窑：指古代陶瓷器皿。 10 项：颈。此指锡壶的颈部。 11 肱（gōng）：手臂。 12 锐履：尖足女鞋。锐，尖，底大顶小。

人不知何里，毙不知何年。衣色黯败，莫辨青红；发蓬蓬，似筐许乱丝黏着髑髅[1]上；目、鼻孔各二，瓠犀[2]两行白巉巉[3]，意是口也。存想首颠[4]当有金珠饰，以火近脑。似有口气嘘灯，灯摇摇无定，焰缥黄，衣动掀掀。复大惧，手摇颤，灯顿灭。忆路急奔，不敢手索壁，恐触鬼者物也。头触石，仆，即复起，冷湿浸颔颊[5]，知是血，不觉痛，抑不敢呻。坌息[6]奔

不知道她是哪里人，也不知道她是什么时候死的。衣服的颜色都褪了色，分不清是红是绿；头发乱糟糟的，像筐里的乱丝粘在骷髅上；眼睛、鼻子处各有两个孔，两行锋利尖锐的白牙，想着应该是嘴了。他心想妇女的头上应该有金银珠宝等首饰，于是就拿着灯火靠近头部。这时，似乎有人用嘴吹灯，灯光摇摆不定，火焰昏黄，尸体身上的衣服也掀动起来。他又害怕得不得了，手抖个不停，灯顿时熄灭了。他回想着来路急忙往外跑，不敢用手扶洞壁，恐怕碰到鬼怪一样的石头。忽然，他脑袋碰到了石头上，摔倒在地，立即又站起身，感觉有冷冷湿湿的东西流到脸和下巴上，心知是血，但并不感到疼痛，又不敢呻吟。他喘着粗气跑到洞口，刚要趴下，

至窦，方将伏，似有人捉发住，晕然遂绝。众坐井上俟久，疑之，又缒二人下。探身入窦，见发罥石上，血淫淫已僵。二人失色，不敢入，坐愁叹。俄井上又使二人下，中有勇者，始健进，曳之以出。置山上，半日方醒，言之缕缕[7]，所恨未穷其底，极穷之，必更有佳境。后章令[8]闻之，以丸泥[9]封窦，不可复入矣。

感觉似乎有人抓住了自己的头发，一下昏死过去。其他人坐在洞口等了很久，怀疑洞里的人出了事，就用绳子又放下两个人。他们探着身子走进洞，看见那人的头发缠绕在石头上，头上血流不止，身体已经僵硬了。两人大惊失色，不敢进去，就坐在一旁发愁叹息。过了一会儿，洞顶又派两个人下来，其中一人胆子很大，这才迈步向前，把那人拽了出来。把他放在山上，过了半天才醒过来，他详细叙述了自己在洞中的遭遇，只是遗憾没能探寻到洞底，如果到了底部，必定会有更好的地方。后来章丘县令听说了此事，就命人用团泥把洞口封住了，人再也进不去了。

注释 1 髑髅（dú lóu）：头骨。多指死人的头骨。 2 瓠犀：瓠瓜的子。方正洁白，排列整齐，常用来比喻女子的牙齿。 3 巉巉：锋利尖锐。 4 首颠：头顶，头上。 5 颔颊：脸和下巴。颔，下巴。颊，脸。 6 坌（bèn）息：喘着粗气。 7 缕缕：详尽。 8 章令：章丘县令。 9 丸泥：揉泥，团泥。

康熙二十六七年间，养母峪之南石崖崩，现洞口，望之，钟乳林林如密笋。然深险无人敢入。忽有道士至，自称

康熙二十六七年间，养母峪南边的石崖崩塌了，露出一个洞口，远望过去，石钟乳密密麻麻地如同竹笋一般。然而洞穴又深又险，没人敢进去。忽然来了一个道士，自称是钟离的弟子，说：“家师

钟离[1]弟子，言："师遣先至，粪除[2]洞府。"居人供以膏火，道士携之而下，坠石笋上，贯腹而死。报令，令封其洞。其中必有奇境，惜道士尸解[3]，无回音耳。

派我先来清理洞府。"附近的居民给道士提供了照明用的油火，道士拿着就下到洞里，一失足坠落在石笋上，被石笋穿破肚子死了。有人报告给县令，县令就封住了洞口。这个洞里必定有奇异的景致，可惜道士死了，没能回来说说洞里的情况。

注释 1 钟离：又称"汉钟离"。道教主流全真道祖师，姓钟离，名权，字云房，为道教传说中的八仙之一。 2 粪除：打扫，清除。 3 尸解：谓道徒遗其形骸而仙去。这是道教对于死的婉称或神化。

安期岛

原文

长山刘中堂鸿训[1]，同武弁[2]某使朝鲜。闻安期岛[3]神仙所居，欲命舟往游。国中臣僚佥[4]谓不可，令待小张。盖安期不与世通，惟有弟子小张，岁辄一两至。欲至岛者，须先自白。如以为可，则一帆可至，否则飓风覆舟。

译文

长山刘鸿训中堂，和某位武官出使朝鲜。他听说安期岛是神仙的居所，就想坐船前去游玩。朝鲜国的官员都说不可以去，让他等候小张。原来安期岛与世隔绝，只有神仙的弟子小张，一年去一两次。凡是想登岛的人，必须先向小张讲明。如果小张认为可以，那就会一帆风顺，否则会有飓风把船吹翻。过了一两天，国王召见使臣。刘公便入朝

逾一二日，国王召见。入朝，见一人佩剑，冠棕笠，坐殿上，年三十许，仪容修洁。问之即小张也。刘因自述向往之意，小张许之，但言："副使不可行。"又出遍视从人，惟二人可以从游。遂命舟导刘俱往。水程不知远近，但觉习习如驾云雾，移时已抵其境。

觐见，见一人身佩宝剑，头戴棕榈斗笠，坐在大殿上，年纪有三十多岁，仪容端庄整洁。一问，才知道他就是小张。刘公就向小张讲明了自己想去安期岛的想法，小张答应了，只是说："副使不可同行。"小张又出了大殿，遍观刘公的随从，只挑出两人可以跟随他去。于是就命船引导刘公等人和他一同前往。不知走了多远的水路，只是觉得风声习习，好像腾云驾雾一般，不一会儿就到了安期岛的境内。

注释 1 长山刘中堂鸿训：刘鸿训，字默承，号青岳，山东长山（在今山东邹平市东）人。明万历时进士，《明史》有传。 2 武弁：武官。弁，清代用以称基层武官。 3 安期岛：传说仙人安期生所居住的海岛。安期生，仙人名，亦称安期、安其生。师从河上丈人，习黄帝、老子之说。后之方士、道家因谓其为居海上之神仙。 4 佥（qiān）：皆，都。

时方严寒，既至则气候温煦，山花遍岩谷。导入洞府，见三叟趺坐[1]。东西者见客入，漠若罔知；惟中坐者起迎客，相为礼。既坐，呼茶。有僮将盘去。洞外石壁上有铁锥，锐没石

当时正值天气严寒，到了岛上却气候温暖，野花遍布山谷。小张带他们走进一个山洞，看见有三个老者正在盘腿打坐。东西两位见有客人到来，很是冷漠，仿佛不知道有人来了，唯有中间的老者起身迎客，宾主互相施礼。客人坐下后，老者唤人上茶。有个小童就拿着盘子离去。洞外的石壁上插着根铁锥，尖锐的一头没入

中[2]，僮拔锥，水即溢射，以盏承之，满，复塞之。既而托至，其色淡碧。试之，其凉震齿。刘畏寒不饮。叟顾僮颐示[3]之，僮取盏去，呷[4]其残者，仍于故处拔锥溢取而返，则芳烈蒸腾，如初出于鼎。窃异之。问以休咎，笑曰："世外人岁月不知，何解人事？"问以却老[5]术，曰："此非富贵人所能为者。"刘兴辞，小张仍送之归。

石中，小童拔出铁锥，就有水射出来，便拿杯子去接，等接满了后，又把铁锥塞上。然后就端着茶杯送进来，只见茶色浅绿。刘公试着尝了一口，凉得牙齿打颤。刘公怕冷就没喝。老者回头示意了一下小童，他就取过杯子，喝完了剩下的水，然后又回到原来的地方拔下锥子接水，等装满了回来再献上时，茶水芳香扑鼻，热气腾腾，好像刚从鼎中取出一样。刘公心里暗自称奇。他向神仙询问吉凶祸福，老者笑着说："世外之人连年岁都不知道，又怎么会清楚人间的事情呢？"再询问避免衰老的方法，他说："这不是富贵中人能做到的。"刘公起身告辞，小张仍把他们送了回去。

注释　1 趺（fū）坐：盘腿端坐。　2 锐没石中：锥尖插在石孔中。锐，尖。　3 颐视：即颐指，用下巴的动向示意而指挥人。犹示意。　4 呷（xiā）：吸饮，喝。　5 却老：避免衰老。

既至朝鲜，备述其异。国王叹曰："惜未饮其冷者。是先天之玉液，一盏可延百龄。"刘将归，王赠一物，纸帛重裹[1]，嘱近海勿开视。既

回到朝鲜后，刘公详细讲述了自己所遇到的奇闻异事。国王叹息道："可惜你没有喝了那杯冷茶。那是先天的玉液，喝一杯就能延长百年的寿命。"刘公要回国时，国王赠给他一件物品，用纸和布帛层层包裹着，嘱咐他在近海处不要打开看。

离海，急取拆视，去尽数百重，始见一镜，审之，则鲛宫龙族，历历在目。方凝注间，忽见潮头高于楼阁，汹汹[2]已近。大骇，极驰，潮从之，疾若风雨。大惧，以镜投之，潮乃顿落。

船离开海岸后，刘公急忙取来拆开看，剥去几百层后，才看到是一面镜子，仔细一瞧，里面有龙宫水族，看得清清楚楚。他正在凝视的时候，忽然看见有高过楼阁的潮头，汹涌着逼近他们的船只。刘公非常害怕，命人急速行船，然而海潮却跟着船一起行进，快得就像风雨。刘公愈发惊恐，便把镜子扔向海潮，潮水顿时就退去了。

注释 **1** 重裹：层层包裹。 **2** 汹汹：水腾涌貌。又形容声势盛大或凶猛的样子。

沅 俗

原文

李季霖[1]摄篆[2]沅江[3]，初莅任，见猫犬盈堂，讶之。僚属曰："此乡中百姓，瞻仰风采也。"少间，人畜已半，移时都复为人，纷纷并去。一日，出谒客，肩舆[4]在途。忽一舆夫急呼曰："小人吃害[5]矣！"即倩[6]役代荷，伏地乞假。怒呵之，

译文

李季霖代理沅江县令时，刚到任，见公堂之上都是猫狗，很惊讶。下属就说："这是乡里的百姓，前来瞻仰您的风采。"不一会儿，堂上一半是人，一半是动物，再过一会儿，都变成了人，纷纷离去了。一天，李公出门拜访客人，轿子走在路上。忽然有个轿夫疾声喊道："小人受伤了！"随即就请人代为扛轿，跪在地上请假。李公恼怒地呵斥他，轿夫

役不听，疾奔而去。遣人尾之。役奔入市，觅得一叟，便求按视。叟相[7]之曰："是汝吃害矣。"乃以手揣[8]其肤肉，自上而下力推之，推至少股，见皮内坟起[9]，以利刃破之，取出石子一枚，曰："愈矣。"乃奔而返。后闻其俗有身卧室中，手即飞出，入人房闼[10]，窃取财物。设被主觉，絷不令去，则此人一臂不用[11]矣。

不听，飞快地跑了。李公派人跟随着他。见轿夫跑进集市中，找到一个老头儿，便求他给自己看看。老头儿看了看说："你是受伤了。"于是就用手摸轿夫的皮肉，从上至下用力推，推到小腿时，见皮肤内鼓起一个包，就用锋利的刀刃割破，从中取出一枚石子，说："好了。"轿夫于是就跑了回来。后来，李公听说沅江的风俗，有人身体躺在卧室中，而手却能飞出去，飞入别人家里偷取财物。如果被主人发觉，抓住那只手不让它离去，那么此人的一只手臂就废掉了。

注释 **1** 李季霖：即李鸿霔（shù），字季霖，号厚馀。其先长山人，曾祖徙至新城。康熙年间进士。康熙《新城县志·人物志·宦绩》有传。 **2** 摄篆：代理官职，掌其印信。 **3** 沅江：应为元江，指云南元江府。此处为蒲松龄误记。李季霖所任职位非沅江县令，而是云南元江府知府。 **4** 肩舆：抬着轿子。谓乘坐轿子。 **5** 吃害：遭到伤害，受伤。 **6** 倩（qìng）：请，恳求。 **7** 相：观察，看。 **8** 揣：扯、拽。此指用手触摸。 **9** 坟起：隆起，凸起。 **10** 房闼：卧房，寝室。闼，房门。 **11** 不用：中医术语。肢体失去活动能力谓之不用。即不能使用，残废。

云萝公主

原文

安大业,卢龙[1]人。生而能言,母饮以犬血始止。既长,韶秀,顾影无俦[2],慧而能读,世家争婚之。母梦曰:“儿当尚主[3]。”信之。至十五六迄无验,亦渐自悔。

译文

安大业是卢龙县人。他生下来就能说话,他母亲拿狗血喂他,才止住了。他长大后,生得清秀俊朗,周围人没有比得上他的,还聪慧而善于读书,世家大户都争着向他提亲。他母亲做了个梦,梦里有人对她说:“你儿子命里当娶公主为妻。”安大业的母亲相信了。直到十五六岁,那个梦也没有得到应验,他母亲自己渐渐地也懊悔了。

注释 **1** 卢龙:县名。在今河北卢龙县。 **2** 无俦(chóu):无人能比。俦,相比。 **3** 尚主:娶公主为妻。因公主地位尊贵,不用娶而用尚。尚,专指娶公主为妻。

一日安独坐,忽闻异香。俄一美婢奔入,曰:“公主至。”即以长毡贴地,自门外直至榻前。方骇疑间,一女郎扶婢肩入,服色容光,映照四堵。婢即以绣垫设榻上,扶女郎坐。安仓皇不知所为,鞠躬便问:“何处神

一天,安大业在房间独坐,忽然闻到一股奇异的香气。不一会儿,一个漂亮的婢女跑了进来,说:“公主来了。”随即将一条长毡铺在地上,从门外一直铺到床前。安大业正在惊疑之际,一位姑娘扶着婢女的肩膀走了进来,她容貌光鲜,衣服艳丽,将四壁都照亮了。婢女赶紧拿刺绣的垫子铺在床上,扶着姑娘坐下。安大业仓皇之间不知道该怎么办,

仙，劳降玉趾[1]？”女郎微笑，以袍袖掩口。婢曰：“此圣后府中云萝公主也。圣后属意郎君，欲以公主下嫁，故使自来相宅[2]。”安惊喜，不知置词，女亦俯首，相对寂然。

鞠躬施礼后就问：“姑娘是何方的神仙，劳驾您降临寒舍？”姑娘微笑着，用袍袖掩着口。婢女说：“姑娘是圣后府中的云萝公主。圣后看中了你，想把公主下嫁给你，所以让公主自己先来看看你住的宅院。”安大业非常惊喜，不知该说什么，公主也低着头，两人都默默无语。

注释 1 玉趾：对人脚步的敬称。 2 相宅：旧时迷信，以观察地形、地物判定住屋吉凶的一种方术。

安故好棋，楸枰[1]尝置坐侧。一婢以红巾拂尘，移诸案上，曰：“主日耽此，不知与粉侯[2]孰胜？”安移坐近案，主笑从之。甫三十余着，婢竟乱之，曰：“驸马负矣！”敛子入盒，曰：“驸马当是俗间高手，主仅能让六子。”乃以六黑子实局中，主亦从之。主坐次，辄使婢伏坐下，以背受足；左足踏地，则更一婢右伏。又两小鬟夹侍之；每值安凝思时，

安大业向来喜欢下围棋，棋盘经常放在自己座位旁边。婢女用红手巾拂去棋盘上的灰尘，将棋盘移到桌上说：“公主很喜欢下棋，不知道和驸马下时谁能赢？”安大业移到桌边坐下，公主笑着跟过来下起棋来。刚下了三十多子，婢女就将一盘棋搅乱了，说道：“驸马你已经输了。”便把棋子收起来放入盒子里，又说：“驸马当是世间下棋高手，公主只能让六子。”于是就拿了六个黑子放到棋盘上，公主也依从了她。公主坐着的时候，就让一位婢女伏在座位下，把脚放在她背上；如果她左脚着地的时候，便让一个婢女在座位右边伏着，放上右脚。另外又让两个婢女在左右服侍着；每当安大业凝神思考

辄曲一肘伏肩上。局阑未结[3]，小鬟笑云："驸马负一子。"进曰："主惰，宜且退。"女乃倾身与婢耳语。婢出，少顷而还，以千金置榻上，告生曰："适主言居宅湫隘[4]，烦以此少致修饰，落成相会也。"一婢曰："此月犯天刑[5]，不宜建造，月后吉。"女起，生遮止，闭门。婢出一物，状类皮排[6]，就地鼓之，云气突出，俄顷四合，冥不见物，索之已杳。

时，公主就曲肘靠在婢女的肩头休息。棋下完还没有分出胜负，小婢女笑着说："驸马输了一子。"婢女接着说："公主疲倦了，该回去了。"公主侧着身子与婢女耳语了几句。婢女就出去了，不一会儿又回来了，拿了很多钱放在床上，告诉安大业说："刚才公主说，你家的房子低洼狭小，麻烦你用这些钱把宅子修葺一下，等房子修好后再来和你相会。"另一个婢女说："这个月犯天刑，不宜建房，下个月则大吉。"公主起身想走，安大业挡住她，把门关上，不让她走。只见一个婢女拿出一件很像皮排的东西，就地鼓起风来，一会儿就云气缭绕，刹那间充满屋子，昏暗中什么也看不到，再找公主，已经杳无踪迹。

注释　1 楸枰（jiū píng）：棋盘。借指围棋。　2 粉侯：驸马。三国时魏国何晏面如傅粉，娶魏公主，赐爵为列侯，后因称驸马为"粉侯"。3 局阑未结：棋下完了还没分出胜负。　4 湫隘（jiǎo ài）：低洼狭小。5 犯天刑：触犯天刑星，不吉利。天刑，即天刑星，为凶星。　6 皮排：古代以皮革制成的鼓风器具。

母知之，疑以为妖。而生神驰梦想，不能复舍。急于落成，无暇禁忌，刻日敦迫[1]，

安大业的母亲知道后，疑心公主是妖怪。但是安大业却神驰梦想，舍不得公主。他急于将房舍修葺好，也顾不得什么禁忌，限定日期，日夜催促，终于把房子修缮一

廊舍一新。先是，有滦州[2]生袁大用，侨寓邻坊，投刺于门；生素寡交，托他出，又窥其亡而报之[3]。后月余，门外适相值，二十许少年也。宫绢单衣，丝履乌带，意甚都雅。略与顷谈，颇甚温谨。喜，揖而入。请与对弈，互有赢亏。已而设酒流连，谈笑大欢。明日邀生至其寓所，珍肴杂进，相待殷渥。有小童十二三许，拍板清歌，又跳掷作剧[4]。生大醉不能行，便令负之，生以其纤弱恐不胜，袁强之。僮绰有余力，荷送而归。生奇之。明日犒以金，再辞乃受。由此交情款密，三数日辄一过从。袁为人简默，而慷慨好施。市有负债鬻女者，解囊代赎，

新。先前，滦州有位书生叫袁大用，侨居在安大业家邻近的巷子里，曾经多次送名帖来拜访安大业。安大业平素很少与人交往，便推脱说外出了，又暗中观察到袁大用不在家时去回访他。又过了一个月，两人正好在门口撞见，只见袁大用是一个二十多岁的年轻人。他穿一身宫绢单衣，扎着丝织带子，脚穿黑鞋，举止非常风雅。安大业略微与他交谈了几句，就感觉他温厚有涵养。安大业很高兴，作揖请他进屋。两人下了几盘棋，互有胜负。接着，安大业就设酒招待他，两人相谈甚欢。第二天，袁大用就请安大业到他寓所，摆上山珍海味殷勤招待他。袁家有个十二三岁的小僮仆，在席前拍着手板唱歌，又跳跃着演剧。安大业喝得酩酊大醉，袁生就让小僮仆背着他回去。安大业觉得小僮仆身体纤弱，怕他背不动，袁大用却坚持要让他背。小僮仆背起他来绰绰有余，把他送回了家。安大业感到非常奇怪。第二天，安大业拿银子犒劳小僮仆，他推辞了几次才收下了。从此以后，安大业与袁大用关系日益密切，每隔三两日就相聚一次。袁大用为人沉默寡言，但慷慨好施。有一次，他看到集市上有个因欠债卖女的人，就慷

无吝色。生以此益重之。过数日,诣生作别,赠象箸、楠珠等十余事,白金五百,用助兴作。生反金受物,报以束帛[5]。

慨解囊代为赎回,一点也不吝啬。安大业因此更尊重他。过了几天,袁大用来向安大业告别,赠给他象牙筷子、楠木珠等十几件礼物,又送给他五百两银子帮他修缮宅院。安大业把五百两银子退还给他,又回赠给袁大用五匹帛。

注释 1 刻日敦迫:限定日期,极力敦促或催逼。 2 滦州:州名。在今河北滦县。 3 窥其亡而报之:暗中观察到他外出的时候回访。古人讲究互相来往的礼节,对于不愿意相见的人,以此敷衍。 4 跳掷作剧:上下跳跃表演节目。剧,杂戏、戏剧之类的节目。 5 束帛:捆为一束的五匹帛。古代用为聘问、馈赠的礼物。

后月余,乐亭有仕宦而归者,橐资充牣[1]。盗夜入,执主人,烧铁钳灼,劫掠一空。家人识袁,行牒[2]追捕。邻院屠氏,与生家积不相能[3],因其土木大兴,阴怀疑忌。适有小仆窃象箸,卖诸其家,知袁所赠,因报大尹[4]。尹以兵绕舍,值生主仆他出,执母而去。母衰迈受惊,仅存气息,二三

又过了一个多月,乐亭县有一位卸任归乡的官宦,行囊里装满了搜刮来的钱财。一天夜里,他家闯进一群强盗,把他抓起来,用烧红的铁钳烙他,将他家中的钱财抢劫一空。他家里的仆人认出了强盗中有袁大用,官府便下了通牒追捕袁大用。安大业有位姓屠的邻居,与安家向来关系不好,看到安家大兴土木,修造宅院,心中暗暗猜疑妒忌。刚好安大业有一个小仆人偷了象牙筷子卖给屠家,姓屠的得知这是袁大用赠给安家的礼物,就报告了官府。县令派兵把安家宅院围起来,正巧安大业与仆人有事外出,官兵就抓走了他的母亲。安大

日不复饮食。尹释之。生闻母耗，急奔而归，则母病已笃，越宿遂卒。收殓甫毕，为捕役执去。尹见其少年温文，窃疑诬枉，故恐喝之。生实述其交往之由。尹问："其何以暴富？"生曰："母有藏镪[5]，因欲亲迎，故治昏室耳。"尹信之，具牒解郡。邻人知其无事，以重金赂监者，使杀诸途。路经深山，被曳近削壁，将推堕。计逼情危，时方急难，忽一虎自丛莽中出，啮二役皆死，衔生去。至一处，重楼叠阁，虎入，置之。见云萝扶婢出，凄然慰吊曰："妾欲留君，但母丧未卜窀穸[6]。可怀牒去，到郡自投，保无恙也。"因取生胸前带，连结十余扣，嘱云："见

业的母亲年老多病，受此惊吓后，病得气息奄奄，两三天滴水未进。县令见状只好将她放回家。安大业在外听说母亲被抓的噩耗，急忙赶回家中，但母亲已经病得很重，过了一宿就死去了。安大业刚把母亲入殓，就被捕快抓了去。县令见他年轻又温文尔雅，就暗中怀疑他是被诬告冤枉的，于是就故意大声吓唬他。安大业如实地讲述了他与袁大用交往的经过。县令问道："你家怎么会暴富起来？"安大业说："我母亲原有一笔积蓄，因我要娶亲，所以就拿出来给我修缮婚房。"县令相信了他说的话，记录下口供，把他押解到府中。姓屠的邻居听说安大业安然无事，就花重金贿赂押送的官差，让他们在半路把安大业杀死。官差押解着安大业经过一座大山，安大业被官差拖到峭壁上，准备将他推下去。正在危急时分，忽然草丛中跳出一只猛虎，咬死了两个官差，衔着安大业走了。到了一个地方，那里楼阁重叠，老虎进去，将安大业放下。只见云萝公主扶着婢女出来，见了安大业，悲切地安慰他说："我本想把你留在这里，可是你母亲去世后还没安葬。你拿着押解你的公文到府里自首，保你无事。"于是就解下安大业胸前的带子，连着打了

官时，拈此结而解之，可以弭祸。”生如其教，诣郡自投。太守喜其诚信，又稽牒知其冤，销名令归。

十几个结，嘱咐他说：“你见官时，拿起这些结将它们解开，就可以免去灾祸。”安大业按照云萝公主的吩咐，到府里自首。太守很喜欢他的真诚，又查看了公文，知道他是被冤枉的，就撤销了他的罪名。

注释 1 充牣（rèn）：满，丰足。 2 行牒：行移公文。 3 积不相能：素来不和睦。能，和睦。 4 大尹：对府县行政长官的称呼。 5 藏镪（qiǎng）：积攒的钱财。镪，成串的钱，后多指银子或银锭。 6 未卜窀穸（zhūn xī）：没有卜问葬在哪里合适，此处指未来得及安葬。窀穸，埋葬，亦指墓穴。

至中途，遇袁，下骑执手，备言情况。袁愤然作色，默然无语。生曰：“以君风采，何自污也？”袁曰：“某所杀皆不义之人，所取皆非义之财。不然，即遗于路者不拾也。君教我固自佳，然如君家邻，岂可留在人间耶！”言已超乘[1]而去。生归，殡母已，杜门谢客[2]。忽一夜盗入邻家，父子十余口尽行杀戮，止留一婢。席卷资

安大业在回家的路上，遇到了袁大用，就下马与他相见，详细讲述了自己的遭遇。袁大用听后很生气，但是默然无语。安大业说：“以你这样的风度才华，为什么做这些事玷污自己呢？”袁大用说：“我杀的都是些不义之人，所取的也是不义之财。否则，即使丢在路上的钱财，我也不会去拾。你的指教固然是对的，但像你邻居姓屠的这种人，岂能把他留在人世间！”说完，袁大用就跳上马先走了。安大业回到家中，安葬了母亲后，就闭门谢客。忽然有一天夜里，有强盗闯进邻居屠家，把他家父子十余口全部杀了，只留下一个婢女。强盗还把他家中的财物

物，与僮分携之。临去，执灯谓婢：汝认明，杀人者我也，与人无涉。”并不启关[3]，飞檐越壁而去。明日告官。疑生知情，又捉生去。邑宰[4]词色甚厉。生上堂握带，且辨且解。宰不能诘，又释之。

既归，益自韬晦[5]，读书不出，一跛妪执炊而已。服既阕[6]，日扫阶庭，以待好音。一日异香满院。登阁视之，内外陈设焕然矣。悄揭画帘，则公主凝妆坐，急拜之。女挽手曰：“君不信数，遂使土木为灾，又以苫块之戚[7]，迟我三年琴瑟：是急之而反以得缓，天下事大抵然也。”生将出资治具，女曰：“勿复须。”婢探椟，肴羹热如新出于鼎，酒亦芳烈。酌移时，日已投暮，足下

洗劫一空，和小僮仆分了。临走时，盗贼提着灯对婢女说：“你看清楚了，杀人的是我，和别人无关。”强盗并不开门出去，而是飞檐走壁离开了。第二天，婢女告到官府。官府怀疑安大业知道内情，又把他抓了去。县令声色俱厉地审问他。安大业到了公堂上，手里握着胸前打了结的带子，一边为自己辩解一边解带上的结。县令审问不出什么，又把他放了。

安大业回到家中，更加收敛低调，韬光养晦，专心读书不再外出，家中只留一位跛脚的老婆婆给他做饭。为母亲服孝期满后，他每天都打扫台阶庭院，等待公主到来的好消息。一天，安大业闻到异香满园。他到楼上一看，内外陈设焕然一新。他悄悄打开画帘，见云萝公主盛妆端坐，急忙上前拜见。云萝公主挽着他的手说：“你不信天数，偏要在不适当的日子建造房屋，才酿成大祸，后来又因母亲去世服丧三年，让我们的相聚又推迟了三年：越急于求成反而会越慢，天下的事大都是如此啊。”安大业准备操办酒席庆祝，公主说：“不需要这么麻烦。”婢女从柜盒中拿出菜肴，如同刚出锅一样热气腾腾，酒也十分芬芳馥郁。两人喝

所踏婢，渐都亡去。女四肢娇惰，足股屈伸，似无所着。生狎抱之。女曰："君暂释手。今有两道，请君择之。"生揽项问故，曰："若为棋酒之交，可得三十年聚首；若作床笫之欢，可六年谐合耳。君焉取？"生曰："六年后再商之。"女乃默然，遂相燕好。

了好一会儿酒，天也渐渐黑了，公主脚下踏着的婢女也都逐渐走了。公主四肢摆出娇懒姿态，腿脚伸来伸去，好像无处可放。安大业亲昵地去抱她。公主说："你先放手。现在有两条路供你选择。"安生搂着公主的脖子问她是什么路。公主说："我们俩如果以棋酒朋友交往，可相聚三十年；如果以床笫之欢交往，只能欢聚六年。你选哪一条路？"安大业说："六年以后再商量吧。"公主默然不语，二人于是就成了夫妻。

注释 1 超乘（shèng）：跳跃上马。乘，指马。 2 杜门谢客：即闭门不与外界交往。 3 启关：开门。关，门闩。 4 邑宰：县邑之长，即县令。 5 韬晦：即韬光养晦。把光芒收敛起来，深藏不露。 6 服既阕：服丧期已满。 7 苫块之戚：守丧。苫，古代居丧时，孝子睡的草垫子；块，土块。古代居丧时，孝子以土块为枕。

女曰："妾固知君不免俗道，此亦数也。"因使生蓄婢媪，别居南院，炊爨[1]纺织以作生计。北院中并无烟火，惟棋枰、酒具而已。户常阖，生推之则自开，他人不得入也。然南院人作事

公主说："我本来就知道你不能免俗，这也是天数。"公主让安大业蓄养婢女仆妇，让他们单独住在南院，每天做饭、纺织，以此来维持生计。公主居住的北院从来没有烟火，只有棋盘、酒具一类的东西。北院的门也常关着，安大业来了一推，门就自动开了，但其他人则进不去。然而，南院的婢女仆人做事勤快还

勤惰，女辄知之，每使生往谴责，无不具服。女无繁言，无响笑，与有所谈，但俯首微哂。每骈肩[2]坐，喜斜倚人。生举而加诸膝，轻如抱婴。生曰："卿轻若此，可作掌上舞[3]。"曰："此何难！但婢子之为，所不屑耳。飞燕原九姊侍儿，屡以轻佻获罪，怒谪尘间。又不守女子之贞，今已幽之。"

是懒惰，公主却都知道，她每次让安大业去责备他们，他们没有不服气的。公主话语不多，也不大声说笑，安大业和她说话，她总是低着头微笑。每当他们并肩坐着的时候，公主总喜欢斜着身子靠在安大业的身上。安大业把她举起放在膝头上，就好像抱着婴儿一样轻。安大业说："你这样轻，可以跳掌上舞了。"公主说："这有什么难的！但那是婢女才做的事，我不屑去做。赵飞燕原本是我九姐的侍女，多次因轻佻获罪，触怒了九姐而被贬谪到人间。她又不肯守女子的贞节，现在她已经被幽禁起来了。"

注释 1 炊爨(cuàn)：烧火煮饭。 2 骈肩：并肩，肩挨着肩。 3 掌上舞：相传汉成帝的皇后赵飞燕体态轻盈，能为掌上舞。后形容女子体态轻盈。

阁上以锦衤荐[1]布满，冬未尝寒，夏未尝热。女严冬皆着轻縠[2]，生为制鲜衣，强使着之。逾时解去，曰："尘浊之物，几于压骨成劳！"一日抱诸膝上，忽觉沉倍曩昔[3]，异之。笑指腹曰："此中有俗

公主住的楼阁常用锦帛做的帷幕围起来，冬天不冷，夏天不热。公主在严寒的冬天都只穿轻纱，安大业给公主做了鲜艳华丽的新衣服，强迫她穿上。过了一会儿，公主就把衣服脱掉了，说："这尘世污浊的东西，压在我的骨头上，几乎要压出病来了！"一天，安大业把公主抱到膝头上，忽然觉得比往日重了一倍，感觉非常惊异。公主笑着指着肚子说："这里面有

种矣。”过数日，颦黛不食，曰：“近病恶阻[4]，颇思烟火之味。”生乃为具甘旨。从此饮食遂不异于常人。一日曰：“妾质单弱，不任生产。婢子樊英颇健，可使代之。”乃脱衷服[5]衣英，闭诸室。少顷闻儿啼声，启扉视之，男也。喜曰：“此儿福相，大器也！”因名大器。绷纳生怀，俾付乳媪，养诸南院。女自免身[6]，腰细如初，不食烟火矣。

个凡人的种了。”过了几天，公主经常皱眉头，不想吃东西，对安大业说：“我近来胃口不好，很想吃些人间的食物。”安大业于是为她备了精美的食物。从此公主便和平常人一样吃饭。一天，公主说：“我身体单薄瘦弱，不能忍受分娩的辛苦。婢女樊英身体强壮，可以让她代替我。”于是脱下贴身的衣服给樊英穿上，把她关进屋子里。不一会儿，就听到婴儿啼哭的声音，开门进去一看，生了个男孩。公主高兴地说：“这孩子长得一脸福相，将来一定能成大器。”于是就给他取名叫大器。公主把孩子包好，放到安大业的怀中，让他交给乳母，在南院抚养。公主自分娩后，腰跟以前一样细，不再吃人间的食物。

注释　1 锦裤（jiàn）：此处指锦做的帷帐。裤，衣上小带。　2 轻縠（hú）：轻细的绸。縠，绉纱。3 曩（nǎng）昔：往日，从前。　4 恶阻：中医病名。特指妊娠早期出现恶心呕吐、择食或食入即吐等。　5 衷服：即衷里衣，贴身内衣。　6 免身：分娩。免，通“娩”。

忽辞生，欲暂归宁。问返期，答以“三日”。鼓皮排如前状，遂不见。至期不来。积年余音信全渺，亦已绝

忽然有一天，公主向安大业辞别，说想回娘家看看。安大业问她多久回来，她回答说“三天”。于是又像以前那样鼓起皮排，一阵烟雾就不见了。三天的约期已到，但是仍不见公主回来。又等了一年多，

望。生键户下帏[1]，遂领乡荐。终不肯娶，每独宿北院，沐其余芳。一夜辗转在榻，忽见灯火射窗，门亦自辟，群婢拥公主入。生喜，起问爽约之罪。女曰："妾未愆期[2]，天上二日半耳。"生得意自诩，告以秋捷[3]，意主必喜。女愀然曰："乌用是傥来[4]者为！无足荣辱，止折人寿数耳。三日不见，入俗幛[5]又深一层矣。"生由是不复进取。过数月又欲归宁，生殊凄恋，女曰："此去定早还，无烦穿望。且人生合离，皆有定数，撙节[6]之则长，恣纵之则短也。"既去，月余即返。从此一年半载辄一行，往往数月始还，生习为常，亦不之怪。

公主还是杳无音信，安大业也绝望了。他关起门来认真读书，于是考中了举人。但他始终不肯再娶，每晚独住北院，以沐浴公主的余芳。一天夜里，他在床上辗转反侧难以入眠，忽然看见院里灯火通明，映亮了窗口，门也自动开了，一群婢女拥着公主走了进来。安大业十分高兴，起身责备公主失约。公主说："我并没有失约，天上才过了两天半。"安大业很得意地向公主夸耀，说自己在秋天的乡试中中举了。公主却愀然变色说："你何必在意这些意外得来的东西！这东西也谈不上荣耀或耻辱，只会减少人的寿命罢了。三天不见，你在这俗世的欲求里陷得更深了一层。"安大业自此以后就不再热衷于追求功名。过了几个月，公主又想回娘家，安大业悲伤不舍。公主对他说："这次回去，一定会早日返回，不用你盼望太久。况且人生的聚散离合，都是有定数的，就像花钱一样，节约着花则用的时间就长些，胡乱花则用的时间就短些。"公主走了，过了一个多月就回来了。从此以后，公主每隔一年半载就回去一次，往往住几个月才回来，安大业也习以为常，不再大惊小怪了。

注释 1 键户下帏：关闭门户，放下窗帷，意即闭门不出。键，门闩。 2 愆(qiān)期：失约，误期。 3 秋捷：乡试考中举人。 4 傥(tǎng)来：意外得来，偶然得到。 5 俗幛：指妨碍修道的世俗欲望。 6 撙(zǔn)节：节约，节省。

又生一子。女举之曰："豺狼也！"立命弃之。生不忍而止，名曰可弃。甫周岁，急为卜婚[1]。诸媒接踵，问其甲子，皆谓不合。曰："吾欲为狼子治一深圈，竟不可得，当今倾败六七年，亦数也。"嘱生曰："记取四年后，侯氏生女，左胁有小赘疣[2]，乃此儿妇。当婚之，勿较其门地也。"即令书而志之。后又归宁，竟不复返。生每以所嘱告亲友。果有侯氏女，生有赘疣，侯贱而行恶，众咸不齿。生竟媒定焉。

不久之后，公主又生了一个儿子。她举起来说道："这孩子是个豺狼。"让安大业立刻把他扔掉。安大业于心不忍，就把孩子留了抚养，取名叫"可弃"。可弃才满周岁，公主就急于给他定下亲事。媒人们纷纷上门，公主问了生辰八字，都说不合。公主说："我想为这狼子找一个深圈，竟然找不到，当会被他败家六七年，这也是天数啊。"公主嘱咐安大业说："你要记住，四年之后，有个姓侯的人家会生一个女孩，在女孩的左胁下有个小赘疣，她就是可弃的媳妇。一定要把她娶过来，不要在意她家门第如何。"公主还让安大业把此事写下来记住。后来公主又回了娘家，从此再也没有回来。安大业经常把公主的嘱咐告诉自己的亲戚朋友，让他们帮忙留意。后来得知，果然有一姓侯的人家生下一个女儿，左胁下有一个赘疣，但姓侯的贫贱又作恶，大家都看不起他。安大业按公主的嘱咐，最终还是给可弃定下这门亲事。

注释 1卜婚：卜问婚姻凶吉。此指定亲。 2赘疣（zhuì yóu）：附生于体外的肉瘤。

大器十七岁及第，娶云氏，夫妻皆孝友。父钟爱之。可弃渐长不喜读，辄偷与无赖博赌，恒盗物偿戏债[1]。父怒挞之，卒不改。相戒堤防，不使有所得。遂夜出，小为穿窬[2]。为主所觉，缚送邑宰。宰审其姓氏，以名刺[3]送之归。父兄共絷之，楚掠惨棘[4]，几于绝气。兄代哀免，始释之。父忿恚得疾，食锐减。乃为二子立析产书，楼阁沃田，尽归大器。可弃怨怒，夜持刀入室将杀兄，误中嫂。先是，主有遗袴[5]，绝轻软，云拾作寝衣。可弃斫之，火星四射，大惧奔出。父知病益剧，数月寻卒。

大器十七岁考中举人，娶云氏为妻，夫妻二人都孝顺父亲，友爱兄弟。父亲很喜爱他们。可弃逐渐长大，他不喜欢读书，却经常偷偷与无赖子弟厮混赌博，常从家里偷东西去还赌债。安大业很愤怒，拿棍子打他，可他终不知悔改。安大业告诫家人都要提防他，不让他从家里偷到东西。于是可弃晚上跑出去，到别人家去偷窃。结果被主人发觉，把他捆起来送到了官府。县官审问他的家族姓氏，还用自己的名帖把他送回家中。父亲与哥哥一起把他捆起来，痛打一顿，几乎打断气。哥哥大器代他向父亲安大业求饶，安大业才把可弃放开。安大业从此气得生了病，饭量大减。他于是就为两个儿子立下分家的文书，把楼阁与良田都分给了大器。可弃心中怨恨，夜里拿着刀进屋，准备杀死哥哥，却误砍中了嫂子。先前，公主遗留下一条很轻软的裤子，云氏拿来把它改成了睡衣。可弃一刀砍上去，火星四射，他吓得赶紧逃走了。安大业得知此事后，病情愈加严重，几个月后就死了。可弃听说他

可弃闻父死，始归。兄善视之，而可弃益肆。年余所分田产略尽，赴郡讼兄。官审知其人，斥逐之。兄弟之好遂绝。

父亲死了，才回到家中。大器待可弃很好，可弃却更加肆无忌惮。仅一年多，他就将分得的田地全部败光了，于是就到官府里控告哥哥。县令很了解可弃的为人，把他斥责了一通赶了出去。兄弟间的情分，从此也就断绝了。

注释 1 戏债：赌债。 2 穿窬（chuān yú）：挖墙洞和爬墙头。指偷窃行为。也指盗贼，小偷。 3 名刺：又称“名帖”“名片”。 4 惨棘：严刻峻急。指严酷鞭打。 5 袴（kù）：古时指套裤。

又逾年可弃二十有三，侯女十五矣。兄忆母言，欲急为完婚。召至家，除佳宅与居。迎妇入门，以父遗良田，悉登籍[1]交之，曰：“数顷薄田，为若蒙死守之，今悉相付。吾弟无行，寸草与之皆弃也。此后成败，在于新妇。能令改行，无忧冻馁，不然，兄亦不能填无底壑[2]也。”侯虽小家女，然固慧丽，可弃雅畏爱之，所言无敢违。

又过了一年，可弃二十三岁，侯家的女儿十五岁。大器回想起母亲的话，想赶紧为可弃完婚。于是他将可弃叫到家里，打扫了一所好房子让他居住。把侯氏新媳妇娶进门后，大器把父亲留下的良田都登记于册交给了他们，并对侯氏说：“这几顷薄地，是我为你拼命留下来的，现在全都交给你。我弟弟品行不端，即使把一寸草给他，也会给你丢光。从此以后，家里的成败，全靠你这新媳妇了。如果能够让他改过自新，就不必担忧受冻挨饿，不然，哥哥我也无法填满这无底洞啊。”侯氏虽是小户人家的姑娘，然而却聪慧美丽，可弃对她既爱又怕，她说的话他从来不敢违背。每次可弃外出都限时回来，若没有按

每出限以晷刻[3]，过期则诟厉不与饮食，可弃以此少敛。年余生一子。妇曰："我以后无求于人矣。膏腴数顷，母子何患不温饱？无夫焉，亦可也。"会可弃盗粟出赌，妇知之，弯弓于门以拒之。大惧避去。窥妇入，逡巡亦入。妇操刀起，可弃返奔，妇逐斫[4]之，断幅伤臀，血沾袜履。忿极往诉兄，兄不礼焉，冤惭而去。过宿复至，跪嫂哀泣，乞求先容于妇，妇决绝不纳。可弃怒，将往杀妇，兄不语。可弃忿起，操戈直出。嫂愕然，欲止之，兄目禁之。俟其去，乃曰："彼固作此态，实不敢归也。"使人觇之，已入家门。兄始色动，将奔赴之，而可弃已坌息入。盖可弃入

时回来，侯氏就辱骂他一顿，还不让他吃饭，因此可弃的行为也稍微有所收敛。一年后，侯氏生了个儿子。她说："我以后就无求于人了。有几顷肥沃良田，我们母子哪还用担心吃不饱穿不暖？即使没有丈夫，也可以了。"有一次，正巧碰上可弃偷了家里的谷子出去赌博，侯氏知道后，拉开弓箭堵住门口，不让他进门。可弃非常害怕，吓得逃开了。偷偷看到侯氏进了门，他才犹豫着也走进家来。侯氏拿起刀过来，可弃吓得掉头就跑，侯氏追着他砍，砍破了他的衣服，又砍伤他的臀部，鲜血染红了袜子和鞋子。可弃气得跑去向哥哥告状，大器也不搭理，他自己只好憋屈惭愧地走了。过了一夜，可弃又跑过来，跪在嫂子面前哀求哭泣，求她为自己向侯氏说情，让侯氏准许他回家，侯氏坚决不同意。可弃大怒，扬言要回去杀了侯氏，大器也不阻拦。可弃气得抄起家伙就径直出去。嫂子吓坏了，想上前拦住他，大器向她使了个眼色，让她不要管。等可弃走了，大器才对她说："他故意装样子给我们看，其实他不敢回家。"嫂子派人偷偷跟着去看，而可弃已进了家门。大器这才害怕得变了脸色，正想马上跑去看看，而可

家，妇方弄儿，望见之，掷儿床上，觅得厨刀。可弃惧，曳戈反走[5]，妇逐出门外始返。兄已得其情，故诘之。可弃不言，惟向隅泣，目尽肿。兄怜之，亲率之去，妇乃纳之。俟兄出，罚使长跪，要以重誓[6]，而后以瓦盆赐之食。自此改行为善。妇持筹握算，日致丰盈，可弃仰成[7]而已。后年七旬，子孙满前，妇犹时捋白须，使膝行焉。

弃却喘着粗气回来了。原来，可弃进屋后，侯氏正在哄孩子玩，看见可弃进来，把孩子向床上一扔，到厨房拿了把刀。可弃吓得拖着家伙转身就忙向外跑，侯氏把他赶出了门才回去。大器已经知道了事情的经过，还故意问可弃。可弃不说话，只是对着墙角哭泣，两只眼都哭肿了。大器可怜他，亲自领着他回家，侯氏才接纳了他。等大器出去后，侯氏就罚可弃长跪，逼着他发下重誓，然后拿瓦盆盛了饭给他吃。从此之后，可弃才改恶向善。侯氏把家管理得井井有条，日子越过越好，可弃只是坐享其成而已。后来，可弃七十多岁了，已经是子孙满堂了，侯氏有时还揪着他的白胡子，让他跪着走。

注释　1 登籍：登记造册。　2 无底壑：无底洞。　3 限以晷（guǐ）刻：限定时间。晷，日晷。测度日影以确定时刻的仪器。刻，计时单位。古代以漏壶计时，一昼夜分为百刻。　4 斫（zhuó）：用刀、斧等砍或削。　5 曳戈反走：拖着兵器转身逃跑。　6 要以重誓：逼着对方发庄重的誓言。要，要挟，胁迫。　7 仰成：依赖别人而取得成功。比喻坐享其成。

异史氏曰："悍妻妒妇，遭之者如疽附于骨，死而后已，岂不毒哉！然砒、附[1]，天下之至

异史氏说："凶悍善妒的妻子，遇上她们就像骨头上长了毒疮，直到死了才能摆脱，这难道不是太毒了吗？然而正如砒霜和附子都是天下最毒的药，如果

毒也，苟得其用，瞑眩大瘳[2]，非参、苓[3]所能及矣。而非仙人洞见脏腑[4]，又乌敢以毒药贻子孙哉！”

运用得合适，虽让人头晕目眩，却能治大病，其功效不是人参和茯苓所能比得上的。如果不是仙人看得透彻，又怎么敢将毒药送给子孙啊！”

注释 1 砒、附：砒，砒霜，有剧毒；附，附子，即乌头，根茎块状，有毒。 2 瞑眩大瘳：瞑眩，服用药后产生的头昏目眩的强烈反应；大瘳，治愈。意思即只有用猛药才能治愈。 3 参、苓（líng）：参，人参；苓，茯苓。二者都是温和的补药。 4 洞见脏腑：比喻看得透彻。洞见，很清楚地看到。

章丘李孝廉善迁，少倜傥不泥[1]，丝竹词曲之属皆精之。两兄皆登甲榜[2]，而孝廉益佻脱[3]。娶夫人谢，稍稍禁制之。遂亡去，三年不返，遍觅不得。后得之临清勾栏[4]中。家人入，见其南向坐，少姬十数左右侍，盖皆学音艺而拜门墙[5]者也。临行积衣累笥[6]，悉诸妓所贻。既归，夫人闭置一室，投书满案。以长绳系榻足，引其端自棂

章丘有个李孝廉，名叫善迁，年轻时风流倜傥不拘小节，乐器词曲之类的都很精通。他的两个兄弟都在会试中登上甲榜，高中进士，而他却更加轻佻浮薄。后来他娶了夫人谢氏，对他稍微有些管束。他就逃跑了，三年都不回家，家里人到处找也没找到。后来在临清的妓院里找到了他。家人进去后，看见他面向南坐着，十几个年轻女子在旁边服侍，原来都是为了学习音乐而拜他为师的人。临走时，他的衣服装了好几箱子，都是那些妓女送给他的。等回到家中，夫人谢氏把他关进一间屋子，在桌子上堆满了书。又将长绳的一头绑在床腿上，另一头从窗棂中拉出来，上面拴上个大铃铛，系在厨房里。凡

内出，贯以巨铃，系诸厨下。凡有所需则蹑绳，绳动铃响则应之。夫人躬设典肆，垂帘纳物而估其直[7]。左持筹，右握管，老仆供奔走而已。由此居积致富。每耻不及诸姒贵。锢闭三年而孝廉捷。喜曰："三卵两成，吾以汝为毈[8]矣，今亦尔耶？"

是他需要什么东西时，就踩绳子，绳子动了铃铛就响，外面的人便会回应他。谢夫人亲自开设当铺，在垂帘里对典当的东西进行估价。她左手打着算盘，右手拿笔记账，老仆人只是跑跑腿而已。从此以后，家里有了积蓄富了起来。但她经常为不如妯娌家显贵而羞耻。所以她把丈夫关了三年，最后举了孝廉，中了进士。她高兴地说："咱们家就像三只蛋孵出两只，我本以为你就是那个孵不出的蛋，现在你也成功了啊。"

注释 1 倜傥不泥：洒脱豪放，不拘泥。 2 登甲榜：举制度中由举人而考中进士的别称。会试考中者的榜单为甲榜。 3 佻脱：轻慢，轻薄。 4 勾栏：宋、元时期曲艺、杂剧、杂技等的演出场所。明清时也指妓院。 5 拜门墙：意为拜师。门墙指师长之门。 6 笥（sì）：竹箱。 7 估其直：估它的价值。直，通"值"。 8 毈：孵不出鸟的蛋。

又耿进士崧生，章丘人。夫人每以绩火佐读[1]：绩者不辍，读者不敢息也。或朋旧相诣，辄窃听之：论文则瀹茗作黍[2]；若恣谐谑，则恶声逐客矣。每试得平等[3]，不敢入室门，超等

又有一个耿进士，名叫崧生，也是章丘人。他夫人常用纺线时点的灯给他照明读书：纺织的人不停下来，读书的人也不敢偷懒。有时朋友亲戚来找他，夫人常常偷听他们说话：如果谈论文章，她就沏茶做饭；如果闲谈戏谑，她就厉声把客人赶走。耿崧生每次考试得了不赏不罚的那一等，他就不敢进屋门，只有超过这

始笑迎之。设帐得金悉内献，丝毫不敢隐匿。故东主馈遗，恒面较锱铢。人或非笑之，而不知其销算良难也。后为妇翁延教内弟。是年游泮，翁谢仪十金，耿受盒返金。夫人知之曰："彼虽周亲[4]，然舌耕[5]为何也？"追之返而受之。耿不敢争，而心终歉焉，思暗偿之。于是每岁馆金，皆短其数以报夫人。积二年余得若干数。忽梦一人告之曰："明日登高，金数即满。"次日试一临眺，果拾遗金，恰符缺数，遂偿岳。后成进士，夫人犹呵谴之。耿曰："今一行作吏[6]，何得复尔？"夫人曰："谚云：'水长则船亦高[7]。'即为宰相，宁便大耶？"

一等，夫人才会笑脸相迎。耿崧生设馆教书赚得的钱，全都交给夫人，一点儿也不敢私藏。所以东家给他付钱时，他经常当面与人家锱铢必较。有人因此非议嘲笑他，却不知道他向夫人报账时有多么难。后来他被岳父请去教妻弟读书，当年就让妻弟进了学，岳父酬谢他十两银子。耿崧生只接受了钱匣，把银子退了回去。夫人知道这事后说："虽然是至亲的人，但你教书是为了什么呢？"赶他回去把银两要回来给她。耿生不敢与妻子争辩，但心里总觉得惭愧，便想偷偷地偿还给岳父。于是每年在外教书挣的钱，他都给夫人少报一些。这样积攒了两年多，得了些银两。有一天，他忽然梦见一个人告诉他说："明日去登高，银两就凑齐了。"第二天，他试着去登高远望，果然捡到了一些银两，恰好是他短缺的钱数，于是他把钱还给了岳父。后来他考中进士，夫人还是呵斥责骂他。耿进士说："现在我已经做了官，你怎么还这样对我？"夫人说："俗话说：'水长则船亦高。'即使你做了宰相，难道就大过我了不成？"

注释　1 绩火佐读：借用纺线时点的灯火读书。　2 瀹茗（yuè míng）作黍：煮茶做饭。　3 平等：明清时府、州、县等学校。岁试，成绩分为六等，按等级赏罚，平等属于不赏不罚。 4 周亲：至亲，最亲近的人。 5 舌耕：旧时称以授徒讲学谋生。 6 一行作吏：一经为官。 7 水长则船亦高：即“水涨船高”，比喻事物随着它所凭借的基础的提高而提高。

鸟 语

原文

中州[1]境有道士，募食乡村。食已，闻鹂鸣，因告主人使慎火。问故，答曰：“鸟云：‘大火难救，可怕！’”众笑之，竟不备。明日果火，延烧数家，始惊其神。好事者追及之，称为仙。道士曰：“我不过知鸟语耳，何仙乎？”适有皂花雀鸣树上，众问何语。曰：“雀言：‘初六养之，初六养之，十四、十六殇之。’想其家双生[2]矣。今日为初十，不出五六日，当俱死也。”询之，果生二子，无何并死，其日悉符。

译文

河南境内有个道士，在乡村化缘。吃过饭后，他听见黄鹂鸣叫，于是就告诉主人要注意火灾。问他缘故，他回答说：“鸟说：‘大火难救，可怕！’”众人都嘲笑他，始终没有防备。第二天，果然着火了，火灾延及数家，人们这才惊叹道士的神奇。好事的人就追上道士，称他为神仙。道士说：“我不过是懂得鸟语罢了，哪里是神仙呢？”刚好有只皂花雀在树上鸣叫，众人就问它在说什么。道士说：“雀说：‘初六养的，十四、十六就会死去。’想必是有人家里生了双胞胎。今天是初十，不出五六天，应当都会死去。”人们一打听，果然有人生了一对儿子，没多久都死了，日期跟道士讲的一样。

注释 1 中州：河南的古称。河南古为豫州，地处九州的中间，故称为中州。 2 双生：并生，同时生。此指双胞胎，孪生。

邑令闻其奇，招之，延[1]为客。时群鸭过，因问之。对曰："明公[2]内室必相争也。鸭曰：'罢罢！偏向他！偏向他！'"令大服，盖妻妾反唇[3]，令适被喧聒而出也。因留居署中，优礼之。时辨鸟言，多奇中[4]。而道士朴野多肆言，辄无顾忌。令最贪，一切供用诸物，皆折为钱以入之。一日方坐，群鸭复来，令又诘之。答曰："今日所言，不与前同，乃为明公会计[5]耳。"问："何计？"曰："彼云：'蜡烛一百八，银朱一千八。'"令惭，疑其相讥。道士求去，不许。逾数日宴客，忽闻杜宇[6]。客问之，答云："鸟曰：'丢官而去。'"众愕然失色。令大怒，立逐而出。

县令听说了道士的神奇，把他招来，请其做客。当时有一群鸭子走过，县令就问他鸭子在说什么。道士回答说："明公的内室一定有人在争吵。鸭子说：'罢了罢了！偏向她！偏向她！'"县令大为叹服，原来他的妻子和小妾在吵架，县令被吵得不耐烦就出来了。于是县令就把道士留在官署中，非常优厚地招待他。道士时常分辨鸟语，很多都说中了。道士为人质朴粗野，讲话口无遮拦，没什么顾忌。县令为人十分贪婪，地方供给官府的所有用品，他都折算成钱放入了自己的腰包。一天，县令和道士正坐着，一群鸭子又走过来，县令又问道士鸭子在说什么。道士回答说："今天讲的和此前不同，乃是为明公算账。"县令问："算什么？"道士答道："它们说：'蜡烛一百八，银朱一千八。'"县令很惭愧，怀疑道士讥讽自己。道士请求离去，县令不许。过了几天，县令宴请宾客，忽然听到杜鹃鸣叫。客人问道士鸟在说什么，道士回答说："鸟说：'丢官而去。'"众人听后大惊失色。县令大为恼怒，立即把道士赶了

未几，令果以墨败[7]。呜呼！此仙人儆戒之，惜乎危厉熏心[8]者，不之悟也！

出去。没过多久，县令果然因贪腐被罢了官。呜呼！这些都是仙人的警告，可惜那些身处凶险而内心昏聩的人不能醒悟啊！

注释 1 延：邀请。 2 明公：旧时对有名位者的尊称。明，贤明。 3 反唇：常指反对或对立。此指争吵。 4 奇中：意想不到地说准，猜中。 5 会计：计算，核计。 6 杜宇：杜鹃鸟的别名。 7 以墨败：因贪赃而丢官。墨，贪污，不廉洁。 8 危厉熏心：指被贪欲迷了心窍，使自己陷入危险境地。

齐[1]俗呼蝉曰“稍迁”，其绿色者曰“都了”。邑有父子，俱青、社生[2]，将赴岁试[3]，忽有蝉落襟上。父喜曰：“稍迁，吉兆也。”一僮视之，曰：“何物稍迁，都了[4]而已。”父子不悦。已而，果皆被黜。

山东人习惯称蝉为“稍迁”，其中绿色的称为“都了”。县里有父子二人都是因成绩不好而受处罚的书生，两人将要参加岁考，忽然有蝉落在他们衣襟上。父亲高兴地说：“稍迁，是好兆头。”一个僮仆看到后，说：“什么稍迁，是都了罢了。”父子俩都很不高兴。考试结束后，他们俩果然都没考中。

注释 1 齐：古地名。在今山东省泰山以北黄河流域和胶东半岛地区，为战国时齐地，汉以后仍沿称为齐。 2 青、社生：指被黜降为青衣的生员及被罚社的生员，是对岁试、科试劣等者的处分。 3 岁试：学政到任的第一年为岁考，第二年为科考，府、州、县各类生员皆需应考。 4 都了：全部了结，完了。因与绿色的蝉名谐音，故被认为是凶兆。

天 宫

原文

郭生京都[1]人，年二十余，仪容修美。一日薄暮，有老妪贻尊酒，怪其无因，妪笑曰："无须问。但饮之自有佳境。"遂径去。揭尊微嗅，冽香[2]四射，遂饮之。忽大醉，冥然罔觉。及醒，则与一人并枕卧。抚之肤腻如脂，麝兰喷溢，盖女子也。问之不答，遂与交。交已，以手扪壁，壁皆石，阴阴有土气，酷类坟冢。大惊，疑为鬼迷，因问女子："卿何神也？"女曰："我非神，乃仙耳。此是洞府。与有夙缘[3]，勿相讶，但耐居之。再入一重门，有漏光处，可以溲便[4]。"既而女起，闭户而去。久之腹馁，遂有女僮来，饷[5]

译文

郭生是京都人，二十多岁，容貌俊美。一天，临近黄昏时，有个老妇人无缘无故送给他一尊酒，他感到很奇怪，老妇人却笑着说："不用问什么，你只要喝了它，自然会到一个好地方去。"说完径自走了。郭生打开酒尊轻轻地闻了一下，酒香四溢，就喝了下去。他喝完酒后，忽然大醉，恍惚间失去了知觉。酒醒之后，他发现自己正和一人并肩躺着。郭生伸手摸了摸，只觉那人肌肤细腻得像脂膏，麝香、兰草的气味扑面而来，原来那是位女子。郭生问她是谁，她也不应，于是就与她交合起来。事毕，郭生用手摸向墙壁，墙壁全是石头做的，阴森森的有一股泥土的味道，极像坟墓。郭生心中惊惧，怀疑自己被鬼迷惑了，于是问那女子："你是什么神呀？"女子答道："我不是神，是仙。这是我的洞府。你我二人前世有缘，你不要讶异，只要安心住下就好。再经过一道门，有个透光的地方，你可以在那里解手。"不一会儿，那女子就起身，关门离开了。过了很久，郭生觉得腹中饥饿，就

以面饼、鸭臛[6]，使扪索而啖之。黑漆不知昏晓。无何女子来寝，始知夜矣。郭曰："昼无天日，夜无灯火，食炙不知口处，常常如此，则姮娥何殊于罗刹[7]，天堂何别于地狱哉！"女笑曰："为尔俗中人，多言喜泄，故不欲以形色相见。且暗中摸索，妍媸[8]亦当有别，何必灯烛！"

有一个小丫鬟端来面饼、鸭羹供他享用，郭生只能在黑暗中摸索着吃东西。这里一片漆黑，郭生分不出昼夜。不久那女子过来就寝，他才知道已经是夜里了。郭生说："我在这里白天看不见太阳，夜里又没有烛火，吃肉时不知道嘴在哪里，一直这样下去，那嫦娥和罗刹对我来说又有什么不同，天堂和地狱又有什么区别呢！"女子笑着说："你们这些凡人啊，总是爱多嘴多舌，泄露秘密，所以我不愿意让你看见我的样子。你就这样暗中摸索，也该分辨出美丑来了，何必非要用灯烛呢！"

注释 1 京都：指明朝的京城北京。 2 冽香：清香。 3 夙缘：前世的因缘。 4 溲便：解小便，解手。 5 饷：饮宴，赠送，亦有"使享受"之义。 6 臛（huò）：肉羹。 7 姮娥何殊于罗刹：姮娥与罗刹有何不同。姮娥，即嫦娥。罗刹，佛教中指恶鬼。 8 妍媸（chī）：美丑。

居数日，幽闷异常，屡请暂归。女曰："来夕当与君一游天宫，便即为别。"次日忽有小鬟笼灯入，曰："娘子伺郎久矣。"从之出。星斗光中，但见楼阁无数。经几曲画廊，始至一处，堂上垂

在洞府中住了几天，郭生异常烦闷，几次向那女子请求让他暂时归家。女子说："明晚我当与先生一起游览天宫，就当作告别吧。"第二天，有个小丫鬟忽然提着灯笼进来，说："娘子等您很久了。"郭生跟着她走出去。只见星空之下坐落着无数亭台楼阁。郭生走过几道画廊，才到达一个地方，大堂之上珠帘垂地，巨

珠帘，烧巨烛如昼。入，则美人华妆南向[1]坐，年约二十许，锦袍眩目，头上明珠，翘颤四垂，地下皆设短烛，裙底皆照，诚天人也。郭迷乱失次[2]，不觉屈膝。女令婢扶曳[3]入坐。俄顷八珍罗列。女行酒曰："饮此以送君行。"郭鞠躬曰："向觌面[4]不识仙人，实所惶悔。如容自赎，愿收为没齿[5]不二之臣[6]。"女顾婢微笑，便命移席卧室。室中流苏绣帐，衾褥香软。使郭就榻坐。饮次，女屡言："君离家久，暂归亦无妨。"更尽一筹[7]，郭不言别。女唤婢笼烛送之。郭仍不言，伪醉眠榻上，抗[8]之不动。女使诸婢扶裸之。一婢排私处曰："个男子容貌温雅，此物何不文也！"举置床上，大笑而去。

大的蜡烛燃烧着，照得如同白昼。郭生走进去，就看到一位美人妆容华美，面向南坐着，看起来大约二十多岁，身上的锦衣耀眼夺目，头上的明珠翘在四周微微颤动，就连地上也摆着短蜡烛，把那女子的裙子底部都照亮了，果真是位天仙啊。郭生迷乱失常，不自觉地跪倒下来，女子让婢女扶起他，引他入座。片刻间珍馐美味摆满桌子。女子举起酒杯说："我喝下这杯酒来为先生送行。"郭生向她鞠躬说道："之前我们相见，我没能认出您是仙人，实在惶恐悔恨。如果您容许我赎以前之罪，我愿终身做您忠贞不二的臣仆。"女子回头望着婢女微笑，便命人把酒席搬到卧室中去。房内挂着流苏绣花帷帐，被褥芳香柔软。女子让郭生坐在床上。饮酒时，女子多次说："你离开家那么久了，暂时回去也没什么关系。"一更过去了，郭生也不提要走。女子叫来婢女提着灯笼送他走，郭生依旧不说话，假装醉倒在床上，摇他也不动。女子只好让婢女扶着他，为他脱了衣服。一个婢女摸着他的私处说："这个男人看着温和文雅，这个东西怎么不文雅呢！"婢女抱着他放到床上，大笑着走开了。

注释 1 南向：面向南，为尊者的位置。 2 迷乱失次：神志迷惑错乱，举止失常。 3 曳（yè）：拖，牵引。 4 觌（dí）面：见面，当面。 5 没齿：终身。 6 不二之臣：忠贞不二的臣子。不二，专一，不变心。 7 更尽一筹：一更已尽。筹，更筹，古代夜间报更用的计时竹签。 8 抁（yǎn）：摇动。

女亦寝，郭乃转侧。女问："醉乎？"曰："小生何醉！甫见仙人，神志颠倒耳。"女曰："此是天宫。未明宜早去。如嫌洞中怏闷，不如早别。"郭曰："今有人夜得名花，闻香扪干，而苦无灯火，此情何以能堪？"女笑，允给灯火。漏下四点[1]，呼婢笼烛抱衣而送之。入洞，见丹垩精工，寝处褥革棕毡尺许厚。郭解履拥衾，婢徘徊不去。郭凝视之，风致娟好，戏曰："谓我不文者卿耶？"婢笑，以足蹴枕曰："子宜偃[2]矣！勿复多言。"视履端嵌珠如巨菽[3]。捉而曳之，婢仆

女子也睡下了，郭生才翻身转向她。女子问："你醉了？"郭生忙道："我哪里是喝醉了！是一下子见到仙人，神魂颠倒了呀。"女子说："这里是天宫。你最好在天亮前离开。如果你嫌洞府中憋闷，不如早点儿离开吧。"郭生说："如今有个人在黑夜中得到了名贵的花，可以闻到它的香气，抚摸它的枝干，却苦于没有灯火，无法看清它，这种状况让人怎么能忍受呢？"女子笑了，答应给他灯烛。四更以后，女子叫来婢女提上灯笼，抱着衣服送郭生回到洞里。进入洞中，只见四周装饰得精巧细致，床上铺着皮毛和棕榈制成的褥子，有一尺多厚。郭生脱了鞋盖好被准备睡觉，婢女却来回走动不愿离开。郭生仔细看她，发现她风姿秀美，便调戏她说："说我那里不文雅的就是你吧？"婢女笑了，伸脚去踢他的枕头，说："您该睡了！别再多说话了。"郭生见她鞋子顶端嵌着巨豆子一般的大珠子，便

于怀，遂相狎，而呻楚不胜。郭问："年几何矣？"答云："十七。"问："处子亦知情否？"曰："妾非处子，然荒疏已三年矣。"郭研诘[4]仙人姓氏，及其清贯[5]、尊行[6]。婢曰："勿问！即非天上，亦异人间。若必知其确耗[7]，恐觅死无地矣。"郭遂不敢复问。

一把抓住她，婢女仆倒在他怀里，两人于是交欢，婢女呻吟着好像是不胜痛楚。郭生问她："你多大了？"婢女答道："十七岁了。"郭生又问："处子也明白男女之事吗？"婢女回答："我不是处子，只是已经有三年没做这事了。"郭生追问她仙人的姓氏以及籍贯、排行。婢女说："您别问了！这里既不是天上，也和人间不同。如果您一定要弄明白她的真实情况，恐怕会死无葬身之地。"郭生于是不敢再问了。

注释 1 漏下四点：四更以后。漏，古代计时工具，即漏壶。 2 僵：躺卧。这里指睡觉。 3 菽（shū）：豆类的总称。 4 研诘：仔细询问，盘问。 5 清贯：指乡籍。对籍贯的敬称。 6 尊行：对对方行辈的敬称。 7 确耗：确切的消息。耗，音信，消息。

次夕女果以烛来，相就寝食，以此为常。一夜女入曰："期以永好，不意人情乖阻，今将粪除[1]天宫，不能复相容矣。请以卮[2]酒为别。"郭泣下，请得脂泽为爱。女不许，赠以黄金一斤、珠百颗。三盏既尽，忽

第二天晚上，那女子果然带着蜡烛来了，与郭生一起吃饭和睡觉，之后两人常常如此。一天晚上，女子进来说："我希望与你永远相好，不料人事不顺，现在将要清扫天宫，不能再留你了。就用这壶酒作别吧。"郭生流着泪请求女子留下一点脂粉香膏当作纪念，女子不答应，另外赠给他一斤黄金和一百颗明珠。三杯酒喝下去，郭生就昏昏沉沉地醉倒了。醒来以

已昏醉。既醒，觉四体如缚，纠缠甚密，股不得伸，首不得出。极力转侧，晕堕床下。出手摸之，则锦被囊裹，细绳束焉。起坐凝思，略见床棂，始知为己斋中。时离家已三月，家人谓其已死。郭初不敢明言，惧被仙谴，然心疑怪之。窃间[3]以告知交，莫有测其故者。被置床头，香盈一室；拆视，则湖绵杂香屑为之，因珍藏焉。后某达官闻而诘之，笑曰："此贾后之故智也。仙人乌得如此？虽然，此亦宜甚秘，泄之，族矣！"有巫常出入贵家，言其楼阁形状，绝似严东楼[4]家。郭闻之大惧，携家亡去。未几，严伏诛[5]，始归。

后，他觉得四肢好像被绑住了，缠绕得很紧，大腿伸不直，头也伸不出来。他费尽力气翻身，却迷迷糊糊掉到床下。他伸手摸了摸，才知道自己被一床锦被缠裹着，上面用细绳捆了起来。郭生坐起来凝神细思，瞥见床榻和窗棂，才知道已经回到了自己的书房中。此时距他离家已经过了三个月，家人都当他已经死了。起初郭生不敢说出真相，害怕被仙人责罚，只是心里暗暗生疑。后来私下找机会把事情告诉给了好友，没有人能猜出其中的缘故。郭生把那床锦被放在床头，香味弥漫了整间屋子，拆开一看，这竟是用湖绵掺杂香料做成的，于是他把被子珍藏了起来。后来有个达官贵人听说了此事，就向郭生追问经过，听完便笑话他："这是晋朝贾后用过的方法啊。仙人怎么会知道这个方法呢？即使这样，这件事也要保密。一旦泄露出去，会株连整个家族的。"有巫婆经常进出显贵之家，说郭生描述的楼阁形状极像严东楼家。郭生听后害怕极了，带着全家逃走了。没过多久，严氏被处决，郭生一家才搬回来。

注释 1 粪除：打扫，清除。 2 卮：古代的一种酒器。 3 窃间：私下找机会。间，空子，可乘的机会。 4 严东楼：即严世蕃，号东楼，明朝奸相严嵩之子。 5 未几严伏诛：嘉靖四十三年（1564），严世蕃受御史林润弹劾，因罪下狱，第二年被斩于市。

异史氏曰："高阁迷离，香盈绣帐，雏奴蹀躞[1]，履缀明珠：非权奸之淫纵，豪势之骄奢，乌有此哉？顾淫筹[2]一掷，金屋变而长门；唾壶未干，情田鞠为茂草[3]。空床伤意，暗烛销魂。含颦玉台[4]之前，凝眸宝幄之内。遂使糟[5]丘台[6]上，路入天宫；温柔乡中，人疑仙子。伧楚之帷薄固不足羞[7]，而广田自荒[8]者，亦足戒已！"

异史氏说："高高的楼阁层叠朦胧，绣花的帷帐芳香充盈，年轻的侍女往来走动，脚下的鞋子点缀明珠：不是权贵奸佞的荒淫放纵，豪强大族的骄横奢侈，哪来这样的排场呢？你看那淫筹一抛，金屋娇妻变成了长门怨妇；唾壶未干，情爱之田已长满茂密的杂草。独守空床，烛光黯淡，让人伤心欲绝，魂魄离散。在镜台前愁眉不展，在绣帐里凝眸失神。只好登上高台开怀畅饮，诈称进入天宫；温柔乡里，让人疑心是仙子。严家的荒淫享乐不足以使人为耻，但此事足以使大肆蓄养姬妾却任由她们独守空房的人引以为戒啊！"

注释 1 蹀躞（dié xiè）：小步行走貌。 2 淫筹：与下文的"唾壶"均为严世蕃与其姬妾的淫乐游戏。 3 鞠为茂草：长满茂盛的杂草。 4 玉台：玉饰的镜台，镜台的美称。 5 糟：酒渣，这里引申为酒。 6 丘台：即环丘台，一种平地上垒起的高台。 7 伧楚之帷薄：伧楚，对楚人的鄙称。严氏祖籍江西分宜，位于古楚国境内，故这里的伧楚是对严氏的蔑称。薄，通"箔"，帘子。古代用帷幔隔离内外。这里指严家的帷幕帘子，指严家家庭生活淫乱。 8 广田自荒：这里指大肆蓄养姬妾却任由她们独守空房。

乔 女

原文

平原[1]乔生有女黑丑，壑一鼻[2]，跛一足，年二十五六，无问名[3]者。邑有穆生四十余，妻死，贫不能续，因聘[4]焉。三年生一子。未几穆生卒，家益索[5]，大困，则乞怜其母。母颇不耐之，女亦愤不复返，惟以纺织自给。

译文

平原县有个姓乔的书生，他的女儿又黑又丑，塌鼻梁，还瘸了一条腿，年纪都二十五六了，也没人来提亲。县城里有个姓穆的书生，四十多岁了，妻子死了，穷得无力续弦，就娶了乔生的女儿。过了三年，她生了个儿子。没多久穆生就死了，家境更为萧索，非常贫困，于是乔女就向母亲乞求帮助。结果母亲很不耐烦，乔女也很气愤，就不再回娘家，只靠纺织维持生计。

注释 1 平原：县名。在山东西北部，今属德州管辖。 2 壑一鼻：鼻翼的一侧塌陷。壑，山谷，坑地。 3 问名：旧时婚礼中的六礼之一。即议婚，提亲。 4 聘：聘娶妻子。 5 索：萧索，萧条冷落。

有孟生丧偶，遗一子乌头，裁周岁，以乳哺乏人，急于求配。然媒数言，辄不当意。忽见女，大悦之，阴使人风示[1]女。女辞焉，曰："饥冻若此，从官人得

有个姓孟的书生死了妻子，留下一个儿子名叫乌头，刚满周岁，因为没人哺乳，急着要续弦。然而媒婆给他介绍了几个人，孟生都不满意。忽然他见到乔女，大为喜悦，就悄悄派人向乔女示意。乔女谢绝了，说："我现在贫困到这个地步，嫁给官人就可以温饱，怎么会不愿意呢？然而

温饱，夫宁不愿？然残丑不如人，所可自信者，德耳。又事二夫，官人何取焉？”孟益贤之，使媒者函金加币[2]而说其母。母悦，自诣女所固要之[3]，女志终不夺。母惭，愿以少女字孟，家人皆喜，而孟殊不愿。

我身残貌丑，比不上别人，所能自信的唯有妇德罢了。现在如果我嫁了两个丈夫，妇德也没了，官人你会看中我什么呢？”孟生更认为她贤惠，就让媒人给乔女的母亲送去金钱，劝说她同意这门亲事。乔女的母亲很高兴，亲自到女儿那儿，坚决逼迫她嫁给孟生，然而，乔女守节的志向最终也没动摇。母亲感到很惭愧，愿意把小女儿嫁给孟生，孟家人都很欢喜，然而孟生却不同意。

注释　1 风（旧读 fèng）示：暗示，用言语示意。　2 函金加币：封送银两缯帛，作为彩礼。函，用盒子或封套装盛。币，缯帛。古代常用作祭祀或馈赠的礼品。　3 固要（yāo）之：坚决逼迫女儿改嫁。要，强迫，胁迫。

居无何，孟暴疾卒，女往临哭尽哀。孟故无戚党[1]，死后，村中无赖悉凭陵之，家具携取一空，方谋瓜分其田产。家人又各草窃[2]以去，惟一妪抱儿哭帷中。女问得故，大不平。闻林生与孟善，乃踵门而告曰：“夫妇、朋友，人之大伦[3]也。妾以

没过多久，孟生暴病而亡，乔女到孟生家吊唁，放声痛哭，极尽哀思。孟生由于没有什么亲族，死后，村里的无赖都趁机欺负他家，家具都被抢掠一空，正谋划着瓜分孟家的田产。家里的仆人又都偷窃财物逃跑了，只剩一个老妈子抱着婴儿在帷帐里哭泣。乔女问明了原委后，感到非常不平。她听说林生跟孟生是好友，就登门相告说：“夫妇、朋友，是人伦的大端。我因为相貌奇丑

奇丑为世不齿，独孟生能知我。前虽固拒之，然固已心许之矣。今身死子幼，自当有以报知己。然存孤[4]易，御侮[5]难，若无兄弟父母，遂坐视其子死家灭而不一救，则五伦[6]可以无朋友矣。妾无所多须[7]于君，但以片纸告邑宰。抚孤，则妾不敢辞。”林曰：“诺。”女别而归。

而被世人瞧不起，唯独孟生看重我。此前我虽然坚决拒绝了他，但心里早已答应他了。现在孟生死了，孩子幼小，我自觉应当做些事报答知己。可是，抚养孤儿容易，抵御外人的欺辱很难，如果没有兄弟父母，就坐视孟生孩子夭折、家庭灭亡而不援救，那么五伦之中可以没有朋友了。我没有更多想要你做的，只求你写一张状纸告到县令那里。抚养孤儿之事，则我不敢推辞。”林生听后说：“遵命。”乔女就道别回去了。

注释 1 戚党：亲族。 2 草窃：盗窃，掠夺。 3 大伦：伦理的大端，大原则。 4 存孤：恤养、抚育孤儿。 5 御侮（wǔ）：抵御外侮。 6 五伦：即古人所谓君臣、父子、兄弟、夫妇、朋友之间五种伦理关系。 7 须：需要，要求，期待。

林将如其所教，无赖辈怒，咸欲以白刃相仇。林大惧，闭户不敢复行。女见数日寂无音，问之，则孟氏田产已尽矣。女忿甚，挺身自诣官。官诘女属孟何人，女曰：“公宰一邑，所凭者理耳。如其言妄，即

林生将要按照乔女所教的去做，无赖们恼羞成怒，都想动刀报复。林生很害怕，就紧闭大门，不敢去县衙递状纸。乔女见过了几天还没动静，一去打听，孟氏的田产已经被瓜分殆尽。她气愤无比，就挺身而出，自己到官府去告状。县令问乔女是孟生的什么人，乔女说：“明公管理一县，所凭的只是公理。如果告状的所言虚妄，即使是至亲也逃不了罪

至戚无所逃罪；如非妄，则道路之人可听也。”官怒其言戆[1]，呵逐而出。女冤愤无伸，哭诉于搢绅[2]之门。某先生闻而义之，代剖于宰。宰按之果真，穷治诸无赖，尽返所取。或议留女居孟第，抚其孤，女不肯。扃其户，使媪抱乌头从与俱归，另舍之。凡乌头日用所需，辄同妪启户出粟，为之营办，己锱铢无所沾染，抱子食贫[3]，一如曩昔[4]。

责；如果说的不假，那么道路上的行人所说的话也可以听信。”县令因乔女讲话戆直而生气，就将她呵斥驱赶出去。乔女为有冤无处申辩而气愤不已，就到缙绅家门口哭诉。某位先生听闻后被她的义举打动，就代其向县令讲明原委。县令一查，果真如此，于是就严厉追查那些无赖，把拿走的财产都追回了。有人就商议留乔女住在孟家，抚养孤儿，她却不愿意。乔女锁上门，让老妈子抱着乌头跟她一起回去，另外找房子住下。凡是乌头日用所需，她都跟老妈子一起打开门拿出粮食换钱，为他购买置办，自己则分毫不取，抱着孩子艰苦度日，和以前一样。

注释　1 戆（zhuàng 或 gàng）：刚直而迂愚。　2 搢绅：亦作“缙绅”，本义为插笏于绅带间。借指士大夫。　3 食贫：过贫苦的生活。　4 曩（nǎng）昔：从前，往日。

积数年，乌头渐长，为延师教读，己子则使学操作。妪劝使并读，女曰：“乌头之费，其所自有，我耗人之财以教己子，此心何以自明？”又

过了几年，乌头渐渐长大，乔女便请老师教他读书，自己的孩子则让他学习做农活。老妈子劝她让两个孩子一起读书，乔女说：“乌头的学费，是他自己的，我花费别人的钱财来教育自己的孩子，我的心意如何表明呢？”又过了几

数年，为乌头积粟数百石，乃聘于名族，治其第宅，析[1]令归。乌头泣要同居，女乃从之，然纺绩如故。乌头夫妇夺其具，女曰："我母子坐食，心何安矣。"遂早暮为之纪理，使其子巡行阡陌，若为佣[2]然。乌头夫妻有小过，辄斥谴不少贷[3]。稍不悛[4]，则怫然[5]欲去。夫妻跪道悔词始止。

年，乔女给乌头积累了数百石粮食，给他聘了名门大族家的女儿，修整了房屋，把家产都交给他，让他回去。乌头哭着要跟乔女一起住，乔女才答应了，然而照旧纺织。乌头夫妇夺走她纺织的工具，乔女说："我们母子坐吃白食，心里怎么能安定呢？"于是早晚替乌头料理家业，让自己的儿子在田间巡查，好像是雇佣的仆人一样。乌头夫妇偶有小错，乔女就严厉训斥不肯宽容。若稍不悔改，她就生气地要离去。夫妻二人跪下连声说悔改之语，她才作罢。

注释　1 析：分开。　2 佣：受雇之人。　3 不少贷：不肯稍加宽容。贷，宽容，宽恕。　4 不悛（quān）：不悔改，不停止。　5 怫（fèi）然：愤怒貌。

未几，乌头入泮[1]，又辞欲归。乌头不可，捐聘币[2]，为穆子完婚。女乃析子令归。乌头留之不得，阴使人于近村为市恒产百亩而后遣之。后女疾求归，乌头不听。病益笃，嘱曰："必以我归葬！"乌头诺。既

没多久，乌头考中了秀才，乔女又想告辞回到自己的家去。乌头不答应，就出钱为穆生的儿子完婚。乔女就让儿子回家住。乌头实在留不住，就暗地派人在临近村子给穆生的儿子买了上百亩田地，然后才让他回去。后来，乔女生了病要回家去，乌头不同意。乔女的病愈发严重，就嘱咐说："必须要把我抬回去埋葬！"乌头便答应了。乔女死后，乌头暗

卒，阴以金啖穆子，俾合葬于孟。及期，棺重，三十人不能举。穆子忽仆，七孔血出，自言曰："不肖儿，何得遂卖汝母？"乌头惧，拜祝之，始愈。乃复停数日，修治穆墓已，始合厝[3]之。

自送给穆生的儿子很多钱，要把乔女和孟生合葬。等到出殡的那天，棺材奇重无比，三十人都抬不起来。穆生的儿子忽然倒在地上，七窍流血，自言自语道："不孝儿子，怎么能卖你的母亲呢？"乌头害怕了，就赶忙礼拜祷告，穆生的儿子这才好了。于是又停棺数日，等把穆生的坟墓修治好后，才把他们合葬了。

注释 1 入泮（pàn）：考中秀才。泮，泮宫，古代学宫。科举时期，考中秀才能入府、州、县学读书。 2 捐聘币：代为缴纳聘礼。聘币，古代订婚所备的礼物。 3 合厝（cuò）：合葬。

异史氏曰："知己之感，许之以身[1]，此烈男子之所为也。彼女子何知，而奇伟如是？若遇九方皋[2]，直牡视之矣。"

异史氏说："甘愿为知己献身，这是刚烈男子的作为。这个女子有什么智慧，却如此奇异不凡？如果遇到善于相马的九方皋，定会将她视作男子啊。"

注释 1 知己之感，许之以身：犹"士为知己者死"，指甘愿为赏识自己、了解自己或栽培自己的人献身。 2 九方皋：春秋时人，善于相马。

蛤

原文

东海有蛤[1],饥时浮岸边,两壳开张。中有小蟹出,赤线系之,离壳数尺,猎食[2]既饱乃归,壳始合。或潜[3]断其线,两物皆死。亦物理之奇[4]也。

译文

东海有一种蛤蜊,饥饿时就浮到岸边,张开两壳。里面有小螃蟹爬出来,身上系有红线,螃蟹离开蛤蜊壳数尺远捕猎,等吃饱了就回来,蛤蜊壳才开始合上。有人偷偷把红线剪断,结果蛤蜊和螃蟹都死了。这也是超出常理的奇特现象啊。

注释 1 蛤(gé):蛤蜊,生活在浅海泥沙中,是一种具有两片相等的壳的软体动物。 2 猎食:捕捉或寻找食物。 3 潜:秘密,暗中。 4 物理之奇:超出常理的奇特现象。物理,常理。

刘夫人

原文

廉生者,彰德[1]人。少笃学,然早孤,家甚贫。一日他出,暮归失途。入一村,有媪来谓曰:"廉公子何之?夜得毋深乎?"生方皇惧[2],

译文

有位姓廉的书生,是彰德人。他从小勤奋好学,然而很早就失去了父亲,家里非常贫穷。有一天廉生外出,傍晚回家时迷了路。他走进一个村子,有一位老太太过来问他说:"廉公子去哪里呀?夜不是已经很深了吗?"廉生正在着急

更不暇问其谁何，便求假榻[3]。媪引去，入一大第。有双鬟[4]笼灯，导一妇人出，年四十余，举止大家[5]。媪迎曰：“廉公子至。”生趋拜。妇喜曰：“公子秀发[6]，何但作富家翁乎！”即设筵，妇侧坐，劝酹[7]甚殷，而自己举杯未尝饮，举箸亦未尝食。生惶惑，屡审阀阅[8]。笑曰：“再尽三爵告君知。”生如命饮。妇曰：“亡夫刘氏，客江右[9]，遭变遽殒。未亡人[10]独居荒僻，日就零落。虽有两孙，非鸱鸮[11]即驽骀[12]耳。公子虽异姓，亦三生骨肉[13]也，且至性纯笃，故遂腼然[14]相见。无他烦，薄藏数金，欲倩公子持泛江湖[15]，分其赢余，亦胜案头萤枯死[16]也。”生辞曰：“少年书痴，恐负重托。”妇曰：

害怕的时候，顾不得问这老太太是谁，就请求借宿。老太太领着他走，进了一所大宅院。只见有两个婢女挑着灯笼，引导着一位夫人出来了，夫人有四十多岁，举止有大家风度。老太太迎上前去说：“廉公子到了。”廉生连忙上前拜见。夫人高兴地说：“公子如此才华横溢，岂止能做个富家翁！”随即摆上酒宴，夫人在一旁陪坐，频繁劝他喝酒，而她自己只是举杯却从不喝，拿起筷子也没夹着吃东西。廉生很疑惑，一再询问她的家世。夫人笑着说：“再喝三杯就告诉你。”廉生依着夫人意思又喝了三杯。夫人告诉他说：“我先夫姓刘，客居江西时，遭遇意外突然去世了。留下我这未亡人独自住在这荒郊野岭，家境也日渐败落。虽然有两个孙子，不是像猫头鹰一样凶狠顽劣，就是像劣马一样才能低劣。公子虽然和我们姓氏不同，但也是三生的亲骨肉，而且你生性忠厚淳朴，于是就冒昧地出来和你相见。我也没有什么事要麻烦你，我稍微积攒了些银子，想请公子拿着去外面做买卖，我也能分些红利，你也比案头苦读好多了。”廉生推辞说：“我年纪太轻，又是个书呆子，恐怕会辜负了您的

"读书之计,先于谋生。公子聪明,何之不可?"遣婢运资出,交兑八百余两。生惶恐固辞,妇曰:"妾亦知公子未惯懋迁[17],但试为之,当无不利。"生虑重金非一人可任,谋合商侣。妇曰:"勿须。但觅一朴悫[18]谙练之仆,为公子服役足矣。"遂轮纤指以卜之[19]曰:"伍姓者吉。"命仆马囊金送生出,曰:"腊尽涤盏,候洗宝装矣。"又顾仆曰:"此马调良,可以乘御,即赠公子,勿须将回。"生归,夜才四鼓[20],仆系马自去。

重托。"夫人说:"要想好好读书,就要先谋生。公子这么聪明,做什么不行啊?"于是夫人命婢女取出银子,当面交给他八百多两。廉生非常惶恐,坚决推辞,刘夫人说:"我知道你还不习惯做买卖,但是先试着做做,不会不顺利。"廉生顾虑这么多钱,自己一人承担不了,想找一个合伙人。刘夫人说:"不需要,只要找一个诚实谨慎、聪明能干的仆人,为公子做事就足够了。"于是她伸出纤细的手指掐算一下,说道:"找个姓伍的仆人吉利。"然后她就叫仆人备好马并装上银子送廉生回去,说道:"到了腊月底,我一定洗干净杯盘,恭候公子,为公子接风洗尘。"又转头对仆人说:"这匹马已经被调教得很温驯了,可以骑了,就送给公子吧,不用再牵回来了。"廉生回到家,才刚四更,仆人拴好马就自己回去了。

注释　**1** 彰德:明清时府名。治所在安阳(今河南安阳市)。　**2** 皇惧:惊慌恐惧。皇,通"惶"。　**3** 假榻:借宿,暂时借住。假,借。　**4** 双鬟(huán):古代年轻女子的两个环形发髻。借指少女。　**5** 举止大家:举止很有教养。大家,大户人家,豪门贵族。　**6** 秀发:指人神采焕发,才华出众。　**7** 酹(lèi):以酒浇地,表示祭奠。此指饮酒。　**8** 阀阅:门第,家室。　**9** 江右:长江下游以西的地区。　**10** 未亡人:旧时寡妇的自称。　**11** 鸱鸮(chī xiāo):俗称猫头鹰。常用以比喻贪恶之人。

12 驽骀（nú tái）：指劣马。喻才能低劣者。亦指低劣的才能。 **13** 三生骨肉：隔代骨肉至亲。 **14** 觍（tiǎn）然：惭愧貌。 **15** 泛江湖：在江湖上闯荡。指做买卖。 **16** 案头萤枯死：死读书以致清贫而死。 **17** 懋迁（mào qiān）：贸易，买卖。 **18** 朴悫（què）：指人诚实谨慎。 **19** 轮纤指以卜之：用手指掐算。 **20** 四鼓：四更天。

明日多方觅役，果得伍姓，因厚价招之。伍老于行旅[1]，又为人戆拙不苟[2]，资财悉倚付之。往涉荆襄[3]，岁杪始得归，计利三倍。生以得伍力多，于常格外，另有馈赏，谋同飞洒[4]，不令主知。甫抵家，妇已遣人将迎，遂与俱去。见堂上华筵已设，妇出，备极慰劳。生纳资讫，即呈簿；妇置不顾。少顷即席，歌舞鞺鞳[5]，伍亦赐筵外舍，尽醉方归。因生无家室，留守新岁。次日又求稽盘[6]，妇曰："后无须尔，妾会计久矣。"乃出册示生，登志甚悉，并给仆者亦

第二天，廉生多方寻找仆人，果然找到一个姓伍的人，就以高价把他雇过来。姓伍的对买卖贩运货物之事很熟悉，为人又迂直诚实，办事一丝不苟，于是廉生把钱财都托付给他。两人到湖北一带做生意，到了年底才回来，盘账一算获得了三倍的利润。廉生因为得到姓伍的很多助力，就在工钱以外，又另给了他赏赐。廉生还计划把这些多出的赏钱分摊到其他账目里，不让刘夫人知道。他们刚回到家，刘夫人就派人来邀请了，于是他们与来人一起去了夫人家。到了家，只见堂上已经摆好了丰盛的酒席，刘夫人出来，再三慰劳他们。廉生交纳了钱财之后，又把账簿呈上，刘夫人接过后放在一边。不一会儿，大家入了席，歌舞齐奏，热闹非凡，又给姓伍的在外屋赐宴，让他尽情喝得大醉后才回去。因为廉生没有家室，便留在夫人家守岁。第二天，廉生又请夫人检查账目，刘夫人说："以后不需要这样了，我早已经

载其上。生曰:“夫人真神人也!”过数日,馆谷[7]丰盛,待若子侄。一日堂上设席,一东面,一南面,堂下设一筵西向。谓生曰:“明日财星临照,宜可远行。今为主价[8]粗设祖帐[9],以壮行色。”少间伍亦呼至,赐坐堂下。一时鼓钲鸣聒。女优进呈曲目,生命唱《陶朱富》[10]。妇曰:“此先兆也,当得西施作内助矣。”宴罢,仍以全金付生,曰:“此行不可以岁月计,非获巨万勿归也。妾与公子,所凭者在福命,所信者在腹心。勿劳计算,远方之盈绌,妾自知之。”生唯唯而退。

计算好了。”于是她拿出一本账簿给廉生看,上面记载十分详尽,连他另给仆人的赏钱也记在上面。廉生说:“夫人真是神人啊!”廉生又住了几天,刘夫人招待得十分周到,像对待自己的子侄一样。有一天,刘夫人在堂上摆上酒席,一桌朝东,一桌朝南,堂下一桌朝西。刘夫人对廉生说:“明天财星照临,最适合远行做生意。今天为你们主仆设宴壮行。”过了一会儿,把姓伍的也叫来了,让他坐在堂下一桌。一时鼓乐齐鸣,一名女戏子呈上剧目单,廉生点了一出《陶朱富》。刘夫人说:“这是好兆头,你一定能得到像西施一样的贤内助。”宴会结束后,刘夫人仍把全部钱财交给廉生,说:“这次出门做生意没有时限,不获得巨利就不要回来。我与公子靠福气和命运相连,所托付的是心腹之人,你们也不必花费心思计算了,远方的盈亏,我自然会知道。”廉生连声答应着告辞了。

注释 1 老于行旅:谓富于出门经商的经验。老,娴熟、老练。 2 戆拙不苟:迂直诚实,凡事不马虎。 3 荆襄:指湖广荆、襄一带。 4 飞洒:特指明清地主勾结官府,将田地赋税化整为零,分洒到其他农户的田地上,以逃避赋税。此指将给姓伍之人的赏赐杂摊于其他支出项下报账。 5 歌舞鞺鞳(tāng tà):歌舞齐作,鼓乐轰鸣。鞺鞳,钟鼓声。 6 稽盘:

检查。此指检查账目。 7 馆谷:食宿供给,食宿款待。 8 主价(jiè):指廉生和伍某。 9 祖帐:古人送人远行,在郊外路旁为饯别而设的帷帐。亦指送行的酒筵。 10《陶朱富》:讲述战国时的大富人陶朱公故事的戏文。陶朱公,即范蠡,助勾践兴越灭吴后急流勇退,经商而成巨富。后定居于宋国陶丘,自号陶朱公。

往客淮上[1],进身为鹾贾[2],逾年利又数倍。然生嗜读,操筹[3]不忘书卷,所与游皆文士。所获既盈,隐思止足,渐谢任于伍。桃源[4]薛生与最善,适过访之,薛一门俱适别业,昏暮无所复之,阍人[5]延生入,扫榻作炊。细诘主人起居,盖是时方讹传朝廷欲选良家女,犒边庭,民间骚动。闻有少年无妇者,不通媒妁,竟以女送诸其家,至有一夕而得两妇者。薛亦新婚于大姓,犹恐舆马喧动,为大令所闻,故暂迁于乡。生既留,初更向尽,方将扫榻就寝,忽闻数人排闼[6]

这次他们到两淮一带做买卖,当了盐商,过了一年,获得了好几倍的利润。然而廉生酷爱读书,做生意也不忘带着书本,交往的也都是些读书人。他见赚得的利润已经很多了,就想停下不干了,渐渐把重任都交给了姓伍的。桃源有一个姓薛的书生与廉生交情最好,一次廉生正好路过薛家,便去拜访,不巧薛家全家都到别院去了。然而天已经黑了,他又没有别的地方可去,看门人就请他进去,扫床做饭招待他。廉生向他详细询问薛家的情况,原来这时正谣传朝廷要挑选良家女子,将她们送去犒劳边疆军人,百姓因此惊慌骚动。只要听说有年轻人没娶亲的,也顾不上请人说媒,就直接把女儿送到他家,甚至有人一晚上就得了两个媳妇。薛生也刚刚和一户大姓人家的女儿结亲,恐怕车马喧闹惊动官府,所以暂时躲到乡下去住了。康生就留下来,初更天将尽的时候,廉生扫好床

入。阍人不知何语，但闻一人云："官人既不在家，秉烛者何人？"阍人答："是廉公子，远客也。"俄而问者已入，袍帽光洁，略一举手，即诘邦族。生告之。喜曰："吾同乡也。岳家谁氏？"答云："无之。"益喜，趋出，急招一少年同入，敬与为礼。卒然曰："实告公子：某慕姓。今夕此来，将送舍妹于薛官人，至此方知无益。进退维谷之际，适逢公子，宁非数乎！"生以未悉其人，故踌躇不敢应。慕竟不听其致词，急呼送女者。少间二媪扶女郎入，坐生榻上。睨之年十五六，佳妙无双。生喜，始整巾向慕展谢[7]，又嘱阍人行沽，略尽款洽[8]。

正准备睡觉，忽然听见许多人推开大门进来了。他听不清看门人说了什么话，只听见一个人问道："既然公子不在家，那么屋里点灯的是什么人？"看门人回答说："是廉公子，远方来的客人。"不一会儿，问话的人进屋来了，他衣着整洁华丽，向廉生略微拱手施礼，便问他的家世。廉生告诉了他。他听了高兴地说："我们是同乡啊。岳父家贵姓？"廉生回答说："还没有娶妻。"这人听了更加高兴，急忙跑出去招呼一位少年进来，少年很恭敬地与廉生见礼。他突然说道："实话告诉公子：我们姓慕。今天晚上到这里来，是想把妹妹嫁给薛官人，到了才知道这事办不成了。在进退两难的时候，正好遇见了公子，这难道不是天意吗？"廉生因为和他们素不相识，犹豫着不敢答应。慕生竟然也不管廉生说什么，就急忙招呼送亲的人过来。不一会儿，两个老妇人扶着一位姑娘进来，坐到廉生床上。廉生斜着眼一看，姑娘约十五六岁，美貌无比。廉生非常高兴，这才整理好衣帽向慕生道谢，又嘱咐看门人出去买酒，略微表示一下诚恳相待之意。

注释 1 淮上：淮河沿岸。 2 鹾贾（cuó gǔ）：盐商。鹾，盐的别名。 3 操筹：指经商。 4 桃源：县名，今湖南省北部、沅江下游。属常德市。因境内有桃花源而得名。 5 阍（hūn）人：官名，掌晨昏启闭宫门。后世通称守门人为阍人。 6 排闼（tà）：推门，撞开门。 7 展谢：致谢，陈谢。 8 款洽：诚恳周到，情意融洽。

慕言："先世彰德人，母族亦世家，今陵夷[1]矣。闻外祖遗有两孙，不知家况何似。"生问："伊谁？"曰："外祖刘，字晖若，闻在郡北三十里。"生曰："仆郡城东南人，去北里颇远，年又最少，无多交知。郡中此姓最繁，止知郡北[2]有刘荆卿，亦文学士，未审是否，然贫矣！"慕曰："某祖墓尚在彰郡，每欲扶两榇[3]归葬故里，以资斧未办，姑犹迟迟。今妹子从去，归计益决矣。"生闻之，锐然自任。二慕俱喜。酒数行辞去。生却仆移灯，琴瑟之爱，不可胜言。次日薛已知

慕生说："我先祖也是彰德人，母亲家也是世家望族，现如今败落了。听说外祖父留有两个孙子，不知道家境如何。"廉生问："你外祖父是谁？"慕生说："外祖父姓刘，字晖若，听说居住在城北三十里。"廉生说："我是府城东南边住的人，离城北比较远，我年纪轻，交际也不广。郡中刘姓的人最多，我只知道城北有个刘荆卿，也是有名的读书人，不知道是不是你要找的人，但是他家非常穷困。"慕生说："我家的祖坟还在彰德，我常常想把父母的棺木送回家乡安葬，因为路费没有凑足，所以迟迟未办。现在妹妹嫁给了你，我们回去的心意就更坚定了。"廉生听了，很爽快地就表示愿意帮助移葬。慕家兄弟都非常高兴。喝了几巡酒后，他们就告辞走了。廉生打发走仆人，把灯烛移过来，夫妻恩爱缠绵之情，无法用语言表达。第二天，薛生就得知了这件事，急忙回到城里来，收拾出另

之，趋入城，除别院馆生。生诣淮，交盘[4]已，留伍居肆，装资返桃源，同二慕启岳父母骸骨，两家细小，载与俱归。入门安置已，囊金诣主。前仆已候于途。从去，妇逆见，色喜曰："陶朱公载得西子来矣！前日为客，今日吾甥婿也。"置酒迎尘，倍益亲爱。生服其先知，因问："夫人与岳母远近[5]？"妇云："勿问，久自知之。"乃堆金案上，瓜分为五；自取其二，曰："吾无用处，聊贻长孙。"生以过多，辞不受。凄然曰："吾家零落，宅中乔木被人伐作薪。孙子去此颇远，门户萧条，烦公子一营办之。"生诺，而金止收其半，妇强纳之。送生出，挥涕而返。生疑怪间，回视第宅，则为墟

一座宅院安置廉生夫妇。廉生回到两淮一带，清点交接完生意后，留下姓伍的住在店铺里看守，自己装上财物返回桃源，同慕家兄弟一同启出岳父母的遗骨，带着两家的妻儿老小，一起回到故乡彰德。回家安置好了他们后，廉生便装好钱财去拜见刘夫人。以前送他的仆人已经在路上等候他了。廉生跟着他前去，刘夫人出来迎接，满面欢喜地说道："陶朱公载着西施回来啦！以前你是客人，如今你是我的外甥女婿了。"刘夫人摆下宴席为廉生接风洗尘，对他更加关爱。廉生很佩服刘夫人的先见之明，因而问道："夫人和岳母有什么亲戚关系吗？"刘夫人说："不需要问，时间长了你就都知道了。"刘夫人把银子堆在桌子上，分成五份，自己拿了两份，说道："我要这些银子没什么用处，只不过是要留给长孙。"廉生觉得分给他的太多，推辞不肯接受。刘夫人难过地说："我家败落，院子里的树木都被人砍去当柴烧了。孙子离这里很远，家里萧条破败，麻烦公子前去收拾打理一下。"廉生答应了，但只肯收一半银子，刘夫人强塞给他。刘夫人送他出门，挥泪回去了。廉生正感到奇怪，回头

墓。始悟妇即妻之外祖母也。

一看，宅院变成了一片坟地，这才明白刘夫人就是他妻子的外祖母。

注释 1 陵夷：由盛到衰。衰败，衰落。 2 郡北：指彰德府城之北。 3 两榇（chèn）：父母双亲的棺材。榇，泛指棺材。 4 交盘：泛指清点交接。 5 远近：谓族属亲疏。

既归，赎墓田一顷，封植伟丽。刘有二孙，长即荆卿，次玉卿，饮博无赖，皆贫。兄弟诣生申谢，生悉厚赠之。由此往来最稔[1]。生颇道其经商之由，玉卿窃意冢中多金，夜合博徒数辈，发墓搜之。剖棺露胔[2]，竟无少获，失望而散。生知墓被发，以告荆卿。诣同验之，入圹，见案上累累，前所分金具在。荆卿欲与生共取之，生曰："夫人原留此以待兄也。"荆卿乃囊运而归，告诸邑宰，访缉甚严。后一人卖坟中玉

回到家后，廉生买了一顷坟地，然后封土植树，修建得宏伟壮丽。刘夫人有两个孙子，长孙就是刘荆卿，次孙叫刘玉卿，整日酗酒赌博，不务正业，兄弟二人都非常贫穷。兄弟俩到廉生家，感谢他帮忙整修了他们家的祖坟，廉生赠送给他们很多钱财。从此他们往来密切。一次，廉生对他们详细说了刘夫人让自己经商的经过。玉卿听后暗想坟墓中一定有很多钱财，于是在晚上纠集了几个赌徒，挖开祖坟搜寻。他们打开棺木露出尸体，竟然一点钱财也没得到，失望地散去了。廉生得知坟墓被盗，就告诉了荆卿。荆卿和廉生一起到墓地查看，进入墓室，就看见桌子上堆得满满的，原来是以前所分的两份银子都在那里。荆卿想要和廉生两人分了这些银子，廉生说："夫人把钱留在这儿原本就是等着给你的。"荆卿把银子都装运回家，然后就向官府告发了坟墓被挖一事。官府缉查得很严。后

簪，获之，穷讯其党，始知玉卿为首。宰将治以极刑，荆卿代哀，仅得赊死。墓内外两家并力营缮[3]，较前益坚美。由此廉、刘皆富，惟玉卿如故。生及荆卿常河润[4]之，而终不足供其博赌。一夜盗入生家，执索金资。生所藏金皆以千五百为个，发示之。盗取其二，止有鬼马在厩，用以运之而去。使生送诸野，乃释之。村众望盗火未远，噪逐之，贼惊遁。共至其处，则金委路侧，马已倒为灰烬。始知马亦鬼也。是夜止失金钏一枚而已。先是盗执生妻，悦其美，将欲淫。一盗带面具，力呵止之，声似玉卿。盗释生妻，但脱腕钏而去。生以是疑玉卿，然

来有个人卖从坟中偷出的玉簪，被抓获了，官府审讯他的同党，才知道这群人以玉卿为首。县令要把玉卿处以极刑，荆卿代他求饶，也仅仅是免除死刑。廉、刘两家一起出力修缮坟墓内外，弄得比以前更加坚固壮美。从此，廉生和刘荆卿家都富裕了，只有玉卿仍像以前一样贫困。廉生和荆卿常常周济他，然而终究还是不够他赌博挥霍。一天晚上，一伙强盗闯进了廉生家，抓住他索要钱财。廉生收藏的银子，都是一千五百两一个的银锭，挖出来给强盗们看。强盗们拿了两个银锭，这时在马厩只有刘夫人赠送的那匹鬼马，强盗们就用它驮上钱财走了。强盗们又逼迫廉生把他们送到野地里，才释放了他。村里人望见强盗的火把离得不远，呐喊着追上去，强盗们惊慌害怕地逃跑了。大家追到那里一看，银子扔在路边，马也倒在地上变成了灰烬。这才知道原来这马也是鬼。这天晚上只丢失了一枚金钏。最初，强盗们抓住了廉生的妻子，很喜欢她的美貌，就要奸污她。有一个戴着面具的强盗，大声呵斥阻止了他们，这声音听着好像是玉卿。强盗们就放开了廉生的妻子，只是把她手腕上的金钏拿走了。廉生因此怀疑那个戴面具的是玉

心窃德之。后盗以钏质赌[5]，为捕役所获，诘其党，果有玉卿。宰怒，备极五毒[6]。兄与生谋，欲为贿脱，谋未成而玉卿已死。生犹时恤其妻子。生后登贤书，数世皆素封焉。呜呼！“贪”字之点画形象甚近乎“贫”。如玉卿者，可以鉴矣！

卿，然而只是在心里暗暗感激他。后来，有一个强盗拿金钏做赌资，被捕役抓获，审问他的同党，果然有玉卿。县令大怒，抓了玉卿，把五种酷刑都用尽了。玉卿的哥哥荆卿和廉生商议，想用重金贿赂县令，让玉卿免于死罪，然而还没等他们疏通，玉卿就已经死了。廉生还经常照顾周济玉卿的妻儿。廉生后来考中了举人，几代人都很富贵。唉！“贪”这个字的点画形象，和“贫”字十分相似。像玉卿这样的人，可以作为前车之鉴啊！

注释　1 稔（rěn）：熟悉。此指两家关系密切，极为熟悉。　2 露胔（zì）：暴露骸骨。胔，指人的尸体。　3 营缮（shàn）：修缮，修建。　4 河润：恩泽及人，如河水之滋润土地。此指周济，帮助。　5 质赌：典押作为赌资。　6 五毒：古代的五种酷刑，指械、镣、棍、拶、夹棍五种刑罚。也有人认为是四肢及身体都遭受酷刑。

陵县狐

原文

陵县[1]李太史家，每见瓶鼎古玩之物，移列案边，势危将堕。

译文

陵县的李太史家，经常发现瓷瓶、铜鼎等古玩器物，被移到了桌子旁，情形很危险，感觉马上将要掉下来了。他怀疑是什

疑断仆所为，辄怒谴之。仆辈称冤，而亦不知其由，乃严扃斋扉[2]，天明复然。心知其异，暗觇[3]之。一夜，光明满室，讶为盗。两仆近窥，则一狐卧椟上，光自两眸出，晶莹四射。恐其遁，急入捉之，狐啮腕肉欲脱，仆持益坚，因共缚之。举视则四足皆无骨，随手摇摇，若带垂焉。太史念其通灵[4]，不忍杀，覆以柳器[5]。狐不能出，戴器而走。乃数其罪而放之，怪遂绝。

人干的，就生气地谴责他们。仆人都说冤枉，然而也不知道是什么原因，李太史就把书房的门紧紧关上，天亮以后发现那些器物还是那样放着。李太史心中明白此事有些蹊跷，就在暗中观察。一天晚上，屋子里通明，李太史大吃一惊，以为是强盗进来了。两个仆人凑近窗户一瞧，原来是一只狐狸卧在箱子上，光是从它的双眼中射出来的，晶莹四射。仆人担心狐狸逃跑了，就急忙进屋去捉它。狐狸用口咬住仆人的手腕，肉都快被咬掉了，仆人抓得更紧了，其他仆人一起上去把狐狸绑了起来。举起这只狐狸来看，只见它的四足都没有骨头，随手摇摆，好像是下垂的带子。李太史念及这只狐狸具有灵性，不忍杀害它，就用柳筐扣住它。狐狸出不来，就戴着筐子到处跑。李太史便列举了它的罪过后把它放了，自此家里的怪事未再出现。

注释　1 陵县：在今山东德州陵城区。　2 严扃（jiōng）斋扉：牢锁书房门户。扉，门扇。　3 觇（chān）：窥视，观察。　4 通灵：具有灵性。亦指灵敏，善于应变。　5 柳器：用杞柳枝条编织成的器物。